ANAT TALSHIR | Über uns die Nacht

ANAT TALSHIR

Über uns die Nacht

Roman

Aus dem Englischen von Stefanie Fahrner

Diana Verlag

Die hebräische Originalausgabe *Im Eshkahekh* erschien 2010
bei Kinneret Zmora-Bitan Dvir, Jerusalem.
Der Titel der englischen Übersetzung von Evan Fallenberg
lautet *If I Forget Thee.*

MIX
Papier aus verantwortungsvollen Quellen
FSC® C014496
FSC
www.fsc.org

Verlagsgruppe Random House FSC® N001967
Das für dieses Buch verwendete
FSC®-zertifizierte Papier *Holmen Book Cream*
liefert Holmen Paper, Hallstavik, Schweden.

Deutsche Erstausgabe 01/2015

Botschaft des
Staates Israel

Die deutschsprachige Ausgabe dieses Werkes wurde aus Mitteln
der Botschaft des Staates Israel, Berlin gefördert.
Redaktion und Anhang | Uta Rupprecht
Umschlaggestaltung | t.mutzenbach design, München
Umschlagmotiv | © Mark Owen/Trevillion Images und shutterstock
Satz | Leingärtner, Nabburg
Druck und Bindung | GGP Media GmbH, Pößneck
Printed in Germany

ISBN 978-3-453-35777-8

www.diana-verlag.de

Für meine geliebte Familie

ERSTER TEIL

2006

Keiner von beiden sagte etwas. Was gab es seinen Worten noch hinzuzufügen?
Sogar der Apparat, der seinen Herzschlag überwachte, hörte auf zu piepsen. Sämtliche Hintergrundgeräusche – der Lärm auf dem Flur, die schweren Schritte der Patienten, die quietschenden Räder der Krankenhausbetten, die Stimmen der Schwestern – schienen mit einem Mal ausgeblendet. Mit verschränkten Armen saß sie ihm gegenüber und grub die Finger fest in ihre Oberarme. Als sie ein bisschen zu schnell von ihrem Stuhl aufstand, um das Fenster zu öffnen, wurde ihr schwindlig, aber die kühle Luft tat ihr gut. Sie blieb am Fenster stehen, ließ sich die frische Luft um die Nase wehen und wünschte sich, sie könnte vergessen, was sie gerade gehört hatte. Auch er atmete tief durch. Er hielt die Augen geschlossen wie jemand, dem nur eine kurze Ruhepause vergönnt war.

Einige Minuten zuvor hatte sie an seinem Bett gesessen, erstaunt darüber, dass er sie hatte rufen lassen, nachdem sie einander so viele Jahre nicht gesehen hatten. Sie wusste, dass er noch immer im selben Haus in Jerusalem wohnte, dass seine Kinder jetzt erwachsen waren und über die ganze Welt verstreut lebten, und dass von seinem einst so enormen Vermögen fast nichts übrig geblieben war. Er passte überhaupt nicht in die triste Umgebung des Hadassah-Krankenhauses, denn er wirkte so vornehm und würdevoll wie eh und je, und seine ausgeprägten Gesichtszüge erinnerten sie an den charismatischen Mann, den sie in ihrer Kindheit gekannt hatte. Sie brauchte bloß seinen Namen zu hören – Elias Riani –, und schon passierte etwas in ihrem Inneren. Seine braunen Augen, sein nach hinten gekämmtes graues Haar, sein edler Hals, das alles gab es noch, nur war es inzwischen älter geworden. Sie hätte gern gewusst, ob die Lachfältchen um seine Augen, die sein Gesicht aufleuchten ließen wie die Sonne und allen um ihn herum Wärme schenkten, noch genauso aussahen wie damals.

Er bat sie, ihnen Tee einzuschenken aus der Thermosflasche, die auf dem Schränkchen stand. »In die Gläser«, sagte er. »Munir kommt jeden Morgen. Er bringt mir heißen Tee, spült die Gläser, zieht mir einen frischen Schlafanzug an und rasiert mich. Ich sage ihm immer, dass er nicht mehr kommen soll, aber er kommt trotzdem. Du erinnerst dich doch an Munir, oder? Er hat viele Jahre lang für uns gearbeitet.«

Ja, sie erinnerte sich an ihn, an den Mann, der Elias' Familie treu ergeben war, genau wie sie sich an die Nervosität erinnerte, die sie jedes Mal verspürt hatte, wenn Elias' Auto vorfuhr und er ihr einen Umschlag übergab, den sie weiterreichen sollte. Immer, wenn er sie darum bat, wurde sie ganz aufgeregt, und wenn sie ihm jetzt ins Gesicht sah, musste sie an diesen eisernen Pakt zwischen ihnen beiden denken. Er galt noch immer, und er war auch der Grund, warum Elias sie heute hatte rufen lassen.

Nomi nahm ihm das leere Glas aus der Hand; es war immer noch heiß. Heiß und schwarz, so trank er seinen Tee am liebsten. Aber das Tee-Ritual, das ihn sein Leben lang begleitet hatte, hatte sehr wenig zu tun mit seiner jetzigen Situation, auch wenn der schwache Duft nach Bergamotte, der aus der Thermosflasche strömte, ihm wenigstens ein bisschen Trost spendete. Elias trug einen dunkelblauen Pyjama und darüber einen blaugrün karierten Morgenrock. Von einem Mann wie ihm konnte man kaum erwarten, das zerknitterte Nachthemd anzuziehen, das vom Krankenhaus gestellt wurde.

»Ich habe dich gebeten herzukommen«, hatte er vorhin gesagt.

Anstatt zu erwidern, dass sie selbstverständlich sofort aufgebrochen sei, nickte Nomi bloß.

»Du fragst dich sicher, wieso.«

Noch immer sagte sie nichts.

»Ich möchte, dass du etwas für mich tust«, sagte er.

»Was immer du willst.«

»Gibst du mir dein Wort darauf?«

Nomi sah ihn gespannt an.

Er sprach leise. Seine braunen Augen betrachteten sie forschend, doch seine Gedanken schienen ganz woanders zu sein.

»Ich wollte dich bitten …«, begann er und suchte dann

kurz nach den richtigen Worten, »ich wollte dich bitten, mir etwas zu bringen.«

»Was denn?«

»Etwas aus meinem Haus.«

»Kein Problem«, sagte Nomi.

»Es ist in einem Schrank versteckt.«

»Dann erklär mir, wo, damit ich es finde.«

»Ich glaube, ich muss dir etwas mehr erklären als nur die Stelle, wo du es findest.« Er rieb sich das Kinn. »Ein Apotheker aus Jaffa, den ich seit Jahren kenne, war bereit, mir etwas zuzubereiten.« Elias schwieg einen Moment, wie um ihr die Gelegenheit zu geben, seine Worte zu begreifen.

Nomi, die wie angewurzelt dasaß, verstand noch immer nichts.

»Ich möchte dorthin, wo sie jetzt ist«, sagte er.

Während beide schwiegen, konzentrierte sie sich auf das, was sie glaubte, gehört zu haben. Er hatte es nicht wie einen Wunsch formuliert, sondern wie etwas Konkretes, fest Beabsichtigtes. Da war ja nicht einmal ein Zittern in seiner Stimme.

Sie atmete tief ein und stieß die Luft, die sich in ihrer Lunge angesammelt hatte, langsam und hörbar wieder aus. Der Vorrat an Luft tief in ihrem Inneren schien unerschöpflich zu sein.

Schweigend saßen sie sich gegenüber, er auf seinem einfachen Bett, sie im Stuhl davor, während das ganze Stockwerk um sie herum erstarrte, der Morgentrubel verstummte und die frische Luft ins Zimmer wehte, an diesem Tag, an dem die Sonne nicht so recht herauskommen wollte. Er schloss die Augen und schlief ein paar Minuten, dann schlug er sie wieder auf und sah Nomi an, überrascht, dass sie immer noch da war.

»Ich habe dir die Chance gegeben, dich davonzustehlen«, sagte er, und sie musste lächeln. »Aber ich bin froh, dass du geblieben bist.«

Eine dunkelhäutige Krankenschwester, auf deren Namensschild DASSY stand, betrat das Zimmer. Ihre Locken hüpften im Takt ihrer Schritte. »Sind Sie seine Tochter?«, fragte sie.

Sie antworteten gleichzeitig. Er sagte: »Sie ist so gut wie meine Tochter«, und sie sagte: »Nein, eigentlich nicht.« Belustigt steckte Dassy ihm ein Thermometer in den Mund und schaute abwechselnd von einem zum anderen.

»Ist ja egal, wichtig ist, dass Sie da sind und er sich darüber freut. Ich habe ihn schon lange nicht mehr lächeln sehen.« Sie legte ihm eine Blutdruckmanschette um den Arm und blies sie auf. Die Werte schrieb sie auf ein Klemmbrett, das am Fußende des Bettes hing. »Die Ärzte machen bald Visite«, sagte sie. Mit einem Blick auf Nomi fügte sie hinzu: »Sie dürfen aber bleiben, wenn er zustimmt.«

Nomi wollte aufstehen, aber seine Augen baten sie, sitzen zu bleiben. Diese Augen sind so mächtig, dachte sie, sogar dann noch, wenn er krank im Bett liegt. Plötzlich zuckte er. Er versuchte, den Schmerz zu unterdrücken, aber sein Gesicht wurde aschfahl, und auf seiner Nase bildeten sich Schweißperlen.

»Was ist denn los?«, fragte Nomi.

»Es fühlt sich an, als würde ein Gift durch meine Knochen wandern und meinen Körper zersetzen.«

»Ist dir kalt?«

»Kalt? Ja«, erwiderte er und zog sich das Laken bis unters Kinn. »Im Schrank ist eine Wärmflasche. Würdest du sie mir bitte füllen?«

Ohne anzuklopfen, betrat Nomi das Arztzimmer und füllte die Gummiwärmflasche mit heißem Wasser aus der Kaffeemaschine. Als sie zurück ins Krankenzimmer kam, hatte er sich unter dem Laken zusammengerollt und fror erbärmlich. Sie legte ihm die heiße Wärmflasche an die Füße, von wo aus sich die angenehme Wärme bald in seinen ganzen Körper ausbreiten würde. Wenigstens eine Stunde würde er sie genießen können, bevor das Wasser wieder abkühlte.

»Es tut mir leid, dass du mich in einem schwierigen Moment erlebt hast«, sagte er. »So was mache ich jeden Tag durch.« Plötzlich leuchteten seine Augen auf, und er griff nach der Wärmflasche und hielt sie sich an die Brust. »Aber das ist nicht der Grund, warum ich das alles beenden möchte.« Durchs Fenster beobachtete er die riesigen Baukräne bei der Arbeit.

Sie biss sich auf die Unterlippe. Was kam jetzt?

Elias erklärte: »Die Schmerzen fingen erst an, als sie starb.«

»Du hast noch genügend Zeit«, sagte sie. »Bald wird es dir besser gehen, bald wirst du wieder bei Kräften sein. An diesem Ort wirkt alles hoffnungslos. Aber du wirst wieder gesund werden. Und dann wirst du froh sein, dass du es geschafft hast und dass du die Geduld hattest, darauf zu warten.« Sie sprach so schnell, dass er sie nicht unterbrechen konnte. Er wartete ab.

»Hör mal«, sagte er ohne jede Verbitterung, »ich hatte ein schönes Leben. Aber jetzt bin ich halb tot, und die lebendige Hälfte kann ich nicht mehr finden. So ein Dasein will ich nicht führen.«

Elias verstummte, als ein Schwarm von Ärzten mit Gefolge in das kleine Zimmer einfiel. Eilig umstellten sie sein Bett, in ihrer Mitte ein grauhaariger Arzt. Sie wirkten gehetzt und entschlossen.

»Wie fühlen Sie sich, Herr Riani?«, fragte der Chefarzt.

»Unverändert, danke«, sagte Elias und setzte sich im Bett auf.

»Unverändert schlecht oder unverändert gut?«, fragte einer der Assistenzärzte.

»Ich fühle unverändert nichts.«

»Sechsundachtzig Jahre alt, schon drei Wochen hier«, verkündete einer der Assistenzärzte. »CT und MRT normal, Schmerzen in Brust und Bauch, Schwierigkeiten beim Atmen, EKG normal, Gewichtsverlust, hoher Blutdruck.«

Der Chefarzt betrachtete den Patienten. Sein Tonfall war autoritär, aber nicht unfreundlich. »Wir sind auf Ihre Mitarbeit angewiesen, Herr Riani, wenn wir Ihnen helfen sollen. Morgen wiederholen wir die Magen- und Darmuntersuchungen, damit wir eine Ursache von dieser Seite her ausschließen können.«

Sein Gefolge war schon zum Bett von Elias' Zimmernachbarn weitergezogen. Elias sagte nichts. Nomi fand, dass er es ihnen schwer machte, sie ihn andererseits aber auch in die Enge trieben. Ärzte mögen keine Patienten, die sich weigern, gesund zu werden; sie wollen den schnellen Erfolg, damit das Bett wieder neu vergeben werden kann.

»Sie wissen nicht, was mir fehlt«, sagte Elias.

Nomi stand auf, um sein Kissen aufzuschütteln, und fragte, ob er noch etwas benötige. Er reichte ihr die Hand. Seine perfekten Hände waren jetzt schwach und bleich und fühlten sich kalt an. Ein bisschen Sonne würde ihm guttun, dachte sie, als sie sich zu ihm hinunterbeugte, um sich mit einer Umarmung zu verabschieden. In ihrer Erinnerung war er sonnengebräunt, die Haut gesund, genährt von der wohltuenden Sonne, die den Menschen im Nahen Osten diesen ganz besonderen Hautton schenkte.

Mit schnellen Schritten verließ sie das Krankenhaus, vorbei an voll belegten Zimmern, in denen blasse alte Männer und Frauen vor sich hin stöhnten. Süßliche Gerüche stiegen ihr in die Nase: wässrige Mahlzeiten auf dem Essenswagen, Reinigungsmittel, Blumen, die man in Plastikvasen gezwängt hatte – und der Geruch von Krankheit und Verzweiflung.

Erst draußen vor dem Gebäude atmete sie tief durch. *Ich habe ihm versprochen, dass ich wiederkomme,* dachte sie, *aber einen weiteren Besuch ertrage ich nicht. Ich kann sein Leiden nicht mit ansehen.*

Aber sie konnte ihn auch nicht dieser Horde ahnungsloser Assistenzärzte überlassen, die neue Behandlungsmethoden an ihm ausprobierten. Diesem Elend, das er nicht verdient hatte. Es war seine Entscheidung, auf welche Weise er gehen wollte; es war sein gutes Recht. Aber was wollte er von ihr? Und warum ausgerechnet sie? Wo waren seine Kinder? Wohin waren all die Menschen verschwunden, die ein Teil seines Lebens gewesen waren, Menschen, über die sie fast nichts wusste?

Am nächsten Tag machte sie sich auf die Suche nach einem Buchweizenkissen, das Elias wohltemperierte Wärme und einen angenehmen Duft schenken würde. Im Bioladen kaufte sie Leckereien mit Johannisbrot und Sesam und freute sich darüber, dass schon ein einfacher Einkauf ihre Laune hob.

Sie fand ein rundes Nackenkissen, ein rotes herzförmiges Kissen und ein drittes aus Samt mit Tigerstreifen. Schließlich entschied sie sich für ein kariertes Kissen. Es würde gut zu dem Morgenrock passen, den er im Krankenhaus angehabt hatte, auf dieser Station voller Patienten, deren Krankheiten noch nicht vollständig verstanden waren. Das Buchweizenkissen raschelte in der Tüte. Sie fragte sich, wer es ihm in die Mikrowelle stecken würde – er war doch viel zu höflich und reserviert, um sich helfen zu lassen. Sie würde es für ihn tun, wenn sie dort war, aber wer machte es in der übrigen Zeit? Als Mitbringsel kaufte sie noch ein Buch von Jhumpha Lahiri in Großdruck.

Als sie an diesem Abend ins Krankenhaus kam, war er schon gebadet worden und trug einen gebügelten Pyjama. Es war still, und der Flur lag im Dunkeln. Die Schwestern waren in ihrem Zimmer, schälten Pampelmusen und redeten über eine Feier, die am Abend zuvor stattgefunden hatte. Nomi entdeckte eine Mikrowelle, wischte das Innere mit einem Papiertuch aus und erhitzte das Kissen vorsichtig, bis ihr der Duft von Buchweizen in die Nase stieg. Sie legte ihm das Kissen an die Füße.

»Wie schön, dass du jetzt am Abend kommst, da ist es ruhig«, sagte er lächelnd. Sie sah die Dankbarkeit in seinen Augen.

Als er das Buch erblickte, wirkte er erfreut und setzte sich zum Zuhören bequem zurecht. Nomi begann, eine Geschichte vorzulesen. Sie handelte von einem Paar, dessen Kind bei der Geburt starb. »Du bist erschöpft«, sagte er. »Ich lese allein weiter, wenn du gegangen bist. Ich muss so viele Stunden herumbringen.«

Sie drehte die Leselampe über seinem Kopf gegen die Wand, damit sie ihn nicht blendete. »Ich weiß, dass ich auf dich zählen kann«, sagte Elias. »Dieses Gefühl hatte ich schon, als du klein warst und wir dich in etwas so Großes einbezogen haben. Ich vertraue dir blind. Ich weiß, dass niemand je erfahren wird, worum ich dich gebeten habe. Nur Gott. Und jetzt musst du mir vertrauen.«

Elias fuhr fort: »Weißt du, warum? Es ist das Einzige, was ich mir wünsche. Ich habe nur noch ein Privileg im Leben, und das besteht darin, das Wie und das Wann bestimmen zu können. Ich habe kein Problem, darüber zu reden, und ich hoffe, es macht dir nichts aus. Wieso sollte man sich dem entgegenstellen, was sowieso kommt? – Ich habe lange darüber nachgedacht, warum ich solche Schmerzen habe, woher diese Schmerzen kommen und warum niemand sie vertreiben kann. Ich glaube – und das hat vielleicht damit zu tun, was meine Mutter mir vor Jahren eingeredet hat – dass die Ursache körperlicher Schmerzen in der Seele zu suchen ist. Dass jeder Schmerz

Ausdruck von Kummer ist. Zusammen mit mir«, – zur Betonung legte er eine Hand auf seine Brust – »möchte noch etwas anderes meinen Körper verlassen. Meine Seele will zu ihr und sich mit ihr vereinen, will aus meinem Körper heraus, der aus irgendeinem Grund so unverwüstlich ist. Kein Spezialist auf der ganzen Welt kann diesen Schmerz erklären, der doch nur deshalb existiert, weil mein Körper noch hier und meine Seele schon dort ist.«

Das Buchweizenkissen raschelte unter seinen Füßen, als führten die Spelzen darin ein Eigenleben. »Du wirst mir helfen«, sagte er, ermutigt von ihrem Schweigen. »Ich weiß, dass du mir helfen wirst. Ich bitte dich doch nur darum, mir das Warten zu verkürzen.«

Während er sprach, wuchs die Angst in Nomi. Sie fragte sich, wie sie ihm beibringen sollte, dass sie seinem Wunsch nicht nachkommen würde. Sie konnte ihm nicht helfen, auf keinen Fall.

Aus ihrer Kindheit hatte sie viele Bilder von Elias im Kopf. Seine Hände, die sie oft verstohlen betrachtet hatte – sie waren männlich, aber feingliedrig. Der Duft von Talkum und Lavendel, den er verströmte. Das volle, nach hinten gekämmte Haar, das seine Stirn freiließ. Den leichten Schritt eines Mannes, der genau wusste, wohin er ging. Das königliche Gebaren. Sein Lächeln, das den Tag erhellte, und dazu die rührenden Lachfältchen. Seine Ruhe, in der große Kraft lag, und die Augen, in denen Wärme und Ernsthaftigkeit zu lesen waren. Er war ein Mann der leisen Töne, ein Mann, der wenig Worte machte und doch enorme Autorität besaß. Er brauchte keine großen Gesten, um Präsenz zu zeigen. Er bewegte sich bedacht und geschmeidig, und so ging er auch durchs Leben.

Seine Anzüge waren aus grauer Wolle oder aus Tweed und seine Schuhe aus erstklassigem Leder. Er trug runde silberne Manschettenknöpfe und Hemden mit Monogrammstickerei. Damals war er ihr wie ein groß gewachsener Mann mit hervorstechender Nase erschienen, aber mit den Jahren begriff sie, dass er von durchschnittlicher Körpergröße war und seine Nase lediglich markant war. Kleine Stupsnasen ließen ihren Träger kindlich wirken; nie hatte sie einen Partner mit einer solchen Nase gehabt. Wenn Nomi sich ihren Traummann vorstellte, gab sie ihm dieselben Gesichtszüge wie Elias.

»Morgen wird es nicht regnen«, sagte sie nach langem Schweigen.

»Bis morgen ist es noch lange hin. Eine Ewigkeit«, erwiderte er, ohne die aufziehende Dämmerung zur Kenntnis zu nehmen.

»Ah, Sie planen also für die Ewigkeit«, bemerkte eine Krankenschwester, die das Zimmer mit einem Plastikbecher in der Hand betrat.

Er knipste sein Lächeln an und nickte. »Ich gebe mir Mühe.« Als die Schwester gegangen war, reichte er Nomi den Becher und bat sie, die Pillen in die Toilette zu werfen. »Die rühre ich nicht an. Das ist Gift.«

Nomi lachte und steckte ihn damit an. Sein Gelächter, das tief aus dem Bauch zu kommen schien, löste allerdings einen Hustenanfall aus. Er hob die Hand, um ihr zu signalisieren, dass es schnell vorbeigehen würde.

»Du willst keine ›giftige‹ Medizin nehmen, hast aber kein Problem damit, mich um dieses Gebräu zu bitten, das irgendein Apotheker in Jaffa angerührt hat?«, bemerkte sie mit einer Spur von Sarkasmus.

»Ich will nicht an ihrer Medizin sterben. Ich möchte nicht die Zeit entscheiden lassen, sondern selbst bestimmen. Wenn ich finde, dass es so weit ist, wenn ich dazu bereit bin. Wenn man den Tod ruft, so wie man im Restaurant nach dem Kellner verlangt,« – er bat einen unsichtbaren Kellner mit einem Handzeichen um die Rechnung –, »dann entscheidet man selbst, wann das Essen vorbei ist. Und wann ist es so weit? Wenn man nach der Tür sucht, die einen hinausführt. Wenn man lieber drüben wäre als hier.«

Er ballte eine Hand zur Faust und legte die andere Hand darüber. »Es gibt da etwas, was ich weiß«, sagte Elias leise, als hätte er ein heikles Thema angeschnitten. »Ich spüre, dass danach etwas anderes kommt. Es ist doch vollkommen unvorstellbar, dass dies das Ende sein soll. Diese enorme Liebe soll an einem Ort angekommen sein, von dem aus es nicht weitergeht? Undenkbar. Eine Stimme in meinem Kopf sagt mir, dass noch etwas geschieht. Eine kleine Brücke, die über einen Fluss führt, wird mich hinüberbringen, und dort werde ich jemandem begegnen.«

Er fuhr fort: »Warum bloß sollte ein Mann meines Alters, der schon so viel erlebt hat, nicht selbst bestimmen dürfen, wann es genug ist? Dass alles vorbei ist? Du wirst sehen: Eines Tages werden die Menschen selbst entscheiden dürfen, wann ihre Zeit gekommen ist. Es wird ganz einfach sein, so leicht wie ein Fax zu senden, Flugtickets zu bestellen, in einem Raumschiff zu heiraten. Ich könnte dann einfach einen Flug zu ihr buchen. Es wird Firmen geben, die solche Dienstleistungen anbieten. ›Hallo, Firma Selbstbestimmter Tod, Natalie am Apparat. Was kann ich für Sie tun?‹«

Er war der Einzige, der das lustig fand.

»Ich kann das nicht«, sagte sie und starrte auf ihre Hände.

»Warte ab. Denk darüber nach. Es eilt nicht.«

»Aber du weißt doch gar nicht sicher, was danach kommt«, gab sie zu bedenken.

»Das brauche ich auch nicht zu wissen.«

»Dieser Ort ist weit entfernt, und niemand ist je von dort zurückgekommen.«

»Die meisten Leute glauben nicht daran, dass sie je sterben werden«, sagte Elias. »Sie denken, dass wir ewig leben.«

»Niemand weiß, was passiert, wenn wir die Augen für immer geschlossen haben.«

»Es ist schon spät. Geh nach Hause und komm morgen wieder«, sagte Elias.

Am nächsten Tag ging Nomi wieder ins Krankenhaus, ohne lang darüber nachzudenken.

»Hast du dir einen Tag freigenommen? Oder feierst du krank?«, fragte Elias.

Nomi lächelte. »In meinem Beruf kann ich mir den Tag frei einteilen.«

»Was für ein Luxus«, erwiderte Elias. »Und ich bin der Nutznießer, weil du jetzt bei mir sein kannst.«

Nomi erzählte ihm alles über die Adoptionsbehörde, die ihr Leben seit fast dreißig Jahren mit Trubel erfüllte. Er hatte zwar gewusst, dass ihr Beruf mit Waisenkindern zu tun hatte, fand es aber überraschend, wie gut sie sich darin eingerichtet hatte. Dank ihrer Entschlossenheit und ihres Fleißes hatte sie vielen bedürftigen Kindern ein neues, liebevolles Zuhause schenken können.

Sie goss ihnen beiden ein Glas Tee ein und bot Elias ein paar Nusskekse an.

Sie erwog, auch dem alten Mann, der im Bett neben Elias schlummerte, ein Glas Tee anzubieten. Er war schon am Tag zuvor da gewesen, aber erst jetzt betrachtete sie ihn bewusst. Der Anblick seines ausgemergelten, bleichen Körpers unter dem Laken tat ihr weh. Der alte Mann öffnete die Augen. »Möchten Sie einen Schluck Tee?«, fragte sie laut.

»Ich höre ausgezeichnet«, gab er zurück. »Und sehen kann ich auch noch gut. Tee? Nein, danke.«

»Er ist ganz verrückt nach Espresso«, erklärte Elias kichernd. »Wenn du ihn umbringen willst, musst du ihm bloß ein Glas Tee reichen.«

»Was denn, bin ich vielleicht ein junger Kerl wie du?«, fragte der alte Mann. Er klang verbittert, aber seine Augen leuchteten. »Wenn ich noch zehn Jahre hätte, würde ich auch Tee trinken, aber meine Zeit ist begrenzt. Ich will nur guten, starken Espresso.«

Nomi bemerkte, dass er graue Augen hatte. Seine kantigen Gesichtszüge wurden von einem weißen Haarschopf umrahmt.

Eine arabische Krankenschwester erschien, um den alten

Mann samt Bett in den Innenhof zu rollen. Elias und Nomi hörten sie noch lange singen, als sie mit ihm den Flur hinunter verschwand, und auch das Quietschen des Bettes und das »Pling« des Aufzugs. Elias nannte die Krankenschwester die »Sängerin von Abu Dis«, weil sie so gern Melodien trällerte.

»Niemand kommt ihn besuchen«, erklärte Elias. »Nur einmal war eine geschäftige Frau im grauen Kostüm bei ihm. Sie sah, dass er schlief, gab einen besorgten Laut von sich und ging wieder. Wahrscheinlich eine entfernte Verwandte. Seitdem versucht er, nicht mehr zu schlafen, falls wieder jemand zu Besuch kommt.«

Nomi stand auf und ging hinüber zum Namensschild des Mannes. »Hier steht, er heißt Yehoyachin.«

»Sag bloß!«, erwiderte Elias. »Diesen Namen habe ich noch nie gehört. Die Ärzte nennen ihn Herrn Herschlag. Er ist schon neunzig. Zuerst war es uns unangenehm, ein Zimmer teilen zu müssen, aber seit wir einander in unserer Nacktheit und Schwäche erlebt haben, haben wir nichts mehr zu verbergen.«

Eine Sache wollte Nomi mit Elias klären, solange Herschlag nicht im Zimmer war. »Warum ausgerechnet ich?«, fragte sie. »Warum nicht deine Kinder? Oder deine Nichten und Neffen, deine Cousins?«

»Willst du das wirklich wissen?« Er sah ihr direkt in die Augen. »Weil du ein verschwiegener Mensch bist. Du hast auch unser Geheimnis bewahrt. Ein neunjähriges Mädchen, das nichts ausplaudert, das die Bedeutung der Sache und das Risiko begreift, das der Versuchung widersteht, sein Wissen für sich selbst auszunutzen. Meine eigenen Kinder hätten das nicht geschafft. Wenn ich könnte, würde ich es selbst tun. Aber ich kann nicht einfach aus dem Fenster springen, das würde meine Familie zu sehr mitnehmen, und ich kann mich auch nicht vor einen Zug werfen. Aber hier, im Krankenhaus ... Ich bräuchte nur ein paar Schlaftabletten, dann würde es aussehen wie ein natürlicher Tod. Die Leute werden sagen: ›Er hat sich abends schlafen gelegt und ist am Morgen nicht mehr aufgewacht. Wenigstens musste er nicht leiden.‹«

»Es wird dir bald besser gehen«, sagte sie. »Du wirst wieder gesund werden. Du wirst noch viele Tage voller Sonnenschein erleben, und dann wird es dir leidtun, dass du je solche Gedanken gehegt hast.«

»Nein, meine Liebe, gesund werden nur Menschen, die das auch wollen. Aber ich wünsche mir, bei ihr zu sein. Das ist vielleicht das Einzige, was ich im Leben selbst bestimmen kann. Auf so viele andere Entscheidungen hatte ich keinen Einfluss.«

»Diese ist aber auch besonders drastisch«, sagte sie. »Endgültig und absolut und unumkehrbar.«

»Ich habe meinen Frieden damit gemacht. Und du? Du warst immer der Talisman unserer Liebe. Vielleicht wirst du es eines Tages genauso sehen.«

»Hast du denn gar keine Angst?«, wollte sie wissen.

»Ich habe schon lange keine Angst mehr«, entgegnete er. »Ich betrachte den Tod als etwas Natürliches. Wir werden geboren und wir sterben, wir wissen bloß nicht genau, wann. Die Menschen drehen fast durch vor Angst, weil sie nicht wissen, wann es passieren wird. Es ist die bekannteste Unbekannte der Welt. Aber für mich ist sie nicht unbekannt. Ich weiß, wann und warum es geschehen wird, und darum bin ich ganz ruhig.«

»Es muss doch etwas geben, was dir das Leben leichter macht«, sagte Nomi.

»Ich werde sie nie vergessen. Auch nach meinem Tod nicht.«

1947

Die Straße unter ihr war zu Ehren des Feiertags geschmückt. Die Machthaber – die britischen Mandatsherren über Palästina – bestimmten, wann ihre Untertanen feiern sollten. Lila beugte sich über das Geländer der Tribüne, die nur für diese Feierlichkeiten errichtet worden war. Ihre Finger hinterließen Abdrücke in der frischen Farbschicht, und im Gegenzug nahm sie einen dünnen weißen Film auf der Hand und den Geruch nach Terpentin mit. Sie ließ etwas von sich selbst dort zurück, und gleichzeitig blieb etwas von diesem Ort an ihr haften. Eines Tages, dachte sie amüsiert, würde man anhand ihrer Fingerabdrücke feststellen, dass sie hier gewesen war.

Die Sonne schien warm, aber noch nicht unangenehm heiß, und die meisten der Diplomatenfrauen hatten Sommerhüte auf. Nicht aber Lila. Sie trug ein helles Kleid mit kaffeefarbenen Punkten und einen breiten Gürtel, der ihre schmale Taille gut zur Geltung brachte. Ihr kastanienfarbenes Haar war zu einer kecken Frisur geschnitten und fiel ihr fast bis auf die Schultern. Sie hatte sich im Gegensatz zu vielen anderen Frauen auf der Tribüne nicht übermäßig herausgeputzt und hatte etwas Reserviertes und Kultiviertes an sich, das man nicht auf den ersten Blick entdeckte.

Sie war von der Frau des britischen Attachés eingeladen worden. »Warum denn nicht?«, hatte die Frau gesagt. »Es wird bestimmt schön. Nehmen Sie sich den Tag frei und mischen sich ein bisschen unter die feinen Leute von Jerusalem. Wir treffen uns dann dort.«

Die Ehefrauen der Diplomaten mochten sie. Sie schätzten sie wegen ihrer professionellen Haltung und ihrer Schweigsamkeit, während sie selbst munter plauderten. Wenn sie Lila zu einem Hausbesuch bestellten, brachte sie ihr eigenes Werkzeug mit und verhalf trockenen, vernachlässigten Händen zu Eleganz und Vornehmheit. Dann erklärte sie den Frauen auch immer, dass Handschuhe dazu dienten, schöne Hände bis zum richtigen Moment zu verbergen, und nicht etwa, um die Hände von Waschweibern zu verstecken.

In der ganzen Stadt prangten Aufrufe zum Boykott der Parade der »britischen Besatzer«, aber Lila gehörte keiner Organisation oder Protestgruppe an. In ihr loderte keine Flamme, keine Begeisterung für subversive Aktionen. Sie war eine unabhängige Frau, kümmerte sich um sich selbst und um das bisschen, was sie besaß. Den Unterschied zwischen ihrem bescheidenen Dasein und dem Leben der privilegierten Menschen, mit denen sie zusammen auf der Tribüne stand, kannte sie genau. Solange sie keine Anstalten machte, die Klassenschranke zu überwinden oder sich einen reichen Ehemann zu angeln, war alles in Ordnung. Ihre Gleichgültigkeit Pracht und Luxus gegenüber schützte sie.

Ein Ober mit weißen Handschuhen und schwarzer Fliege bot ihr ein Glas Champagner an. Sie nahm einen kleinen Schluck – es war das erste Mal im Leben, dass sie Champagner trank –, und der köstliche Geschmack des kühlen Getränks überraschte sie so sehr, dass sie vor Wonne seufzte und leise sagte: »Auf dich, König George. Mögest du lange leben.«

Unter ihr hatten sich zu beiden Seiten der Straße viele Menschen versammelt. Britische Flaggen wehten in der Brise, und aus den Lautsprechern ertönten Militärmärsche. Die ganze Veranstaltung war dazu gedacht, den Juden und Arabern der Stadt die Stärke der Briten zu zeigen – eine Demonstration uneingeschränkter Macht auf dem Terrain der Einheimischen. Oben auf der Tribüne aber schien etwas ganz anderes stattzufinden: eine englische Gartenparty. Ein buntes Durcheinander von Sprachen war zu hören, aber den Briten gelang es, fand Lila, noch die aufregendste Konversation zu ersticken. Sie antworteten gehemmt und schwerfällig und lachten niemals.

Nicht weit von ihr entfernt, am Rand der Tribüne, standen einige Ausländer. Sie tranken auf den König und klangen so fröhlich, als hätten sie schon einige Runden Champagner hinter sich. Wie alle anderen warteten sie auf die Parade zum Krönungsjubiläum von König George VI. Als sie sich ihnen näherte, hörte sie, dass sie englisch und französisch sprachen. Einer von ihnen, ein Mann mit deutschem Akzent, erklärte gerade, seine Forschungsergebnisse bewiesen, dass Katzen sich selbst kratzen, wenn man sie unter Stress setzte. Die anderen lachten. »Ich dachte, nur

Menschen können in Stress geraten«, sagte ein Mann mit russischem Tonfall, der solche Theorien »ziemlich modern« fand. Er stellte den anderen seine Sekretärin vor, die es geschafft hatte, »ihre Sammlung antiker Samoware aus Russland herauszuzaubern«. Alle waren neugierig auf die Sammlung, aber die russische Sekretärin wandte sich immer nur an einen einzigen Mann. Er sah europäisch aus, trug einen hellen Sommeranzug und hatte das Haar nach hinten gekämmt. Aus seinen Augen sprachen Amüsiertheit und ein gewisses Interesse an ihr.

Ein Franzose bemerkte: »Diese Frau sammelt Samoware, und der Herr hier importiert Tee.«

Jemand fragte, von woher, und der Mann im hellen Anzug antwortete: »Aus Ceylon, China und Indien.«

»Wie exotisch«, sagte der französische Botschafter. »Er besucht diese Orte und kommt auch noch wohlbehalten zurück.«

»Das klingt faszinierend«, bemerkte die Russin. »Wussten Sie schon immer, dass Sie diese Tätigkeit ausüben wollen?«

»Es ist mein Beruf«, antwortete der junge Mann, ohne näher auf sie einzugehen. »Man kann kein Teeeinkäufer sein, ohne den Tee dort zu probieren, wo die Mischung hergestellt wurde.« Das Wort »Mischung« sprach er aus, als wäre darin alle Magie des Tees enthalten.

Er besaß eine ruhige, angenehme Stimme, weder tief noch rau. Lila fühlte sich sofort davon angezogen. Ein Engländer scherzte: »Wir haben den Tee in den Westen gebracht. Bis dahin haben ihn nur die Asiaten getrunken. Sehr viele Asiaten zwar, aber trotzdem. Bloß Asiaten.«

»Ihr Engländer habt den Tee tatsächlich in den Westen gebracht«, sagte der junge Mann. »Aber ihr habt keine Ahnung, wie man ihn trinkt.«

»Oho!«, rief ein anderer Engländer. »Versucht der Gentleman etwa, die britische Vorherrschaft infrage zu stellen?«

»Ganz und gar nicht«, erwiderte der junge Mann. Die Unterhaltung hatte an Fahrt aufgenommen. Er hatte es geschafft, das langweilige Diplomatengeschwätz ein bisschen aufzulockern, und das auch noch in perfektem Englisch.

Ein Belgier sagte: »Er hat durchaus recht. Was kann man von einer Nation schon erwarten, die ihren Tee mit Milch trinkt?«

Der Russe bemerkte: »In Russland trinken wir Tee, um uns warmzuhalten, und das machen wir seit vierhundert Jahren so – also lange vor den Engländern.«

Der junge Mann schien die Unruhe, die er entfacht hatte, zu genießen. Sein Lächeln wurde breiter und entblößte gesunde weiße Zähne.

Der Franzose sagte: »*Allez-y,* Monsieur Riani. Zeigen Sie es ihnen.«

Da wusste sie seinen Namen.

In diesem Moment hatte sie das Gefühl, den Namen schon früher gehört oder seine Augen und Lachfältchen schon einmal gesehen zu haben – eine Art Déjà-vu. Tatsächlich aber war sie ihm noch nie begegnet. Er war gewinnend, versprühte seinen Charme aber nicht, sondern setzte ihn nur sparsam ein. Jetzt reichte er sein Champagnerglas an den Franzosen weiter, um zu demonstrieren, wie die Engländer Tee tranken. In einer feinen Pantomime hob er eine unsichtbare Tasse an die Lippen und setzte dabei eine ernste, ganz und gar britische Miene auf. »So haltet ihr Engländer die Tasse – am Henkel. Ihr stellt sie mit einem lauten Klappern auf die Untertasse. Selbstgefällig und mit zusammengekniffenen Lippen trinkt ihr dann, und dazu knabbert ihr Kekse, von denen nur Gott allein weiß, was sie mit Tee zu tun haben.«

Die Engländer waren sprachlos. »Die Chinesen wiederum«, fuhr Riani fort, »halten die Tasse zwischen den Handflächen. Sie umschließen sie, spüren ihre Wärme, wissen, bei welcher Temperatur sich der Geschmack entfaltet. Diese Methode ist einfach und doch sinnlich. Die Briten aber gehen kalt und distanziert an die Sache heran.«

»Nun, das ist eine ziemlich einseitige Beschreibung, finden Sie nicht auch?«, fragte einer der Engländer.

»Aber eine genaue«, erwiderte der Mann, noch bevor die anderen Engländer etwas sagen konnten. »Die Chinesen sind sehr streng, was ihren Tee betrifft. Sie machen eine Zeremonie daraus und beachten die Farbe des Getränks. Das ist eine Tradition, die Tausende von Jahren alt ist. Und die Engländer? Ihr trinkt den Tee mit Milch und Zucker und esst dazu Gurkensandwiches. Ihr baut den Tee ja nicht mal selbst an; das erledigen die Inder und Kenianer für euch.«

Die Frau des französischen Botschafters applaudierte. »So eine einfühlsame Beschreibung!«, schwärmte sie. Auch die anderen Frauen lächelten ihn an. Sie standen jetzt in seinem Bann und würden ihm auch noch zuhören, wenn er begänne, über die Zahl der Kanonen in der Schweizer Armee zu referieren.

»Wir haben auch den Kaffee in den Westen geholt«, prahlte einer der Engländer.

»Das stimmt nicht ganz«, widersprach der Teemann. »Das allererste Kaffeehaus in London wurde im achtzehnten Jahrhundert von einem Einwanderer aus dem Libanon eröffnet.«

»Von einem Araber?«, fragte eine der Frauen erstaunt.

»Er war Jude«, erwiderte der Teemann lächelnd. »Die Juden sind Pioniere. Ihre Taten verändern die Welt.«

Derweil stand Lila in ihrem gepunkteten Kleid völlig unbeachtet und von Männern in Anzügen verdeckt am Rand der Gruppe und versuchte, jedes Wort aus seinem Mund zu erhaschen, jede Nuance seines Tonfalls zu erlauschen. Doch die Hintergrundgeräusche verschluckten manchen Halbsatz und manche Pointe, die von herzhaftem Lachen begleitet wurde. Er erklärte gerade, dass Kaffeehäuser in England sehr beliebt wurden, weil die Menschen die überlaufenen Pubs nicht mehr ertrugen. Aber die englischen Frauen protestierten gegen diese Etablissements, die allein Herren vorbehalten waren. »Wenn die Männer abends nach Hause kamen«, sagte er, »begehrten sie ihre Frauen nicht mehr, und die Frauen glaubten, diese Woge der Impotenz sei den Kaffeebohnen zu verdanken. Sie dachten, der Kaffee schwäche ihre Männer. Aber dann kam die Wahrheit ans Licht.«

»Um Himmels willen«, rief der Belgier, der schon recht angeheitert war, »spannen Sie uns nicht länger auf die Folter, erzählen Sie!«

»In Wahrheit«, sagte der Teemann mit unbewegter Miene, »befanden sich im Obergeschoss dieser Cafés Frauen in Spitzenunterwäsche. Darum kamen die Männer ziemlich erschöpft und befriedigt nach Hause.«

Sie überlegte, ob er tatsächlich die Wahrheit sagte oder die Sache bloß erfunden hatte, um die Engländer in der Gruppe noch mehr zu demütigen. Dann sagte der Teemann plötzlich, als hätte er ihre Gedanken gelesen: »Das ist wahr, glauben Sie nicht, ich hätte mir das nur ausgedacht. Und so kam es, dass Teehäuser nur für Frauen eröffnet wurden. Aber das ist wieder eine andere Geschichte.«

Die Männer hatten dem Ober gerade signalisiert, dass sie bereit seien für eine weitere Runde, als verkündet wurde, die Parade nähere sich dem King-David-Hotel. Tatsächlich, von Weitem konnte man Trommeln, Becken und Blasinstrumente hören. Die Menschentraube, die sich um den Teemann gebildet hatte, löste sich auf, und alle strömten an die Brüstung. Die Trommeln wurden lauter.

Und da entdeckte er sie.

Mit einem einzigen schnellen Blick erfasste er viele Details. Ihre Gesichtszüge prägte er sich sofort ein, damit er sich von ihr abwenden konnte und sie nicht glaubte, er starre sie an. Das Erste, was ihm auffiel, waren ihre Lippen, danach bemerkte er den schön geschwungenen Hals. Sie lächelte ihn nicht an wie die anderen Frauen, die seinen Auftritt verfolgt hatten; sie betrachtete ihn in dem Wissen, dass ihre Blicke sich bald treffen würden. Ihm kam es vor, als wäre niemand außer ihnen beiden anwesend, als hätten sich die stolzen, lärmenden Trommler in nichts aufgelöst, als existierte nur der Funke, der zwischen ihnen übergesprungen war.

»Ich habe mitbekommen, wie Sie die Engländer beleidigt haben. Das war lustig«, sagte sie.

»Sie haben es verdient«, entgegnete er.

»Bereisen Sie die Welt auf der Suche nach Tee?«

»Ja.«

»Und woher wissen Sie, welcher gut ist?«

»Ich zerreibe ihn zwischen den Fingern und rieche an den Blättern«, erklärte er.

»Probieren Sie den Tee auch?«

»Sie werden es nicht glauben«, sagte er und machte eine kleine Pause, »man nimmt einen Schluck, kräftig und laut, sodass genug Luft mitkommt, und dann kann man den Tee überall im Mund schmecken.«

»Schlucken Sie ihn dann auch hinunter?«

»Nein. Man probiert und spuckt wieder aus. Genau wie bei Wein. Ich warne Sie, ich werde Ihnen die nächsten zwanzig Jahre lang alles über Tee erzählen, wenn Sie mich nicht daran hindern.«

Sie sah ihn an.

»Tut mir leid, wenn ich vorhin arrogant geklungen habe«, sagte er.

»Mir gefiel es. Die meisten Leute hier sind so kriecherisch gegenüber den Engländern.«

»Und was machen Sie hier so?«, wollte er wissen.

»Ich sehe mir die Stadt von oben an«, sagte sie. Sie sprach leise und feminin, war aber sehr direkt.

»Meinen Sie das im panoramischen oder im poetischen Sinn?«, fragte er.

»Auf dieser Tribüne komme ich mir vor wie auf einem anderen Planeten, abgeschnitten von allem, was unten passiert. Die Leute hier oben sind schick angezogen und trinken Champagner, während die Stadt unter uns geteilt ist und die Menschen leiden.«

Darauf war er nicht gefasst gewesen.

Es war nicht nur das, was sie sagte, sondern auch die Art, wie ihre Lippen sich dabei bewegten. Er hatte nicht erwartet, dass ihn dieser Anblick so tief im Inneren berühren würde. Ein leichtes, ungewohntes Zittern breitete sich in ihm aus. Ihre Stimme, ihre Schönheit, ihr zitroniger Duft. Er hätte ihr gern gesagt, wie schön ihre Lippen waren, wenn sie redete, ließ es aber bleiben.

»Sie sind fremd hier, oder?«, fragte sie. In ihrem Blick lag die Frage, die sie nicht stellte: Warum interessierte er sich dafür, was hier vorging? Bald würde er doch wieder an den gemütlichen Ort zurückkehren, aus dem er stammte. Aber als seine Augen den ihren begegneten, wuchsen Zweifel in ihr. Normalerweise konnte sie andere Menschen gut einschätzen, darum überraschte es sie, dass sie dieses Mal nicht recht hatte.

»Ich bin zwei Kilometer von hier geboren, im Stadtviertel Scheich Dscharrah«, sagte er mit einem Lächeln, wie um sich dafür zu entschuldigen, ihre Theorie zerstört zu haben. »Genau wie mein Vater und Großvater und Urgroßvater. Wir stammen alle aus Al-Quds, also Jerusalem.«

Ein Schatten legte sich auf ihr Gesicht.

Er bemühte sich, das Thema zu wechseln, und das Erste, was ihm einfiel, war eine Geschichte über englische Hausfrauen, die einzelne, nicht zusammenpassende Socken in Tee einlegten und so farblich passende Paare bekamen. Er erzählte ihr auch, dass seine Mutter vor der Tür ihres Hauses Teeblätter abbrannte, um die Stechmücken fernzuhalten. Als sie lächelte, schien auch sein Lächeln breiter zu werden.

Sie wusste jedoch nicht, dass sie ihn auf diese Art regelrecht zum Schmelzen brachte. Weil sie laut auflachen musste, errötete sie, denn es war unschicklich, vor einem Fremden in Lachen auszubrechen, und zudem unterhielten sie sich viel zu vertraut. Als ihm ein leichter Windhauch ihren Zitrusduft in die Nase trieb, klopfte sein Herz ganz aufgeregt.

Sie fand ihn äußerst vornehm, obwohl er sich gleichzeitig reserviert gab. Mit dem Ober sprach er französisch und mit einem Kunsthändler fließendes Hebräisch. Auf ihre Frage hin verriet er, dass er am Collège des frères studiert hatte. Doch vieles, was er ihr erzählte, entging ihr, weil sie so durcheinander war. Seinen Namen wusste sie nicht mehr – oder hatte sie ihn noch gar nicht erfahren? Seine wachen braunen Augen, die starken, feingliedrigen Hände, seine gebräunte Haut und die warme Stimme hingegen hatten sich ihr bereits eingebrannt.

Sie erinnerte sich später nicht mehr an seine genauen Worte, aber plötzlich geriet er in Eile und erklärte, er müsse gehen. Das überraschte sie, denn er hatte nicht ein einziges Mal auf die Uhr gesehen und wusste anscheinend doch genau, dass es an der Zeit war. Aber so war es besser, dachte sie. Dadurch würde der Gedankenwirbel in ihr zum Stillstand kommen, wer weiß, was sonst noch alles passiert wäre. So hatte sie sich schon lange nicht mehr gefühlt. Seit Pardo, der ihr das Herz gebrochen hatte, hatte sie keinen Mann mehr an sich herangelassen.

Auf dem Heimweg dachte er über die Begegnung nach. Sie hatte ihm ihr wunderschönes Lächeln geschenkt. Lila, so hieß sie, sie hatte ihm ihren Namen verraten, als er danach fragte. Dabei muss ich an Flieder denken, sagte er, und sie nickte. Er hätte durchaus noch länger bleiben können, aber irgendetwas in seinem Inneren drängte ihn zum Aufbruch. Als er sie deshalb um Verzeihung bat, sah er die Überraschung in ihren Augen. »Sie brauchen sich nicht zu entschuldigen«, sagte sie. »Achten Sie darauf, die Paradestrecke weit zu umfahren, sonst kommen Sie nur bis zu den Absperrgittern.« – »Es war mir ein Vergnügen, Sie kennenzulernen«, hatte er zum Abschied gesagt. »Mir auch«, hatte sie entgegnet.

Die Straßen waren mit dem Union Jack geschmückt, und viele Kinder warteten aufgeregt am Straßenrand. Uniformierte Verkehrspolizisten hielten die Autos an. Mit Charme versuchte er sein Glück, sagte zu einem der Polizisten: »Gott schütze Ihren König!«, durfte aber dennoch nicht weiterfahren. Daher beschloss er, das Auto unter Bäumen stehen zu lassen und zu Fuß nach Hause zu gehen. Es gelang ihm nicht, die Gedanken an sie zu vertreiben. Er dachte daran, wie die Hintergrundgeräusche plötzlich verstummt waren, als sie miteinander sprachen; er dachte an ihre zarten Hände, an ihre Zurückhaltung trotz aller Vertrautheit, an ihre schöne Figur. Hatte sie eigentlich Sommersprossen? Hatte sie Sommersprossen auf der Nase?

Er bedauerte nicht, die Tribüne so eilig verlassen zu haben. Manchmal passierte es einfach, dass er davonlief, denn Small Talk mit Fremden gehörte nicht zu seinen Lieblingsbeschäftigungen. Aber ein Teehändler, der danach strebte, der Beste seiner Branche zu werden, musste bei solchen Anlässen eben dabei sein und Kontakt zu den einflussreichen Leuten suchen.

Er hatte die Begegnung mit ihr auch deswegen beendet, weil er die Dinge gern unter Kontrolle behielt. Im Alltag musste er Formulare ausfüllen, Lieferungen arrangieren, mit Bankdirektoren verhandeln. Dieses geordnete Leben gefiel ihm. Er hatte keinen Bedarf an Schwierigkeiten, und schon gar nicht an solchen, wie sie diese Frau sicher mit sich bringen würde. Die Frau mit dem betörenden Duft.

Parfümierte Frauen mochte er nicht. Er war ein Mann, dem die Andeutung eines Duftes schon genügte; er liebte Aromen, die in dem Moment verschwanden, in dem er sie wahrnahm, die mit dem Windhauch kamen und gingen. Von aufdringlichen Gerüchen hielt er sich fern. Er bevorzugte solche, nach denen man suchen musste. Das Versteckte, Verborgene war ihm einfach lieber als das Offenkundige, Hervorstechende.

Auf der Treppe zu seinem Haus roch er bereits das Essen, das seine Mutter gerade kochte: Reis, Karotten und Hühnchen, gewürzt mit Muskat und Zimt. Gleich würde sie ihm einen kleinen Teller Tahina servieren, mit Minze,

Tomatenwürfeln und einem Hauch Kreuzkümmel, und während er aß, würde sie sich zu ihm an den Tisch setzen. Dann würde sein Vater aus dem Büro nach Hause kommen, sich mit einem Spritzer kalten Wassers frisch machen und sich zu ihnen gesellen. Sie würden über die britische Parade reden und darüber, dass es deswegen in den Läden nichts mehr zu kaufen gab. Und über die Spannungen in der Stadt und die Hitze im Juni, die in Jerusalem oft schlimmer war als die im Juli. Und Elias würde die Metalljalousien herunterlassen, damit das Haus abkühlte.

Bei seinen Versuchen, Lila zu vergessen, gelang es Elias sogar, ihr Aussehen und ihre Stimme zu verdrängen. Doch obwohl bereits einige Wochen seit ihrer Begegnung vergangen waren, hatte sich etwas von ihr in ihm festgesetzt. Wenn er unwillkürlich an sie dachte, spürte er ein Ziehen im Bauch, das er aber unterdrücken konnte, sobald es auftrat. Es gab schließlich wichtigere Dinge, um die er sich kümmern musste – zum Beispiel den Container aus Aqaba, gefüllt mit zweihundert Kilo Tee, der beim Ausladen verschwunden war. Vielleicht hatten ihn die Jordanier beschlagnahmt, das vermutete jedenfalls seine Mutter.

Elias war davon überzeugt, dass er sich die verschwundene Ware zurückholen konnte. Er begab sich ins Hauptquartier der britischen Mandatsherren in der Mamilla Street, wo man ihn dank seines feinen Anzugs und seiner selbstbewussten Haltung sofort nach oben schickte, anstatt ihn in der langen Schlange, die sich durch die Lobby wand, warten zu lassen. Er klopfte an die Tür des Sachbearbeiters für Handelswesen und trat ein, als er hineingerufen wurde. Dann erzählte er dem Mann die Geschichte von der verschwundenen Ladung und zeigte seine Papiere vor. »Es tut mir leid«, sagte der Engländer entschlossen. »Wir sind der Sache bereits nachgegangen, können aber nichts tun. Ich rate Ihnen, sich an die Polizei zu wenden.«

Elias wurde ganz bleich im Gesicht. Manche Leute erröteten, wenn sie zornig wurden, nicht aber Elias.

Er verließ das Büro und strebte dem Ausgang des Gebäudes zu. Vor Wut über die Gleichgültigkeit des englischen Sachbearbeiters stand er kurz vor der Explosion, denn er war mit der festen Überzeugung hergekommen, die ärgerliche Sache könne geklärt werden. Auch die fehlende Hilfsbereitschaft hatte ihn enttäuscht. Als er nun den Flur hinunterging, kam er am Büro eines Sachbearbeiters für Bevölkerungsfragen vorüber. Der Mann war sehr bemüht; offensichtlich wollte er die Frau, die ihm gegenübersaß, unbedingt zufriedenstellen. Elias konnte nur ihren Rücken sehen, ihr kastanienfarbenes Haar, das beinahe bis zum Verschluss ihrer Perlenkette reichte. Er verlangsamte seinen Schritt, und da stieg ihm auch schon ein vertrauter Duft in die Nase. Wie angewurzelt blieb er stehen. Die Frau hörte aufmerksam zu, während der Sachbearbeiter versuchte, sie zu beeindrucken.

»Sie haben getan, was Sie konnten«, sagte sie schließlich und stand auf. Dann erklärte sie, sie werde bald wiederkommen und hoffe bis dahin auf einen positiven Bescheid.

Elias' Herz klopfte. Ihre Stimme, ihre Figur, ihre dünnen Arme, ihre schmalen Schultern.

Als sie sich umdrehte und dem Engländer den Rücken zuwandte, sah sie verzweifelt aus. Dann bemerkte sie, dass Elias sie beobachtete, und lief rot an. Ein Lächeln breitete sich auf ihrem Gesicht aus, vielleicht ein Zeichen dafür, dass sie beschlossen hatte, nicht mehr ärgerlich zu sein. Die Deckenventilatoren summten, jemand zündete sich eine Pfeife an, und der Duft von Tabak zog durch die Büros. Sie waren die einzigen Menschen auf dem Flur, aber ihm kam es vor, als wären sie die einzigen Menschen auf der ganzen Welt.

»Wie nett, Sie zu treffen«, sagte er ernsthaft und nicht so lapidar wie die Engländer, die diesen Satz bloß höflich meinten.

»Wie merkwürdig, Sie hier zu sehen«, erwiderte sie. »Treiben diese ständigen ›Regeln und Bestimmungen‹ Sie auch zum Wahnsinn?« Die drei betonten Wörter sprach sie mit übertriebenem britischen Akzent aus.

»Sie haben mich wütend gemacht«, erwiderte er, »aber jetzt weiß ich gar nicht mehr, wieso.«

Mit zusammengekniffenen Augen sah sie ihn an.

Weil ich Sie getroffen habe, wollte er ergänzen. Ihm fiel auf, dass es ihm in ihrer Anwesenheit schwerfiel, die richtigen Worte zu finden.

Sie tauschten noch ein paar Höflichkeitsformeln, ohne ein richtiges Gespräch in Gang zu bringen. Unsicher tastete er sich vor, während sie sarkastisch wurde, und das ging so, bis sie beim Ausgang angelangt waren. Draußen vor dem Gebäude erwartete sie der gleißende Nachmittagssonnenschein. Für beide war es bislang kein guter Tag gewesen, und ihr zufälliges Treffen kam zum denkbar schlechtesten Zeitpunkt. Schließlich bot er ihr an, sie mit dem Auto nach Hause zu bringen, aber sie lehnte ab, sie wollte lieber zu Fuß gehen.

»Na schön«, sagte er. »Dann begleite ich Sie eben zu Fuß.«

»Und Ihr Auto?«, fragte sie überrascht.

»Das wartet hier auf mich«, entgegnete er.

Bei ihm entwickelte sich alles langsam, in seinem eigenen Tempo, und wenn jemand versuchte, etwas zu beschleunigen, ließ er sich eher abdrängen. Gerade weil sie sein Angebot abgelehnt hatte, fühlte er sich wohl. Ohne es zu wissen, hatte sie ihn dorthin geführt, wo er am liebsten war, weil keine Eile herrschte.

Gemächlich spazierten sie dahin, nahe nebeneinander, aber in ausreichendem Abstand. Ihm fiel auf, wie selbstbewusst sie einherschritt in ihrem olivgrünen Kleid mit den goldenen Knöpfen.

Sie fragte nach seinem Namen.

Peinlich berührt lachte er auf. »Ich dachte, ich hätte mich damals auf der Tribüne schon vorgestellt. Ich heiße Elias.« Nach einer winzigen Pause fügte er hinzu: »Elias Riani.«

Sie brauchte einen Moment, um den Klang seines Namens zu erfassen. Daran, wie er ihn aussprach, konnte sie einiges über ihn erschließen. Als eine peinliche Stille entstand, erkundigte er sich, warum sie die Hilfe des englischen Beamten gebraucht hatte.

Sie erklärte, sie besitze in Istanbul eine Immobilie, die

ihren Eltern gehört habe. Kein großes Anwesen oder ein Unternehmen, wie sie betonte. Nur einen kleinen Laden am Markt.

Er erzählte ihr von der verschwundenen Teelieferung, ohne die sein Geschäft in der Altstadt einige Wochen lang leer bleiben würde. »Die Hotels und Cafés und Botschaften, die ich normalerweise mit Tee aus Ceylon und Indien und Großbritannien beliefere, werden sich andere Lieferanten suchen«, klagte er. »Dabei kann ich es mir nicht leisten, die Geschäftsverbindungen zu verlieren, die ich über Jahre aufgebaut habe.«

Sie sagte ihm dann, sie habe vorgesprochen, um irgendeine Entschädigung zu bekommen, da die Häuser in der Straße, wo sich ihr Laden befand, allesamt abgerissen und neu errichtet worden seien.

Während sie sprach, beschäftigte ihn die Frage, ob sie tatsächlich Sommersprossen auf der Nase hatte, aber er beschloss, sie erst dann genauer zu mustern, wenn sie es nicht bemerkte. Das beherrschte er gut. Er würde sich jeden Zentimeter ihres Gesichts einprägen, und sie würde es nicht einmal mitbekommen. Diese perfekten Lippen, voll und mit Lippenstift bemalt und auffällig und göttlich und absolut unerreichbar.

Überrascht nahm er zur Kenntnis, dass seine Wut vollständig verraucht war, und das sagte er ihr auch.

»An den Engländern muss doch irgendwas Gutes sein«, bemerkte sie.

»Die Polizisten dort trinken jeden Tag Tee«, erklärte er ihr, »und die Verbrecher ebenso.«

Sie lachte ungezwungen und natürlich. Ihre Hand glitt

über seine Handfläche, und sofort beschleunigte sich sein Herzschlag.

»Was fasziniert Sie so am Tee?«, wollte sie wissen.

»Sein Geschmack beschwört Erinnerungen herauf«, antwortete er. »Die Ahnung von etwas Vertrautem, das man erlebt, aber noch nicht geschmeckt hat.«

Obwohl er bloß von Tee sprach, zitterte sie innerlich.

»Er ist bitter und zuckersüß«, sagte er. »Und er hütet Geheimnisse.«

»Wessen Geheimnisse?«

»Die Geheimnisse der Menschen, die ihn angebaut, geerntet und getrocknet haben – und die das beste Blatt ausgesucht haben, jenes, in dem das seltene, kostbare Aroma ruht.«

Ein Eismann hielt mit seinem Karren neben ihnen, und zwei Kinder mit Baskenmützen lieferten sich ein Wettrennen darum, wer als Erster den in Jute verpackten Eisblock erreichte. »Ich habe Glück, ich habe einen Eismann gefunden, der mir mein Eis fünf Stockwerke in meine Wohnung hinaufträgt«, sagte sie.

»Fünf«, wiederholte er verwundert. »Ich würde fünfzig Stockwerke hinauflaufen. Für Sie.«

»Mit einem Eisblock auf dem Rücken?«, fragte sie.

Er lachte. Dass es in seinem Haus einen elektrischen Kühlschrank gab, erwähnte er nicht.

Auf dem Gehsteig spielten ein paar Mädchen das Drei-Stöcke-Spiel. »Es gilt, über die Stöcke zu hüpfen, ohne sie mit dem Fuß zu berühren. Nach jedem Durchgang werden die Stöcke aber weiter auseinandergelegt«, erklärte sie.

»Man muss so weit kommen, wie man nur kann«, fügte er verträumt hinzu.

Als sie bei der Agron Street angelangt waren, erzählte sie ihm, sie habe heute einen ganzen Arbeitstag verloren, und ihr kleinkarierter Chef werde ihr den Tag vom Lohn abziehen.

Bevor sie sich an der Eingangstür ihres Wohnhauses von ihm verabschiedete, machte sie noch eine Bemerkung über den glücklichen Zufall, der sie beide auf dem Behördenflur zusammengeführt hatte, und streckte ihm die Hand hin.

Er erwiderte nichts, hielt ihre Hand aber einen Augenblick fest, bevor er sie wieder losließ.

Fenster, Rollos, Fensterbretter – sie putzte wie ein Wirbelwind, leerte Schränke aus, polierte Glasflächen, die Schublade mit den Wertsachen und das Bücherregal. Jedes einzelne Buch nahm sie in die Hand und staubte es von allen Seiten ab. Besonders vorsichtig ging sie mit der ledergebundenen Bibel um. Sie zog das Bettzeug ab und wusch es und hängte es zum Trocknen aufs Dach. Als die Wäsche im Wind getrocknet und von der Sonne desinfiziert war, bespritzte sie die Laken mit Rosenwasser und bügelte sie sorgfältig.

Zum Putzen trug sie ein einfaches Baumwollkleid und machte ab und zu eine Teepause. Am Abkühlen des Getränks konnte sie ablesen, wie schnell sie im Kampf gegen den Staub vorankam. Später dann wusch sie sich, wie jedes Mal nach einem solchen Putzanfall, entfernte ihren Nagellack und trug ihn neu auf.

Genau in dem Moment, als alles wieder frisch gesäubert an seinem alten Platz stand, klopfte es an der Tür. Niemand besuchte sie je, ohne sich vorher anzukündigen. Und die Leute, die Spenden sammelten oder etwas verkaufen wollten, plagten sich nicht mit den vielen Stufen ab – es waren fast einhundert. Diese Leute wussten nicht, dass es ganz oben noch eine kleine Wohnung gab, in der eine alleinstehende Frau ihre nicht sehr zahlreichen Habseligkeiten aufbewahrte.

Auf Zehenspitzen näherte sie sich der Wohnungstür und wurde nervös, als es lauter klopfte.

Der junge Mann, der vor der Tür stand, reichte ihr einen geflochtenen Korb. Verwirrt suchte sie einen Platz, wo sie den Korb abstellen konnte – nicht auf die gestärkten Laken, nicht auf die glänzende Arbeitsplatte, nicht in die Küchenspüle. Sie suchte nach einer Münze im Geldbeutel und gab sie dem jungen Mann, zusammen mit einem Glas Wasser. »Danke, dass Sie bis hier herauf gekommen sind.« Der junge Mann wurde etwas freundlicher. »Man hat mir eingeschärft, erst dann zu gehen, wenn Sie aufgemacht haben.«

Sie schloss die Tür hinter ihm und setzte sich in die Küche. Langsam zog sie das Tuch von dem Korb. Sie entdeckte Schweizer Schokolade – zartbitter, natürlich –, Röstkaffee und eine Dose mit Ceylontee – drei ihrer Lieblingsaromen. Sie sog den Duft dieser Schätze ein. In der Teedose war ein bescheidener Zettel versteckt: MÖCHTEN SIE AM DONNERSTAG MIT MIR ZU ABEND ESSEN? ICH HOLE SIE UM 18 UHR AB. Die Botschaft war nicht unterschrieben.

Wie gut, dass ich mit dem Putzen fertig bin, dachte sie, denn ihre Knie zitterten, und mit den Händen konnte sie nichts mehr festhalten. Sie fühlte sich schrecklich unbeholfen und hatte Mühe, sich wieder unter Kontrolle zu bringen. Aufmerksam untersuchte sie den Zettel. Welche Hinweise konnte sie in der Handschrift finden?

Ein paar Tage zuvor, als sie von der britischen Mandatsbehörde zu ihrem Haus gegangen waren, hatte sie ihm von der Straße aus ihre Wohnung gezeigt.

»Auf dem Dach?«, fragte er überrascht.

»Nein, da, wo die weißen Jalousien sind.«

»Wie ist die Aussicht von dort oben?«

»Man kann die Mauern der Altstadt sehen und einen Teil der Altstadt selbst. Den Ort, wo Sie wohnen.«

»Ich lebe außerhalb der Mauern«, sagte er.

Irgendetwas an seiner Aussage ließ sie erstarren. Ihr wurde eiskalt. Er sprach über den Ort, wo er hingehörte, ganz in der Nähe und doch weit entfernt. Sie dachte daran, dass sie sein Haus niemals würde sehen können. Aber warum überkamen sie solche Gedanken, noch bevor irgendetwas geschehen war?

Sie genoss seine Überraschung, als er erfuhr, dass sie Türkisch, Englisch, Französisch und einige Brocken Arabisch sprach. »Ich brauche alles davon«, sagte sie lachend. »So sind wir Juden eben. Seit wir im Exil sind und von Ort zu Ort ziehen, haben wir uns unsere eigene Sprache geschaffen, zusammengebastelt aus den Resten anderer Sprachen.«

»Aber Sie selbst sind nicht herumgezogen, nicht wahr?«

»Nur von Istanbul nach Jerusalem«, sagte sie. »Aber mein Vater hat sich immer bemüht, jede Kundin in ihrer Muttersprache anzusprechen.«

Elias lächelte. »Und mittags haben Sie ihn besucht?«

»Ja, um ihm eine warme Mahlzeit zu bringen und ihm beim Arbeiten zuzusehen. Von ihm habe ich gelernt, jeden beliebigen Gaskocher auseinanderzunehmen und wieder zusammenzusetzen.«

»Und wenn meiner kaputtgeht?«

»Dann bringen Sie ihn zu mir.« Sie lachte und spürte die Wärme, die sich zwischen ihnen ausbreitete.

Auf einmal wurde ihre Miene ernst. Zu ihrer eigenen Überraschung verriet sie ihm ein Geheimnis. »Ich habe nur eine einzige Sache behalten, die meinem Vater gehört hat. Und zwar die Nadel, die er benutzte, um Verstopfungen aus dem Brenner zu entfernen.«

Er war nur ein kleines Stück größer als sie, und als sie nebeneinander dahinspazierten, passte er seine Schritte den ihren an. Sie genoss seine leise, ruhige Stimme und die Berührung seiner Hand, die sie wie zufällig am Arm streifte, als er sich hinunterbeugte und ein Flugblatt vom Boden aufhob. Darauf stand: DAS ORIENTKINO PRÄSENTIERT: »GENTLEMAN'S AGREEMENT«. Er rollte das Flugblatt zusammen und packte es kraftvoll, als versuchte er, einen ganz bestimmten Augenblick festzuhalten.

Nun setzte Lila den Wasserkessel auf. Auf der glänzenden Teedose prangte ein Bild von Frauen beim Teepflücken. Sie trugen Flechtkörbe auf dem Rücken. Hinter ihnen sah man viele Reihen mit grünen Blättern und einen kleinen orangefarbenen Turm, der mit Blumen bewachsen war. Diese Dose mit Orange Pekoe kam aus dem fernen Ceylon und roch ganz wunderbar. Als Lila das heiße Wasser aufgoss, erinnerte sie sich an Elias' Beschreibung der asiatischen Art, die Tasse zu halten. Sie umfasste ihren Becher mit beiden Händen und spürte die Wärme an den Handflächen.

Es gibt Augenblicke, in denen man nicht begreift, was gerade passiert, weil man von einer gigantischen Welle ergriffen wird, die alles mit sich reißt. Das war ein solcher Moment, und doch spürte Lila eine außerordentliche Klarheit, die ihren Geist erfasste. Dieselben Gedanken, die ihre Seele zum Schweben brachten, sorgten aber auch dafür, dass sie nicht davonflog.

Als sie ihn auf der Tribüne zum ersten Mal gesehen hatte, wusste sie nicht, dass er Araber war. Hätte sie es gewusst, hätte sie sich vielleicht von ihm zurückgezogen, bevor sein Charme sie umfangen konnte. Sie hatte immer auf eine gewisse Distanz zu den Arabern geachtet, aus einer unterschwelligen Feindseligkeit und tief sitzenden Vorbehalten heraus. Araber als Volk, Araber als Nation – es war am besten, sich gar nicht erst mit ihnen einzulassen. Das hatte sie schon als Kind in Istanbul gelernt. Oft hatte sie mit angehört, wie ihre Eltern über die Feindschaft zwischen den Juden und den Arabern redeten. Doch Elias hatte nichts an sich, was ihr Misstrauen weckte. Sie musste sich immer wieder bewusst daran erinnern, dass er Araber war, wenn auch Christ und kein Moslem. Das, was sie vorzufinden erwartete, nämlich einen Unterschied zwischen ihnen, das Gefühl, dass sie nichts gemeinsam hatten außer der Anziehung zwischen Mann und Frau, war einfach nicht da. Nun, solange sie darauf achteten, einander nicht zu nahezukommen, hatte sie nichts zu befürchten. Sie musste sich selbst schützen. In ihrer Welt war eine solche Beziehung undenkbar und durch nichts zu rechtfertigen.

Wenn Elias von einem Gedanken eingenommen war, der ihn nicht mehr losließ, lautete seine Strategie meist, ihn einfach zu ignorieren. Während der folgenden Tage lenkte er sich ab, indem er nach Tel Aviv und zum Hafen von Haifa, nach Ramallah und nach Bethlehem fuhr. Er bemühte sich, seinen Kundenkreis zu erweitern und schloss Verträge mit einigen Cafés ab: mit dem Ginati in Tel Aviv, dem Sapir und dem Margoa im Karmel. Die Kraft, die seine Gedanken ihm verliehen, nutzte er dafür, exklusive Vereinbarungen mit großen Hotels an Land zu ziehen und lästige Konkurrenten aus dem Feld zu schlagen, hauptsächlich Juden, die frisch aus Europa eingetroffen waren.

Das Wichtigste am Beruf des Kaufmanns war für Elias der persönliche Kontakt mit den Kunden. Die Chemie musste stimmen, das hatte sein Vater ihm beigebracht. Dabei ging es weniger um den Preis, die Qualität der Ware oder den Service. Es ging vielmehr um das Gefühl, das man demjenigen gab, der einem am Tisch gegenübersaß. In einer Welt, wo ein Imperium mit seinen vielen Gesetzen und Sultanen untergegangen war und einem neuen Imperium wich, stellte Elias eine feste und verlässliche

Größe dar. In Palästina, das von so vielen Flüchtlingen und Überlebenden überrannt wurde, hatte er bei den Juden großen Erfolg. Sie schätzten seine Kultiviertheit, seine Sprachgewandtheit, seinen Humor, seinen offenen Blick und seine Zuverlässigkeit. Er war längst nicht mehr nur der Sohn von George Riani, sondern hatte sich einen persönlichen Ruf erarbeitet, eigene Kontakte geknüpft und trug etwas zur Familienkasse bei. Er war Spross einer Kaufmannsdynastie, und das war etwas, das die Leute respektierten: Kontinuität über Generationen hinweg. Vertrauliches, das vom Vater an den Sohn weitergegeben wurde. Geschäftspraktiken, die man am Abendbrottisch lernte, nicht an Universitäten oder auf den Märkten. Elias kam mit allen gut aus, mit den Veteranen und den Neuankömmlingen. Obwohl er recht jung war, sprachen ihn alle mit »Mister Elias« an. Das Familienunternehmen der Rianis blühte. Firmen aus Übersee fragten an, ob sie nicht auch Zucker und Kaffee und Kakao in ihr Angebot aufnehmen wollten, aber Elias und sein Vater entschieden sich nach einigem Zögern dagegen.

Mitten in diesen turbulenten Zeiten überfiel Elias diese plötzliche Leidenschaft. Sie ist anders, sagte er sich, bevor er einschlief. Wenn er sich auf sie einließe, würde das sein Leben auf den Kopf stellen. Er dachte an seine unmögliche Situation, seine Familie, seine Umgebung. Wenn es nicht bloß etwas Vorübergehendes war – wenn diese Frau also nicht einfach an ihm vorübergehen würde –, dann würde sie ihn hinwegfegen, mit Haut und Haar.

Bevor es an der Zeit war, auf die Straße hinunterzugehen und auf ihn zu warten, schaute Lila ein letztes Mal in den Spiegel und beschloss, das Augen-Make-up und den Lippenstift wieder abzuwischen. Stattdessen zwickte sie sich in die Wangen, um etwas Farbe in ihre blasse Haut zu bringen. Er würde sie so zu sehen bekommen, wie sie wirklich war. Sie wusste fast nichts über ihn, nur das Wenige, was er ihr über seine Familie erzählt hatte: dass sie seit Jahrhunderten in Jerusalem lebte. In einem so gefestigten Familienverband gab es starke Männer und dominante Frauen, dachte sie, und keiner von ihnen würde einer Fremden – einer Jüdin – die Tür öffnen.

Im letzten Augenblick holte sie sich noch einen leichten Pullover und verstaute ihn in ihrer Tasche. Sie wollte nicht zu spät kommen, wollte nicht, dass sein Auto länger vor ihrem Haus stand. Die Nachbarn – und vielleicht auch Monsieur Hubert, ihr Chef – könnten zufällig vorbeikommen und sie dabei beobachten, wie sie in das fremde Auto stieg – und nicht etwa ins Bett, wie sie ihrem Chef einige Stunden zuvor gesagt hatte, als sie sich außergewöhnlich früh von der Arbeit abmeldete.

Unten auf der Straße entdeckte sie Elias, der aufgeregt die Haustür beobachtete. Seine Augen strahlten, als er sie erblickte. Er stieg aus dem Auto und hielt ihr die Tür auf. Sie versuchte, ihre Atemzüge und ihr klopfendes Herz wieder unter Kontrolle zu bringen.

»Haben Sie lange auf mich gewartet?«, fragte sie.

»Mein ganzes Leben lang«, erwiderte er.

Vielleicht hat er diese Worte früher schon zu einer

anderen gesagt, dachte sie, aber in seinen Augen las sie Wärme und Aufrichtigkeit. Mit der Nase sammelte sie weitere Eindrücke: Da war sein Duft, Lavendel, der sich mit dem Geruch seines Körpers mischte. »Ich bin froh, dass Sie gekommen sind«, sagte er.

Die Fahrt war herrlich, vorbei an Weizenfeldern und uralten Olivenbäumen, durch ein frisch gepflügtes Tal, wo wilde Kaktusfeigenbüsche reife Früchte trugen. Die Straße schlängelte sich durch Wildblumenfelder, die in voller Blüte standen, im Zenit ihrer Schönheit, bevor der Sommer kam und alles verdorren ließ. Durch die offenen Fenster wehte aus dem blauen Himmel frische Luft herein. Es war die magische Tageszeit, in der das Licht alles weicher erscheinen ließ. Wenn ich doch nur wüsste, dass ich diesen Weg noch einmal mit ihm fahren werde, dachte sie, zerrissen zwischen der Schönheit des Augenblicks und der traurigen Gewissheit, dass er bald vergangen sein würde. Als Elias lächelte und sie lange ansah, war ihr, als habe er instinktiv einen Weg gefunden, sie zu beruhigen, ohne ein Wort zu sagen.

Auf einem kleinen, mit violetten Blumen bewachsenen Hügel hielt er an und führte sie zu einem Aussichtspunkt, von dem aus sie das Panorama wie einen bunten, aufgespannten Fächer in all seiner Schönheit bewundern konnten: Dächer und Häuser und prächtige Felder und ein Tal, das blassgrün in der Sonne lag. Er erklärte ihr, dass die Erde auf terrassenförmigem Land besser und dieses Gebiet darum sehr fruchtbar sei.

Von ihrem Aussichtspunkt aus konnten sie ein Kloster ausmachen, groß und stolz. Sie hatte es schon einmal gesehen, aber heute schien es eigens für sie noch etwas schöner geworden zu sein.

»Wissen Sie, warum das Kloster Latrun heißt?«, fragte er.

Sie schüttelte den Kopf.

»*Latronis* ist die Genitivform des lateinischen Wortes ›Dieb‹.«

Überrascht hob sie die Brauen.

»Als Jesus in Jerusalem gekreuzigt wurde, in Golgatha, hingen an den Kreuzen neben ihm zwei Diebe. Der eine war ein guter, der andere ein schlechter Mann. Der Schlechte war von Jugend auf verdorben. Der Gute hingegen bereute seine Taten am Kreuz, noch bevor seine Seele aus dem Körper fuhr. Er war auf dem Hügel geboren worden, wo jetzt das Kloster steht, und die Pilger aus dem Heiligen Land fragten immer nach dem ›Haus des guten Diebes – Domus boni latronis‹.«

»Eine nette Geschichte«, sagte Lila. An seinen Ausführungen war nichts Belehrendes, nein, es war großzügig von ihm, dass er seine so ganz andere Welt mit ihr teilte. Obwohl Lila und Elias aus demselben Land stammten, auf derselben Erde wandelten, trugen sie unterschiedliche Geschichten darüber im Herzen.

Ihr fiel seine Körpersprache auf. Als er auf die umliegenden Hügel zeigte, beobachtete sie seine Hände. Sie waren gebräunt und ausdrucksvoll, sie unterstrichen und ergänzten seine Worte. Sie prägte sich die Hände genau ein, um sie auch dann noch vor Augen zu haben, wenn er nicht mehr bei ihr war. Ob sie ihn jemals mit bloßen Füßen sehen würde?

Überrascht nahm sie zur Kenntnis, wie stark er hier verwurzelt war, hier in dieser archaischen Landschaft, mehr als viele Juden, die sie kannte. Sein Körper und seine Seele gehörten hierher, sein Aussehen und seine Hautfarbe zeugten davon.

Als sie wieder im Auto saßen, schwiegen sie einen Augenblick lang. Er fand es angenehm, dass sie nichts sagte. Die Frauen seiner Familie erfüllten die Luft ständig mit ihren Stimmen und Gedanken, entweder um ihre Anwesenheit zu betonen oder um ihren Unmut zu überspielen. In den seltenen Momenten der Stille erkundigten sie sich gelegentlich, was er dachte, aber wenn er es ihnen hätte mitteilen wollen, hätte er es wohl nicht für sich behalten. Lila dagegen ließ die Wörter einfach Wörter sein und schwieg, während ihr Haar sich sanft im Windhauch bewegte. Die Sonne wanderte langsam nach Westen und überzog das Tal mit einem leuchtenden, sinnlichen Rot. Er bemerkte, dass die Farbe auch in ihre Wangen zurückgekehrt war. Wenn sie sich sicher fühlt, dann strahlt sie richtiggehend, dachte er.

Sie begegneten einigen braun gewandeten Mönchen, die von einem Spaziergang in den Weingärten kamen und jetzt im Gänsemarsch gingen. Elias grüßte sie mit einem Winken und rief: »Buona sera!« Sie antworteten mit freundlichen Blicken. Gerne hätte sie ihn beim Fahren ein Weilchen verstohlen von der Seite gemustert, aber plötzlich sagte er: »Lila, Sie haben gar nicht gefragt, wo wir hinfahren!«

»Das stimmt«, erwiderte sie überrascht – dabei mochte sie Überraschungen ganz und gar nicht. Sie untergruben nämlich ihre Selbstsicherheit. Er sah sie an wie jemand, der genau wusste, wohin er wollte, und in diesem Moment bekam ihre Beziehung eine ganz neue Bedeutung, eine neue Dimension.

Elias und Lila kamen sich näher und gingen wieder auf Abstand, wie Schattenspielpuppen, die einander umkreisten, schneller und langsamer wurden, zu einer Musik tanzten, die nur sie beide hören konnten.

Elias bot ihr Eistee aus seiner Thermoskanne an. Er hatte sie in ein nasses Tuch gewickelt, damit sie kalt blieb. Lila zögerte kurz, bevor sie die Lippen an dem kleinen Becher ansetzte. Aus dem Augenwinkel beobachtete er, wie sie sich einen Tropfen vom Kinn wischte. Leider traute er sich nicht, sie offen zu mustern.

Ein Frettchen mit langem Schwanz sprang auf die Straße und erschreckte Lila. Elias bremste und wartete, bis das Tier die Straße überquert hatte. Er erzählte ihr von den Heilkräutern, die seine Mutter im heimischen Garten anbaute. Ihre größte Angst war, dass wilde Tiere sie zerstören könnten. Frettchen mochten besonders die Stängel der Anispflanzen, erklärte er.

Nach und nach setzte sich in Lilas Kopf ein Bild von Elias zusammen. Sie registrierte aufmerksam, was er sagte, und auch, was er nicht sagte, was er zwischen den Zeilen zu sagen schien. Sie war es nicht gewohnt, Fragen zu stellen. Auch ihren Kundinnen hörte sie meistens nur zu, sie plauderte höflich und schwieg ansonsten.

Langsam wurde es dunkel. Die Straße war nicht beleuchtet, aber die Scheinwerfer des Autos tanzten munter umher. Sie fuhren durch arabische und jüdische Dörfer.

Hier und da konnte man das Bellen eines Wachhunds hören.

Sie wäre überall mit ihm hingefahren, in eine Höhle in der Negev-Wüste oder in den afrikanischen Dschungel – Hauptsache, er war an ihrer Seite. Wenn sie aber an sein Volk dachte, an die behütete Umgebung, in der er aufgewachsen war, dann wurde sie traurig. Sie malte sich aus, dass er im Schutz einer großen Familie lebte, in einem eigenen Haus, auf eigenem Land, und dadurch wurden ihr die Unterschiede zwischen ihnen noch deutlicher bewusst. Als sie Jaffa erreicht hatten, sinnierte sie über ihre unterschiedlichen Religionen und Kulturen – und über eine noch tiefer gehende Diskrepanz: Er lebte in einem großen Familienverband, sie dagegen war ganz allein.

»Wir nähern uns dem Hafen«, verkündete er.

Ihr Schweigen belastete ihn mittlerweile. Als er die Autotür öffnete und ihre Gesichter von der Seeluft umweht wurden, sah er ihr in die Augen, versuchte, ihren scheuen Blick anzuziehen und ihr ein Lächeln zu entlocken. Auf dem Weg zum Restaurant lehnte sie sich an ihn. Das Kerzenlicht war angenehm, und der Duft von frischem Fisch auf dem Grill weckte ihren Appetit. *Wenn sie libanesischen Arrak mit mir trinkt*, dachte er, *dann ist sie die richtige Frau für mich. Der Arrak wird ihre Traurigkeit vertreiben, sie wird lachen, und niemand wird glücklicher sein als ich.*

Als sie das Restaurant verließen und nebeneinander zum Auto gingen, war beiden klar, dass sie eine unsichtbare Grenze überschritten hatten. Auf der einen Seite dieser

Grenze gab es Unsicherheit und Zweifel; auf der anderen Seite warteten große Gefühle, verliebtes Lächeln – und ein Begehren, das zu stark war, um es zu ignorieren. Die Welt hatte sich verändert, seit sie sich begegnet waren. Es ist wie mit einem Gipsverband, den man um einen gebrochenen Arm legt, dachte Lila. Zuerst ist er weich und biegsam und macht jede Bewegung mit, ein paar Minuten später dann wird er hart und passt sich der Form des Arms an, und noch etwas später ist er so fest geworden, dass man ihn nur noch mit der Säge entfernen kann. War Elias vielleicht bloß in ihr Leben getreten, um sich über einen Riss tief in ihrem Inneren zu legen?

Es fiel ihm nicht ein, sie zu küssen oder zu berühren. Warum sollte er etwas überstürzen? Er handelte stets besonnen, und mit ihr fand er das richtiger denn je. Darum war er ganz perplex, als sie ihn plötzlich küsste. Der Kuss war weich und flattrig, gerade so zart, dass er die Wärme ihrer Lippen spüren konnte.

Auch sie war verblüfft. Sie wusste nicht mehr genau, wie es zugegangen war, nur, dass sie ihn unglaublich gern hatte berühren wollen und sich ohne nachzudenken auf die Zehenspitzen gestellt und ihre Lippen auf die seinen gedrückt hatte.

Sie hoffte, der Weg wäre in der Zwischenzeit länger geworden, aber das Auto fraß gierig die Kilometer. Elias begann zu singen und überredete sie, in das Lied einzustimmen. Ihre Tonlagen ergänzten sich harmonisch. So fuhren sie in ihrer Luftblase dahin; es gab nur sie beide und das Auto, und ansonsten war das Universum leer.

Lilas Ansicht nach konnte man einen Mann ziemlich genau danach beurteilen, wie er fuhr. Elias' ruhige Hände und seine Unaufgeregtheit am Steuer nahmen sie für ihn ein, genau wie seine Stimme und die Art, wie seine Brust zuckte, wenn er lachte. Während ihres ersten gemeinsamen Mahls hatte er mit gutem Appetit, aber doch maßvoll gegessen. Dabei hatte er den Tisch stets genau im Blick behalten, um ihr jederzeit eine Freude machen zu können. Er drängte sie dazu, die knusprige Haut des gegrillten Fisches und etwas Bulgur mit Minze zu probieren, stöhnte auf, als er das stark gewürzte Auberginengericht kostete, lobte den Koch, und bat sie, auch einen süßen Milchpudding zum Nachtisch zu nehmen. »Wir haben leider nur noch einen Muhallabia-Pudding«, sagte der Ober entschuldigend. »Den bekommen Sie«, sagte Elias. »Nein, Sie«, widersprach Lila. »Teilen wir ihn uns?«, schlug er vor. Sie stimmte zu.

Sie erreichten Jerusalem im Dunkeln. Der Anblick war für beide bedrückend, bald nämlich würden sie auseinandergehen müssen, und diese Aussicht lastete schwer auf ihnen.

Elias hielt an, und zu ihrer Verblüffung standen sie schon vor ihrem Wohnhaus. Die Straße war dunkel, auch die Fenster des Hauses, aber aus einer Wohnung im Erdgeschoss hörte man ein Radio. Die übliche nächtliche Anspannung hatte sich über die Stadt gesenkt. Er öffnete ihr das Eisentor, lächelte sie an und wünschte ihr flüsternd Gute Nacht.

»Ich fand es sehr schön mit Ihnen«, sagte sie zum

Abschied lächelnd, und dann wurde sie auch schon von dem Gebäude geschluckt.

In ihrer Wohnung setzte sie sich aufs Bett, noch immer im schwarzen Kleid, aber ohne Schuhe. Eine ganze Stunde lang saß sie so da und dachte an den Mann, der in ihr Leben getreten war. Immer wieder hörte sie das Echo ihres Namens, so wie er ihn aussprach.

Elias stand vom Bett auf, um sich das Gesicht zu waschen. Er öffnete das Fenster, legte das Unterhemd ab und zog es wieder an, nieste, wickelte sich in seine Decke ein, schloss das Fenster, warf sich im Bett herum und versuchte, sich zu beruhigen, begann zu schwitzen und warf die Decke wieder von sich. Fast wäre es ihm doch gelungen einzuschlafen; die Glieder wurden ihm schwer, die Arme lagen ausgestreckt an seiner Seite, die Atmung wurde regelmäßig. Keine Stechmücken summten in seinen Ohren, keine Schüsse von jordanischen Legionären waren zu hören, und das Bad, das er vor dem Zubettgehen genommen hatte, entfaltete seine beruhigende Wirkung. Sein Körper war bereit für den Schlaf, die Gedanken stellten ihren Ansturm ein, die Augenlider wurden schwer, die Laken unter ihm umfingen ihn mit ihrer Weichheit. Aber ausgerechnet in dem Augenblick, in dem er sich ganz dem Schlaf hingeben wollte, wandte dieser sich heimtückisch von ihm ab.

Es war drei Uhr nachts. Seine Mutter sagte immer, wenn man nicht schlafen könne, habe man ein Problem mit der Leber, denn die sollte um diese Zeit eigentlich ihre Reinigungsfunktion übernehmen. Darum aß sie die letzte

Mahlzeit des Tages immer schon um sechs Uhr. Meistens wählte sie etwas Leichtes und Ungekochtes, damit die Leber nicht unnötig belastet wurde und sie im Schlaf störte. Nachdem der Schlaf Elias verlassen hatte, wusste er, dass er ihn nicht mit Gewalt zurückholen konnte. Er konnte lesen oder ein bisschen arbeiten, und dadurch würde er den Schlaf wieder anlocken. Die Nacht verschwand, weißer Nebel bedeckte die Sterne und formte eine Decke, die am Himmel schwebte. Das Wetter der letzten Tage war unbeständig gewesen, wie die Laune eines unberechenbaren Gottes. Am Tage herrschte heißer, trockener Chamsin mit Temperaturen über fünfunddreißig Grad; abends kam dann ein heftiger Regenguss, der den Himmel gelb färbte und die Stadt durchnässte. Auf eine kühle Brise wartete man vergeblich. Im Kopf ging Elias jedes Wort ihrer Unterhaltung auf dem Rückweg aus Jaffa durch. Sie hatte ihn angesehen und rundheraus gefragt, nein, eher geflüstert: »Was wollen Sie?«

Sein Herz hatte einen Schlag ausgesetzt. Nach einem kurzen Augenblick erwiderte er: »Sie.«

Seine Antwort ließ sie verstummen. Auf dem weiteren dunklen Heimweg hatte sie kein Wort mehr gesagt.

Elias schenkte sich ein Glas Cognac ein. Hatte seine Antwort ihr zugesagt? Er hatte keine Ahnung. Aber er wusste, dass sie Zeit brauchten. Zeit, um das aufzubauen, wofür sie bereits den Grundstein gelegt hatten. Zeit, damit er ihr Vertrauen gewinnen konnte. Er knipste eine Lampe an, setzte sich an seinen Schreibtisch und bearbeitete einen Stapel Post, für den er bislang noch keine Zeit gefunden hatte.

Einer der Briefe war von Paul Ramsey, einem britischen Kaufmann, den er aus London kannte. Nach den höflichen Grußformeln schrieb er: »Angesichts der wachsenden Spannungen in Ihrem Land möchte ich Ihnen einen interessanten Vorschlag unterbreiten, der sich als sehr nützlich erweisen könnte, falls es tatsächlich zu einem Krieg in der Region kommt. Ich möchte Ihnen hiermit meine Dienste als Lieferant von Dosenfisch und Dosenfrüchten, Kondensmilch und auch getrockneten Kartoffeln aus Holland anbieten.« Weiterhin schickte er Grüße an Elias' Vater und bat um eine baldige Antwort. Ramsey glaubte anscheinend, dass diese Waren sehr gefragt waren und die Preise bald nach oben schießen würden.

Mit der Hand fuhr Elias über das Siegel des Briefkopfs. Darunter war ein Segelschoner abgebildet, neben dem die Worte »The Ramsey Company« standen. Sein Vater George interessierte sich nicht für edle Siegel oder die Namen bestimmter Unternehmen. Er legte keinen großen Wert auf Verträge oder Papiere, sondern machte nur Geschäfte mit Partnern, denen er vertraute. Wenn er mit jemandem nicht auskam, schickte er ihm eine höfliche Absage und empfahl ihm einen anderen Kaufmann.

Dieser Brite hat eine gute Idee gehabt, dachte Elias. Darin liegt die Kraft des umsichtigen Handels; man ahnt bestimmte Ereignisse voraus und hortet Waren, bis der Markt leer gefegt ist und die Leute verzweifelt nach Nahrungsmitteln suchen, sogar nach solchen, die jahrelang in einem Keller vor sich hingedümpelt haben. Aber was hatten Dosenwaren aus irgendeinem Keller mit ihm zu tun?

Er war dem Tee verbunden und der jahrtausendealten Magie, die diesen Blättern innewohnte. Jede Teeplantage war ein Geschenk der Natur und besaß ein ganz eigenes Aroma. Ein Aroma, das von der Qualität des Bodens abhing, vom Regenwasser und dem Fleiß des Teebauern. Sogar wenn die britische Königsfamilie selbst ihm Dosenware verkaufen würde, wäre darin doch nicht die dezente Süße der Teeblätter aus weit entfernten Dörfern enthalten, dachte Elias. Er hatte sogar gehört, das Geheimnis des guten Tees liege eigentlich im Gesang der Pflückerinnen.

Es kam ihm nicht richtig vor, Konservendosen zu importieren und einen finanziellen Vorteil aus dem Leid anderer zu ziehen. Er zog den Brief aus dem Stapel und legte ihn im Gedächtnis ab – bald würde er ihn wieder vergessen haben.

Aus grauen Wolken, die aussahen wie die herausgequollene Füllung eines alten Ohrensessels, fielen nun Regentropfen. Elias trank sein Glas aus und genoss die angenehme Wärme, die sich in ihm ausbreitete. Kurz war er der Schlaflosigkeit dankbar, denn jetzt konnte er in hellwachem Zustand von ihr träumen. Er wusste nicht, ob Lila einen Kosenamen hatte, und falls ja, wer ihn benutzte. Er wusste nicht, wie ihr Schlafzimmer aussah. Tief unten in seiner Kehle stieg ein Verlangen in ihm auf. Er wollte ihr einen Brief schreiben – nein, ihr Blumen schicken. Nein, Blumen dienten doch bloß dazu, eine kalte Persönlichkeit zu verbergen. Er würde ihr die Utensilien senden, die man brauchte, um dem Tee sein bestes Aroma zu entlocken. Auf die Türschwelle würde er ihr die Sachen stellen – halt, es war besser, den Laufburschen mit einer Kanne, Porzellantassen, einem Messbecher und einem Filter zu ihr zu schicken.

Er musste ganz behutsam vorgehen, nicht etwa vorpreschen, sondern gemächlich schlendern, um ihr die Möglichkeit zu geben, ihn abzuweisen – und ihr gleichzeitig zu zeigen, dass er wusste, dass sie anders war, einzigartig. Er musste winzige Schritte machen, denn es gab keinen Grund zur Hetze. Am Morgen würde er ins Büro gehen und eine passende Teemischung auswählen – seine Nase würde ihm verraten, was in diesem Moment angebracht war.

Der Laufbursche erwartete Elias vor seinem Büro mit einem Telegramm aus Istanbul. Nach kurzem Überlegen konnte er sich an Tarek Sharifi erinnern, den Berater des Handelsministers und erfolgreichen Kaufmann im In- und Ausland. Sharifi bat ihn, sich mit dem türkischen Konsul in Jerusalem zu treffen. Der Minister höchstpersönlich stehe hinter der Bitte.

Elias verspürte Hunger, jenes subtile Grummeln, das lauter wird, wenn man ihm keine Aufmerksamkeit schenkt. Genau da betrat Munir das Büro. Er hatte die Gabe, immer zu wissen, wann er sich zeigen und wann er sich im Hintergrund halten musste. Auf Elias' Schreibtisch stellte er die Lebensmittel, die er gerade gekauft hatte: einen Laib Brot, gesalzenen Käse, eine Untertasse mit Olivenöl und gehacktem Eisenkraut.

»Essen wir doch zusammen«, schlug Elias vor, aber wie jeden Tag ließ Munir seinen jungen Chef die Mahlzeit allein genießen. Mit jedem Bissen schöpfte Elias Kraft, und an jedem Einzelnen erfreute er sich. Sobald er die ersten Anzeichen von Sättigung spürte, beendete er wie gewöhnlich das Mahl. Nachdem Munir die Reste abgeräumt hatte, machte Elias ein Verdauungsschläfchen. Als er erfrischt aufwachte, setzte er sich an die Schreibmaschine und schrieb ein paar Briefe, die Munir später absenden würde.

Bei der Arbeit ließ Elias sich ganz von seiner Intuition leiten. »Genau wie dein Vater«, bemerkte seine Mutter oft. Elias hatte zwar Buchhalter und Juristen als Berater, gab aber nicht viel auf deren Meinung. Er hatte seinen Geschäftssinn von seinem Vater George geerbt, genau wie seinen klaren Verstand und die Fähigkeit, sogar ein vielversprechendes Geschäft wieder loslassen zu können. Mit Elias Handel zu treiben, war nicht schwierig: Wenn er einmal eine Entscheidung getroffen hatte, setzte er sie auch alsbald um.

Am späten Nachmittag suchte er wie im Telegramm angewiesen das American-Colony-Hotel auf. Er war müde und leicht gereizt. Der türkische Konsul begann mit wortreichen Floskeln, aber Elias kam sofort zur Sache: »Es tut mir leid, aber ich habe nur eine halbe Stunde Zeit für Sie. Ich würde gerne wissen, was Sie mir mitteilen wollten.«

»Wir möchten, dass Sie unseren Tee verkaufen«, sagte der Konsul knapp.

»Tee?«, fragte Elias überrascht. »Bei Ihnen gibt es doch gar keinen Tee.«

»Wir werden die Welt überraschen«, erwiderte der

Konsul. »Tee wird bald zu unserem größten Exportgut werden. Das hat unser Präsident verfügt.« Er machte eine kleine Pause, um seinen Worten Gewicht zu verleihen. »Noch zu seinen Lebzeiten hat seine Eminenz Kemal Atatürk beschlossen, dass die Türkei ein Tee-Imperium aufbauen muss. Er hat angeordnet, Kontakt zu den besten Teehändlern auf der ganzen Welt aufzunehmen und ihnen unseren Tee anzubieten.« Der Konsul ging zum Angriff über: »Wir wissen, was Sie kaufen – nur vom Besten. Wir werden Ihnen einen besseren Preis machen und schneller liefern. In ein paar Jahren werden Sie schon vergessen haben, dass Sie jemals Tee aus Indien und Ceylon angekauft haben.«

Plötzlich tauchte die schöne Lila in Elias' Gedanken auf, und sein Herz klopfte unwillkürlich schneller.

Der Konsul brachte Elias zu seinem Mercedes, wo ein Ober in weißem Jackett mit einer Kiste wartete, die er in den Kofferraum stellte. Elias dankte dem Konsul und fuhr los. Er ärgerte sich über die verschwendete Zeit.

Heute Abend muss ich früher zu Bett gehen, dachte er. Ich brauche mindestens acht Stunden Schlaf, ohne jede Störung. Die Frau in seinen Gedanken ließ ihn nicht mehr los, nicht in seinen wachen Stunden und nicht im Schlaf und auch nicht im Dämmerzustand dazwischen. Seine Augen waren gerötet. Gerade, als er das Haus betreten wollte, erinnerte er sich an die Kiste im Kofferraum und ging zurück, um sie zu holen. Darin fand er zwei Flaschen französischen Cognac, türkischen Honig in einer Holzschachtel und einen Umschlag. Sie hatten seinen Geschmack genau getroffen.

Den Umschlag öffnete er erst am nächsten Morgen. Darin lagen zwei Fahrkarten nach Istanbul. Der Handelsminister wollte ihm die vielen neu angelegten Teeplantagen zeigen. Er gab seiner Hoffnung Ausdruck, dass Elias im September kommen könne.

Lila bezahlte den Taxifahrer im Voraus für die Fahrt zum Hafen von Haifa. Ihrem Chef und den Kolleginnen im Salon hatte sie erzählt, sie wolle nach Zypern, um sich mit entfernten Verwandten zu treffen, die es nach dem Krieg dorthin verschlagen hatte. Monsieur Hubert war außer sich: Alles, was seine sorgfältig organisierte Planung störte, gefährdete auch seine Nerven. »Nach Zypern? Jetzt?«, hatte er gekrächzt. Sie tröstete sich damit, dass ihre Lüge ja ein bisschen wahr sei, denn das Schiff würde erst Zypern anlaufen und dann weiterfahren nach Istanbul.

Sie trug einen sandfarbenen Rock mit passender Jacke und hatte einen braunen Koffer bei sich, der ihre Schuhe farblich ergänzte. Ihr Herz klopfte aufgeregt, und als sie ihn entdeckte, wie er da an einem Pfahl lehnte, schlug es noch schneller. Trotzdem schaffte sie es, ruhig auf ihn zuzugehen. Er blieb unbeweglich stehen, aber seine Augen waren auf sie gerichtet und schienen zu sagen: *Ich wusste, dass du kommen würdest. Ich wollte, dass du kommst.*

Auf dem Kai war viel los. In Autos kamen ständig neue Passagiere an, und die Maschinen der Schiffe dröhnten laut. Überall hörte man Abschiedsgrüße. Sie sah sich um, ob jemand da war, der sie kannte und das Abenteuer, das jetzt beginnen sollte, noch gefährden könnte. Inständig hoffte sie, niemanden zu treffen, vor allem keine Kundinnen oder Nachbarn.

In einem gewissen Abstand standen sie nebeneinander. Man würde sie nicht für ein Paar halten, denn sie benahmen sich eher wie Bekannte, die sich zufällig getroffen hatten. Der Steward, der Lila zu ihrer Kabine brachte, ignorierte Elias und schickte einen Kollegen, um ihn zu begleiten. »Zwei Kabinen«, hatte Elias ihr versichert, als er sie überredete, mit ihm zu fahren.

Als Elias seinem Vater von der Einladung des türkischen Handelsministers und den zwei Fahrkarten erzählt hatte, hatte dieser eine nach Kakaobohnen duftende Pfeifenrauchwolke ausgestoßen und ihm geraten, allein zu fahren, um nachzusehen, was die Türken da nun wieder ausgeheckt hatten. George war misstrauisch. Die Asiaten hatten Hunderte von Jahren gebraucht, um den perfekten Tee zu erzeugen. Wieso glaubten die Türken dann, sie könnten dasselbe in der Zeit schaffen, die man benötigte, um den Namen »Atatürk« auszusprechen?

Elias war das egal. Er dachte nur an die Reise mit Lila – eine einmalige Gelegenheit. Sie nahm sein Angebot an – zögerlich, vorsichtig –, bekam dann Angst und wollte doch noch absagen. Mit viel Mühe hatte er sie schließlich überzeugen können.

Es war schon Mittag, als sie endlich in ihren Kabinen waren. Sie hatte die Nummer 27, er die 36. Er spritzte sich kaltes Wasser ins Gesicht und dachte über die vergangenen Wochen nach – die Schlaflosigkeit, die vielen

Hindernisse –, und die Gefühle übermannten ihn. Als er sich abtrocknete und in den Spiegel sah, erblickte er einen Mann, der sich fühlte wie ein Jüngling, aufgeregt wegen einer Frau, die sich in einer Nachbarkabine gerade ebenfalls das Gesicht mit kaltem Wasser wusch, genauso aufgeregt war und sich fragte, ob die Reise mit ihm wirklich vernünftig war.

Mit lautem Getute lief das Schiff aus. Jetzt waren sie beide allein in der kleinen, abgeschlossenen Welt, die sie sich ersehnt hatten. Er klopfte an ihre Tür, und sie öffnete sofort. Das mochte er an ihr: Sie war natürlich und direkt, ganz anders als die meisten Frauen, die er kannte. »Ich werde oben an der Bar auf Sie warten«, sagte er mit einem schüchternen Lächeln.

Elias bestellte sich einen Arrak auf Eis, nahm einen Schluck und spürte, wie der Alkohol die Spannung in seinem Körper löste. Die Fremdheit zwischen ihnen war immer noch greifbar. Die Reise zueinander, die Flucht aus der Stadt, die sie einengte, hatte noch nicht begonnen. Und als Lila plötzlich erschien – errötend und voller Vitalität –, da ging ihm das Herz auf, und sein ganzer Körper fieberte ihr entgegen. Noch nie hatte er solch strahlende Schönheit erlebt. Als sie lächelte, sah er ihre nahezu perfekten Zähne, weiß und glänzend wie Perlen, das Grübchen an der Spitze ihres Kinns, die kleine Vertiefung über ihrer Oberlippe, ihre glatte Haut und die Augen, die zu sagen schienen: Hier bin ich, ich komme zu dir. Unter den aufmerksamen Blicken aller Männer an der Bar ging sie auf ihn zu.

Sie trank Arrak und wurde davon ganz heiter. Sie

traute sich sogar, ihm zu gestehen, dass sie nicht schwimmen konnte. »Ich werde ins Wasser springen und Sie retten«, sagte er und beugte sich zu ihr vor. »Wenn Sie mit mir zusammen sind, kann Ihnen gar nichts passieren.«

»Ich kann auch nicht Fahrradfahren«, fügte sie kleinlaut hinzu.

Er bemerkte, dass sie keine Armbanduhr trug, und berührte die blasse Stelle, wo das Band über ihrem Handgelenk gelegen hatte.

»Ich habe beschlossen, die Zeit zu Hause zu lassen«, erklärte Lila.

Mehr konnte er sich nicht wünschen. Sie war an seiner Seite, und er konnte sie so lange betrachten, wie es ihm gefiel, stundenlang, tagelang. Er konnte ihr Gesicht in aller Ruhe studieren. Wenn es nach ihm ging, brauchte sonst gar nichts zu passieren. Ihre Gegenwart genügte ihm.

Als das Licht gelöscht wurde und eine Gruppe von ausgelassenen Engländern »God Save The King« anstimmte, wurden Lila und Elias unsanft an das erinnert, was sie eigentlich hinter sich lassen wollten. In Palästina war das Leben hart. Juden und Araber belagerten und bekämpften sich, bekriegten sich in einem Konflikt, bei dem kein Ende in Sicht war. Die Zukunft sah düster aus.

Langsam füllte sich die Bar. Männer und Frauen tanzten fröhlich zur Musik, Zigarettenrauch erfüllte die Luft. Sie tauschten einen Blick und waren sich einig, einen ruhigeren Ort zu suchen. »Sie haben bestimmt Hunger«, sagte er. Ihr Seidenkleid raschelte, als sie neben ihm einherschritt, und ihr Duft machte ihn verrückt. Aber er würde sie nicht küssen, nicht hier, das wäre nicht schicklich.

Als sie sich im Speiseraum an einem Tisch mit Meerblick gegenübersaßen und der Ober ihnen Rotwein einschenkte, hätte Lila diesen Augenblick gern für immer festgehalten.

Mit ihr sind sogar die ruhigen Momente von aufregender Fülle, dachte er. In der Stille lagen Schönheit und Sanftheit; er hatte keine Eile. Mit ihr war alles ganz natürlich, so, als wären sie schon ewig zusammen. Zwischen ihnen herrschte eine Harmonie, die beide umfing und verzauberte.

»Glauben Sie, es wird den Türken gelingen, guten Tee zu erzeugen?«, fragte sie.

»Von mir aus können sie auch Brennnesseln anbauen. Wichtig ist doch nur, dass sie uns diese gemeinsame Reise ermöglicht haben.«

Lila errötete. »Wie hat alles eigentlich angefangen?«, fragte sie.

»Vor Tausenden von Jahren begab sich ein Chinese allein in die Natur«, sagte er, als verriete er ihr ein Geheimnis. »Er sammelte ein paar Kräuter, experimentierte damit herum und vergiftete sich siebzig Mal, denn jede Heilpflanze ist auch ein Gift, wenn man sie falsch anwendet. Eines Tages kochte er sich über dem Feuer etwas Wasser auf. Ein Windstoß fegte einige Blätter in das Wasser. Und so soll die erste Tasse Tee entstanden sein.«

Lila lachte. Im Grunde hatte ihre Frage auf das Familienunternehmen abgezielt, aber diese Geschichte war genauso faszinierend.

»Ach so, Sie wollten wissen, wie das mit uns angefangen hat? Mein Urgroßvater hat Salz importiert, und mein Vater hat später Tee dazugenommen, ein Getränk, das sowohl die Armen als auch die Reichen genießen. Als ich ins Geschäft eingestiegen bin, habe ich die Welt nach Sorten abgesucht, die mich restlos begeisterten.«

Er nahm einen Schluck Wein und fragte sie, ob er ihr munde.

»Sehr«, nickte sie. Ihre zarten Lippen waren lila eingefärbt.

»Es ist wirklich schön, mit Ihnen Wein zu trinken«, sagte er. Wahrscheinlich war es nicht seine Bemerkung, sondern die Art, wie er sie dabei ansah, die sie so überwältigte.

Sie malte sich aus, er würde sie im Schutz der Dunkelheit in ihrer Kabine besuchen. Sie würden die Tür abschließen und das Licht ausschalten. Dann würde er sie umarmen, sein Gesicht an ihren Hals drücken, ihren Duft einatmen und vorsichtig ihre Lippen berühren, die sich daraufhin für ihn öffnen würden. Anders konnte dieser Abend an Bord gar nicht enden.

»Sind Sie müde?«, fragte er, als sie vor ihrer Kabinentür standen.

»Nicht müde genug, um einschlafen zu können«, gab sie zurück.

Er fuhr sich mit den Fingern durchs Haar. »Wir gehen jetzt ins Bett«, sagte er, drehte sich um und ging auf seine eigene Kabine zu. »Gute Nacht.«

Es war zwei Uhr morgens, und diese Wendung kam so überraschend, dass sie keinen Schlaf fand. Hatte sie ihn enttäuscht? War sie vielleicht nicht schön genug für ihn? Aber nein, den ganzen Abend lang hatte er sie trunken vor Glück angesehen, sie offensichtlich begehrt.

Sie zog sich einen Pullover über und ging an Deck. Es war stockfinster, und aus dem Wasser stieg ein starker, schwerer Geruch nach Salz auf. Die Ewigkeit schien fast mit den Händen greifbar, die Ewigkeit, die Menschen schluckte und alle Sorgen plötzlich unwesentlich werden ließ. Der Gedanke an diesen ganz bestimmten Mann, der jetzt schlafend in seiner Kabine lag, erfüllte sie mit großer Freude. Er hatte sie wohl kaum in ein fremdes Land eingeladen, um auf Abstand zu ihr zu bleiben. Er folgte seinem eigenen Tempo, seinem ruhigen Temperament – das musste die Erklärung sein. Wenn sie doch nur die Geduld aufbringen könnte, sich seiner Geschwindigkeit anzupassen. Aber erst einmal würde sie versuchen, ohne ihn einzuschlafen, mit dem Wissen, dass er sich nur ein paar Schritte entfernt von ihr befand.

Beim Frühstück stellte sie vergnügt fest, dass er gern Spiegeleier mochte, und zwar so gern, dass er sie – wie sie selbst auch – jeden Tag essen konnte.

Als das Schiff in Istanbul einlief, waren sie sich schon etwas nähergekommen, nicht sehr, aber doch so, dass sie offener miteinander umgingen. Sie hatten sogar bereits einen Streit überstanden. Elias hatte daraus gelernt, dass sie schnell weinte, sich aber auch schnell wieder beruhigen ließ. Sie hatte Magenprobleme gehabt, und Elias hatte die Bemerkung fallen lassen, sie sei offenbar verwöhnt. Nicht geahnt hatte er, dass er sich damit ihren Zorn zuzog. Ich? Verwöhnt? Sie, ein Waisenkind, hatte sich allein durchgeschlagen, wie konnte er nur auf eine solche Idee kommen? Sofort flossen die Tränen, und er musste viel Überzeugungsarbeit leisten, bis sie ihm abnahm, dass er es nicht so gemeint hatte. Er lief zum Schiffsarzt, brachte ihr Pillen und heißen Tee, drängte sie, mehr davon zu trinken. »Meine Mutter glaubt fest an die Heilkraft des Tees«, sagte er.

Die Stadt lag wunderschön und einladend da. Man sah die sechs Türmchen der Blauen Moschee, und auch die der Hagia Sophia, der Kirche der Heiligen Weisheit. Elias hatte vor, sie eines Nachmittags dorthin zu führen und gemeinsam mit ihr die wundervolle Kuppel des Weltwunders und das Spiel von Licht und Schatten darin zu bestaunen. »Die Stadt wurde auf sieben Hügeln erbaut«, erklärte sie ihm. »Wenn man sich in der Stadt bewegt, erlebt man, wie ihre Anhöhen plötzlich auftauchen und wieder verschwinden.«

Von diesem Kai aus war sie vor siebzehn Jahren abgefahren, und heute kehrte sie mit Elias hierher zurück. Er stand neben ihr, der Wind blies frisch. Sie konnte sein gebräuntes Gesicht und seine Lachfältchen sehen und sehnte sich danach, ihn zu küssen. Seine Anwesenheit war stärker als die Abwesenheit ihrer Eltern, und das aufregende Gefühl des Hier und Jetzt war wichtiger als die verborgene, ungeklärte Vergangenheit.

»Wir könnten das Haus suchen, in dem Sie aufgewachsen sind«, schlug Elias vor.

»Nein«, erwiderte sie sofort.

»Denken Sie darüber nach.«

»Es gibt Dinge, die man besser dem Nebel des Vergessens überlässt«, sagte sie. Lila atmete tief durch, und sie lehnten sich über die Reling. Leise erzählte sie ihm, wie eilig sie die Stadt verlassen hatten, wie still es auf dem Schiff und in ihrem neuen Zuhause in Jerusalem gewesen war, wie schrecklich sie es gefunden hatte, als Einzelkind allen Zorn und Missmut der Eltern abzubekommen, und wie verbittert ihre Eltern gestorben waren.

Elias lauschte ihr aufmerksam.

Zuerst war ihre Mutter einer Lungenkrankheit erlegen, und nur ein Jahr später traf es ihren Vater, dem sie sehr nahegestanden hatte. An einem stürmischen Tag war er von einigen Ziegeln, die von einem Dach fielen, erschlagen worden.

Er merkte, dass sie nicht hilflos erscheinen wollte, darum sagte er nicht, dass sie von nun an nicht länger allein durch die Welt gehen müsse. Aber seine Augen strahlten Wärme und Fürsorge aus.

Sie hatten zwei Tage in Istanbul, bis der Fahrer des Ministers sie nach Osten, zu den Teeplantagen, bringen würde. Vor der Abreise hatte Elias seinen Gastgebern ein Telegramm geschickt, es gebe eine kleine Änderung: Nicht sein Vater werde ihn begleiten, sondern eine junge Agrarwissenschaftlerin, die sich für die türkische Landwirtschaft interessierte. »Sprich einfach immer nur Französisch«, sagte er zu ihr. »Das verstehen sie bestimmt nicht.« Sie einigten sich darauf, dass sie das Türkisch, das sie in ihrer Kindheit gelernt hatte, verbergen würde – und das war nicht das Einzige, was sie versteckten.

Im Taxi fragte der Fahrer in gebrochenem Englisch, ob Elias seiner Frau auf dem Weg ins Hotel noch die antiken Kirchen zeigen wolle. Lila nickte lächelnd. Sie schmunzelten über den Namen des schnurrbärtigen Fahrers – Caesar – und waren sehr froh darüber, wenigstens in seinen Augen als Ehepaar durchzugehen. Lila bemerkte, wie sehr Elias die Situation genoss.

Elias fragte den Fahrer, was er morgens trinke. »Kaffee«, entgegnete Caesar stolz, als wäre alles andere indiskutabel. »Zwölf Tassen trinke ich am Tag.« Elias fragte sich, wie Atatürks Plan die Gewohnheiten eines ganzen Landes ändern konnte.

»Was ist mit Tee?«, fragte er.

»Tee ist nur für Kranke«, sagte der Fahrer.

Das Taxi stoppte vor dem Eingang des Hotels Bosporus. Der Portier verbeugte sich vor Lila, als sie an ihm vorbeiging. Sie lächelte und schenkte ihm ein »Merci«, was ihn freute. Lila sah sich in der Lobby um, während Elias an die Rezeption ging und sich um die bestellten Zimmer kümmerte. Der Angestellte hinter dem Tresen wollte wissen, ob sie im Speisesaal zu Abend essen würden. »Ich sage Ihnen später Bescheid«, sagte Elias. Er betrachtete Lila verzückt und genoss ihren Anblick so sehr wie sie die Aussicht auf den Fluss, der im Abendlicht schimmerte.

Die Zimmer lagen am Ende des Flurs, der mit einem schweren bernsteinfarbenen Teppich ausgelegt war.

Elias nahm zunächst ein Bad. Unterdessen sah sich Lila

begeistert in ihrem großen Zimmer um. Das riesige Fenster schien direkt über dem Fluss zu liegen, und die edle Badewanne stand auf vier goldenen Füßen. Sie drehte die Wasserhähne auf, voller Neid auf die Türken, die keinen Wassermangel leiden mussten. Nach und nach fielen ihr die Namen der Flüsse, die sie als Kind gelernt hatte, wieder ein: Tigris, Euphrat, Murat, Sakarya, Kizilirmak – und dann war die Wanne auch schon voll, mit Wasser, dessen Schaumkronen dezent nach Jasmin dufteten. Sie glitt hinein und lauschte dem Schlagen ihres eigenen Herzens. Im Badezimmer flackerten Kerzen, aber sie schloss dennoch die Augen.

Als das Wasser abgekühlt war, öffnete sie die Augen wieder, stieg langsam aus der Wanne und hüllte sich in einen flauschigen weißen Bademantel. Der Gedanke an Elias auf der anderen Seite der Wand erregte sie.

In diesem Moment betrat er ihr Zimmer – frisch gebadet, barfuß, in leichter Kleidung. »Zum Glück haben Sie nicht abgeschlossen«, sagte er und reichte ihr ein Glas mit kalter Limonade.

Sie zog den Gürtel ihres Bademantels fester und stieß mit ihm an. »Diese Reise kommt genau zum richtigen Zeitpunkt«, sagte sie.

»Unsere erste Reise.« Er lehnte im Türrahmen und berauschte sich an ihrem Duft. Sie trug nichts als den Bademantel, der nur mit einem einzigen Knoten am Gürtel geschlossen war.

Er nahm ein Handtuch und begann, ihr sanft das Haar zu trocknen. Während er hinter ihr stand, bewegte er sich ganz bedächtig. Auch ihren Rücken trocknete er ab, indem er außen über den Bademantel strich. Sie schloss die Augen und genoss die Wärme seiner Berührung. Er öffnete den Knoten ihres Gürtels und ließ den Bademantel zu Boden fallen. Jetzt konnte er ihren nackten Rücken sehen, ihre Hüften, ihre Beine, und sie war noch schöner, als er sich vorgestellt hatte.

Er nahm sie in die Arme, trug sie zum Bett und legte sich voll angekleidet neben sie. Seine Finger strichen über ihr Gesicht, ihre Wangenknochen, ihre Nase, ihr Kinn. Sie verweilten in dem Grübchen über ihrer Oberlippe. Sanft drückte er seine Lippen auf ihre und spürte, wie Lila sich ihm öffnete. Dann küsste er sie leidenschaftlich und ließ sich von ihrem Wunder gefangen nehmen. Sie war voller Verlangen, passte sich aber seinem langsamen Tempo an.

Durch die Holzlamellen des Rollos konnten sie sehen, wie das Licht sich veränderte, weicher wurde und helle Flecken auf die weiße Decke warf. Elias war versunken im Zauber des Augenblicks, aber auch voller Vorfreude und dankbar für die Schönheit, die seine Augen erblicken durften.

In diesen Augen fand sie nun, wonach sie während der letzten Wochen so oft gesucht hatte. Sie sah, dass seine Kapitulation bedingungslos war, und dass sie ihn mit der Kraft eines Vulkans in der Gewalt hatte. Er stand auf, zog sich aus und stellte sich vor sie hin, erhitzt und begierig. Die silbernen Lichtstrahlen vom Fenster tanzten auf seinem nackten Körper.

Sie atmete ruhig. Am liebsten hätte sie diesen Moment festgehalten, diese Nähe, diese Begierde – den Augenblick, bevor sie der Versuchung erliegen würde. Noch immer stand er so nahe vor ihr, dass er sie hätte berühren können, tat es aber nicht. Er zitterte im Angesicht ihres wunderschönen Körpers. Sie öffnete auffordernd die Schenkel, und er legte sich neben sie, nur einen Zentimeter von ihr entfernt.

Sinnlich auf dem Bett ausgestreckt, bebte sie wohlig in der Erwartung seiner Berührung. Mit den Fingern fuhr er über die Haut ihres Gesichts und spürte den Sturm in ihrem Körper, ihr Begehren. Er legte die Lippen an ihr Kinn, nahe ihrem Mund, aber nicht nahe genug, um ihn zu berühren. Sie umarmte ihn, und als er ihre Haut an seinem Nacken spürte, konnte er seinen langsamen Rhythmus nicht mehr aufrechterhalten und strebte ihr entgegen. Mit der Kraft seines Körpers drang er in sie ein, und eine Welle des Genusses, die nur bei der allerersten Begegnung so rein ist, überspülte beide.

Wenn ihre überfluteten Sinne nach einer Pause verlangten, hielten die Momente der Ruhe nicht lange an, weil die Lust bald wieder erwachte und sie ihr nachgaben. Ihr Körper sog ihn ein, füllte sich, wurde eins mit ihm, während ihre Liebe wuchs und sich vertiefte. Als sie erschöpft waren, rollten sie sich keuchend auf den Rücken, scheinbar befriedigt und ohne zu wissen, wie bald das Begehren wieder aufflammen würde.

Nachdem ein ganzer Tag auf diese Weise vergangen war, lagen sie träge in ihrem Zimmer, das auf den Bosporus hinausging, berauscht und noch immer überwältigt. Sein Anblick nahm Lila immer wieder gefangen, wenn sie die Augen einmal von Elias abwenden konnte. Elias war mager und nicht allzu muskulös. Er bewegte sich geschmeidig, und sein Nacken war wohlgeformt und leicht gebräunt. Das gefiel ihr an ihm. Sie mochte sogar die Art, wie er Hemd und Hose anzog, mit fließenden Bewegungen, die die zauberhafte Stimmung nicht störten.

Das Glück war zu ihnen gekommen. Es war ein reines und kostbares Glück, wie Gold, das man aus einem Fluss geschürft hatte. Manchmal lagen die großartigsten, scheinbar unerreichbaren Dinge eben doch ganz nah.

»Sich in dich zu verlieben, das heißt, die Einfachheit spüren, etwas ganz Elementares, Starkes spüren«, sagte Elias. »Mit dir essen, dich beim Bürsten deines Haars zu beobachten, sich neugeboren zu fühlen, weil es dich gibt, weil du so bist, wie du bist. Genau so, wie du bist.«

Er führte sie durch die schmalen Gassen Istanbuls, als würde er jede Ecke der Stadt kennen. Der Morgen war strahlend sonnig, voller Licht, genau wie in Jerusalem. Von einem Gewürzladen zum nächsten ging er, wie ein Pirat auf Schatzsuche, um Lila Anissamen und Lavendel zu bringen. Alles roch ganz anders als zu Hause.

Stundenlang schlenderten sie herum, betrachteten Halsketten mit Ceylon-Opalen und handbemaltes Porzellan. Bald wusste Lila nicht mehr, wo sie waren, wie sie dort hingekommen waren und wie sie wieder zurückfinden würden. Die Verkäufer bedrängten Elias, etwas für die schöne Dame zu kaufen. Er lächelte, als wollte er sagen: *Erfreut euch nur an ihrem Anblick! Aber sie gehört mir.* »Bleib in meiner Nähe«, sagte er zu ihr. »Gib mir deine Hand.«

Ihr Glück war ihnen anzusehen. Wie sonst konnte man die Blicke erklären, die sie von überall her auf sich zogen? Autofahrer und Händler und Passanten musterten sie neidvoll. Plötzlich zog eine Gruppe Kinder vorbei. Auf Flöten und Trommeln intonierten sie Volkslieder. Begeistert blieben Lila und Elias stehen. Lila mochte vielleicht nicht auf der Suche nach ihrer Kindheit sein, aber sie begegnete ihr trotzdem, dachte Elias, und zwar tief in ihrem Herzen.

Zum Essen wählten sie gebratenen Fisch auf Petersilienbett. Den Fisch aßen sie mit der Hand, wischten sich hinterher mit Zitronenschnitzen ab und wandten sich dann dem Nachtisch zu: Stücke frischer Kokosnuss und *Dondurma,* Eis mit kandierten Kirschen. Dann schlug Elias vor, ins Kino zu gehen. Auch dorthin fand er mit solcher Leichtigkeit, als wäre er in der Stadt geboren worden. Tatsächlich hatte er das Kino schon vom Taxi aus gesehen. Lila bewunderte ihn dafür, dass er sich so gut zurechtfand. Er würde sich bestimmt nie verlaufen.

Im dunklen Kinosaal nahm er ihre Hand und flüsterte ihr zu, dass er sie vermisse.

»Wie kannst du mich vermissen, wenn ich bei dir bin?«, fragte sie.

»Du bist zwar bei mir, aber das steigert meine Begierde noch. Es ist ein unerträglicher Gedanke, dass du einmal nicht mehr bei mir sein könntest.«

Sie verließen das dunkle Kino und traten blinzelnd hinaus ins Sonnenlicht. Im Pera-Palace-Hotel wollten sie noch etwas trinken. Mit zusammengepressten Schenkeln saß sie da, und als ihr Unterarm seinen berührte, wurde sie vom Verlangen überwältigt. So, wie er in diesem Moment war, begehrte sie ihn. In Gedanken versunken trank er Raki und achtete nicht auf die verfließende Zeit. Er war ganz anders als sie. Die aufkommende Dämmerung – ihre zweite in dieser Stadt – machte sie nachdenklich, denn sie zeigte an, dass ihr Aufenthalt hier sich dem Ende näherte.

Als der Himmel über der Stadt rot leuchtete und das Blau des Tages verschwunden war, kam eine zärtliche, sinnliche Wollust über sie. Auf dem Hotelbett pressten sie sich aneinander, erforschten verborgene Welten und berauschten sich an ihrem gemeinsamen Duft. Nur Sekunden, bevor Lila einschlief, dachte sie an den Bibelvers: Und werden die Zwei ein Fleisch sein.

Wacholdersträuche, Sonnenröschenbüsche und Orchideen säumten die Straße auf dem Weg nach Osten. Der Fahrer warf Lila im Rückspiegel einen kühnen Blick zu. »Darum haben Sie Glück, dass Sie gerade jetzt hier sind. So kann Madame den wunderschönen Anblick genießen.« Elias schwieg. Lila hatte inzwischen begriffen, dass es bei ihm verschiedene Arten der Stille mit unterschiedlichen Bedeutungen gab: Wenn er satt und zufrieden war, war das ganz anders, als wenn er in seine typische Traurigkeit verfiel – dann war er anwesend und abwesend zugleich. Als sie nun im Auto saßen und auf unbefestigten Straßen am Schwarzen Meer entlangfuhren, schien sein Schweigen das eines Mannes zu sein, der lieber im Dunkeln blieb, da ihm das Morgenlicht zu hell und realistisch war.

Auf den Rat des Portiers im Hotel machten sie Halt im Städtchen Şile. Elias schickte den Fahrer zurück in die Stadt, um die Zeit mit Lila allein zu verbringen. Er mietete ein Auto, um auf den unbekannten Straßen selbst zu fahren.

Nach der langen Fahrt war Lila froh, endlich aussteigen zu können. Sie spazierten eine enge Gasse entlang, und unter einem verzierten Eisentor zog er sie an sich und küsste sie, als wollte er sagen: Ich habe lange genug gewartet. Glücklich gingen sie den endlosen Sandstrand entlang, wo Lila einen schwarz-weißen Leuchtturm und die Ruinen einer mittelalterlichen Burg entdeckte. Über ihren Köpfen zogen Schwalben mit weißen Hälsen und schwarzen Ringkragen ihre Kreise. Wie ein Dach aus Federn schwebten sie am Himmel und erfüllten die Luft mit ihrem Geschrei.

Sie fuhren weiter durch Findikli, wo *Findik,* die Haselnuss, wuchs. Zum Trocknen hatte man die Nüsse auf Tücher in die Sonne gelegt. Im Schatten eines Baumes rasierte ein Barbier einen Mann, der auf einem improvisierten Friseurstuhl thronte. Elias rieb sich das Kinn.

»Gehst du regelmäßig zum Barbier?«, fragte Lila.

»Alle paar Tage lasse ich mir das Gesicht massieren und halte einen Schwatz mit dem Barbier. Er freut sich immer, mich zu sehen, und nach der Behandlung fühle ich mich erfrischt.«

So, nun sind wir so weit, dachte Lila, *meine Besitzansprüche sind wohl die Nebenwirkung der Verliebtheit.* Sie wollte seine Zeit für sich allein haben, wollte, dass seine Befriedigung ausschließlich von ihr ausging. Sie wollte diejenige sein, die ihn rasierte, sein Gesicht mit Rasierschaum einrieb und mit der Klinge bearbeitete. Sie wollte die Schneiderin sein, die seine Schultern und seine Taille ausmaß. Sie wollte die Büroassistentin sein, die ihm seinen Tee zubereitete und seine Mahlzeiten kochte. *Nein,* dachte sie, *das ist ein voreiliger Wunsch.* Aber es lag in der Natur einer Frau, mehr zu wollen als nur das.

»Was ist?«, fragte er.

»Nichts.«

»Ist das positiv?«

»Sehr positiv«, entgegnete sie.

Bei der Fahrt am Schwarzen Meer entlang entdeckten sie Aussichtspunkte, die man nur für sie angelegt zu haben schien. Die Art, wie er die Schönheit der Welt mit ihr teilte, rührte sie an. Er war großzügig und überschwänglich und gewährte ihr so bereitwillig Zugang zu seinem Leben, als hätte er schon lange auf eine derartige Offenheit und Nähe gewartet.

In einer Ecke eines kopfsteingepflasterten Platzes fanden sie in einem Restaurant einen Tisch. Das Wirbeln des Deckenventilators war beruhigend, und der Restaurantbesitzer bediente sie so zuvorkommend, als wäre Elias ein Sultan auf Besuch in einer seiner Provinzen. Er schenkte ihnen *Kirmizi sarap* nach, den heimischen Rotwein, und erklärte ihnen, wie sie auf ihrem Weg nach Osten Kastanienbäume erkennen konnten. Seine Frau röstete die gesammelten Früchte auf einem Feuer aus Zitrusholz, schälte sie und machte Kastanienpüree daraus. Das nächste Mal, wenn Elias und Lila in die Stadt kämen, würde er ihnen ein solches Püree anbieten, und sie würden sich fühlen, als wären sie im Paradies. »Da sind wir doch schon«, sagte Elias.

Der Tag neigte sich dem Ende zu. Die Hitze hatte abgenommen, und die Luftfeuchtigkeit stieg. Am Treffpunkt neben einem Schild, das auf die Firtina-Wasserfälle hinwies, entdeckte Elias den Kleinlaster ihres Gastgebers. Lila schloss die Augen, lauschte dem Wasser, das in einiger Entfernung hinabstürzte, und glaubte beinahe, das Zittern der Erde zu spüren.

Frauen in Kopftüchern gingen von den Feldern ins Dorf zurück. Sie trugen langärmlige, bestickte Kleider und winkten den ausländischen Gästen zu. Sie sangen *Yakinda Sonbahar* – Bald wird es Herbst sein –, und Lila hätte den Text des Liedes gern für Elias übersetzt, wäre da nicht ihr Gastgeber gewesen, der ihnen jetzt erklärte: »Diese Frauen und ihre Ehemänner bauen unseren Tee an. Sie stammen aus Kaukasien.«

Als Herr Kuchon Lila vorgestellt wurde, musste sie insgeheim schmunzeln – sein Name bedeutete auf Türkisch nämlich »kleiner Mann«. Genau so selbstverständlich, wie Elias am Morgen Lila ins Bad gebeten hatte, damit er sie ansehen konnte, während er sich rasierte, sagte er jetzt zu dem Türken, dass Lila eine in Frankreich ausgebildete Agrarexpertin sei. Kuchon fragte nach ihrem Spezialgebiet.

»Heilpflanzen«, erwiderte Elias.

Sehr clever, dachte Lila. Elias stattete die vermeintliche Expertin mit dem Wissen seiner Mutter aus.

Kuchon brachte sie in ein kleines Dorf am Rande der Stadt Trabzon, wo sie zwei Zimmer in einer Pension bezogen. Die Wirtin servierte ihnen eine herbe Linsensuppe und einen gebratenen Fisch mit *Cacik,* einem Gericht aus Joghurt, Gurke und Minze. Schließlich drängte sie ihnen noch einen Nachtisch auf, nämlich *Kadayif*-Gebäck. Im Flur gab es nur ein Badezimmer, in dem dünne weiße Handtücher aus Piqué-Stoff hingen. Als die Lichter der Pension gelöscht wurden und man nur noch das Schreien der Möwen hörte, schlich Elias sich in Lilas Zimmer. Auf dem kargen Bett mit den eisernen Federn liebten sie sich.

Aus der Entfernung wirkten die Frauen wie Käfer, die über die steilen Hänge krabbelten. Aus der Nähe hingegen konnte man erkennen, dass sie ernteten. Mit ihren geschmeidigen, harmonischen Bewegungen schienen sie eins mit der Landschaft zu sein. Geschickt schnitten sie mit Gartenscheren die Blätter von den Sträuchern, immer von oben nach unten. Bis die Pflanzen erntereif waren, dauerte es ein ganzes Jahr, manchmal auch zwei oder drei. Elias war in seinem Element. Mit nur einem einzigen Blick gab er Lila zu verstehen, wie wunderbar das alles doch war.

Hier, auf den Hügeln am Schwarzen Meer, mit der Frau, die er liebte, kam es ihm vor, als wäre hier schon immer Tee gewachsen, als wäre die Pflanze nicht erst vor wenigen Jahren eingeführt und dort, wo es feucht und regnerisch genug war, angebaut worden. Vielleicht, dachte er, strahlt ja unsere innere Harmonie auf den ganzen Ort ab. Tee kann nicht wachsen, wo es schmutzig ist; er braucht saubere Luft, Ruhe und Inspiration.

Elias wollte die Pflücker begleiten, die die Teeblätter bündelten und in Säcken in die Fabrik zur Weiterverarbeitung brachten. Er wollte mit eigenen Augen sehen, wie die Blätter verarbeitet wurden: das Welken, die Fermentation, das Rollen, die Trocknung, die Nachreifung. Er wollte wissen, was die Türken über den wundertätigen Strauch gelernt hatten, der im Fernen Osten schon seit Tausenden von Jahren wuchs.

»Es war alles ein Zufall«, sagte Kuchon und wischte sich mit einem Taschentuch den Schweiß von der Stirn. »Der Auslöser war die furchtbare Wirtschaftskrise hier in der Region. Die Menschen hungerten, und so beschlossen die Behörden, mit der Produktion von Tee zu beginnen und ein Monopol daraus zu machen. Der Import von Tee wurde verboten, und jetzt fangen wir an, ihn zu exportieren.«

In Riza kletterten sie steif von der langen Fahrt aus dem Lastwagen. Elias verschwand in der dunklen Holzhütte, nahm die Blätter prüfend in die Hand, roch daran und unterhielt sich mit den Arbeitern, die damit beschäftigt waren, die türkische Teeindustrie voranzubringen. Er war froh, dass er dieses Erlebnis mit Lila teilen konnte, dass sie mit eigenen Augen sehen konnte, wie viel Arbeit und Mühe es kostete, Tee herzustellen. Außerdem war er dem Schicksal dankbar dafür, wie sich alles gefügt hatte, dass er damals auf jener Tribüne mit ihr über seine Leidenschaft für Tee gesprochen hatte. Es schien ihm wie ein

Wunder, dass dieses Gespräch jetzt eine Entsprechung in der Wirklichkeit bekam.

Am Ende eines langen Tages kehrten sie in die Pension zurück. Kuchon sollte später wieder zu ihnen stoßen.

»Komm mit mir«, sagte Elias mit einem schalkhaften Ausdruck in den Augen zu Lila.

»Wohin?«

»Wir werden ihm entkommen«, sagte er.

Während sich Kuchon noch frisch machte, stahlen Elias und Lila sich zur Hintertür der Pension hinaus, wo jemand neben einem eindrucksvollen schwarzen Motorrad stand, der sie offenbar erwartete. »Das ist der Sohn der Wirtin«, flüsterte Elias. »Ich habe ihm gesagt, er soll hier auf uns warten.«

Sie begrüßten sich. Der junge Mann sagte: »Das ist eine Benelli.« Es klang, als stellte er ihnen sein Kind vor. »Eine Maschine von 1939, eines der letzten italienischen Vorkriegsmodelle.« Er strich mit der Hand über den Ledersitz. Elias war um nichts weniger begeistert als er.

Der junge Mann überreichte Elias einen Schlüssel und ging zurück ins Haus. Elias blickte sich nach Kuchon um, und als der nirgends zu entdecken war, setzte er sich auf das Motorrad und startete die Maschine. Ein ohrenbetäubendes Röhren erfüllte den Hof. Elias machte Lila ein Zeichen, aufzusteigen, und nach einem kurzen Zögern kletterte sie hinter ihm auf den Sitz. Nachdem sie losgefahren waren, breitete Lila die Arme weit aus.

»Bleib ganz nah bei mir«, brüllte Elias über den Lärm hinweg, aber sie konnte ihn nicht verstehen. Er streckte die

Arme nach hinten aus und drückte sie an sich. »Genau so«, schrie er. »Halt dich an mir fest!«

Nach und nach erhöhte er die Geschwindigkeit, erregt von ihrem festen Griff, der zitternden Benelli und der plötzlichen Freiheit. Die Sonne ging gerade unter, der Wind spielte auf ihren Gesichtern. Lilas Kinn ruhte auf Elias' Schulter, ihre Schenkel pressten gegen seine, und ihre Arme umklammerten seine Brust. Sie fuhren eine kurvenreiche, hügelige Straße entlang, vorbei an Olivenbäumen und Weinstöcken und kleinen Häuschen, deren Vorhänge sich in der Brise bauschten. Sie waren allein auf einem Motorrad auf einer holprigen türkischen Straße, und dieses Alleinsein berauschte sie, genau wie die Weite der Landschaft, die Illusion, dass alles noch vor ihnen lag, und die voranschießende Benelli.

»Willst du denn nicht wissen, wohin ich mit dir fahre?«, brüllte er.

»Nein!«, rief sie so laut, dass sie den Motor übertönte.

Obwohl sie nur seinen Rücken sehen konnte, erkannte sie, dass er lächelte. Das Motorrad hoppelte über die unbefestigte Straße und hielt an einer Stelle an, die ihr vorkam wie das Ende der Welt. Er stellte den Motor ab.

»Da sind wir«, sagte er. »Von hier aus geht es nicht weiter.«

Ihr Körper zitterte noch, obwohl sie wieder auf festem Boden stand. In ihrem schönen Gesicht standen die Aufregung der Fahrt und das Glück der Freiheit. Er fragte sich, worüber sie wohl mehr staunte: über die Stille, die sich plötzlich über ihre kleine Welt gesenkt hatte, oder über die grandiose Aussicht. »Hier möchte ich leben«, sagte er leise. »Und von hier aus möchte ich mit dir zusammen die Welt erobern.«

Er schien seine Worte ernst zu meinen. Sie hatten geklungen, als wollte er sie jeden Moment in die Tat umsetzen.

In einiger Entfernung stand eine Kirche, klein und einsam wie eine Hütte im Wald. Ihre weiße Kuppel erinnerte an eine Kugel Eis, und das einzige Fenster ging aufs Feld hinaus. Ein steinerner Weg verlief zur Tür hin. Elias nahm Lilas Hand und führte sie auf das Gebäude zu. Um sie herum war es still. Der Himmel leuchtete in zarten Farben, und die alten Bäume standen fest in der Erde, nur ihre Kronen schwankten im Wind. Es war, als hätten sie seit Jahrhunderten auf die Ankunft von Elias und Lila gewartet. Plötzlich kam hinter dem Gebäude ein Mönch hervor. Mit einem Strohbesen fegte er trockenes Laub aus dem Garten. Der Mönch senkte den Kopf, um sie willkommen zu heißen.

Elias erzählte ihm, sie kämen von weit her. Der Mönch nickte, sagte aber nichts. Zu dritt standen sie im kleinen Pfarrgarten, über ihnen ein Eisenkreuz mit einer lateinischen Inschrift.

»Können Sie uns trauen?«, fragte Elias, als würde er sich nach dem Weg zur nächsten Bushaltestelle erkundigen. Der Mönch schaute abwechselnd Elias und Lila an. Lila war vollkommen perplex.

Elias versuchte es mit Zeichensprache, deutete auf sich und auf Lila und formte mit dem Finger einen Ring. Der Mönch lächelte und schwieg weiter. Er ging hinein und kam mit zwei Gläsern Wasser wieder heraus. Ohne Worte tranken sie das Wasser aus. Der Mönch sagte nichts, trat aber näher und legte eine Hand auf Elias' Kopf und die andere auf den von Lila. Lila war überzeugt davon, dass sie träumte. Diese Heirat am Ende der Welt konnte einfach nicht real sein.

Der Abend dämmerte, und samtenes Licht färbte den außergewöhnlichen Augenblick. Aber kein Stern funkelte heller als Elias' Augen.

Sie verließen den Mönch und kehrten zu der Benelli zurück, die am Straßenrand auf sie wartete. Dort küsste Elias Lila. Es war ein Kuss voll Gefühl und ohne Rücksicht auf die Heimlichkeit, zu der sie bislang gezwungen gewesen waren; ein Kuss, der das ausdrückte, was nicht in Worten gesagt wurde – dass an diesem Abend, der nur ihr zu Ehren stattfand, alles genau so war, wie es sein sollte.

Als sie wieder bei der Pension ankamen, kreiste ein Schwarm Vögel über ihnen. Der junge Mann weigerte sich, von Elias eine Bezahlung anzunehmen, und war pikiert, als Elias ihm trotzdem ein paar Scheine in die Brusttasche stopfte. Elias lächelte und klopfte ihm auf die Schulter.

Kuchon wartete am Eingang auf sie. Er hatte einen Fotoapparat um den Hals hängen. »Bleiben Sie so stehen«, rief er ihnen zu.

Er wartete einen Augenblick, bevor er auslöste. Elias und Lila standen eng beieinander, berührten sich aber nicht. Sie trugen noch immer ihre Reisekleidung, die inzwischen ziemlich zerknittert war. Ihre Haare waren zerzaust, und ihre Augen leuchteten. In das Foto schlich sich ihr Geheimnis – das Geheimnis des Ortes, von dem sie gerade zurückgekehrt waren.

Kuchon, dieser Störenfried, dachte Elias, war ohne es zu ahnen zu ihrem Hochzeitsfotografen geworden.

»Ich werde in meinen eigenen Tränen ertrinken«, klagte Lila.

»Weine nicht«, sagte Elias. »Wir haben immer noch zwei Tage und die ganze Rückreise. Solange wir zusammen sind, ist es egal, wo wir uns befinden. Schau mich an. Siehst du Traurigkeit in meinen Augen? Nein, denn ich bin voller Freude.«

Sie nickte, sagte aber nichts, weil sie fürchtete, eine Sturzflut von Tränen auszulösen, sobald sie den Mund öffnete. Elias bestellte Raki auf Eis. Schweigend genossen sie das Getränk. Sie platzten fast vor Liebe und sträubten sich gleichzeitig gegen das Ende ihrer gemeinsamen Zeit. Lilas Augen waren feucht; die von Elias strahlten Wärme aus wie eine Rotlichtlampe, die sie von ihren Schmerzen heilen konnte. Bald würden sie die Straße überqueren und den Bahnhof betreten, wo sie gegen ihren Willen einen Zug besteigen würden. Der Zug würde Schwelle um Schwelle schlucken, viele Kilometer bis zurück nach Istanbul, und dort würden sie das Schiff nach Haifa nehmen. Der Zug würde die Entfernung überwinden und sie nach Hause zurückbringen: Lila in ihre kleine, zerbrechliche Welt unter dem Dach, Elias in das stabile, erdgebundene Haus seiner Eltern. Unterwegs würde kein besonderes Ereignis die Fahrt stören: kein Unfall, kein Baum, der auf die Schienen gestürzt war, keine schadhafte Lokomotive. Es würde keinen Grund geben anzuhalten. Erst nach zwei Gläsern Raki war Lila zum Aufbruch bereit.

Sie besaßen, was alle Menschen auf der ganzen Welt verzweifelt suchten. Sie passten in nahezu perfekter Weise zueinander, hatten sich wie selbstverständlich gefunden. Nicht nur in den Tiefen ihrer Seelen, auch auf körperlicher Ebene verschmolzen sie und wurden eins. Und all das, dachte Lila, als sie Elias durch den Eisenbahnwagen folgte, hatte sich in nur zehn Tagen abgespielt. Zwei Welten, zwei Fremde, ineinander verflochten wie die Teigstränge eines Challa-Brotes. Diese zehn wunderbaren Tage fielen aus der normalen Zeit heraus. In ihnen war so viel passiert wie sonst in zehn Monaten oder auch zehn Jahren. Lila dachte an Ezra, das Faktotum des Salon Hubert. Mit derselben Selbstverständlichkeit, mit der er morgens die Spiegel polierte, erklärte er ihr die unergründlichen Wege des Herrn. »Wenn Großes passiert«, sagte er, »dann ändert sich der Fluss der Zeit. Wer behauptet eigentlich, dass die Welt in sechs Tagen erschaffen worden ist? Vielleicht hat ein Tag damals sechzig Jahre gedauert. Oder sogar tausend oder eine Million Jahre. Wie heißt es doch gleich im Psalm: *Denn tausend Jahre sind vor dir wie der Tag, der gestern vergangen ist.*«

Elias steckte dem Schaffner einen Geldschein in die Tasche. Der Mann verstand genau, was von ihm erwartet wurde: Er sollte sie in ihrem Abteil in Ruhe lassen, ab und zu einen Kellner vorbeischicken und für Madame ein Kissen und eine Decke bringen. Zuerst saß sie ihm gegenüber und sah ihm in die Augen, später setzte sie sich neben ihn und legte den Kopf auf seine Schulter. Sie schlief keine Sekunde, während der Zug durch die Dunkelheit raste und sich immer weiter von den Dörfern und Städten entfernte, in denen sie Zuflucht gefunden hatten. Elias' Augen waren geschlossen, aber sie wusste, dass auch er nicht schlief.

Elias war hellwach und dachte dankbar an die vergangenen Tage, denn die Fahrt hätte auch in einem Misserfolg enden können. Dann wären sie als Fremde wieder nach Hause zurückgekehrt, ohne dass zwischen ihnen etwas passiert war. Das Leben wäre so nichtssagend weitergegangen wie vor seiner Begegnung mit Lila. Alles, was vor ihr gewesen war, schien ihm jetzt keine echte Liebe, sondern konfus und falsch gewesen zu sein.

Ich habe mich in sie verliebt, sagte er leise zu sich selbst und staunte über jene Worte, die er nie ausgesprochen, über die er nie nachgedacht hatte. Sie kamen ihm über die Lippen wie etwas ganz Fremdes, und alles, was in seinem Innern verborgen gewesen war, alles, von dem er nichts gewusst hatte, all sein Begehren und Verlangen, überflutete ihn jetzt mit einem Schlag. Jedes Mal, wenn er sich diese neue Entdeckung in den Sinn rief – dass er sich in sie verliebt hatte –, lief eine Hitzewelle durch seinen ganzen Körper.

Wann genau war es geschehen? War es im Restaurant bei Kerzenlicht gewesen, als er ihr ein Haus aus Streichholzschachteln gebaut hatte? War es in der schlaflosen Nacht gewesen, als sie erschöpft und befriedigt miteinander geredet hatten, bis die Sonne aufging? Oder war es vielleicht bei ihrem ersten gemeinsamen Tanz gewesen, als sie sich stundenlang drehten, als wären sie die einzigen Menschen im Saal?

Sie sprachen nicht über das, was sie trennte. Beiden war klar, dass die Barriere zwischen ihnen von künstlicher Art war. Sie war ihnen von ihrer Umgebung, von der jeweiligen Kultur aufgezwungen worden. Was machte es in Wirklichkeit schon aus, dass sie in zwei verschiedene Völker hineingeboren worden waren? Sie stand ihm näher als jede Araberin, die er jemals kennengelernt hatte. In ihren Adern floss dasselbe Blut, auf ihrer Haut perlte derselbe Schweiß. Sie hatten denselben Geschmack, dasselbe Verlangen, dieselben Wünsche. Sogar die Farbe ihrer Haut war fast gleich. Wenn er alle Länder rund um das Mittelmeer absuchte, fände er doch keine Frau, deren Haut seiner so ähnlich war und die so duftete wie die von Lila.

Lila öffnete die Augen genau in dem Moment, in dem er sich wünschte, in ihnen zu versinken. Sie musste jetzt Kraft schöpfen, um den Veränderungen in ihrem Leben zu begegnen. Bis vor wenigen Wochen war Elias ein Fremder für sie gewesen, und jetzt waren sie eins. Während der Heimreise im dunklen Zug begriff sie, dass sich nun alles von Grund auf ändern würde, obwohl sie ja eigentlich dasselbe Leben mit denselben Gewohnheiten weiterführen würde. Es würde ihr schwerfallen, sich von ihm zu verabschieden. Aber die Gegebenheiten erlaubten ihnen nicht, den Traum weiterzuträumen, der in den Kaçkar-Bergen Gestalt angenommen hatte. Sie hatten sich ohne Rücksicht über seinen uralten arabischen Clan und ihre konservative, jüdische Lebensweise hinweggesetzt, und dafür würden sie bezahlen müssen, denn die Realität forderte ihren Tribut.

Der Zug brauste durch die dunkle Landschaft und ruckte manchmal so heftig, als fände der Lokführer den Weg nicht. Sie schliefen mit offenen Augen, waren wach mit geschlossenen Augen. Elias wünschte sich, die Morgendämmerung würde niemals anbrechen, denn der erste Lichtstrahl bedeutete, dass die Reise beendet war. Und was wartete dort am Ende der Reise wohl auf sie?

Was, wenn sämtliche streng bewachten Traditionen plötzlich in sich zusammenfielen? Was, wenn sie einen Weg fänden, trotzdem zusammenzuleben, ohne dass sie ihren Glauben und er seine Identität aufgeben musste? Er würde sich nicht nur gegen seine Familie durchsetzen müssen, sondern auch gegen die ganze Straße, das ganze Wohnviertel, gegen den Osten von Jerusalem, die Araber – gegen all jene, die ihn in ihrem Hass davon abhalten wollten, mit Lila zusammenzuleben.

Seine Mutter hatte ihm einmal gesagt, es gebe kein Problem, das ein vernünftiger Geist nicht lösen konnte, und keine Grenze dessen, was ein starker Wille zu leisten vermochte. Aber was, wenn er es nicht schaffte, die Ketten zu sprengen? Er stellte sich Lila und sich selbst als flüchtige Gefangene vor, mit dicken Eisenkugeln am Bein. Wie weit konnten sie rennen, wenn sie auf diese Art gefesselt waren?

Er stand auf, streckte seine steifen Glieder und ging los, um ihr eine Tasse Kaffee zu holen. »Zucker?«, fragte der Kellner im Speisewagen. »Ja, bitte«, sagte Elias, der

Lila schon jetzt vermisste. Als er mit zwei dampfenden, köstlich duftenden Bechern zurück ins Abteil kam, sah Lila ihn überrascht an. »Ich sehe, du hast mich vermisst«, sagte er. »Sehr«, erwiderte sie. Er wartete, bis sie einen Schluck genommen hatte, ehe er selbst trank. »Elias«, sagte sie zögernd, »vielleicht geht es ja doch.« Sie schaute ihm direkt in die Augen, um seine erste Reaktion zu beobachten.

Er stellte seine Tasse auf den Tisch, und sie ruckelte im Rhythmus der Schienen. »Vielleicht«, entgegnete er nachdenklich.

Am 29. November 1947 war Lila allein zu Hause. Auch Elias saß zu Hause, zusammen mit seinen Eltern und Munir. Ein einziges Mal im Leben, dachte er, hat man die Chance, die Geburt einer Nation zu erleben. Und wohl auch nur ein einziges Mal im Leben hat man die Chance, die Geburt einer Nation zu erleben, die nicht die eigene ist, obwohl die eigenen Vorväter auf dem Gebiet jener Nation geboren und in ihrer Erde begraben worden waren.

Nicht einmal ein Hund ließ sich auf der Straße blicken. Von Norden her blies ein starker Wind, und aus den Fenstern des Wohnhauses fiel schwaches Licht auf den winterlichen Boden und den Gehweg. Jeder Mensch in jedem Haus, das sich zwischen Elias und Lila befand, saß in diesem Moment vor dem Radio. Die Stimmung war zum Zerreißen gespannt.

Die Entscheidung war gefallen. Die Generalversammlung der Vereinten Nationen hatte die Teilung Palästinas in einen jüdischen und einen arabischen Staat beschlossen. Lila stieß einen Schrei aus, der von den Wänden ihrer Wohnung widerhallte, und begann zu weinen. Sie musste an ihren Vater denken, der sein ganzes Leben lang auf diesen Moment gewartet, ihn aber nicht mehr erlebt hatte.

Sie zog sich einen Pullover und eine Hose über und ging hinunter zu ihren Nachbarn, die sich alle um ein Radio versammelt hatten. Sie wollten dem Sprecher zuhören, aber Lila war außer sich. Sie dachte an die Länder, die immer gegen die Gründung des Staates Israel gewesen waren: alle arabischen Nationen natürlich, aber auch die Türkei, Indien und Griechenland. »Nehmen Sie es sich nicht so zu Herzen«, sagte ihr Nachbar Albert und wedelte mit einem Blatt Papier, auf dem das Ergebnis der Abstimmung stand: 33 zu 13. »Ist doch egal, wer wofür gestimmt hat.«

Alberts Frau servierte Tee und Kekse, aber niemand griff zu. Selbst die Teegläser blieben unberührt und wurden – als sie kalt geworden waren – wieder abgeräumt. Lila fragte sich, mit wem Elias jetzt wohl zusammensaß, mit wem er seinen Ärger teilte. Was würde diese Entscheidung für Menschen wie sie, die sich mit der Unsicherheit arrangiert hatten, wohl bedeuten? Und was könnte ich zu ihm sagen, an einem Abend, an dem die Freude meines Volkes der Kummer seines Volkes, der Sieg unseres Volkes der Ruin des seinen ist? Jerusalem war zu internationalem Territorium erklärt worden, und jedem Menschen war sonnenklar, dass nichts und niemand einen Krieg noch abwenden konnte. Sie hatte keine Möglichkeit, ihn zu erreichen und zu erfahren, wie es ihm ging: kein Telefon, kein Telegramm, keinen Boten, keine Brieftaube. In jenem Moment waren ihre Seelen eins – und gleichzeitig so getrennt wie noch nie zuvor. Der Weg zwischen ihren Wohnorten war eigentlich innerhalb von Minuten zu bewältigen, aber heute Abend schienen sie an verschiedenen Ufern eines Flusses zu leben, zwischen denen die Brücke zerstört worden war.

Die Menschen im Wohnzimmer der Rianis saßen da wie betäubt, eingehüllt von einer Rauchwolke aus Georges Pfeife. »Auf dem Friedhof geht es fröhlicher zu als hier in diesem Haus«, klagte Elias' Mutter, als sie ein Tablett mit selbst gebackenem Dattelkuchen auf den Tisch stellte. Niemand nahm auch nur die geringste Notiz von dem Kuchen, und auch Nadira versank in erstarrtes Schweigen wie alle anderen. George schaute auf die Uhr und sagte: »Jetzt dauert es nur noch Stunden, bis sie anfangen zu schießen.«

Nadira suchte nach etwas Positivem, an das sie sich klammern konnte: Wenigstens waren ihre Töchter, Elias' ältere Schwestern, schon verheiratet und weilten sicher in ihren hübschen Häusern im fernen Riad. Dieser Krieg, über den hier alle sprachen, würde sie nicht tangieren. Der Ofen ging langsam aus, aber niemand erhob sich, um ihn wieder anzufeuern. Munir, der normalerweise ständig in Bewegung war und die Flammen nicht aus den Augen ließ, starrte abwesend ins Nichts und zupfte sich kleine Wollkügelchen von der Weste.

Elias ging im Zimmer auf und ab und blickte nach draußen in die Dunkelheit. Mit dem Herzen war er bei

Lila im Westen der Stadt, von wo ein schwacher Lichtschein zu sehen war. Er verzehrte sich so sehr nach ihr, dass es wehtat, und fühlte sich schrecklich hilflos. Es war ihm ganz egal, wer schoss und wer erschossen wurde, wer zuerst feuerte und wer seine Waffe im Halfter stecken ließ, solange die Kugeln nur über sie hinwegpfiffen. Er fragte sich, ob sie gerade allein war und ob sie tatsächlich so beschwingt war, wie er vermutete. Bestimmt hatte sie das Bedürfnis, ihre Gefühle in diesem weltbewegenden Moment mit anderen zu teilen. Was bedeutete es diesen Menschen, dass sich ihr Land so sehr veränderte? Er dachte nicht an sein Teegeschäft oder an die fatalen Auswirkungen, die diese Ereignisse auf die Welt des Handels haben würden, sondern nur an Lila, an sie beide. Die Dinge würden nicht besser werden; da war es ratsam, sich auf Schlimmeres vorzubereiten.

Seit sie aus der Türkei zurückgekehrt waren, hatten sie sich relativ oft treffen können. Es war ein verrückter, brennend heißer Herbst, der von den Geschehnissen noch zusätzlich angeheizt wurde: von der Bombe, die nicht weit entfernt von Lilas Wohnung auf der Jaffa Street explodiert war, von den ständigen Gefahren, die den Einwohnern der Stadt drohten. Manchmal verbrachten sie die Morgenstunden zusammen. Elias kam um sechs, brachte frisches Brot, Käse und eine Flasche Milch mit und bereitete das Frühstück vor. Dann gingen sie miteinander ins Bett, und hinterher brach Elias in sein Büro am Damaskustor auf, Lila in ihren Salon.

Diese Morgentreffen stärkten sie für das, was sie tagsüber erwartete, und verliehen ihnen eine Art Schutzpanzer, fand Elias. »Ich sehe die Welt durch unsere Augen. Alles, was ich da draußen wahrnehme – Menschen, Lagerhäuser, Schiffe, Polizisten, Scharfschützen – läuft durch einen Filter, durch deinen und meinen. Ich sehe, was gut für uns ist, was uns gefährdet, wovon wir uns fernhalten müssen«, sagte er.

An manchen Abenden gelang es Elias, sich aus den Klauen seiner Familie zu befreien. Dann ging er mit Lila auf die Jaffa Street, um Schallplatten zu erstehen. Er kaufte ihr einen Plattenspieler, das größte Geschenk, das sie je im Leben bekommen hatte. Eines Vollmondabends erwartete er sie nach der Arbeit an der Ecke, und die Stunde, die sie dann zusammen verbrachten, war so schön wie eine ganze gemeinsame Woche. In seinem Auto aßen sie eine warme Mahlzeit mit Pitabrot. Bei anderen Gelegenheiten fuhren sie nach Augusta Victoria, zu einem Aussichtspunkt in Abu Tor, auf einen Hügel in Jemin Mosche oder an einen anderen versteckten Ort, und überall fühlte er sich wie der Sieger einer Schlacht, weil sie es schafften, ihre Liebe trotz des Flächenbrands, der um sie herum wütete, am Leben zu halten. Am Abend wirkte Jerusalem noch mysteriöser, voller Geheimnisse und Fanatiker. Hinter jeder Ecke schien jemand zu lauern, der die Leute ansprach und von den Zielen seiner Organisation zu überzeugen versuchte.

Er fühlte sich in der Lage, alle Schwierigkeiten im Leben zu meistern – auch, als er ihr das Autofahren beibrachte. Obwohl sie Angst davor gehabt hatte, saß sie bald neben ihm auf dem Fahrersitz, quiekte vor Vergnügen und gab das Steuer nicht mehr aus der Hand. Im Café Savoy hatten sie ihren eigenen Tisch, der ein wenig versteckt stand, und im Regent entkamen sie auf wundersame Weise, als plötzlich einige Geschäftsleute, die ihn kannten, hereinkamen. Lila bemerkte, dass Elias auf einmal nervös wurde, schnappte sich ihre Handtasche und das Glas mit dem Lippenstiftrand darauf und rannte auf die Damentoilette. Als sie wieder herauskam, ging sie unauffällig an seinem Tisch vorbei und machte sich allein auf den Heimweg. Einige Zeit später holte er sie mit dem Auto ein. Ihn wurmte jede einzelne Minute, die er sie vor der Welt verstecken musste.

Dieser Abend endete in einer Katastrophe. Bevor sie sich trennten, schluchzte sie bitterlich, sie war untröstlich. Er nannte solche Ereignisse »Realitätseinbrüche«. »In unsere geheime Welt bricht manchmal die Realität ein, aber dadurch wird das Band zwischen uns nur noch stärker.«

An jenem Tag aber, an dem über einen zukünftigen jüdischen Staat abgestimmt wurde, musste Elias begreifen, dass nicht nur ein Realitätseinbruch bevorstand, sondern eine Revolution. Innerhalb eines einzigen Augenblicks hatte sich das Leben drastisch verändert, und nichts würde mehr sein wie zuvor. In den vergangenen Monaten hatte ihre unglaubliche Liebesgeschichte auf einem Fundament der Gewissheiten geruht: Sie wussten, dass unter ihnen die Erde und über ihnen der Himmel war – und alles andere in ihrer Hand lag. Solange sie sich ihren Überlebensinstinkt und ihre Flexibilität bewahrten, waren sie sicher. Elias war überzeugt gewesen, dass sie es schaffen konnten. Er hatte die Welt in Gute und Schlechte aufgeteilt: Die Guten waren jene, die ihnen ermöglichten, zusammen zu sein, die Schlechten die, die ihnen im Weg standen.

Jetzt allerdings war der Boden unter ihnen weggebrochen, und am Himmel zog ein schwerer Sturm auf. Elias, der von Natur aus ruhig und bedächtig war, suchte verzweifelt nach einem sicheren Ort, an den er sich zurückziehen konnte, fand aber keinen. Sein Intellekt und seine Vernunft brachten ihn schließlich dazu, sich den Zeitläuften mit Geduld und Langmut anzupassen. Es hatte einfach keinen Sinn, nervös die Tage zu zählen.

Am Morgen nach der Teilung betrat er das Büro, auf der Suche nach Stabilität in der gewohnten Umgebung. Vielleicht hat der dramatische Radiobericht die angespannte Stimmung ja erst angeheizt, dachte er. Da lag die Bäckerei, die wie gewohnt ihre Hitzeschwaden an die Luft abgab. Es duftete wie immer herrlich nach Brot. In der Kaffeerösterei wurden Bohnen gemahlen und in braune Papiertüten abgefüllt. Der Metzger schnitt feine Streifen Lammfleisch zurecht und legte sie in eine saubere Schale. Am Obststand versteckte der Händler die angestoßenen Bananen und Datteln und legte die frischen ganz nach oben. Ein Wagen mit dampfendem Sachlav-Pudding verströmte den Duft von Zimt und Winter. Alle wollten morgens an einem Ort aufwachen, der ihnen vertraut war, und alle öffneten ihre Läden, um sich an der Vorstellung von Sicherheit festzuklammern.

Den Zeitungsjungen riss man ihre Ware beinahe aus der Hand.

Elias entdeckte seinen Bankbeamten. Er trug einen blauen Anzug, war aber nicht so sauber rasiert wie sonst; am Hals waren einige Stoppeln stehen geblieben. Elias fragte sich, ob auch sein eigenes Gesicht heute Morgen solche Unruhe verriet.

»Ein schwarzer Tag«, sagte der Bankbeamte zur Begrüßung.

Elias suchte nach Worten, aber bevor er welche fand, redete der andere Mann schon weiter. »Die Juden haben Macht und Einfluss. Sie kontrollieren die ganze Welt.«

»Niemand weiß, was passieren wird«, entgegnete Elias. Er war von ganzem Herzen davon überzeugt, dass es besser war, in Ungewissheit zu schweben, als mit einer schlechten Entscheidung leben zu müssen.

Der Bankbeamte gab Elias die Hand und versprach, das Vermögen seiner Familie sei bei ihm sicher.

Im Büro traf Elias Munir an. »Ich bin schon seit sechs Uhr hier«, sagte Munir beinahe entschuldigend. »Ich konnte nicht schlafen, da bin ich hergekommen, um ein bisschen Ordnung zu machen. Ich habe die Post geöffnet und abgeheftet. Soll ich jetzt die Botengänge im Westen der Stadt erledigen?« Er wirkte zögerlich.

»Ja.« Elias war ungeduldig. Er wollte, dass Munir wegging und ihn in Ruhe ließ. Und wenn er jetzt sein Fahrrad bestieg und in den Westen fuhr, würde Elias ein paar Eindrücke aus Lilas Teil der Stadt bekommen. Was ging bei den Juden gerade vor sich? Was planten sie? Und wie würden diese Pläne ihn und seine heimliche Liebe berühren?

Munir brach auf, und George betrat das Büro. Er war niedergeschlagen und besorgt. »Mir ist, als hätte ich zu viel getrunken«, sagte er. »Ich habe fürchterliche Kopfschmerzen.« Er versuchte, Elias zur Hand zu gehen, aber der Schmerz lenkte ihn ab, er konnte sich nicht konzentrieren. Darum verließ er das Büro und ging zum Schuhputzer. Elias, endlich allein, hoffte darauf, in Ruhe nachdenken zu können.

Zwei Stunden später kam Munir zurück und fand Elias gedankenverloren an seinem Schreibtisch vor, in derselben Haltung, wie er ihn verlassen hatte. Elias richtete sich in seinem Stuhl auf und begann, die Papiere vor sich so eifrig durchzuarbeiten, als fände er sie unerhört interessant. Aber kurz darauf blickte er Munir fragend an.

»Sie feiern«, sagte dieser. »Auf der Jaffa Street. Dort ist es so laut, wie es hier leise ist. Sie haben die ganze Nacht getanzt, bis zum Morgengrauen.«

»Die Hora«, bemerkte Elias. Er dachte daran, wie Lila ihm in Istanbul die Schritte dieses Tanzes beigebracht hatte. »Ist ja nicht besonders schwierig, deine Hora«, hatte er zu ihr gesagt.

»Es ist ja auch ein Bauerntanz, und die Schritte wiederholen sich«, entgegnete sie.

»Der Tango ist viel aufregender.«

»Ja, weil ich ihn mit dir tanze.« Dann hatte sie ihm die Schritte für eine Hora namens »Die kleine Schäferin« gezeigt. Elias hatte begriffen, dass es eine Frage des Stolzes war, dass jede Nation ihren eigenen Tanz hatte. Die Hora wurde nicht nur bei Hochzeiten getanzt, sondern war ein Ritual, das den Tänzern Kraft schenkte.

»Sind heute Morgen Zeitungen erschienen?«, fragte Elias. Normalerweise war es eher George, der auf die jüdische Zeitung wartete wie ein Süchtiger auf seinen Stoff.

»Die kommen erst heute Nachmittag«, sagte Munir.

Elias presste die Kiefer so stark zusammen, dass es wehtat. Er war fürchterlich angespannt.

»Der Bäcker auf der Jaffa Street hat allen Passanten Kuchen geschenkt«, erzählte Munir. »Ich habe keinen angenommen. Wer kann denn an einem solchen Tag Kuchen essen?«

»Sie können das«, erwiderte Elias. »Sie sind glücklich.«

»Vor dem Reisebüro Eisenkot war eine lange Schlange. Nicht nur Juden, auch Araber«, sagte Munir.

Sie wollen von hier verschwinden, dachte Elias. Wo gehen sie hin, und warum gehe ich nicht mit? Er wollte mehr wissen, aber Munir war nicht sehr redselig. Er lenkte sich lieber mit kleinen Arbeiten ab, die ihm das Gefühl gaben, etwas zu tun zu haben. Er wechselte das Band der Schreibmaschine, ölte die Schubladen und polierte den Wasserkessel, bis das Kupfer nur so blinkte. Danach putzte er den Telefonhörer mit alkoholgetränkten Wattebäuschen. Die Bazillen im Hörer waren offenbar gefährlicher als der Krieg, der jeden Moment ausbrechen konnte.

Elias war müde. Sein Körper war erschöpft, und seine Beine schmerzten. Um einiges später als sonst brachte Munir ihm ein Sandwich mit salzigem Käse und eine Tasse Kaffee. »Nur zu«, forderte Munir ihn auf. »Das tut jetzt gut.«

Schließlich brach die Dämmerung herein, der Wind

hatte aufgefrischt. Als Munir das Büro abschließen wollte, sah er das unangetastete, inzwischen trocken gewordene Sandwich auf Elias' Schreibtisch stehen.

Elias hatte nicht mitbekommen, wie der Tag vorübergegangen war. Teilweise war die Zeit verflogen, teilweise war sie quälend langsam vergangen und hatte ihn in immer neue Albträume gestürzt. Er ging zu Fuß nach Hause. Er schaffte es kaum den Berg hinauf, den er sonst mit Leichtigkeit bewältigte. Sein Körper war geschwächt, und in seinen Ohren rauschte es.

»Du hast eine Mittelohrentzündung«, verkündete seine Mutter. »Deswegen hast du deinen Gleichgewichtssinn verloren.« Er legte sich ins Bett. Im Wohnzimmer konnte er seinen Vater in den Zeitungen blättern hören. George versuchte, sich ein eigenes Bild von der Situation zu machen, indem er sich die Darstellungen sowohl der Juden als auch der Araber durchlas, sich durch die Lügen und die Augenzeugenberichte kämpfte, in der Hoffnung, die Wahrheit werde sich irgendwie herauskristallisieren.

Elias, der sich in einen dicken Pullover gewickelt hatte, schlief zitternd ein.

Auch Lila ging früh zu Bett. Die Kälte und die Dunkelheit waren wie Feinde, denen man nur mit einem Petroleumofen, einer warmen Decke und einer Tasse Tee zu Leibe rücken konnte. Es war nicht das erste Mal, dass sie ein oder zwei Tage lang nichts von Elias gehört hatte. Aber sie hatte schon am Tag zuvor gehofft, dass er einen Weg zu ihr finden würde. Er hatte ihr schon einige Male versichert, er werde sich etwas ausdenken, sollte die Lage problematisch werden. Gestern hat sich ein Erdbeben ereignet, dachte sie, wo bleibt er denn? Er war nicht da, er versteckte sich. Er, der erst wenige Wochen zuvor verkündet hatte: »Wir können alle Unterschiede überwinden: religiöse, kulturelle, gesellschaftliche. Zunächst mal gibt es nur uns beide, und dann kommt der ganze Rest.«

»Ich werde immer Jüdin bleiben«, sagte Lila unnachgiebig.

»Ja. Du hast deins, und ich habe meins, und nichts davon wird verloren gehen. Aber unsere Beziehung schafft eine neue Religion, nämlich unsere eigene.«

»Meine Eltern haben mir beigebracht, dass ich dem auserwählten Volk angehöre«, sagte sie.

»Das kannst du ja weiter glauben. Aber versuchen wir doch, Gemeinsamkeiten zu finden, keine Unterschiede. Du bist Patriotin, und das respektiere ich. Aber wir haben etwas gefunden, das nur uns beiden gehört und sich keiner äußeren Vorstellung unterwerfen muss.«

Der Dezember kam, und Elias lag noch immer krank im Bett.

Jedes Mal, wenn er versuchte aufzustehen, wurde ihm schwindlig. Schwarze Flecken erschienen ihm vor den Augen, und er legte sich wieder hin, schwach und erschöpft. Die Ohrenschmerzen breiteten sich in die Kehle und dann in die Brust aus und waren oft kaum auszuhalten. Er hörte, wie seine Mutter zu seinem Vater sagte, er habe seinen Gleichgewichtssinn eingebüßt. Die Tage vergingen, und Elias merkte, dass er Zeit brauchte, um die Ereignisse zu verstehen, um das Ausmaß der

Veränderungen zu begreifen. Lila allerdings fasste sein Schweigen als Trennung auf. Die Stille, die von ihm ausging, war unerträglich für sie, und ihre angsterfüllten Gedanken zerstörten alles, was sie sich gemeinsam aufgebaut hatten.

Die Tage wurden kürzer, die Nächte länger, und die Erinnerung an Istanbul tat bald nur noch weh. Acht Tage waren vergangen, seit ein Orkan über das Land gekommen war und alles hinweggefegt hatte, und noch immer kein Lebenszeichen von ihm. Am neunten Tag kam ein Botenjunge in den Salon Hubert, mit einem Brief für Miss Lila. Rita zeigte dem Boten, wer Lila war, und er ging zu ihr und gab ihr den Brief. Als sie sich auf der Toilette einschloss, zitterten ihr die Hände.

Seine Handschrift wirkte schwerfällig, aber die Botschaft, die für den Fall, dass der Brief in die falschen Hände fiel, vorsichtig abgefasst war, hatte durchaus etwas Hoffnungsvolles. In fünf Stunden würden sie sich in Finks Restaurant treffen. Monsieur Hubert klopfte an die Toilettentür. »Miss Lila«, rief er gereizt, »wir haben einen Terminplan einzuhalten!« Bleich kam sie wieder heraus, kaum in der Lage, ihre Schicht zu beenden. Die Zeit kroch nur so dahin, bis sie endlich ihren Mantel nehmen und gehen konnte. Monsieur Huberts Nörgeleien verfolgten sie bis auf die Straße, aber bald verloren sich seine Worte in dem Sirenengeheul, an das sich inzwischen alle gewöhnt hatten außer den aufgeregt umherflatternden Tauben.

Er war dünner und blasser als sonst und trug einen

schwarzen Pullover und einen Schal. Sie hatte ihn noch nie in Schwarz gesehen und war einen Moment lang überrascht. Als er ihr Gesicht sah, leuchteten seine Augen auf, und eine warme Welle fuhr durch seinen Körper. Er stand auf, um sie zu begrüßen, nahm ihr den Mantel ab und setzte sich ihr gegenüber. Er stellte die Ellenbogen auf den Tisch und legte das Kinn auf die verschränkten Hände. Der Ober erkundigte sich nach ihren Wünschen. Elias sah sie fragend an. Sie merkte sofort, dass es ihm nicht gut ging. »Einen Cognac zum Aufwärmen, bitte«, sagte sie. »Für mich ebenfalls«, bat Elias.

Einige britische Offiziere tranken Bier an der Bar. Der Wirt murmelte gerade, dass sie im nächsten Winter nicht mehr da wären und er auf dem ganzen Biervorrat sitzenbleiben würde. Der Koch steckte den Kopf durch die Küchentür, um Bescheid zu sagen, dass das Gulasch fertig war. Elias kannte ihn und auch den Rest des Personals von Finks. Das Restaurant bezog seinen Tee von ihm.

Elias und Lila hatten noch kein Wort gewechselt. Er nahm einen Schluck Cognac, dann noch einen und noch einen, und endlich fragte er: »Wo warst du an jenem Abend?«

»Zu Hause«, antwortete sie. »Dann bin ich zu meinen Nachbarn hinuntergegangen. Ich wollte unter Menschen sein. Und wo warst du?«

»Auch zu Hause. An dem Tag bin ich krank geworden. Ich bin erst heute wieder so weit gesund, dass ich kommen konnte.«

Als sie seine leise, unsichere Stimme hörte, wurde sie im Inneren ganz weich.

»Die Leute haben auf der Straße getanzt«, erzählte Lila. »Sogar direkt vor meinem Haus.«

»Und du?«

»Was ist mit mir?«

»Hast du auch getanzt?«, fragte er.

»Ich konnte nicht. Ich habe die ganze Nacht nicht geschlafen. Hubert, dieser Geizkragen, hat eine Flasche Champagner springen lassen. Ich habe etwas davon getrunken, aber noch nicht gewusst, was der Anlass war. Hinterher wurde mir erzählt, dass ich in Ohnmacht gefallen bin. Auf der Liege der Kosmetikerin bin ich wieder zu mir gekommen. Als ich die Augen aufschlug, hoffte ich, an einem anderen Ort zu sein. Aber vergeblich.«

»Ich habe wohl auch eine Art Zusammenbruch durchgemacht. Ich bin ziemlich krank geworden«, sagte er.

»Ich habe Angst, Elias. Bitte sag mir, dass alles gut werden wird.«

Der Wirt ließ ihnen Gulasch und Brot auf Kosten des Hauses bringen. »Passen Sie auf, das Gulasch ist scharf. Der Koch ist ein bisschen durchgedreht«, sagte er augenzwinkernd.

»Iss«, forderte Elias sie auf. Er biss in eine Scheibe Brot, um sie zum Essen zu bewegen. »Wir werden schon eine Lösung finden. Auf jeden Fall.«

»Hast du Fieber gehabt?«, wollte sie wissen.

»Ja, hohes. Ich konnte fast nicht schlafen. Ich habe ständig geträumt, dass mir Kakerlaken über das Gesicht laufen und jede meiner Körperzellen auffressen. So schlimme Albträume hatte ich noch nie.«

Sie hätte ihn gern in den Arm genommen, ihn in ihre

Robustheit eingewickelt, ihn gesund gepflegt und wieder aufgepäppelt. Aber sie konnte nichts weiter tun, als ihn anzuschauen und mit den Augen zu liebkosen.

»Ich hätte es irgendwie schaffen müssen, dir eine Nachricht zu schicken«, sagte er. »Wenn du wütend warst, war das absolut gerechtfertigt.«

Sie tunkte ein Stück Brot in die Soße und bemühte sich, es hinunterzuschlucken.

»Mit jedem Tag, der vergeht, hoffe ich auf eine Lösung von irgendwoher«, sagte er leise. »Und darauf, dass wir bald wissen, was zu tun ist.«

Fast hätte sie erwidert: *Vielleicht sollten wir von hier weggehen.* Aber sie wartete lieber darauf, dass er es sagte.

An den Tisch nebenan setzten sich drei Männer, die sie beobachteten. Irgendetwas an ihnen ist beängstigend, dachte Elias und rutschte unruhig auf seinem Stuhl hin und her.

Er eignet sich nicht zur Flucht, dachte sie. Er könnte nie ein Flüchtling sein, er würde niemals mit ihr durch Europa ziehen. Und genau wie er hatte sie nicht das instinktive Gefühl dafür, was in einer solchen Situation angebracht war und was nicht. Als könnte er ihre Gedanken lesen, sagte Elias: »Es ist so schwierig, wenn man nicht weiß, wie man sich verhalten soll.«

Gegen neun Uhr leerte sich die Bar, der Wirt schickte den Kellner und den Koch nach Hause. Elias lud ihn an ihren Tisch ein. Der Wirt schenkte ihnen noch Cognac nach und gab ihnen das Gefühl eines fast normalen Winterabends.

Als Elias und Lila das Restaurant verließen, war die Straße kalt und verlassen.

»Du bist die Liebe meines Lebens«, sagte er, als hinter ihnen der eiserne Rollladen des Restaurants hinabdonnerte. Überwältigt von seinen Worten schloss sie die Augen.

Elias fuhr Lila nach Hause, setzte sie aber wie immer ein Stück vor ihrem Haus ab. *»Je t'embrasse«*, sagte er, und dieses Mal fühlte sie sich tatsächlich umarmt, obwohl er hinter dem Steuer des Wagens sitzen blieb. Er wartete noch so lange, bis das Licht in ihrer Wohnung anging.

In jenem Winter regnete es oft heftig in Jerusalem, die Stadt wirkte düster und bedrückend. Die Sonne hatte die Stadt im Stich gelassen, und auch die Vogelschwärme waren weggeflogen, wie um einem Kriegsschauplatz auszuweichen. Lilas Tage waren mühsam und freudlos, ihre Nächte einsam. Die Anzeichen des Krieges, die seit der Teilung immer deutlicher zu erkennen waren, bestimmten das Dasein der Menschen. Lila sah Elias nur selten. Es wurde immer schwieriger – wenn nicht gar unmöglich –, von einem Teil der Stadt in den anderen zu gelangen. Es galt eine allgemeine Ausgangssperre, und die Araber verübten immer wieder Anschläge. Der Westen der Stadt lag oft unter Mörserbeschuss aus dem Osten. Sirenengeheul, Maschinengewehrfeuer und das Knattern von Polizeimotorrädern wurden zur normalen Geräuschkulisse.

Die »Rettungsarmee« der Araber stellte das Leben in der Stadt auf den Kopf und übernahm das Kommando über die Straßensperren. West-Jerusalem wurde vom Rest des Landes abgeschnitten. Alle wurden mobilisiert, auch die Ehemänner von Lilas Kolleginnen und ihre Nachbarn, die aus Europa geflohen waren. Die Männer mussten das Wohnviertel bewachen, das Trinkwasser- und Elektrizitätsnetz sichern, die Konvois schützen und Razzien bei der arabischen Bevölkerung durchführen.

Jerusalem war im Belagerungszustand. Im Westteil der Stadt bekamen die Menschen Lebensmittel und Wasser von den Fahrern der Konvois, die dafür ihr Leben riskierten, während die Versorgung des Ostens ohne Probleme über Jordanien erfolgte und es darum den Menschen dort besser ging. Aber Elias war trotzdem in seinem Wohnviertel eingeschlossen. Er konnte nicht zu Lila gelangen. Als er es einmal versuchte, wurde er von Arabern, von Juden und von Briten angehalten. In seinen Augen waren sie alle Feinde, weil sie ihn mit ihren Gewehren daran hinderten, Lila zu besuchen.

Lila konnte genauso wenig zu Elias kommen. Wäre sie den jordanischen Legionären in die Hände gefallen, hätte man sie auf der Stelle erschossen. Die Telefonleitungen waren zum großen Teil zerstört. Die Briefe, die Elias über einen Freund in London an Lila schickte, blieben entweder beim Zensor hängen oder gingen im allgemeinen Chaos verloren. Elias formulierte seine Worte so, dass nur Lila sie verstehen konnte. Als eine Antwort von ihr ausblieb, schloss er daraus, dass sie seine Briefe nie erhalten hatte.

Eines Morgens ereignete sich nicht weit vom Salon Hubert eine Explosion. Die drei Räume wackelten, als hätten sie sich in die Lüfte erhoben und den Platz mit einem anderen Ladenlokal getauscht. Eilig wurden die Kundinnen unter den Trockenhauben hervorgeholt und mussten sich auf den Boden legen, die Lockenwickler noch im Haar. Monsieur Hubert lehnte in einem Türrahmen und fluchte auf die Unterdrücker, während Lila und die Kosmetikerin Rita sich an den Händen hielten, bis es draußen wieder ruhiger wurde. Rita, die stets als Erste die Fassung wiederfand, verteilte Zuckerwürfel. Es war klar, dass ganz in der Nähe etwas Schreckliches passiert war. Schnell wurden Köpfe gewaschen und Nägel lackiert, und einige Kundinnen verließen den Salon, noch bevor sie fertig gefönt waren. Monsieur Hubert ging hinaus auf die Straße, um herauszufinden, wohin die Krankenwagen fuhren.

Mitten in diesem Chaos klingelte das Telefon.

»Salon Hubert«, sagte Rita. Alle verstummten und fixierten den schwarzen Apparat, der wundersamerweise funktionierte und ihnen jetzt Neuigkeiten bringen würde.

Am anderen Ende fragte eine Frau auf Französisch nach Mademoiselle Lila.

Rita entgegnete: »*Un moment*«, und winkte Lila ans Telefon.

Lila nahm den Hörer. Alle Augen richteten sich auf sie. »*Allô?*«

»*Mademoiselle Lila?*«

»*Oui.*«

»*Un moment, s'il vous plaît.*« Plötzlich war Elias in der Leitung.

Als sie seine Stimme hörte, nach so vielen Wochen der

Trennung, schmolz sie dahin. Sie drehte den neugierigen Zuschauern im Salon den Rücken zu.

»Lila«, sagte er, »rede weiter Französisch mit mir, dann denken alle, du sprichst noch mit der französischen Frau.«

»*Bien sûr*«, entgegnete Lila.

»Geht es dir gut?«, fragte er mit zitternder Stimme. »Ist dir auch nichts passiert? In der Nähe von eurem Salon gab es eine Explosion.«

»Ja, Madame, alles ist bestens. Und wie geht es Ihnen?«

»Du weißt, was ich dir sagen möchte, nicht wahr?«, fragte er.

»Ja, das weiß ich.«

»Versprichst du mir, dass du stark bleibst?«

»Wann kann ich Madame treffen?«, fragte sie.

»Ich versuche es irgendwie.«

Dann war die Leitung tot.

Rita wollte wissen, mit wem Lila gesprochen hatte, und die antwortete, es sei eine Kundin aus der belgischen Botschaft gewesen.

»Weinst du?«, fragte Rita.

Lila schüttelte den Kopf und rannte auf die Toilette. Erst als sie die Tür hinter sich abgeschlossen hatte, konnte sie ihren Tränen freien Lauf lassen.

Monsieur Hubert kam mit wichtigen Informationen zurück in den Salon, das drückte jedenfalls seine Miene aus. Die Frauen versammelten sich um ihn – alle, bis auf Lila, die an ihrem Platz blieb und so tat, als ordnete sie ihre Werkzeuge. »Es war ein Auto mit Sprengladung. Diese Bastarde! Das Auto war mit einer amerikanischen Flagge versehen und durfte deswegen in den Hof des internationalen Hauptquartiers hineinfahren. Dort hielten sich gerade Dutzende von Menschen in den Büros auf. Es gab viele Tote und Verletzte.«

Während er weg gewesen war, hatte Rita auf seine Kosten Orangenlimonade für alle im Salon geordert. Der Junge vom Kiosk kam mit einem Tablett herein und öffnete eine Flasche nach der anderen.

»Jetzt suchen sie nach dem Fahrer, der das Auto mit der amerikanischen Flagge in den Hof gesteuert hat«, erzählte der Junge.

»Sie suchen nach einem Araber«, sagte Hubert. »Aber wenn die Briten ihn tatsächlich finden, soll mich der Schlag treffen.«

Lila hingegen war mit ihren eigenen Problemen beschäftigt. Ein Auto mit Sprengladung mitten in Jerusalem, Krankenwagen, Sirenen, Menschen in Aufruhr – doch sie dachte nur über das Gespräch mit Elias nach. Es war kurz gewesen und hatte sich auf Andeutungen beschränkt, aber sie war für jeden Wortfetzen dankbar. Den ganzen Abend über ging sie das Gespräch im Kopf immer wieder durch und suchte nach Nuancen, die ihr vielleicht entgangen waren. Das Geräusch eines Fernschreibers im Hintergrund, das Klicken einer Schreibmaschine. Elias wusste genau, was er sagen musste und wie er ihr durch die Telefonleitung hindurch den Sturm in seinem Herzen begreiflich machen konnte.

Die Wochen vergingen. Für Elias aber bemaß sich die Zeit in anderen Einheiten. Die erzwungene Trennung von Lila zerrte an seinen Nerven. Manchmal war ihm, als hätten sie sich schon Jahre nicht mehr gesehen. Er schickte Munir mit dem Fahrrad in den Westen, im Gepäck einen Brief, den er in der Bäckerei gegenüber der Post abgeben sollte, doch er wurde von den jordanischen Legionären angehalten und abgewiesen.

Am nächsten Tag versuchte Munir es mit dem Weg über den Hügel. Fast hätte er es geschafft, aber dann geriet er in einen Hinterhalt der Haganah. Einer von ihnen sagte: »Er sieht unschuldig aus, aber wer weiß? Vielleicht ist er ein Spion.« Ein Zweiter sagte: »Wir bringen ihn ins Hauptquartier zum Verhör.« Aber ein Dritter sagte: »Ach was, lassen wir ihn doch gehen.«

Elias war außer sich. Jeder Weg zu ihr war ihm versperrt. Sogar der freundliche britische Major, der für die Versorgung der Truppe zuständig war und bei Elias Tee kaufte, ging nicht auf seine Bitte ein, Lila in seinem Büro treffen zu dürfen.

Das Lagerhaus der Rianis leerte sich zusehends. Die Teelieferungen erreichten den Hafen von Haifa nicht mehr, und auch der Nachschub aus Jordanien blieb aus. Auf den Rechnungen war das Datum falsch, Schuldscheine galten nicht mehr, der blühende Handel mit den Juden verfiel. Alles geriet aus den Fugen.

George Riani versank in Apathie. Er stand zwar jeden Morgen auf, rasierte sich, putzte seine Schuhe und ging ins Büro, war aber nicht mehr in der Lage, seine Gedanken auf die Arbeit zu richten.

Nadira Riani füllte ihre Küchenschränke mit Eingemachtem: Oliven, Marmeladen, Zitronenschalen. Jeden Tag backte sie frisches Brot und briet Küchlein mit den

Kräutern aus ihrem Garten. Sie war fest davon überzeugt, dass diese Speisen, die reich an Eisen waren, ihre Familie vor allem Übel beschützen würden. Munir, der alles für sie tat, klapperte die Märkte ab und suchte nach einem Huhn, nach Eiern und Radieschen. Hin und wieder trieb er etwas Frisches auf, etwa einen Kürbis. Nadira stellte ihn auf den Tisch und tanzte glückselig um ihn herum. Der Kürbis rollte jedoch über den Tisch und fiel herunter, und Munir hechtete nach ihm wie ein Fußballtorwart. Leider rutschte er dabei aus und fiel hin, sodass ihn der Kürbis an der Brust traf. Nadira machte ihm Tee und ließ ihn nicht vom Sofa aufstehen, da er eine Rippenprellung erlitten hatte. Dann bereitete sie mit dem Fleisch des Kürbisses goldene Pfannkuchen zu, wusch nebenbei die Kerne und legte sie auf Zeitungspapier zum Trocknen aus.

Nadira fragte Munir nach Neuigkeiten aus dem Büro und klagte, dass ihre Männer ihr nie etwas erzählten. Sie war sehr besorgt.

»Das Geschäft läuft nicht so gut«, sagte Munir. »Wir haben nichts mehr zu verkaufen, und davon abgesehen kauft im Moment sowieso niemand etwas.«

»Und was macht Elias jetzt?« Sie legte die Kürbiskerne auf ein Backblech, streute Meersalz darüber und schob das Blech in den Ofen.

»Er tut, was er kann«, sagte Munir. »Er versucht ständig, neue Geschäftskontakte zu knüpfen.«

»Aber mit dem Kopf ist er ganz woanders«, erwiderte Nadira.

Munir merkte, dass er das Thema wechseln musste,

und sagte, er käme gegen Abend wieder mit den Zeitungen für George.

»Wenn er doch nur aufhören würde, diese Zeitungen zu lesen! Aber er hält es einfach nicht ohne sie aus«, seufzte Nadira.

Nadira vertrieb sich die Zeit mit ihren Pflanzen. Sie wussten nichts vom Krieg, und darum schossen sie, als der Frühling kam, wie verrückt in die Höhe. Sogar die Kamille, die bislang gekränkelt hatte, gedieh gut, und auch die Gartenraute, die Geranien, der Anis und der marokkanische Estragon, den Munir als Ableger von einem Angestellten in der Post bekommen hatte, machten ihr Freude.

Erstaunlicherweise hielten alle durch: die empfindlichen Setzlinge, die Obstbäume und die Mitglieder der Familie Riani. Bis auf Elias, der immer schwächer wurde. Nadira wusste, dass er im Frühling wieder aufblühen würde, aber jetzt hatte er deutlich abgebaut. Er hatte keinen Appetit, hatte angefangen zu rauchen – er paffte Zigaretten, als würden sie seine Muskeln stärken – und dunkle Ringe unter den Augen. Er war geistesabwesend, nervlich zerrüttet und fuhr riskant. Wenn er aß, war es, als werde er dazu gezwungen, und wenn er Tee zubereitete, hatte das nichts mehr von einer feierlichen Handlung. Seine Sorgfalt verwandelte sich in Nachlässigkeit, und seine elegante Körpersprache verschwand. Der Mann, dessen Blicken früher nichts entgangen war, schaute jetzt nur noch in dicken Nebel.

Alles lastete auf seinen Schultern: das Wohlergehen

seiner Familie, das gebeutelte Unternehmen, seine Schwestern in Saudi-Arabien, seine bodenständige Mutter und der Vater, der sich an ehemals bessere Zeiten klammerte. An den schlimmsten Tagen fühlte Elias sich, als hätte man ihm Zement in die Schuhe geschüttet, damit er an Ort und Stelle verharrte und Wurzeln schlug. Er begriff, dass ihm nicht viele Alternativen blieben. Er konnte nicht mehr mit Lila fliehen. Sie hatte zwar nichts Derartiges gesagt, als sie sich in Finks Restaurant getroffen hatten, aber er hatte gemerkt, dass sie darauf hoffte. Und gerade weil sie nichts gesagt hatte, kam ihm ihr Wunsch noch richtiger vor – und tat ihm noch mehr weh.

Wie er ihr die Ungebundenheit neidete. Gäbe er ihr das Signal, würde sie sofort ihre Arbeit im Salon aufgeben, ihr Leben in einen einzigen Koffer packen und ihn im Hafen von Haifa treffen, wie damals, als sie zusammen ans Schwarze Meer gefahren waren. Die paar Möbelstücke, die sie zurücklassen müsste, wären bald vergessen, und ihre Wohnung würde zurückfallen an den Eigentümer. Unbelastet und mit frohem Herzen würde sie aufbrechen, in die Freiheit. Er dagegen war ein Gefangener seiner vielen Besitztümer: Land, Häuser, Warenlager, Obstgärten. Auch jetzt, da das Unternehmen nicht florierte, waren sie eine Bürde, die ihn an diesen Ort ketteten.

Nur wenige Tage zuvor war er bei Karim, dem Schuhputzer, mit einem arabischen Arzt ins Gespräch gekommen, der in Italien studiert hatte. Der bebrillte Mann hatte ihm gesagt, dass jene Juden verschont geblieben waren, die ihren Besitz zurückgelassen hatten und nach Amerika oder Palästina gegangen waren. Diejenigen aber, die blieben ... Er beendete den Satz nicht. Er wischte sich die Brille ab und sah Elias mit einem wissenden Blick an.

»Man kann nicht gegen das Schicksal ankämpfen«, warf Karim ein.

»Manchmal muss man gegen alles kämpfen: gegen die Logik und das Herz und auch gegen das Schicksal«, erwiderte der Arzt.

»Es ist ja nicht nur der Besitz«, sagte Elias. »Es ist die Art und Weise, wie man lebt. Ob man nun von zu Hause weggeht oder trotz aller Schwierigkeiten bleibt.«

»Ein Flüchtling zu sein ist schlimmer als zu sterben«, bemerkte Karim.

Elias gab ihm ein Trinkgeld, verabschiedete sich von dem Arzt und ging weiter. Seine Schuhe glänzten, doch seine Schritte waren schwer.

Wie jeden Tag machte er sich Gedanken über die Zukunft seiner Familie. Er konnte sie nicht entwurzeln. Seine Verwandten würden niemals ihre Heimat aufgeben. Zum ersten Mal begriff er, dass er sie nie würde verlassen können, auch wenn er dadurch Lila verlor – das war der Preis, den er zu zahlen hatte. Er musste sich förmlich zwingen, dem Schmerz in seinem Körper nicht nachzugeben, wenn er daran dachte. Nein, sagte er sich, er würde sie nicht verlieren. Er würde es nicht so weit kommen lassen. Nach zwei dunklen Tagen war die Sonne wieder herausgekommen: Daran konnte er sich festhalten, und er wusste, dass auch sie sich daran freute, dass sie sich auf der anderen Seite der Stadt am Sonnenschein wärmte und tröstete. Es war ja dieselbe Sonne, hier wie dort.

Jeden Tag studierte George zwei Zeitungen. Zwei Halbwahrheiten, sagte er immer, von denen er keine glaubte, aber er las sie trotzdem. Die arabische Zeitung war dünn, aber aufgeblasen vor lauter Wichtigkeit, während die jüdische Zeitung trocken und arrogant war. George bastelte sich ein eigenes Bild von der Situation, das irgendwo dazwischen lag. Die noch fehlenden Informationen beschaffte er sich von Munir, der mit seinem Fahrrad zwischen den beiden Teilen der Stadt pendelte. Der blauäugige, groß gewachsene Munir, der auch als Europäer durchging, erweckte keinen Verdacht. Niemand im westlichen Teil der Stadt hielt ihn für einen Araber, während im Osten alle den fleißigen jungen Mann auf dem Fahrrad kannten, der bei den Rianis für die Buchführung, die Post, den Papierkram, die Warenlager, die zwei Autos, die Anzüge von Elias, die Einkäufe im Gewürzladen, den Kaffee und die Zeitungen für George verantwortlich war. Auch wussten alle, dass George ihn liebte wie einen eigenen Sohn und sich um ihn gekümmert hatte, seit er zu einem Waisenkind geworden war. Munirs Vater hatte in der Wäscherei hinter dem Notre-Dame-Pilgerzentrum gearbeitet. Als George eines Tages einen Anzug zum Reinigen brachte, bemerkte er zwischen den Dampfschwaden den Jungen mit dem traurigen Blick.

Irgendjemand hatte Munir erzählt, er habe Elias mit einer hübschen Frau – einer Jüdin – gesehen. Munir wollte nichts darüber wissen, denn was man nicht wusste, konnte nicht nach draußen sickern und zur Gefahr werden. Er sagte nie ein Wort davon zu Elias oder zu dessen

Vater, denn seine Loyalität zur Familie Riani und allen ihren Mitgliedern war ihm wichtiger als alles andere. Ihre Geheimnisse erschienen ihm kostbarer als seine eigenen.

Immer wieder las sie den Brief, den sie aus ihrem Briefkasten gezogen hatte. Darin standen die Zeit und der Ort – das King-David-Hotel. Ansonsten enthielt er nicht viel. Seit sie vor einigen Stunden im Hotel angekommen war, hatte sie schon mehrere Kannen Tee getrunken, wollte aber nicht zur Damentoilette gehen, weil sie fürchtete, ihn dann zu verpassen. Solche unglücklichen Zufälle sollten schon vorgekommen sein.

Um zehn stand sie doch auf und eilte zur Toilette. Dort schloss sie sich in einer Kabine ein und weinte bitterlich. Früher einmal hatte er ihr geraten, sie solle nicht die Tage zählen, weil das Zählen Unruhe in ihr wecken würde. »Unsere Liebe bewegt sich außerhalb aller Grenzen, nicht im Rahmen der normalen Zeit. Sie existiert in jedem einzelnen Moment und an jedem Ort. Selbst wenn ich dich jahrelang nicht sehen kann, werde ich überleben, weil ich um die Kraft unserer Liebe weiß«, hatte er zu ihr gesagt.

Sie vermutete, dass seine innere Uhr trotzdem die Zeit messen würde. Er mochte ihr vielleicht keine Beachtung schenken, aber er wusste immer, wie spät es war, wann sich der Vollmond zeigen und wann es regnen würde, wo die Sonne untergehen würde und wann die Flut kam. Er wohnte zwar in der Stadt und trug maßgeschneiderte Anzüge mit Fischgrätmuster, aber er besaß den Instinkt eines Fährtenlesers. Er wusste immer, wo Norden war, sogar in einem fremden Land oder wenn es bewölkt war. Wenn sie mit ihm zusammen war, lernte sie, die Zeit einfach Zeit sein zu lassen und nicht dauernd ans Ende ihrer gemeinsamen Stunden zu denken. Und er wusste, wann für alles der richtige Zeitpunkt gekommen war.

Einmal – es schien schon ewig her zu sein – war er mit ihr in die judäische Wüste gefahren. Sie bewegten sich ohne Landkarte auf unwegsamen Straßen, zu einer Zeit, in der man immer mit Überfällen und Unruhen rechnen musste. Er orientierte sich an der Sonne, am Schatten und am Wind. Nach einigen Stunden Fahrt hielt er unter einer einsamen Tamariske an, breitete dort eine Decke aus und stellte Brot, Käse und Gurken darauf. Dann entzündete er ein Feuer für den Tee. An diesem Morgen gehörte die Wüste ihnen ganz allein. Sie war still und beruhigend, trocken und wild mit ihrem Besenginster und den weißen Steinhügeln, mit ihrer sauberen Luft und der weiten Ebene. Lila stand mit dem Rücken an einen schroffen, kühlen Felsen gelehnt, und in diesen Augenblick konnte er ihren Lippen nicht länger widerstehen. Überrascht von seinem plötzlichen Verlangen stellte er sich vor sie hin, hob ihren Rocksaum an und schob die andere Hand zwischen ihren Kopf und den Felsen. Nur ihr Atmen war in der leeren Wüste zu hören.

Die Wüste heizte sich langsam auf, und die Wintersonne tat ihnen gut. In einem versteckten Tal legten sie sich auf die vom Regen abgerundeten Kiesel, und Lila dachte: So könnte das Leben ewig weitergehen. Zusammen mit ihm in der Natur sein, entspannt und zufrieden, ohne Aufregung und Not. Und dann hatte er – wie ein Prophet – diesen Satz gesagt, dass ihre gemeinsame Zeit begrenzt sei und er sich für schwierige Zeiten rüsten müsse.

»Alles ist vorherbestimmt«, hatte er gesagt, ganz leise, als wollte er die herrschende Stille nicht zerstören. »Wir sind füreinander bestimmt. Und genau deshalb ist die Zeit, die wir zusammen haben, schon im Voraus festgelegt. Das findest du vielleicht seltsam.«

Amüsiert von seinem ernsthaften Ton setzte sie sich auf.

»Darum«, fuhr er fort, »hat es keinen Sinn, gegen die Zeit anzukämpfen. Oder sie dazu bringen zu wollen, schneller oder langsamer zu vergehen.« Er setzte sich ebenfalls auf. »Alles, was mit uns passiert, ist vorherbestimmt. Jeder, der seine wahre Liebe getroffen hat, weiß das. Und er weiß auch, dass nichts diese Liebe aufhalten kann.«

Nachdem er zu Ende geredet hatte, schwieg er einen Moment lang. Plötzlich trat ein prächtiger Damhirsch aus den Büschen. Er war kupferfarben mit weißen Punkten und rannte nicht etwa davon, sondern kam näher. Ein paar Meter vor ihnen blieb er stehen und sah sie an. Sein Ausdruck wirkte unschuldig und vertrauensvoll – diesen Blick würden Elias und Lila ihr Leben lang nicht mehr vergessen. Das Tier blieb ganz ruhig und erlaubte ihnen, seinen wunderbaren Anblick zu genießen. Die Welt hatte für einen Moment aufgehört, sich zu drehen, und die drei standen da wie eingefroren, bis der Hirsch sich umdrehte und davonlief.

Erst, nachdem das Tier aus ihrem Blickfeld verschwunden war, brach Elias die andächtige Stille. »Dieses Geschöpf, das so frei ist wie kein anderes auf Gottes Erde, hat beschlossen, in unserer Geschichte aufzutauchen.«

Der Ober im King-David-Hotel brachte ihr das Wechselgeld. In seiner Miene lag Bedauern, dass die Verabredung seines Gastes nicht zustande gekommen war. Fünf Stunden lang hatte er Lila dabei beobachtet, wie sie aufrecht in ihrem Stuhl saß, voller Erwartung, bis sie die Hoffnung verlor und in sich zusammensackte. Alle anderen Gäste hatten die Terrasse schon lange verlassen. Schließlich stand sie auf und strich sich den faltigen Rock glatt. »Vielleicht wird der Herr ja noch kommen«, sagte der Ober, obwohl sie ihm nicht gesagt hatte, auf wen sie eigentlich wartete. »Ich werde ihm ausrichten, dass Sie hier waren.«

Die Straßen waren verlassen, das Geräusch ihrer Schritte hallte von den Hauswänden wider und verstärkte ihr Gefühl der Einsamkeit. Hier und da gingen Männer in Hut und Mantel an ihr vorbei, aber sie hatte überhaupt keine Angst mehr. Die Enttäuschung war stärker als die Furcht davor, um diese Zeit allein unterwegs zu sein.

Dieser Abend diente nicht gerade als Beweis für Elias' Überzeugung, das Gute im Leben sei immer da, und manchmal, wenn man gerade nicht damit rechne, zeige es sich. Nein, jetzt hatten Furcht und Unruhe die Oberhand gewonnen und sich in jedem Winkel ihrer kleinen Wohnung eingenistet.

Das Passahfest stand vor der Tür, aber der Frühjahrsputz erschien ihr wie eine schwere Bürde, fast unmöglich zu bewältigen. Im Salon herrschte angespannte Stimmung, weil immer weniger Kundinnen kamen. Die Diplomatenfrauen trauten sich nicht mehr aus ihren Wohnungen heraus, und die einheimischen Frauen konnten sich Schönheitspflege nicht mehr leisten. Bald kamen nur noch Bräute vor der Hochzeit und reiche Frauen, die den schönen Schein erhalten wollten. Monsieur Hubert klagte, dass er unter solchen Bedingungen das Geschäft nicht mehr lange über Wasser halten könne, aber Lila wusste, dass er über erkleckliche Reserven aus guten Tagen verfügte und gerne jammerte. Er dagegen erklärte, nur dank der Stammkundinnen könne der Salon überleben.

Eine von ihnen war die grauäugige Betty, die Lila noch aus ihrer Jugend in Jemin Mosche kannte. »Von mir aus kann die Welt zusammenbrechen, ich lasse mir trotzdem alle zwei Wochen die Nägel machen«, sagte sie. Ihr Ehemann war über das Wochenende eingezogen worden. Man hatte ihm eine Dienstnummer, ein Gewehr und eine Uniform gegeben und ihn in ein Regiment geschickt, das aus lauter Einwanderern bestand. Eine Beleidigung für einen alteingesessenen Jerusalemer Bürger, der schon in sechster Generation hier lebte! »Er hat noch nie ein Gewehr in der Hand gehabt«, erzählte Betty nervös. »Nur Nadel und Schere. Ich weiß nicht, was er dort machen soll.«

»Er wird schon zurechtkommen«, beschwichtigte Lila sie. »Weißt du, warum?«

»Nein.«

»Weil er dich hat«, sagte Lila, die zur Expertin für Beziehungsfragen in Zeiten des Krieges geworden war.

Lila trug etwas Anuga-Handcreme auf und massierte sie in Bettys starke, entschlossene Hände ein. Sie erfuhr viel über ihre Kundinnen, indem sie einfach nur ihre Hände betrachtete. Sie prüfte die Hautstruktur, registrierte, ob die Hände breit oder zart waren, glatt oder rau, blass oder rötlich, mit Flecken versehen. Sie sah sich den Nagel genau an, die Handfläche – war sie feucht oder voller Schwielen? – und merkte, wenn eine Hand trocken war oder zitterte, wenn die Nägel brüchig waren, weil sie nicht genügend Kalzium bekamen, wenn eine Frau rauchte oder kalt und distanziert war. Mit diesen Informationen konnte sie Rückschlüsse auf die Persönlichkeit der Frauen ziehen, auf ihren gesundheitlichen Zustand und ihre seelische Verfassung. Betty, die ihrer Mutter, einer Wäscherin, immer geholfen hatte, die Kleidung der Kundinnen zu schrubben und auszuwringen, pflegte ihre Hände jetzt so sorgfältig, als wollte sie ein ganzes Leben in Armut und Vernachlässigung wiedergutmachen.

Lila drückte fest auf den Punkt zwischen Daumen und Zeigefinger, löste den Druck wieder und badete Bettys Hand in Wasser. Nach dem Abtrocknen trug sie rosafarbenen Nagellack auf. Dafür brauchte sie alle Konzentration; sie musste immer genau so viel Lack, wie sie benötigte, auf den Pinsel nehmen. Von der Mitte des Nagels ausgehend verteilte sie den Lack bis an die Ecken und Ränder. Wenn Klumpen, Blasen oder Farbabweichungen auftraten, reinigte sie den Nagel mit Aceton und begann von vorne.

»Bei dir muss alles immer perfekt sein«, tadelte Betty sie.

Lila wusste schon, was jetzt kam: Betty würde sie bearbeiten, mit einem bestimmten Mann auszugehen. Sie wollte sie unbedingt verkuppeln.

»Nicht bewegen«, entgegnete Lila hoch konzentriert.

»Im Leben gibt es keine Perfektion«, belehrte Betty sie. »Man muss Kompromisse schließen. Und stell dir vor, so was wie den perfekten Ehemann gibt es auch nicht.«

»Man kann aber nur einen heiraten, und da ziehe ich doch die Luxusvariante eines Ehemanns vor«, erwiderte Lila trocken.

»Wovon redest du da bloß? Luxus? Du brauchst jemanden, der dich unterstützt, der sich um dich kümmert und dich pflegt, wenn du krank bist. Sogar du mit deiner Schönheit.« Sie wedelte die Hand, mit der Lila gerade fertig geworden war, durch die Luft, damit der Lack trocknete. »Du wirst schon sehen, eines Tages ist es vorbei mit den Flausen. Und was bleibt dir dann noch? Nur die Träume von einem Luxusehemann.«

»Entschuldige, mein Magen knurrt, ich bin ganz ausgehungert«, sagte Lila.

»Allein zu sein ist nicht gut«, beharrte Betty. »Menschen, die sich daran gewöhnen, werden komisch. Wir erinnern uns doch beide noch an die verrückte Alte aus unserer Nachbarschaft. Die, die immer dachte, sie wäre Scarlett O'Hara. Mit sechzig ist sie in einem zerschlissenen Bademantel und vom Hund zerbissenen Pantoffeln herumgerannt. Neben ihrem Totenbett fand man nur ihre Zigaretten, den Hund und seine Flöhe. Willst du so werden? Eine verrückte alte Jungfer ohne Familie?« Betty kannte Lilas neuralgische Punkte genau. »Mit einem Sabbat-Tisch ohne Gebete, ohne weißes Tischtuch?«

Lila wünschte sich inständig, der Brezelmann möge bald erscheinen.

»Ich kenne da jemanden«, sagte Betty und streckte vorsichtig die Fühler aus. »Seit sieben Generationen im Land. Fleißig und nett. Er besitzt eine Schuhfabrik.«

»Eine Schuhfabrik?«, wiederholte Lila ganz aufgeregt. »Ich liebe Schuhe!«

Betty musste sich zurückhalten, um nicht in die Hände zu klatschen.

»Beweg dich nicht, bis der Lack trocken ist«, warnte Lila. »Also, für Schuhe würde ich durchaus heiraten.«

»Wirklich?«, fragte Betty erstaunt.

»Klar!« Lila lachte. »Wenn man ein schönes Paar Schuhe an den Füßen hat, ist alles andere egal. Sind es Schuhe mit hohen Absätzen oder orthopädische Modelle für Kellnerinnen?«

»Die Fabrik gehört seinen Eltern«, sagte Betty. »Und sie machen ihr eigenes Leder.«

»Können wir gleich ein Rendezvous ausmachen?«, wollte Lila wissen.

»Jetzt mal im Ernst. Willst du ihn wirklich kennenlernen?«, fragte Betty.

»Nein«, entgegnete Lila höflich, aber bestimmt. Sie winkte Ezra zu, der gekommen war, um seinen Lohn zu kassieren. Jeden Morgen, bevor der Salon öffnete und die Angestellten erschienen, machte er sauber. Ob Winter oder Sommer, immer trug er einen karierten Pullover, den seine Frau für ihn gestrickt hatte. Ezra, der meistens gut gelaunt war, hatte einen kleinen Schnurrbart und machte seine Arbeit sehr sorgfältig. Er nannte Lila immer seine »Klagemauer«, denn ihr konnte er alles anvertrauen, was er auf dem Herzen hatte, und sie erzählte nie ein Sterbenswörtchen weiter. Monsieur Hubert hingegen tyrannisierte und traktierte ihn, schimpfte ihn bei jeder Gelegenheit für kleine Fehler aus.

»Sehen Sie mal, wen ich mitgebracht habe«, sagte Ezra lächelnd und deutete auf den Brezelmann, der hinter ihm stand. »Sie haben sicher Hunger, nicht wahr?«

»Sie sind unbezahlbar«, erwiderte Lila, als wäre Ezra persönlich für dieses Wunder zuständig.

Sie kaufte Brezeln für sich selbst und für Betty, und dazu Limonade. »Das ist die beste Limo in der ganzen Stadt«, sagte Lila. »Den Brezelverkäufer würde ich auch heiraten. Und Bogart aus dem Koffergeschäft, weil man nie weiß, wann man seine ganzen Besitztümer in einen Koffer stopfen und weglaufen muss. Und weißt du, wen ich außerdem noch heiraten würde? Den Kerl, der im Edison die Filme vorführt, denn die möchte ich immer schon am ersten Tag sehen.«

Lila brach die Brezeln in Stücke.

»Na gut, na gut«, sagte Betty. »Ich hab's kapiert. Ich kann dich nicht zwingen.« Plötzlich setzte sie einen neugierigen Blick auf. »Gibt es da denn jemanden bei dir?«

»Weißt du, ich würde auch den Brezelbäcker heiraten. Manchmal komme ich gerade dann bei der Bäckerei vorbei, wenn sie den Teig verknoten. Das ist eine echte Kunst, finde ich.«

Sie dachte an ihre erste Mahlzeit mit Elias. »Was essen Sie denn am liebsten?«, hatte er sie gefragt. »Brot«, hatte sie geantwortet. »Und welches Lebensmittel duftet am besten?« – »Brot«, hatte sie wieder gesagt. »Und was dürfte man Ihnen nicht wegnehmen?« Sie lächelte, und auch auf seinem Gesicht breitete sich ein Lächeln aus. »Das dürfte dann wohl Brot sein«, hatte er geraten.

Betty wollte aufbrechen. Sie warf einen Blick auf ihre Hände und rief: »Jetzt fühle ich mich wie ein Filmstar!«

Lila brachte sie zur Tür. »Wir haben noch gar nicht über den Mann gesprochen, den ich heiraten muss, bevor es zu spät ist«, bemerkte sie lachend.

»Das ist dann sicher ein guter Mann, einer, der dich vor den ganzen schlechten Männern bewahren wird. Denk mal darüber nach«, sagte Betty zum Abschied.

Ein glänzender grüner Ford hielt vor dem Salon, und eine Frau mit elegantem Pagenschnitt stieg aus. »Willkommen, Madame«, sagte Lila. Sie hielt ihr die Tür zum Salon auf. Monsieur Hubert riss sich von seinen Lohnbüchern los und setzte das Lächeln auf, das er für jene Kundinnen reserviert hatte, die Rita immer »Frischfleisch« nannte. »Möchte Madame eine Maniküre? Und vielleicht auch die Haare frisch gelegt?« Lila bemerkte den Fahrer der Frau – sie musste wohlhabend sein. Das war wohl auch Monsieur Hubert nicht entgangen. Er führte die Frau zu Lilas Platz, als begleitete er eine Primaballerina auf die Bühne.

»Ich freue mich, Sie kennenzulernen«, sagte Lila und streckte ihr die Hand hin.

»Helga Westfried«, sagte die Frau. Ihre Hand fühlte sich kalt und fest an. Ihr Akzent verriet unmissverständlich, dass sie aus Deutschland stammte.

Lila breitete kleine weiße Handtücher über der Arbeitsfläche aus und wusste schon, was die Frau wollte, bevor sie sagte: »Klarer Nagellack, ich möchte nicht, dass meine Hände aussehen, als würde ich viel Getue um sie machen.«

»Ja, Madame«, erwiderte Lila. Im Gesicht der Frau entdeckte sie Kraft und Schönheit, aber nicht die jugendliche Variante, an die sich die meisten Leute so sehr klammerten. Sie schätzte die Frau auf ungefähr fünfzig Jahre.

»Ich bin schon eine alte Frau«, sagte Helga Westfried, die bemerkte, dass Lila sie musterte. »Aber ich möchte nicht wieder jung sein. Es ist wunderbar, älter zu werden. Und klüger.«

Lila lächelte. »Schön, dass Sie es so sehen.«

»Jeder, der vor dem Älterwerden wegläuft, läuft vor sich selbst weg«, erklärte die Frau.

»Es ist nicht wichtig, wie alt man ist. Wichtig ist, wie man lebt«, sagte Lila.

»Es ist ungewöhnlich, so etwas von einer Frau in Ihrem Alter zu hören.« Helga Westfried saß ganz aufrecht, beugte sich jetzt aber vor, als wollte sie Lila ein Geheimnis verraten. »Ich habe erst angefangen, richtig zu leben, als ich Witwe wurde.«

Lila spürte, dass die Frau reden wollte. Mit rhythmischen Bewegungen bearbeitete sie Helga Westfrieds Nägel.

Die Frau betrachtete Lilas Hände. Diesen Blick kannte

Lila schon: Sie suchte nach einem Ring. »Sie sind nicht verheiratet«, bemerkte Frau Westfried.

Lila errötete bei so viel Direktheit. »Nein.« Dann fügte sie aus irgendeinem Grund hinzu: »Noch nicht.«

»Die Frauen hier haben es so eilig, unter die Haube zu kommen. Warum nur? Sie heiraten so furchtbar jung, und sie nehmen den ersten Mann, der mit einem Ring vor ihnen steht. Hauptsache, sie werden nicht zu einer alten Jungfer. Aber das ist wohl wegen der Tradition. Wenn die Frauen zwanzig sind, schieben sie schon einen Kinderwagen vor sich her. In Europa ist das anders.«

Unter den Trockenhauben saßen Frauen mit Lockenwicklern. Zwei von ihnen würden noch am selben Abend heiraten. Als Lila das ihrer Kundin erzählte, schnaubte die bloß. »Jeden Tag sieht man in diesem Salon junge Frauen, die im Begriff sind, ihr Leben in zwei Teile zu reißen. Sie werden zu Hausfrauen, backen Kuchen, braten Frikadellen und leben im Schatten eines Mannes, ohne eigene Ziele. Wie viele von ihnen studieren oder sind wie Sie berufstätig und wollen etwas aus sich machen?«

Eine solche Brandrede gegen die Institution der Ehe hörte Lila zum ersten Mal.

»Das gilt auch, wenn die Menschen sich verlieben«, fuhr Helga Westfried fort, die sich jetzt richtig in Rage geredet hatte. »Na gut, sie sind verliebt. Heißt das denn, dass sie sofort heiraten müssen? Wieso? Können sie nicht einfach ein paar Jahre lang zusammen sein? Die traurige Wahrheit ist doch, dass die Menschen heiraten, damit sie ein gemeinsames Schlafzimmer bekommen. Aber wie lange hält das Prickeln an? Ich war dreißig Jahre lang verheiratet. Das war kein großes Vergnügen, das kann ich Ihnen verraten. Mein Mann war Apotheker und lebte in einer eigenen Welt zwischen seinen Fläschchen und Tiegeln. Als ich noch jünger war, wollte ich immer ein Reagenzglas sein, weil er mit denen so zärtlich umging.«

Lila nahm die Hand ihrer Kundin aus dem Seifenbad und begann, die Nagelhaut zu entfernen.

»Aber Sie sind ganz anders«, sagte Helga Westfried. »Das sieht man sofort. Sie sind eine Individualistin. Wissen Sie, wo das Problem liegt? Die meisten Frauen sind zu unerfahren, um die richtige Wahl treffen zu können. Man trifft sie schließlich nur einmal im Leben. Es ist schlimm, wenn man dann das Falsche tut.«

»Und wann ist es die perfekte Entscheidung?«, fragte Lila.

»Wenn es die perfekte Entscheidung ist, dann merken Sie es sofort.« Helga Westfried sah Lila in die Augen. »Aber die Chancen beim Lotto betragen auch nur eins zu einer Million.«

»Meine Kolleginnen möchten sich jemandem zugehörig fühlen«, sagte Lila und nickte in die Richtung der anderen Frauen.

»Und Sie?«

»Ich werde nicht heiraten, bloß um verheiratet zu sein«, sagte Lila.

»Sie sind ein Mädchen ganz nach meinem Herzen«, stellte Helga Westfried strahlend fest. »Und was die anderen betrifft, diese Dummchen: Sollen sie doch in ihrem Gefängnis versauern.«

Er saß auf einer Holzbank vor der Kardiologie-Station. Die Handflächen vor den Lippen zusammengepresst, betrachtete er das Wandbild einer Krankenschwester mit weißer Haube. Sie hielt einen Finger vor den Mund, als wollte sie um Ruhe bitten. Eilige Sanitäter rollten eine Trage herein, auf der eine junge, anscheinend bewusstlose Frau lag. Ihr nacktes Bein schaute unter der Decke hervor. Einer der Männer sagte, sie sei auf der Straße zusammengebrochen und beinahe von einem Auto überfahren worden. Verwandte der Frau habe man nicht ermitteln können. Die Trage verschwand hinter einer Tür, und eine angstvolle Stille erfüllte den Flur. Elias stand auf und begann, auf und ab zu laufen. Der Gedanke, dass Lila auf einer solchen Trage landen könnte, in guten Händen bei den Sanitätern, aber trotzdem ganz allein, machte ihn sehr nervös. Wen würde man benachrichtigen, wenn ihr etwas zustieß? Wer würde an ihrem Bett sitzen, wenn sie aufwachte? Wer würde mit den Ärzten reden?

Elias sagte sich, dass er mit solchen Gedanken aufhören musste. Er war es doch schließlich, der ihr immer wieder klarmachte, dass Grübeleien die Angst nur noch verstärkten. Seit zwei Stunden wartete er nun schon auf Lila, ohne ein einziges Lebenszeichen von ihr. Dann erfolgte der Schichtwechsel. Die verantwortliche Krankenschwester fragte, ob sie ihm helfen könne. »Ich warte auf Nachrichten von der jungen Frau. Die, die gerade hereingebracht wurde«, schwindelte er.

»Sind Sie mit ihr verwandt?«, fragte die Schwester.

»Sie ist eine Bekannte von mir«, sagte er. Plötzlich

fühlte er sich auf irgendeine Art mit der Frau verbunden, vielleicht, weil er fürchtete, Lila könnte etwas Ähnliches zustoßen, oder weil er merkte, dass niemand Interesse an ihr zeigte.

»Sie kommt gerade wieder zu sich«, sagte die Schwester. »Sie hat ein paar Knochenbrüche, aber sie wird wieder ganz gesund.«

Er war erleichtert, dass diese Fremde wieder genesen würde.

In der Nacht zuvor hatte er nicht geschlafen. Die ganze Zeit über hatte man in der Stadt das Dröhnen der britischen Feuerwaffen gehört, und am nächsten Tag war das Leben in der Altstadt nicht so rege wie sonst, weil die Leute Angst hatten, ihre Häuser zu verlassen. Wenn sie doch nur wüsste, welche Anstrengungen er unternommen hatte, um ihre Verabredung einzuhalten, welche ausgefeilten Ausreden er seinem Vater aufgetischt hatte, wie viel Schmiergeld er dem britischen Offizier für einen Passierschein gegeben hatte. Elias hatte sich sogar einfache khakifarbene Kleidung von einem Freund im Kibbuz geliehen, um nicht aufzufallen, und die üblichen Sandalen und grauen Wollsocken gleich dazu. Er hatte sich eine Tarngeschichte über seine Gartenarbeit ausgedacht, falls man ihn schnappte und verhörte. Man musste immer eine gute Geschichte fürs Verhör in petto haben, egal welche.

Wenn Lila jetzt doch nur hereinkommen und ihn in seinen khakifarbenen Kleidern sehen würde. Er würde ihr einen Wink geben, damit sie hebräisch sprach, und dann würden sie zusammen in den Garten gehen.

Aber sie kam nicht.

Am Nachmittag, als sie das Haus verließ, traf sie die neugierige Nachbarin, die immer genau darauf achtete, wer wann kam und ging. Die Frau hatte gerade Material zum Abdichten der Fenster gekauft, um etwas Ruhe vor dem ständigen Gewehrfeuer zu bekommen. Während Lilas Nachbarn also ihre Wohnungen schützten, dachte sie, die isoliert im Dachgeschoss wohnte, nur daran, das Leben mit Elias irgendwann wieder aufnehmen zu können. Als sie die Nachbarin endlich losgeworden war, kamen zwei Männer auf sie zu und fragten, ob sie eine gewisse Lila Cassuto sei. Sie bejahte.

»Dann müssen Sie mitkommen«, sagte der Mann mit der Brille.

»Wohin?«

»Wir stellen hier die Fragen«, sagte der zweite Mann. Er hatte stahlblaue Augen und musterte sie von Kopf bis Fuß. Seine Miene war arrogant und abweisend. Ihr fiel auf, dass er ihre Brüste lange betrachtete.

»Ich bin auf dem Weg zur Arbeit«, erwiderte sie.

»Dann nehmen Sie heute eben frei«, sagte der mit der Brille.

Sie fürchtete, die Männer würden das Pochen in ihren Schläfen bemerken. Sollte sie weglaufen? Zurückgehen in die Wohnung? Auf Zeit spielen? Ja, das würde sie versuchen.

»Los, ins Auto«, sagte der eine.

»Wo ist Ihr Hauptquartier?«, fragte sie. »Ich gehe allein dort hin.« Die Männer schüchterten sie ein.

Der arrogante Mann öffnete die Autotür und bedeutete ihr einzusteigen.

»Ich werde nicht in Ihr Auto steigen. Ich gehe zu Fuß«, erklärte sie.

Sie marschierte los. In den Autoscheiben sah sie ihr Spiegelbild.

So seltsam es war – im Hauptquartier war ihre Angst wie weggeblasen. Es war klug gewesen, nicht ins Auto einzusteigen, so hatte sie nämlich Gelegenheit gehabt, gründlich über alles nachzudenken. Durch das Gehen normalisierte sich ihre Atmung, und das Blut strömte wieder gleichmäßig durch ihren Körper. Als sie bei dem brüllenden Löwen in der Jaffa Street angekommen war, war sie auf ihre Fragen vorbereitet. Sie ging davon aus, dass die Männer zur Haganah gehörten und ihr das einzige Geheimnis, das sie besaß, entlocken wollten: ihr Verhältnis mit einem Araber. Was für Idioten, dachte sie. Sie würden es nie verstehen.

Und so trat sie, als sie ihnen gegenübersaß, sehr selbstbewusst auf. Der Bund mit Elias gab ihr Kraft.

Als sie zweieinhalb Stunden später das Gebäude verließ, war die Temperatur gesunken, und die Nacht umhüllte sie und schenkte ihr Anonymität. Seit die beiden Männer sie vor ihrem Haus abgepasst hatten, hatte sie nicht ein einziges Mal auf die Uhr gesehen, denn sie wusste, wer das tat, der hatte das Spiel verloren. Für Elias hatte sie die Stunden tapfer überstanden. Sie hatte nicht um Gnade gebeten. »Wir verbieten Ihnen, sich mit ihm zu treffen«, hatten sie zum Abschied gesagt.

»Meinetwegen«, hatte sie geantwortet.

Der Flur der Kardiologie-Abteilung war leer. Elias war

nicht mehr da, aber auf der Holzbank lag ein kleiner Zweig von einem Feigenbaum. Sie hatte keinen Zweifel daran, dass er ihn dort für sie hingelegt hatte, um ihr mitzuteilen: ICH HABE AUF DICH GEWARTET.

Lila nahm den Zweig und betrachtete seine perfekt geformten Blätter. Sie dachte an ihr Geheimnis. Das, was sie zusammen besaßen, musste so geheim bleiben, dass auch die Sprache zwischen ihnen verschleiernd sein musste. Es war die Sprache von Menschen, die viel zu verlieren hatten: ihre ganze Welt.

Jedes Mal, wenn sie die Welt auf den Kopf stellten, um sich sehen zu können, stießen sie auf enormen Widerstand. Und jedes Mal glaubte Lila, es wäre das letzte Mal. Ihr war zumute wie damals, als sie mit ihren Eltern aus Istanbul weggegangen war und ein überwältigendes Gefühl der Trauer sie überallhin begleitetet hatte. Obwohl sie erst neun Jahre alt war, hatte sie für die Dinge, die sie nicht mitnehmen konnte, kleine Abschiedszeremonien abgehalten: die Bäume mit den roten Blättern in ihrer Straße, die Bushaltestelle, das Kino, das sie bloß von außen kannte, das Fenster ihres Zimmers, die Tänzerin in der Schneekugel, ihre Sammlung von Münzen und Meeresschnecken. Während dieser Monate hatte sie auch gelernt, sich von Menschen zu verabschieden, besonders von ihrer Freundin Rachelle, die dicke Haarzöpfe und einen Daumen ohne Fingernagel besaß. Ihre Väter saßen in der Synagoge nebeneinander, und Rachelles Vater hatte Lilas Familie selbst gemachte Flaggen für den Simchat-Tora-Feiertag geschenkt.

In Istanbul, wo sie geboren worden war, hatte sie geübt,

ihr Judentum zu verbergen, sich nie auffällig zu benehmen und die Nichtjuden nicht zu verärgern. So hatte ihre Mutter es ihr beigebracht. In ihrer Wohngegend lebten die Juden und die Araber Seite an Seite. Und doch gab es eine klare Trennung zwischen »uns« und »den anderen«, die Lila mit der Muttermilch eingesogen hatte. Die Araber sprachen Arabisch und die Türken Türkisch, aber die Juden hatten ihr Ladino. Ihr Vater sagte immer, sie seien das auserwählte Volk und stünden über den anderen Völkern. Darum dürfe es auch keine gemischten Ehen geben.

Auch in Jerusalem hatte sie gesehen, wie instabil das Verhältnis zwischen Juden und Arabern war und wie leicht es zerbrechen konnte. Man lebte in friedlicher Koexistenz – bis es zu Spannungen kam, die alles zerstörten, was man zwischenzeitlich aufgebaut hatte. Zwei Jahre, bevor Elias in ihr Leben getreten war, hatte ganz Jerusalem aufgeregt die Liebschaft zwischen einer jüdischen Bankierstochter und einem arabischen Kaufmannssohn verfolgt. Trotz der Widerstände beider Familien hatten die beiden beschlossen, zu heiraten. Die Familie der Frau verstieß sie und saß Schiwa, als wäre sie gestorben. Die arabische Familie nahm sie in ihrer Mitte auf, und die Kinder der beiden wurden dort groß. Jetzt, wo jeden Moment Krieg zwischen Juden und Arabern ausbrechen konnte, würde man die Liebe zwischen Lila und Elias mit solcher Feindseligkeit betrachten, dass möglicherweise ihrer beider Leben in Gefahr war.

Am Tag nach dem fehlgeschlagenen Treffen wachte Lila aus einem Albtraum auf. Sie hatte Elias mit einer anderen Frau gesehen. Die beiden hatten ein Schiff bestiegen und waren in See gestochen, während Lila auf dem Kai zurückblieb. Niemand hatte ihr zum Abschied gewinkt, nicht einmal Elias. Nach dem Aufstehen wollte Lila einen Kaffee trinken, um ihre Laune zu heben, aber aus dem Wasserhahn kam kein Tropfen. Auch der Kessel war leer. Die Nachbarin von unten klopfte an ihre Tür. »Machen Sie auf, Lila! Ich habe etwas Wasser für Sie gespart. Es heißt, wir werden lange keins mehr bekommen.«

»Wie lange ist lange?«, fragte Lila und dachte mit Schrecken daran, dass sie dann nicht mehr putzen und duschen und Tee trinken konnte.

»Eine ganze Weile«, sagte die Nachbarin. »Die verdammten Araber haben die Pumpe in Latrun gesprengt.«

»Was denn noch?«, rief Lila. »Sie werden die ganze Stadt austrocknen!«

»Aber bei Ihnen ist es doch sauber«, bemerkte die Nachbarin, die sich umgesehen hatte.

Erst jetzt war Lila richtig munter. Nüchtern stellte sie fest, dass es nach der Tasse Kaffee, die sie ihrer Nachbarin verdankte, keine zweite Tasse geben würde. Und ohne Wasser konnte der Salon Hubert nicht arbeiten. Der Salon Hubert? Sie schämte sich für ihre oberflächliche Sichtweise. Es gab dann ja auch kein Wasser für Krankenhäuser und Kinder. Sie fragte sich, wie es bei Elias zu Hause aussah, aber darauf würde sie keine Antwort bekommen.

Eine schwarze Krähe, deren Laut sie kannte, schlug

mit den Flügeln und schrie, als wollte sie eine Nachricht überbringen. Auch die Krähe wird bald durstig sein, dachte Lila. Der Vogel flog von seinem Beobachtungsposten zu den Wasserfässern und wieder zurück zur Brüstung des Daches, wo Lila und ihre Nachbarin in ihren Morgenmänteln standen. Zu ihrer Überraschung öffnete die Krähe den Schnabel, heraus fiel ein grauer Klumpen mit Federn. »Schauen Sie, ein toter Vogel!«, rief Lila.

»Sie hat Ihnen ein Geschenk gebracht«, sagte die Nachbarin. »Sie wissen doch, es bringt Glück, wenn eine Krähe einem ein Geschenk bringt.«

Lila fragte sich, was die Krähe ihr mitteilen wollte, und wunderte sich über ihre Nachbarin. Sie war eine Frau, die alles wusste und mit jeder Situation fertig wurde. In ihr waren der Einfallsreichtum einer Frau und die praktischen Fähigkeiten eines Mannes vereint. Sie hatte Wasser in einem Eimer gesammelt. Sie konnte einen Lastwagen fahren, einen Reifen wechseln, einen Wasserhahn und die Stromleitung reparieren. Sie konnte mit einem Gewehr umgehen und wusste, wie man körperliche Gebrechen heilte. In ihrer Wohnung hatte sie Konserven und Verbandsmaterial gehortet. Sie arbeitete im Kings-Hotel als Masseurin und beobachtete ganz genau, was um sie herum passierte. Lila vermutete, sie diente der Haganah als erstklassige Informationsquelle. Wer kam, wer ging? Wer steckte den Kopf mit wem zusammen? Wer war in letzter Zeit verschwunden? Jetzt konnte Lila sich nicht mehr mit Elias treffen, aber sie fürchtete, dass ihre Nachbarin in besseren Zeiten einiges mitbekommen hatte.

Lila wusch sich Gesicht und Hände in dem Wasser, das die Nachbarin ihr gebracht hatte, und fühlte sich gleich ein wenig besser.

An der Glastür des Salon Hubert hing ein Schild mit der Aufschrift: BIS AUF WEITERES GESCHLOSSEN.

Sie ging zum Mahane-Jehuda-Markt, um sich ein bisschen umzusehen. Der Markt hatte noch nie so traurig und leer gewirkt. In den umliegenden Cafés saßen Männer und spielten Backgammon, und Lila hing ihren Gedanken nach. *Wo nehmen die Cafés nur das Kaffeewasser her? Ich brauche ein himmlisches Zeichen, damit ich weiß, wie ich mit der erzwungenen Trennung von Elias umgehen kann.* Sie hätte gerne heiß geduscht und ihre düsteren Gedanken fortgespült.

Den Einkaufskorb ließ sie bei der Schneiderin stehen, in deren Laden ein Brautkleid neben dem anderen hing. »Sogar in diesen schwierigen Zeiten heiraten die Leute, als gäbe es kein Morgen«, beklagte sich die Schneiderin. Sie werde ihren Korb bald wieder abholen, sagte Lila.

Eine Woge des Verlangens fuhr durch ihren Körper. Sie wollte in seine Augen sehen, während er sie betrachtete. Nur das, nicht mehr. Das war doch ein bescheidener Wunsch.

Einmal waren sie im Auto gefahren, und er hatte gesagt: »Deine Schönheit. Sie überrascht mich jedes Mal von Neuem.«

»In deinen Augen bin ich schön«, erwiderte Lila lächelnd.

»Eine schöne Frau, das ist nicht nur ein hübsches Gesicht,

feine Kleider oder ein eleganter Gang.« Er machte eine kleine Pause, bevor er weitersprach. »Wenn ein Mann eine Frau ansieht und sich vorstellt, wie ihre seidige Haut sich anfühlt – dann ist sie eine schöne Frau.«

Als sie das Kings-Hotel betrat, grüßte sie der Mann an der Rezeption freundlich. Sofort ließ er das Sandwich, das er gerade aß, verschwinden und schluckte den Bissen hinunter.

Sie fragte, wo sie die Hotelmasseurin finden könne.

»Im Keller«, sagte der Mann. »Zweite Tür links.«

Die Dusche war noch besser, als sie sich vorgestellt hatte: ein unerschöpflicher Strom von heißem Wasser, ein weißes Handtuch und ein kleines, in Papier eingepacktes Stück Olivia-Seife. »Mach schnell«, bat die Nachbarin. »Nicht, dass der Chef gleich kommt.« Lila zog sich an und schlüpfte – sauber und duftend – durch den Personaleingang wieder hinaus. Das Wasser, das sie »gestohlen« hatte, versüßte ihr den Tag ungemein.

Im Radio wurde berichtet, dass die Jordanier die Wasserpumpe in Latrun gesprengt und außerdem versucht hatten, auch noch eine zweite in Rosch Ha-ajin in die Luft zu jagen. Ein Schiff mit Tausenden jüdischer Flüchtlinge aus Europa war in Haifa angekommen, aber die Briten verboten ihnen, an Land zu gehen. Lila jedoch war nicht bereit, sich das herrliche Gefühl der Sauberkeit von den schlechten Nachrichten zerstören zu lassen.

Als sie wieder zu Hause ankam, war es Mittag. Sie war müde, gereizt und hungrig – die Kombination aus allem machte sie nur noch verzagter.

Aber in seinen Augen war sie so schön, dass es ihm den Atem raubte.

Er erhob sich von der Stufe vor ihrem Haus, auf der er gesessen hatte.

Sie stellte ihren Einkaufskorb auf den Boden, und als sie ihn ansah, verflogen alle schlechten Gefühle. Elias kam ihr entgegen und trug ihren Einkaufskorb die Stufen hinauf, als hätte er nie etwas anderes getan.

»Ich mache uns einen Tee«, sagte sie. Den Wassermangel hatte sie völlig vergessen. Sie hielt den Kessel unter den Wasserhahn, aber nicht ein einziger Tropfen kam heraus. »Wir haben kein Wasser«, sagte sie niedergeschlagen. »Man hat uns von der Leitung abgeschnitten.«

»Ich weiß«, erwiderte er. »Ich habe zwei Kanister dabei, das ist genug für die nächsten paar Tage.«

Sie merkte, wie sich ihre Augen mit Tränen füllten. Zuerst spürte sie ein salziges Stechen, dann kam die Feuchtigkeit. Elias ging hinunter und trug die schweren Kanister mit dem kostbaren Nass hinauf in die Wohnung. Er atmete schwer und schwitzte, und als er oben war, wischte er sich mit einem Taschentuch übers Gesicht.

»Wie hast du es bis hierher geschafft?«, wollte sie wissen. Weil sie sich fest umarmten, hallte ihre Frage in seiner Brust wider.

»Frag nicht«, entgegnete er. »Nach zwanzig Versuchen hat es endlich einmal geklappt.«

»Hast du lange auf mich gewartet?«

»Ich weiß nicht. Ich versuche, in meiner eigenen Zeit – in unserer Zeit – zu leben, nicht in der der anderen Leute.«

Sie küsste seine Hände, die Hände, die ihr Wasser gebracht hatten, die für sie gesorgt hatten, die sie jetzt umarmten. Er fuhr fort: »Ich lebe in einer Zeit, die nichts mit der Realität zu tun hat. Die Tage, an denen ich dich nicht sehen kann, blende ich einfach aus. Dieser Augenblick ist kostbarer als viele Tage. Und jener Abend, an dem wir nach Jaffa gefahren sind, hat mich für Monate entschädigt. Die Reise in die Türkei? Die war so gut wie zehn Jahre.«

»Ich fühle mich wie die reichste Frau in Jerusalem«, sagte Lila mit einem Lächeln. »Vierzig Liter Wasser.«

»Du bist ganz bestimmt die am meisten geliebte Frau in Jerusalem.«

Sie servierte ihm einen köstlichen Blairmond-Tee, der von den Feldern in Ceylon stammte. »Unser Wasser schmeckt besser als eures«, bemerkte Elias lachend. Als er aufstand, war die Tasse noch warm. »Kann ich irgendwas für dich tun?«

»Du hast schon so viel für mich getan«, antwortete Lila.

»Wenn ich könnte, würde ich dir einen ganzen Fluss bringen, damit du nie mehr Durst haben musst.« Als er aufbrach, sagte keiner von beiden ein Wort. Sie ging davon aus, dass er so schnell wie möglich zurückfahren musste.

Der kurze Besuch, für ihn jedoch lang und bedeutsam, war schon wieder vorbei. Als er gegangen war, dachte sie über sein Geschenk nach. Er versuchte, eine eigene Zeitzone nur für sie zu schaffen, so wie die Greenwich Mean Time; eine Zeitzone, die nur an einem Ort auf der Welt und nur für sie beide galt, unabhängig vom Stand der Sonne, einem ganz anderen Taktgeber verpflichtet. Voll bekleidet schlief sie auf dem zerwühlten Bett ein, und als es dunkel wurde und der Abendwind aufkam, spürte sie die Kälte und erwachte. Jetzt war sie viel ruhiger als zuvor.

Ihr erster Gedanke galt dem Mann, der gekommen war, um nach ihr zu sehen. Er musste auf schicksalhafte Art von ihrem Vater losgeschickt worden sein. Die Ereignisse des Nachmittags erschienen ihr jetzt wie eine Geschichte aus der Bibel: Ein Mann hatte sich durch die ausgetrocknete Stadt geschlagen, um ihr Wasser zu bringen.

»Das ist ja eiskalt heute«, sagte Lila zu dem Buchbinder, dessen Werkstatt sich im Erdgeschoss ihres Hauses befand. Er hatte die Tür einen Spaltbreit geöffnet, um sie zu bitten, ihm einen Platz in der Schlange freizuhalten, aber die Tür rutschte ihm aus der Hand und schlug wieder zu. »Noch so ein Knall, und die Fenster springen«, sagte sie, aber er konnte sie nicht mehr hören. Er rannte in seinem Laden herum, um einige Papiere wieder einzufangen, die in alle Richtungen geflogen waren. Am Brunnen stellte sie sich in die Schlange und hoffte auf einen starken jungen Mann, der ihr für eine Münze den schweren Wassereimer in die Wohnung trug. Der Wind frischte auf und blies ihr Staubkörner in die Augen, und die trockene Kälte setzte ihr zu.

Während sie warten musste, überlegte sie, was sie mit dem Wasser, das sie in ein oder zwei Stunden bekommen würde, anfangen wollte. Zuerst würde sie ein bisschen davon abzweigen, um sich eine Gemüsesuppe und einen Topf Reis zu kochen. Davon konnte sie drei Tage lang essen. Dann würde sie etwas Wasser erwärmen und sich damit so vorsichtig waschen, dass kein Tropfen verloren ging. Mit demselben Wasser würde sie dann ihre Kleider waschen und den Boden putzen, und das dreckige Wasser, das dann noch übrig war, würde sie über die Stufen kippen, die zu ihrer Wohnung führten. Außerdem würde sie sich eine Kanne Tee machen. Das war das Allerwichtigste.

Sie war überrascht, wie viele Leute in der Schlange warteten – wo es doch so kalt war! Sie stand hinter einer Frau, die immer wieder von einem Fuß auf den anderen trat, um sich warmzuhalten. Es dauerte nur zwanzig Minuten, bis sich die wartenden Leute angefreundet hatten und gemeinsam gegen jene vorgingen, die sich in die Schlange mogeln oder gleich zwei Eimer füllen wollten. Die Frau vor Lila stellte sich ihr als das Dienstmädchen eines Doktor Herman vor. Frau Herman hatte sie losgeschickt, um noch vor dem Hausputz etwas Wasser zu holen und Lebensmittel einzukaufen. Jedes Mal, wenn es ein bisschen vorwärtsging, sagte sie zu Lila, dass sie bestimmt bald an die Reihe kämen.

Ein Mädchen in Schuluniform – blauer Rock, Kniestrümpfe und Strickpulli – stand hinter Lila. Ihre Haut war beinahe durchsichtig, und der ernste Ausdruck in ihrem Gesicht ließ sie wesentlich älter aussehen. Sie fror anscheinend sehr und rieb sich ständig die Hände. In ihrem leeren Eimer befand sich ein Stenografie-Lehrbuch.

Ein Lieferwagen fuhr an der Schlange vorbei. Der Aufschrift nach zu urteilen, gehörte er zu einer bekannten Schokoladenfabrik. Die Wartenden schauten ihm sehnsüchtig nach und meinten fast, den Duft von Schokolade erschnuppern zu können. Ein Bus hielt an und ließ eine Frau einsteigen, die dem Fahrer ein Zeichen gegeben hatte – dabei stand sie gar nicht an einer Haltestelle. Das Dienstmädchen der Hermans sagte: »Der Fahrer hat eigens angehalten. Ja, bei uns haben die Leute eben ein Herz.«

Zerrissene Zettel auf einer Anschlagtafel warben für ein Theaterstück, das aus Tel Aviv gekommen war. Auf der gegenüberliegenden Straßenseite rannte ein britischer Soldat seiner Kappe hinterher – der Wind hatte sie ihm vom Kopf gerissen. »Jetzt hat er sie eingefangen«, berichtete das Dienstmädchen.

Ein schwarzes Auto fuhr ganz langsam an der Schlange vorbei, obwohl kaum andere Autos unterwegs waren. Plötzlich fielen zwei Schüsse. Wie laut das knallte! Waren etwa Menschen aus der Schlange getroffen? Lila war zusammengezuckt, genau wie das Schulmädchen hinter ihr. »Mistkerle«, grummelte das Dienstmädchen. Eine Frau an der Spitze der Schlange schrie vor Angst. Mit quietschenden Reifen und rauchendem Auspuff jagte das schwarze Auto davon.

Auf dem gegenüberliegenden Bürgersteig lag ein Mann. »Der Brite!«, rief das Dienstmädchen.

Seine Kappe flog auf wie ein Papierdrachen. Lila beobachtete, wie sie mitten auf die Straße wieder zu Boden fiel. Ein Lieferwagen mit einigen Jeschiwa-Studenten fuhr über die Kappe hinweg, aber sie blieb unversehrt. Die jüngeren Menschen in der Warteschlange ließen ihre Eimer fallen und rannten in die umliegenden Gassen, denn sie wollten verschwunden sein, wenn die Briten den Schauplatz des Verbrechens stürmten. Alle anderen blieben stehen, als wäre nichts geschehen; sie wollten ihren Platz in der Schlange nicht aufgeben. Das blasse Schulmädchen hielt sich verschreckt die Hand vor den Mund.

»Hast du so was zum ersten Mal gesehen?«, fragte Lila sie.

Das Mädchen nickte.

»Daran gewöhnt man sich nicht«, sagte Lila. »Auch, wenn man schon öfter Blut auf der Straße gesehen hat.«

»Als sie den Offiziersklub bombardiert haben, stand ich nur hundert Meter weit weg«, berichtete das Dienstmädchen. »Was für ein schrecklicher Lärm! Was für eine Verwüstung! Die Briten, die auf dem Dach gewesen waren, wurden verschüttet. Die ganze Nacht über konnte man ihre Schreie hören. Und ihr Geröchel. Ich habe von Doktor Hermans Balkon aus alles beobachtet.«

Die Straße, wo ein britischer Soldat am helllichten Tage ermordet worden war, wurde schnell zu einem Sammelplatz für traumatische Geschichten. Wer hatte schon mal eine Explosion gesehen? Wer einen Mord? Wer hatte ein Auto mit Sprengstoffladung in die Luft gehen sehen? Wer kannte jemanden, der dabei gewesen war? Wahrscheinlich ging es in einem solchen Moment überall auf der Welt so zu: Die Menschen kommen sich näher, indem sie entdecken, was sie miteinander verbindet.

Minuten vergingen, aber niemand näherte sich dem angeschossenen Mann. Man ließ ihn dort liegen, ausgestreckt auf dem Bürgersteig, und kein Mensch konnte sagen, ob er verletzt oder tot war. »Wir können ja sowieso nichts tun«, sagte das Dienstmädchen.

»Bald sind die Mohnblumen hier«, sagte Lila in Anspielung auf die roten Barette der britischen Soldaten. Sie angelte ein Bonbon aus ihrer Handtasche und streckte es dem Mädchen hin. »Hier«, sagte sie. »Du brauchst jetzt etwas Süßes.« Das Mädchen wickelte das Bonbon aus dem Papier und bedankte sich. Ihre Stimme klang reif und angenehm. Jetzt, da so viele Leute davongelaufen waren, standen nur noch ungefähr zehn Menschen vor ihnen in der Schlange.

Plötzlich hielt ein Lastwagen mit kreischenden Bremsen neben ihnen. Britische Polizisten mit gezogenen Waffen sprangen heraus. Drei davon transportierten den Erschossenen ab, einige andere errichteten eine Straßensperre. Die Übrigen hielten Ausschau nach Augenzeugen und führten die Männer aus der Wasserschlange zu dem Polizeifahrzeug.

»Sie da!«, sagte ein Polizist zu Lila. »Mitkommen aufs Revier!« Sie blickte ihn fragend an. Mit dröhnender Stimme rief er: »Nehmen Sie Ihr Eimerchen und kommen Sie sofort mit! Und Sie auch.« Er deutete auf die beiden Frauen, die mit Lila in der Schlange gewartet hatten. Im Polizeiwagen standen sie dicht gedrängt nebeneinander. Die Leute fragten die Uniformierten, was sie mit ihren Eimern tun sollten. »Stellen Sie sie eben neben die Bänke«, brummte ein Polizist.

Das Dienstmädchen sagte: »Doktor Hermans Frau weiß gar nicht, dass man mich wegbringt. Sie wird außer sich sein!«

Das blasse Mädchen sagte nichts. »Alles in Ordnung?«, fragte Lila. Das Mädchen nickte. »Sie stellen uns bloß ein paar Fragen, dann dürfen wir wieder gehen«, erklärte Lila beruhigend.

Bevor sich der Wagen in Bewegung setzte, warf Lila noch einen letzten Blick auf den Ort, der wenige Minuten zuvor noch eine ganz normale, alltägliche Straße gewesen war. Zwar verdreckt und armselig, aber immerhin voller Leben. Jetzt war sie menschenleer und allein dem kalten Wind überlassen. Niemand war zu sehen, nur der Stacheldraht der Straßensperren blieb zurück.

Der Wagen fuhr durch die Stadt, und als er an seinem Ziel angekommen war – dem Polizeihauptquartier im Russischen Viertel –, mussten sie aussteigen. Die mürrischen Polizisten passten genau auf. »Die halten uns wohl für Vieh«, sagte das Dienstmädchen.

Breitbeinig stand der Vernehmungsoffizier den Festgehaltenen gegenüber. »Lasst mich eins klarstellen«, donnerte er. »Jeder Einzelne von euch hat diesen Mord beobachtet. Der Soldat ist von Kriminellen erschossen worden, und die kriegen wir schon. Ich rate euch, nichts vor uns zu verheimlichen. Wer nicht kooperiert, wird hierbehalten.«

Die Männer wurden einzeln in Verhörzellen gesperrt, die Frauen konnten zusammenbleiben. Ein Beamter nahm ihre Namen auf und übergab die Liste dem Verhöroffizier.

Lila Cassuto. Margalit Hasson. Esther Hakim, die auch den Namen ihres Arbeitgebers, Doktor Herman, angab.

Niemand sagte ein Wort. Man ließ die Frauen lange warten, dann brachte man sie nacheinander in die Verhörzellen. Ein Offizier mit blondem Schnurrbart bedeutete dem blassen Mädchen, ihm zu folgen, aber Lila legte ihr eine Hand aufs Knie und sagte auf Englisch: »Sie gehört zu mir.«

Der Offizier ignorierte Lila. »Sie können sie nicht allein holen, sie ist doch noch ein Kind«, rief sie. Er zögerte einen Moment, dann nickte er. Lila nahm das Mädchen bei der Hand, und zusammen folgten sie ihm. Lilas Absätze klackten laut über den Steinboden.

Im Verhörraum warteten sie, während der Offizier seine Papiere ordnete. Lila merkte, dass ihre eigene Angst nachließ, weil sie sich um das Mädchen kümmerte. So muss es Leuten gehen, die ihre Kinder retten müssen, dachte sie. Wenn man für jemanden verantwortlich ist, verdrängt man die eigene Angst.

Der Offizier trommelte mit den Fingern auf die Tischplatte und wandte sich dem Mädchen zu. Er fragte, was sie um diese Zeit auf der Straße zu suchen gehabt habe. Lila antwortete an ihrer Stelle: »Wir haben uns um Wasser angestellt.«

»Ich glaube nicht, dass ich mit Ihnen gesprochen habe«, sagte der Mann und sah wieder das Mädchen an.

Margalit sagte: »No english.«

Der Offizier wurde wütend. »Ihr lernt Englisch doch in der Schule, oder etwa nicht?«

Sie zuckte mit den Schultern und sah unschuldig drein wie ein Baby.

Lila hoffte, ihr Stimme würde selbstsicher klingen, aber sie zitterte hörbar. »Wir haben gewartet, bis wir an die Reihe kommen. Da kam ein Auto angefahren. Es hat angehalten und uns die Sicht versperrt. Dann hörten wir Schüsse, und als das Auto wieder wegfuhr, sahen wir den Mann auf dem Boden liegen.« Lila räusperte sich und hustete einmal, um ihre Anspannung zu überspielen. »Das ist alles. Mehr haben wir nicht gesehen.«

Der Offizier fragte nach dem Auto und nach anderen Fahrzeugen, die unterwegs gewesen waren. Lila erinnerte sich nur an den Schokoladenlieferwagen, an das Auto mit den Jeschiwa-Studenten und den Bus nach Katamon. »Sind Sie ganz sicher, dass Sie die Gesichter der Leute in dem Auto nicht gesehen haben?«, fragte er noch einmal.

»Es ist alles so schnell gegangen«, sagte Lila. »Der Wind wehte stark, und wir sind von einem Fuß auf den anderen getreten, um uns warmzuhalten. Von unserem Platz aus konnten wir nichts sehen.«

»Wir glauben, dass jemand aus der Schlange der Wartenden von dem Anschlag gewusst hat«, erklärte der Offizier. »Versuchen Sie, sich an die Männer in der Schlange zu erinnern. Fragen Sie auch das Mädchen.«

Das Mädchen hatte der Unterhaltung zugehört, offenbar ohne etwas zu verstehen. Der Brite ging kurz aus dem Zimmer. Lila flüsterte: »Er will wissen, ob du die Männer in der Warteschlange beschreiben kannst.« Das Mädchen erinnerte sich sehr gut an die jungen Männer, die in dem Moment weggelaufen waren, als die Schüsse fielen. »Sagen Sie ihm, dass ich im fraglichen Augenblick in mein Lehrbuch geschaut habe«, bat sie Lila.

Lila sagte: »Er sieht gerade nach, ob unsere Namen in den Akten stehen. Ob wir schon mal festgenommen worden sind.«

Das Mädchen folgte der weiteren Vernehmung mit intelligenter Miene. Danach musste Lila ein Dokument unterschreiben, und dann durften sie gehen.

Sie betraten die Straße, die Eimer noch in der Hand. »Wir sind wie Frauen eines Wüstenstamms«, sagte Lila. »Wir haben nach der Quelle gesucht und kommen mit leeren Händen nach Hause.« Die Sonne zeigte sich kurz am Himmel, der Wind ließ nach, und in der Luft lag etwas Ermutigendes: Endlich konnten sie das düstere Polizeigebäude verlassen und wurden wieder ein Teil des geschäftigen Treibens auf der Straße. Es roch nach Freiheit. Und sie hatten beide ein bisschen Hunger. Lila lächelte, und das Mädchen lächelte zurück.

»Wir haben Glück gehabt«, sagte Lila. »Gut, dass wir nichts gesehen haben.«

»Danke, dass Sie mir geholfen haben.«

»Du bist noch so jung. Jemand muss sich doch um dich kümmern.«

»Ich bin nicht jung«, widersprach das Mädchen.

»Mag sein«, sagte Lila, um sie zu beruhigen. »Wie alt bist du denn?«

»Fünfzehn.« Sie drückte den Rücken durch.

»Und wo wohnst du?«

»Im Buchara-Viertel.«

»Und was hast du dann in der Warteschlange in unserem Viertel gemacht?«, wollte Lila von ihr wissen.

»In meinem Viertel bin ich bekannt, da habe ich gestern schon unsere Wasserration abgeholt.«

»Wie wolltest du denn den schweren Eimer so weit tragen?«

»Ach, das hätte ich schon geschafft. Meine Mutter wird sauer sein.«

»Weswegen?«

»Weil ich ohne Wasser nach Hause komme.«

»Du warst Augenzeugin eines Mordes und bist verhört worden. Sag ihr einfach, was passiert ist. So etwas Schlimmes hast du in deinem Leben bestimmt noch nicht durchgemacht.«

»Sie wird mir aber nicht glauben«, wandte das Mädchen ein.

»Warum denn nicht?«

»Weil das ihre Art ist. Sie denkt immer, ich erfinde irgendwelche Dinge. Sie meint, ich hätte eine lebhafte Fantasie. Und sie wird mich bestrafen. Ich werde Hausarrest bekommen und nur noch zur Schule hinausgehen dürfen.«

Lila war neidisch auf das Mädchen. Sie wohnte zusammen mit ihren Eltern, ging zur Schule – kurz, sie führte ein ganz normales Leben. »Auf welche Schule gehst du denn?«, fragte Lila.

»Auf die Schule der Alliance Française. Ich bin im englischen und französischen Zug. Und ich lerne Maschinenschreiben und Stenografie. Abends nehme ich Nähstunden, aber das weiß sie nicht.«

»Sie – deine Mutter?«

»Ja. Ich habe das Geld für die Stunden zusammengespart. Ich will mir mal meine eigenen Kleider nähen.«

»Und du sprichst wirklich kein Wort Englisch?«, fragte Lila.

»Wer sagt denn so was?« Das Mädchen lief rot an. »Ich bin die Klassenbeste. Und ich habe den besten Akzent von allen.«

»Du bist ja ganz schön durchtrieben!« Lila war überrascht. »Ich habe dir geglaubt, genau wie der Offizier. Dann hast du also alles verstanden.«

»Alles. Die Leute in dem Auto haben Uniformen getragen.«

»Du hast sie gesehen?«

»Diejenigen, die geschossen haben. Sie steckten in britischen Uniformen.«

»Woher weißt du, dass sie verkleidet waren?«, wollte Lila wissen.

»Na ja, es ist doch klar, dass es keine Briten waren«, sagte das Mädchen.

»Du hast wirklich Adleraugen.«

»Könnten Sie mir vielleicht noch einen Gefallen tun?«, bat das Mädchen.

»Wie hast du es hingekriegt, ›no english‹ so überzeugend schlecht zu sagen?«, fragte Lila.

»Es ist immer besser, wenn man nichts weiß. Soll ich mich jetzt für uns beide in die Schlange stellen?«

»Wir warten zusammen.«

»Sie wird mich zu Hause einsperren«, klagte das Mädchen. Tränen stiegen ihr in die Augen.

»Soll ich deinen Eltern erklären, was passiert ist?«, fragte Lila.

»Ich wollte Sie vorhin darum bitten, aber es war mir dann doch zu unangenehm.«

»Na schön«, sagte Lila. »Du heißt Margalit, nicht wahr?«

»Margo. Meine Schwestern haben hübschere Namen abbekommen. Wir sind vier.«

»Eine große Familie. Wie schön.«

»Schön? Meine Mutter sagt immer, dass Jungen ein Segen sind und Mädchen ein Ärgernis. Man muss so lange warten, bis sie endlich wegheiraten.«

»Sind alle deine Schwestern so schlau und hübsch wie du?«

»Das hätten sie wohl gerne«, kicherte Margo.

»Hast du Hunger?«, fragte Lila.

»Nein. Ehrlich nicht.«

»Warte mit den Eimern hier auf mich. Ich hole uns etwas.«

Der Bäcker kam aus der Backstube und schloss die Tür hinter sich. Mit ihm zog ein wundervoller Duft in den Verkaufsraum. »Was für ein schrecklicher Tag«, klagte er. »Verletzte auf unserer Seite, ein Konvoi nach Ben Schemen und in Galiläa geht es auch drunter und drüber. Jeder Tag, an dem ich in Frieden mein Brot backen kann, ist wie ein Wunder. In der Backstube habe ich das Radio an – wer weiß, vielleicht wird der Teig davon beeinflusst? Jeden Tag kommen schlechte Nachrichten. Wo sind bloß die ganzen guten Nachrichten geblieben?«

Lila überlegte kurz, ihm von dem Anschlag zu erzählen,

ließ es dann aber bleiben. Er gab ihr einen Keks zu probieren und entschuldigte sich dafür, dass er so viel Mandelextrakt verwendet hatte. »Etwas anderes kann ich zurzeit einfach nicht bekommen.« Lila genoss jeden einzelnen Bissen. »Wenn es mir nicht gut geht, denke ich immer an die Auslage Ihrer Bäckerei«, sagte sie dem Bäcker zum Abschied.

Die Zimtschnecken, die sie gekauft hatte, dufteten durch die Papiertüte hindurch. Lila bemerkte, dass Margo versuchte, langsam zu essen, damit sie nicht so hungrig wirkte. Auf dem Weg zum Brunnen erzählte Margo, dass sie Dolmetscherin bei den Vereinten Nationen werden wolle. Sie sagte es auf sehr entschlossene Art. Lila war erstaunt, dass sie so genau wusste, was sie wollte. »Und dann ziehe ich mich so an wie Sie«, sagte Margo. »Mit Nylonstrümpfen und hohen Schuhen und einem Kleid und einer Handtasche mit Henkel.«

»Man verlässt das Haus nur tipptopp zurechtgemacht«, erwiderte Lila lächelnd. »Man weiß nämlich nie, wo man landet.« Margo lachte.

Die Wasserverteilungsstelle war geschlossen. »Siehst du das?« Lila war zornig. »Und dann fragen sie sich, warum die Leute Wasser aus den Brunnen klauen. Ben Gurion kann so viel über Moral und Diebstahl predigen, wie er will, aber ohne Wasser kann man nicht leben. Kein Wunder, dass die Menschen sich wie Tiere benehmen.«

Margo fühlte sich etwas besser. Vielleicht wegen des Gebäcks, vielleicht aber auch, weil Lilas Selbstvertrauen ansteckend wirkte. Sie gingen die abschüssige Straße entlang. In diesem Teil der Stadt passierten keine Anschläge.

Margo führte Lila durch ein Viertel, das uralt und verlassen wirkte. In den verwinkelten Straßen standen die niedrigen Häuser dicht gedrängt. Lila stellte sich vor, wie die Leute in diesen düsteren grauen Häusern lebten. Man kannte sich genau, wusste, was der andere gekauft hatte, was er aß und wohin er ging. Als sie unter einem Fenster vorbeischlenderten, drang das Gegacker von Hühnern auf die Straße hinaus. »Sind da Hühner im Haus?«, fragte Lila.

»Sie haben zwanzig Legehennen«, sagte Margo, als wäre das ganz normal. »Sie füttern sie mit Hirsekörnern, und die Hühner legen jede Menge Eier.«

»Die Hühner leben dort im Haus, zusammen mit den Menschen?«

»Ja. Sie haben einen Heizofen, da haben sie es immer schön warm. Ich gehe abends oft hin. Der Vater arbeitet in der Kartonagenfabrik, die Mutter bäckt und strickt. Sie haben drei Söhne. Manchmal, wenn die Mutter auf den Markt geht, passe ich auf den Kleinsten auf, und wenn sie wieder nach Hause kommt, macht sie mir ein Omelett.«

Margo deutete auf eine niedrige Mauer.

»Das ist die Mauer der Heckenschützen«, erklärte sie Lila und wartete auf deren Verwunderung. »Dahinter verstecken sich die Araber. Man muss sich runterbeugen, genau so«, sagte sie und kauerte sich hin wie eine Katze. »Die Kinder machen hier ihre Mutproben.«

Margo trat sich die Füße auf einer Matte ab, und Lila

machte es ihr nach. Dann betraten sie die winzige, aufgeräumte Wohnung. Es war nur ein einziger Raum mit Küchenzeile und Esstisch. Auf dem Herd stand ein Topf. Eine Frau lag in einem schmalen Bett. Lila sah goldene Kreise auf ihrer Stirn. Bevor die Frau die Augen öffnete, wirkte sie wütend, aber als sie den Gast entdeckte, änderte sich ihr Gesichtsausdruck. »Entschuldigen Sie«, sagte sie. »Ich habe mich nur ein bisschen hingelegt. Die Kartoffelscheiben vertreiben meine Kopfschmerzen.«

»Das ist Lila«, sagte Margo zögerlich.

»Vicky«, erwiderte Margos Mutter übertrieben freundlich. Als Lila ihr die Hand gab, wusste sie schon alles über die Frau. Sie ärgerte sich, dass sie die Wohnung betreten hatte. Sie hätte das Mädchen einfach nur nach Hause bringen und sich vor der Tür verabschieden sollen.

»Margo«, sagte Vicky, die immer noch Lila betrachtete. »Warum hast du das Wasser draußen stehen lassen?«

Margo begann hastig zu erzählen. Sie berichtete ihrer Mutter, was passiert war. Manchmal blickte sie Lila auffordernd an, damit die alles bestätigte. Die Schlange, der Anschlag, das Verhör.

»Wir haben also kein Wasser«, bemerkte Vicky.

»Nein«, sagte Margo entschuldigend.

»Ich habe den Boden schon drei Tage lang nicht mehr mit Seife geputzt«, klagte ihre Mutter.

»Vielleicht können Sie ja morgen putzen«, sagte Lila. »Wichtig ist doch nur, dass Ihre Tochter wohlbehalten wieder zurück ist.«

Vicky zuckte mit den Schultern und spitzte die Lippen.

Lila merkte sofort, dass irgendetwas an der Frau seltsam war. Sie umarmte ihre Tochter nicht, dabei hatte diese doch einen Mord mit ansehen müssen. Sie war nur wütend, weil sie kein Wasser bekam.

Vicky ging ins Bad, und als sie wieder herauskam, hatte sie einen Bademantel angezogen und sich die Haare gekämmt. Ihre Hände waren klein und blass. Sie wirkte zu jung, um die Mutter einer Fünfzehnjährigen zu sein, fand Lila.

Margo sah ihre Mutter an, und plötzlich klärte sich die Frage, die Lila nicht laut ausgesprochen hatte. Margo stellte den Wasserkessel auf. Alles war an seinem Ort. Die Betten waren zusammengeklappt und aus dem Weg geräumt – aber es gab keinen Heizofen, keine Blumen, kein Kuchen, keine Bücher, keine Bilder, kurz: kein Zeichen von häuslicher Wärme.

»In diesem Zimmer, so wie Sie es sehen, wohnen sechs Personen«, erklärte Vicky, als sie Lilas Blick bemerkte. »Jeden Tag putze ich alles und koche ein Essen, von dem sechs Menschen gerade so satt werden. Heute gibt es Reis mit Lupinensamen.«

Margo servierte Lila eine Tasse Tee mit Zuckerwürfeln. »Trinkt ihr denn nicht auch eine Tasse?«, fragte Lila.

»Trinken Sie, nur zu«, sagte Margo.

Irgendetwas in der Wohnung machte Lila sehr nervös. Sie wollte den beiden eine Ausrede auftischen und verschwinden, blieb aber, weil sie sich nicht sicher war, ob Margos Mutter dann nicht ihren Zorn wegen des fehlenden Wassers an ihrer Tochter auslassen würde.

Lila trank ihre Tasse aus und sagte: »Das hat gutgetan.

An einem Tag wie heute gibt es nichts Besseres als eine Tasse Tee.«

»Auf Ihre Gesundheit!«, sagte Vicky, stand auf und nahm die Tasse vom Tisch. Margo wirkte nicht im Mindesten verwirrt, als ihre Mutter die Stelle auf dem Tisch sauber wischte, wo die Tasse gestanden hatte.

Vicky wusch die Tasse aus und fragte: »Was machen Ihre Eltern?«

»Meine Eltern sind tot«, sagte Lila.

»*Terlas buenas!*«, rief Vicky. Das war eine Beileidsbekundung auf Ladino. »Haben Sie Geschwister?«

»Nein.«

»Wie alt sind Sie?«

»Siebenundzwanzig.«

»Und Sie sind verlobt, nicht wahr?«

»Noch nicht.«

»Aber bei einem Mädchen wie Ihnen stehen die Männer doch Schlange«, sagte Vicky listig.

Lila stand auf.

»Glauben Sie nicht, dass ich mich bei Ihnen einstreicheln will«, sagte Vicky. »Aber Sie sind wirklich sehr hübsch.«

»Das heißt ›einschmeicheln‹«, verbesserte Margo.

»Haben Sie vielen Dank für den Tee«, sagte Lila und ging zur Tür.

»Ich bringe Sie raus«, sagte Margo schnell.

»Es war nett, Sie kennenzulernen.« Vicky lächelte etwas gekünstelt zum Abschied. Einen Moment später fügte sie hinzu: »Sie haben wohl nicht ein bisschen Wasser, das Sie uns abgeben können, oder?«

»Nicht mal einen Tropfen.«

Auf der Straße sagte Margo: »Jetzt wird sie die Wohnung fegen, weil sie glaubt, dass wir Dreck hereingebracht haben. Und beim Essen wird sie mir weniger geben als den anderen und mir den Teller sofort wieder wegnehmen. Ich wollte Ihnen eigentlich ein bisschen Reis anbieten, aber ich wusste, dass sie das wütend gemacht hätte, weil sie immer nur so viel kocht, dass alle gerade eben satt werden und nichts übrig bleibt und sie gleich den Topf waschen kann.«

»So schlimm ist es doch nicht. Du hast ein Zuhause, eine Mutter und einen Vater. Das mag nichts Besonderes sein, ist aber eine ganze Menge.«

Über ihnen krächzte ein Schwarm Krähen, erst nur eine, dann ein ganzer Vogelchor. Margo sagte, es klinge in ihren Ohren wie MACH ES, MACH ES, MACH ES, aber sie konnte sich nicht vorstellen, was die Vögel eigentlich von ihr wollten. Dann fragte sie Lila: »Arbeiten Sie für das Außenministerium? So sehen Sie nämlich aus.«

»Ich arbeite im Salon Hubert. Du kannst mich dort ja mal besuchen.«

»Der Schönheitssalon an der King George Street?«, fragte Margo. Für sie klang das fast so aufregend wie Hollywood.

»Ja«, erwiderte Lila. »Aber in nächster Zeit ist er geschlossen, weil es kein Wasser gibt. Ich hoffe, das ist bald vorbei.«

»Wissen Sie, was ich mir unbedingt wünsche?«, fragte Margo. »Einen festen Freund.«

Lila lächelte. »Bald wirst du einen haben. Das ist doch klar.«

»Ich will einen, der gut aussieht und stark ist und Erfahrung hat. Einer, der mich hier rausholt. Haben Sie einen Freund?«

»Ja, da gibt es jemanden in meinem Leben«, sagte Lila. Zum ersten Mal hatte sie es laut ausgesprochen.

Margo war ganz aufgeregt. »Wie ist es, wenn man einen Freund hat? Wie ist es, wenn man von jemandem geliebt wird?«

Lila überlegte kurz, was sie dem Mädchen sagen sollte. »Man kann es mit nichts vergleichen«, erwiderte sie lächelnd.

»Das sagt mir nicht viel. Macht er Ihnen Geschenke?«, fragte Margo.

»Manchmal.« Lila hatte genug von ihren Fragen.

»Sehen Sie ihn oft?«

»Nein«, sagte Lila ungeduldig. »Er wohnt weit weg von hier.«

»Weit weg«, wiederholte Margo träumerisch.

Weit weg, dachte Lila. Es war ihr unangenehm, dass sie zu dieser Notlüge greifen musste. Aber für sie war Entfernung eben nicht nur ein geografischer Begriff. »Jetzt geh wieder rein«, sagte sie und legte Margo eine Hand auf die Schulter. »Ich gehe jetzt nach Hause.«

Niemand hatte geahnt, dass der Krieg in Jerusalem so lange dauern würde, aber im Winter ging er schließlich zu Ende. Hunderttausende Araber mussten ihre Häuser aufgeben oder wurden vertrieben. Die Stadt war in zwei

Hälften geteilt: in den östlichen Teil, wo die Palästinenser unter die Kontrolle der Jordanier gerieten, die das Territorium annektiert hatten, und in den westlichen Teil, in dem die Israelis in ihrem erst sieben Monate alten Staat lebten. Die neue Realität wurde von zwei Generälen bestimmt – einer war Israeli, der andere Araber. Sie legten die neuen Grenzlinien auf der Landkarte fest. Zwischen den beiden Teilen der Stadt befand sich ein Streifen Niemandsland.

Jordanische Heckenschützen schossen aus ihren Hinterhalten im Ostteil auf jüdische Passanten im Westteil. Die Bewaffneten lauerten gerne auf der Mauer, die die Stadt in zwei Hälften teilte, einer grauen, etwa zwei Meter hohen Mauer aus hässlichem Rohbeton, die wie ein Damm mitten auf der Straße aufragte.

Zu beiden Seiten der Mauer standen Häuser, die höher waren und daher ein leichtes Ziel für die Heckenschützen abgaben. Von Balkon zu Balkon waren Wäscheleinen gespannt, auf denen Unterwäsche und Schlafanzüge hingen und den Eindruck eines friedlichen Lebens an diesem gefährlichen Ort erweckten.

In diesem Viertel, direkt an der Grenze, lebte die Familie Ben-Bassat: fünf Menschen mit ein paar Hühnern. Sie wohnten in einem einzigen Raum, über dem sich ein Blechdach erstreckte. Es war ein Zuhause wie so viele in dieser Straße, genau wie das von Margo: eng, dunkel und leicht einsehbar von neugierigen Augen. Wenn bei Margo der Boden geputzt wurde, floss das Waschwasser die Straße hinab bis vor die Tür der Familie Ben-Bassat.

Hezi, das jüngste Familienmitglied, war hin und weg

von Margo. Sein Herz hüpfte, wenn sie vorbeiging und ihm ein Lächeln schenkte – diese Ehre wurde keinem anderen Kind in der Gegend zuteil. Hezi wünschte sich, Margo wäre seine Tante oder sonst eine Verwandte. Es passierte ja manchmal, dass jemand ein lange verschollenes Familienmitglied fand. Gerade die Menschen, die dem Holocaust entkommen waren, entdeckten oft Onkel und Tanten, von denen sie bislang nichts gewusst hatten. Hezi war schlauer, aber auch körperlich schwächer als die anderen Kinder in seinem Alter. Sein Bruder Mano, neun Jahre älter als er, musste ihn manchmal beschützen.

Auch Mano war auf Margo aufmerksam geworden. Ihre kurvige Figur, ihre milchweiße Haut … Er wollte ihren arroganten Gesichtsausdruck nicht mehr länger hinnehmen. Aber Margo hatte nur Augen für Menasche, den alle nur Menasch riefen. Menasch war vierundzwanzig, fuhr einen Lastwagen und war als Herzensbrecher bekannt. Er war der ältere Bruder von Mano und Hezi, immer gut gebräunt – und er war derjenige, den Margo wollte.

Früh um fünf ging Menasch zur Arbeit. Er schuftete beim Bauunternehmen Raskin auf einer Baustelle, und nachmittags um fünf kam er wieder nach Hause, schmutzig, lächelnd, mit offenem Hemd. Margo beobachtete ihn von ihrem Fenster aus, wie er sich im Bassin im Innenhof wusch und sich dann gute Kleider zum Ausgehen anzog. Seine Ausflüge ins Nachtleben waren schon legendär.

Margo erzählte Lila, dass er eine ganze Sammlung an

Frauen besaß, für jeden Abend eine andere: die Tochter des Bauunternehmers, das Kindermädchen der Familie, die Nichte der Frau des Bauunternehmers, die Nachbarin der Nichte, die Krankenschwester aus der Arztpraxis, die Sekretärin des Arztes, die Tante des Kellners. »Und ich? Was bin ich für ihn? Nur ein Baby in Schuluniform, die Tochter eines einfachen Gipsers. Ich habe keine Chance bei ihm. Hast du nicht einen Tipp für mich?«, fragte sie Lila. »Eine weibliche List vielleicht? So einen Mann hast du noch nie gesehen, er sieht aus wie Humphrey Bogart, wenn er mit einer Zigarette im Mund am Steuer seines Lastwagens sitzt. Wenn er die Straße runtergeht, pfeift er immer vor sich hin, weil er weiß, dass er jede Frau kriegen kann. Lila, ich werde noch wahnsinnig!«

»Du wirst dich mit seinem Bruder abfinden müssen«, sagte Lila. »Hast du nicht gesagt, er wäre ganz verrückt nach dir?

»Mano?« Margo rümpfte die Nase. »Menasch schickt ihn immer los, wenn er merkt, dass er sich aus Versehen mit zwei Frauen am selben Abend verabredet hat. Mano ist nur zweite Wahl. Von unserem Balkon aus kann man das alles beobachten.«

Margo verschaffte Mano eine Stelle in der Medikamentenfabrik. Sie hatte von Lila erfahren, dass Helga Westfried, eine der Eigentümerinnen, einen Fahrer suchte. Jemanden, der »sauber und gut organisiert« war, »nicht zu wild, respektvoll einer älteren Frau gegenüber, vorsichtig beim Fahren und natürlich Junggeselle«. Der Fahrer musste Helga Westfried durch die ganze Stadt zu ihren Terminen und Verabredungen bringen. Margo dachte sofort an Mano, weil sie hoffte, auf diese Weise an den Mann heranzukommen, den sie wirklich liebte.

Manos Schlüsselbund zeugte davon, wie wichtig seine Aufgabe war, und machte auch ihn selbst zu etwas Besonderem. Die meisten anderen konnten nur davon träumen, ein Auto zur Verfügung zu haben. Wenn er nicht fahren musste, putzte Mano den grünen Ford von außen und von innen und hatte trotzdem genügend Zeit, in der Fabrik herumzustreifen, mit den jungen Arbeiterinnen zu flirten und alle möglichen Kontakte zu knüpfen. Er wusste immer, woher der Wind wehte. Dank ihm war die Wohnung seiner Eltern im Winter nie ohne Paraffin, im Sommer nie ohne Eis und das ganze Jahr über nie ohne Brot. Da er jetzt über ein regelmäßiges Einkommen verfügte, beschloss er, dass seine Mutter nicht mehr in den Häusern der Reichen putzen sollte. Es ist genug, sagte Mano. Unsere Mutter wird kein Dienstmädchen mehr sein.

Als Margo die dunkle Wohnung der Ben-Bassats betrat – um Wachs zu sparen, brannten nur wenige Kerzen –, drehten sich alle Köpfe in ihre Richtung. »Oh!«, rief Mano. »Eine schöne Frau erleuchtet unser Heim.« Ihre blassen Wangen färbten sich rot, und ihre Augen glänzten. Manos Mutter bot ihr einen Tee an und bat sie, sich zu ihnen zu setzen. Wie alle Mädchen in Jerusalem war Margo sehr schlank, denn es gab ja nichts zu essen. Sie erzählte, dass man die allgegenwärtige Schlankheit in der Schule als »den modernen Look« bezeichnete.

»Nur Haut und Knochen«, sagte Manos Mutter. »Die Mädchen sind so dünn wie Stecken.«

»Präg dir alles genau ein«, sagte Mano träumerisch. »Denn bald wird es alles im Überfluss geben, und dann sind diese Zeiten bloß noch eine Erinnerung.«

Margo sah sich nach demjenigen um, der nicht anwesend war: Menasch. Ihren Beobachtungen nach musste er jeden Moment nach Hause kommen. Sie versuchte, ihre Sehnsucht nach ihm zu verbergen. Mano senkte den Blick, um ihre Fußknöchel zu betrachten. Wie schmal sie doch waren! Als er ihre Brüste ansah, wurde ihm ganz anders. Sie waren so üppig und voller Lebenskraft. Er genoss den Anblick, so wie er den Anblick der nackten weißen Frauen beim Bade auf den Ölbildern im Hause Westfried genoss.

Mano schlug Margo vor, ein bisschen spazieren zu gehen. Da Menasch immer noch auf sich warten ließ, stimmte Margo zu.

Ihre weibliche Anmut bezauberte ihn. Als sie neben ihm in dem Ford saß, wurde ihm klar, dass er nichts überstürzen durfte. Er würde geduldig alles dafür tun, dass sie sein Mädchen wurde.

»Ich habe schon angefangen zu arbeiten«, prahlte sie. »Neben dem Salon Hubert, wo Lila arbeitet. In einem Kurzwarengeschäft. Der Eigentümer weiß es noch nicht, aber bald schmeiße ich den ganzen Laden.«

»Hast du einen Freund?«, fragte er.

»Ich habe viele Verehrer.«

»Ist denn einer nicht genug?«

»Nein, denn auf die Art kann ich mir einen aussuchen.«

»Erzähl mir von ihnen«, bat er, als sei er ihr Ratgeber in Sachen Liebe.

»Einer ist der Sohn eines irakischen Buchhalters, ein anderer ist geprüfter Elektriker, und wieder ein anderer ist Ungar und arbeitet in der Eisfabrik, die von den Bomben beschädigt wurde. Dann ist da noch dieser Idiot von der Bank, der mich einfach nicht in Ruhe lässt, und schließlich gibt es noch einen Anwalt, der sich für unwiderstehlich hält.«

»Aber von denen interessiert dich eigentlich keiner«, sagte er, als könnte er tief in ihr Herz blicken.

Sie zuckte mit den Achseln und sagte nichts weiter dazu.

»Ich weiß, was für einen Mann du brauchst«, sagte er entschieden.

»Ach ja?«, neckte sie, um zu verbergen, dass es sein Bruder war, den sie begehrte.

»Du brauchst einen Mann, von dem du nie weißt, ob er dir wirklich gehört oder nicht«, sagte Mano.

Sie trug enge schwarze Hosen mit einem Seitenschlitz an den Knöcheln, eine weiße Bluse und einen roten Pullover. An den Füßen hatte sie schwarze Ballerinas. Sie erzählte ihm, dass sie im Geschäft das Stricken lernte, dass sie schon nähen konnte und auf eine Stelle in einem Hotel hoffte, weil ihr diese Arbeit vielversprechend erschien.

»Dort kannst du dir einen Millionär angeln«, sagte er. »Oder irgend so einen Touristen.«

»Und was ist mit dir? Hast du eine Freundin?«, wollte sie von ihm wissen.

»Ab und zu mal«, sagte er. »Nichts Ernstes.«

»Und Menasch?«, fragte sie unschuldig.

»Menasch?« Er lächelte. »Das Mädchen, das ihn an die Kette legen kann, ist noch nicht geboren.«

Sie lehnte die Zigarette ab, die er ihr anbot. Mano steckte sich selbst eine an und fuhr sie in ihrem Viertel herum, das sich ganz allmählich vom Krieg erholte. Die Scheinwerfer des Autos beleuchteten Bulldozer und Dampfwalzen, die am nächsten Morgen wieder mit voller Kraft arbeiten würden. Die Leute auf der Straße beobachteten den grünen Ford aufmerksam, denn es gab nicht viele Privatwagen, und Margo fühlte sich einen Moment lang ziemlich privilegiert.

An der Grenze standen noch immer viele zerstörte Häuser, richtige Ruinen. Man sah auch Pfeiler, die ins Leere ragten, entwurzelte Bäume und tiefe Bombenkrater. Zu dieser späten Stunde und aus dem Auto heraus wirkte die Stadt düster und verkommen, aber die Spannung zwischen Margo und Mano verlieh dem Abend trotz allem etwas Glanzvolles.

»Das wird sich alles ändern«, sagte Mano. Seine Stimme klang voll und warm. »Bald wird die ganze Gegend neu aufgebaut, es wird wieder schön, und wir vergessen den Krieg.«

Sie lächelte.

»Und dann kommt der nächste Krieg«, bemerkte er.

Mano hielt an und stellte den Motor ab. Jetzt standen sie vor dem kleinen Laden, in dem man zerschlissene Decken flickte. »Weißt du, warum ich dich so gut verstehe?«, fragte er.

»Nehmen wir mal an, dass das stimmt«, neckte Margo ihn.

»Weil wir beide uns sehr ähnlich sind. Wir sind nie glücklich. Über uns schwebt immer eine dunkle Wolke. Irgendetwas fehlt.«

2006

In Jerusalem war es kalt, darum zog Nomi einen weichen Strickpullover, einen Schal, einen Mantel und Stiefel an. Es war eine Kälte, die nur etwas Regen hätte abmildern können. Aber der Regen wollte einfach nicht kommen. Alle warteten darauf: die Bauern, die Viehzüchter, die Allergiker, die Stiefelverkäufer, die Leute, die die Tiefe des galiläischen Meeres ausmaßen. Die Entscheidung, Elias noch einmal zu besuchen, war spontan gefallen, obwohl sie ihn erst am Tag zuvor gesehen hatte. Aber sie merkte, dass sie inzwischen an ihm hing. Er öffnete ihr die Augen und brachte sie dazu, Details, die ihr bislang nicht aufgefallen waren, bewusst wahrzunehmen. So wie die gebeugten alten Leute, an denen sie immer vorbeigesehen hatte, die Kranken, die Behinderten, die Elenden. Jetzt betrachtete sie sie zum allerersten Mal genauer. Während sie ihre Schwächen wahrnahm, ahnte sie auch, wie diese Menschen früher in der Blüte ihrer Jahre gewesen waren: groß und stolz und schön. Menschen, die viel Liebe gegeben hatten und selbst geliebt worden waren. Auch sie hatten früher einmal so schnell wie Nomi heute die Treppen erklommen, auch sie hatten getanzt und an den Alten vorbeigesehen, denn wenn man nicht hinsah, würde man selbst nicht verschrumpeln und verkümmern.

Elias hatte ihr die Tür geöffnet: die Tür zu den Menschen, die liebten, die Tür zu den Kranken, zu den Alten und den Toten. Elias hatte ihr gezeigt, dass sich in den welken Körpern ganze Welten verbargen: die Erinnerung an Liebe, die angesammelte Weisheit eines langen Lebens und die Kraft, das Schicksal annehmen zu können.

Hätte sie sich damals doch bloß nicht dafür entschieden, sich von ihm und Lila zu entfernen, indem sie Jerusalem verließ. Hätte er sie doch nur früher kontaktiert und nicht erst jetzt, da sie schon neunundvierzig war. Hätte sie doch nur von seiner Weisheit geahnt. Hätten sie doch nur etwas mehr Zeit zusammen gehabt. Würde er doch bloß nicht sterben wollen. Die Zeit mit ihm verging zu schnell. Im Hintergrund lauerte immer seine Drohung, seine Zeit auf Erden abzukürzen.

Es wäre ihm ein Leichtes, sich mit den Abgasen aus seinem Auto zu ersticken. Aber so etwas würde Elias nicht tun. Er wollte auf saubere Art sterben, sodass es aussah, als wäre der Tod ganz friedlich gekommen. Er wollte frisch rasiert und in einem gebügelten Anzug sterben.

Wie kam es nur, dass sie, die als kleines Mädchen alles für ihn getan hatte, jetzt sein Anliegen zurückweisen musste? Wäre es denn nicht angemessen, dass sie seinen Wunsch respektierte und ihm dabei half, seine Insel des Friedens zu erreichen? Sie hatte sein Geheimnis bewahrt, das Geheimnis der Liebe seines Lebens, und erst, als dieses schwere Gewicht nicht mehr auf ihm lastete, wurde er ganz leicht.

Auf dem Weg ins Krankenhaus ging sie noch in einen Buchladen. Während der Zeit mit ihm war ihr etwas klar geworden: Noch niemals war sie so geliebt worden oder hatte jemanden so geliebt, wie sie es bei Elias und Lila gesehen hatte. In ihnen war die Liebe immer lebendig gewesen. Elias hatte einmal über einen Sufi-Dichter gesprochen, der über die Religion der Liebe geschrieben hatte. Seine Beschreibung hatte sie fasziniert. Die Buchhändlerin wusste sofort, wen Nomi meinte. »Möchten Sie das Buch als Geschenk verpackt haben?«, fragte sie. Nomi verneinte. Draußen auf der Straße blätterte sie das Buch durch.

»Lassen Sie sich bitte nicht stören«, sagte sie, als sie ins Zimmer kam. »Reden Sie einfach weiter, als wäre ich gar nicht da.«

»Du bringst Schönheit und den Duft der Außenwelt herein«, stellte Elias lächelnd fest. »Du bringst Jugend und Gesundheit.«

Nomi setzte sich auf einen Stuhl neben sein Bett und nahm seine Hand.

»Ich habe meinem lieben Nachbarn Herschlag gerade erzählt, dass meine Kinder nicht hier leben. Die Mädchen sind in Birmingham. Manchmal schicken sie mir Fotos von ihren Kindern. Ich bin nämlich Großvater«, sagte er. »Aber meine Enkel wohnen weit weg. Und mein Sohn lebt mit seiner Frau und den Kindern in Riad«, sagte Elias.

Der Bettnachbar erwiderte: »Meine Kinder wohnen hier, aber ich sehe sie trotzdem nicht.«

»Sind Ihre Kinder Ihnen ähnlich?«, wollte Elias von ihm wissen.

»Sie sehen gut aus und sind kräftig«, sagte er ernst, dann lächelte er, und Elias und Nomi lächelten mit ihm. »Einer hat ein Weingut, und der andere klettert gerne in den Bergen herum. Der eine ist bodenständig, der andere hat immer hochtrabende Ideen, und was mich betrifft …« Er machte eine kurze Pause. »Ich habe immer die weiten, unverstellten Räume gesucht.«

»Wir wünschen uns, dass unsere Kinder so werden wie wir«, sagte Elias. »Wir wollen in ihnen fortbestehen. Sie tragen kleine Stücke unserer Persönlichkeit in sich, und wenn wir sie betrachten, entdecken wir unser Spiegelbild in ihnen. Wir sehen in ihnen, was wir an uns mögen, aber auch das, was wir am liebsten vergessen würden. Sie zeigen uns unsere Schwächen auf. Nomi, wie siehst du Kinder, also ich meine die, für die du eine Zeit lang verantwortlich gewesen bist?«

Sie dachte kurz nach. »Ich finde, sie sind besser als wir. So unschuldig. Aber in sich tragen sie ein bisschen von dem, was ihre Eltern falsch gemacht haben.«

Elias erklärte Herschlag stolz, Nomi sorge dafür, dass Adoptivkinder in die richtigen Familien kamen. »Sie rettet sie«, sagte er. »Sie sucht neue Mütter für sie aus. Wie eine Hebamme. Das ist eine sehr wichtige, barmherzige Aufgabe.«

»Aber es klappt nicht immer«, wandte Nomi ein. »Es gibt auch Rückschläge. Und sehr traurige, schmerzvolle Momente.«

»Jedenfalls bemühst du dich enorm, vielen Kindern

zu einem besseren Leben zu verhelfen«, sagte Elias, der plötzlich froh wirkte. »Du verhilfst ihnen zu einer zweiten Chance.«

»Die Kleinen sind nicht die einzigen Menschen, die eine zweite Chance brauchen«, sagte Herschlag und fixierte Nomi mit seinem Blick. »Es gibt eine ganze Menge Erwachsener, die sich wünschen, eines Tages neue Eltern zu bekommen.«

Nomis Wangen glühten. Meinte der scharfsinnige alte Mann etwa sie selbst?

»Das ist wahr«, sagte Nomi leise. »Einmal habe ich einen Vortrag über den Zusammenhang zwischen Hoffnung und Verlust gehalten. Die Menschen, die ein Kind adoptieren wollen, haben ihre Fruchtbarkeit verloren, ihre Hoffnung. Sie werden etwas, was andere haben, niemals bekommen: ein Baby, ein Kind von ihrem eigenen Fleisch und Blut. Das Adoptivkind ist in einer ähnlichen Lage: Es hat seine Eltern verloren. Die Verbindung zwischen ihnen gründet auf Verlust auf beiden Seiten. Und Verlust, das ist ein Gefühl, das niemals vergeht – es ist immer da, wie eine Narbe.«

Herschlag lächelte sie an. »Sie geben einem wirklich mal einen Denkanstoß«, sagte er und rettete damit die Stimmung, die düster zu werden drohte. »Wichtig ist, dass man sein Gehirn benutzt, damit man nicht wie eine Topfpflanze wird. Man muss sich erinnern und Dinge vermissen, das ist auch etwas wert.«

Elias war still und in Gedanken versunken. Dann sagte er zu Herschlag: »Weder Sie noch ich werden später einmal verblöden.«

Eine wunderbare Stille senkte sich über sie. Keiner wollte sie brechen, und die beiden anderen warteten darauf, dass Elias weiterreden würde. Endlich sagte er: »Wer ein Geheimnis bewahrt, kriegt niemals Alzheimer.«

»Was Sie nicht sagen!«, rief Herschlag.

»Wenn man unter Anspannung steht«, erklärte Elias, »dann wird man nicht träge oder steckt den Kopf in die Wolken. Man ist die ganze Zeit hellwach. Da hat man nämlich einen Schutz: das Geheimnis. Ich wette, wenn man alte Spione auf Alzheimer untersucht, findet man nur wenige Fälle.«

»Ein Geheimnis«, sinnierte Herschlag. »Egal welcher Art?«

»Es muss ein bedeutendes Geheimnis sein«, erwiderte Elias. »Eins, das man nie auch nur für eine Sekunde vergisst.«

Nomi überlegte, was sie selbst für Geheimnisse hatte. Es war keins dabei, das ein ganzes Leben lang anhalten würde. Natürlich, es hatte ein paar Männer gegeben, von denen sie dachte, dass sie sie liebte. Da war außerdem ihre Entscheidung, allein bleiben, keine eigenen Kinder haben zu wollen. Da waren die Kinder, deren Schicksale sie mitgestaltet hatte, Kinder, um die sie sich gekümmert hatte, genau wie Lila es mit den Mädchen getan hatte, die nicht ihre eigenen waren. Das waren die offenen Wunden in Nomis Leben.

Herschlag wurde in seinem Rollstuhl zu einer Knochenszintigrafie hinausgeschoben. Er wirkte fröhlich und beschwingt.

»Sprich mit mir«, bat Elias.

»Ich habe versagt«, gestand sie. »Ich versuche, für ein bestimmtes Kind ein Zuhause zu finden. Ich habe den Jungen schon zu drei verschiedenen Elternpaaren gebracht, und jetzt ist er schon wieder zurück. Er und die Eltern passen einfach nicht zusammen. Ich weiß auch nicht, was ich mir dabei gedacht habe.«

»Ich bin sicher, dass du sehr gut bist in deinem Job«, sagte Elias.

Nomi entspannte sich ein wenig, und die Denkfalten in ihrer Stirn glätteten sich. Sie hatte noch nie das Gefühl gehabt, gut in irgendetwas zu sein. Als kleines Mädchen war sie nicht hübsch genug gewesen; sie konnte nicht schnell laufen, nicht hoch springen oder in den Basketballkorb treffen. Alle Ballspiele waren ein Albtraum für sie. Sie konnte den Ball nicht fangen; entweder traf er sie in den Bauch, oder der Gegner jagte ihn ihr gleich wieder ab. Wenn die Mannschaften gewählt wurden, blieb sie immer übrig und musste von der Seitenlinie aus zuschauen.

Elias bat sie, die Schublade zu öffnen. Er steckte seine Hand hinein und zog eine Tüte hervor. »Das ist für dich«, sagte er. »Ich habe Munir gebeten, es zu besorgen.«

»Sahnebonbons!«, rief Nomi. »Und Lakritze. Und Geleebohnen!«

»Ich habe mir gedacht, die magst du bestimmt noch immer. Das waren deine Lieblingssüßigkeiten, und man konnte sie nur in unserem Teil der Stadt bekommen.«

»Es sind immer noch meine liebsten Schleckereien«, erwiderte sie glücklich. »Auch, nachdem ich Trüffel und Petit fours und die allerbeste Schokolade gekostet habe.«

Sie packte ein Sahnebonbon aus und reichte es Elias. Er biss hinein. Seine starken Zähne gruben sich in die klebrige Zuckermasse.

»Hör mal, was Herschlag mir erzählt hat«, sagte er. »In dem Altersheim, wo er lebt, werden alle möglichen strafverschärfenden Aktivitäten angeboten. Backstunde, Wassergymnastik, Knetgummibasteleien. Aber er ließ sich nie auf etwas ein, bis er einmal per Zufall den Vortrag einer Psychologin hörte. Sie sprach darüber, wie man die Angst vor dem Tod überwinden könne, und was der Tod an Positivem mit sich bringe, was gleichzeitig bedeute, die Vorzüge des Lebens zu erkennen. Leben und Tod, sagt Herschlag, sind wie Tag und Nacht. Die Nacht gebiert den Tag, der Tod gebiert das Leben. Wenn man weiß, wie man sterben will, weiß man auch, wie man leben will.«

Nomi hörte ihm aufmerksam zu. Er klang anders als jener Elias, der sterben wollte – so als hätte er etwas entdeckt, von dem niemand sonst wusste.

»Und das ist noch nicht alles«, sagte Elias. »Diese Psychologin hat die alten Leute auf einen Ausflug mitgenommen. Du errätst nie, wohin.«

»In den Wald«, riet Nomi. »In den Zoo. In den Weltraum. In einen Atomreaktor.«

»Auf einen Friedhof«, sagte er. »Ohne Tränen. Ohne jemanden zu begraben. Sie sind einfach so auf den Friedhof gegangen. Einmal die Woche haben sie sich zwischen die alten und die neuen Gräber gesetzt.«

Nomi hob erstaunt die Augenbrauen.

»Die Frau lehrte sie, sich von allem, was sie hatten, zu verabschieden. Von ihren Besitztümern, von Menschen, von ihren Körpern. Sie sollten sich verabschieden, um etwas Neuem Platz zu machen. Ein paar der Alten beschwerten sich und wollten sie nicht mehr im Altersheim sehen, aber die anderen sagten, sie würde Wunder bewirken. Darum durfte sie bleiben und mit einer kleineren Gruppe weiterarbeiten. Sie brachte ihnen bei, jeden Tag so zu leben, als wäre es ihr letzter. Herschlag leidet nicht deshalb, weil er jetzt im Krankenhaus ist, sondern deshalb, weil er die Gruppensitzungen bei der Psychologin verpasst. Ich weiß ja nicht, ob das etwas damit zu tun hat«, flüsterte er jetzt, »aber er sagt, dass sie nie einen BH unter ihren Kleidern trägt. Er meint, an seinem letzten Tag wolle er ihr gegenübersitzen und die Träger ihres Kleides anstarren.«

Nomi nahm sich vor, etwas niederzuschreiben, sobald sie nach Hause kam. Eine Art Mini-Testament, um sich frühzeitig auf bestimmte Fragen vorzubereiten: was für eine Beerdigung sie sich wünschte, wo sie begraben werden wollte, wer die Trauerrede halten, was auf ihrem Grabstein stehen sollte.

Der Himmel war mit grauen Wolken bedeckt, aber der Regen wollte immer noch nicht kommen. Eine weise Hand lenkte die Tropfen an andere Orte, die eine Reinigung nötig hatten. Rom war überflutet, Neapel stand unter Wasser, aber in Israel war der Dezember trocken. Die armen Bauern. Elias betrachtete Nomi, die sorgenvoll in den Himmel blickte. Ein weiteres Dürrejahr und noch mehr vertrocknete Setzlinge.

»Wie kann sich ein Mensch nur mit seinem letzten Tag auf Erden auseinandersetzen?«, fragte Nomi.

Elias erwiderte: »Stellen wir uns vor, wir gingen über einen Friedhof. Dies ist die letzte Wolke, die wir je sehen werden. Die letzten Zypressen, die sich schälende Rinde eines Eukalyptusbaums, ein rissiger Grabstein, feuchte Erde, ein gestutzter Busch, die Abgase eines Autos, ein vorbeifahrender Zug, ein Flugzeug in der Ferne, neben dem Grab etwas Sauerklee, den ich an meinem letzten Tag kaue, Mandeln in meiner Tasche, das Maunzen einer Katze, ein Lied, das mich zum Weinen bringt, meine letzten Tränen.«

»Das letzte Lachen«, fügte Nomi hinzu.

»Weißt du, was?« Elias klammerte sich an ihre Worte wie ein Basketballspieler, der gerade den Ball gefangen hatte. »Ich habe bemerkt, dass ich nicht mehr lache. Ich bin alt geworden.«

»Was hat das denn miteinander zu tun? Was hat Lachen mit Altsein zu tun?«, fragte Nomi.

»Wenn du alt wirst, hörst du nicht auf zu lachen, aber wenn du aufhörst zu lachen, bist du alt«, erwiderte er weise. »Lila und ich haben viel gelacht. Manchmal so heftig, dass wir nach Luft schnappen mussten. Seit sie tot ist, lache ich immer weniger. Und so bin ich alt geworden. Jetzt habe ich nichts mehr zu lachen in meinem Leben.«

»Möchtest du etwas hören, was dich zum Lachen bringen wird?«, fragte Nomi.

Er nickte.

»Ich habe einen Termin zum Haareschneiden für dich ausgemacht.«

»Du hast einen Friseur bestellt? Hierher?«

»Sie wird in ein paar Minuten da sein«, sagte Nomi.

»Aber ich kenne sie doch gar nicht«, protestierte Elias. »Eine Fremdschere!«, scherzte er.

»Du setzt dich einfach auf diesen Stuhl, sie schneidet dir die Haare, und hinterher fegen wir den Boden auf«, sagte Nomi.

»*Malouna!«*, rief er. »Du verrückte Frau!«

»Sie fährt Motorrad und hat einen kleinen Olivenzweig auf den Arm tätowiert.«

Schwester Dassy kam herein. Sie hatte das für Elias reservierte Speziallächeln aufgesetzt. »Ich wollte mal sehen, was hier so vor sich geht. Eine junge Dame nach der anderen … Hier kommt schon die nächste.«

Elias lächelte. Die Friseurin hielt einen Motorradhelm in einer Hand. Die andere streckte sie Elias hin, der sie küsste.

Als die Sängerin von Abu Dis Herschlag wieder ins Zimmer schob, entdeckte sie Elias' abgeschnittenes Haar auf dem Linoleumboden und verstummte. Erstaunt blickte sie sich im Raum um und rief: »*Allah Yis'adkum!* Möge Gott euch allen helfen.«

Elias wandte sich an Herschlag. »Möchten Sie auch Ihre Haare von dieser jungen Dame geschnitten haben? Nur zu, das geht auf mich.«

Herschlag lachte. »Nicht mal in meinen kühnsten Träumen hätte ich mir vorstellen können, was ich in diesem Alter so alles machen würde.«

Katy schnitt beiden Patienten in Zimmer 8 der Station für Innere Medizin im Hadassah-Krankenhaus die Haare. Herschlag blieb dazu im Bett sitzen, mit einem Handtuch um die Schultern, und Nomi hielt ihm einen kleinen Schminkspiegel hin, damit er verfolgen konnte, was Katy machte.

»Diese kleinen Härchen überall sind furchtbar«, klagte Elias. »Ich muss duschen.«

Die Sängerin von Abu Dis, die es nicht eilig hatte, wieder ins Stationszimmer zu kommen, bot Elias Hilfe beim Duschen an. Aber er lehnte ab. Nomi bemerkte seine Verärgerung. »Das ist sein Stolz«, erklärte die Schwester Nomi, während Elias duschte. »Er nimmt keine Hilfe beim Waschen an. Und wenn es eine Stunde dauert, er macht es lieber allein.«

»Schließen Sie die Tür nicht ab«, rief sie freundlich ins Bad hinein.

Sie hörten das Schloss zuschnappen, und Nomi lächelte die Schwester an. Die lächelte zurück. »Er ist ein feiner Kerl«, sagte sie und ging zurück an die Arbeit.

»Nicht schlecht für meinen letzten Haarschnitt«, sagte Elias, als er aus der Dusche zurückkam. Herschlag lächelte die beiden Frauen im Zimmer an.

»*Ne'iman*«, sagte Nomi. Das war die traditionelle arabische Segensformel für jemanden, der gerade geduscht hatte.

Elias' Augen drückten Güte und Wärme aus.

Katy, die gerade aus der Cafeteria zurückgekehrt war, hatte vier Flaschen Bier ins Zimmer geschmuggelt und schaute spitzbübisch drein. Elias und Herschlag ließen sich das Bier schmecken und alberten herum wie kleine Jungen. Auch Nomi und Katy tranken ihre Flaschen aus.

Am selben Abend rief Nomi im Krankenhaus an, um sich nach den Herren Riani und Herschlag zu erkundigen. »Die beiden haben sich heute gut amüsiert, wie ich gehört habe«, sagte die Krankenschwester. »Heute Nacht schlafen sie bestimmt wie die Murmeltiere.«

Als die Schwester am nächsten Morgen anrief, las Nomi gerade die Zeitung und trank türkischen Kaffee mit Milch. Ihre nackten Füße ruhten auf dem beheizten Boden.

»Herrn Riani geht es nicht gut«, sagte die Krankenschwester. »Die Schmerzen sind wieder da. Er hat die ganze Nacht nicht geschlafen.«

»Gestern hat ihm das Schicksal einen guten Tag beschert«, sagte Nomi.

»Solche Tage werden wieder kommen«, erwiderte die Krankenschwester.

1950

Hinter dem Vorhang in der Umkleidekabine glitt ein Reißverschluss zu. Das Kleid klebte ihr am Körper. Aber die Besitzerin des Ladens, Mary Babayoff, klatschte begeistert in die Hände und bezeichnete das Kleidungsstück als »atemberaubend! Echt Pariser Schick!« In ihrem Geschäft hingen die feinsten Kleider der ganzen Stadt. »Probieren Sie dieses Stück mal an, dann werfen wir mal einen Blick darauf«, hatte sie gesagt. Lila betrachtete sich im Spiegel. Der rote Chiffon schmeichelte ihrem Teint, aber sie fand das Kleid zu dramatisch. Nie hätte sie geglaubt, einmal einen Fuß in dieses Geschäft zu setzen, das von einer so einflussreichen Frau geleitet wurde. »Die sind wie die Rothschilds«, sagte Margo über die Familie Babayoff, »nur aus Buchara. Wenn man einen von ihnen heiratet, trinkt man den Rest seines Lebens nur noch Champagner.«

Das rote Kleid wurde wieder zu den importierten Stücken zurückgehängt, dorthin, wo begierige Augen es nicht finden würden. Von ihrem Lohn hätte Lila sich gerade einmal einen winzigen Fetzen des Kleides leisten können. Mary Babayoff bot ihr eine Benson & Hedges aus einem goldenen Päckchen an. Sie fragte nach dem

Anlass für den Kleiderkauf und ließ nicht eher locker, bis Lila eine Geschichte über eine Hauseinweihungsfeier erfand. Diese Lüge nahm immer größere Dimensionen an, und als Lila den Laden schließlich verließ, hatte sie einen Kloß im Hals und fühlte sich furchtbar. Aber wenn sie ihr Geheimnis bewahren wollte, musste sie einfach lügen.

Aus irgendeinem Grund fanden die Leute nichts dabei, Lila über ihr Leben auszufragen. Es war wohl leichter, in die Privatsphäre einer alleinstehenden Frau einzudringen als in die einer verheirateten. Verheiratete Frauen hatten eine Festung, in der sie sich verschanzen konnten. Sie hatten einen Platz, an den sie gehörten. Sogar geschiedene Frauen genossen eine Art Schutz: den Familiennamen des Mannes, finanzielle Unterstützung, Kinder und den Mann, zu dem sie einmal gehört hatten. Und Witwen konnten sich hinter der Aura des Verlustes verstecken. Unverheiratete Frauen aber hatten nichts, was ihnen Deckung gab. Sie waren den üblen Elementen schutzlos ausgeliefert. Lilas Umgebung fühlte sich von ihrem Status als alleinstehende Frau bedroht. Die verheirateten Frauen fürchteten, sie würde ihren Ehemännern schöne Augen machen, und die geschiedenen Frauen neideten ihr die Kompromisslosigkeit, die sie vor dem Scheitern bewahrt hatte.

Jetzt, mit neunundzwanzig Jahren, betrachtete man sie noch nicht als einen hoffnungslosen Fall, eher als eine unnahbare Frau. Man hielt ihr Alleinsein für eine bewusste Entscheidung. Aber ihre Schönheit und der Mangel an Männern in ihrem Leben passten einfach nicht zusammen.

In den zwei Jahren, die seit der Teilung der Stadt und der erzwungenen Trennung von Elias vergangen waren, musste sie ständig neugierige Fragen abwehren. Und jetzt, da eine wissbegierige Boutiquenbesitzerin ihr eine englische Zigarette geschenkt hatte und sie deren süßlichen Geschmack im Mund spürte, wusste sie, dass sie alles opfern würde, um das, was sich bald ereignen sollte, nicht zu gefährden.

Am Weihnachtstag kletterte sie auf den Rücksitz des Citroëns, der dem UN-Vertreter in Jerusalem gehörte. Wenn sie die Zeit hätte anhalten können, hätte sie es mit Sicherheit an diesem Abend getan. Eine Schicht Eis überzog die Bäume und Hausdächer. Der Fahrer, ein Mann mit Hut und Handschuhen, hielt ihr die Tür auf. Als er »Bitte sehr, Madame« sagte, sah man seinen Atemhauch in der kalten Luft. Sie zwickte sich in die Hand. Saß sie wirklich in einem Auto, das zum Government House unterwegs war, während gleichzeitig ein anderes Auto mit demselben Ziel aus dem östlichen Teil der Stadt aufbrach? Dank der Vereinten Nationen könnte bald ein Wunder geschehen.

Sie trug ein umwerfendes, blau schillerndes Kleid, das ihre Taille betonte und hinten vom Knie abwärts einen Schlitz hatte. Die Schönheit des Stücks lag in seiner Einfachheit. Das rote Kleid hatte sie im Geschäft gelassen und sich stattdessen für das blaue entschieden, das sie günstig hatte leihen können. In ihrer bestickten Abendtasche hatte sie Lippenstift, Puder, ihren Wohnungsschlüssel und etwas Geld, und über dem Kleid trug sie einen warmen braunen Wollmantel. Während das Auto sich seinem Ziel näherte, veränderten sich die Szenerie und die Passanten. Lila wünschte sich, sie könnte jeden der Ausblicke auf diesem Weg durch die Stadt für immer bewahren. Wenn dies ein Abend werden sollte, der schmerzhaft in seiner Einzigartigkeit war, dann wollte sie sich an jede einzelne Minute davon erinnern können.

Einige Wochen zuvor war eine Belgierin namens Lorraine Tapieux zur Maniküre gekommen, auf Empfehlung einiger Diplomatengattinnen. Sie erzählte, sie habe gehört, dass Lila »einmalig« sei. Lila genoss dieses Lob insgeheim sehr. Irgendwann machte Madame Tapieux die Bemerkung, sie sei in Eile, da sie noch in den östlichen Teil der Stadt fahren müsse. Lila, die ganz vertieft in ihre Arbeit gewesen war, wurde bei diesen Worten plötzlich hellwach.

»Was meinen Sie damit, dass Sie in den Ostteil fahren?«, fragte Lila.

»Ich muss in das jordanische Gebiet«, erwiderte Madame Tapieux so gleichmütig, als erklärte sie, wie man eine Béchamelsoße eindickt. »Auf diese Art gelangen wir nach Ost-Jerusalem.« Sie unterdrückte ein Gähnen.

»Wir?«

»Die Leute von den Vereinten Nationen.«

Auf einmal hatte die Kundin, die ihr gegenübersaß, kein Gesicht mehr, nur noch Lippen, die redeten. Lilas Herz begann zu rasen, und ihr Mund wurde trocken.

»Entschuldigen Sie«, murmelte Lila und ging in die Kaffeeküche, wo sie schnell drei Gläser Wasser hinunterstürzte. *Sie ist von den Vereinten Nationen,* dachte Lila und versuchte, sich zu beruhigen. *Sie hat freien Zugang zur anderen Seite der Stadt, wo sich Elias wahrscheinlich aufhält. Es gibt bestimmt nur ein paar Dutzend Menschen auf der ganzen Welt, die einen solchen Passierschein haben, und hier sitzt mir eine davon gegenüber. Warum habe ich früher noch nie an eine solche Möglichkeit gedacht?* Sie spürte ein starkes Ziehen im Magen.

»Geht es Ihnen nicht gut?«, fragte Madame Tapieux, als Lila wieder zurückkam.

»Alles bestens, danke«, erwiderte sie und begann, die Hände ihrer Kundin mit groben Salzkörnern abzureiben.

Das Geheimnis lastete schwer auf ihr. Wenn sie es doch nur Madame Tapieux anvertrauen, sie vielleicht sogar um Hilfe bitten könnte! Es würde ihr nicht leichtfallen, denn sie hatte noch nie jemandem auch nur ein Sterbenswörtchen verraten. Ihre Hände zitterten, darum massierte sie noch schneller, um ihre Unruhe zu verbergen. Aber dann wurde ihr klar, dass sie nichts zu verlieren hatte und den Augenblick nutzen musste. Wenn sie jetzt nicht fragte, würde sie sich jahrelang darüber ärgern. Aber wie konnte sie seinen Namen nur über die Lippen bringen? Es war doch immer eine Sache von Leben und Tod gewesen, das Geheimnis zu bewahren. Schließlich fasste sie den Entschluss und sagte schnell, was sie auf dem Herzen hatte, bevor sie es sich wieder anders überlegen konnte.

»Ich würde Sie gerne um einen Gefallen bitten«, sagte Lila. »Aber das fällt mir schwer.«

»Es ist leichter, wenn man den anderen nicht kennt«, erwiderte Madame Tapieux.

Lila wechselte ins Französische, weil sie nicht wollte, dass die Mitarbeiterinnen und Kundinnen im Salon Hubert etwas mitbekamen. »Es gibt da einen Mann …«

»Ja?«, fragte die belgische Diplomatin und forderte Lila auf, weiterzureden.

»Er lebt im jordanischen Teil der Stadt«, sagte Lila leise. »Seit dem Krieg habe ich ihn nicht mehr gesehen. Seit zwei Jahren …«

Der Brezelmann stand in der Tür und bot warme Brezeln mit Salzkörnen feil. Bevor Lila weitererzählen konnte, stand er schon neben ihnen.

»Zwei bitte«, sagte sie. »Mit viel Salz.«

Als er wieder weg war, fuhr Lila auf Französisch fort: »Er war … wir waren …«

»Ich glaube, ich verstehe«, sagte Madame Tapieux und ersparte Lila, den Rest auszusprechen.

Lila seufzte tief. Sie hatte ihr großes Geheimnis gelüftet, und es war gar nicht so schlimm gewesen, wie sie immer geglaubt hatte. Es tat nicht einmal weh.

»Ich dachte, Sie könnten vielleicht einen Brief von mir nach drüben bringen«, stotterte Lila.

Die Belgierin schaute ausdruckslos drein – das war die typisch europäische Reaktion auf levantinische Unverfrorenheit.

»Das heißt, wenn Sie damit einverstanden sind«, fügte Lila schnell hinzu. Ihre Stimme zitterte, und sie senkte den Blick. Ihre Augen füllten sich mit Tränen.

»Das darf ich nicht«, erwiderte die Frau in einem Tonfall, der nahelegte, dass sie diese Worte schon oft gesagt hatte.

»Ich verstehe«, entgegnete Lila und bemühte sich, die Tränen zurückzuhalten. Gibt es etwas Schmerzhafteres als eine einmalige Chance, die erst verführerisch winkt und dann doch wieder verschwindet?

»Aber ich mache es trotzdem«, sagte Madame Tapieux plötzlich.

Obwohl dergleichen im Salon nicht gern gesehen war, sprang Lila auf, ging auf die andere Seite des Arbeitstischs und umarmte ihre Kundin. Die konnte die Geste allerdings nicht erwidern, weil ihre Nägel mit silbernem, noch nicht getrocknetem Lack bedeckt waren.

»Unter einer Bedingung«, sagte Madame Tapieux. »Niemand außer uns darf davon erfahren.«

Am nächsten Tag backte Lila Zimtschnecken und brachte sie in einem Vorratsglas in das Büro von Madame Tapieux. »Ich weiß nicht, ob Sie ihn finden werden, und ich weiß auch nicht, ob seine Familie überhaupt noch in Jerusalem ist. Vielleicht sind sie ja weggezogen. Aber den Brief habe ich auf jeden Fall geschrieben«, sagte Lila.

»Sie müssen mir sagen, was drinsteht«, bat Madame Tapieux. »Und Sie müssen sich auf mein Wort verlassen, dass ich diskret sein werde.«

»Ich habe geschrieben, dass ich diese wundersame Gelegenheit nicht verpassen durfte, und dass dies ein seltener und kostbarer Moment ist.« Etwas leiser fuhr Lila fort. »Und dass ich an ihn denke.«

»Und wie wollen Sie beweisen, dass es hier wirklich um eine Romanze geht? Die Welt ist voller Spione und Menschen, denen es nur um ihre eigenen Interessen geht.«

Lila war überrascht. »Schauen Sie mich doch an. Ich zittere seit gestern Nachmittag.«

Eine Weile verging. Madame Tapieux sah Lila direkt in die Augen, als suchte sie nach einer Lüge. Endlich sagte sie: »Entschuldigen Sie meine Frage. Ich muss vorsichtig sein.« Sie steckte den Brief in ihre Handtasche. »Heute Abend fahre ich über die Grenze. Und in zwei Tagen bin ich wieder zurück.«

Lila ging ins Café an der Ecke, um eine Graupensuppe zu essen. Die pausbäckige Köchin winkte ihr vom Küchenfenster aus zu. Von ihrem mageren Lohn musste sie fünf Kinder satt bekommen, und doch hatte sie immer ein Lächeln auf den Lippen. Lila wusste, dass dieses Lächeln echt und tief empfunden war, während ihr eigenes Glück sehr zerbrechlich schien und jetzt in den Händen einer völlig Fremden lag. Mit der Zeit hatte sich Traurigkeit in ihr ausgebreitet, und gleichzeitig war ihre Welt immer kleiner geworden. Jetzt war für sie nur noch wichtig, ob Madame Tapieux ihn finden würde oder nicht. Würde die erzwungene Trennung durch die freundliche Geste der Diplomatin ein wenig leichter zu ertragen sein? Oder würde die Belgierin mit leeren Händen aus Ost-Jerusalem zurückkehren? Wenn sie nichts erreichte, wäre Lila am Boden zerstört.

Am selben Abend aß die Diplomatin mit zwei Kollegen in einem libanesischen Restaurant in Ost-Jerusalem zu Abend. Dort servierten vier Kellner den UN-Vertretern nicht weniger als zwölf verschiedene Vorspeisen. Madame Tapieux war besonders angetan von den in Essig eingelegten kleinen Auberginen mit scharfen Peperoni. Sie mochte die Fahrten nach Jordanien, das Pendeln zwischen zwei Kulturen. Die Kellner stritten sich förmlich darum, ihr erklären zu dürfen, wo sie Elias Rianis Haus fand.

Am nächsten Morgen, bei einer kleinen Tasse süßen Kaffees, warf sie einen Blick auf den Umschlag, auf dem Rianis Adresse stand. Ihrer Erfahrung nach gingen solche Geschichten selten gut aus, darum erwartete sie nicht viel von ihrem Besuch. Sie bat den arabischen Fahrer, vor Rianis Haus auf sie zu warten, und winkte mit einem Fünf-Dinar-Schein, damit er in der Zwischenzeit nicht doch noch wegfuhr.

Am Eingang des Büros suchte sie nach einem Briefkasten, fand aber keinen. Sie ging von Tür zu Tür, bis hinauf in den dritten Stock, wo sie ein Schild mit der Aufschrift RIANI entdeckte. Auf ihr Klopfen hin regte sich nichts. Sie klopfte noch einmal.

»Was kann ich für Sie tun?«, fragte der Mann, der an die Tür gekommen war. Er sah sofort, dass sie Ausländerin war, und sprach sie auf Englisch an.

»Sind Sie Mr Elias Riani?«, fragte sie.

»Der bin ich.« Er musterte sie und bat sie herein.

Er machte nicht viele Worte und gab sich reserviert. Das erstaunte sie, denn sie spürte tiefe Emotionen bei ihm. Er versuchte zwar, sie zu verstecken, aber seine Hände bebten, und sein Gesicht war bleich geworden. Er sagte nichts. Und da begriff sie, dass sie das einzige Verbindungsglied zwischen ihm und einer Frau auf der jüdischen Seite der Stadt war. Die tiefen Gefühle des

Paares rührten etwas in ihr an, und ihre nagenden Zweifel, für einen üblen Zweck ausgenutzt zu werden, verschwanden. In Genf hatte sie endlose Belehrungen ihrer Vorgesetzten über sich ergehen lassen müssen. Die Israelis seien furchtbar einfallsreich, wenn es darum ging, jemanden für ihre geheimdienstlichen Operationen einzuspannen. Aber der Mann, der jetzt vor ihr stand, war vollkommen überwältigt und brachte kein Wort heraus.

»Haben Sie sie gesehen?«, fragte er endlich. Seine Stimme zitterte.

»Ja«, sagte die ausländische Mittlerin. »Aber viel kann ich Ihnen nicht über sie sagen. Ich kenne sie nämlich kaum. Ich weiß nur, dass sie Ihnen diesen Brief unbedingt zukommen lassen wollte.«

»Bitte verzeihen Sie mir meinen Gefühlsausbruch«, sagte Elias. »Ich bin Ihnen so dankbar, dass Sie hergekommen sind.«

Madame Tapieux wiegelte ab und erklärte, jetzt habe sie ihre Quote an guten Taten für dieses Jahr erfüllt. Sie gab ihm einige Stunden Zeit, um eine Antwort zu schreiben, und sagte, sie werde zurückkommen, um den Brief abzuholen. Ergriffen brachte Elias sie zur Tür, und erst, als sie gegangen war, fiel ihm ein, dass er so viele Fragen über Lila nicht gestellt hatte.

Madame Tapieux kehrte zu dem wartenden Taxi zurück. Sie sah nicht mehr, dass Elias ungläubig die Stirn an sein Bürofenster lehnte, weil er einfach nicht begreifen konnte, was gerade passiert war. Die Straße vor ihm war wie zerschmettert, so als betrachtete er sie durch viele kleine, zerbrochene Glasstücke hindurch. Die Menschen, die er kannte, die Geschäfte, die er jeden Tag aufsuchte, die Autos – all das tanzte vor seinen Augen. Plötzlich wusste er nicht mehr, was am Tag zuvor geschehen war, welchen Wochentag sie hatten oder was am nächsten Tag geplant war. Genauso war ihm entfallen, was er gerade getan hatte, ehe diese Europäerin sein Büro betreten hatte. Sein Gehirn versagte ihm den Dienst, er hatte nur noch einen Gedanken: Lila lebte, und sie wohnte noch immer auf der anderen Seite der Stadt. Sie hatte nicht aufgegeben, hatte ihn gesucht – und gefunden, zum ersten Mal, seit Jerusalem vor zwei Jahren geteilt worden war.

So wie er war, in Anzug und polierten Schuhen, legte er sich auf den Boden seines Büros und faltete die Hände über dem Bauch. Er schloss die Augen und ergab sich der Kraftlosigkeit, die er in seinem ganzen Körper spürte. Er wirkte wie eine Leiche im Sarg, fein angezogen, glatt rasiert und elegant – aber dieser Anblick passte zu den letzten zwei Jahren, hatte er sich doch gefühlt wie ein lebendiger Toter. Noch schafften seine Hände es nicht, den Brief zu öffnen. Der Umschlag lag auf seiner Brust, als müsste er den Text über die Haut aufnehmen, bevor er ihn lesen konnte. Er atmete stoßweise, und seine Augen füllten sich mit Tränen. Leise schluchzte er, als hätte er nie gelernt, richtig zu weinen.

Im Leben von Lila und Elias gab es jetzt nur noch Madame Tapieux, eine Frau, die bewusst die Regeln brach und selbstlos handelte im Angesicht des Schrecklichen. Als sie aus Ost-Jerusalem zurückkehrte, hatte sie eine große Holzkiste bei sich, voll mit herrlichen Kleidern und mit Köstlichkeiten, die Lila nach so langer Zeit der Kargheit und der Rationierung wie ein Geschenk des Himmels vorkamen: Seidenschals, Blusen, Pullover, Nachthemden, Strümpfe. Schokolade, Kaffee, Tee, Butterkekse, Plätzchen, kandierte Mandeln. Als die belgische Diplomatin sah, was da in ihr UN-Fahrzeug geladen wurde, dachte sie über den Mann nach, der überall herumgelaufen war und diese Dinge, die in Lilas Welt mit Geld nicht zu kaufen waren, in mühevoller Kleinarbeit besorgt hatte, nur um seiner Geliebten eine Freude zu machen. Sie dachte auch über die Liebe der beiden nach, eine Hingabe, die in ihrer Schlichtheit durchaus Neid erwecken konnte. Wie hatte diese Liebe gegen alle Widerstände überleben können?

In den kommenden Wochen transportierte sie die Gefühle dieses Mannes und dieser Frau hin und her, über die schwer bewachte Grenze, vorbei an misstrauischen Israelis und Jordaniern, die sämtliche Geschenke und Briefe genau untersuchten, bevor sie ihr erlaubten, die Fahrt fortzusetzen. Die Grenzer mochten vielleicht die Halskette konfiszieren, die für Lilas Dekolleté gedacht war; aber dennoch trug Madame Tapieux das emotionale Gepäck der Liebenden mit sich. Sie war die Einzige, die mitbekam, was sich abspielte zwischen dem Paar, das sich nicht treffen konnte. Dabei war sie sich bewusst, dass die beiden verloren wären, wenn ihr etwas passierte oder sie an einen anderen Ort versetzt würde. Sie wären für immer voneinander abgeschnitten. Das Schicksal von Lila und Elias lag in ihren Händen.

Und heute, am Weihnachtstag, kam Lila am Government House an, nachdem sie einen langen, kurvigen Weg über den Berg des schlechten Rats zurückgelegt hatte. »Willkommen im Hauptquartier der UN-Beobachtermission«, sagte ein Wachtposten, der sich vor ihr verbeugte. Ein anderer nahm ihr den Mantel ab und führte sie in einen großen Flur, den sie wie betäubt durchschritt. Dann war sie allein.

Ihr Herz klopfte wie Hagel auf einem Blechdach. Ihre Hände, die ihre Tasche hielten, zitterten heftig. Würde man ihre bebende Brust, ihr Keuchen bemerken? Einen Moment lang wusste sie nicht mehr, wo sie sich befand. Sie schloss die Augen und öffnete sie wieder. Sie ging in einen Raum, der so opulent geschmückt war wie für einen Märchenball. Sie betrachtete jedes Detail, um die Zeit, die vor ihr lag, irgendwie durchzustehen.

Perserteppiche lagen auf dem polierten Boden, Kronleuchter hingen von der Decke, und das Licht brach sich in den vielen kleinen Kristallen. Sie atmete noch immer schwer und bewegte sich langsam durch den Saal. Vor einem wunderschönen, mit goldenen Erdkugeln geschmückten Weihnachtsbaum blieb sie stehen und lauschte dem Knistern des Kaminfeuers.

»Wirklich fantastisch, wie der Architekt es geschafft hat, europäische und orientalische Elemente zu vereinen«, sagte ein Mann in der Nähe. Musik erklang, aber sie bemerkte erst spät, dass das Orchester auf einem Balkon über dem Ballsaal spielte. Die Außenwelt löste sich langsam auf und würde bald ganz verschwunden sein. Jetzt konzentrierte sich das ganze Universum in diesem Saal im Government House.

Während ein UN-Fahrzeug Elias von der jordanischen Seite abholte, füllte sich der Ballsaal mit Weihnachtsliedern und fröhlichen Menschen: Beamten, Bankiers, UN-Offizieren und Diplomaten, die meisten davon Europäer. Sie kannte keine Menschenseele, schon gar nicht die Leute, die über ihre Jagdhunde oder die geschossenen Rebhühner oder Reparaturen in ihren Ställen plauderten. Plötzlich wurde ihr bewusst, wie hoch das Risiko war, das Madame Tapieux für sie eingegangen war. Unter den Gästen war nicht ein einziger Israeli oder Araber. Was, wenn sie und Elias allen auffallen würden? Aber sie beschloss, sich jetzt nicht mit solchen Ängsten zu plagen. Der Pianist, der eine weiße Weste trug, lächelte aus der Ferne – meinte er vielleicht sie? Seine langen Haare hüpften im Rhythmus der Melodien. Sie lächelte zurück – immerhin war er ihr einziger Verbündeter in diesem riesigen Ballsaal.

Vor zwei Jahren hatte sie Elias zuletzt gesehen. Seine Augen, sein Lächeln, die ausdrucksvollen Fältchen auf seinem Gesicht. Die Verzweifelten würden in einer solchen Lage die Tage zählen – es waren mehr als siebenhundert –, aber er hatte sie gebeten, es nicht zu tun. Jeder Tag ohne ihn war eine Enttäuschung, eine verblasste Hoffnung. Sie erinnerte sich an einen Artikel, den sie in einer Zeitschrift im Salon gelesen hatte: Er handelte von einem amerikanischen Soldaten und seiner Methode, als Kriegsgefangener in Deutschland zu überleben. Der Mann hatte jeden Moment aufmerksam durchlebt, von der Morgensuppe bis zum abendlichen Haferbrei, vom ersten Morgenlicht bis zu dem Geräusch der Ratten in der Dunkelheit. So konnte er monatelang, jahrelang den Ablauf der Zeit verfolgen. Natürlich, sie lebte in wesentlich besseren Umständen, aber der Kriegsgefangene hatte wie sie begriffen, dass er seine Kraft auf ein höheres Ziel richten und bis dahin jeden einzelnen Tag als überstanden abhaken musste. Auf einmal wurde sie von schrecklicher Angst gepackt. Sie brauchte frische Luft, traute sich aber nicht, nach draußen zu gehen.

Sie trug eine Halskette mit grauen Perlen, die er ihr geschenkt hatte. Ihr Haar hatte sie hochgesteckt, was ihr eine sehr elegante Anmutung verlieh. Viele Männer taxierten sie aufmerksam, gaben aber schnell auf, als ihre Blicke nicht erwidert wurden. Lila wusste, wie man Männerblicke auf sich zog, aber sie war vielleicht die einzige Frau auf dem Ball, die daran überhaupt kein Interesse hatte.

Mit langsamen, bedeutungsvollen Schritten näherte sich Elias, der einen schwarzen Smoking trug, dem prächtigen Ballsaal. Er hatte große Angst, ließ sie sich aber nicht anmerken. Mit den Augen suchte er den Saal nach der Frau seines Lebens ab. Und dann entdeckte er sie, unter dreihundertvierzig Gästen. Sie wartete neben dem Kaminfeuer. Einen Moment lang stand er ganz still und beobachtete sie. Als er langsam auf sie zuging, jubelte er innerlich, blieb aber äußerlich gefasst. Immer näher kam er ihr, und immer deutlicher sah er sie vor sich.

In diesem Moment wurde die Musik zu einem einförmigen, undurchdringlichen Hintergrundgeräusch. Die anderen Gäste wurden zu Schatten in Schwarz und Weiß, zu bloßer Staffage auf diesem Ball der Wiedervereinigung; nur Lila stand in all ihrer Farbenpracht vor ihm. Jetzt war er schon ganz nah bei ihr, aber sie hatte ihn noch immer nicht entdeckt. Erst, als nur noch ein Kellner zwischen ihnen stand, bemerkte sie ihn. Elias blieb ganz ruhig, handelte ohne jede Hast, nicht wie ein Mann, der die Liebe seines Lebens seit zwei Jahren nicht mehr gesehen hatte. Er konnte warten. Atemlos stand er da, bis der Kellner endlich zur Seite trat und der Weg zu ihr frei war.

Wie es das Protokoll vorschrieb, wollte er ihr einen Handkuss geben, aber plötzlich gehorchten ihm seine Arme nicht mehr. Sie umarmten sie fest. Lila konnte immer noch nicht fassen, dass er es wirklich war, aber als sie den Duft seiner Haut atmete, schmolz sie dahin und weinte kleine Tränen, die in seine Jacke rollten. Sie hielt die Augen geschlossen. Er dagegen ließ sie offen, nahm aber nichts um sich wahr. Niemand hörte, wie er ihr die Worte »*mon amour*« zuflüsterte. Nachdem ein Moment – vielleicht auch ein ganzes Jahr – vergangen war, lösten sie ihre Umarmung. Das Orchester begann wieder zu spielen, obwohl es in Wirklichkeit nie aufgehört hatte. Er legte ihr den Arm um die Taille und tanzte mit ihr, als wäre niemand außer ihnen im Saal.

Die winzigen Lichtstrahlen, die von den Kronleuchtern zurückgeworfen wurden, spielten auf ihren Gesichtern. Fiebrig tanzten sie eine Stunde, dann noch eine und noch eine – insgesamt mehr als vier Stunden. Die Kellner versorgten ihn mit Getränken, und Elias versorgte Lila. Ihre Gläser leerten sich, und Lilas Lachen erfüllte ihn mit Glück. Jetzt waren ihre Körper, die am Anfang des Abends so steif und unbeweglich gewesen waren, warm und locker geworden, und ihre Beine fühlten sich ganz leicht an. Sie sprachen kaum ein Wort, wiegten sich nur im Rhythmus der Musik. Keiner fragte den anderen, ob es jemanden in seinem Leben gebe. An diesem zutiefst emotionalen Abend war das einfach nicht vorstellbar, obwohl in den zwei Jahren der Trennung natürlich viel geschehen sein konnte.

Nach einem Frank-Sinatra-Song holte Elias ihre Mäntel von der Garderobe und führte Lila hinaus. Im Garten herrschte Winterruhe, im Brunnen stand das Regenwasser. »Dort drüben«, sagte er und deutete nach Osten, »sind die Hügel von Moab und das Tote Meer. Vielleicht können wir uns im Sommer ja wieder hier treffen.« Aber es tat ihm sofort leid, dass er vielleicht falsche Hoffnungen bei ihr geweckt hatte.

Sie spazierten an den Gräbern der Hunde der britischen Kommissare vorbei – Labradore, Schäferhunde, Dalmatiner, die richtige Grabsteine bekommen hatten. An diesem bezaubernden, frostigen Abend küsste er sie, die sich so lange nach ihm verzehrt hatte, und entfachte damit ein Feuer in ihr. Es war ein langer, langer Kuss, der sich nicht um das scherte, was um sie herum passierte, ein Kuss, der die Atome ihrer Körper zu einem einzigen Gebilde verschmelzen ließ. Voller Leidenschaft führte Elias sie in den achteckigen Turm, der oben auf dem Gebäude thronte. Eilig lief er voran, und sie folgte ihm, die Hand in seiner ruhend. Mit ihm fühlte sie sich beschützt auf dem Weg durch die labyrinthartigen Gänge, die er so sicher durchquerte, als wäre er schon einmal hier gewesen.

Sie erreichten einen dunklen Raum, wo er eine Kerze anzündete, die Tür hinter ihnen schloss und den Schreibtisch des hohen Beamten, der hier arbeitete, davor schob. Dann breitete er seine Jacke auf dem Teppich aus und setzte sich darauf, während sie sich aus ihrem Kleid schälte. Sie legten sich nebeneinander, und ihre Gerüche vermischten sich. Er vereinigte sich mit ihr, mit dem festen Willen, sie nie mehr loszulassen. Hier war sein Zuhause, und niemand konnte ihn daraus vertreiben.

Die gedämpften Klänge aus dem Ballsaal schienen von weit herzukommen, wie von einem entfernten Strand, und es war fast, als trieben sie auf einem Floß im Meer dahin. Er sagte ihr, sie sei die Gebieterin seines Herzens und seines Körpers. Langsam und rhythmisch bewegte er sich, und sie folgte seinen Bewegungen. Er hielt sie fest umarmt, als könnte er noch immer nicht glauben, sie wirklich vor sich zu haben. »Wie ich dich vermisst habe!«, seufzte er. Noch lange verharrte er in ihr, während Momente der Entspannung und der Aufregung sich abwechselten, in einem Liebesakt, der für sie ein Geschenk des Himmels war.

Eingehüllt in den wunderbaren Augenblick lagen sie eng umschlungen auf dem Büroteppich. Elias, der die Traurigkeit schon wieder nahen ahnte, sagte: »Dieser Ball wird bis zum Morgengrauen weitergehen. Welch ein Luxus! Ich kann dir die ganze Nacht sagen, dass ich dich liebe.«

Tief atmete sie den Duft seines Körpers ein, wollte ihn für immer im Gedächtnis bewahren für die Zeit, in der sie wieder getrennt sein würden. »Mit dir vergesse ich alles um mich herum«, sagte sie.

Er strich ihr über das Haar, kämmte es mit den Fingern ordentlich nach hinten, damit niemand merkte, welch kostbare Momente sie zusammen verbracht hatten. Sie knöpfte sein Hemd zu, richtete seine Manschettenknöpfe und band ihm die Fliege. In diesem Moment spürte sie, wie sehr sie seine kraftvolle Männlichkeit liebte. Noch einmal küssten sie sich, warm und sanft. »In Wirklichkeit wäre es nicht schlimm, wenn uns jemand sehen würde. Du bist die schönste Frau auf dem Ball, und du bist mit mir zusammen.«

Sie traten hinaus in den Flur und gingen wieder in den Ballsaal zurück, wie von himmlischen Kräften gezogen. Sie bewegten sich so selbstverständlich, als wären sie schon immer zusammen gewesen, als lebten sie nicht auf verschiedenen Seiten der geteilten Stadt. Mit leuchtender, leicht geröteter Haut mischten sie sich unter die gesichtslosen Menschen, deren einziger Daseinszweck es war, die Kulisse für diesen Abend zu bilden. Es war einfach unvorstellbar, dass es jemanden im Raum geben sollte, der ihre Pläne durchkreuzen oder sie sonst auf irgendeine Art unglücklich machen konnte. Die Kellner servierten kleine Brothäppchen mit Räucherfisch, Mayonnaise und Dill. »Hier sind Sie also«, sagte Lorraine Tapieux auf Englisch. Lila umarmte sie, und Elias küsste ihr die Hand. »Sie beide sind ein so schönes Paar!«, bemerkte sie noch, dann ließ sie sie wieder allein. Die Musik unterlegte die wenigen Worte, die sie miteinander sprachen, die Worte, für die es keinen Ausdruck gab, und auch das, was besser ungesagt blieb. Lila tanzte in seinen Armen, genoss den Augenblick und bemühte sich, unangenehme Gedanken von sich fernzuhalten. *Genauso macht Elias es immer,* dachte Lila, *und eben darin liegt seine große Weisheit.*

Draußen war es noch dunkel, aber langsam erahnte man einen hellen Lichtstreifen über dem bezaubernden Garten. Die Traurigkeit, die viele Stunden geduldig gewartet hatte, stand schon vor der Tür und bat um Einlass, obwohl niemand sie eingeladen hatte. Langsam leerte sich die Garderobe, und die Ballgäste wurden zu den wartenden Autos geleitet. Die eisigen Temperaturen setzten den angeheiterten Menschen zu. Elias blickte zu dem achteckigen Türmchen hinauf, als wollte er ihr gemeinsames Geheimnis beschwören. Dieses Geheimnis gehörte nur ihnen, und sie konnten es mitnehmen, wohin auch immer sie gehen würden. »Gute Nacht, *mon amour*«, flüsterte er ihr ins Ohr.

Lorraine Tapieux' Fahrer kratzte das Eis von den Autoscheiben, und Elias' Fahrer wärmte den Motor, indem er immer wieder das Gaspedal betätigte. Elias bewunderte Lila dafür, dass sie nicht weinte – wo er doch selbst seinen Tränen am liebsten freien Lauf gelassen hätte. Oder geschrien, sie gepackt, sich mit ihr in der Küche versteckt hätte. Sie könnten ja auf eine Insel ins Exil gehen, oder beim König der Vereinten Nationen um Asyl ansuchen …

Die Angst vor dem Unbekannten ließ ihn erstarren. Denn im Unterschied zu den meisten anderen Gästen musste er befürchten, sie nie wieder sehen zu dürfen. Nur Lila und Elias waren zu Jahren der Einsamkeit und des hilflosen Begehrens verdammt. Er fühlte sich wie ein Verurteilter, den man beim ersten Morgenlicht erschießen würde und der seinen letzten Wunsch bereits erfüllt bekommen hatte. Auch Lila litt sehr, denn sie hatte nichts, woran sie sich festhalten konnte, keine Zukunft. Nicht einmal Madame Tapieux, die so viele Wunder bewirkt hatte, konnte ihr Hoffnung auf einen zweiten solchen Abend machen.

In seiner kalten Hand hielt er ihre, und der Lichtstreifen am Horizont wurde größer. Lila versuchte ein schiefes Lächeln, aber innerlich glaubte sie zu zerbrechen. Sie ging zu dem Auto, in dem Madame Tapieux schon auf sie wartete. Mit einer Kopfbewegung signalisierte die Belgierin dem Fahrer loszufahren, aber einen Augenblick später rief sie: »Halt!« Die beiden Autos standen nebeneinander, und Lila und Elias blickten sich mit einem Ausdruck unendlichen Leids an. Die Fahrer und Madame Tapieux schauten diskret zur Seite, und nach einem langen, schmerzvollen Moment ließ die Diplomatin das Auto schließlich weiterfahren.

Das schwarze Fahrzeug rauschte durch die Dunkelheit, und seine Passagiere schwiegen. Der Wind frischte auf, als wollte er den ganzen Zauber fortblasen. Und dann fing es an: Lila brach in Tränen aus, es schüttelte sie so heftig, dass Madame Tapieux am liebsten mit ihr geweint hätte. »Niemand kann Ihnen befehlen aufzuhören«, sagte sie zu Lila. »Weinen Sie, solange Sie wollen.«

Unter der Dusche stach sie das heiße Wasser auf der Haut. Es brachte ihr kein Wohlgefühl und spülte außerdem die letzten Reste seines Körpergeruchs fort. Den grauen Tag draußen oder ihren eigenen gequälten Gesichtsausdruck bemerkte sie gar nicht. Erst nach drei Tassen Tee ging es ihr ein wenig besser. In der Hand hielt sie ein Stück Weihnachtsbaumschmuck, das Elias ihr als Erinnerung vom Baum gepflückt hatte. »Dieser Abend ist heilig, genau wie dieses Haus und alles, was dich zu mir gebracht hat«, hatte er ihr gesagt.

Sie wünschte sich, dass der Tag bald zur Nacht würde – oder am besten gar nicht erst existierte.

Es war drei Uhr nachmittags, als zwei Männer sie in einem weißen Auto in den Keller eines Gebäudes brachten, das sie nicht kannte. Sie versuchte nicht, sich zu wehren oder zu protestieren, sie bat die Männer bloß, sich noch umziehen zu dürfen. Sie erwähnten nicht, was der Grund für ihren Besuch war, aber sie ahnte, dass es etwas mit dem vorherigen Abend zu tun hatte. Dabei hatte der Weihnachtsbaumschmuck in ihrer Handtasche sie doch beschützen sollen.

Bis zum nächsten Morgen sperrte man sie in den Verhörraum. Einen Tag und zwei Nächte lang hatte sie weder geschlafen noch gegessen, und als man sie endlich nach Hause gehen ließ, legte sie sich ins Bett und schlief stundenlang ohne Unterbrechung. Sie fühlte sich wie ausgespuckt von der Welt.

Erst spät am selben Abend kroch sie wieder aus dem Bett. Sie heizte das Zimmer und zwang sich dazu, ein Ei zu braten, aber als sie sich an den Tisch setzte, um es zu essen, kreisten nur noch die Fragen der Verhöroffiziere in ihrem Kopf herum. Was hatten Sie bei diesem Ball zu suchen? Wer hat Sie dorthin gebracht? Mit welchem Auto?

Wen haben Sie dort getroffen? Welche Verbindung haben Sie zu der Frau von den Vereinten Nationen? Was haben Sie bei dem Ball in Empfang genommen? Was haben Sie übergeben? Warum haben Sie so viele Stunden dort verbracht?

Lila hatte nicht vor zu lügen, aber sie wollte auch nicht die ganze Wahrheit sagen. Am Ende offenbarte sie, dass die UN-Diplomatin eine ihrer Kundinnen war und sie zu dem Ball eingeladen hatte. Was konnte man denn schon gegen ein so unschuldiges, fröhliches Ereignis einwenden? Auf dem Ball hatte sie einige Bekannte von früher getroffen, darunter auch einen Mann, den sie vor dem Krieg gekannt hatte. Sie hatten sich unterhalten und zusammen gegessen und getanzt – eben die ganz normalen Dinge, die man auf einem Ball so macht. Am Ende des Abends war sie mit der UN-Diplomatin wieder nach Hause zurückgekehrt. Das war die ganze Geschichte. Wieso musste man so viele Fragen dazu stellen?

Sie ließen sie allein im Verhörzimmer warten und kehrten dann mit einem dritten Mann zurück. Sie wussten, dass der Mann, den sie auf dem Ball getroffen hatte, Araber war. Sie wollten seinen Namen wissen, denn er sei ein arabischer Agent, der geheime Informationen von ihr abschöpfen wollte. Doch, es sei möglich, zur Agentin gemacht zu werden, ohne es selbst zu ahnen, versicherten sie ihr.

»Wovon reden Sie überhaupt?«, fragte Lila. »Er ist weder Agent noch Spion. Er ist ein ehrlicher Mann.«

»Sie stecken da ganz tief drin«, entgegnete der dritte Mann.

»Herr Offizier«, sagte Lila. »Es gibt nur eine Wahrheit, und die habe ich Ihnen bereits erzählt.«

»Sie enthalten uns Informationen vor«, erwiderte er ganz offen. »Sie können schwer bestraft werden, weil Sie Kontakt zu einem feindlichen Agenten hatten, mit mindestens zwanzig Jahren Gefängnis. Ich kann sehr geduldig sein. Was mich betrifft, können Sie hier gerne ein paar Wochen bleiben, bis Sie uns endlich die Wahrheit sagen.«

Während der Nacht in Haft wurde sie immer wieder verhört. Immer wieder dieselben Fragen, immer wieder dieselben Antworten. Sie verachtete die Männer, weil sie in ihre süßen Erinnerungen an jenen Abend eindrangen und ihn mit ihren bösartigen Anschuldigungen beschmutzten. Nur ein Gedanke hielt sie aufrecht: Elias war in Sicherheit auf der anderen Seite der Stadt, und er durfte sich so sehr nach ihr sehnen, wie er nur wollte.

Beim Morgenverhör kam der dritte Mann, den sie insgeheim »Herr Arrogant« nannte, wieder in den Raum. »Nennen Sie mir seinen Namen, und Sie dürfen sofort gehen«, sagte er. »Es schadet Ihrem Ansehen, zum Verhör geholt zu werden. Denken Sie nur daran, was man im Salon Hubert über Sie reden wird. Sie werden Ihre Kundinnen und Ihren guten Ruf verlieren.«

Einer der Offiziere legte einen Zettel auf den Tisch und verschwand.

Herr Arrogant lächelte zufrieden und sagte: »Sie sind also die Geliebte von diesem Araber, diesem Elias Riani.«

Ihre Fassade fiel in sich zusammen, und sie biss sich auf die Unterlippe. Jetzt war sie nicht nur verängstigt und erschöpft, sondern auch verletzt. Wie dieser Mann Elias' wunderbaren Namen aussprach, so abschätzig!

»Ich werde Sie jetzt gehen lassen«, sagte Herr Arrogant und biss mit seinen scharfen Zähnen in seinen Bleistift. »Aber ich werde Sie im Auge behalten!«

Sie zwang sich zur Zurückhaltung und nahm keinen Kontakt zu Madame Tapieux auf. Natürlich, als Vertreterin der Vereinten Nationen konnte man sie nicht verhören, aber Lila wollte nicht, dass sie Probleme bekam. Lila fühlte sich mittlerweile überall verfolgt. Sogar zu Hause beim Essen schienen die wachsamen Augen von Herrn Arrogant sie zu beobachten. Oft schaltete sie das Licht in der Wohnung nicht an und schaute aus dem Dunkeln hinunter auf die Straße, aber nichts regte sich. Es war eine kalte Nacht, und Lila schreckte immer wieder aus ihrem unruhigen Schlaf hoch. In ihrem Kopf waren die schönen Erinnerungen an den Ball durchsetzt von den schrecklichen Szenen im Verhörraum. Der Offizier wollte sie im Auge behalten. Sie dachte an diesen schrecklichen Mann mit seinem fleischigen Mund. Was würde er über sie herausfinden? Dass sie eine alleinstehende Frau war, die allein ihre Sehnsüchte pflegte und allein ihren Schmerz ertrug. Er würde vor Langeweile sterben.

Drei Wochen nach dem Weihnachtsball kehrte Madame Tapieux von ihrem Urlaub aus Europa zurück. Leider brachte sie nur schlechte Nachrichten.

Auch Elias war zum Verhör abgeholt worden. Vier Tage

lang hatten die jordanischen Behörden ihn festgehalten. Sie wollten wissen, was er auf dem Ball gemacht hatte, wen er zu welchem Zweck getroffen und ob er sein Heimatland in Gefahr gebracht hatte. Sie stellten ihm ihre Fragen, und als sie keine Antworten bekamen, wandten sie Gewalt an. Seine Antworten gefielen ihnen nicht, darum nannten sie ihn einen zionistischen Spion. Sie schlugen ihn heftig; sie brachen ihm zwei Finger und kugelten ihm einen Arm aus. Wäre er auf den Ball gegangen, wenn er vorher gewusst hätte, was ihn hinterher an Schrecklichem erwartete? Auf jeden Fall. Er sagte kein Sterbenswort über seine Liebe zu ihr, geschweige denn ihren Namen. Sie widerten ihn an, diese Offiziere, aber als Geheimpolizisten der königlichen Familie waren sie sehr gefährlich. Sie drohten, auch seinen Vater zum Verhör abzuholen und ihn zu foltern. Aber Elias tröstete sich mit dem Gedanken, dass wenigstens Lila in Sicherheit war.

Die Bank gewinnt immer, dachte er, als er auf dem Boden seiner Zelle lag. Sie würden seinen Vater demütigen und schlagen – das Wissen darum schwächte ihn weiter. Er hatte einen Schlag gegen den Mund bekommen, und das Blut sammelte sich jetzt dort. Er fror und schwitzte gleichzeitig, sein Anzug war zerknittert. *Wie viel Geld hast du von den Zionisten bekommen?*, fragten sie ihn. *Du stehst in den Diensten des Mossad,* beschuldigten sie ihn. *Was hast du sonst noch für die jüdische Spionin getan?* Damit meinten sie Lila. Er schloss die Augen und versank in Bewusstlosigkeit, obwohl er wusste, dass er die Kontrolle nicht verlieren durfte. *Wir sperren dich hier jahrelang ein,* drohten sie. Sie drückten seinen Kopf in einen Eimer voller Eiswasser, und er wachte wieder auf. Er verachtete sie für ihre Gewalt und ihre Feigheit. Er hasste sie mehr, als dass er sie fürchtete. *Du wirst im Gefängnis verrotten, du bist eine Schande für die arabische Nation, eine Schande für deine Familie. Wir haben die Macht, deine ganze Familie auszulöschen.*

Von Elias' Verhör fertigte der jordanische Geheimdienst kein Protokoll an. Keinerlei Formulare wurden ausgefüllt. Elias wurde nicht offiziell freigelassen. Man setzte ihn in ein Auto, fuhr ihn in eine Straße und warf ihn neben der armenischen Keramikwerkstatt aus dem Wagen wie einen Sack Müll. Mit letzter Kraft schleppte er sich nach Hause.

»Haben Sie ihn gesehen?«, fragte Lila, während sie in der Dämmerung durch den wunderschönen UN-Garten spazierten und ein Schwarm weißer Vögel beim Brunnen landete.

Madame Tapieux nickte. »Er sah fürchterlich aus. Grün und blau geschlagen, er konnte kaum gehen. Es ist gut, dass Sie ihn so nicht gesehen haben.«

»Und sein psychischer Zustand?«

»Nicht gut. Er ist am Ende.«

»Was meinen Sie damit?«

Madame Tapieux betrachtete die Tulpen, die man aus Holland geholt und in Jerusalemer Boden verpflanzt hatte. Lila wiederholte ihre Frage nicht.

»Er hat mich gebeten, nicht mehr zu kommen«, sagte Madame Tapieux endlich. »Sie haben gedroht, seine

Familie ins Exil zu treiben, ihnen alles wegzunehmen und seinen Vater zusammenzuschlagen.«

»Heißt das, er will mich nicht mehr treffen?«, fragte Lila und hoffte, dass sie unrecht hatte.

»Keine Treffen und keine Briefe mehr«, sagte Madame Tapieux. Ihre Worte waren für Lila wie ein Axthieb in den Nacken.

Lila blieb wie angewurzelt stehen. Für den Wunsch, der ihr einst erfüllt worden war, wurde ihr jetzt plötzlich die Rechnung präsentiert. Es war wie ein schönes Kleid im Märchen, das auf einmal verschwand. Was hell geglänzt und geleuchtet hatte, verlosch mit einem Mal. Es blieben blasse Erinnerungen: eine Nacht, sechs Briefe, eine Kiste voller Geschenke – das war alles, was sie von ihm hatte, und damit musste sie den Rest ihres Lebens bestreiten.

»Für immer?« Lila lauerte auf die Antwort von Madame Tapieux.

»Das hat er nicht gesagt.«

Erschöpft ließ Lila sich auf eine Bank fallen. Madame Tapieux setzte sich neben sie. Lila gab sich Mühe, die Tränen zurückzuhalten und fragte: »Was ist schlimmer? Keine Hoffnung, oder eine Hoffnung, die er nicht teilt?«

»Er hat sich so entschieden«, sagte die Diplomatin, »aber unter Zwang und Folter. Was hätten Sie an seiner Stelle getan? Wenn man Ihnen gedroht hätte, Ihren Vater zu holen? Lila, sie haben ihn gebrochen.«

Die Luft war kalt und trocken. »Wir stehen wieder ganz am Anfang, ohne das kleinste bisschen, woran wir uns festhalten können«, stellte Lila fest.

»Kommen Sie, wir trinken einen Cognac«, schlug Madame Tapieux vor und fasste Lila am Arm. »Wir wollen uns ein wenig aufwärmen.«

In Lilas Leben hatte es zwei große Lieben gegeben. Beide hatten sie eine Weile lang erfüllt, und beide waren gescheitert.

Die Männer hatten ihr nichts Handfestes hinterlassen, nur Erinnerungen. Lilas Vergangenheit bestand nicht aus Ereignissen oder Gefühlen oder gesprochenen Worten, sondern aus dem Bewahren ihrer Erinnerungen. Ihre Liebe zu Pardo lebte inzwischen nur noch in ihrer Vorstellungswelt. Dort nannte sie ihn auch Pardo, niemals Nissim, wie er eigentlich hieß. Seine Eltern lebten im Jemin-Mosche-Viertel von Jerusalem; ihr Haus war nur siebenundvierzig Schritte von dem von Lila entfernt. In ihrem winzigen Laden auf der Agrippas Street verkauften sie Blätterteigpasteten nach einem alten Burek-Rezept einer Großmutter vom Balkan, und mit diesem Geschäft konnten sie drei Familien problemlos ernähren. Darum hielten sie sich für etwas Besseres als ihre Nachbarn, vielleicht auch, weil ihre Kinder keinen Mangel leiden mussten. Sie hatten warme Mäntel, einen schönen Ofen und jeden Tag Fleisch zu essen.

Mit zehn Jahren waren Lila und Pardo Freunde geworden. Es war ein ungewöhnlicher Bund in der unschuldigen Welt der Kinder. Mit fünfzehn nahm er ihre Hand und versprach ihr, sie zu seiner Frau zu machen, und ihre Augen leuchteten.

»Sie sind wie diese Kekse mit Schokolade in der Mitte,

man kann sie einfach nicht trennen«, scherzte Pardos Mutter. »Von morgens bis abends stecken sie zusammen wie siamesische Zwillinge.« Als Lila siebzehn war, sagte Pardos Mutter, sie hielten zusammen wie »Pech und Schwefel«. Sie sorge sich, dass ihr Sohn die Tochter eines Ofenmechanikers und seiner kränklichen, immer hustenden Frau heiraten könnte.

Es gibt arme Menschen, die gar nichts von ihrer Armut wissen. In Lilas Haus wurde die Armut versteckt, und Lila selbst bat nie um etwas, was sie nicht bekommen konnte. Ihr war bewusst, dass man sich in der Nachbarschaft Geschichten über ihre Mutter erzählte, die angeblich einen Topf mit Steinen auf den Herd gestellt hatte, um die Nachbarn glauben zu machen, sie würde Suppe kochen. Aber so etwas hatte es bei ihnen niemals gegeben. Weil aber die Fenster immer blitzsauber waren, konnte man kaum ein Geheimnis bewahren, und ganz besonders nicht die Liebe zwischen ihr und Pardo. Seinen Eltern blieb nichts anderes übrig, als mit ihren Eltern über die Höhe der Mitgift zu verhandeln.

Für Pardos Eltern schien bereits festzustehen, dass Lila einen Haufen Kleider und eine Nähmaschine in die Ehe mitbringen würde, aber selbst das war für ihren Vater ein Ding der Unmöglichkeit. Er hätte zwar einen Kredit für die Nähmaschine aufnehmen können, aber Pardos Mutter bestand darauf, dass Lila auch eine Waschmaschine mitbringen musste. »Dieses Mädchen hat so zarte Finger, die sind nicht dafür gemacht, Windeln zu schrubben«, sagte sie mit falscher Freundlichkeit und rieb sich die Hände.

Und so wurde die Hochzeit von Pardo und Lila wegen einer fehlenden Waschmaschine abgesagt. Das erzählte man sich jedenfalls in Jemin Mosche, und Lila selbst glaubte lange Zeit ebenfalls, das sei der wahre Grund gewesen. Erst viel später begriff sie, dass Pardos Familie sie einfach nicht als Schwiegertochter haben wollte, denn sie war zu arm und zu schön. Pardo und Lila durften sich fortan nicht mehr treffen, ja nicht einmal mehr miteinander reden. Seine Mutter ließ einen senfgelben Vorhang für das Fenster anfertigen, vor dem Lila jeden Morgen vorbeiging.

Pardo war verzweifelt. Er schmuggelte ihr Briefe zu, in denen er ihr schrieb, dass er sie nicht aufgeben würde. Er protestierte und schlug mit den blanken Fäusten gegen die Wand. Doch eines Abends musste er durch das Fenster von Lilas Wohnung mit ansehen, wie ihre Eltern sie mit einem anderen verlobten, einem jungen Mann aus Haifa, der mit seinen Eltern und einem Ring gekommen war. Pardo wäre fast verrückt geworden. Er lief ziellos durch die Straßen und drohte damit, sich umzubringen. Daraufhin gab Lila den Ring zurück und schickte den jungen Mann, den sie ohnehin nicht gewollt hatte, wieder fort.

Pardos Mutter wollte ihren Sohn von Lila fernhalten und ließ ihn zu Verwandten nach Alexandria bringen in der Hoffnung, die Zeit und die Entfernung würden die Liebe einschlafen lassen. Und sie sollte recht behalten. Die Briefe aus Ägypten kamen immer seltener, und ein Jahr nach Pardos Abreise sah Lila, dass die Straße feierlich geschmückt war, weil Pardo mit seiner Verlobten zurückkehrte.

Er weinte Tränen der Scham, als er auf der Straße Lila inmitten der Nachbarn entdeckte. Am Tag seiner Hochzeit, die im Café Rehavia stattfinden sollte, erkrankte Lila und musste das Bett hüten.

Tagelang weinte sie leise in ihr Kopfkissen, und als sie das Bett schließlich verließ, erschrak sie, als sie sich im Spiegel sah. Ihre Haut war aschfahl, und ihre Lider waren dick geschwollen. Ihr kastanienfarbenes Haar hatte seinen Glanz verloren. »Die verlassene Braut« nannte man sie in der Nachbarschaft. Sie versteckte sich im Haus ihrer Eltern, welkte dahin, wurde blass und dünn.

Ihre Eltern wussten nicht, was sie mit ihr machen sollten und fragten schließlich eine Araberin aus dem Ge-Hinnom-Tal um Rat. Sie machte einen Hausbesuch und diagnostizierte, Lila verkümmere. Unter einem großen Topf, den sie mit Zweigen und Kräutern bestückt hatte, machte sie Feuer, sodass dicker grauer Rauch das Zimmer erfüllte. Sie rieb Lilas Körper mit heißer Asche ein, wusch sie dann mit Quellwasser wieder ab und massierte Lavendelöl in die Haut ein. Lila, die seit Tagen kein Wort mehr gesagt hatte, verkündete plötzlich, sie sei hungrig und wünsche sich ein irakisches Pitabrot aus dem Lehmofen. Sechs Stück aß sie. Sie brach die Brote in kleine Happen und stopfte sie sich in den Mund. Die arabische Frau nahm eine Kerze und leuchtete Lila in die Augen. »Diese Häuser, die hier um dich herum stehen, sind nicht gut für dich. Geh an einen anderen Ort.«

Es gab keine andere Lösung: Lila musste das angestammte Wohnviertel verlassen, auch weil Pardo und seine Braut – die Tochter eines Textilhändlers – jeden Freitagabend zu seinen Eltern zum Essen kamen.

Das Steinhaus in der Narkis Street, in das Lilas Eltern bald darauf mit ihr zogen, war kälter und dunkler als das vorige Zuhause. Lilas Mutter verfiel gesundheitlich immer mehr. Es war, als hätte sie den Versuch aufgegeben, sich an das neue Haus zu gewöhnen, ja, als hätte sie sich selbst aufgegeben. Zum ersten Mal in ihrem Leben ging Lila arbeiten: In einer Fabrik sortierte sie Bleistifte, und den Lohn übergab sie ihrem Vater. Sie ging niemals in die Metudela Street, wo Pardo seiner verwöhnten Frau ein Haus gebaut hatte, in dem außerdem ein Dienstmädchen, eine Wäschefrau und eine Köchin wohnten.

Wenn sie das Haus verließ, bedeckte Lila ihr Haar mit einem Kopftuch, wie die Frauen im Film, die in offenen Autos fuhren. Ihr Haar wuchs wieder schön nach, aber als das Jahr zu Ende ging, waren Lila und ihr Vater plötzlich allein. Ein Steinmetz, der noch größer und muskulöser als Pardo war, fertigte einen Grabstein für Lilas Mutter an. Er sagte ihrem Vater, er könne ihn bezahlen, wenn er das Geld zusammengespart habe, und die ganze Zeit über ließ er Lila nicht aus den Augen. Auf den Grabstein kam eine Tafel mit dem Namen ihrer Mutter und ihrem Geburts- und Sterbedatum. Einige Monate später wurde der Stein aufgestellt. Lila hatte auf der Tafel noch ergänzt: »Geboren in Istanbul« – eine Erinnerung an vergangene, glückliche Tage.

Pardo war durch seine Mutter von Lila getrennt worden, Elias wurde ihr gleich zweimal genommen. Zum ersten Mal, als Jerusalem in zwei Teile geteilt wurde, zum zweiten Mal zwei Jahre danach, als die ausländische Vermittlerin ihr beibringen musste, dass das, was gerade wieder zusammengewachsen war, erneut auseinandergerissen werde. Der Skrupellosigkeit von Pardos Familie hatte Lila nichts entgegensetzen können, aber im Falle von Elias war es anders gewesen. Lila war aktiv geworden und hatte ihn gesucht. Und als sie ihn fand, stellte sich heraus, dass er sie begehrte wie eh und je. Jetzt dagegen war sie zu Unbeweglichkeit und Passivität verdammt. Sie konnte nur dasitzen und abwarten. Vielleicht musste sie ihn auch aufgeben. Aber Elias aufzugeben, das war so schlimm, als würde sie die Luft zum Atmen aufgeben.

Ihr Kleiderschrank war gefüllt mit erlesenen Stücken und dünnen Nylonstrümpfen, ihr Vorratsregal voll mit Köstlichkeiten, aber ohne Elias bedeutete ihr dieser Überfluss gar nichts. Wenn sie ein Kleidungsstück anzog, das er für sie ausgesucht hatte, dachte sie unweigerlich daran, dass er für sie nun Vergangenheit sein wollte.

So verging der längste, härteste Winter ihres Lebens. Er war langsam, zäh und dunkel, Schnee bedeckte die Stadt. Die anderen Menschen freuten sich darüber, aber für Lila war der Schnee nur ein weiteres Zeichen ihrer großen Einsamkeit. Er lastete schwer auf den Bäumen und Hausdächern. Als der Frühling endlich kam, war sie sehr erleichtert.

Eines Tages wurde sie eilig zu einer älteren Kundin gerufen, Frau Cassel, die im gediegenen Rehavia-Viertel wohnte. Den ganzen Winter über war sie ans Bett gefesselt und dem Tod näher gewesen als dem Leben. Heute wollte sie ihr Haar lila gefärbt und die Nägel manikürt haben. Lila puderte der alten Frau das Gesicht und malte ihr die Lippen zartrosa, aber erst als sie ihre Hände nahm, begriff sie, warum sie gerufen worden war. Frau Cassels Hände erzählten die ganze Geschichte. Zwar wiesen sie nicht einen einzigen Altersfleck auf, aber in ihnen war kein Funken Lebenswille mehr. Lila war bestürzt.

»Meine Zeit ist gekommen«, sagte die alte Frau, als wollte sie Lila trösten.

Lila schaute sie lange an. Sie war dankbar, dass ausgerechnet sie ein Teil dieser allerletzten Zeremonie sein durfte.

»Ich will stilvoll gehen«, sagte die alte Frau, als sie sich ganz ruhig in ihr Himmelbett legte, eingehüllt in einen blauen Seidenmorgenmantel. Lila nahm ihre schwache Hand und küsste sie.

Am nächsten Tag bekam Lila im Salon Hubert ein Telegramm. Frau Cassel war dahingeschieden, und zwar so, wie sie es sich gewünscht hatte. Ihr Sohn dankte Lila dafür, dass sie seine Mutter zu Lebzeiten hübsch gemacht hatte, auch noch in ihren letzten Stunden. Die Nachricht machte Lila sehr traurig, und sie verließ den Salon früher als sonst. Aus irgendeinem Grund nahm sie nicht den normalen Heimweg, sondern ging durch eine kleine Seitenstraße, in der die Jacarandabäume in voller Blüte standen.

Ein Lastwagen donnerte vorbei. Sein Dach schrammte an den Bäumen entlang und riss das Laub ab. Lila, die einzige Passantin, spazierte in einem Blütenregen dahin. Es war ein einzigartiger Moment voller Schönheit. Der

Lastwagen fuhr davon, in der Straße wurde es wieder still, und Lila war mit lauter winzigen violetten Blütenblättern bedeckt. Sie schüttelte sie nicht ab, sondern ließ sie von allein zu Boden fallen, eins nach dem anderen.

Am Ende der Straße angelangt, drehte sie sich um. Ein violetter Teppich bedeckte den Boden. Lila begriff voll Erstaunen, dass alles vergänglich war: Frau Cassels Leben, die Blumen, ja, sogar ihr Getrenntsein von Elias.

2006

Jeden Morgen kommt Munir ins Krankenhaus, immer dann, wenn Nacht und Tag sich begegnen und das Haus aus der nächtlichen Stille erwacht. Wenn Neonlicht und der Trubel der Schwestern die Zimmer erfüllt, aber noch vor allen anderen Besuchern, die den Kranken Beistand leisten. Der neue Tag bringt Freude für diejenigen Patienten, die wieder nach Hause gehen dürfen, und Verzweiflung für jene, die noch zu krank dafür sind.

Munir steht vor den Wachmännern, die müde auf ihre Ablösung warten. Er ist groß und energiegeladen, immer perfekt angezogen und glatt rasiert, einschließlich der letzten noch verbliebenen Haare auf seinem Kopf. Die Wachmänner lassen ihn durch. Sie sind beeindruckt von der sportlichen, jugendlichen Erscheinung des Zweiundsiebzigjährigen, der mindestens ein Jahrzehnt jünger wirkt und noch immer tiefblaue Augen hat.

Manchmal will es einer der Wachmänner besonders genau machen und durchsucht seine Tasche. Dann wühlt er sich durch die immer gleichen Sachen: eine grüne Tube mit Rasiercreme, einen Rasierpinsel, einen weißen Waschlappen, Talkumpuder, Aftershave-Lotion, einen Alaunstift, einen sauberen Pyjama, ordentlich gefaltet, und eine Thermosflasche mit Tee.

Mehr als einmal haben die Wachmänner eine Rasierklinge bei Munir gefunden und daraufhin Krach geschlagen, woraufhin weitere Wachmänner aus dem ganzen Krankenhaus angerannt kamen, ihn in einen kleinen Raum drängten und mit Handschellen fesselten. Sie waren davon überzeugt, dass er ein arabischer Terrorist war, der mit seiner Rasierklinge den jüdischen Patienten die Kehle durchschneiden wollte. Manchmal schlug auch der Metalldetektor Alarm, wenn Munir eine kleine Blechdose mit Pfefferminzpastillen in der Jackentasche hatte.

Für den Fall, dass er Probleme an der Pforte bekam, hatte er immer die Telefonnummer des Stationszimmers von Elias' Abteilung bei sich. Sobald die Wachmänner nämlich Munirs Namen auf seinem Ausweis lasen, veränderte sich ihr Gesichtsausdruck. Sie wurden misstrauisch, weil sie begriffen, dass da ein Araber vor ihnen stand.

Aber Munir machte es gar nichts aus, dass sie ihn kontrollierten. Sie kontrollierten ja auch die Juden und durchsuchten deren Taschen. Und das Szenario eines arabischen Terroristen, der mit einer Rasierklinge hilflosen Juden die Kehle durchschnitt, war auch nicht besonders weit hergeholt, jedenfalls nicht in Jerusalem. Man würde ihre Schreie vermutlich erst spät hören, weil in einem Krankenhaus ständig Leute vor Schmerz brüllten. Eines Morgens erwähnte Elias, dass solche Dinge durchaus vorkommen konnten, denn Jerusalem sei eine Stadt, in der alle Albträume wahr würden. Er senkte die Stimme und sagte, es brauche bloß einen einzigen derartigen Vorfall, um das tägliche Wunder des Krankenhauses, in dem jüdische Ärzte arabische Patienten behandelten und arabische Ärzte jüdischen Patienten halfen, zu zerstören.

Als Munir an diesem Morgen die Klinik betrat, wurden vor dem Eingang gerade mehrere Patienten aus einem Krankenwagen geladen. Er wandte den Blick ab, denn er wusste, dass ihn der Anblick in der Nacht wach halten und seine Leistungskraft am nächsten Tag empfindlich beeinträchtigen würde. In den Fluren schaute er strikt geradeaus, damit er so wenige Alte und Kranke wie möglich sah. Er wollte diese Eindrücke nicht mit sich herumtragen, und vor allem wollte er nicht feststellen müssen, wer noch da war und wer fehlte und jetzt mit einem Laken über dem Kopf im Krankenhauskeller lag. Munir hatte Angst vor dem Tod und auch vor Krankheit und Alter. Die Leute versicherten ihm immer wieder, er sei ein Ausbund an Jugendlichkeit und Sportlichkeit – er war schlank, konnte zehn Kilometer am Tag gehen und hatte noch seine eigenen Zähne. Aber er wusste, dass auch seine gute Gesundheit ihn nicht vor Krankheiten und dem Tod bewahren konnte.

Elias saß im Bett und starrte auf die Tür, als Munir eintrat, bereit für das Morgenritual. Die Männer begrüßten sich, und wie jeden Morgen krempelte Munir die Ärmel hoch und wusch sich wie eine Operationsschwester Hände und Arme mit Seife. Nachdem er sich mit Papiertüchern abgetrocknet hatte, füllte er eine Stahlschüssel mit heißem Wasser und platzierte seine Instrumente auf den Nachttisch neben Elias' Bett, genau in der Reihenfolge, in der er sie brauchte. Ein unverkennbarer Duft von Sauberkeit zog durch das Zimmer und übertönte das, was Munir immer als »Medizingeruch« bezeichnete: den Geruch nach Desinfektionsmittel und Krankheit.

Das Weiß des Rasierschaums bildete einen krassen Kontrast zum Rot von Elias' schlaflosen Augen. Munir ließ die Rasierklinge über seinen Hals sausen wie ein Skifahrer, der einen Hang hinabschießt. Dann wischte er die Schaumreste ab und tauchte die Klinge erneut in heißes Wasser. Elias bewegte die Zunge im Mund, um die schwierigen, mit dem Alter runzlig gewordenen Stellen über und unter dem Mund von innen zu glätten und Munir die Arbeit zu erleichtern. Schließlich rieb Munir Elias' Gesicht mit einem Handtuch ab und trug ein paar Tropfen frisch nach Zitrone duftendes Aqua di Parma auf.

Als er fertig war, wartete er darauf, dass Elias sagte: »*Salaam idk,* mögen deine Hände gesegnet sein«, bevor er seine Instrumente einsammelte und sie wieder in die Tasche legte. Zu Hause würde er sie desinfizieren. Jetzt schien Elias' Gesicht beinahe zu leuchten. Seit Munir in der Krankenhausbibliothek gelesen hatte, dass die tägliche Rasur die oberste Hautschicht abtrug und einen Menschen dadurch jünger aussehen ließ, rasierte er sich auch selbst jeden Tag, mit einer Klinge, die nur für ihn bestimmt war. Er zog Elias einen gebügelten Schlafanzug an, schüttelte sein Kissen auf und half ihm, sich gemütlich im Bett zurechtzusetzen. Dann spülte er die Teetassen mit kochendem Wasser aus, um sie vorzuwärmen, und gerade, als er zwei Tassen einschenken wollte, kam Nomi herein. Sie duftete wie frisch geduscht, und ihre dichte Lockenmähne war noch ein bisschen feucht. Sie lächelte breit. In der Hand hielt sie einige Zweige Eisenkraut und Zitronengras.

»Komme ich zu einer ungünstigen Zeit?«, fragte sie.

»Die Zeit ist niemals ungünstig«, erwiderte Elias und lächelte. »Wir trinken gerade eine Tasse Tee.«

»Hier ist wohl die Station für die schwer Teeabhängigen, oder? Nehmt ihr noch neue Mitglieder auf?«

»Al ha'eini«, erwiderte Elias, während Munir verlegen lächelte. »Von ganzem Herzen.«

»Munir«, sagte Elias, »das ist Nomi. Wir beide kennen uns, seit Nomi ein kleines Mädchen war. Nomi, das ist Munir. Ich kenne ihn schon von klein auf.«

Nomi und Munir sagten gleichzeitig: »Schön, Sie kennenzulernen.«

Es war kurz still, dann sagte Elias zu Nomi: »Du bist früh dran heute.«

»Ja.« Sie arrangierte die frischen Kräuter in einem Wasserglas. »In letzter Zeit schlafe ich nicht besonders gut.«

Sie verschwieg ihm aber ihren Verdacht, dass ihre Schlaflosigkeit mit den häufigen Besuchen im Krankenhaus zusammenhing. Die Patienten der Station tauchten in ihren Träumen auf, die Unterhaltungen mit Elias klangen in ihr nach. Sie träumte wirr und erwachte schon vor Sonnenaufgang, ganz plötzlich und mit einem Schlag. So etwas war sie nicht gewohnt. Sie war morgens sonst nur schwer aus dem Bett gekommen und hatte immer eine ganze Weile gebraucht, um richtig wach zu werden und die Gedanken in Schwung zu bringen. Seit sie wieder allein lebte, hatte sie die Zeit am Morgen für sich, brauchte nicht zu reden oder zuzuhören und konnte in Ruhe die *Ha'aretz* lesen. Selbst das Aftershave, eine Komposition aus Zitronengras, hatte ihren Mann nicht zu dem gemacht, den sie im Überschwang der ersten Liebe erwartet hatte. Er war nicht Elias und auch nicht ihr Vater. Er war stark und selbstbewusst und eigensinnig, und sie wurde sehr abhängig von ihm. Gleichzeitig hatte sie oft das Bedürfnis, sich mit ihm zu messen. Auf die Plätze, fertig, los: Wer steht früher auf? Wer ist besser als der andere, wer ist erfolgreicher? Er schlug sie auf vielen Gebieten, aber richtig übel nahm sie ihm nur eins: seine Familie, die normal und nett war, ganz anders als ihre eigene. Wenn er von ihr erzählte, dann waren es immer fröhliche Geschichten, dann musste er nichts verschweigen.

Wenn sie mit ihm zusammen war, konnte sie sich nicht einmal für einen Moment entspannen oder auch einmal schwach sein. Sein morgendlicher Kuss, der Blick in sein angespanntes Gesicht – das berührte sie in ihrer Existenz. Fast nie strich er ihr zärtlich über den Arm, und nicht ein einziges Mal betrachtete er sie voller Erstaunen, weil sie zu ihm gehörte. Ihr Verhältnis war eher das eines Reaktorunfallopfers zum Fahrer des Ambulanzwagens. Eine Kollegin bei der Adoptionsbehörde sagte einmal zu ihr, dass man viel daran ablesen könne, wie ein Paar die Nacht verbringt. Wenn sie sich im Schlaf umarmten, verlaufe auch das gemeinsame Frühstück harmonisch; schliefen sie aber in einem breiten Bett unter getrennten Decken, dann stimme in der Beziehung etwas nicht. Eines Tages stellte er ihr ein Ultimatum: entweder Kinder bekommen oder die Trennung. Als sie seine Kleider in robuste Samsonite-Koffer packte, entdeckte sie zu ihrer Überraschung dreißig langärmlige Oxfordhemden, genau solche, wie ihr Vater immer getragen hatte. Aber auch diese Hemden hatten ihren Ex-Mann nicht zu dem Mann gemacht, von dem sie geträumt hatte.

»Wenn man jede Nacht nur vier statt acht Stunden schläft, schädigt man sich auf Dauer«, erklärte Nomi den beiden Männern.

»Was du nicht sagst«, entgegnete der leidgeprüfte Elias.

Munir hätte sie gern betrachtet, traute sich aber nicht. Er fand ihre Stimme angenehm. Ihre Haut war weich und glatt, und das ganz ohne Make-up. Sie erzählte, dass sie Okraschoten zubereitet hatte, genau so, wie Elias es ihr geraten hatte: zuerst waschen, dann klein schneiden, dann auf einem Stück Zeitungspapier in der Sonne trocknen lassen. Scharf anbraten, immer wieder die Pfanne rütteln, nicht mit dem Löffel umrühren, gewürfelte Tomaten mit viel Saft zugeben, dann Salz, Pfeffer und Zitronensaft, zwanzig Minuten – nicht länger! – köcheln lassen. Wichtig dabei: Die Schoten dürfen nicht platzen, damit der Saft erhalten bleibt.

»Munir ist ganz verrückt nach Okraschoten«, sagte Elias, als Munir gerade aus dem Zimmer gehen und die Teetassen spülen wollte.

»Sie essen sie bestimmt mit Reis, nicht wahr?«, fragte Nomi. »Aber Sie gehen doch nicht meinetwegen?«

»Nein«, sagte Munir. Das Blut schoss ihm in die Wangen, weil sie ihn direkt angesprochen hatte. »Ich muss weg.«

Er wartete darauf, dass Elias ihm ein Zeichen geben würde, aber der sagte: »Bleib doch noch ein bisschen, und geh dann zusammen mit Nomi.«

Munir nickte und verkündete, er gehe jetzt in die Krankenhausbibliothek. Er möge dort besonders die Holzpaneele an den Wänden und den Katalog aus Karteikarten. Es sei der einzige Ort, an dem die Computer noch nicht die Herrschaft übernommen hätten. Und darum blättere er dort auch gern durch eine wissenschaftliche Zeitschrift, ohne vorher den Computer um Erlaubnis fragen zu müssen.

»Er kommt jeden Morgen zu mir«, erklärte Elias, als Munir gegangen war.

»Für sein Alter sieht er wirklich jung aus«, bemerkte Nomi.

»Er pflegt sich eben gut«, sagte Elias. »Zweimal im Jahr geht er zum Zahnarzt, isst wenig und das gesund. Er braucht noch nicht einmal eine Lesebrille. Dieser Mann ist wie ein Bruder für mich.« Elias wirkte plötzlich aufgewühlt.

»Hat er denn Familie?«, wollte Nomi wissen.

»Er hat jahrelang mit seiner Schwester zusammengelebt. Das haben sie sich so ausgesucht.« Elias hustete. »Komm, setz dich auf meine Bettkante.«

Die Atmosphäre im Zimmer war auf einmal ins Düstere, Schwere umgeschlagen. Ohne Munirs Anwesenheit musste keiner mehr eine Rolle spielen. Elias konnte seinen Kummer offen zeigen. Sie hoffte, er würde nicht mehr von dieser einen Sache anfangen.

»Wie geht es deiner Mutter?«, fragte er.

»Wir haben die jährliche Gedenkfeier für meinen Vater abgehalten, aber sie ist nicht gekommen«, erzählte Nomi. »Sie sagte, sie fliege nach Zypern.«

Elias nickte auf eine Art, als wollte er sagen, dass er genau wusste, wovon sie sprach. »Er ist recht jung gestorben, nicht?«

»Mit einundfünfzig.« Sie schwieg kurz und redete dann weiter: »Er hatte ein schwaches Herz. Darum leben mein Bruder und ich auch in der ständigen Angst, dass wir eines Tages einfach umkippen oder eine schwere Herzkrankheit bekommen. Vater war glücklich, hatte sogar eine neue Liebe gefunden, aber sein Herz hat einfach nicht mehr mitgemacht.« Nomi suchte in ihrer Handtasche nach einem Taschentuch. »Ich vermisse ihn. Jahrelang wollte ich nichts über ihn hören, aber jetzt hat jeder kleine Informationsfetzen einen Wert, weil ich dadurch auch etwas über mich selbst erfahre. Ich habe entdeckt, dass es viele Dinge gibt, die ich über ihn oder meine Mutter nicht wusste. Dinge, die sie nicht preisgeben wollten. Von jedem Ereignis gibt es mehrere Versionen, und alle waren irgendwie nebulös. Ich glaube, ich weiß nicht mal, wie sie sich eigentlich kennengelernt haben.«

»Aber jeder weiß doch, wie seine Eltern sich kennengelernt haben«, sagte Elias überrascht.

»Ich nicht«, entgegnete Nomi. »Ich habe meinen Vater mal danach gefragt, aber er ist mir ausgewichen. Meine Mutter hat mir verschiedene Versionen der Geschichte erzählt. Und wenn es mehr als eine Version gibt, dann weiß man nicht mehr, welche man glauben kann.«

»Möchtest du, dass ich dir das Wenige erzähle, was ich weiß?«, fragte Elias. Er wartete nicht auf ihre Antwort. »Ich erzähle es dir, aber öffne bitte erst das Fenster, und schenk mir noch etwas Tee ein.«

Nomi tat, worum er sie gebeten hatte.

»Ihre Familien haben nebeneinander gewohnt. Sie hat ihn sich schon früh ausgesucht. Menasch hatte viele andere Mädchen, hübsche Mädchen. Aber Margo hat ihn gegen seinen Bruder Mano ausgespielt, und am Ende hat sie ihm eröffnet, dass sie schwanger ist. Darum hat er sie schließlich geheiratet.«

»Aber sie war doch gar nicht schwanger«, widersprach Nomi, die die Monate gezählt hatte.

Elias lächelte. »Bei Margo wusste man nie genau, sie war so komplex und undurchdringlich wie der Regenwald. Lila hatte deine Mutter kurz zuvor kennengelernt, und als deine Mutter anfing, mit deinem Vater auszugehen, musste es geheim bleiben, weil er viel älter war als sie. Deine Großmutter – Margos Mutter – ahnte früh, dass ein Mann im Spiel war, darum erzählte Margo ihr immer, sie ginge zu Lila, wenn sie sich in Wirklichkeit mit Menasch traf.«

»Sie hat ihr ganzes Leben mit ihm in tiefer Verbitterung verbracht«, sagte Nomi. »Sie wusste nicht mehr, was sie früher einmal an ihm gefunden hatte.«

»Margo war verrückt nach ihm«, sagte Elias. »Er war ein Lastwagenfahrer mit dem Charme eines Filmstars.«

»Alles, was ich habe, sind ein paar Hochzeitsfotos«, klagte Nomi. »Mehr ist nicht geblieben. Ein paar lumpige Fotos, die niemand haben wollte. Sie steckten nicht einmal in einem Album. Wo sind die beiden eigentlich hingegangen, wenn sie zusammen sein wollten?«

»Wohin? Tja, wohin konnte man schon gehen? Auf einen Märchenball? Auf ein Kreuzfahrtschiff? Damals war Krieg, und die Leute hungerten. Alles, was sie hatten, war der Lastwagen. Er gehörte dem Bauunternehmer, für den Menasch arbeitete. Menasch hatte schon Erfahrung mit Frauen, und sie war ein Mädchen, das davon träumte, von zu Hause wegzukommen.«

»Dann … haben sie es also im Lastwagen gemacht?«, fragte Nomi.

»Ich war nicht dabei.« Elias lächelte.

»Wo bist du damals gewesen?«

»Bei Lila. Na ja, wir waren nicht richtig zusammen, weil wir ja kaum Gelegenheit hatten, uns zu treffen. Das war zu gefährlich geworden.«

Nomi spürte, wie ihr die Kälte in die Füße kroch, so als wäre sie stundenlang über einen zugefrorenen See gelaufen.

»Frierst du?«, fragte Elias, als könnte er ihre Füße spüren. Als sie ihm versicherte, es ginge ihr gut, erzählte er weiter.

»Du kannst dir nicht vorstellen, wie es war, ein Geheimnis wie unseres in dieser Stadt bewahren zu müssen. Ich weiß nicht, wie wir das geschafft haben. Nirgendwo waren wir in Sicherheit, und jeder Ort konnte plötzlich gefährlich werden, ohne Vorwarnung. Viele Gebäude gerieten unter Beschuss, die Straßen waren still und leer, es gab nächtliche Feuergefechte, eine Ausgangssperre und Scharfschützen. Eine jüdische Frau mit einem arabischen Mann, das war damals völlig undenkbar. Wir hätten genauso gut gleich in ein Schwimmbecken mit ausgehungerten Krokodilen springen können. Wir konnten einander telefonisch nicht erreichen und keine Briefe austauschen. Die Post funktionierte kaum. Mein Auto erregte Aufmerksamkeit, deswegen konnten wir damit nicht herumfahren. Und die Leute begannen zu reden.«

»Was haben sie denn genau gesagt?«, wollte Nomi wissen.

»Sie regten sich darüber auf, dass Lila mit einem Araber ausging. Die Haganah hatte Spezialeinheiten, die gemischte Paare aufspürten. Wenn man eine solche Beziehung einging, begab man sich freiwillig in die Schusslinie. Die Frage war nur, wann man getroffen wurde. Einmal bin ich mit etwas Cadbury-Schokolade über die Grenze gefahren. Sie hatte seit Monaten keine Schokolade mehr gesehen, bot aber zuerst mir etwas davon an. Ich habe abgelehnt. Sie hat eine Reihe gegessen und den Rest in ihre Handtasche gesteckt.«

Während er redete, konnte Nomi die Schokolade förmlich auf der Zunge spüren.

»Eines Abends schafften wir es irgendwie ins Rex-Kino auf der Princess Mary Street.« Elias lächelte, als er daran zurückdachte. »Getrennt, natürlich. Als die Lichter ausgingen, setzte ich mich neben sie. Das war ein kleiner Sieg über die bösen Menschen und Organisationen, die uns auseinanderbringen wollten. Wir haben uns den Film angesehen. Das Gefühl, wie sich unsere Ellbogen berührten, werde ich nie vergessen. Das kann mir kein Mensch jemals wegnehmen. Dort, in dem dunklen, verrauchten

Kino vergaßen wir unsere Sorgen. Gott, dachte ich, wie schön ist es mit ihr. Sogar das Nichtstun ist schön mit ihr. Als die Lichter wieder angingen, stahl sie sich hinaus, und ich ging nach Hause. – Und jetzt will ich dir etwas sagen. Manchmal, wenn du nach einem Morgen voller Geschichten wieder gegangen bist, frage ich mich, warum ich dir dies und das nicht auch noch erzählt habe.«

Nomi lächelte. »Dann erzähl mir doch noch dies und das.«

»Aber jetzt höre ich Munir zurückkommen«, sagte Elias. »Das ist das Geräusch seiner Ledersohlen.«

Nomi stand auf, als Munir hereinkam und sich die Hände mit rosafarbener Desinfektionsseife wusch. Elias sah aus, als hätte er jetzt gern seine Ruhe, aber Nomi wusste, dass es Taktik war. Sie sollten kein schlechtes Gewissen haben, wenn sie ihn allein ließen. Sie nahm seine Hand und hielt sie eine Weile fest.

Munir setzte sich auf den Beifahrersitz von Nomis Auto und schnallte sich an. Es tat ihm leid, dass Nomi das Radio abschaltete, wo gerade ein Lied von Sting lief, aber er sagte nichts.

»Ich hoffe, ich habe Sie nicht aufgehalten, indem ich noch ein bisschen geblieben bin und mit ihm geplaudert habe«, sagte Nomi.

»Nein, ganz und gar nicht«, entgegnete Munir. »Es ist sehr nett von Ihnen, dass Sie ihn besuchen. Das bedeutet ihm sehr viel.«

»Hat er Ihnen das gesagt?«

»Nein, aber ich kenne ihn.«

Munir war bemüht, sich klein zu machen, so wenig Platz wie möglich einzunehmen. Er drückte die Knie zusammen und stellte die Ledertasche darauf. Auf keinen Fall wollte er ihr zur Last fallen.

»Elias hat mir gesagt, ich soll Sie fahren, wohin Sie wollen«, erklärte Nomi mit einem Lächeln. »Wir müssen natürlich tun, was er sagt.« Es gelang ihr, ihm seine Unsicherheit und Schamhaftigkeit zu nehmen. Aber sie verriet ihm nicht, wie erleichtert sie war, endlich aus dem Krankenhaus wegzukommen. Nun war sie so frei wie ein Vogel, der in die höchsten Baumkronen fliegen konnte. Sie wusste nicht viel über den Mann, der jetzt neben ihr saß, außer, dass er viele Jahre lang Elias' Vertrauter gewesen war, seine rechte Hand gewissermaßen, und dass sie sich so nahestanden wie Brüder. Im Krankenhaus hatte sie bemerkt, dass Munir schüchtern und unsicher war und nicht wusste, wie man mit Frauen redete. Wusste er etwas von der Geschichte mit Lila während der verbotenen Jahre? Selbst wenn – er hätte wohl nie ein Wort darüber verloren, auch nicht unter Folter.

Plötzlich ertönte aus dem Kofferraum ein Kinderlied.

»Was ist denn das?«, fragte Munir und drehte den Kopf. »Ein Eiswagen?«

Als Nomi lachte, hätte er sie gern gefragt, welche Zahnpasta sie benutzte – ihre Zähne waren so weiß. »Das ist ein Spielzeug. Ich habe immer viel Spielzeug im Auto«, erklärte sie. Sie ahnte, dass er sich nicht traute, genauer nachzufragen, darum fuhr sie gleich fort: »Wenn ich fahre, fangen manchmal die Puppen zu reden und die Hasen zu trommeln an.«

Munir hörte ihr zu, sah sie aber nicht an.

»Ich arbeite mit Kindern«, sagte sie.

»Sind Sie Kindergärtnerin?«, riet er.

»Nein, ich arbeite bei der Adoptionsbehörde. Ich helfe, für Kinder ein neues Zuhause zu finden.«

»Aha«, sagte Munir. »Das ist sicher nicht leicht.«

»Ausgesetzte Babys, Kinder, deren Eltern ihr Wohl gefährden, und Waisen. Sie alle brauchen eine Mutter und einen Vater, die sich um sie kümmern. Wir sind wie ein Reparaturdienst, der versucht, die kaputte Realität in Ordnung zu bringen.«

»Gibt es viele solcher Kinder?«, wollte Munir von ihr wissen.

»Es gibt mehr Menschen, die ein Kind adoptieren wollen, als Kinder, die zur Adoption freigegeben sind«, erklärte Nomi mit ihrer professionellen Stimme, die sie für Knesset-Abgeordnete und Journalisten reserviert hatte. »Im Moment haben wir eine Wartezeit von fünf oder sechs Jahren, und wir können leider nichts tun, um sie zu verkürzen. Die meisten Eltern wünschen sich ein Baby. Um die älteren Kinder reißen sie sich nicht gerade. Von denen sind manche geschädigt, weil sie in ihren früheren Familien Gewalterfahrungen gemacht haben und wir sie deswegen herausnehmen mussten.«

Munir fühlte einen Stich, wenn er an die Kinder dachte, die in derartigen Verhältnissen aufwuchsen. Nachdenklich sagte er: »Sogar erwachsene Kinder brauchen manchmal andere Eltern.«

»Eltern für erwachsene Kinder«, erwiderte Nomi, »wie schade, dass keine Behörde dafür zuständig ist.«

Auf der Agron Street herrschte dichter Verkehr. Langsam rollte Nomi auf das Ende des Staus zu. Munir hatte Vorbehalte gehabt, sich von einer Frau fahren zu lassen, aber er musste zugeben, dass sie ruhig und sicher hinter dem Steuer saß. Eine Polizeisirene heulte auf. »Früher war das eine kaum befahrene, stille Straße«, bemerkte er.

»Daran kann ich mich auch noch erinnern«, antwortete Nomi. »Ich bin nicht weit weg von hier aufgewachsen, in der Hamaalot Street. Kennen Sie sie?«

»Klar.« Er kannte alle Straßen und wusste auch, welche Straße in welche mündete, aber das verriet er ihr nicht. Er sagte auch nichts darüber, dass die Stadt einmal klein und gemütlich gewesen war, vor der Besatzung und den zahlreichen Siedlungen. »Das ist dort, wo früher die Baptistenkirche stand«, sagte er.

»Das stimmt«, erwiderte Nomi. »Sie sind ein Jerusalemer Urgestein, jedenfalls viel mehr als all die Leute, die in den letzten fünfzig Jahren in die Stadt gekommen sind.«

Über dieses sensible Thema redete Munir nicht gern: über die Juden und die Araber und darüber, wer zuerst da gewesen war. Das alles war so schwierig, dass man es besser ruhen ließ. Er sagte nur: »Ich steige dann am Neuen Tor aus, wenn es möglich ist.«

»Ich fahre Sie bis ans Ziel. Wohin wollen Sie?«, fragte Nomi.

»Das Neue Tor ist schon in Ordnung«, beharrte Munir.

»Ihr Hebräisch ist wirklich ausgezeichnet«, sagte sie. »Sie kennen sogar die neuesten Ausdrücke.«

»Ich habe Hebräisch gehört, seit ich denken kann. Und ich spreche es so, wie ich es höre. Hier haben Juden und Araber nebeneinander gewohnt, miteinander Handel getrieben, gegessen und gefeiert. Bis die Typen mit viel Geld kamen und alles kaputt gemacht haben.«

»Werden Sie Elias auch morgen besuchen?«, fragte Nomi.

»Ich besuche ihn jeden Morgen.«

»Welche Kekse mag er am liebsten?«

»Die mit Mandeln. Aber sagen Sie ihm nicht, dass ich Ihnen das verraten habe.«

»Die knusprigen oder die weichen?«

»Die frischen«, sagte Munir.

Nomi glaubte, ein zartes Lächeln auf Munirs Lippen zu erkennen. Bis jetzt hatte er nicht gelächelt. Sie hatte das Gefühl, er zählte mit seinen Besuchen nicht die Tage, sondern tat einfach das, was er für richtig hielt. Bevor er aus dem Auto stieg, band er seinen Schal fester und nahm eine Wollmütze aus der Tasche. »Elias' Vater hat sie mir vor dreißig Jahren aus England mitgebracht«, sagte er. »Hier vorne ist ein Zelt der Demonstranten, und da hinten werden Ausgrabungen gemacht. Sie graben ständig nach irgendetwas. Sie können hier anhalten.« Er löste seinen Sicherheitsgurt.

»Danke«, sagte Munir, als er schon fast auf der Straße stand.

»Es war schön, Sie kennenzulernen«, erwiderte Nomi.

1964

Es war Mano, der Margo aus dem Krankenhaus abgeholt hatte und sie jetzt langsam die Stufen hinaufführte. Lange Minuten vergingen von dem Moment an, als Nomi sie vom Fenster aus entdeckte, bis sie tatsächlich ihre Schritte hören konnte. Ihr Vater war unten bei den Ölfeldern in der Negev-Wüste. Ihre Mutter sagte oft: »Er ist nie da, wenn man ihn braucht.« Was sie damit ausdrücken wollte, war: Wenn er dann da war, konnte Margo nichts mit ihm anfangen.

Nomi öffnete die Tür. Obwohl es nicht kalt draußen war, zitterte ihre Mutter so heftig, dass ihre Zähne klapperten. Ihre Lippen waren blau angelaufen. Mano führte sie zum Bett und redete beruhigend auf sie ein: »Ja, so ist es gut. Bald geht es dir besser. Es gibt doch nichts Schöneres, als zu Hause im eigenen Bett zu liegen.« Er deckte sie zu, schaltete das Licht aus und ging auf Zehenspitzen hinaus. »Sie schläft jetzt«, flüsterte er Nomi zu. »Deine Mutter ist sehr müde.«

Er setzte den Teekessel auf und fragte Nomi, ob sie heute schon etwas gegessen habe. Als sie verneinte, schaute er in den Vorratsschrank und in den Kühlschrank und warf dann einen Blick auf die Uhr. Er ging in den

Laden und kaufte einen Laib Brot, etwas Butter, eine Scheibe salzigen Käse und einen Würfel Halwa, eingepackt in Wachspapier.

»Isst du denn nicht mit mir?«, fragte Nomi.

»Ich habe keinen Hunger«, sagte Mano. »Ich mag Krankenhäuser nicht. Die verderben mir den Appetit.«

Doch die Brotkruste krachte so herrlich, als er hineinschnitt, und alles duftete so gut, dass er sich zum Essen verführen ließ. Sie aßen am kleinen Küchentisch, ohne Teller oder Besteck zu benutzen. Immer wieder schnitt er Scheiben vom Käse und der Halwa ab, bis von beidem nur noch ein kleiner Rest übrig war. Als er bemerkte, wie viel er gegessen hatte, stieß er einen überraschten Pfiff aus.

Nachdem sie die Krümel aufgefegt und die Reste versorgt hatten, fragte Nomi ihn, was ihrer Mutter eigentlich fehle.

»Nichts«, sagte Mano. »Sie ist nur müde und braucht ihre Ruhe.«

»Aber was ist los mit ihr?«, beharrte Nomi.

»Sie ist nicht krank. Sie hat im Moment bloß keine Kraft.«

»Und warum war sie im Krankenhaus, wenn sie nicht krank ist?«

»Es gibt Dinge …«, begann er. »Dinge, die schwer zu erklären sind. Erwachsene haben bestimmte Probleme. Schwindelgefühle zum Beispiel, oder Magenschmerzen.«

Er zündete sich eine Zigarette an, vielleicht um die Fragen abzuwehren, die ein Mädchen stellte, das spürte, dass bestimmte Dinge vor ihr geheim gehalten wurden. Dann trat er auf den Balkon hinaus, das Streichholz zwischen den Zähnen wie einen Zahnstocher. Er lehnte sich gegen das Geländer, rauchte die Zigarette bis zum Ende und warf die glühende Kippe vom vierten Stock hinunter in den vernachlässigten Garten. Als er wieder in die Wohnung kam, rief er in der Arbeit an und sagte, er werde noch im Krankenhaus aufgehalten. Nomi bekam genau mit, dass ihr geliebter Onkel eine Unwahrheit sagte. Aber sie hielt ihn deshalb nicht für schlecht, weil sie sonst nämlich keinen Onkel wie Mano hatte.

Margo sagte immer, das einzig Gute an Manos Arbeit sei, dass er von morgens bis abends herumrennen könne wie ein Wirbelwind. Er sprang ins Auto, fuhr durch die Gegend, traf hier und da bestimmte Leute, knüpfte Kontakte, eroberte Frauen. Mano selbst behauptete, als Büroangestellter würde er sterben. Die Neonröhren in den Zimmern machten ihn krank. Er brauche den Sonnenschein, das Geräusch des Motors und Menschen, die sich freuten, ihn zu sehen. Genau wie sein älterer Bruder – Nomis Vater –, der immer unterwegs war und mit seinem Lastwagen kreuz und quer durchs Land fuhr. Menasch beschwerte sich zwar bitterlich über die Entfernungen, die er zurücklegen musste, konnte sich aber kein anderes Leben vorstellen.

Onkel Mano entdeckte eine Flasche libanesischen Arrak auf dem Buffet im Wohnzimmer und schenkte sich den ganzen Rest – ein Viertelglas – ein, trank ihn aus und seufzte laut. Dann schüttelte er den Kopf und verkündete, das helfe gegen seine Zahnschmerzen. Nomi nickte. So etwas hatte sie schon früher von ihm und auch von anderen Leuten gehört.

»Gehst du schon?«, fragte sie, weil sie fürchtete, er würde nicht mehr länger bei ihr bleiben.

»Nein, meine Süße. Jetzt noch nicht. Deine Mutter braucht mich vielleicht.«

Nomi hatte gehofft, er würde sagen, er bleibe ihretwegen. Um auf sie aufzupassen. Immerhin war sie noch ziemlich klein. Das vergaßen manchmal alle.

Onkel Mano sagte: »Ich lege mich ein bisschen aufs Ohr. Pass du aufs Haus auf. Du könntest mir auch ein Bild malen. Eine von deinen Geschichten.«

»Was denn für eine Geschichte?«

»So eine mit Sprechblasen.«

»Und wovon soll die Geschichte handeln?«

Aber da schlief er schon ein, vollständig angezogen und mit Schuhen. Der jüngere Bruder ihres Vaters schlummerte unbekümmert auf dem Sofa. Die Brüder sahen sich sehr ähnlich, aber Mano war vielleicht der Hübschere. Beide waren schmal, aber kräftig, hatten den gleichen olivfarbenen Hautton, das gleiche breite, sonnige Lächeln, die gleichen starken Hände, die gleichen hervortretenden, pochenden Venen an der Schläfe. Mano war sechsunddreißig und sehr charmant. Viele beneideten ihn darum, wie gut er im Leben zurechtkam – ganz anders als sein Bruder, der gerade vierzig geworden war und dem Druck, eine Familie ernähren zu müssen, oft nicht standhielt. Menasch kam immer erschöpft nach Hause, und wenn er wieder zur Arbeit musste, war er froh.

Einige Tage, bevor ihre Mutter ins Krankenhaus gekommen war, hatte Nomi eine Unterhaltung zwischen Margo und Lila mit angehört.

»So kannst du nicht weitermachen«, warnte Lila sie. »Du spielst den einen gegen den anderen aus.«

»Ich kann machen, was ich will«, gab Margo zurück.

Lila senkte die Stimme. »Das geht nicht gut aus.«

»Ich habe schon für meine Dummheit bezahlt, dafür, dass ich diesen Taugenichts geheiratet habe«, bemerkte Margo.

»Aber du wolltest ihn unbedingt«, erinnerte Lila sie. »Du hättest alles getan, um ihn zu erobern.«

»Und was habe ich bekommen für meine Mühe?«, fragte Margo giftig. »Ich habe ihn erobert, und was habe ich dann festgestellt? Dass er eine Null ist. Ich hätte damals auf dich hören und seinen Bruder nehmen sollen, er war immer verrückt nach mir.«

»Er ist es heute noch«, bemerkte Lila. Dann sagte sie nichts mehr, vielleicht, weil sie plötzlich Nomis Schatten an der Wand entdeckt hatte.

Nomi weigerte sich, die vom Arzt verschriebene Brille zu tragen, und glich ihre Sehschwäche mithilfe ihrer anderen Sinne aus. Sie vernahm die leisesten Geräusche, ertastete vieles, hatte eine feine Nase und roch immer, was gerade bei den Nachbarn gekocht wurde, wer welches Parfum trug, wo ein toter Vogel lag, wer schwitzte. Im hellen Sonnenlicht musste sie blinzeln. Sie durfte nicht so viel lesen, wie sie es gern getan hätte. Wenn sie weinte und schluchzte, warnte man sie, die Tränen täten ihr nicht gut; darum weinte sie nur noch, wenn sie allein war. Mit sieben Jahren hatte sie schon zwei Augenoperationen hinter sich. Die Operationen hatten ihr ein besseres Sehvermögen versprochen, ihr aber nur furchtbare Schmerzen und bescheidene Fortschritte eingetragen. Onkel Mano versicherte ihr, bis sie erwachsen sei, hätten die Ärzte eine Möglichkeit gefunden, ihre Augen zu behandeln, und bis dahin sei sie sein Augapfel.

Manos Stimme war sanft und angenehm, wenn er mit Nomi sprach, wenn er sich freute, sie zu sehen, wenn er sie im Auto herumfuhr und die Lieder der Shadows summte. Das Auto mit den feinen Ledersitzen stand ihm immer zur Verfügung, denn Helga Westfried hatte keine Lust, sich nach fünfzehn Jahren einen neuen Fahrer zu suchen. Margo sagte: »Selbst wenn sie hundert wird, hat sie immer noch Millionen, und wem wird sie die hinterlassen, vielleicht den ganzen Enkelkindern, die sie nicht hat?« Margo fand, dass sie ihr etwas schuldete, denn sie war es schließlich gewesen, die ihr Mano vermittelt hatte. Doch mit den Jahren musste sie einsehen, dass die alte Dame sich niemals bei ihr erkenntlich zeigen würde.

Mano nannte sie immer »Frau Westfried« – niemals Helga – und er begann nie von sich aus eine Unterhaltung mit ihr, sondern ließ ihr immer den Vortritt. Er tat alles, was sie von ihm verlangte. Jeden Morgen um Punkt acht meldete er sich zum Dienst, um sie zu ihren Besorgungen in der Stadt zu fahren. Die Fenster mussten immer genau zur Hälfte geöffnet sein, das Auto immer sauber und glänzend, und im Handschuhfach hatte er immer einen Verbandskasten und genügend Fruchtbonbons. Er trug eine Uniform mit Terylen-Hosen, einem gebügelten Hemd und stets geputzten Schuhen.

Wenn er in dem glänzenden grünen Ford durch die Stadt brauste, sahen ihm alle Leute nach. Er fuhr so gerne Auto, dass er für Helga Westfried sogar den Einkauf erledigte: deutsche Bücher, Knäckebrot, Wiener Würstchen, importierten Apfelsaft, den Apparat, mit dem man Sprudelwasser machen konnte, die Körperpflegeartikel aus der Drogerie. Er besorgte auch gemahlenen Kaffee für sie, im selben Geschäft, von dem Golda Meir ihre Kaffeebohnen bezog. Manchmal saß Helga Westfried auf dem Rücksitz, wenn Mano einkaufen ging.

Sie versicherte Mano, seine Stelle als ihr Fahrer sei ihm so lange sicher, solange er unverheiratet blieb. Zu Hause imitierte er manchmal ihren deutschen Akzent und sagte: »Wer heiratet, ist ein Dummkopf!«

»Aber was ist denn, wenn es Liebe ist, Frau Westfried?«, fragte er.

»Liebe?«, schnaubte sie. »Auch das größte Feuer wird einmal zu Asche. Die Schmetterlinge im Bauch zerfallen zu Staub, und hinterher geht es nur noch um gebrochene Versprechen. Du hast dies gesagt, du hast das versprochen, du hast jenes vergessen, du bist einfach verschwunden, du hast mich enttäuscht. Wer braucht das schon? Und wer braucht Kinder, die einen als eine Bürde betrachten? Wer hat sich das eigentlich ausgedacht, dass ein Mann und eine Frau im selben Haus wohnen sollen, im selben Schlafzimmer, vierzig Jahre lang? Schauen Sie sich selbst an, Mano, Sie sind frei und unbeschwert. Wenn Sie heiraten, werden Sie in Ketten gelegt.«

Helga Westfried redete oft über die Vorzüge des Alleinseins, und das hatte vielleicht einen gewissen Einfluss auf ihn. So stellte er es jedenfalls dar. »Sie hat mich verdorben, diese alte Frau«, scherzte er immer. Er hatte noch nie einer Frau einen Antrag gemacht oder ein Heiratsangebot angenommen. In der Welt der verheirateten Paare, die sich mit Krediten und Schulden herumplagten, war Mano die große Ausnahme. Alle, die ihm seine Freiheit neideten, versuchten regelmäßig, ihn unter die Haube zu bringen – und scheiterten jedes Mal. Nur Margo war immer erleichtert, wenn ein solcher Versuch nicht von Erfolg gekrönt war; sie fühlte sich dann, als wäre ein schwerer Sturm über sie hinweggefegt, ohne größere Schäden zu hinterlassen. Sie konnte sich einfach nicht vorstellen, den Mann, der sie vergötterte, zu verlieren. Und er band sich nicht an eine andere Frau, weil er keine finden konnte, die Margo übertraf.

Onkel Mano öffnete die Augen und setzte sich auf. Das ungeplante Nickerchen war beendet. »Ich bin wohl eingenickt«, sagte er schuldbewusst. »Ich weiß auch nicht, was mit mir los ist. Hab geschlafen wie ein Murmeltier.«

»Ich habe an der Tür gelauscht«, beruhigte Nomi ihn. »Mutter schläft immer noch.«

»Du bist ein braves Mädchen«, lobte er sie. »Ich mache uns jetzt etwas süßen Tee, und dann spielen wir Schiffe versenken, und ich werde dich besiegen wie immer. Na ja, vielleicht gewinnst du ja heute mal.«

Mit zwei Glastassen kam er aus der Küche zurück. Aus dem Treppenhaus hörte man das Geräusch von Schuhen mit hohen Absätzen, die langsam nach oben kamen. Es gab keinen Zweifel, wem diese Schuhe gehörten. Nomi rief: »Das ist Lila!« Sie rannte zur Tür.

Lila wirkte besorgt, aber Onkel Mano beruhigte sie und sagte ihr, dass Margo schon seit Stunden schlafe. Er betrachtete Lila und sagte: »Wie nett, dich zu sehen, schönste aller Frauen.«

Sie erwiderte: »Gleichfalls, du begehrenswertester aller Junggesellen von Jerusalem.«

Er machte ihr eine Tasse Tee und setzte sich auf das Bett in Nomis Zimmer. Das Wohnzimmer war stets dunkel und wurde nur für Gäste benutzt.

»Wie ist es gelaufen?«, wollte Lila wissen. Sie blickte auf Margos geschlossene Schlafzimmertür.

»Sie hat es verloren.«

»Ich war mir so sicher, dass es diesmal klappen würde. Ich hatte ein gutes Gefühl.«

Mano seufzte. »Es ist jedes Mal wieder schlimm. Diese Enttäuschung. Aber niemand kann etwas dagegen tun. Vielleicht sollten sie einfach aufhören, es weiter zu versuchen. Sogar der Arzt sagt, manchmal muss man sich von einem Wunsch verabschieden.«

»Um dem Schicksal ein Schnippchen zu schlagen, muss man schwere Geschütze auffahren«, bemerkte Lila.

Nomi hoffte, dass Onkel Mano sich nach ihrer Zeichnung erkundigen würde, aber da ertönte plötzlich ein

Husten aus dem Schlafzimmer. Es war die Art von Husten, den Margo gerne vortäuschte, damit alle angerannt kamen und nach ihr sahen. Tatsächlich standen alle drei sofort auf und eilten ins Schlafzimmer. Onkel Mano war der Schnellste. Er fühlte Margos Stirn. »Gott sei Dank«, sagte er. »Du hast kein Fieber.« Lila kam näher und gab Margo einen Kuss auf die Wange. Nomi stand im Türrahmen und sagte: »Da ist Blut auf dem Laken.«

Mano rannte aus dem Raum, und Lila holte etwas Watte aus dem Badezimmer. »Geh zu Onkel Mano«, sagte Lila, als sie merkte, dass Nomi noch immer in der Tür stand. »Ich bin gleich bei dir.« Margo trank zwei Gläser Wasser, eins nach dem anderen, und schlief sofort wieder ein.

»Schlafen macht gesund«, sagte Lila zu Mano. »Vergessen auch.« Sie besprachen, wer über Nacht bleiben sollte, um auf Margo und Nomi aufzupassen. Lila hoffte, dass Mano sich bereit erklären würde – immerhin gehörte er ja zur Familie. Beide hatten keine große Lust, ihre gewohnten Betten für eine Nacht aufzugeben. Onkel Mano ging unruhig auf und ab. »Das ist Frauensache«, sagte er. »Na gut, ich bleibe«, murmelte Lila.

Das Telefon klingelte. Onkel Mano nahm sofort ab. »Es ist dein Vater«, flüsterte er Nomi zu. Angespannt runzelte er die Stirn. »Ich kann dich kaum verstehen!«, schrie er in den Hörer. »Was ich hier mache? Ich bin zu Besuch gekommen. Alles ist in Ordnung. Margo ruht sich gerade aus, sie kann nicht ans Telefon kommen.«

Er zögerte eine Weile und sah Hilfe suchend zu Lila. Sollte er seinem Bruder die Nachricht vorenthalten oder ihm alles sagen? Lila bewegte tonlos die Lippen. »Sag es ihm«, sollte das bedeuten.

»Sie hat es verloren«, sagte Onkel Mano. Aber Menasch hörte ihn nicht, oder er begriff es einfach nicht, denn Mano sagte noch einmal: »Sie hat es verloren. Schon wieder.«

Dann legte Menasch wohl auf. Mano, der noch immer den Hörer in der Hand hielt, wirkte hilflos. »Dein Vater hat gesagt, dass er bald nach Hause kommt«, sagte er zu Nomi. Sie lächelte, obwohl »bald« in ihren Ohren eher nach einer langen Zeit klang.

»Ich muss gehen«, verkündete Onkel Mano plötzlich ganz ungeduldig. »Gut, dass du da bist, Lila. Du musst die Stellung halten.«

Er küsste Nomi, einmal auf jede Wange und einmal auf die Stirn. »Denk dran, noch vor Rosch ha-Schana fahren wir nach Tel Aviv, nur du und ich.« Sie spürte die Wärme, die von seinem Gesicht ausging, und winkte ihm nach, als er die Wohnung verließ. Sie wäre mit ihm gegangen, ganz egal, wohin.

In den folgenden Tagen kam Margo langsam wieder zu Kräften. Sieben Tage nach ihrer Entlassung aus dem Krankenhaus ging sie wieder zur Arbeit, auch wenn die rosige Farbe ihrer Wangen, um die alle sie beneideten, noch nicht zurückgekehrt war. Nomi hörte sie im Bett schluchzen, konnte sich aber nicht überwinden, zu ihr hineinzugehen. Sie fühlte sich wie festgeklebt auf ihrem Stuhl und tat lieber so, als hörte sie nichts.

Als ihr Vater aus der Negev-Wüste zurückkam, sah er

aus wie von Gespenstern geplagt, ängstlich, verwirrt und voller Schmerz. Seine Augen flackerten unruhig, genau wie früher, wenn er etwas sagen wollte, aber nicht wusste, wie.

Nomi hörte sie nicht miteinander reden oder streiten. Anfangs war die Stille überraschend, dann wurde sie beängstigend. Margo war stumm geworden, und er auch. Wie Schatten huschten sie aneinander vorbei und blieben nie zusammen in einem Zimmer. Die Ruhe, nach der Nomi sich so oft gesehnt hatte, war ungewohnt und bedrohlich. Margos Wut, die sie normalerweise laut herausließ, machte sich jetzt nur gedämpft bemerkbar. Nomi wusste außerdem nicht, worüber ihre Mutter wütend war und was sie von ihrem Vater wollte. Anders als sonst konfrontierte sie ihn nicht mit ihren Forderungen. War seine Abwesenheit das Problem – oder gar seine Anwesenheit? Oder vielleicht seine stille Duldung, sein Schweigen?

Während der Genesungsphase hatte Nomi gehört, wie Margo verbittert in den Telefonhörer weinte. Sie beklagte sich, dass sie die Belastungen in ihrem Haushalt ganz allein tragen müsse.

Je mehr die Eltern Nomi verschwiegen, desto eifriger suchte sie nach Andeutungen und Hinweisen. Sie sammelte immer mehr Puzzleteile und versuchte, sie zu einer großen Wahrheit zusammenzusetzen. Gewissenhaft versuchte sie zu erforschen, wann die Ehe ihrer Eltern kaputtgegangen war, in welchem Moment das Schicksal alles besiegelt hatte. Sie wollte wissen, wann es passiert war, wie es passiert war und wer die Schuld daran trug.

Denn es waren ja nicht nur ihre Eltern, die dazu verdammt waren, diese gescheiterte Existenz fortzuführen, sondern auch sie selbst.

Bald fand sie heraus, dass ihr Vater frei und von allen umschwärmt gewesen war, als ihre Mutter beschlossen hatte, ihn zu erobern. Er hatte viele Frauen gehabt, ohne einer von ihnen zu gehören. »Er war wie das Ass im Kartenspiel«, erzählte Onkel Mano einmal. »Alle Frauen wollten ihn haben.«

Eines Abends saß Margo am Tisch und zerschnitt Fotos. Als sie damit fertig war, sammelte Nomi die Schnipsel ein und stückelte sie wieder zu Bildern zusammen. Auf der Rückseite standen Widmungen: *Für Menasch, immer die Deine* oder *Für Menasch, in Liebe*. Und da waren so viele Namen: Rachel und Leah und Marta und Mira und Sophie und Judith. Das war der Beweis für die glorreiche Vergangenheit von Nomis Vater. Aber Nomi behielt ihr neu erworbenes Wissen für sich.

Sie belauschte Auseinandersetzungen zwischen Menasch und Margo. »Du hast dich damals an mich rangemacht«, brüllte er einmal. Dabei brüllte er nur ganz selten. »Du hast nicht mehr lockergelassen. Du hast Himmel und Hölle in Bewegung gesetzt, damit ich dich heirate. Das wissen wir beide.« Margo jammerte daraufhin: »Was habe ich bloß getan, um diese Strafe zu verdienen?«

Eins war klar: Zwischen ihnen war keine Liebe, und wenn es je welche gegeben hatte, dann war sie schon lange fortgeflogen. Über die langen Jahre voller Enttäuschungen und Zurückweisungen war keinerlei Zärtlichkeit mehr geblieben. Menasch hatte seinen Status als von allen Frauen vergötterter Mann verloren. Margo hasste alles an ihm, seine Meinungsäußerungen und seine schlechten Manieren, die Art, wie er redete und Suppe schlürfte, wie er pfiff und vor allem seine Unfähigkeit, die Familie zu ernähren. Sie ließ ihm nichts von seiner stolzen Jugend, nahm ihm sein gutes Aussehen und seine Lebensfreude und zähmte ihn, wo sie nur konnte. Früher hatte er von der Bewunderung gelebt, strotzend vor Selbstvertrauen, nun ließ ihn die latente Feindseligkeit in seiner Ehe verkümmern, bis er wirkte wie ein Mann, der tagtäglich mit dem Essen eine Portion Gift zu sich nahm.

Mano hielt sein Versprechen und fuhr mit Nomi im Auto nach Tel Aviv. Es war ihr erster Besuch dort, und es gefiel ihr gut. Auf dem Weg nach Hause nahm er ein hübsches Mädchen mit, das er aus der Medikamentenfabrik kannte. Voller Freude lauschte Nomi ihrer Unterhaltung; zwei verantwortungslose Erwachsene, die miteinander redeten, als säße da kein kleines Mädchen auf dem Rücksitz. Sie sprachen über eine gemeinsame Bekannte, die schwanger geworden war, und über eine andere, die eine Abtreibung hinter sich hatte. An diesem Abend lag Nomi im Bett, in der Hand die neuen Schuhe, die Onkel Mano ihr gekauft hatte. Als sie die perfekte Balance zwischen der Kühle des Zimmers und der Wärme des Betts gefunden hatte, grub sie sich tief in ihr Bettzeug ein und schloss die Augen. Langsam glitt sie in den Schlaf hinüber. Aber kurz bevor sie tatsächlich einnickte, erleuchteten Autoscheinwerfer von draußen die Wand des Zimmers, und in diesem Moment hatte Nomi das Rätsel gelöst. Auf einmal begriff sie, welches Geheimnis man vor ihr bewahrt hatte: Ihre Mutter hatte eine Fehlgeburt erlitten. Das Baby in ihrem Leib war hinausgefallen, und Menasch hatte das am Telefon von seinem Bruder erfahren. Lila hatte die Aufgabe übernommen, sich um Margo zu kümmern, nachdem sich deren Leib entleert hatte. Nomi fragte sich, wie das Baby hinausgefallen sein konnte und was man damit wohl gemacht hatte.

Das bedeutete auch, dass ihre Mutter schwanger gewesen war. War sie dafür nicht schon zu alt? Ihre Mutter hatte ein Baby in sich getragen, und niemand hatte Nomi auch nur ein Sterbenswörtchen darüber gesagt. Dann hatten sie doch bestimmt noch andere Geheimnisse vor ihr? Mit einem Schlag war ihre Welt unsicher geworden. Vielleicht sollte sie ja alles infrage stellen? Vielleicht ging ihr Vater in Wirklichkeit gar nicht auf die Ölfelder, vielleicht hatte ihre Mutter tatsächlich ein Baby auf die Welt gebracht, das zur Adoption freigegeben wurde. Oder vielleicht war es auch noch zu klein und musste in einem Brutkasten liegen. Hatte Lila nicht einmal erklärt, wo eine Lüge sei, gebe es mit Sicherheit noch mehr davon? Nomi versuchte, sich an den genauen Wortlaut dieser Feststellung zu erinnern, sie spielte mit den Wörtern, bis sie mehr oder weniger das ergaben, was Lila gesagt hatte: »Eine Lüge ist wie ein Schmerz; der erste Anfall kommt und bringt weitere Schmerzen mit sich.« Oder vielleicht hatte sie es so gesagt: »Lügen sind genau so ekelhaft wie Schmerzen. Sie kommen nie allein, immer nur zusammen mit anderen.«

Im Zimmer ihrer Mutter brannte Licht. Nomi hörte sie fieberhaft an der Nähmaschine arbeiten. Konzentriert nähte sie an einem weißen Anzug, und das half ihr, wieder zu ihrer alten Lebenskraft zu finden. Nomi schob einen Fuß unter der Decke hervor und stemmte ihn gegen die glatte Nordwand, das war die Außenwand, die den Wind abbekam, der vom Sacher-Park herüberwehte. Wer kannte sonst noch die Wahrheit, wer hatte es auf dieselbe Weise herausgefunden wie sie? Irgendwie befriedigte sie die Gewissheit, ganz allein dahintergekommen zu sein, aber dieses Gefühl hielt nicht lange an, weil gleich danach noch weitere angekrochen kamen: Leere und Unsicherheit. Ihr wurde klar, dass die Welt so zerbrechlich war wie ein tönerner Krug und bei der geringsten Berührung kaputtgehen konnte. Wenn man ein Geheimnis ans Licht gebracht hatte, war nur eines sicher: Dort, wo es herkam, warteten noch mehr Geheimnisse.

Einige Tage danach war Nomi bei Margo in der Küche, um Götterspeise zu machen. Margo beobachtete aufmerksam, wie Nomi ihre ersten Erfahrungen am Herd sammelte, wie sie das Pulver mit dem Erdbeergeschmack in kochendes Wasser einrührte. Als sie so auf einem Küchenhocker stand, fragte sie ihre Mutter: »Du warst doch nicht wirklich krank, als du ins Krankenhaus gekommen bist, oder?«

»Was meinst du damit, nicht krank?«, antwortete Margo mit einer Gegenfrage.

»Es war eine Fehlgeburt, stimmt's?« Nomi rührte weiter mit dem Holzlöffel im Topf herum.

»Wer hat dir denn das gesagt?«

»Niemand. Wo ist das Baby hingekommen, das aus dir rausgefallen ist?«

»Achtest du auch darauf, dass die Götterspeise flüssig bleibt? Wir müssen sie vom Feuer nehmen, bevor sie fest wird.«

»Ich will sie in Schüsseln füllen.«

»Aber vorsichtig. Sie ist ganz heiß. Man macht den Schöpflöffel nur halb voll. Schau mal, die Masse wird schon fest.«

»Wann essen wir die Götterspeise?«

»Heute Abend, wenn sie lange genug im Kühlschrank gestanden hat.«

»Ich kriege vier von den sechs Portionen.«

»Warum denn das?«

»Weil ich im Wachstum bin. Alle sagen, ich bin zu dünn.«

»Vielleicht sollten wir noch Bananenstückchen reintun.«

»Die Bananen werden nur braun, das ist so eklig, da dreht sich mir der Magen um.«

»Wo hast du denn solche Ausdrücke bloß aufgeschnappt?«

»War das Baby ein Junge oder ein Mädchen?«

»Ich glaube, du musst noch zum Laden und etwas Margarine kaufen. Und Mehl und Joghurt. Ich mache einen Teig, und du darfst dabei zusehen.«

»Unter der Bedingung, dass ich ihn kneten darf.«

»Wo hast du denn ›unter der Bedingung‹ gelernt?«

»Soll ich die Rechnung gleich bezahlen oder anschreiben lassen?«

»Lass anschreiben. Und kauf dir ja keine Süßigkeiten.«

Warum hatte Margo eine solche Schwäche für Babys? Nomi war immer ganz eifersüchtig, wenn ihre Mutter mit Babys zusammen war. Sie sog ihre Reinheit ein, ergötzte sich an ihrer Haut, den langen Wimpern und den Pausbäckchen, an ihren winzigen Nasenlöchern und ihren fedrigen Haaren. Margo gefielen allerdings nur solche Babys, die sie an sich selbst erinnerten, an ihre eigene blasse, milchige Haut.

Eines Abends, als Margo Lila das Häkeln beibrachte (und an den Ergebnissen verzweifelte), hörte Nomi, wie ihre Mutter zu Lila sagte: »Babys sind hilflos. Sie lieben dich bedingungslos und klammern sich mit animalischem Instinkt an dich, weil sie wissen, dass sie ohne dich nie überleben würden. Sie beten dich an: deine Milch, deine Berührung. Sie enttäuschen dich niemals. In ihren Augen bist du alles, was sie auf Erden brauchen. Aber weißt du, was das Problem ist?«, fragte Margo und trennte ungeduldig eine ganze Reihe von Lilas Häkelarbeit auf. »Sie werden größer. Manchmal werden sie hässlich. Sie stellen Forderungen und beten dich nicht länger an. Sie fangen Streit an, werden frech, wollen nichts mehr von dir wissen, enttäuschen dich. Sie sind auf einmal ganz anders als damals, als sie noch klein waren und ein Bäuerchen gemacht haben.«

»Aber was hast du denn erwartet?«, fragte Lila entgeistert.

»Ach, das kannst du nicht verstehen«, gab Margo zurück – das war ihre schärfste Waffe.

Lila wurde rot bis hin zu den Ohrläppchen und schämte sich furchtbar. Margo bot ihr einen Kaffee an.

Lila entgegnete: »Ein Schriftsteller braucht sich nicht umzubringen, wenn er über das Sterben schreiben will. Ein Arzt braucht sich nicht mit Tuberkulose anzustecken, wenn er jemanden davon heilen will. Ein Dompteur braucht kein Affe zu sein, um Affen zum Tanzen zu bringen. Und ich brauche kein Kind auf die Welt zu bringen, um zu verstehen, was es bedeutet, Mutter zu sein.« Sie zog ihre Schuhe an, um anzudeuten, dass sie gleich aufbrechen würde.

Margo sagte schnell: »Na schön, wollen wir mal sehen, wie du dich beim Stricken schlägst.«

Nomi atmete erleichtert aus. Die Spannung hatte sich gelöst, und Lila würde nun doch bleiben. Aber Margos Worte über Babys, die zu enttäuschenden Geschöpfen heranwuchsen, hingen noch in der Luft und beschäftigten sie.

Am nächsten Tag besuchte Margo entfernte Verwandte, die gerade ihr erstes Kind bekommen hatten, einen Jungen. Sie wollte das Baby in den Armen halten und dafür beten, dass sie ein ebenso schönes bekam, aber die Frauen der Familie, die es untereinander weiterreichten, gaben es ihr nicht. Margo konnte es ihnen von den Lippen ablesen, als sie miteinander flüsterten: *Sie kann ihre Babys einfach nicht festhalten*. Als sie schwer gedemütigt wieder nach Hause kam, kroch sie ins Bett und heulte vor Schmerz, bis es dunkel wurde.

Menasch putzte das Waschbecken. In seiner Verzweiflung hatte er vergessen, Nomi etwas zum Abendessen zu machen. Sie war auf sich allein gestellt. Ihre Eltern verlangten von ihr, dass sie selbstständig aufwuchs und sie nicht ständig belästigte, aber an diesem Abend hatte sie einen Kloß im Hals und wünschte sich, ihre Eltern würden nach ihr sehen und sich um sie kümmern. Aufgewühlt verließ sie die Wohnung. Die Tür fiel hinter ihr ins Schloss, sodass es kein Zurück mehr gab. Nomi fühlte sich mutig, als sie die Straße überquerte, ohne nach links und rechts zu sehen, und ein Taxi sie anhupte. Auf der Straße, die zum Markt führte, bemerkte sie ein Paar, das mit seiner Tochter auf einem mit grünen Pflanzen bewachsenen Balkon saß und zu Abend aß. Sie ging unter dem Balkon durch und hoffte, nicht gesehen zu werden, denn um diese Zeit waren keine Kinder mehr auf der Straße unterwegs.

Nomi dachte an einen bestimmten Jungen. Wenn sie nur seinen Namen hörte, bekam sie weiche Knie. Sie stellte sich vor, wie er jetzt am Abendbrottisch saß, wie seine Mutter, die noch immer ihre Krankenschwesterntracht trug, Eier briet und Salat machte, wie seine Schwestern mit ihm stritten und die Eltern das Treiben gerührt verfolgten. Man konnte sehen, dass er geliebt wurde, denn er lächelte schüchtern vor sich hin.

Derweil hatten sich die Straßen der Wohngegend geleert, die Geschäfte waren geschlossen. Langsam trottete

Nomi heimwärts. An der Wohnungstür angekommen, legte sie ein Ohr ans Holz. Kein Laut drang heraus. Sie hatten gar nicht bemerkt, dass sie verschwunden war, und darum waren sie auch nicht krank vor Sorge. Aber sie würde ihnen schon noch zeigen, was Sorgen bedeuteten.

Nomi stieg aufs Dach des Wohnhauses, trat ans Geländer und sah nach unten. Die große Höhe machte ihr Angst, darum wich sie zurück und stellte sich zwischen zwei große Wassertanks, um die Kälte, die Dunkelheit und die Müdigkeit zu besiegen. Sie umfasste die Knie und biss sich in die Haut. Dann würden sie hinuntergehen auf die Straße und nach ihr suchen und nach ihr rufen und die Polizei benachrichtigen, und Margo würde heulen und sich die Augen ausweinen und Menasch bitten, Milchpudding mit Zimt für das Mädchen zu machen. So erträumte Nomi es sich. Aber sie gingen nicht los, um nach ihr zu suchen. Niemand bemerkte, dass sie nicht mehr da war. Sie könnte dort oben verhungern und erfrieren, und sie würden sie erst am nächsten Morgen finden und alles begreifen. Ihre Mutter würde vielleicht so etwas wie Reue empfinden, und ihr Vater würde weiter in seinen schwarzen Gummisandalen hinter ihrer Mutter hertrippeln, müde und kaputt und deprimiert.

Menasch öffnete, als Nomi wieder vor der Tür stand, erschöpft und rot vor Scham. In der Wohnung war es dunkel, und die Jalousien waren herabgelassen. Er fragte nicht, wo sie gewesen war, sondern sagte leise zu ihr, dass es kein heißes Wasser mehr gebe und sie gleich ins

Bett gehen solle, damit ihre Mutter nicht aufwachte. Schnell zog Nomi ihren Schlafanzug an und kroch ins Bett. Ihre Lider waren schwer und salzverkrustet. Morgen würde sie sich waschen und etwas trinken und sein Lächeln sehen.

Nach dem Essen wurde der Tisch abgeräumt. Das Jom-Kippur-Fasten stand bevor, darum waren alle Lebensmittel weggeräumt und die Teller gewaschen. Nicht ein einziger Krümel war noch in der Küche zu finden. Nomis Vater und Onkel gingen in die Synagoge, fein zurechtgemacht in ihren gebügelten weißen Hemden. Die Frauen standen noch vor dem Spiegel. Lila sagte: »Vergnügungen sind nicht erlaubt, aber es ist trotzdem ein Gebot, hübsch auszusehen.« Sie trug ein weißes Kleid, das aus zwei Lagen Spitze genäht war. Um die Schultern hatte sie einen Schal aus Seide gelegt. Sie versicherte Margo, sie sehe in ihrem neuen weißen Hosenanzug aus wie Grace Kelly bei einem Kricketmatch. Margo ließ ein Licht in der Küche brennen, damit sie es nicht anschalten mussten, wenn sie vom Gottesdienst zurückkamen.

Auf dem Weg in den Frauenbereich der Synagoge zogen sie bewundernde Blicke der Männer auf sich. Ein allgemeines Murmeln hob an, das jedoch schnell verstummte. Als die Thorarollen aus dem Schrein genommen wurden und der silberne Schmuck daran klimperte, hielt Lila den Atem an. Einige Männer waren dazu bestimmt worden, sie zu tragen, und Lila wünschte sich, es wäre einer darunter, der ihr nahestand. Am liebsten hätte sie diese Aufgabe selbst übernommen, aber das war ja nicht erlaubt. Die ausgewählten Männer waren stark und von allen geachtet; die Heiligkeit der Rollen schien direkt auf sie abzustrahlen. Unten in der Synagoge hatte derweil ein Bieterkrieg begonnen: *Confino einhundertfünfzig, Musari zweihundert, Abadi zweihundertfünfzig.*

»Worauf bieten sie?«, wollte Nomi wissen.

»Auf das Recht, den Thoraschmuck wieder auf die Rollen zu stecken, bevor sie zurück in den Schrein kommen«, erklärte Lila.

Der Sonnenuntergang stand unmittelbar bevor, und die Aufregung der Menschen war fast mit den Händen zu greifen. Die Männer bedeckten die Köpfe mit ihren Gebetsschals.

Der Rabbi sagte: »Jom Kippur reinigt uns, denn an diesem Tag werden uns unsere Sünden vergeben und unsere Seelen werden rein. Dies soll eine ewige Ordnung sein.«

»Wer hat das Kol Nidre bekommen?«, fragte Margo.

»Aflendari«, sagte die Frau, die neben ihr saß. »Für eintausend Lira.«

»Bei ihm sitzt das Geld wohl locker«, erwiderte Margo. »Zeigen Sie ihn mir, bitte.«

»Das ist er«, sagte die Frau. Doch von oben sahen alle Männer gleich aus, denn jeder hüllte sich in seinen Gebetsschal. »Der mit der goldenen Uhr.«

Nomi wollte wieder etwas fragen, aber Lila tippte ihr auf die Schulter, um ihr zu verstehen zu geben, dass es kein passender Augenblick war.

Alle standen jetzt und verstummten, als der Kantor das Kol Nidre vortrug, drei Mal hintereinander. Danach war die Gemeinde an der Reihe, drei Mal zu beten, um alle bösen Flüche zu brechen, damit das neue Jahr frei und unbeschwert beginnen konnte. Das Beten war der emotionale Höhepunkt des Gottesdienstes, und den beiden Freundinnen standen die Tränen in den Augen. Lila dachte daran, wie jung und hilfsbedürftig Margo noch immer war. Sie bedeutete Margo, die Augen zu schließen, dann nahm sie Margos Hand und ließ sie nicht mehr los, bis beide zu zittern anfingen. Lila, die ihren Schal über dem Gesicht trug, betete für zwei Wunder bis zum nächsten Jom Kippur: einen kleinen Sohn für Margo und einen erwachsenen Mann für sich selbst. Während alle anderen sich von ihren Übeln befreiten, beschwor Lila neue Übel herauf.

Draußen auf der Straße herrschte eine ehrfurchtsvolle Stimmung. Die Häuser waren schwach erleuchtet, und das einzige Geräusch waren die gedämpften Unterhaltungen der Menschen. Die Autos standen still, die Radios schwiegen. Die Leute schlenderten durch leere Straßen, und ihre weiße Kleidung bildete einen scharfen Kontrast zum schwarzen Asphalt. Man ging langsam, denn der Abend war noch lang, und das Fasten hatte begonnen. Ein Windstoß, der erste Vorbote des Herbstes, bauschte die Schals der Frauen.

»Dieser Feiertag dient dazu, sich selbst genau zu prüfen«, sagte Lila. »Was haben wir richtig gemacht, worin haben wir uns geirrt? Was für Menschen waren wir im abgelaufenen Jahr, und was für Menschen werden wir im neuen sein?«

Menasch, der normalerweise beim Gehen pfiff, strich

stumm über den samtenen Beutel, in dem er seinen Gebetsschal trug.

Margo sagte: »Es war ein verfluchtes Jahr, in dem nichts Gutes passiert ist.«

»Das Gute zögert vielleicht noch etwas«, erwiderte Lila, »aber es wird kommen.«

Margo zog ihren neuen Anzug aus und hängte ihn in den Schrank. Sie zupfte die Ärmel glatt und strich über die Aufschläge; Falten duldete sie nicht in ihrem Kleiderschrank. Da stand sie in ihrem perlmuttfarbenen Unterhemd und betrachtete sich selbst im Spiegel. Und sie sah einen wundervollen Körper, aus dem nur ein einziger neuer Körper hervorgegangen war – nicht das Kind, das sie sich so gewünscht hatte, kein süßes, goldiges Kind, nach dem alle verrückt waren und dessen Schönheit sie mit der seiner Mutter verglichen. Stattdessen hatte sie ein staksiges, strubbeliges Gör mit hängenden Schultern, das weder zum Klavierspielen noch zum Ballett taugte, schlecht in Mathematik und Physik war, zu viel Zeit allein mit Lesen verbrachte und nur seinen Vater liebte.

Die Föten, die sich während der vergangenen Jahre in ihrem Körper geformt hatten, hatten sich dort nicht festsetzen können. Sie waren abgestoßen worden. Oder vielleicht – aber das war eigentlich nicht denkbar – hatte sie selbst dafür gesorgt, dass sie abgingen? Ihr Gynäkologe, ein Mann, der in riesigen Schuhen herumlief, konnte keine medizinische Erklärung dafür finden. Er erklärte ihr, ihre Gebärmutter sei so schön rund wie ein Tennisball, und hob sie durch den Gebärmutterhals fassend an, damit Margo sie durch die Bauchdecke fühlen konnte.

Jeden Monat kam sie zur Untersuchung, denn sie musste unbedingt wissen, ob alles in Ordnung war mit ihr. Mit ihrer koketten Art war es ihr ein Leichtes, den Arzt als Verbündeten zu gewinnen. Er wollte ihr gerne dazu verhelfen, noch ein Baby zu bekommen. Doch Margo hatte auch gewisse Zweifel, was ihn betraf. Dieser Fruchtbarkeitsspezialist hatte mit seinen goldenen Händen immerhin schon Tausende gesunder, starker Babys auf die Welt geholt, Babys von Frauen, die weit weniger schön waren als sie. Warum also konnte sie, deren Schönheit Männer begeisterte und Frauen neidisch machte, keinen Sohn bekommen?

Sie brauchte ein Baby, einen Sohn, ein wohlgeformtes, properes Kind, das sie lieben konnte und von dem sie geliebt wurde, einen Sohn, für den sie alles war, der wichtigste Mensch auf der Welt. Er würde sie niemals enttäuschen so wie andere Männer sie enttäuscht hatten. Er würde ihr gleichen, er hätte die weiße Haut ihrer Familie, nicht den bronzenen Teint ihres Ehemannes. Er wäre schlau und gewitzt wie sie, würde ihr allein gehören und ganz von ihr abhängig sein.

Sie betrachtete sich im Profil und fuhr sich mit den Händen über Taille und Bauch. Diese Leibesfrucht war ihr Herzenswunsch, und genau so stark wie dieser Wunsch war auch das Gefühl, versagt zu haben, als Mensch und als Frau.

Lila hatte einmal anzudeuten gewagt, dass wiederholte Fehlgeburten vielleicht mit einem seelischen Ungleichgewicht in Zusammenhang standen.

»Was soll das heißen, seelisch?«, hatte Margo giftig entgegnet. »Willst du damit sagen, ich erleide eine Fehlgeburt, weil ich das so will? Du glaubst wirklich alles, was deine dummen Kundinnen dir erzählen. Diese Psychologinnen, die keine Ahnung vom Leben haben.«

Seelisch war Margo mit sich ganz und gar im Reinen. Da gab es keine Schwachstellen, keine Fehler. Im Gegenteil, sie war viel entschlossener als alle anderen Menschen, die sie kannte. Es gab so viele Frauen, die schwächer waren als sie, zögerliche Frauen, die Margo wegen dieser Schwäche verachtete. Nicht wie sie, die schnell Entschlüsse fasste und sie dann auch ausführte. Bei der Arbeit im Hotel zum Beispiel löste sie Probleme, die kein anderer lösen konnte, durch Schläue und Einfallsreichtum.

Und doch nagte Lilas Frage an ihr. Und als sie an jenem Jom Kippur vor dem Spiegel stand, schien plötzlich eine Antwort am Horizont aufzuziehen, so still und leise wie der Mond, der plötzlich hinter einer Wolke hervorkam. Sie, Margo, war perfekt in ihrer Weiblichkeit und Fruchtbarkeit. Ihre Konturen mussten das Vorbild für die Göttin der Schönheit gewesen sein.

Es war natürlich seine Schuld.

Wegen Menasch setzten sich ihre Babys nicht in ihrem perfekten Leib fest. Sie hatten ähnliche Charaktermängel wie er, sie waren lasche Nichtwesen, so kraftlos wie Eidotter. Als sie sich ein rosafarbenes Nachthemd überstreifte, kam sie zu dem Schluss, dass sie das Experiment durchaus wagen konnte, ohne dass jemand davon erfahren musste. Und wie bei jeder ihrer brillanten Ideen fragte sie sich bald, warum sie nicht schon viel früher darauf gekommen war.

Ihr Ehemann stand noch immer auf dem Balkon. Er lehnte sich über die Brüstung und betrachtete nachdenklich und in sich gekehrt, wie es der Feiertag gebot, die fastenden Passanten. Anstatt zu rauchen, blickte er sich aufmerksam um. Die umliegenden Wohnungen lagen im Dunkeln, in den Küchen war es still. Nur die Grillen und die Katzen sorgten für Hintergrundgeräusche.

Margo lag im Bett und schmiedete Pläne. Immer, wenn sie einen neuen Plan gefasst hatte, fühlte sie sich stark. Sie hatte ihr Schicksal selbst in die Hand genommen und würde es zum Guten wenden. Dabei verließ sie sich auf den einzigen Menschen, dem sie wirklich vertrauen konnte, den einzigen Menschen, der sie aus ihrer Not erretten konnte – auf sich selbst. Solange sie denken konnte, war es so gewesen, dass sie selbst aktiv werden musste, wenn sie sich etwas wünschte.

Aber warum in die Ferne schweifen? Sie hatte einen Entschluss gefasst: Der Vater ihres Kindes würde der Mann werden, der sie nach all den Jahren noch immer begehrte. Sehnsüchtig verfolgte er jeden ihrer Schritte, und wenn sie etwas sagte, hing er an ihren Lippen. Es würde nicht besonders schwierig werden, ihn zu verführen. Sie würde ganz langsam vorgehen und so geschickt, dass er sich nicht vorkam wie eine Figur in einem Schachspiel, ein Mittel zum Zweck. Ahnungslos würde er sie schwängern, während das Verlangen ihn blendete. Soll er doch einen Vorstoß wagen, dachte sie, schon leicht wütend auf ihn. Gerade erst hatte sie ihn für die Aufgabe ausgewählt, und schon wurde sie ungeduldig und sauer. Sollte er doch einen geeigneten Ort finden! Ein stiller Raum in einer Arztpraxis, ein Lagerraum in der Medikamentenfabrik, die Wohnung eines Freundes. Nicht im Auto und nicht im Wald, nicht in Eile und nicht dort, wo man sie erwischen konnte. Sie würde noch einige Monate abwarten und dann am richtigen Tag ihres Zyklus zuschlagen, damit wäre eine Schwangerschaft gesichert.

Und mit einem Schlag würde sie unter Morgenübelkeit und Schwindelgefühlen leiden. Um es diesen eifersüchtigen, bösen Weibern zu zeigen, würde sie furchtbar dick werden und sich Umstandskleider schneidern. Sie würde das Baby in ihrem Leib festhalten, und es würde erst nach neun Monaten geboren werden, rundlich und gesund. Sie würde niemanden in seine Nähe lassen. Er würde ihr allein gehören, die Frucht ihres genialen Plans, ein kleiner, potenter Mann. Sie würde keine Mühe haben, das geheim zu halten, was niemanden etwas anging, und endlich würde sie für all das entschädigt, was ihre Eltern und ihr Mann und das Leben ihr bis dahin vorenthalten hatten.

»Schläfst du schon?«, fragte ihr Mann betrübt.

Sie war geübt im Täuschen und atmete wie eine Schlafende. Geduldig wartete sie, dass er einschlief, damit sie weiter an ihrem Plan basteln konnte. Aber er schlief nicht ein.

Margo vermutete, es lag daran, dass er an Jom Kippur nicht rauchen durfte. Sein Körper verlangte nach der

Dosis Nikotin, die er jeden Abend bekam. Er wälzte sich so heftig im Bett herum, dass sie sich gestört fühlte. Sie beobachtete jede seiner Bewegungen, bemerkte seine Unruhe, die oft bedeutete, dass er sich nach etwas sehnte, was sie nicht wollte. Jetzt spannte sie die Muskeln an und fürchtete, er könnte eine Hand hinüberwandern lassen, dann einen seiner schrundigen Füße, und dann würde er sich mit dem ganzen Körper an ihren Rücken pressen, während sie versuchte, ihn abzuschütteln. Er hustete dann meist, und sein Husten machte sie nervös. Der Kampf zwischen ihnen beiden würde unter der Decke weitergehen, der Kampf um Nähe und Berührung und Leidenschaft.

Manchmal war es schwierig, ihn abzuweisen, aber an diesem Abend flüsterte Margo ihm zu, an Jom Kippur sei kein Geschlechtsverkehr erlaubt. Als wären sie eine streng religiöse Familie! Er gab nach und drehte sich weg von ihr. Mit dem Gefühl der Zurückweisung dämmerte er in den Schlaf hinüber. In wenigen Minuten würde sie das verhasste Geräusch hören, sein sägeartiges Schnarchen, und würde versucht sein, ihn zu schütteln. Wenn sie ihn weckte, bestand die Gefahr, dass er es von Neuem versuchte, und wenn sie ihn schnarchen ließ, brachte sie nicht die nötige Konzentration für den genialen Plan auf, den sie vor dem Spiegel entwickelt hatte.

Um ihre Chancen auf eine Schwangerschaft zu erhöhen, durfte sie sich nicht mit gewöhnlichem Sex zufriedengeben. Sie würde geheime Treffen arrangieren und dafür sorgen, dass er für sie entflammte. Er musste förmlich in ihr explodieren und sie auf Anhieb schwängern. Zunächst musste sie ihn natürlich ordentlich anheizen und ihn dann völlig von sich abhängig machen, damit die Vereinigung perfekt wurde. Immer wieder würde Mano ihr seine wunderbaren Gene schenken. Und das war doch etwas Gutes, denn wenn er sie ihr nicht schenkte, würden sie einfach verschwendet werden.

2006

Der Bäcker schaute sie an, eine offene Papiertüte und eine Zange in der Hand. Er blieb geduldig, obwohl sie sich mit der Wahl so schwertat. Nomi deutete auf ein Tablett mit luftigen Pistazientörtchen und sagte: »Noch zwei von diesen, bitte, und noch welche von den Mandelblätter- und Grießküchlein.«

»Sonst noch etwas?«

»Ja.« Nomi konnte sich immer nur schwer von den Auslagen mit Gebäck losreißen. »Ein Stück hiervon.«

»Die *Tarte tropezienne* geht heute aufs Haus. Ein kleines Geschenk von mir«, sagte der Bäcker und legte ein Stück in eine Pappschachtel.

»Herr Riani ist in ein anderes Zimmer verlegt worden«, sagten die Schwestern ungefragt, als sie vorbeikam. Ein Zimmer mit Balkon war freigeworden, und sein Zimmergenosse Herschlag hatte das Krankenhaus verlassen, ohne jemandem Bescheid zu sagen, Rucksack und Stock in den Händen, so wie er es angekündigt hatte.

Nomi hoffte, Elias auf dem Balkon anzutreffen, aber er lag im Bett, die Augen geschlossen. Nomi beugte sich zu ihm hinunter und küsste ihn auf die Wange. »Wenn das so weitergeht, wohnst du bald im Penthouse«, scherzte sie. »Wie geht es dir heute?«

»Nicht so gut«, erwiderte er.

»Fühlst du dich schwach? Müde? Deprimiert? Hast du Schmerzen?«

Er schüttelte den Kopf: Alle Fragen zurückgewiesen. »Niedergeschlagen.«

»Sollen wir einen Tee trinken?« Sie holte die Thermoskanne hervor, die immer gefüllt zu sein schien.

Er erkundigte sich, was sie in der Tasche habe. Das nahm sie als ein gutes Zeichen. Sie wusste, dass apathische Säuglinge nicht auf Reize reagierten. Und sie hoffte, er würde zu Kräften kommen, wenn er etwas Süßes zu sich nahm. Er probierte von jeder Sorte Gebäck und versprach ihr, den Rest später zu essen.

»Erzähl mir etwas Schönes«, bat er, als wäre sie aus einer anderen Welt zu ihm gekommen.

»Draußen blühen die Mandelbäume«, sagte sie zögerlich. »In Rosa und Weiß. In der Negev-Wüste hat es geregnet, das ist gut für die Trauben und Oliven dort. Ich habe mir einen neuen Mantel aus Kunstleder gekauft. Das ist ein neues Material, das genau wie Leder aussieht.« Sie stand auf und führte ihm das Kleidungsstück vor.

»Das ist ein schöner Mantel«, sagte er. »Olivgrün steht dir.«

»Soll ich weitererzählen?«

»Natürlich.«

»Ich habe ein gutes Zuhause für ein Baby gefunden, ich hoffe, das allerbeste. Es ist ein äthiopischer Junge. Für solche Kinder eine Familie zu finden, ist oft schwierig, denn die Israelis wollen solche Babys nicht. Sie bevorzugen hellhäutige russische Kinder.«

»Und wie hast du es bei diesem Kind geschafft?«, wollte Elias wissen.

»Ich habe ein Paar gefunden, das in einem Moschaw lebt. Er ist Landwirt und sie Reitlehrerin. Ich konnte gleich sagen, dass sie geeignet sind, noch bevor wir die Testergebnisse hatten. Vielleicht ist das einfach meine Intuition. Die beiden sind Leute mit gewissen Werten, und sie leben harmonisch auf dem Land. Bevor sie zu mir ins Büro kamen, habe ich dafür gesorgt, dass das äthiopische Kind hereingebracht wird, scheinbar zufällig. Ich hielt es in den Armen, als sie mir erzählten, dass sie auf ein Mädchen aus Litauen hofften. Aber der kleine Junge hat wohl irgendwie verstanden, dass es hier um seine Zukunft ging. Er hat gelächelt und war ganz entzückend. Die Frau hat mit ihm gespielt, aber ich wollte es ihnen nicht zu einfach machen und ließ den Kleinen wieder abholen. Eine Woche später hat die Frau angerufen und gefragt, ob wir inzwischen ein Zuhause für ihn gefunden hätten. Sie und ihr Mann sind Menschen, die damit umgehen können, wenn die Leute dumm fragen, warum er schwarz ist und sie weiß sind. Ich erzähle dir das alles, obwohl ich es eigentlich nicht darf, aber ich weiß, dass dich das glücklich macht.«

»Dann verrate mir am besten keine Namen«, sagte er und wollte noch mehr hören.

»Nächste Woche werde ich den Kleinen im Moschaw besuchen, und in den kommenden Monaten werde ich einmal in der Woche dort vorbeischauen«, sagte sie. »Hm, was kann ich dir noch erzählen? Ach ja, mein Ex hat gerade eine kleine Tochter bekommen. Sein drittes Kind, seit wir uns getrennt haben.«

»Macht dich das froh?«, fragte Elias so zögerlich, als bremste er vor einer scharfen Kurve. »Oder eher nicht?«

»Es verwirrt mich«, antwortete sie und seufzte. »Manchmal denke ich daran, dass ich keine Kinder wollte, als ich mit ihm zusammen war. Nicht mit ihm und nicht mit einem anderen.«

»Wünsch ihm aus tiefstem Herzen alles Gute«, riet Elias ihr. »Das wird dich befreien.«

Ein paar Augenblicke war es still. Dann fragte er: »Hast du darüber nachgedacht, was ich neulich zu dir gesagt habe?«

Sie spürte, wie die Enttäuschung in ihr aufstieg. Ihre Laune verschlechterte sich zusehends.

»Diese Krankheit, an der ich leide«, begann Elias, »die habe ich nur, weil ich sie so vermisse. Wenn ich dir doch nur begreiflich machen könnte, wie sich eine solche Liebe anfühlt. Viele Menschen suchen ihr ganzes Leben lang danach, sie jagen jedem Versprechen von Liebe nach, während Lila und ich diese Liebe tatsächlich hatten. Sie war großartig und echt. Und wir haben das Schicksal nicht einmal darum bitten müssen. Wir besaßen diese Liebe vom Tag unseres Kennenlernens bis heute.«

Nomi schwor sich, dass sie kein Wort sagen würde.

»Ihr jungen Leute versteht nicht, wovon ich rede«, klagte er, als spräche er zu einer ganzen Gruppe. »Zuerst war das Begehren, der Wunsch, immer in ihrer Nähe zu sein. Dieser Wunsch wurde immer stärker, und mit ihm kam das Wissen: Das ist es. Es ist ein Teil von uns. Es ist gekommen und geht nicht mehr, es ist da und bleibt da.«

Jetzt sprach er, als wäre Lila mit ihnen im Zimmer. »Ich betrachte meine Lila, während wir roten Reis essen und seinen köstlichen Geschmack genießen. Sie ist die schönste Frau von allen, aber es ist nicht nur ihr Gesicht. Es ist alles, was passiert, wenn ich mit ihr zusammen bin. Ich vergesse meinen Namen, ich vergesse, dass ich Kinder habe. Ich lache laut, tief aus dem Bauch heraus. Mit ihr bin ich jung, männlich und voller Kraft und Dankbarkeit. Ich vermisse unsere alltäglichen Momente. Sie geht Milch kaufen, und ich warte darauf, dass sie wieder zurückkommt, weil es mir so vorkommt, dass sie schon ziemlich lang weg ist. Sie ist in der Küche, und ich folge ihr dorthin, nur um ihren Nacken zu betrachten. Sie spürt, dass ich hinter ihr stehe. Ich umarme sie von hinten und drehe sie behutsam zu mir um. Ich tanze mit ihr, während ihr noch Pfefferminzblätter an den Fingern kleben. Mit ihr bin ich der beste Tänzer der Welt, unsere Herzen schlagen im Gleichtakt. In der winzigen Küche kochen wir zusammen wie ein Koch mit vier Armen. Wir schauen uns einen Film an und erschrecken in derselben Zehntelsekunde. Wir fahren im Auto durch die Gegend und bemerken dieselben kleinen Dinge am Straßenrand. Mit ihr sehe ich auch das Unsichtbare, nicht nur das Sichtbare. Nur dadurch, dass sie bei mir ist. Wir sind eins, ein einziges Geschöpf. Wir brauchen keine Nahrung. Zusammen sind wir perfekt und vollständig, nicht im Sinne von makellos, sondern eher wie ein alter Baum, der schon immer da gewesen ist. Die Menschen reden so oft vom Glück. Wir haben es gehabt.«

Elias versuchte, sich aufzusetzen, und Nomi erhob sich, um ihm das Kissen aufzuschütteln. »Du könntest jetzt einwenden, dass mein Gedächtnis mir Streiche spielt«, sagte er. »Aber ich bin sicher, dass unsere Hauttöne sich mit der Zeit einander angepasst haben, genau wie der Geruch unserer Haut. Sie las aus der Bibel vor, und ich hörte ihr dabei zu. Ihre Stimme klang wie etwas, was ich vor langer Zeit kannte. Wenn ich mit ihr zusammen war, verlor ich mein Zeitgefühl. Wenn es mir schlecht ging, wartete ich auf sie, um wieder gesund zu werden, auf den Tee, den sie mir machte, auf die Berührung ihrer Hand. Dann blühte ich auf. Wenn beide Partner geben, gibt es keine Grenzen der Beziehung. Sie wird zu einem religiösen Erlebnis, zur Erbauung der Seele. Und weil wir ein Körper waren, konnte niemand uns etwas antun.«

Er schwieg einen Augenblick lang und wirkte nachdenklich. »Wir haben darüber gesprochen, von hier fortzugehen, aber nur gemeinsam. Und plötzlich wurde sie mir genommen, wurde herausgerissen wie ein Blatt aus einem Notizblock, und das verbliebene Blatt hatte keinen Halt mehr. Hier bin ich also, nur noch halb lebendig. Die andere Hälfte ist tot. Die Ärzte untersuchen mich und verstehen nicht, wo meine Schmerzen herkommen.«

Elias hatte seine Argumente vorgebracht, und es wurde still im Zimmer. Nomi rührte sich nicht. Sie war sein Publikum, und sie war ganz Ohr.

»Jetzt geh, damit du wiederkommen kannst«, bat er.

Sie umarmte ihn.

An einer sonnigen Straßenecke bestellte sie bei einem Imbissstand ein Hühnchensandwich mit Salat, Senf, Tomate und Avocado, dazu einen Cappuccino mit viel Schaum, den sie in sich hineinlöffelte. Auf einem abgegessenen Teller pickten einige Vögel die letzten Krümel der Pommes frites auf, und ein besonders mutiges Exemplar stahl eine Tüte mit Zucker und brachte sie zum Nest, um dort ein Festmahl zu feiern. Nomi saß da und dachte an Elias. Wenn er diesen Wunsch hatte, sollte es vielleicht so geschehen. Wenn er sich wünschte, wieder mit Lila vereinigt zu sein, warum sollte man ihn dann festhalten?

Sie wusste, dass er einen Sohn in Riad hatte. Dieser Sohn hatte ihm erst vor Kurzem einen Brief geschrieben, in dem er von dem neuen Straßensystem berichtete, das er geplant hatte. Der Aufbau dieses Straßennetzes war so komplex wie ein menschliches Herz und löste die Verkehrsprobleme der Innenstadt auf elegante Weise. Elias' Sohn schrieb, dass die Ampelschaltungen so geschickt programmiert wurden, dass es praktisch keinen Stau mehr gab, und von seinem Bürocomputer aus konnte er alles steuern. Jeden Monat schickte er seinem Vater eine großzügige Geldsumme. Elias wollte ihn nicht mehr besuchen, vielleicht war er dazu auch nicht mehr in der Lage. Aber könnte dieser Sohn nicht einen letzten Besuch bei seinem Vater machen und ihm dabei seinen letzten Wunsch erfüllen?

»Ich glaube nicht, dass ich meinen Sohn um so etwas bitten kann«, sagte Elias. »Es muss jemand sein, der mich versteht. Wie du.«

Zum Dessert aß sie einen Schokoriegel mit Mandeln und Rosinen.

1967

Rabbi Reis blätterte mit einem angefeuchteten Finger im Gebetbuch. Während er die heiligen Worte murmelte, wippte sein Kopf auf und ab. Er war so versunken, dass er gar nicht mitbekam, was um ihn herum geschah. Der Krieg mochte die Stadt bedrohen, aber der Rabbi lebte in seiner eigenen Welt. Neben ihm saß seine Frau; sie trug eine kurze Perücke und einen strengen, geknöpften Rock. Nomi bemerkte, dass sie Kekse in ihrer Handtasche versteckt hatte, die sie einen nach dem anderen herausfischte und im Ganzen in den Mund steckte.

Herr Handler, der Witwer, um dessen Kleidung sich niemand mehr kümmerte, saß in einer muffigen Ecke. Er nickte ständig ein und wachte wieder auf, und gleichzeitig hing er wie festgeklebt an seinem Transistorradio. »Dieser Mann ist so ein Geizkragen«, klagte Margo. »Nicht mal das Radio kann er mit jemandem teilen, als hätte er Angst, dass man ihm die Nachrichten stiehlt.«

Nomi gab sich alle Mühe, ihn nicht anzusehen, aber irgendwie übten die weißen Schuppen auf seinen schwarzen Schultern große Faszination auf sie aus. Sie wollte nur noch warten, bis eine weitere herabfiel, dann würde sie wieder wegschauen.

Es war heiß und drückend ohne ein offenes Fenster oder einen Ventilator, ohne Strom und frische Luft. Sie schmorten in den Körpergerüchen ihrer Sitznachbarn vor sich hin; Menschen, die sich vom Sehen kannten, die aber fremde Gerüche verströmten. Nomi versuchte, die Essensdüfte aus ihrem Haus zu erschnuppern, wo es immer nach schwerer europäischer Küche aus kälteren Klimazonen roch. Ihre Eltern waren die jüngsten Mieter im Haus und die Einzigen, die kleine Kinder hatten. Das bedeutete auch, dass der meiste Lärm aus ihrer Wohnung kam. Jetzt hatten die Nachbarn, die deswegen oft wütend waren, Gelegenheit, die Verursacher des Krachs aus der Nähe zu betrachten.

Gelegentlich öffnete jemand die schwere Holztür des Schutzraums, aber selbst dann unterbrach der Rabbi seine Studien und Gebete nicht, er blickte nicht einmal auf. Jahrelang hatte der Gemüsehändler an der Ecke den Schutzraum des Hauses als Warenlager benutzt – bis die Stadt unter Beschuss geriet. Weil alles so plötzlich geschehen war, hatte er keine Zeit gehabt, seine Waren vollständig auszuräumen, und darum waren sie jetzt umgeben von Dosen voll mit eingelegtem Gemüse und Oliven, Fässern mit marinierten Heringen und Gläsern mit Saftkonzentrat. Der Geruch von Moder und Schimmel waberte durch den Raum, denn etwas von der Einlegeflüssigkeit war ausgelaufen. Der Raum war so klein, dass gerade einmal zwölf Stühle hineinpassten. Wenn noch jemand kam, musste er stehen oder auf dem staubigen Zementboden sitzen, den Lila schrecklich schmutzig fand. Sie hielt ihn für gefährlicher als die Bomben, die draußen fielen.

»Margo«, sagte Lila, »wie sollen wir es bloß länger in diesem Dreck aushalten? Das Zeug stammt ja noch aus der Mandatszeit.«

Das Baby schlief in Lilas Armen. Das pausbäckige Kind hatte den Mund weit geöffnet, als wollte es nach Luft schnappen. Seine Haut war blass, beinahe transparent. Nomi konnte die Adern in seinen Augenlidern sehen und fand, sie sahen aus wie ein Fluss auf einer Landkarte, der sich durch eine Hügellandschaft grub. Margo nannte ihr Kind noch immer »das Baby«, obwohl es schon fast zwei Jahre alt war.

»Pssst«, zischte Margo, »du weckst noch das Baby, und dann kriegt es einen Asthmaanfall. Wir putzen den ekelhaften Dreck weg, wenn alles vorbei ist. Bis dahin müssen wir uns damit abfinden.«

Margo sah erschöpft aus, mit müden Augen und schweren Lidern. Es war Juni, und sie war in einem stickigen Schutzraum eingeschlossen, am Leib ein Sommerkleid, das vom vielen Sitzen ganz zerknittert war. Im Kopf erstellte sie eine Liste der Dinge, die sie gemacht hätte, wäre sie nicht im Keller eingesperrt: grüne Bohnen, Reis, Brathühnchen, Lauchküchlein, einen Käsekuchen, Nusskipferl, zwei Ladungen Wäsche, den Wohnungsputz.

Ein Mann in Uniform betrat den Schutzraum und wartete, während sich seine Augen an die Dunkelheit gewöhnten. Zuerst erkannte Nomi ihn nicht, aber dann breitete sich ein Lächeln auf ihrem Gesicht aus, und sie rannte zu ihm. Sie hatte ihren Vater noch nie in Uniform gesehen. Er nahm sie hoch und umarmte sie, hielt ihr kleines Gesicht an sein gebräuntes. Nach einem Augenblick, der für Nomi viel zu kurz war, stellte er sie wieder auf den Boden und ging zu den beiden Frauen.

»Wie geht es dem Baby?«, fragte er.

»Es ist gerade eingeschlafen«, sagte Margo. »Es hat uns ganz wahnsinnig gemacht mit seinem Gekeuche.«

Menasch sagte: »In der Stadt regnet es Bomben. So was habe ich noch nie erlebt. Die Straßen sind leer gefegt, alle sitzen in den Schutzräumen. Gerade ist es ausnahmsweise mal ruhig.«

»Hast du uns etwas zu essen mitgebracht?«, fragte Margo.

»Ja«, sagte er. Er ging zur Treppe und holte einen Beutel, in dem sich eine Flasche Milch, ein Glas Schokoladenaufstrich, Zuckerwürfel und ein Laib Weißbrot befanden.

»Das ist alles?«, fragte Margo.

»Das ist alles, was ich bekommen konnte«, erwiderte er. »Die Läden sind geschlossen, und nicht mal Hunde laufen draußen herum. Ich muss zurück zu meiner Einheit. Ich bringe euch mehr Essen, sobald ich kann.«

»Ich bin sicher, für sich selbst hat er Zigaretten aufgetrieben«, giftete Margo.

Menasch war ihre Verbindung zur Außenwelt. Nomi fand, er sah anders aus als sonst: glücklicher, freier. Onkel Mano sagte über ihn, er sei verrückt nach dem Krieg. »Dein Vater funktioniert am besten, wenn die Kugeln fliegen, wenn Belagerungszustand herrscht, wenn ein Konvoi oder eine andere gefährliche Mission bevorsteht.«

Menasch wollte schnell wieder aufbrechen, aber Lila hielt ihn mit einem flehenden Blick fest. Wenn er ihr doch nur berichten könnte, was draußen passierte! Ob wirklich alles wahr war, was aus dem Transistorradio des Witwers kam? Aber was könnte sie schon tun, handlungsunfähig und in ein Loch gesperrt, zusammen mit einem ungarischen Rabbi, einem radiosüchtigen Witwer, einer tschechischen Kosmetikerin und ihrem ungetreuen Ehemann, einem deutschstämmigen Ingenieur und seiner stummen Frau? Nur wenige Kilometer von diesem Schutzraum entfernt wütete der Krieg, und niemand wusste, wer gewann und wer verlor, wessen Zuhause zerstört wurde und wer seine Kinder begraben musste. Sie hatte schreckliche Angst um die israelischen Soldaten, aber auch um den Mann, der vor vielen Jahren spurlos aus ihrem Leben verschwunden war.

Das Flehen in ihren Augen rührte Menasch. Sein kleiner Sohn schlief in ihren Armen, und ihre Miene schien auszudrücken: *Du weißt, ich habe dich noch niemals um etwas gebeten.* Sie brachte ihn zur Tür und flüsterte nur vier Worte: *Familie Riani, Scheich Dscharrah.*

»Ich werde mich darum kümmern«, sagte Menasch.

Lila dankte ihm mit einem Zwinkern. Der ganze Dialog fand so diskret statt, dass Margo überhaupt nicht merkte, dass ihre Freundin ihrem Mann einen Teil ihres Geheimnisses offenbarte. Margo küsste ihn nicht zum Abschied, obwohl er wieder in den Krieg hinaus musste, aber sie hatte ihn ja auch nicht begrüßt, als er gekommen war.

Nomi drückte sich an ihn, als er den Schutzraum verließ. Am liebsten wäre sie mit ihm gegangen. Sie wäre ihm auch bestimmt nicht zur Last gefallen. »Nein, meine

Süße«, sagte er und beugte sich zu ihr hinunter. »Da draußen ist es gefährlich. Hier drin bist du sicher. Mama und Lila werden dich beschützen.« Nomi ließ ihn los. Sein leicht säuerlicher Geruch, der sie an aufgequollene Kichererbsen erinnerte, blieb bei ihr. Wie alle anderen hatte auch er seit einigen Tagen, seit seiner Einberufung, nicht mehr duschen können.

Das Baby wachte auf und gab einige bezaubernde Nieser von sich. Margo, ganz die besorgte Mutter, füllte sein Fläschchen mit frischer Milch, fügte einige Würfel Zucker hinzu und flößte dem Baby die Flüssigkeit ein. Der Kleine schüttelte das Fläschchen und lachte, weil die Zuckerwürfel so lustig gegen die Wände schlugen. Dann gab ihm Margo eine Scheibe Brot, die er bis zum letzten Krümel vertilgte, und nun saß er auf dem Schoß seiner Mutter, satt und gelangweilt. Lila klappte ihren Fächer auf und wedelte sich, Margo und dem Kind kühlere Luft zu.

Lila unterschied sich sehr von den anderen Insassen des Schutzraums. Sie sah aus wie eine italienische Gräfin, die es in eine Ruine verschlagen hatte. Allerdings unterließ sie es, ihren Lippenstift aufzufrischen. Sie nahm ihre Kette mit den roten Perlen ab und gab sie dem Kind zum Spielen. Es funktionierte: Der Kleine schob ganz ruhig die Perlen hin und her und kaute auf ihnen herum, sodass sie vor Spucke glänzten. Margo war das peinlich, aber Lila sagte nur: »Das ist die reinste Spucke der Welt. Ich habe vor dem heiligen Schrein zu Gott gebetet, dass er dir dieses Baby schenkt.«

Lila lenkte das Baby ab, indem sie ihm eine Geschichte

erzählte und dabei seine kleinen Hände mitspielen ließ. Als die Geschichte zu Ende war, bekam Nomi endlich drei Scheiben Brot mit Schokoladenaufstrich und etwas Milch. Es kam ihr vor, als wäre es draußen bereits dunkel geworden. Ihr Magen hatte ihr schon länger Hungersignale gesandt – zuerst ganz dezent, dann sehr heftig und alle paar Minuten. Lila bemerkte, dass Nomi wohl eine sehr genaue innere Uhr besitzen müsse: »Wenn sie um sechs noch nichts gegessen hat, rebelliert ihr Magen.« Sie massierte Nomi den Bauch. Der Witwer spielte mit der Radioantenne herum, aber die Batterien waren fast leer. Lila sagte: »Ich gehe hinauf in eure Wohnung, um mir die Hände und das Gesicht zu waschen, dann kann ich Nomi noch mehr zu essen holen.«

»Auf keinen Fall«, widersprach Margo. »Das ist zu gefährlich.«

»Hier werde ich verrückt. Außerdem muss ich auf die Toilette. In fünf Minuten bin ich zurück. Was hast du im Vorratsschrank?«, fragte Lila.

Nomi setzte sich auf und rief: »Wir haben noch Dosenravioli, die muss man nicht mal warm machen, nur den Deckel öffnen.«

»Ich bin gleich zurück«, verkündete Lila.

Nomi stand auf. »Ich komme mit. Ich muss auch aufs Klo, mir tut schon der Bauch weh.«

Einen Moment lang wirkte Margo wie jemand, der keine Entscheidungen mehr treffen konnte. Sie sah von einer zur anderen und sagte: »Na gut. Aber beeilt euch. Lila, pass gut auf sie auf. Lass sie nicht den ganzen Schrank leer essen.«

Die Nachbarn sahen ihnen nach, als sie den Schutzraum verließen. Von ihnen wagte keiner, den sicheren Keller aufzugeben. Wenn sie auf die Toilette mussten, gingen sie in die Wohnung des Rabbis im Erdgeschoss. Lila packte Nomi fest an der Hand, um zu zeigen, dass sie das Mädchen beschützen würde. Das Baby verstand sofort, dass es von Lila alleingelassen wurde, und begann zu weinen, aber Lila und Nomi gingen unbeirrt hinaus.

Sie wurden empfangen vom Tageslicht, der blütenschweren Juniluft, dem blauen Abend und der Leere auf der Straße. Nomi blieb ganz dicht bei Lila, obwohl sie versucht war, noch zwei, drei Schritte weiter auf die Straße zu treten. Auch Lila zögerte einen Moment, trieb Nomi dann aber die Treppe hinauf. Sie liefen schnell, rannten beinahe nach oben. Lila genoss das Gefühl, dass ihr Körper ihr gehorchte, dass ihre Beine so leicht waren. Vergeblich versuchte sie, das Schloss der Wohnung zu öffnen; Nomi musste ihr helfen. Endlich sprang die Tür auf.

Nomi hatte das Gefühl, seit Jahren nicht mehr zu Hause gewesen zu sein. Lila sagte: »Geh du zuerst aufs Klo, ich gehe nach dir. Und beeil dich.« Unterdessen betrat sie die Küche, füllte den Wasserkessel und zündete die Flamme am Herd an. Im Schrank fand sie einige Dosen mit Ravioli und Bohnen in Soße. Dann war sie an der Reihe, auf die Toilette zu gehen. Sie fragte Nomi: »Hast du dir auch gut die Hände gewaschen?«

Nomi konnte nicht mehr antworten, denn ein lautes Pfeifen zerriss die Stille. Eine Bombe fiel, und dann noch eine. Zum ersten Mal war ihnen der Krieg ganz nah. Lila kam aus der Toilette gelaufen. Nomi hatte sich auf den

Boden gelegt. Sie blickte ernst drein, fast als wartete sie auf eine Erklärung. »Um Himmels willen!«, rief Lila und legte sich neben sie. »Hast du Angst?«

»Ein bisschen.« Nomi legte ihre Wange auf die kühlen Fliesen. Es wurde wieder still.

Lila trat ans Fenster, um sich den Krieg von oben anzusehen. Durch das braune Papier, das vor dem Fenster hing, sah die Straße verlassen, aber unzerstört aus. Die Bomben mussten anderswo eingeschlagen sein. Sie half Nomi beim Aufstehen. »Hast du immer noch Hunger?«, fragte sie.

»Wie ein Wolf.«

Lila stellte die Konserven in den Topf mit kochendem Wasser. Dann machte sie zwei Tassen Instantkaffee mit Milch, stellte sie auf ein Tablett und legte noch ein paar Kekse dazu. Ihre Hände bewegten sich unerhört schnell, angetrieben von dem blanken Wunsch, zu überleben. Daneben rührte sie den süßen Brei für das Baby an.

Dann ging sie ins Wohnzimmer und schaltete das Radio an. Es dauerte einen Moment, bevor die Stimme des Radiosprechers das Zimmer erfüllte. Der Empfang war allerdings nicht besonders gut. »Fallschirmjäger … schwere Gefechte an den Stadttoren … unsere tapferen Truppen … neue Kämpfe an der syrischen Front …« Lila saß wie angewurzelt auf dem Sofa.

»Der Brei ist beinahe übergekocht«, rief Nomi aus der Küche. »Ich habe das Gas ausgestellt.«

Lila wirkte plötzlich erschöpft, blass, ohnmächtig. Sie bewegte sich nur langsam. Nomi löffelte den Brei in eine Schüssel, so wie sie es schon Dutzende Male für ihren kleinen Bruder getan hatte. Sonst fügte sie manchmal noch Kokosmilch oder Sahne hinzu, aber jetzt mussten sie sich beeilen. Sie waren schon viel länger in der Wohnung, als sie versprochen hatten. Bevor sie aufbrachen, sagte Nomi noch zu Lila: »Wasch dir das Gesicht mit kaltem Wasser.« Als Lila vom Waschbecken aufsah, hatten ihre Lippen wieder Farbe bekommen. Sie gingen die Treppe hinunter. Lila trug das Tablett, und Nomi hielt den Atlas umklammert, den sie immer bei sich hatte, außerdem ein Spielzeugauto für das Baby und – daran hatte sie im letzten Moment noch gedacht – seine Patchworkdecke, ohne die es nicht einschlafen wollte.

So sehr befreiend der Übergang vom Dunkel ins Licht gewesen war, so belastend wirkte jetzt der Rückweg in die stickige, dunkle Enge. Nomi begriff, dass es eine Nachricht aus dem Radio sein musste, die Lila so zugesetzt hatte, genau in dem Moment, als sie selbst nicht im Zimmer gewesen war. Jetzt war es schon fast Nacht, und im Treppenhaus herrschte beklemmende Stimmung. Bald würde die Stadt ganz im Dunkeln liegen, und weil Krieg war, würde man alle Lampen löschen, bis es wirklich stockfinster war. Nomi hielt sich am Geländer fest, um nicht zu stürzen, und Lila ging ganz langsam, beide Hände am Tablett. »Wir erzählen den anderen nichts von dem Lärm, den wir gehört haben«, schlug Lila vor, und Nomi nickte zustimmend.

Als sie vor der Kellertür standen, atmete Lila tief ein und riet Nomi, ebenfalls noch einmal frische Luft zu schnappen. Dann stiegen sie in die Tiefe hinab und orientierten sich dabei am Licht der Taschenlampen, das aus dem Schutzraum kam. Das Baby freute sich, sie wiederzusehen. »Weil ihr ihm das Auto mitgebracht habt, will er jetzt den Brei nicht essen, solange er noch warm ist«, klagte Margo. Lila zog ein Gesicht und entgegnete: »Keine Sorge, er wird noch früh genug essen.«

Der Sohn des Witwers brachte Batterien für das Transistorradio, und der alte Mann hielt weiter sein Ohr an die kleinen Löcher des Lautsprechers, sodass niemand außer ihm ein Wort verstehen konnte. Der Krieg hatte sich jetzt auf mehrere Fronten ausgedehnt. Noch mehr Reserveeinheiten waren in Alarmbereitschaft versetzt, Panzer und Flugzeuge aufgeboten worden. Auch die Bürger weiter im Norden und sogar die Bewohner der Negev-Wüste hatten sich mittlerweile in Schutzräumen verschanzt. Während der vergangenen vierundzwanzig Stunden waren Tausende von Bomben auf Jerusalem niedergegangen. Der Radiosprecher rief die Codenamen der mobilisierten Einheiten aus: Scheinwerfer und Kristall und Offenes Fenster und Torero und Goldpapier und Tiefe Wurzeln. Das klang gleichzeitig mysteriös und lustig.

Doch auch die Radiosendungen, die immer wieder unterbrochen waren, konnten den Menschen in den Schutzräumen kein vollständiges Bild von den Geschehnissen außerhalb vermitteln, das wusste Lila genau. Die Stimme des Donners aus Kairo, die Stimme Israels, Radio Damaskus, Radio Amman – sie alle lieferten widersprüchliche Informationen und trugen nicht sonderlich zur Aufklärung bei. Die Wahrheit spielte sich derweil ganz in der Nähe des Schutzraums ab.

Lila spürte die Hilflosigkeit der Menschen an der Heimatfront; sie waren die Letzten, die etwas erfuhren, diejenigen, die in der Dunkelheit und Enge ausharren mussten, diejenigen, die nur Gerüchte zu hören bekamen. Informationen waren kostbarer als jede andere Ware, die man kaufen oder tauschen konnte. Die stillen, gehorsamen Menschen überlebten in der verdunkelten Stadt, indem sie sich auf ihre besondere Aufgabe konzentrierten, nämlich die Moral der Bevölkerung zu erhalten. Wäre Lila allein dafür zuständig gewesen, hätte sie diese Verantwortung allerdings zurückgewiesen und sich eisern an die Wahrheit gehalten.

Nur Menasch konnte sie erlösen. Von allen Menschen, die sie kannte, hatte nur er die Möglichkeit, durch die zerstörten Straßen der Stadt zu fahren. Er hatte die Aufgabe, den Transportweg zwischen dem Bunker und der Operationszentrale, zwischen den Munitionslagern und den Essensausgabestellen aufrechtzuerhalten. Er fuhr immer dieselben Wege ab, mit der Zigarette im Mund, den Ellenbogen auf den Fensterrahmen gestützt, so selbstzufrieden und furchtlos wie ein Cowboy im Wilden Westen. Nur er konnte ihr sagen, wie es dem Ostteil der Stadt und seinen arabischen Bewohnern ging. Aber an jenem Abend kam er nicht zurück, und auch nicht am nächsten Abend. Das Leben im Schutzraum wurde mehr und mehr zur Routine, als wäre es schon immer so gewesen, als hätten die Insassen schon immer zusammengewohnt: die Deutschen, die Ungarn, die Tschechen, die Alten, die beiden Frauen, die beiden Kinder.

Am Abend, als alle auf ihren Stühlen dösten, kam der groß gewachsene Sohn des deutschen Ehepaares und brachte eine Sonderausgabe der Zeitung: Die israelische Armee hatte die Altstadt von Jerusalem erobert. Die israelische Fahne wehte über dem Tempelberg, die Soldaten weinten vor Freude. Aber die jordanischen Scharfschützen feuerten weiter. Der junge Mann ließ die Zeitung im Schutzraum zurück und verließ ihn eilig wieder.

Nur Lila war hellwach, so aufmerksam wie ein Wachmann im Dienst. Sie schlief niemals im Bus oder im Zug oder auf einem Stuhl ein, egal, wie müde sie war. Sie blieb wach und träumte von einem guten Nachtschlaf in ihrem eigenen, sauberen Bett, bezogen mit frisch gebügelten Laken. Es war schon fast ein Ritual für sie, das Bett nach der heißen Dusche auf Krümel zu untersuchen. Erst dann konnte sie hineinkriechen und sich vom Schlaf übermannen lassen. Und nur in ihrem eigenen Bett fand sie wirklich tiefe Ruhe.

Der düstere Keller kam ihr vor wie die Arche Noah, nur segelten sie nicht übers Meer, sondern befanden sich tief unter der Erde. So hatte der Schöpfer des Universums, der Allmächtige, der den Ausgang des Kriegs bestimmte, sich das ausgedacht: immer zwei und zwei, die sich im muffigen Schutzraum aneinanderlehnten, leise schnarchend, im Bewusstsein, dass da jemand war, an dessen Schulter sie den Kopf betten konnten. Und in dieser Arche lag ihre Freundin Margo, mit der sie schon einen Krieg überstanden hatte, mit offenem Mund schlafend da, während das Baby in einem Kinderwagen schlummerte. Nomi lag in eine dünne Decke gehüllt am Fuß der Treppe. Nur

Lila hob sich von den anderen ab. Sie war allein, allein, noch immer allein.

Alleinsein in Kriegszeiten ist wieder etwas ganz anderes als Alleinsein im Frieden – es ist eine groteske Verzerrung des normalen Lebens. Sie war eine unabhängige Frau, die es insgeheim geschafft hatte, sich ihre Jugend zu bewahren, während sie darauf wartete, dass etwas passierte – etwas, das eigentlich schon vor Jahren hätte passieren sollen.

Es war doch noch gar nicht so lange her.

Lebte das alles nicht noch tief in ihrem Inneren, vor sich hin simmernd und jederzeit bereit, spontan überzukochen? Diese ganzen Emotionen, seit Jahren unterdrückt, weggeräumt und wohl verpackt. Für das unwissende Auge schien alles lange her und fast vergessen, aber in ihrem Herzen spürte sie ein Pulsieren, das niemals schwächer wurde. Sie konnte mit niemandem darüber sprechen; sie war zu Stillschweigen verdammt, schon seit vielen Jahren, als alles im Geheimen begonnen hatte und sie sich schützen mussten. Es gab niemanden, dem sie erzählen konnte, dass ihr Herz für immer ihm gehörte, diesem Mann und keinem anderen.

Wer hätte schon vorausahnen können, dass ihre Liebe an jenem Tag verstümmelt wurde, an dem die Stadt Jerusalem verstümmelt wurde und zwischen Ost und West, zwischen Arabern und Juden geteilt wurde? Wer hatte bestimmt, dass es so und nicht anders sein sollte? Wer hatte sie gefragt, auf welcher Seite sie sein wollte? Man hatte ihr keine Wahl gelassen.

Im Mai 1948, als das Land im Feuer des Hasses briet,

hätte Lila es nie für möglich gehalten, eines Morgens aufzuwachen und feststellen zu müssen, dass eine hässliche, furchtbare Mauer »die einen« von »den anderen« trennte.

Wie sie diese Grenze hasste; das Mandelbaum-Tor, jenes nichtssagende Gebäude, vor dem die UN-Soldaten deutlich machten, dass hier kein Durchkommen mehr war, dass zwei Menschen nun getrennt voneinander weiterleben mussten, dass sie keine Briefe mehr austauschen konnten, dass ein Traum beendet war.

Sie und er lebten nicht länger in derselben Stadt, obwohl keiner von beiden umgezogen war. Sie wusste es natürlich nicht sicher, aber sie ging davon aus, dass Elias im Haus der Familie in Scheich Dscharrah geblieben war. Über Nacht gehörten sie zu zwei verschiedenen politischen Gebilden: Sie unterstand der israelischen Gesetzgebung, er der jordanischen. Sie kaufte ihr Brot mit israelischen Lira, er mit jordanischen Dinar. Die Briefmarken, die sie auf ihre Post klebte, zeigten Anemonen, seine den König. Ihre Wohnungen lagen nur einen Katzensprung voneinander entfernt, und doch lebten sie in verschiedenen Universen. Sie wusste nichts über seine Welt, er nichts über ihre.

Und es war noch gar nicht so lange her. Erst neunzehn Jahre.

Was sind schon neunzehn Jahre, wenn es so viel unerfüllte Liebe zwischen zwei Menschen gibt? Aber das hängt ganz davon ab, wen man fragt und wer antwortet. Für manche Menschen sind neunzehn Jahre eine Ewigkeit, ein ganzes Leben, in dem man heiratet und Hypotheken aufnimmt und Kinder in die Welt setzt und sie aufzieht und zur Armee schickt. Zur starken Armee, die jetzt an drei Fronten gleichzeitig kämpft, gegen einen vereinigten Block gefährlicher arabischer Länder. Innerhalb von neunzehn Jahren haben die Leute Unternehmen aufgebaut, ein Vermögen gemacht, alles wieder verloren, Dinge gelernt, das Gelernte wieder vergessen, das Land verlassen und wieder den Heimweg angetreten, aufgebaut und zerstört. Und Lila? Sie hatte sich nicht vom Fleck bewegt.

Sie hatte – wohl überlegt – beschlossen, keine Veränderung in ihrem Leben zuzulassen. Was, wenn er nach ihr suchte? Sie wollte es ihm so einfach wie möglich machen. Und darum hängte sie noch immer die weiße Wäsche auf dem Dach desselben Gebäudes auf, darum kümmerte sie sich noch immer um die Hände der Frauen aus der ganzen Stadt, darum ging sie weiß gekleidet in die Synagoge und setzte sich immer auf denselben Platz, wo sie von ganzem Herzen betete, darum kaufte sie immer beim selben Obststand auf dem Markt von Mahane Jehuda, darum las sie noch immer französische und englische Zeitschriften, darum hörte sie noch immer arabische Sendungen im Radio. Sie wollte die Verbindung zu seiner Sprache nicht aufgeben, auch wenn sie nur noch ganz schwach war.

Sie hatte einen winzigen Freundeskreis, wenig Verpflichtungen, viel Zeit zum Nachdenken und zum Pflegen ihrer Sehnsucht. Je weniger Verbindungen sie zu anderen Menschen hatte, desto leichter würde es für sie sein, wenn er eines Tages kam und sie holte. Sie könnte einfach verschwinden und müsste sich um niemanden kümmern. Obwohl sie diese Gedanken niemals bewusst dachte, lebte sie danach. Tag für Tag.

Wie schaffte sie es, ihre Erwartung die ganze Zeit über aufrechtzuerhalten? Nicht, indem sie sich an seine ermunternden Worte oder Versprechungen klammerte. »Was auch kommt«, hatte er gesagt, »du und ich, wir werden zusammen sein. Ich weiß nicht, wann, aber irgendwann wird es so sein.« Nein, es war eher sein Blick, der ihr so fehlte und den sie sich um jeden Preis zurückwünschte. Wenn er sie doch noch einmal so ansehen würde! Darauf wartete sie geduldig.

Und es war wirklich noch gar nicht lange her. Keiner von beiden hätte voraussagen können, dass ihr Ausflug nach Nazareth der letzte sein würde, dass sie sich auf dem Ball im Government House zum letzten Mal körperlich lieben würden, dass der Tag, an der er ihr Wasser in die Wohnung brachte, sein letzter Besuch dort sein würde.

Ein kalter Schauder überfiel sie, und sie bekam Gänsehaut. Mit den Handflächen versuchte sie, ihre Oberarme zu wärmen und die nächtliche Kälte der Bunkerwände abzuwehren. Wie sie solche Orte hasste. Ein Gehege für maulwurfsartige Geschöpfe. Sie musste an den Ausflug nach Nazareth denken. Elias war herumstolziert wie ein König, mit festem Schritt und charmantem Lächeln, dass ihn sogar die Menschen, die ihn nicht kannten, wie jemanden von königlichem Geblüt behandelten. Sie verbeugten sich vor ihm, wenn er ihre Läden betrat und wieder verließ. Und an seiner Seite fühlte sie sich wie die

Königin eines winzigen Königreichs. »Weil du so schön bist«, flüsterte er ihr ins Ohr, »wagen die Männer nicht, dir in die Augen zu sehen.« Sie erwiesen dem Mann im Anzug ihren Respekt und glotzten erst dann, als das Paar gegangen war.

Sie hatten in einer Pension am Fuße des Berges der Verkündigung übernachtet. Elias steckte dem Mann an der Rezeption einen zusammengerollten Geldschein zu; kurz darauf erschien dieser mit einem Grammofon, einer Schallplatte, einer warmen Mahlzeit und einer Flasche Rotwein. Ihnen zu Ehren brach die Nacht herein, schuf eine sanfte, erotisch aufgeladene Stimmung und bedeckte das Fenster mit einem geheimnisvollen Vorhang. »In diesem Licht ist deine Schönheit atemberaubend«, sagte er. Er betrachtete sie wie ein Maler, der den richtigen Blickwinkel endlich gefunden hatte.

Er fütterte sie mit Pitabrot und Kebab und ließ sie den Rotwein direkt aus der Flasche trinken. In dieser Nacht liebten sie sich stundenlang, besuchten die geheimen Orte der Lust, wechselten zwischen körperlicher Begierde und unerfüllter Sehnsucht, staunten über die schwindelnden Höhen, die sie erreicht hatten. Als der stille Sturm, den sie entfesselt hatten, nachließ, warteten sie auf die Morgendämmerung.

Er legte ihr eine Hand auf den Bauch.

Sie fühlte sich dort unglaublich gut an. Als sie aufwachten, sahen sie einander überrascht an. Das Begehren der Nacht flammte wieder auf, und er fand seinen Weg in ihre einladende Wärme. Während die Sonne hinter dem Vorhang aufging, liebte er sie, wie nur er es konnte.

Nach jenem heiligen Abend am Fuße des Verkündigungsberges blieb Lilas Periode aus. Ihre Brüste wurden voll, und ihr Appetit nahm zu, aber es gab zwischendurch auch Tage, an denen jede Form von Essen ihr Übelkeit verursachte. Dann wurde der Staat Israel ausgerufen, der Krieg brach über seine Bürger herein, Jerusalem wurde in zwei Teile geteilt – und in ihrem Leib wuchs ein Nachkomme der Riani-Dynastie, ein Kind der Liebe, gezeugt in Nazareth. Sie dankte Gott, dass ihre Eltern nicht mehr erleben mussten, wie sie das Kind eines arabischen Mannes austrug. Die Zeit verging. Sie wurde mutiger und wollte das Baby so sehr wie nichts zuvor in ihrem Leben. Sie würde schon einen Weg finden, es Elias zu sagen, sie würde ihre Angst unter Kontrolle bringen, das Kind nicht aufgeben. Falls nötig, würde sie weit reisen, um das Kind auf die Welt zu bringen, und dann zurückkommen, im Gepäck eine Geschichte, die die neugierigen Leute schon zufriedenstellen würde.

Während dieser Zeit blühte sie regelrecht auf. Plötzlich fielen ihr die rundlichen, schwangeren Frauen in ihrer Umgebung auf, oder diejenigen, die einen Kinderwagen vor sich herschoben. Jetzt war sie eine von ihnen. Ihr Körper wurde voll und rund.

Doch eines Tages begann sie zu ihrem Entsetzen zu bluten. Das Blut zerstörte all die zarten Hoffnungen, die sich in ihrem Körper festgesetzt hatten, und sie erlitt einen Zusammenbruch. Danach fühlte sie nur noch Scham. Sie hatte schon von Scheinschwangerschaften gehört, meist von Frauen, die sich unbedingt ein Kind wünschten, entweder für sich selbst oder für ihren Mann. Und jetzt hatte es sie selbst getroffen: die körperlichen Veränderungen, die seelische Realität. Als sie sich für schwanger gehalten hatte, hatte dieser Glaube sie komplett ausgefüllt, aber als sie erfuhr, dass es ein Irrtum war, fühlte sie sich nur noch leer und vollkommen hohl. Sie brauchte Wochen, um sich davon zu erholen, und gleichzeitig wartete sie auf den Tag, an dem sie Elias alles erzählen konnte.

Mitten in der Nacht begann das Baby heftig zu atmen, und Lila verließ mit dem Kleinen den Schutzraum. Sie wusste, dass man ihn bei seinen Anfällen am besten an die frische Luft oder in die Nähe von Wasserdampf brachte. Sie fragte sich, was wohl die größere Gefahr war: dass er erstickte oder dass eine Bombe in der Nähe des Gebäudes niederging? Mit einer Taschenlampe leuchtete sie ins Treppenhaus, während sie mit dem Baby im Arm nach oben stieg. In einiger Entfernung hörte sie die Sirenen der Rettungsfahrzeuge.

Sie hielt den Kleinen sicher im Arm und stellte überrascht fest, dass sie überhaupt keine Angst hatte. Sie, die sich doch vor Spinnen und Schlangen und rasenden Lastwagen fürchtete, die beim kleinsten Geräusch zusammenzuckte, war jetzt vollkommen furchtlos. Wie seltsam es sich anfühlte, keine Angst zu haben, wie beflügelnd. Sie begriff, dass es wegen des Babys so war. Indem sie für seine Sicherheit sorgte, wurde sie immun gegen alle Übel der Welt.

In der Wohnung schaltete sie keine einzige Lampe ein. Sie machte nur etwas Wasser warm und sprach beruhigend auf das Kind ein, das jetzt keuchte und hechelte, den Mund weit geöffnet, als könnte es dadurch besser Luft bekommen. »Da sind wir schon, mein Kleiner. Lila pfeift jetzt für dich wie die Eisenbahn.« Sie stellte eine Schüssel mit heißem Wasser auf den Küchentisch, setzte das Kind davor, legte ihm ein weißes Tuch über den Kopf und atmete mit ihm gemeinsam den aufsteigenden Dampf ein.

In der Küche leuchtete nur das schwache Licht der Taschenlampe, und das Baby fand diese nächtliche Stimmung anscheinend merkwürdig. Langsam normalisierte sich seine Atmung, die Luft drang wieder in seine Lungen vor und kam ungehindert wieder heraus. Der Kleine lächelte sie an, ganz befreit, als wollte er ihr seine Dankbarkeit zeigen. In ihren Augen standen die Tränen. Wenn sie doch auch ein solches Kind hätte, für das sie sorgen konnte, ein kleines Wesen, das sie von dem großen Schmerz ablenkte; wenn Elias ihr doch nur etwas von sich selbst hinterlassen hätte. Wenn sie doch nur wüsste, was er jetzt gerade, in diesem Moment, tat. Vielleicht dachte er an sie, vielleicht war er von Dunkelheit umgeben wie sie auch. War er in Sicherheit, dort, wo er war? Und wen beschützte er gerade?

Das Baby hatte sich erholt und schrie nach seinem Brei. Lila wischte ihm das Gesicht ab, das im Dampf ganz feucht geworden war. Mit dem Kleinen im Arm, der nach ihren Perlohrringen griff, rührte sie einen warmen Brei an und fütterte ihn. Mit jedem Löffel wurde sie stärker, sie lebte geradezu auf, indem sie das Kind versorgte. Die kleinen Hände, die ihr übers Gesicht strichen, gaben ihr Kraft und Trost. Sie hatte den Anfall des Kleinen abgewendet, und wenn ein Bösewicht käme, der sein Leben in Gefahr brachte, würde sie auch mit ihm fertigwerden. Sie hatte das Kind gesund gepflegt und es gesättigt.

Im Gegenzug vertrieb es ihre Ängste und stärkte sie. Einen Moment lang machte es sie sogar von Herzen froh. Sie nieste, und das Baby lachte vor Freude. Noch einmal nieste sie, und es lachte noch lauter. Lila brachte eine richtige Nieskaskade hervor, die allerdings nicht mehr ganz echt klang.

Sie ließ ihre Pepita-Pumps in der Wohnung und zog ein Paar weiche, bequeme Pantoffeln an. »Die sind praktischer, wenn ich die Treppe hinuntergehe«, flüsterte sie dem zufriedenen Baby zu.

In den ersten beiden Kriegstagen saß die Familie Riani im Keller und gewöhnte sich langsam an die Geräuschkulisse des Bombardements. Sie hörten jordanisches Radio. Der Sprecher trieb die Einwohner der Stadt zum Kampf an und stellte den großen Sieg über die Juden in Aussicht. Elias aber wollte sich nicht nur auf die Propaganda verlassen und spielte am Radio herum, bis er den ägyptischen Sender *Sa'ut El Arab* gefunden hatte. Auch dort berichtete der Sprecher von den großartigen Siegen der stolzen Ägypter über die Zionisten an der Südgrenze. Über Jerusalem sagte er nichts. Sogar aus dem Keller konnte man die Schüsse ganz deutlich hören. Immer wieder Sperrfeuer, dann Stille.

Am dritten Tag war Elias ein einziges Nervenbündel. Wenn ihn etwas verrückt machte, dann das komplette Fehlen von Informationen. Wie ein Gefangener saß er eingesperrt im Keller seines eigenen großzügigen Hauses. »Es gibt nichts Schlimmeres, als wie ein hilfloser Idiot hier unten herumzusitzen, während draußen die Bomben fallen und weiß Gott was passieren kann«, brummte er.

Munir sagte: »Ich mache uns einen Tee.«

Elias ging mit ihm nach oben. Es tat gut, wenigstens kurz aus dieser Quarantäne herauszukommen. Die Zeit verging nur langsam, und das zerrte an seinen Nerven. Stundenlang stand er am Fenster und starrte hinaus auf die leeren, dunklen Straßen. Man hörte schwere Gefechte, dann wurden die Geräusche leiser.

Am vierten Tag verbreitete sich ein Gerücht von Haus zu Haus, und Elias spielte am Radio herum, bis er die Stimme Israels auf Arabisch fand: »Die israelische Armee hat die Altstadt von Jerusalem, den Tempelberg und den Munitionshügel erobert.« Elias und Munir sahen sich an.

Nachdem sie aus dem Keller nach oben gestiegen waren und etwas frische Luft geschnappt hatten, aßen sie Reis mit Joghurt, den Nadira zubereitet hatte. Der Haushalt kehrte langsam wieder zur Normalität zurück. Die Frauen erledigten die große Wäsche, während die Männer gebannt vor dem Radio saßen. Sie gierten nach jeder Neuigkeit, die sie erhaschen konnten, sei es von der BBC oder von Radio Ramallah.

Nach dem Essen machte Elias Tee: Grand Yunnan Imperial, eine Mischung, die Freiheit und Zuflucht symbolisierte. Die Blätter wuchsen auf hohen, nebelumwallten Berggipfeln und inspirierten die Bergsteiger und die Abenteurer. Sie war stark, jene erste Tasse Tee, die Elias nach dem Krieg kochte, leicht würzig und etwas rauchig.

An diesem Juniabend wurde es erst spät dunkel. Die Menschen gingen nicht allzu früh ins Bett, dankbar darüber, dass der Krieg zu Ende war, dass sie ihn unbeschadet überstanden hatten und dass es genug zu essen gab. Elias brauchte etwas Zeit für sich selbst. Er hatte zu viele Tage und Stunden in der Gesellschaft von anderen verbracht. Langsam ging er durchs Haus und schaltete die Lampen aus. Er ging ins Zimmer seines Sohnes.

Der Junge holte ein halb fertig gebautes Modellauto unter dem Bett hervor. Die Karosserie war aus Draht, die Lenkung aus Holzteilen, und die Reifen bestanden aus den Deckeln von Schuhcremedosen.

»Schlaf gut, es ist vorbei«, sagte Elias, küsste den Jungen auf die Stirn und verließ das Zimmer. Er atmete tief durch und setzte sich ins Wohnzimmer. Im Dunkeln zog er Schuhe und Socken aus, legte die Füße auf den Polsterhocker und ließ sich in den Sessel sinken. Es war still, und er dachte an sie.

Der Gedanke an sie kam im richtigen Moment, um ihn zu überwältigen. Gerade noch hatte Chaos geherrscht, war seine Familie in Gefahr gewesen. Das jüdische Radio berichtete, dass die Mauer gefallen und die geteilte Stadt wiedervereinigt sei. Die Menschen aus beiden Teilen der Stadt suchten einander – aber wie viele würden sich auch finden? Zum ersten Mal seit Tagen konnte er die Grillen zirpen hören. Im Krieg waren sie verstummt. Er wusste, sie würde nicht nach ihm suchen, so gut kannte er sie. Sie würde darauf warten, dass er sie fand.

Vielleicht wartete sie ja auch nicht. War sie in Gefahr? Wer hatte sie beschützt? Wohnte sie noch immer in dieser Dachwohnung? Dachte sie an ihn? Würde sie ihn verstehen können? Je länger er dort im Dunkeln saß, desto klarer konnte er es vor sich sehen: Ihr war nichts passiert während des Krieges. Sie hatte nicht einmal einen Kratzer abbekommen. Er hatte ihr immer gesagt, sie sei in Sicherheit, ihr würde nichts Schlimmes zustoßen.

Was vor neunzehn Jahren zwischen ihnen gewesen war, hatte sich nicht in Luft aufgelöst. Es war nur weggeräumt worden, fein säuberlich in ein Tuch gewickelt und für den richtigen Augenblick beiseitegelegt. Er wusste, was er empfand, aber er war sich nicht sicher, was er tun sollte. Er brauchte einfach noch etwas Zeit.

An diesem Abend trank er viele Becher Wasser, trank und urinierte, reinigte seinen Körper vom Schmutz des Krieges, von der Selbstbeherrschung, vom Ärger. Um sechs Uhr morgens ging er ins Schlafzimmer. Nasrin schlief, und er sah, dass ihr Schlaf ruhig und erholsam war. Er nahm sich eine Decke aus dem Schrank, weil er nicht wollte, dass sie gemeinsam unter einer Decke lagen und atmeten.

Elias schlief nur zwei Stunden, aber als er erwachte, war er voller Kraft und Lebensenergie. Etwas tief in seinem Inneren war zum ersten Mal seit langer Zeit aus dem Schlaf erwacht.

Sechs Tage nach der Eroberung des Ostteils der Stadt lag allen Zeitungen ein kostenloser Plan des vereinigten Jerusalem bei. Monsieur Hubert stand der Zorn im Gesicht. »Plötzlich hat es jeder ganz eilig. Farbig gedruckte Karten des ›einigen Jerusalem‹! Zu schade, dass sie nicht mit der gleichen Energie etwas gegen die verdreckten Straßen oder die Herumtreiber unternehmen.«

Für Monsieur Hubert waren »sie« die Gesamtheit aller Behörden, faul und korrupt. Aber auch der Staat, die Partei, die Strippenzieher und die Leute mit gewissen Verbindungen.

»Monsieur Hubert«, sagte die Besitzerin eines Cafés, die sich gerade die Haare machen ließ, »jetzt sind Sie zwar Kapitalist, aber in Ihrem Herzen bleiben Sie ein Anarchist aus Österreich-Ungarn.«

Der östliche Teil der Stadt barg in seinen Augen keinerlei Faszination, und sein Geschäftssinn sagte ihm, dass die dort lebenden arabischen Frauen wohl kaum seinen Kundenkreis vergrößern würden. Die Klagemauer und die Davidszitadelle, die Grabeskirche und der Garten Getsemani, das waren zwar historische Stätten, die Touristen anziehen würden, aber diese Touristen, so erklärte er seinen Angestellten, seien Hippies mit ungepflegten Haaren, und auf die könne man wohl auch verzichten.

Ihm graute vor dem Ansturm der Israelis auf die Altstadt, und in den labyrinthartigen Gassen sah er keinerlei Romantik – für seinen Geschmack waren sie überfüllt, zu laut und zu levantinisch. Gleichzeitig verstand er aber durchaus, was alle so faszinierte. Um seine Angestellten bei Laune zu halten (was ihn nicht davon abhielt, oft zu betonen, dass jeder ersetzbar sei) und seine eigene Neugier zu befriedigen, beschloss er, einen Betriebsausflug zu machen.

Er scharte alle Angestellten um sich: Friseurinnen, Haarwaschmädchen, Kosmetikerinnen – und Lila, die Einzige, die er nur mit »Miss« anredete und die er eigentlich nicht zu den anderen zählte. Zur großen Überraschung aller verkündete er, dass sie mit dem Bus unterwegs sein würden. »Ein ganzer Tag, auf meine Kosten. Ich blättere ein Vermögen für euch hin!«

Morgens um sieben warteten sie auf ihn, so aufgeregt wie Schulmädchen. Sie hatten Sandwiches mit Eiersalat, Gurken, Süßigkeiten, Brezeln und Kekse dabei, dazu eine Thermosflasche Instantkaffee mit Milch. Lila mochte solche organisierten Fahrten eigentlich nicht, weil man dem Tagesplan so ausgeliefert war, aber der Busfahrer, ein Mann in kurzen Hosen und Sandalen, machte ihr sofort gute Laune. Er stieß einen Pfiff aus und rief: »So viele hübsche Frauen in einem einzigen Bus! Ob das wohl erlaubt ist? Da muss ich erst mal beim Chef nachfragen.« Die Mädchen waren begeistert, und sogar Lila lächelte vor sich hin. Der Fremdenführer setzte sich vorne neben den Fahrer. Im Bus saß außerdem eine Gruppe von Reisebüroangestellten. Rita hatte deren Chef sofort süß angelächelt, was von einem verheißungsvollen Lächeln erwidert wurde.

Lila setzte sich ganz nach hinten. Rita zog sie auf: »O königliche Hoheit, bitte vergebt uns, dass Ihr in einem Bus anstatt einer königlichen Kutsche fahren müsst!«

Lila gab zurück: »Ich habe Bauchschmerzen und außerdem nicht gut geschlafen.«

Sie war angespannt. Ihr Magen, der sich bei Nervosität immer bemerkbar machte, bereitete ihr Probleme. Warum konnte sie nicht einfach Spaß haben wie die anderen auch? Die Aussicht, nach Bethlehem zu fahren, beunruhigte sie. Es war schon Jahre her, seit sie zuletzt mit Arabern zu tun gehabt hatte. Die Tatsache, dass sie jetzt plötzlich in eine Stadt fuhr, in der christliche Araber wie er wohnten, brachte sie ihm näher.

Sechs Tage waren seit Kriegsende vergangen, viele neue Gelegenheiten boten sich den Menschen, aber sie hatte nichts unternommen, um etwas über sein Schicksal in Erfahrung zu bringen. Menasch hatte nichts herausgefunden, sondern ihr bloß versichert, dass die normale Bevölkerung unversehrt geblieben sei. Lebte er? Wenn ja, wo? Über diese Fragen hinaus verbot sie sich alle Gedanken an ihn. Dennoch, mit jedem Augenblick, der verging, spürte sie deutlichere Stiche im Herzen, weil er sie noch nicht aufgesucht hatte. Sie war ja nicht schwer zu finden, sie lebte ja noch immer am selben Ort. Während der letzten Tage war ihre Unruhe stetig gewachsen. Vielleicht war er nicht in der Lage, nach ihr zu suchen? Vielleicht wollte er aber auch nicht. Sie quälte sich mit der Frage, was wohl schlimmer wäre.

Mehr als einmal hatte sie mit dem Gedanken gespielt, zu dem Gebäude zu fahren, in dem sein Büro gewesen war. Sie erinnerte sich noch genau an das Haus, das an einer Straßenkreuzung lag. Im Erdgeschoss war eine Bank gewesen, darüber lagen noch zwei Stockwerke mit Büros. Elias' Räumlichkeiten hatten sich ganz oben befunden. Dort gab es riesengroße Fenster, die in den Abendstunden wunderschönes Licht hereinließen. Einmal hatte sie schon hingehen wollen, es sich aber an ihrer Wohnungstür anders überlegt. Ein anderes Mal war sie zu Fuß dorthin unterwegs, kehrte aber mitten auf dem Weg wieder um. Ein drittes Mal nahm sie vom Salon aus ein Taxi, bat den Fahrer nach einer Weile aber, sie wieder zurückzubringen. Es hatte noch mehr Momente gegeben, in denen sie ähnliche Qualen durchlitt.

Sie wusste genau, was sie davon abhielt, zu ihm zu gehen. Seit neunzehn Jahren träumte sie von einem Wiedersehen. Sie hatte es sich immer wieder vorgestellt, in allen Einzelheiten. Aber was, wenn dieses Wiedersehen eine Enttäuschung barg? Was, wenn sie einfach nicht die richtigen Worte fanden und alles schrecklich unangenehm war? Hoffnungen konnte man schließlich jahrelang hegen, aber manchmal brauchte es nur einen Augenblick, um sie zerplatzen zu lassen. Sie wollte zu seinem Büro fahren und nachsehen, ob die Fenster erleuchtet waren, ob sich Schatten hinter den Vorhängen bewegten. Sie wollte ihn sehen, wollte sein Gesicht betrachten. Sie konnte sich nicht vorstellen, wie er jetzt wohl aussah.

Die Buspassagiere waren aufgeregt und wechselten immer von einer Fensterseite zur anderen, um ja nichts zu verpassen. Für viele war es das erste Mal, dass sie die Stadt auf der Straße nach Bethlehem verließen. Dort erblickten sie Sehenswürdigkeiten, die für Israelis seit Jahren nicht mehr zugänglich gewesen waren. »Das ist das Mar-Elias-Kloster!«, rief eine, und Lila zuckte zusammen. »Bethlehem hat sich überhaupt nicht verändert«, bemerkte einer der Reisebüroleute erstaunt. »Es ist genau wie vorher.«

Mitten in Bethlehem hielt der Bus an und ließ die aufgeregten Passagiere aussteigen. Zuerst bewegten sie sich in der Gruppe, bis sie sich sicher genug fühlten, auf eigene Faust umherzuschlendern. Eins war klar: Sie waren nicht die ersten Touristen. Während sie aber ziemlich überwältigt von ihren Eindrücken waren, wirkten die Eingeborenen abgeklärt und begierig, mit ihnen Geschäfte zu machen. Die Stadt war bereit zum Handeln, zum Kaufen und Verkaufen, als wäre das ganz alltäglich, als hätte es nie einen Krieg gegeben, als hätten die israelischen Soldaten nicht erst Tage zuvor den Ostteil von Jerusalem betreten. Statt Gewehrschüssen und Explosionen waren jetzt die Geräusche des hektischen Alltags zu hören, dazu die Kirchenglocken und die Klänge der Flöten und Trommeln und Ouds, mit denen man die Touristen begrüßte. Auf den Straßen warteten Stände, die Brezeln mit Sesam und Ysop, Tamarindensaft und frische Datteln feilboten.

Zunächst war die Stimmung ein wenig angespannt, aber das Eis brach schnell. Der Chef der Reisebüroleute kramte sein vergessenes Arabisch hervor, schüttelte Hände und ließ sich von seinem Riecher für gute Gelegenheiten leiten. Er bestellte Tee für alle, der kurz darauf mit einem Tablett süßen Knafeh-Gebäcks gebracht wurde – welch schöne Erinnerungen! Überall befanden sich Souvenirläden, es duftete nach Wasserpfeifen und Kardamom, nach süßem Malabi-Milchpudding mit Rosenwasser. Alles war so vertraut und so angenehm. Die Männer ließen sich rasieren und die Haare schneiden, aber Monsieur Hubert war schockiert. »Was ist denn das für eine Hygiene?«, fragte er und verzog das Gesicht. »Die Klingen müssen doch sterilisiert werden!«

Die Frauen sahen sich bestickte Tücher und Perlen

und in Zeitungspapier verpackte Edelsteine an, die sie mit Lira bezahlten. Die israelische Währung war sofort übernommen worden und wechselte jetzt von Hand zu Hand, überbrückte die Jahre und die Fremdheit und die unguten Gefühle mit einem Schlag. Die Kunst des Feilschens lebte wieder auf, geschmeidig und vergnüglich wie eh und je. Israelische Militärfahrzeuge patroullierten und vermittelten den Touristen ein Gefühl der Sicherheit. Die Soldaten hielten an und stiegen aus, um einen Lammkebab zu essen – es duftete einfach zu verführerisch nach den köstlichen Gewürzen der arabischen Küche. Gegrillte Zwiebeln auf einem Bett von frischem Koriander, gemörserte Kichererbsen, der gesunde Appetit der Eroberer, die Gastfreundschaft der Eroberten, der aufsteigende Rauch an diesem Nachmittag – all das schuf eine veränderte Realität, machte die Menschen glücklich und verhalf ihnen zu einem neuen Nationalgefühl.

Im Bus auf dem Weg zurück nach Jerusalem glühten die Gesichter. Alle waren zufrieden. Ein angenehmes Licht umstrahlte den Bus von beiden Seiten. Plastiktüten mit Andenken raschelten, wenn der Bus über holprige Stellen rumpelte, und einer der Reisebüromänner schmeichelte sich beim Haarwaschmädchen mit einer Masbakha-Perlenkette ein, die er von einem arabischen Kollegen geschenkt bekommen hatte.

Rita, die an Lilas Schulter döste, wurde schlagartig wach, als der Bus plötzlich scharf bremste und die Passagiere durcheinanderwarf. Vor ihnen überquerte ein arabischer Schafhirte mit seiner Herde die Straße – ein fast vergessener Anblick. Was kümmerte es ihn, dass das eine Fahrstraße war? Rita, die jetzt hellwach war, schüttelte ihre blonden Locken. Sie flüsterte Lila zu: »Der Fahrer macht mir schöne Augen.«

»Er hat wirklich Geschmack«, erwiderte Lila mit einem Lächeln.

»Mein Mann nimmt mich jeden Abend«, sagte Rita.

»Was soll das heißen, er ›nimmt‹ dich?«

»Er nimmt mich. Jeden Abend.«

»Du meinst …«

»Ja. Ist das normal?«

»Woher soll ich das wissen?«, fragte Lila, der das Thema unangenehm war. »Ich bin ja nicht verheiratet.«

»Aber vielleicht erfährst du manchmal was von den Kundinnen.«

»Und was ist, wenn du nicht in Stimmung bist?«, fragte Lila. »Nimmt er dich dann auch?«

»Jeden Abend. Es ist ihm völlig egal, ob ich in Stimmung bin oder nicht. Janette meint, wenn er es nicht von mir kriegt, holt er es sich woanders.«

»Zwischen Männern und Frauen ist es kompliziert«, sagte Lila ausweichend. »Letztlich musst du tun, was dein Herz dir sagt.«

In ihrem eigenen Herzen fühlte Lila einen Stich. Sie war nicht gerade eifersüchtig, spürte aber ein Verlangen nach dem warmen Ort, an dem die Liebe gedeihen konnte. Sie sehnte sich danach, mit einem Mann zu schlafen, neben ihm aufzuwachen, morgens die erste Tasse Kaffee mit ihm zu trinken, ihn beim Rasieren zu beobachten, seinen Duft zu riechen, abends mit einem Teller

Suppe und einem Glas Wein auf ihn zu warten, sich an ihn zu kuscheln, wenn es kalt war, sich an seinen Augen zu ergötzen, wenn er ihren nackten Körper betrachtete.

Aber sie wollte nicht irgendeinen Mann, nur um mit jemandem zusammen zu sein. Sie wollte nicht irgendeinen Mann, um sich sicher und geborgen zu fühlen. Sie wollte Elias und keinen anderen. Einmal hatte Janette ihr und den Mädchen in der Teeküche des Salons erzählt, dass es ihren Mann verrückt mache, wenn sie nach dem Duschen fein duftend ins Bett kam. Dann ziehe er ihr in Sekundenschnelle das Nachthemd aus.

»Wenn ich keine Lust habe, weiß ich also genau, was ich tun muss«, erklärte Janette lachend.

»Du duschst einfach nicht!«, sagte Hava. »Bei meinem Mann muss ich schwere Geschütze auffahren – oder es passiert nichts.«

Die Mädchen wollten mehr hören.

»Ihr wisst schon, schwere Geschütze. Nennen wir es Handarbeit. Hat man euch das auf der Kosmetikschule nicht beigebracht?«

»Was passiert, wenn du deine Handarbeit erledigt hast?«, fragten die Mädchen.

»Dann feuert er eine Salve ab und wird wieder zur Spielzeugpistole«, sagte Hava trocken.

Jetzt traute sich auch Miriam, etwas beizutragen. »Ich hab nur einmal in der Woche Lust, und das auch nur, um den Ehefrieden zu erhalten.«

»Immer am selben Wochentag?«, scherzte eine.

»Ja. Und wenn's vorbei ist, bin ich sehr froh, weil wir dann eine friedliche Woche vor uns haben.«

Im Bus war es heiß, die Luft war schwer und stickig. Lila zog einen Fächer aus der Tasche und teilte die kühle Luft mit Rita. »Du bist wirklich 'ne Nummer«, lachte Rita. »Nimmst einen Fächer mit auf den Betriebsausflug. Bestimmt bist du eine verkappte Adlige!«

Der Reiseleiter verkündete, es sei noch früh, und der Busfahrer – »ein echter Kumpel« – habe zugestimmt, noch eine Rundfahrt durch die Altstadt zu machen. Alle klatschten in die Hände und jubelten. Er fügte hinzu: »Wir parken auf der Hauptstraße und schlendern ein bisschen außerhalb der Mauern umher. Und kaufen Sie die Läden nicht leer. Lassen Sie den nächsten Gruppen noch etwas übrig!«

In Lila stieg Panik auf. Ihre Beine begannen zu zittern, und ihr Magen rebellierte.

»Ist alles in Ordnung, Prinzessin?«, fragte Rita.

Jetzt drehte sich alles in ihrem Kopf. In ihrer Kehle brannte es wie Feuer. »Wasser!«, keuchte sie.

Rita rief: »Wer hat etwas Wasser?« Daraufhin brachte jemand die Feldflasche des Fahrers. Lila trank einen Schluck und benetzte sich das Gesicht. Sie betete, dass sie in der Altstadt nicht anhielten. Das würde sie nicht ertragen.

Alle applaudierten, als der Bus in die Sultan Suleiman Street einbog und vor dem Damaskustor hielt. Die Frauen aus dem Salon stiegen sofort aus und kauften sich Dosen mit Pepsi und Kit-Kat-Schokoriegel – so etwas gab es in Israel nicht.

»Und was ist mit Ihnen, Süße?« Der Fahrer betrachtete Lila im Rückspiegel. Sie war einfach sitzen geblieben. »Nach zweitausend Jahren sind wir endlich in der Altstadt von Jerusalem, und Sie wollen nicht aussteigen?«

Lila zwang sich dazu, aufzustehen und den Bus zu verlassen. Die Stufen waren hoch. Zumindest kam es ihr so vor. Sie glaubte, jeden Moment ohnmächtig oder blind zu werden. Vor ihren Augen flimmerte es.

»Nimm einen Schluck«, forderte Rita sie auf und hielt ihr die Pepsi-Dose hin. »Oder geruhen Ihre Hoheit nicht aus einer fremden Dose zu trinken?«

Der Zucker belebte sie, und der Anblick der Mauer machte sie sprachlos. Wie nah sie ihr jetzt war! Israelis berührten überwältigt die Steine, als hätten sie etwas wiedergefunden, was ihnen vor langer Zeit genommen worden war. Sie posierten vor den antiken Steinen und ließen sich fotografieren. Lilas Augen wanderten wie die eines Scharfschützen vom Damaskustor hinüber zu einem wunderschönen Gebäude.

Ihr Körper reagierte schneller als ihr Gehirn. Die Knie wurden ihr weich, ihr Herz schlug wie verrückt. Sie fühlte sich seltsam abgehoben von dem Trubel ihrer Umgebung. Das war sein Gebäude. Die großen Fenster, die hübschen Balkone, die schmiedeeisernen Geländer, die Fensterbogen, die ergrauten Steine. Das alles war ihr so vertraut und gleichzeitig völlig fremd. Das Haus war nur drei Stockwerke hoch, kam ihr aber vor wie ein Wolkenkratzer, der immer höher wuchs, während sie selbst immer kleiner wurde. Stand sie wirklich dort, oder bildete sie sich das in ihrer Verzweiflung nur ein? Würde sie ihn gleich an einem der Fenster entdecken?

»Worauf starrst du denn so?«, fragte Rita und hakte sich bei Lila unter. »Du bist heute ja so gesprächig wie eine Wand.«

Von dem Moment an, als der Reiseleiter auf das Damaskustor deutete und etwas über »Bab El-Ammoud, das wichtigste Tor der römischen Zeit« erzählte, bis Monsieur Hubert alle wieder in den Bus rief, war sie ihm so nahe wie seit vielen Jahren nicht mehr. Sie befand sich auf seinem Territorium, in das sie bis jetzt keinen Fuß hatte setzen können, auf Tuchfühlung mit seiner Welt. Doch sie fühlte sich wie ein Eindringling, und dieses Gefühl kam vielleicht daher, dass sie es für möglich hielt, der große Moment könnte dank eines lächerlichen Betriebsausflugs herbeigeführt werden. Das, worauf sie seit neunzehn Jahren wartete, worüber sie sich unendlich viele Gedanken gemacht hatte, drohte sich auf einmal in etwas Unerwünschtes und Bedrohliches zu verwandeln. So hatte sie sich ihre Begegnung nicht vorgestellt.

Es fiel ihr nicht ein, das Gebäude zu betreten, sich das Treppenhaus oder den Briefkasten anzuschauen, die Treppe in den ersten Stock zu nehmen, in den dritten, an seine Tür zu klopfen. Sie hielt sich immer ein paar Schritte hinter der Gruppe, als gehörte sie nicht dazu, und war stets kurz davor, die Kontrolle zu verlieren und zusammenzubrechen. Während ihre Kolleginnen über den Preis eines Kenwood-Mixers in einem Schaufenster staunten, fühlte sie sich wie der Teig, der immer wieder gegen die Schüsselwand geschlagen wurde.

Sie kletterte die Stufen in den Bus hoch, als müsste sie

einen Berg erklimmen. Der Bus war ihre Zuflucht, und das Brummen des Motors beruhigte sie. Als die Rückfahrt in den westlichen Teil Jerusalems begann, war die Sonne schon fast untergegangen.

Sie verließ die Wohnung, um Öl und Reis zu kaufen. Der weiße Lack eines Carmel Ducas, der ihrem Haus gegenüber parkte, war noch immer mit Dreck beschmiert. Die Menschen waren noch nicht in der Lage, mit dem Krieg abzuschließen. Es war beinahe, als fürchteten sie, er könnte ihnen davonlaufen oder durch die Finger rutschen. Sechs Tage waren einfach zu wenig, um eine so große Veränderung zu verdauen, und um sich an den neuen Zustand zu gewöhnen, mussten die Menschen die Zeichen des Krieges eben konservieren.

Vor dem Lebensmittelgeschäft lag ein Haufen mit Farbfotos, die zusammen mit den Zeitungen verteilt wurden. Sie zeigten die Helden des Krieges, die von nun an in Schaufenstern, in Klassenzimmern und an Falafelständen präsentiert werden würden. Sie waren überall: Mosche Dajan, Uzi Narkiss, Jitzhak Rabin und Motta Gur, alle in olivgrünen Uniformen, stolz marschierend, mit dem Glanz des Sieges im Gesicht. Sie wirkten unangreifbar.

Der Lebensmittelhändler sagte: »Ist es nicht wunderbar? Was für fantastische Anführer wir doch haben. Wie aus der Bibel! Wir haben den Tempelberg wiedererobert. Welch ein Wunder!«

Seine Frau fügte hinzu: »Wir haben dafür einen hohen Preis bezahlt.«

»Ja, aber das war es wert«, erwiderte er.

Lila war schwindlig, und ihr war seltsam zumute. Ihre Kopfschmerzen drohten sie völlig zu benebeln. *Ein hoher Preis*, dachte sie. *Wer hat das Recht, darüber zu bestimmen, wer ihn bezahlen muss? Wer geopfert wird? Wer am Ende gewinnt?*

Die Frau des Lebensmittelhändlers sagte: »Der Sohn des Bäckerlaufburschen ist im Kampf um den Munitionshügel gefallen.«

Lila fand sich plötzlich vor dem Milchregal wieder, schaffte es aber nicht, die Hand nach einem Joghurt auszustrecken.

»Warten Sie, ich helfe Ihnen«, sagte die Frau. »Nehmen Sie auch ein bisschen Sauerrahm. Sie müssen zunehmen, Sie sind ja so dünn geworden.«

Der Mann erklärte: »Der Krieg war wirklich ein Segen. Alle halten zusammen und helfen sich gegenseitig. Jeder hat einen Anteil am Aufschwung!«

»Krieg ist niemals gut«, widersprach Lila.

»In diesem Fall hatten wir keine andere Wahl«, sagte der Lebensmittelhändler. »Die Araber haben uns doch dazu gezwungen.«

Er bot ihr eins der Fotos an, die später mit den Zeitungen verkauft werden sollten. »Heute Abend sind nämlich alle weg«, sagte er.

Was sollte sie mit einem solchen Foto anfangen? Mit einem Foto der siegreichen Kriegshelden, die aufgewühlt die Klagemauer berührten und küssten, die überwältigt die Altstadt betraten, trunken vor Macht und berauscht von der Besitzergreifung? Durch die Helden wurden die alten Namen – Notre Dame, Dormitio-Abtei, Via Dolorosa – wieder lebendig. Alle waren glücklich, zufrieden und wiedervereinigt, nur sie stand am Rand und musste zusehen.

Es war ihr egal, wer gewonnen und wer verloren hatte, wie die Armee den Tempelberg erobert hatte oder welche Londoner Zeitung schrieb, dass das Gesicht der Region jetzt für immer verändert worden sei. Es kümmerte sie nicht, dass alle arabischen Nationen besiegt und enteignet worden waren oder dass Israel jetzt das stärkste Land im Nahen Osten war. Es interessierte sie nicht, dass die israelische Armee die West Bank kontrollierte und dass Mosche Dajan gesagt hatte: »Wir warten auf einen Anruf der Araber.« Wenn es nach ihr gegangen wäre, hätte das Schicksal alles durchaus noch einmal durcheinanderwürfeln können. Hauptsache, ihr Elias war in Sicherheit und ihr ein Stückchen näher. Alles andere kümmerte sie nicht.

Einmal kam Margo zu Besuch. Schwer atmend und rot im Gesicht (was ihr gut stand) hatte sie sich die Stufen emporgequält. Sie bat um eine Tasse Kaffee und eine Kleinigkeit zum Essen. Da sie an diesem Tag gesprächig war, erzählte sie Lila alles über das Hotel: über die Angestellten, über die Gäste (reiche Juden aus dem Ausland und Pilger), über den Aufschwung, den sich alle erhofften. Sie war davon überzeugt, dass bald Großes passieren würde, und fürchtete, das Glück könnte vielleicht an ihr vorbeigehen. Immerhin war alles Gute in der Welt ja gerecht unter allen Menschen aufgeteilt – nur sie selbst hatte keinen Anteil daran. Lila, die noch immer erschöpft war von den anstrengenden Tagen und Nächten, konnte Margos unaufhörlichem Geplapper nur schwer folgen. In Gedanken war sie bei jenem Abend vor neuneinhalb Jahren, als Mano gekommen war, um ihr zu sagen, Margo liege im Krankenhaus in den Wehen. Von Anfang an war Margo enttäuscht gewesen, dass sie eine Tochter geboren hatte. Sie stillte sie, ohne auch nur hinzusehen, während Lila fasziniert war von den winzigen, zuckenden Wangen der Kleinen. Und wenn Lila Nomi im Arm hielt, dachte sie daran, dass sie selbst schon sechsunddreißig war und die Gelegenheit verpasst hatte. Sie würde nie ein eigenes Baby im Arm halten, ein unschuldiges, hilfloses Kind, das zu keinem bösen Gedanken fähig war.

Aber Margo schnatterte unverdrossen weiter über die Freude ihres Daseins, die Arbeit im Hotel. In dieser Glitzerwelt konnte sie ihre Talente unter Beweis stellen, dort blühte sie auf, ganz anders als in ihrem deprimierenden Zuhause. Angeblich hatte ihr ein Gast einen Flakon mit Nina-Ricci-Parfum geschenkt, und ein anderer einen faltbaren Regenschirm. Und dann war da noch der, der ihr jede Woche eine Schachtel After Eight schickte und ihr das *paradiso* vom Himmel versprach, wenn sie ihm nach Rom folgte.

Lila wusste, dass Margo nie ohne Grund zu Besuch kam. Sie hatte immer irgendeinen Hintergedanken, der bald offenbar werden würde. Das Leben als eine simple Abfolge von Tagen und Nächten, von Arbeit und Erholung, von Sonnenaufgang und Sonnenuntergang, interessierte Margo nicht. Sie brauchte Ausnahmezustände und Straßen mit gefährlichen Kurven, und sie schien auch immer wieder in entsprechende Situationen hineinzuschlittern. Bei ihr herrschte ständig Krieg, sie bereitete sich ständig auf die nächste Schlacht vor. Sie war gerissen und erfahren, aber für Lila war sie wie ein offenes Buch. Der Zweck dieses Besuchs würde sich zeigen, noch bevor die Kekse auf dem Teller aufgegessen waren. Lila wusste genau um Margos Machenschaften, um ihre Verschlagenheit, um ihre kleinen Tricks. Und sie bewunderte Margos Talent zum Überleben.

»Morgen rufe ich den Kerl bei der Telefongesellschaft an, der für die Vergabe der Anschlüsse zuständig ist. Es wird wirklich Zeit, dass du endlich ein Telefon kriegst«, sagte Margo.

Lila zuckte nur mit den Schultern. Sie wünschte sich nur einen einzigen Anruf. Sie war wie ein Mönch, der Tag und Nacht, winters wie sommers Ruhe brauchte, um die Stimme Gottes vernehmen zu können.

»Du bist so ein *Tiyara* heute, ein schlechtes Omen«, bemerkte Margo. »Du wirkst wie weggetreten. Nimmst du Beruhigungsmittel oder so was?«

Um sie abzulenken, schnitt Lila eine Melone auf und holte zwei kleine Gabeln. Margo klagte: »Du kannst immer nur ans Heute denken, nie an morgen. Wenn du ein Telefon hättest, könntest du diesem Geizkragen die Arbeit im Salon aufkündigen und deine Kundinnen zu Hause empfangen. Du würdest viel Geld verdienen.«

Da erschütterten einige Explosionen die Luft und ließen die Wohnung erzittern. Margo zuckte zusammen. »Sie räumen die Minen im Niemandsland, und manchmal geht dabei eine los«, erklärte Lila. »Ein kleiner Gruß von den Jordaniern.«

»Woher weißt du das?«, fragte Margo misstrauisch.

»Du kennst doch Miriam aus dem Salon? Ihr Mann fährt einen Minenräumtraktor«, erwiderte Lila, während sie eine Kanne Tee mit Pfefferminzblättern zubereitete.

»Wusstest du, dass die Araber weder Telefon noch Strom haben? Wir schließen sie demnächst an unser Netz an. Ach, wie gerne wäre ich jetzt mit einem Bauunternehmer verheiratet. Die scheffeln gerade das große Geld, arbeiten Tag und Nacht. Unser Land ist größer geworden, Lila, schau dir doch bloß die Landkarte an. Wir sind kein kleines Küken mehr, sondern ein stattliches Huhn. Die Golanhöhen, Bethlehem, Ramallah, Ost-Jerusalem, der Sinai … Wir haben ein riesiges Territorium erobert, und jetzt müssen wir es aufbauen.«

Plötzlich fiel Lila auf, dass Margo herausgeputzt war, als wollte sie zu einer Feier in der Stadt gehen: dunkelblaues Kleid, hohe Schuhe, Mascara, Ohrringe, die unter ihrem hellbraunen Haar hervorblitzten. Sie sah nicht aus, als käme sie gerade von der Arbeit, da wirkte sie nämlich wesentlich erschöpfter.

Margo zog die Schuhe aus und streckte die Füße. Durch die Strumpfhose hindurch sah Lila ihre rot lackierten Zehennägel leuchten. Neben Lila sah Margo winzig aus. Sie war fast einen Kopf kleiner und wirkte so explosiv wie eine Flasche Champagner kurz vor dem Öffnen. »Ach«, rief Margo, »das hätte ich ja fast vergessen!« Sie griff in ihre Handtasche, zog einen Umschlag heraus und wedelte damit in der Luft herum. »Der lag unten.«

»Wo, unten?«, fragte Lila, ohne den Umschlag anzusehen.

»In deinem Briefkasten. Du hast ihn wohl übersehen, weil es so dunkel war. Gerade, als ich ins Gebäude kam, war dein Nachbar dabei, die Glühbirne auszutauschen.«

»Wurde ja auch Zeit«, bemerkte Lila.

Erst, als sie nach dem Umschlag griff, entdeckte sie die Handschrift auf dem Papier.

»Keine Briefmarke drauf«, bemerkte Margo. Wahrscheinlich hatte sie den Umschlag schon von allen Seiten untersucht.

Lilas Herz klopfte wie verrückt. Auf dem Umschlag stand nur ihr Name, sonst nichts.

»Du hast ja Schweißperlen auf der Stirn!«, sagte Margo aufgeregt.

Lila glaubte, ersticken zu müssen. Sie stellte sich an die offene Tür, die aufs Dach hinaus führte.

»Von wem ist er?«, wollte Margo wissen. Durchdringend starrte sie den Umschlag an.

»Von einer Kundin«, log Lila. »Sie ist nach Paris gefahren.«

»Und warum ist keine Briefmarke drauf?«

»Sie kann die Diplomatenpost nutzen.«

Margo starb fast vor Neugier. »Bitte, darf ich ihn aufmachen?«

»Du siehst toll aus, Margo«, sagte Lila und legte den Umschlag in einen Schrank, wie um ihrer Freundin zu zeigen, dass er sie nicht interessierte. »Geht ihr heute Abend aus, du und Menasch?«

»Ich wollte dich um einen kleinen Gefallen bitten«, sagte Margo plötzlich ganz ernst.

Lila sah sie aufmunternd an.

»Wenn irgendjemand fragt, ich war den ganzen Abend hier bei dir«, sagte Margo.

»Stimmt doch auch.«

»Nein.« Margo wurde ungeduldig. »Ich muss gleich los. Wenn Menasch fragt, sag ihm, dass ich hier bei dir war, den ganzen Abend. Aber nur, wenn das Thema mal zufällig zur Sprache kommt, wenn du bei uns bist.«

»Na schön«, gab Lila zurück. Die Sache war ihr nicht geheuer. Es war auch nicht das erste Mal, dass Margo sie um ein Alibi bat. Lila gehörte fast zur Familie, und sie fand es Menasch gegenüber nicht richtig, denn sie mochte ihn. Wenn sie an die beiden dachte, wurde sie traurig. Wie verschieden sie doch waren: Margo war gerissen und wusste genau, was sie wollte. Sie betete den Gott des Mammons an, während Menasch es ruhig angehen ließ und keine Risiken einging. Er war ein gutherziger Mann, der nicht berechnend dachte.

»Du fragst ja gar nicht, wo ich hingehe.« Diese Frage war Teil von Margos Verhandlungsplan. Sie ging anscheinend davon aus, dass sie – im Gegenzug für die Bereitstellung eines Alibis – ihr Geheimnis offenbaren musste.

Aber Lila reagierte nicht.

»Es ist auch besser so«, sagte Margo. Sie warf einen Blick auf die Uhr, erhob sich auf sehr katzenhafte Art, erneuerte ihren roten Lippenstift und kämmte sich die Haare. »Wenn da in dem Umschlag eine Einladung zu einem Diplomatenball ist, dann nimmst du mich doch mit, oder?«

»Na klar.«

»Er ist Kanadier«, sagte Margo und lüftete damit nun

doch ihr Geheimnis. »Einer der größten Kürschner drüben. Er hat Nerze und Fuchspelze, solche wie in den Zeitschriften, die ihr im Salon habt.«

Lila wollte Margo zum Abschied umarmen, aber ihre Freundin war schon auf dem Weg ins Treppenhaus, auf dem Weg zu dem Mann, den sie heute Abend mit ihrem Charme verzaubern würde.

Als Lila die Tür hinter ihr schloss, war sie sehr erleichtert darüber, endlich allein zu sein. Sie dachte an den Brief im Schrank. Aber nur einen Moment später hörte man Margos Absätze auf den Stufen – die Gefahr kam zurück.

Und da stand sie schon wieder.

»Wenn er fragt, warum ich so lange bei dir war, sag ihm, dass ich auf dem Sofa eingeschlafen bin. Nur, falls er fragt. Bereite dich gut vor, du bist in letzter Zeit nämlich nicht so auf Draht!«

Nun schloss Lila die Tür ab und lauschte auf das Geräusch von Margos Schritten, die sich entfernten. Da lag der Brief. Ihr Herz klopfte so unregelmäßig, als suchte es nach dem richtigen Rhythmus. Vom Fenster aus blickte sie auf die Straße tief unter ihr. Ein glänzender Studebaker parkte am Straßenrand, Margo stieg ein. Das Auto blinkte und fuhr an. Gleichzeitig schien Lilas Wohnung sich von dem zu reinigen, was Margo hereingebracht hatte: die Aufgewühltheit einer Frau, die sich ständig woanders hinwünschte.

Wenn sie den Brief doch nur zugeklebt lassen könnte! Ein verschlossener Brief schenkte dauernde Hoffnung, während ein geöffneter schrecklichen Kummer mit sich bringen konnte. Lilas Hände waren jedoch schneller als ihr Gehirn. Sie handelten aus eigenem Antrieb und schlitzten den Umschlag mit dem Brieföffner auf. Darin lag lediglich ein Blatt Papier, auf dem nur wenige Zeilen standen:

Lila, ich schreibe dir jetzt, weil ich keinen anderen Weg gefunden habe.
Es hat lange gedauert, dafür möchte ich mich entschuldigen.
Am Donnerstagabend um sieben bin ich im Hotel Intercontinental.
Ich werde dort auf dich warten.

Jedes Mal, wenn sie die Zeilen von Neuem las, entdeckte sie etwas, was ihr Kraft gab, und etwas anderes, was ihr die Kraft raubte. Etwas, was sie glücklich machte, und etwas, was sie in Verzweiflung stürzte. Sie hatte so dringend auf diese Botschaft gewartet, aber jetzt, da sie eingetroffen war, fühlte sie sich unvorbereitet, starr, überrollt. Sein erstes Lebenszeichen – sie war glücklich, dass er lebte, dass es ihn noch gab. Aber gleichzeitig kamen ihr Zweifel. Sie hatte sich immer gefragt, ob sie richtig reagieren würde, wenn es so weit war, und jetzt, nachdem so viel Zeit vergangen war, stellte sich diese Frage noch dringlicher.

Seine Handschrift hatte sich verändert, sie war nicht mehr so elegant, weniger leserlich. Sein Charakter versteckte sich hinter den sorgfältig gewählten Worten: sanft, aber entschlossen, wie ein Geigenspieler, der sein Instrument stimmte und erst dann zu spielen begann, wenn die

Töne richtig klangen. Aber in dem Brief war noch mehr versteckt – ein geheimer Hinweis, den sie nicht entschlüsseln konnte, etwas, das nicht auf dem Papier stand, sie aber trotzdem irritierte.

Die widerhallenden Explosionen aus dem Niemandsland gingen die ganze Nacht über weiter. Im Radio hieß es, die Wiedervereinigung der geteilten Stadt werde bis zum Morgen vollendet sein. »Derart drastische Maßnahmen müssen schnell ausgeführt werden«, sagte der Sprecher überzeugt. Unter starken Scheinwerfern würden die Planierraupen durcharbeiten, bis auch noch das letzte Überbleibsel der Teilung verschwunden war. Man riss Stacheldraht ab, zerlegte Betonmauern zu Geröllhaufen, füllte tiefe Gräben auf und räumte Minen. Wie die Bauarbeiter und die Planungschefs blieb Lila die ganze Nacht wach.

Während der Sieben-Uhr-Nachrichten hatte sie schon die dritte Tasse Kaffee getrunken, und Bürgermeister Teddy Kollek verkündete, jetzt gebe es nur noch ein Jerusalem. Darüber würden vielleicht noch die folgenden Generationen streiten, aber man stand jetzt vor vollendeten Tatsachen.

Sie trug Elias' Brief immer bei sich, falls sie plötzlich das Bedürfnis überkam, weiter nach dem Rätsel darin zu suchen. Immerhin würden noch vier ganze Tage vergehen, bis ihre Welt aufhören würde, sich zu drehen.

Im Salon wartete Monsieur Hubert bereits auf sie. Der kleine, dicke Mann war so berechenbar, so neurotisch. Ungeduldig blickte er hinaus auf die Straße, aus der sie kommen musste, sah auf die Uhr und tippte mit dem Fuß auf den Boden. Wie stets ignorierte Lila seine Launen. Langsam ging sie in die Küche, Monsieur Hubert dicht auf den Fersen.

»Ja, ich weiß, die Königin von England wartet auf ihre Maniküre«, sagte sie, als sie in ihren Arbeitskittel schlüpfte.

»Nicht die Königin von England, aber immerhin die Frau Ihres Premierministers«, gab er höhnisch zurück. »Ich hoffe, Sie haben Zeit für sie.«

»Was Sie nicht sagen«, erwiderte Lila und schenkte sich ihre vierte Tasse Kaffee ein.

»Ich habe keine Zeit für Ihre Spielchen«, sagte Hubert. »Die Dame wartet in der Residenz des Premierministers. In einer Viertelstunde kommt ein Taxi, um Sie abzuholen. Packen Sie alle Ihre Werkzeuge ein, und nehmen Sie kein Geld. Ich will, dass sie mir etwas schuldig bleibt.«

»Ich verstehe«, sagte Lila. »Jetzt spritzen Sie sich lieber etwas kaltes Wasser ins Gesicht und kümmern sich wieder um den Salon, ehe die anderen Kundinnen Sie in der Luft zerreißen.« Sie erwähnte mit keinem Wort, dass sie nicht geschlafen hatte, und schon gar nicht die Situation, in der sie sich befand. Gelassen bereitete sie ihre Tasche vor, reinigte ihre Werkzeuge und wählte einige Nagellackfarben und Make-up-Fläschchen aus. Vor ihr lagen noch vier Tage mit zahlreichen Begegnungen mit anderen Menschen, Ereignissen, Überraschungen und Beschwerden. Sie fragte sich, wie sie das alles überstehen sollte.

In seiner Aufregung hatte Monsieur Hubert gleich zwei Taxis bestellt und musste eins wieder fortschicken. Lilas Fahrer pfiff den ganzen Weg zur Balfour Street. Sie war froh, dass er nicht reden wollte. Weil die Fahrt mit ihm angenehm gewesen war, gab sie ihm ein Trinkgeld.

Die Frau des Premierministers öffnete ihr persönlich die Tür. Da kam das Dienstmädchen aus der Küche gelaufen, wischte sich die Hände an der Schürze ab und entschuldigte sich. »Das ist schon in Ordnung«, sagte die Frau des Premierministers freundlich. »Würden Sie uns bitte Kaffee bringen?«

Lila folgte ihr in eine geräumige Bibliothek mit einem großen Schreibtisch, riesigen Fenstern und einem Teppich, dessen Muster grüne Tamarisken und Pferde zeigte. Sie sagte: »Wir brauchen eine Schüssel mit heißem Wasser, Seife und ein Handtuch.«

»Heute Abend findet im King-David-Hotel ein Empfang statt«, erklärte die Frau. »Ich muss mich schick anziehen und mich zurechtmachen.« Sie seufzte. »Solche Anlässe mag ich überhaupt nicht. Ich bleibe lieber zu Hause und esse Hüttenkäse und Gemüse mit meinem Mann, wenn er nach der Arbeit kommt.«

»Sie werden toll aussehen, wenn ich fertig bin«, versicherte Lila ihr.

Als das Dienstmädchen mit dem Kaffeetablett kam, waren Lila und ihre Kundin schon in ein Gespräch vertieft. Sie sprachen über Frauen und ihre Marotten, über die Tage mit schönem und jene mit schrecklichem Haar und über die Tage, an denen der Teint strahlte, und andere, an denen er stumpf wirkte. Die Gattin des Premierministers verzichtete auf die üblichen Fragen, sie wollte nicht wissen, ob Lila verheiratet sei und ob sie ihr Alleinleben nicht bereue. Als der Nagellack getrocknet war, bat sie Lila, ihr ins Schlafzimmer zu folgen, um ein Kleid für den Empfang auszusuchen.

Sie probierte verschiedene Kleider und Schuhe, aber Lila war mit keiner Kombination zufrieden. Darum machte sie der Frau eine Hochsteckfrisur und zupfte ihr die Augenbrauen. Schließlich trug sie noch eine dünne Lage Make-up auf, nicht zu viel, denn die Frau war vom natürlichen Typ und wirkte bescheiden.

»Sie haben wirklich Talent«, lobte sie Lila. »Und Sie haben mich gerettet.«

»Ich hole Ihnen etwas Passendes zum Anziehen«, sagte Lila. »In einer halben Stunde bin ich wieder da.« Sie rief ein Taxi und ließ den Fahrer vor der Boutique Babayoff warten. Kurz darauf kam sie mit zwei Kleidern wieder heraus, einem schwarzen und einem weinroten. Der Gattin des Premierministers gefielen beide. Lila empfahl ihr das dunkelrote, weil sie sich beide einig waren, dass alle anderen Frauen wohl schwarz tragen würden.

Als Lila aufbrechen wollte, bedankte sich die Frau so überschwänglich, dass es Lila geradezu peinlich war. Und ganz plötzlich brach sie in Tränen aus. Und das auch noch vor der Gattin des Premierministers! Die Tränen strömten nur so aus ihr heraus. Lila konnte nur stottern, sie müsse wieder zurück in den Salon. Doch die Frau nahm sie einfach an der Hand und führte sie in die Küche, wo sie ihr ein Lachssandwich mit Mayonnaise machte. Sie bestand darauf, dass Lila sich hinsetzte und in Ruhe aß.

»Ich kenne Sie gar nicht, aber bei Ihnen fühle ich mich sicher«, sagte Lila.

»Dinge, die wir verstecken, werden oft zur Belastung. Sie haben ihren Preis«, bemerkte die Frau. »Haben Sie denn niemanden, mit dem Sie reden können?«

Lila schüttelte den Kopf.

»Das dachte ich mir schon. Geht es um einen Mann?«, fragte sie.

Lila nickte und biss in das Sandwich, um ihr Unbehagen hinunterzuschlucken.

»Ein guter oder ein schlechter Mann?«

»Einer, den ich niemals haben kann«, sagte Lila.

»So etwas wie niemals gibt es nicht. Wir wissen doch nicht einmal, was im nächsten Moment oder am nächsten Tag passieren wird.«

Lila wischte sich die Nase ab. »Meine Ewigkeit dauert schon neunzehn Jahre.«

Die Frau des Premierministers bot ihr jetzt Schokolade an. »Etwas Süßes wird Ihnen guttun. Wie meinen Sie das, neunzehn Jahre?«

Lila schwieg.

»Nur zu, sagen Sie es mir.«

Lila atmete tief durch. »Seit neunzehn Jahren warte ich auf ihn.« Sie begann wieder zu weinen, dieses Mal mit solcher Heftigkeit, dass es sich anhörte wie bei einem Schornstein, der nach Jahren zum ersten Mal wieder durchgeputzt wurde. Ihr ganzer Körper bebte, und insgeheim war sie dem Dienstmädchen dankbar, das nebenan mit einem dröhnenden Staubsauger putzte.

»Ich kann mir vorstellen, dass er es wert ist«, sagte die Gattin des Premierministers mit gütigen Augen.

Lila musste noch heftiger weinen.

»Die Menschen sagen, es passiert einem nur einmal im Leben«, sagte die Frau. »Wer es noch nicht erlebt hat, der wartet ewig darauf, und wer es erlebt hat, der hält es für ein Wunder und lässt es nie mehr los.«

»Jetzt will er mich treffen«, keuchte Lila. »Nach all den Jahren.«

»Und Sie? Wollen Sie ihn denn sehen?«

»Die Antwort auf diese Frage kannte ich jahrelang. Aber jetzt weiß ich sie plötzlich nicht mehr.«

»Aber quälen Sie sich doch nicht so. Sie sind ja ganz verrückt vor Angst. Wenn Sie ihn treffen und enttäuscht sind, weinen Sie vielleicht ein paar Monate lang. Wenn Sie ihn aber nicht treffen, werden Sie es den Rest Ihres Lebens bereuen.«

»Ich muss sterben, wenn ich vor ihm stehe«, klagte Lila.

»Gehen Sie hin«, riet ihr die Frau des Premierministers. »Bleiben Sie ruhig. Und hören Sie auf das, was er *nicht* sagt.«

Lila fühlte sich ein wenig besser.

»Probleme kommen immer ohne Einladung. Das Glück dagegen müssen wir förmlich über die Schwelle schleifen.«

Plötzlich wurde Lila bewusst, wie spät es war. »Monsieur Hubert wird mich umbringen!«, rief sie.

»Ich werde ihm sagen, dass ich Sie stundenlang beschäftigt habe«, lächelte die Frau. »Das stimmt doch auch.«

»Die hätte ich fast vergessen«, sagte Lila und reichte der Frau des Premierministers ein Paar Merci-Strümpfe. »Ich habe immer ein Paar in der Handtasche. Das hauchzarte Material ist elegant. Ach ja, eins noch: Die Höhe Ihrer Absätze ist unwichtig. Aber schmal müssen sie sein.«

Von seinem Bürofenster aus konnte Elias das geschäftige Treiben auf der Sultan Suleiman Street beobachten. Der Strom kaufwütiger Israelis riss einfach nicht ab. Sie trugen Küchenmaschinen und Haarföhne. Auf die Dächer ihrer Autos luden sie Teppiche, Lederkissen, Glasvasen aus Hebron, Fußbänke und Kupferkessel. Alles, was irgendwie exotisch war, alles, worum man feilschen konnte, alles, was Erinnerungen weckte, hatte es ihnen angetan.

Der Kaufrausch erstreckte sich auch auf Lebensmittel, besonders Würste und Süßigkeiten sowie auf Seife. Schwärme gieriger Käufer stürzten sich auf die verschlafenen kleinen Läden und ließen die Kassen der arabischen Inhaber klingeln. Die Leute erstanden hauptsächlich jordanische Waren, denn die waren ihnen wegen des arabischen Boykotts nicht zugänglich gewesen. Jetzt waren die Schranken gefallen, jetzt konnten sich alle Träume erfüllen. In den Läden hörte man immer dieselbe Frage: »Ist das aus dem Ausland importiert?«

Eines heißen Nachmittags bekam Ost-Jerusalem seine erste Ampel. Die farbigen Lichter, die von selbst umschalteten, waren etwas ganz Neues, eine große Attraktion. Am Anfang postierte man noch einen arabischen Polizisten daneben, der den Autofahrern anzeigte, wann sie anhalten mussten und wann sie weiterfahren durften.

Die weißen Flaggen der Kapitulation waren noch nicht

von allen Hausdächern entfernt worden. Im Gegensatz zu seinen Nachbarn hatte sich George Riani ohnehin geweigert, eine Flagge aufs Dach zu hängen. »Ich befinde mich nicht im Kriegszustand, also kann ich mich auch nicht ergeben.«

Zwei Dinge erfüllten ihn mit Ärger: die allgegenwärtigen Kritzeleien der israelischen Touristen, die sich auf irgendeiner Wand in Ost-Jerusalem verewigen wollten, und die Mehlknappheit, die die Araber zwang, überteuertes Brot in West-Jerusalem einzukaufen. »Schlimm genug, dass es so viel kostet«, sagte George zu Munir, »aber noch schlimmer ist die Qualität. Es ist wie ein Schwamm. Ich kriege das Brot der Juden einfach nicht hinunter.«

George beendete seinen Arbeitstag etwas früher als gewöhnlich und ging nach Hause. Er wollte die Neuerungen lieber in seiner heimischen Umgebung verdauen.

Im Büro kochte Munir eine Kanne Orange-Valley-Tee. Wie immer ließ er seine eigene Tasse in der Küche stehen, um sie später zu trinken. Elias wirkte niedergeschlagen, fast schon verzweifelt. »Kann ich irgendetwas tun, irgendetwas besorgen?«, fragte Munir.

Ja, Elias hätte tatsächlich etwas gebraucht, nur wusste er nicht, was. Vielleicht einen Schlag auf den Kopf, genügend heilsame Zeit, Ruhe nach dem Erdbeben. Alle um ihn herum waren damit beschäftigt, die Umwälzungen der letzten Tage irgendwie zu verarbeiten. Was war eigentlich passiert? Und wie würde es jetzt weitergehen? Elias waren diese Fragen gleichgültig. In seinem Kopf spukte nur ein Gedanke, der ihn erschaudern ließ: dass vielleicht jener israelische Offizier dort – oder der im

Auto oder der da an der Ecke – Lilas Ehemann war. Die Offiziere waren alle um die Vierzig. Vielleicht war einer der uniformierten Männer ja ihrer, und sie saß zu Hause und wartete auf ihn, wartete darauf, dass er kam und sie ihm die Uniform aufbügeln und das Essen machen konnte.

»So schnell es geht«, bat Lila den Taxifahrer.

»Natürlich weiß ich, wo das Intercontinental ist«, prahlte er. »Ich kenne den Weg.« Trotzdem gelang es ihm, sich zu verfahren, er musste einen Passanten nach der richtigen Straße fragen. Lila zwang sich zur Ruhe, sonst wäre sie vor Ungeduld explodiert. Als sie jedoch am Ziel angelangt waren, musste sie sich noch einen Moment sammeln, bevor sie ausstieg.

Jerusalem lag ihr zu Füßen, wie ein Geschenk, wie die beeindruckende Illusion einer vereinigten Stadt. Zum ersten Mal seit gut zwanzig Jahren durfte Lila die atemberaubenden Wahrzeichen von oben betrachten. Sie konnte ihre eigene Wohngegend ausmachen und auch seine, sogar die hohen Zypressen in seiner Straße. Sie erkannte den Tempelberg und den Felsendom, die jüdischen und muslimischen Friedhöfe, die antiken Kirchen, die Hügel von Edom im Osten. Sie sah die untergehende Sonne, die dem Mond wich. Allmählich blitzten mehr und mehr Lichter auf. Ihre Lichter, unsere Lichter.

In der Luft lag der Duft des Sommers. Die jungen Olivenbäume streckten sich stolz dem Himmel entgegen. Die sieben weißen Bögen des Hotels schienen die Bedeutung des Berges, auf dem es lag, besonders zu betonen.

Der uniformierte Portier verbeugte sich vor ihr und hielt ihr die Tür auf. Alles, was sie sah – die Lobby, die Angestellten, die Hotelgäste, die Kronleuchter, die Möbel – schien in einen besonderen Sepiaton getaucht, der sie an den Anfang des Jahrhunderts erinnerte.

Sie ging zur Treppe. Der weiche Teppich dämpfte ihre Schritte, und ihr war, als bewegte sie sich durch dichten Nebel. Von den steinernen Wänden hallten Satzfetzen in verschiedenen Sprachen wider. Die Leute, die sich in der Lobby aufhielten, standen da wie die Mitglieder einer militärischen Ehrengarde und betrachteten sie, als sie vorüberging. Am Fuße der Treppe wich ihre Konzentration einer plötzlichen Konfusion. Ihr Mund war wie ausgetrocknet, ihre Augen brannten, ihre Ohren filterten die Umgebungsgeräusche. Alles, was sie hören konnte, war ein Murmeln – vielleicht das Rauschen ihres eigenen Blutes, der Schlag ihres Herzens. Dieser Moment würde sich ihr für immer einbrennen, aber sie empfand nicht jene Erfüllung, die die Erwartung gewöhnlich mit sich brachte.

Sie hielt Ausschau nach einem einzelnen Mann in Anzug und Krawatte, entdeckte aber niemanden, auf den diese Beschreibung passte. Sie wandte sich um und ging zurück. Er saß auch nicht auf einem der Sofas oder im Restaurant, von dem aus man eine wunderbare Aussicht in Richtung Osten genießen konnte. Da brach etwas in ihrem Inneren in sich zusammen. Sie war nicht in der Lage, die Uhrzeit an der Rezeption abzulesen; Verstand und Vernunft hatten sie verlassen.

Ein Ober im schwarzen Anzug rettete sie. »Madame Lila?«

Sie nickte.

»Würden Sie mich bitte begleiten?«

Sie hatte schreckliche Angst, der Ober würde sie zu einem Telefon führen, wo sie erfahren müsste, dass er nicht kam.

Sie durchquerten die Halle, stiegen eine Treppe hinab und gingen durch eine Tür mit Bullaugenfenster. Es kam ihr vor, als legten sie eine lange Strecke zurück. Ob sie den Weg zurück wohl allein finden würde? Es roch nach Seife und Kochwäsche, nach Dampf und Stärke. In diesem weniger glanzvollen, unterirdischen Bereich des Hotels war es lauter als oben.

Vor einer Holztür in einem dunklen Flur blieben sie stehen. Auf dem Türschild stand: DIREKTOR.

Der Ober klopfte.

»Ja?«, kam es von drinnen.

Sie brauchte nur diese eine Silbe, um Elias' Stimme zu erkennen.

Wie viel Zeit war wohl vergangen, seit der Ober verschwunden war und sie allein vor der Tür stand? Sie brachte es nicht fertig, die Hand auszustrecken und die Klinke zu drücken. Die Tür ging trotzdem auf, wie das Himmelstor, und da stand er vor ihr.

Er verharrte bewegungslos, ließ sich vom Augenblick überwältigen, betrachtete sie aufgewühlt. In ihren Augen standen Tränen. Nach dem ersten Schock trat er einen Schritt zurück, um den Weg ins Büro freizumachen. Kein Wort wurde gesprochen, und die Tür schloss sich wieder.

Lila bemerkte nicht, wie es sich zutrug, aber plötzlich

lag ihr Kopf an seiner Brust, ihr Kinn an seiner Schulter. Seine Arme umschlossen sie, drückten sie sanft, aber bestimmt, so als wollten sie ihren Körper mit seinem vereinigen. Als er ihr eine Hand auf den Kopf legte, stieß sie einen erstickten Schrei aus, der tief aus ihrem Inneren kam und sie beide erzittern ließ.

Als sie sich wieder voneinander lösten, bemerkte sie, dass er überglücklich und gleichzeitig gequält wirkte. Seine Freude war erklärlich, aber warum litt er so?

»Kleine Perlen«, flüsterte er, als er ihr die Tränen von der Wange wischte. Er sah, dass sie erfolglos um Fassung rang. »Ich bin froh, dass du gekommen bist«, sagte er.

Er nahm ihre Hand und führte sie zu zwei Sesseln, die nebeneinander vor einem Schreibtisch platziert waren, wie ein Paar, das bei der Trauung vor dem Priester stand. Erst, als sie sich gesetzt hatte, nahm auch er Platz.

Er goss etwas Wasser aus einer Karaffe in zwei große Gläser und reichte ihr eins. Als sie einen Schluck nahm, betranken sich seine Augen gierig an ihrer Schönheit.

»Du bist schöner denn je«, sagte er. Mit dem Finger fuhr er über ihren Arm, wie um sich zu vergewissern, dass sie wirklich vor ihm saß.

Sie hätte gern etwas erwidert, aber die Worte wollten nicht aus ihrer Kehle kommen. Ihre unregelmäßigen Atemzüge, die blassen Lippen und das leichte Zittern verrieten ihm aber auch so genug.

»Weine nur«, sagte Elias leise. »Ich bin hier bei dir.«

Da war es wieder, das Gefühl, dass er ganz genau wusste, was gerade in ihr vorging.

»Komm her«, sagte Elias. Er stand aus seinem Sessel

auf und stellte sie auf die Füße wie etwas Zerbrechliches. Dann umarmte er sie und wiegte sie sanft in seinen Armen, sodass sie beide aussahen wie ein Vorhang, der langsam in einem Lufthauch tanzte.

Er duftete etwas anders als früher. Sie rief seinen Namen.

»Ja, mein Engel?«

»Ich möchte dich etwas fragen«, sagte sie.

»Frag nur.«

»Ich schaffe es nicht.«

»Vielleicht ist jetzt auch nicht der richtige Moment für Fragen«, sagte er. »Wir wollen es langsam angehen lassen.«

»Elias«, flüsterte sie und näherte sich ihm langsam an.

Seine Lippen strichen sanft über ihre. Doch sie vergrub das Gesicht an seiner Schulter. »Bitte sag mir, dass alles gut werden wird.«

Er drückte sie fest an sich. »Es wird alles gut werden«, sagte er. »Das weißt du.«

Erst in diesem Moment nahmen sie beide die üblichen Hotelgeräusche wahr: das Piepsen eines Fernschreibers, das Brummen eines Generators, das Aufheulen eines Automotors vor dem Eingang, das Klappern eines Geschirrwagens. Doch das alles blieb ausgeschlossen aus der kleinen, zeitlosen Blase, die sie sich geschaffen hatten. Sie suchten noch immer nach etwas, was den Graben zwischen ihnen überbrücken konnte.

»Es ist kein Riss«, stellte Elias klar. »Es ist bloß ein Saum, der aufgegangen ist.«

Sie lächelte an seiner Brust.

»Lass mich dich ansehen, du lächelst ja«, sagte er.

Sie hob das Gesicht. »Woher weißt du das?«

»Was soll das heißen, woher weiß ich das?«, fragte er. »Ich habe es gespürt. Warum hast du gelächelt?«

»Weil du auf dem richtigen Weg bist.« Worte voller Zärtlichkeit.

Er wird immer nur winzige Schritte machen, dachte Lila. Anders als sie selbst, die sich ohne zu zögern in einen Wasserfall aus geschmolzenem Eis stürzen würde.

»Wie bist du hergekommen?«, wollte er wissen. Seiner Frage entnahm sie, dass gerade etwas zu Ende ging.

»Mit dem Taxi.«

»Komm«, sagte er ganz sanft. »Wir verschwinden von hier.«

Auf einmal wurde sie traurig. Nur einen Moment zuvor hatte sie sich wieder unter Kontrolle gebracht, und jetzt sollten sie sich schon wieder trennen?

Aber Elias bemerkte – so wie er es immer bemerkt hatte –, dass sich Dunkelheit über ihre Seele gelegt hatte. Er schaltete die grüne Leselampe auf dem Tisch aus. Jetzt standen sie voreinander und sahen sich in die Augen. »Von heute an, von diesem Abend an, von morgen an werden wir uns so oft treffen, wie wir nur können«, sagte er leise. »Wir werden die verlorene Zeit wieder aufholen und alles mitnehmen, was wir bekommen können.«

Er drückte sie so fest an sich, dass alle Luft aus ihrer Lunge wich. »Sag einfach, dass du einverstanden bist!«, rief er lachend.

Auf dem Rückweg durch die labyrinthartigen Gänge des Hotels fühlte Lila sich geborgen bei Elias, der sie sicher führte. Erst jetzt konnte sie die Mosaike bestaunen, die Samtsofas, die dünnen Vorhänge, das warme, lilafarbene Licht. »Das Hotel ist ganz neu«, erklärte Elias. »Erst vor drei Jahren ist es fertig geworden. Es ist fast, als hätten sie die neuen wirtschaftlichen Möglichkeiten vorausgeahnt.« Er drückte ihre Hand, ließ sie aber los, als sie in der Lobby angekommen waren und atemlos das Panorama der Stadt betrachteten, die nun wieder ihnen beiden gehörte.

Elias bezahlte den Taxifahrer und trug ihm auf, die Dame wie eine *Malika,* eine Königin, zu behandeln und sie sicher nach Hause zu bringen. Lila sah Elias sehnsüchtig an, und er erwiderte ihren Blick. Seine gütigen Augen schienen zu sagen: Worüber machst du dir Sorgen? Von jetzt an bin ich doch da. Als das Taxi anfuhr, stand er mit dem Rücken zu ihr, aber in dem Moment, als sie sich wünschte, ihm in die Augen sehen zu können, drehte er sich um. Hätte er sich nur eine Sekunde später bewegt, der Augenblick wäre verloren gewesen.

Es war so real und lebendig gewesen, doch nun schien alles wieder zu verschwinden. Hatte es sich vielleicht bloß in ihrem Kopf abgespielt? Schließlich hatte sie sich diese Begegnung so viele Male zuvor ausgemalt.

»Wo haben Sie mich einsteigen lassen?«, fragte sie den arabischen Fahrer.

Er starrte sie im Rückspiegel an. »Beim Hotel«, antwortete er.

»Und wer hat Sie bezahlt?«

»Ein Mann im Anzug«, sagte er misstrauisch. »Sie haben ihn doch selbst gesehen.«

»Und was hat er Ihnen gesagt, wo Sie mich hinbringen sollen?«

»Wohin Sie wollen.«

»Welcher Tag ist morgen?«, fragte sie wie eine Frau, die ihr Gedächtnis verloren hatte.

»Freitag«, erwiderte er. »Öffnen Sie doch das Fenster, vielleicht geht es Ihnen dann besser.«

Das Taxi pflügte durch die Stadt wie ein Expresszug. Kein Fahrzeug folgte ihm; es war, als wäre das Blut in den Venen der Stadt versiegt.

»Halten Sie an, bitte«, rief sie. »Genau hier.«

Am einfachsten wäre es, die Begegnung mit Elias Minute für Minute noch einmal durchzugehen, dachte sie. Aber das gelang ihr nicht. Statt eines geordneten chronologischen Ablaufs sah sie nur einzelne Bilder und Eindrücke vor sich, die ohne besondere Reihenfolge vor ihrem inneren Auge abliefen und sich einfach nicht zu einem Ganzen zusammenfügen ließen.

Da ging ihr auf, dass sie ein Thema nicht angeschnitten hatten: die Vergangenheit. Wir haben uns nicht an das geklammert, was war, wir haben nicht über den Krieg gesprochen – das wäre zu früh gewesen, die Wunden waren noch immer frisch, es gab Sieger und Besiegte.

Sie hatten nicht über die vergangenen Jahre geredet, nicht darüber, wie sie an ihm oder an ihr vorübergegangen waren, oder über den Graben, der sich zwischen ihnen aufgetan hatte. Auch das Hier und Jetzt hatten sie nicht angesprochen. Was wusste sie eigentlich über ihn? Nur, dass er am Leben war, dass er derselbe Mann war, den sie geliebt hatte, dass sich nichts zwischen ihnen verändert hatte.

Und was wusste er über sie? Er hatte keine Fragen gestellt. Aber wie konnte er ihr versprechen, dass sie sich künftig bei jeder Gelegenheit sehen würden, wenn er keine Ahnung von ihren Lebensumständen hatte? Was, wenn sie einen Mann hätte, der ihr an heißen Sommerabenden Melonenschnitze servierte, einen Mann, der früh aufstand, die Kinder küsste und zur Arbeit ging? Was war versteckt gewesen in dem, was nicht ausgesprochen und nicht gefragt worden war?

Er hat mich gefunden, sagte sie halblaut. *Er hat mich gerufen. Er hat in den verborgenen Bereichen des Hotels auf mich gewartet. Er hat mich in den Arm genommen, auf dieselbe sanfte Art wie früher, nicht nur in den Arm, sondern unter seine Fittiche.* Er war in ihr Leben getreten, als wäre er nie weg gewesen.

Unterdessen erfüllte sich Nomis Traum von einem Paar lacklederner Spangenschuhe. Tagelang hatte sie das Modell immer wieder im Schaufenster bewundert.

»Am Anfang werden sie noch etwas drücken, weil das Leder so fest ist«, sagte der Verkäufer.

»Nein, sie drücken gar nicht«, erwiderte Nomi.

»Machen Sie mir einen guten Preis, schließlich kaufe ich jedes Jahr bei Ihnen«, verlangte Margo.

Der Verkäufer sagte: »Das ist der Endpreis. Wenn Ihnen die Schuhe nicht gefallen, brauchen Sie sie nicht zu kaufen.«

Nomi erschrak, als ihre Mutter sie bei der Hand nahm

und mit ihr aus dem Laden marschierte. Nomi ging bewusst langsam, während Margo ihre Schritte beschleunigte. Da rief der Verkäufer hinter ihnen her und ging doch mit dem Preis herunter. An diesem Abend schlief Nomi mit den feinen neuen Schuhen im Arm ein, während ihr der Duft des Leders in die Nase stieg.

Am Tag der Hochzeit nahm sie die Schuhe aus ihrer Schachtel und polierte sie. Sie trug weiße Söckchen, einmal umgeschlagen, und ein weißes Kleid, das eigens für sie genäht worden war. Es hatte rosafarbene Stickereien an den Handgelenken, aber wichtiger als das Kleid waren Nomi die neuen Schuhe.

Eingezwängt in einen kleinen Volkswagen fuhren alle zusammen zur Hochzeit: sie selbst, ihre Eltern, das Baby und Lila. Margo mochte Hochzeiten und andere Feiern nicht besonders. Sie war von vornherein überzeugt, dass alles schrecklich sein würde: das Trauzimmer, das Essen, die Musikkapelle. Ihr war ganz klar, dass sie kein gutes Geschäft machen würde, denn ihr Hochzeitsgeschenk war viel mehr wert als das, was sie im Gegenzug dafür bekommen würde. Sie hatte sich die Haare machen lassen – in einem günstigeren Salon als bei Hubert –, und jetzt trug sie eine mit Haarspray fixierte Außenrolle. Margo hatte Lila nur ungern im Auto mitgenommen, weil sie es eigentlich hatte vermeiden wollen, das Gebäude zusammen mit ihr zu betreten, aber Nomi hatte Lila schon versprochen, dass sie sie abholen kämen.

Als Lila eintrat, versuchten die Leute erst gar nicht, ihr Starren zu verbergen. Die Blicke der Frauen schienen zu sagen: *Sie kommt nicht von hier, darum werde ich es nie schaffen, so auszusehen wie sie.* Die elegante Figur, die hohen Schuhe mit den schmalen Absätzen, das schwarze, tief ausgeschnittene Kleid, die Abendtasche mit den eingearbeiteten Edelsteinen, der lange Seidenschal mit seinen Goldfäden. Der lange weiße Hals, das zauberhafte Gesicht, in das Hoffnung geschrieben stand.

»Sie geht wie eine Französin«, raunte eine Frau ihrer Freundin zu. »Vielleicht übt sie mit einem Buch auf dem Kopf.«

»Sie braucht sich nur um sich selbst zu kümmern«, erwiderte die Freundin. »Sie hat weder Ehemann noch Kinder, für die sie sorgen muss.«

»Was für glatte Haut«, sagte die erste Frau voller Neid. »Im Salon bekommt sie wahrscheinlich Schönheitsbehandlungen.«

Nomi versuchte, Lila mit ihrem kleinen Körper vor den herumfliegenden Funken abzuschirmen. Sie summte laut vor sich hin, um die hässlichen Bemerkungen zu übertönen, die durch den Raum schwirrten. Dabei dachte sie daran, was Lila einmal im Scherz gesagt hatte: »Es ist besser, von einem Lastwagen überfahren zu werden, als unter die Räder einer Frau zu kommen, die dich dumm von der Seite ansieht.«

Die Männer, die sich vor Lila verbeugten, durften ihr die wohlgeformte behandschuhte Hand küssen.

»Warum fangen diese Feiern niemals pünktlich an? Und wieso kann die Zeremonie nie kurz und knapp sein?«, klagte Lila. Sie zog eine goldene Armbanduhr aus ihrer Abendtasche, warf einen Blick darauf, und ließ sie wieder in die Tasche gleiten.

»Bist du ein braves Mädchen und bringst mir ein Glas Rotwein?«, sagte sie zu Nomi, als bitte sie um lebensrettende Medizin. Als Nomi zurückkam, vorsichtig das Glas balancierend, sah Lila schon wieder auf die Uhr.

»Was ist das denn für ein Wein?«, sagte Lila enttäuscht. »Der schmeckt ja wie der Essig, den ich zum Putzen nehme.«

Nomi brachte ihr Erdnüsse und Mandeln, aber darauf hatte Lila keine Lust. Die Band spielte ein Lied von Cliff Richard. Lila wirkte aufgewühlt, als wäre sie mit den Gedanken woanders.

»Was ist mit dir?«, fragte Nomi besorgt.

»Ach, nichts«, erwiderte Lila und strich Nomi über den Kopf.

Diese Hochzeit hatte seit Jahren in der Luft gelegen. Hezi, der jüngste Bruder von Nomis Vater, heiratete die robuste Clara mit den blonden Zöpfen und den dicken Armen. Sie war die einzige Tochter zweier Holocaust-Überlebender. Hezi hatte es geschafft, mehr als dreißig Jahre lang Junggeselle zu bleiben, aber jetzt war er Clara, die neun Jahre jünger war als er, ins Netz gegangen.

Nomi schnappte hier und da einen Fetzen der Unterhaltungen auf: »Die Eltern der Braut haben einen Gemüseladen, wo Clara von früh bis spät die Kisten herumwuchtet. Aber das hört jetzt auf, sie hat ja einen Bauunternehmer geheiratet, der ein amerikanisches Auto fährt, einen El Camino.« – »Sie sieht aus wie eine russische Bäuerin.« – »So sind sie, diese Leute, ein einziges Kind, und dann verlieren sie die Lust.« – »Sie fahren nach Eilat in die Flitterwochen.« – »Aschkenasim. Kleine Familien, wenig Gäste. Nicht wie bei uns.«

Nomis Eltern waren in verschiedene Richtungen verschwunden, sobald sie den Saal betreten hatten. Wie üblich kümmerte sich niemand um Nomi. Ihre Eltern dachten wohl, sie bleibe bei Lila.

Plötzlich hörte die Musik auf, aber Lila wippte weiter mit Fuß. Der Leadsänger, ein Mann mit vollem, lockigem Haar, kündigte »ein Lied zu Ehren unserer Soldaten« an. Die Hochzeitsgäste bildeten einen Kreis und tanzten die Hora zu den Klängen der elektrischen Gitarre und des Schlagzeugs. Nomi versuchte, in den Kreis hineinzukommen, aber die Erwachsenen hielten sich zu fest an den Händen. Sie ging zurück zum Tisch, stellte sich hinter Lila und legte ihr die Arme um die Schultern. Lila erschrak.

Nomis kleiner Bruder, der den Wein für Traubensaft gehalten hatte, schlief tief und fest, ausgestreckt auf zwei Klappstühlen. Nomi gelang es, zwei Brötchen zu stibitzen, obwohl das Buffet von Kellnern in Fliege bewacht wurde. »Willst du eins?«, fragte sie.

»Ich habe keinen Hunger«, entgegnete Lila. »Auf Hochzeiten isst man doch sowieso nicht.«

Während der Zeremonie stand Nomi neben Lila und hielt ihre Hand. Sie konnte nichts sehen außer den Beinen der Männer und den Hintern der Frauen, die vor ihr standen.

»Was für eine endlose Zeremonie«, stöhnte Lila. »Und so langweilig. Du hast nichts verpasst. Aber dein Onkel, der Bräutigam, der sieht wirklich süß aus.«

»Und die Braut?«, wollte Nomi wissen.

»Sie sieht aus wie eine Frau, die weiß, was sie will.«

Unter den Jubelrufen der Gäste zerschmetterte Onkel

Hezi das Glas. »Warum tragen Bräute Schleier?«, fragte Nomi.

»Damit der Bräutigam versteht, dass seine Frau ihm immer ein bisschen rätselhaft bleiben wird.«

»Warum?«, fragte Nomi.

»Weil Frauen nun mal so sind. An ihnen ist immer etwas Geheimnisvolles.«

Die Musik setzte wieder ein, und alle drängten sich um die Braut, die ihren Schleier hochgeklappt hatte. Ihr Gesicht strahlte, und auf dem Kopf trug sie ein glitzerndes Krönchen.

»La corona de brillante«, sagte Lila. »Das ist das Schönste an dieser Hochzeit. Die Diamantenkrone auf dem Kopf der Braut. Damit sieht jede Braut aus wie eine Königin.«

Chassidische Musik ertönte, und Nomi musste an den Milchmann Tuvia denken, der seine Töchter verheiratete.

Lila, die eben noch Nomis Hand gehalten hatte, verschwand im Trubel. Der Gitarrist widmete das nächste Lied »den Eroberern von Jerusalem, die uns die Klagemauer und den Tempelberg zurückgegeben haben«. Nomi kannte ein paar Zeilen aus »Jerusalem aus Gold«, verstand aber nicht, wovon das Lied handelte und warum die Erwachsenen Tränen in den Augen hatten.

»Wo ist Lila?«, wollte Menasch von Nomi wissen, die gerade dabei war, die Füße der Frauen zu betrachten. »Wo ist sie hin? Ich dachte, du würdest auf sie aufpassen.«

»Sie war bei mir«, sagte Nomi, die gern schöne, rot lackierte Fußnägel gesehen hätte, aber nur unförmige große

Zehen oder schief stehende kleine Zehen entdecken konnte. Von Lila wusste sie, dass man seine Füße durchaus zeigen durfte, aber nur, wenn sie absolut perfekt waren. Die meisten Frauen im Raum dagegen stellten ihre hässlichen Zehen zur Schau.

»Dann such sie«, sagte Nomis Vater zu ihr. »Hol sie an unseren Tisch.«

In seinem schwarzen Anzug mit weißem Hemd und schwarzer Krawatte sah er umwerfend aus. Sein dunkles Haar war kurz geschnitten und mit silbernen Strähnen durchsetzt. Sein Gesicht leuchtete vom Wein und von der Euphorie. Nomi war klar, dass er bald mit schönen Frauen tanzen würde, während ihre Mutter die Nase rümpfen und böse Blicke zur Tanzfläche schicken würde. Zu Hause würde sie dann über alle seine Tanzpartnerinnen herziehen.

Nomi ging in Richtung Damentoilette. Bestimmt stand Lila dort vor dem Spiegel und erneuerte sich den Lippenstift. Nomi äugte unter dem Rand der Kabinen hindurch, aber da war niemand mit schwarzen Schuhen und Strümpfen. Bald gab sie auf, weil es von draußen so gut duftete, und rannte hinaus, um nachzusehen, ob die Kellner schon begonnen hatten, das Essen aufzutragen. Sie öffnete eine schwere Tür – sie hatte sie für die Küchentür gehalten –, stand plötzlich aber auf der dunklen Straße. Ein Angestellter leerte einen Mülleimer in einen Container und ging wieder hinein, während die vielen Straßenkatzen sich gierig auf die Essensreste stürzten.

Eine Zehntelsekunde lang sah Nomi auf einmal einen schwarzen Schuh. Dann einen Goldfaden von Lilas Schal, eingeklemmt in einer Autotür, und das Auto fuhr los. Es war ein großer Wagen, vielleicht ein Mercedes.

Nomi ging wieder in den Saal zurück. Dort war bereits serviert worden: Hühnchen in Blätterteig. Sie setzte sich neben Onkel Mano und freute sich, weil auf sie schon ein Teller wartete. Beim Essen fragte ihr Vater: »Wo ist sie denn jetzt? Hast du sie gefunden?«

»Sie ist hier irgendwo«, gab Nomi zurück und nahm sich etwas von dem Krautsalat, der sich hinter einer Flasche Saft versteckt hatte.

Schließlich hatten alle genug gegessen. Das Licht wurde gedimmt, es gab Kaffee, und dann schnitt das Brautpaar die Hochzeitstorte an. Unter der glitzernden Discokugel tanzten die beiden einen Tango. Wenn ein Tango gespielt wurde, hielt es Lila nicht auf ihrem Stuhl, egal, ob sie nun bei der Arbeit im Salon Hubert oder zu Hause war – sie musste einfach aufstehen und tanzen. Genauso bei einer Rumba. Wenn sie tanzte, wurde sie eins mit dem Rhythmus der Musik, wirbelte mit ihren langen, schlanken Beinen über die Tanzfläche. Die bösen Hexen warteten schon darauf, welcher arme Teufel ihr gleich zu Füßen fallen würde, aber Lila war nirgendwo zu sehen.

Satt und zufrieden ging Nomi hinaus. Der Abend war schön, und in der Luft lag ein süßer Honigduft. Es war Sommer. Am Himmel standen Millionen von Sternen, und der Mond schwebte vor einem schwarzen Tuch, das sie an Lilas Kleid erinnerte. Arabische Wortfetzen kamen von überall her, von den Balkonen der Wohnhäuser und aus den Wohnzimmern, in denen der Fernseher lief.

Ein Mann im weißen Unterhemd stand breitbeinig auf einem Balkon und rauchte. Hinter ihm tauchte eine Frau in einem Trägertop auf, geräuschlos wie eine Katze, und legte die Arme um ihn. Er warf die brennende Zigarette über das Geländer und zog sie ganz nah zu sich. Nomi verfolgte den rot leuchtenden Zigarettenstummel mit den Augen, bis er in den Büschen verschwand.

Ein großes Auto näherte sich dem Festsaal. Es fuhr langsam bis zum Ende der Straße und hielt an. Die Scheinwerfer verloschen. Nomi kannte alle Automarken, und sie war sich ganz sicher, dass es ein Mercedes war. Einen Moment darauf stieg eine Frau aus und schlug die Tür hinter sich zu. Schnell entfernte sie sich von dem Auto.

Es war Lila, aber nicht die stets aufrechte und selbstbewusste Lila, die Nomi kannte. Nomi rannte zu ihr hin. Lila fragte gar nicht, was sie um diese Zeit allein auf der Straße zu suchen habe.

»Ich habe auf dich gewartet«, sagte Nomi.

Lila atmete tief durch, so, als versuchte sie, sich zu beruhigen. Dann setzte sie sich neben Nomi auf den Bordstein und ließ den Kopf sinken. Sie schien nicht mehr die Kraft zu haben, ihn wieder zu heben.

»Sie haben schon nach dir gefragt«, sagte Nomi.

»Lass sie doch«, gab Lila zurück. »Das ist mir egal.« Nach einer kurzen Pause wollte sie wissen: »Wer hat nach mir gefragt?«

»Papa«, antwortete Nomi. »Ich hab ihm gesagt, dass du dich bestimmt unter die Leute gemischt hast.«

»Wissen sie denn, dass du hier draußen bist?«

»Nein.« Nomi spielte mit Lilas Perlenkette und strich

ihr den Pony zurecht. »Dein Lidschatten ist verschmiert, den musst du neu auftragen.«

Lila zog ihren Taschenspiegel hervor und richtete sich das Make-up. »Warte kurz, bevor du reingehst. Ich gehe zuerst«, sagte sie zu Nomi. Mit großer Kraftanstrengung sammelte sie sich einen Moment, dann stand sie auf und begab sich in den Festsaal.

Nomi zählte bis zwanzig und folgte ihr dann.

Plötzlich fuhr der Mercedes zu ihr heran. Der Fahrer winkte ihr zu. Nomi blieb reglos stehen, aber er wartete. Er hatte ein freundliches Gesicht, darum trat sie schließlich doch an das offene Beifahrerfenster. »Kennst du Lila?«, fragte er sie.

Sie nickte.

»Kannst du ihr das hier geben?« Er reichte ihr Lilas Schal.

Leise bedankte er sich und fuhr ab. Nomi blieb noch einen Moment stehen, seine angenehme Stimme im Ohr und seinen Duft in der Nase: Talkumpuder vermischt mit Tabak.

Im Saal packte sie jemand an der Taille und hob sie hoch. »Du bist ja so leicht wie eine Feder! Komm und tanz mit Braut und Bräutigam.« Onkel Mano führt sie auf die Tanzfläche und brüllte ihr ins Ohr: »Sie spielen ein Lied aus San Remo. *Canta Bambino*. Ein toller Song!«

»Wovon handelt er?«, wollte Nomi wissen.

»Von dieser Italienerin, wie heißt sie noch gleich? Gigliola Cinquetti!«

Nomi entdeckte Lila auf der Tanzfläche und winkte ihr mit dem Schal zu. Tanzend bewegte sie sich auf Nomi zu und nahm ihr den Schal mit einer unauffälligen Bewegung ab. Dann band sie ihn sich um die Hüfte und tanzte leidenschaftlich weiter.

Ein Kreis faszinierter Männer und begeisterter Frauen hatte sich um sie gebildet. Sie klatschten mit den Händen den Takt, und Lila geriet in einen richtiggehenden Tanzrausch. Die Musikkapelle spielte nur für sie, Lied um Lied. Die Männer ergötzten sich an Lilas Schönheit, und die Frauen betrachteten neidvoll ihre geschmeidigen Bewegungen.

Sie glauben wohl, sie tanzt für sie, dachte Nomi. *In Wirklichkeit aber tanzt sie für den Mann, der so gut gerochen hat.*

Lila war ganz rot im Gesicht, Schweißperlen standen ihr auf der Stirn. Ihr Lippenstift war fast nicht mehr zu sehen. Nach einer Stunde auf der Tanzfläche fiel sie Menasch erschöpft in die Arme. Menasch, der ihren Zusammenbruch vorausgeahnt hatte, trug sie aus dem Saal wie ein Bräutigam seine Braut über die Schwelle. Nur, dass das Brautkleid in diesem Fall schwarz war.

Nomi folgte ihnen heimlich. Lila zitterte am ganzen Körper und schluchzte. »Du bist völlig entkräftet«, sagte Menasch. »Kein Wunder, du hast ja getanzt wie ein Wirbelwind. Ich bringe dich nach Hause.«

Nomi rannte zurück in den Saal, holte Lilas Abendtasche und eilte wieder hinaus. Lila lag matt auf der Rückbank des Volkswagens und atmete schwer. Nomi erschrak, aber Menasch bat sie, sich neben Lila zu setzen.

Nomi wäre gern bis zum Ende der Hochzeit geblieben, weil das für Familienmitglieder so üblich war. Man sah zu, wie die Kapelle langsame Lieder spielte und die Braut auf der Tanzfläche mit ihrem Bräutigam verschmolz und die Speisen vom Buffet eingepackt und den Gästen mitgegeben wurden. Die Klatschbasen waren nach draußen gekommen, um Lilas Zusammenbruch zu verfolgen, aber Nomi war schneller gewesen. Mit Lilas Schal hatte sie die Fenster des improvisierten Krankenwagens abgedeckt wie bei den Fahrzeugen, in denen die Mitglieder der Regierung herumgefahren wurden.

Menasch war wieder in den Saal gegangen, um Margo und das Baby zu holen. Er legte es Nomi auf den Schoß.

»Was für eine armselige Hochzeit das doch war«, klagte Margo, als sie sich ins Auto quetschte. »Was für ein grauenhaftes Essen! Das würde ich nicht mal meinen schlimmsten Feinden anbieten.«

Als das Auto scheppernd anfuhr, stieß Lila einen fürchterlichen Schrei aus, der das kleine Auto erfüllte und nicht entweichen konnte. Einen solchen Schrei hatte Nomi noch nie gehört. Wer hätte auch gedacht, dass die starke Lila dermaßen zerbrechen konnte?

»Soll ich rechts ranfahren?«, fragte Menasch.

Margo sagte: »Fahr weiter. Sie will endlich nach Hause.«

Menasch redete eindringlich auf Lila ein. »Bitte weine doch nicht so, mir bricht gleich das Herz.«

Aber Lila weinte nur noch heftiger und schrie nur noch lauter. Sie zuckte im Rhythmus ihrer Atemstöße, und zwischen den Schluchzern hörte man mit Mühe die Worte: »Er ist verheiratet. Er ist verheiratet. Er ist verheiratet. Er ist verheiratet. Er ist verheiratet. Er ist verheiratet. Er ist verheiratet.«

Margo war gereizt und ungeduldig. »Was sagt sie da?«, fragte sie Nomi. »Ich verstehe kein Wort. Was soll das heißen, ›isveirat‹?«

Der Volkswagen hielt vor Lilas Wohnhaus an. Nomi flüsterte: »Wir sind da, Lila.«

Lilas Gesicht war nass und mit Schminke verschmiert, ihr Haar war zerzaust und das Kleid zerknittert. Einen Moment lang erinnerte sie Nomi an die Nachbarin, deren Wohnung in Flammen aufgegangen war. Als die Feuerwehrleute sie retteten, war sie patschnass und rußverschmiert und hustete schrecklich.

»Ich bringe sie nach oben«, sagte Nomi. Ihre Eltern schienen froh zu sein, sich so spät am Abend nicht auch noch um Lila kümmern zu müssen.

Im Treppenhaus wollte Nomi das Licht einschalten, aber Lila bat sie, es zu lassen. »Ich gehe lieber im Dunkeln.« Durch die Fenster schien silbernes Mondlicht herein. Lila nannte es das »böse, abscheuliche Licht«. Hätte jetzt ein Nachbar durch seinen Spion geschaut, hätte er ein kleines Mädchen im weißen Kleid gesehen, das eine barfüßige, entkräftet wirkende Frau im schwarzen Kleid die Treppe hinaufzerrte. In der anderen Hand trug Nomi Lilas Schuhe, Abendtasche und Schal. Immer wieder unterdrückte Lila ein Schluchzen, damit es sich nicht im ganzen Treppenhaus ausbreiten und durch die Türschlitze der schlafenden Nachbarn dringen konnte.

Oben angekommen, warf Lila sich aufs Bett, als könnte sie keine Sekunde länger auf den Füßen stehen. Nomi knipste eine Lampe auf der Kommode an und legte Lilas Schal, Tasche und Schuhe daneben. Die Sachen wirkten jetzt vollkommen bedeutungslos. Ohne die Eleganz der Frau, der sie gehörten, existierten sie nicht länger.

»Geh schon«, stöhnte Lila. »Unten warten sie auf dich.«

Nomi wollte gehen, blieb aber stehen und sah Lila an, als wollte sie um Erlaubnis bitten, sie verlassen zu dürfen. Lila drehte das Gesicht zur Wand und machte ihr mit der Hand ein Zeichen. Nomi ging leise aus dem Zimmer, schloss die Tür hinter sich und legte ein Ohr daran. Wie erwartet, weinte Lila wieder heftiger. Und Nomi konnte nichts für sie tun.

Menasch drehte sich nach hinten um und fragte: »Und, wie geht es ihr? Hat sie sich ein bisschen beruhigt?«

»Sie ist sehr müde«, erwiderte Nomi.

»Hast du irgendwas von dem verstanden, was sie gesagt hat?«, fragte Margo.

»Nichts«, antwortete Nomi. »Nicht ein Wort.«

»Sie kann Hochzeiten nicht leiden«, sagte Margo. »Sie betont immer, dass sie froh ist, nicht verheiratet, frei und ungebunden zu sein. Dass sie keinen Mann und keine Kinder hat. Sie mag Hochzeiten wirklich überhaupt nicht.«

»Auf Rachelles Hochzeit hat sie sich gut amüsiert und die ganze Zeit getanzt. Auf Mikos Hochzeit auch«, bemerkte Nomi, die aus dem Fenster blickte.

»Dieses Mädchen hält immer zu Lila«, klagte Margo, als säße Nomi gar nicht mit ihnen im Auto.

»Kann ich morgen zu Hause bleiben?«, fragte Nomi, obwohl es kein günstiger Moment für so eine Frage war. »Ich bin so schrecklich müde.«

»Nein«, sagte Margo schnell. »Kinder, die nicht in die Schule gehen, müssen später die abgeschnittenen Haare vom Boden im Salon fegen.«

Nomi verstand nicht, was an dieser Arbeit so schlimm war, aber sie sagte nichts mehr, weil sie wusste, dass ihr Vater sich nicht über Margos Entscheidung hinwegsetzen würde.

Die Jalousien waren herabgezogen. Das Licht, das durch die Lamellen schien, deutete darauf hin, dass die Sonne bereits aufgegangen war. Die Lampe auf der Kommode brannte. Lila steckte noch immer in den Strümpfen und dem schwarzen Kleid vom Abend zuvor. Ihr Mund war staubtrocken, ihr Kopf so schwer wie eine Bleikugel. Erneut öffnete sie die Augen, und der erste Gedanke an diesem Morgen kam mit brutaler Wucht auf sie niedergesaust. Er war entsetzlich, furchtbar, eine Fortsetzung des Albtraums der Nacht. Aber er war Wirklichkeit, auch wenn sie einen Moment brauchte, um das zu begreifen. Es war tatsächlich passiert.

Ihr Mann gehörte einer anderen Frau. In diesem Augenblick würde er neben ihr aufwachen, neben dieser gesichts- und namenlosen Frau. Sie war ein Teil seines Lebens, sie war real, die Mutter seiner Kinder, seine geliebte Frau, diejenige, die er vor Hunger und Krankheit beschützte, und wenn man ihr Haus bombardierte, würde er sich über sie werfen, um an ihrer Stelle zu sterben. Diese gesichtslose Frau lebte Lilas Leben an seiner Seite, schlief in seinen Armen ein, kochte ihm seinen Lieblingsreis, betrachtete ihn beim Rasieren, hörte ihm beim Singen zu, knotete ihm die Krawatte auf, erfreute sich an seinem Wohlergehen, stritt mit ihm, vertrug sich wieder mit ihm, schlief mit ihm.

Sie versuchte, sich zu bewegen, aber ihr Kopf schien am Kissen angewachsen zu sein. Der Wecker zeigte zwanzig nach fünf. Wenn sie jetzt nicht aufs Dach ging und etwas frische Luft schnappte, würde sie sich übergeben müssen. Darum schleppte sie sich ans Waschbecken, sah aber nicht in den Spiegel. An einem Tag, an dem alles in Trümmern lag, wollte sie ihr Spiegelbild nicht betrachten. Sie hinterließ Make-up-Flecken auf dem Handtuch. Dann wurde ihr schwindlig, und sie musste sich auf die Bettkante setzen. Schließlich ließ sie sich auf das Lager fallen, rollte sich zusammen und zog die Decke über sich. Warum sollte sie einen solchen Tag auch im wachen Zustand erleben?

Stundenlang blieb sie so liegen, im schwarzen Kleid, das Gesicht mit Schminke verschmiert. Die Wände ihrer Wohnung warfen ihre Schreie zurück. Hin und wieder schlug sie auf die Matratze und rief seinen Namen. Warum konnte er nicht kommen und sie retten, sie an einen Ort bringen, an dem die Menschen nicht von solchen Katastrophen heimgesucht wurden? Sie verhöhnte seine Schwachheit, schimpfte über seine Treulosigkeit und wünschte sich, er würde verschwinden. Sich selbst wünschte sie den Tod. Eine solche Dummheit verdient die Todesstrafe, dachte sie. Solche Blindheit! Solche Naivität! Sie weinte um die verlorenen Jahre, um jeden Tag, den sie an ihre Wiedervereinigung geglaubt hatte, um die schrecklichen, bitteren Jahre, die vor ihr lagen. Er hatte sie getäuscht, in die Irre geführt, und das nicht nur ein oder zwei Jahre lang, sondern zwanzig. Statt eines Herzens würde sie künftig nur noch eine Pumpe im Körper tragen, die das Blut umwälzte. Statt Gefühlen würden nur noch Misstrauen und Argwohn in ihr leben.

Ohne Schlaf und Wasser blieb sie bis zum Abend im Bett. Die Gedanken wirbelten wild durch ihren Kopf. In einem Moment verzehrte sie sich nach seinen warmen Augen, im nächsten brandete Zorn in ihr auf.

Am Abend zuvor war er zur verabredeten Zeit auf dem Parkplatz erschienen und hatte sie zu einer »kleinen Spritztour«, wie er es nannte, abgeholt.

Jetzt grämte sie sich über jede Minute, in der sie neben ihm gesessen hatte, ohne die leiseste Ahnung, was er ihr offenbaren würde, über jede Minute, in der er sie mit seinen honigsüßen Augen betrachtet hatte, über jede Minute, in der sie die bevorstehende Katastrophe nicht gespürt hatte. Nervös hustend war er in seinem Sitz herumgerutscht, aber sonst hatte nichts darauf hingewiesen, dass gleich der Himmel einstürzen und eine Sturmflut alles mit sich fortreißen würde. Sein Husten schien für sie eher darauf hinzudeuten, dass er aufgeregt war, weil sie wieder zusammen waren, auf nichts sonst.

Sie dachte über alle Einzelheiten der kurzen Fahrt nach. Immer wieder hatte sie zu ihm hinübergesehen, um noch ein weiteres Detail an ihm zu entdecken: Sein Haar war ergraut, zwei Falten hatten sich um seinen Mund eingegraben. Er wirkte müde, fast wie gelähmt. Weder lächelte er noch machte er Scherze, und er berührte sie auch nicht, höchstens mit den Augen. Nein, nicht einmal mit den Augen. Er fuhr, und sie fragte nicht, wohin. Er wollte wissen, wer geheiratet hatte, und als sie es ihm sagte, spürte sie, dass er mit den Gedanken woanders war. Das war bei ihm schon früher ein Zeichen für Anspannung gewesen. Beim Jason-Grab hielt er an, und sie stiegen aus. Er führte sie durch die Oleanderbüsche, die eine Sitzbank verbargen. Er war älter geworden, aber das stand ihm gut.

Etwas hatte sich bereits zwischen sie geschlichen. Ein Schauder durchfuhr sie, wie ein leiser Wind, der einen Sturm ankündigte.

»Ich habe versucht, dich zu finden«, sagte sie.

»Wann?«

»Direkt nach dem Krieg.«

Er schwieg.

»Und du?«

»Ich brauchte erst ein bisschen Zeit, um mich zu orientieren«, sagte er.

»Elias' eigenes Tempo«, bemerkte sie. Mit dieser Anspielung auf die Vergangenheit wollte sie die Entfernung zwischen ihnen überbrücken.

Er blickte ernst drein, als er sagte: »Ja. Ich brauche immer etwas mehr Zeit. Das weißt du noch.«

Nach einer Pause fuhr er fort: »Ich wollte dich fragen, ob ...« Er beendete den Satz nicht.

»Frag nur«, sagte sie. Sie war sehr dafür, jede Unklarheit sofort auszuräumen.

»Ich weiß nicht, wie ich anfangen soll«, sagte er leise. Mit dem Finger fuhr er sich über das Grübchen in seinem Kinn. »Wie ist es dir all die Jahre über ergangen?«, fragte er endlich.

Sie atmete tief durch, schloss die Augen, öffnete sie wieder und sah ihn lange an. »Ich habe sie irgendwie herumgebracht.«

»Und wie genau?« Er hielt den Blick auf das Dickicht um das Grab gerichtet.

»Immer einen Tag nach dem anderen. Und du?«

»Ich habe überlebt«, sagte er. Er beugte sich vor und stützte die Ellbogen auf die Knie. Dann setzte er sich auf, erhob sich langsam und entfernte sich ein paar Schritte. »Es war schwierig.« Er drehte ihr den Rücken zu. »Manchmal war es auch unmöglich.«

Er klang wie ein Mann, der viele Jahre im Exil gewesen war und sich erst langsam wieder der Sprache und den Gebräuchen seines Heimatlandes annäherte. Zum ersten Mal, seit sie sich wiedergetroffen hatten, spürte sie Fremdheit zwischen ihnen, ein seltsam metallisches Gefühl.

»Meine Familie hat mich sehr unter Druck gesetzt«, erzählte er. »Es war nicht leicht.« Er sah sie an. »Was uns betrifft – ich habe gedacht, es wäre vorbei, wir würden uns niemals wiedersehen.«

Bei diesen Worten zog ein Kribbeln durch ihren Körper.

Er stand noch immer und wich ihrem Blick aus. Oder vielleicht sah sie ihn in diesem Moment einfach nicht an.

»Ich bin verheiratet«, sagte er. »Und habe drei Kinder.«

Sie lag noch immer im Bett, hatte sich stundenlang kaum bewegt. Nun, einen Tag danach, glaubte sie, dass es nicht diese Worte gewesen waren, die ihr den entscheidenden Schlag versetzt hatten, nicht einmal die drei Kinder. Nein, es war das Schweigen, das darauf folgte, ein Schweigen, das bedeutete: So ist es geschehen, so hat es sein sollen, das ist mein Leben, und mehr habe ich nicht zu sagen. Sie fühlte sich wie eine Gefangene, hörte die schwere Tür ihres Verlieses förmlich ins Schloss fallen.

Sie erinnerte sich kaum daran, was danach noch gesagt wurde, oder wie sie wieder zurückgefahren waren. Aber wer erinnert sich schon an die Momente, die auf einen solchen Schicksalsschlag folgen? Sie wusste nur noch, dass plötzlich ein furchtbarer Lärm eingesetzt hatte, dann folgten Stille und Dunkelheit und der Sturz in den Abgrund.

Nun lag sie verzweifelt im Bett, quälte sich selbst und trauerte. Immer wieder traf sie die volle Wucht der Erkenntnis, dass sie nichts mehr hatte, worauf sie warten oder hoffen konnte. Es gab kein Morgen mehr.

Die ganze Nacht über lag sie zusammengerollt auf der Matratze, wie die einzige Überlebende eines Erdbebens, das die ganze Welt zerstört hatte. Sie war unter Ruinen begraben und von Mauersteinen verschüttet worden, gelähmt, geschunden, die Augen mit Staub verklebt. Kein Lichtstrahl fand den Weg zu ihr, und auch nicht die Stimme eines Erlösers. Sie wollte sprechen, aber ihre Stimmbänder funktionierten nicht mehr. Da spürte sie etwas Warmes zwischen den Schenkeln – es war Urin, der gleichzeitig Erleichterung und Furcht mit sich brachte. Jetzt war ihr Körper völlig ausgetrocknet, ohne einen Tropfen Flüssigkeit. Sie versuchte, einen Ton aus der Kehle hervorzubringen. Aber sie schlief ein und erwachte mit einem Schrei.

Zitternd vor Kälte und Nässe schleppte sie sich in die Dusche, zog das Kleid aus und warf es auf den Boden. Das Schluchzen, das ihren ganzen Körper erfasste, griff wieder an, aber das Wasser, das auf sie herabströmte, hüllte sie in Wärme ein, und ein paar Minuten lang glaubte sie tatsächlich, dass möglicherweise doch alles wieder in Ordnung kommen könnte.

ZWEITER TEIL

2006

Munir reinigte sich die Hände mit einem Tropfen Desinfektionsmittel aus der kleinen Flasche, die er immer in der Jackentasche hatte. »Ich habe sie von einem Freund bekommen, er ist Apotheker«, sagte er fast entschuldigend, und Nomi lächelte verständnisvoll.

»Keime, Viren und Parasiten finden in Krankenhäusern ideale Bedingungen vor«, dozierte Munir. »Sie wachsen und vermehren sich ständig. Wenn wir nicht aufpassen, könnte eine Seuche ausbrechen. Es gibt neue Keime, die nicht mal die Wissenschaftler kennen. Ich weiß nicht, woher sie kommen, vielleicht von dieser jüdischen Krankheit, dem Reisefieber. Die Juden fliegen und segeln und fahren und klettern ja die ganze Zeit.«

Ein stetiger Nieselregen hatte eingesetzt. Er legte einen Grauschleier über die Stadt und ließ Munir verstummen. Die Kälte drang durch das offene Autofenster herein und erinnerte Nomi daran, warum sie einst weggezogen war. Sie fand, Jerusalem war eine Stadt für Europäer, also für Menschen, die an Kälte und Höhe und Schnee gewöhnt waren. Nomi aber, deren Vater aus einer Wüstenfamilie stammte, hatte sich nie so richtig an das Klima der regnerischen, eisigen Berge anpassen können.

»Menschen, die mit Ärzten verheiratet sind, werden nie krank«, sagte Munir. »Sie entwickeln eine Immunität gegenüber den ganzen Keimen. Aber für Menschen wie uns sind Krankenhäuser lebensgefährlich.«

»Darum will ich ihn da ja rausholen«, erwiderte Nomi. Sie wusste, dass Munirs Angst vor Krankheiten ihn zu ihrem Verbündeten machen würde.

»Elias will doch selbst da raus«, erklärte Munir.

»Sind Sie sich da sicher?«

»Wer will denn schon im Krankenhaus sein?«, gab Munir zurück.

»Jemand, der keinen Grund hat, wieder nach Hause zu wollen«, sagte Nomi.

»Sie haben die Straße schon wieder gesperrt«, klagte Munir. Er klang verzweifelt. »Für wen denn dieses Mal?«

»Ich glaube, für Condoleezza Rice«, sagte Nomi.

»Sie hat auch keine größeren Chancen als alle anderen vor ihr. Niemand kann uns den Frieden bringen. Den kann man nicht einfach aus Amerika importieren. Er muss von innen heraus kommen, von den hier lebenden Menschen«, sagte Munir.

»Wenn wir doch nur einen Ministerpräsidenten hätten, der arabisch spricht und die Araber verstehen, ihren Ehrbegriff verstehen kann«, seufzte Nomi. »Heute bringe ich Sie bis nach Scheich Dscharrah.«

»Aber das liegt doch gar nicht auf Ihrem Weg«, protestierte Munir. »Und Sie haben es immer so eilig, zurück nach Tel Aviv zu kommen.«

Im Stau nahe des Collegium Terra Sancta wurde ihr klar, dass Munirs Feststellung nicht stimmte. Sie lief nicht mehr von Jerusalem fort. Je öfter sie Elias besuchte, desto länger konnte sie in der Stadt verweilen. Es war, als gewöhnte sie sich langsam an etwas, gegen das sie eigentlich allergisch war. Früher war es vorgekommen, dass sie nach Jerusalem gefahren war und vor der Stadtgrenze so heftig reagiert hatte, dass sie umkehren musste, noch bevor das Vorderrad die Straßen der Stadt berührt hatte. Dann raste sie wieder zurück nach Tel Aviv, aus den Bergen hinunter in die Ebene, und den ganzen Weg über hatte sie das Gefühl, gleich ersticken zu müssen.

»Wie geht es Ihren Kindern?«, fragte Munir.

Natürlich meinte er nicht ihre eigenen Kinder, denn sie hatte ja keine, aber sie brauchte trotzdem einen Moment, um seine Frage zu begreifen. Sie lächelte erleichtert, weil sie ihm nicht zu erklären brauchte, warum sie keine eigenen Kinder hatte. Die meisten Leute wollten das immer ganz genau wissen oder hoben zumindest verwundert die Augenbrauen.

»Bei diesen Kindern ändert sich die Lage immer wieder. Nichts ist beständig, nichts kann schnell entschieden werden«, erzählte sie. »Die Probleme bestehen teilweise schon sehr lange, und manchmal dauert es Jahre, Lösungen dafür zu finden.«

»Es gibt nichts Traurigeres als ein Kind ohne Zuhause«, bemerkte Munir.

Nomi berichtete von einem Jungen, der immer wieder weglief, überall: aus Heimen, Pflegefamilien und von Besuchen bei seinen leiblichen Eltern. Er hatte stets einen kleinen Rucksack mit einer Busfahrkarte und ein bisschen Geld unter dem Bett. Wenn es sein musste, konnte er nur von Leitungswasser leben. »Das letzte Mal, als er weggelaufen ist, waren ihm die gesamte Adoptionsbehörde und eine Sondereinheit der Polizei auf den Fersen. Schließlich fand man ihn im zentralen Busbahnhof von Tel Aviv, wo er sich in der Menge versteckt hatte. Die ganze Zeit über war er mit den Bussen ziellos durch die Gegend gefahren. Eine Frau auf dem Weg nach Hadera hat ihm die Hälfte ihres Sandwichs abgegeben, und eine alte Dame im Bus nach Netanja hat ihm einen Apfel und etwas Schokolade geschenkt, die eigentlich für ihre Enkelkinder bestimmt war. So hat er sich fünf Tage lang über Wasser gehalten. Er ist ein Junge auf der Suche nach sich selbst, aber auf diese Weise führt er sich immer wieder selbst in die Irre.«

»Warum läuft er immer wieder weg?«, wollte Munir wissen.

»Er glaubt, dass niemand ihn will«, erklärte Nomi. »Er haut ab, weil er dann niemanden mehr braucht. Wenn einen niemand will, macht man sich unsichtbar. Auf die Art gewinnt man Kontrolle über die Situation. Als würde man sagen: ›Ihr wollt mich loswerden, aber zuerst werde ich euch los. Ich werde es euch schon zeigen.‹«

Nomis Auto schob sich zentimeterweise durch den Stau. Schon wieder falscher Friedensalarm, dieses Mal ausgelöst durch die ehrgeizige Condoleezza Rice. Zuvor hatten es viele andere versucht: Gunnar Jarring, Henry Kissinger, Joseph Sisco, James Baker, Dennis Ross. Sie alle waren als Sonderabgesandte für den Frieden im Nahen Osten gescheitert.

Den Angestellten der Adoptionsbehörde war es verboten, Informationen über die ihnen anvertrauten Kinder herauszugeben, aber Munir gegenüber machte Nomi eine Ausnahme. »Vor ein paar Wochen ist er erneut verschwunden, diesmal aus einem Waisenhaus im Süden von Tel Aviv. Am Abend berichtete ein Zeitungsausträger aus einer ganz anderen Stadt, er habe ein schlafendes Kind in einem Park gesehen. Die Beschreibung passte auf den Jungen.« Am nächsten Morgen fuhr sie hin und holte ihn von der Polizeiwache ab. Er saß da, in eine Decke gehüllt wie ein Opfer eines terroristischen Anschlags.

Zuerst wusste sie nicht, auf welchen Platz im Auto sie ihn setzen sollte, entschied sich dann aber für den Rücksitz. Sie bestand darauf, dass er sich anschnallte. Außerdem stellte sie die Kindersicherung ein. An seiner angespannten Miene erkannte sie, dass er ihr Misstrauen registriert hatte. Würde er versuchen, aus dem Auto zu entkommen? Sie hatte versprochen, ein Zuhause für ihn zu finden, war aber wieder und wieder gescheitert, weil er nirgends hineinzupassen schien. Bei jeder neuen Pflegestelle musste sie sich den erneuten Misserfolg eingestehen und ihn nach Ablauf der Probezeit wieder zurückbringen in die Adoptionsbehörde, wie ein unnützes Haushaltsgerät, das niemand wollte. Er vertraute keinem, nicht einmal Nomi, die doch seine einzige Chance war.

Bei einem kleinen Café, das gerade öffnete, hatte Nomi angehalten und Eiersandwichs und heiße Schokolade für sie beide bestellt. Vom Nebentisch her lächelten einige ältere Frauen sie an. Sie hielten sie wohl für Mutter und Sohn, die sich einen schönen Tag zusammen machten. So, wie es Margo ihrer Tochter immer versprochen, aber nie eingelöst hatte. Der Junge sah ihr sogar recht ähnlich. Wie sie hatte er dickes Haar, braune Augen, einen schmalen Körper und schlanke Beine. Und das, was in ihm glühte, hatte sie als Kind auch gespürt.

Nomis Ärger verrauchte langsam. Zum Zeichen des Friedens lächelte sie ihm zu und hielt ihm den kleinen Finger hin. Der Junge hatte allerdings keine Ahnung, dass er seinen eigenen kleinen Finger wie ein Kettenglied um ihren legen und damit wackeln sollte, denn niemand hatte ihm diese liebevolle Geste beigebracht. Nomi strich ihm über den Kopf, und dieses Mal wies er sie nicht ärgerlich zurück. Sie versicherte ihm, dass sie ihn verstehen könne, dass auch sie selbst früher ein Kind gewesen war, das gern mal verschwand. Nach der heißen Schokolade und einer Umarmung von Nomi schlief er auf dem Rücksitz des Autos ein, den Rucksack fest in den Armen.

Am nächsten Tag brachte sie ihm einen Hundewelpen, ein süßes, weiches Ding. Das Hündchen war gerade erst im Tierheim abgegeben worden, und jetzt hatte es schon ein neues Zuhause. Nomi hoffte, der Junge würde verantwortungsvoll für das Tier sorgen und künftig nicht mehr weglaufen. Tatsächlich wurden die beiden bald unzertrennlich und schliefen sogar zusammen in einem Bett.

»Der Junge will, dass sich die Leute um ihn kümmern«, sagte Munir. »Und er will, dass sie sich Sorgen um ihn machen.«

»Ich schaffe es einfach nicht, ein Zuhause für ihn zu finden«, seufzte Nomi. Sie wusste, wie sich das anfühlte; es war ihr schließlich auch nie gelungen, ein Zuhause für sich selbst zu finden. Als Kind hatte sie – genau wie der

Junge – ständig gegessen, war aber schlank geblieben, weil die Wut in ihr alles vernichtete, was sie ihrem Körper zuführte.

»Wie sieht er denn aus?«, wollte Munir wissen.

»Süß«, sagte Nomi. »Intelligente Augen, schmaler Körper, dickes, kurz geschnittenes Haar. Er fängt Frösche und schneidet ihnen die Beine ab. Er röstet Ameisen und andere Insekten. Er kneift sich so fest in die Arme, dass blaue Flecken zurückbleiben. Ein wütender, einsamer Verlierer. Er reißt sich sogar die kleinen Härchen auf den Armen mit den Zähnen heraus.« Solche Dinge hatte Nomi als Kind auch getan.

»Das tut weh«, sagte Munir.

»Unsere Psychologin meint, das tun Kinder, damit sie etwas spüren können.«

»Was spüren?«

»Dass sie am Leben sind.«

Für den Jungen hätte man bei der Adoptionsbehörde keine bessere Ansprechpartnerin finden können als Nomi. Sie und der Junge hatten zwar keine gemeinsamen Gene, aber erstaunlich ähnliche Wesenszüge und Verhaltensweisen. Wie er war sie ein Kind gewesen, das immer wieder für einige Stunden verschwand. Ihre Eltern waren zu sehr mit sich selbst beschäftigt und schrien sich zu laut an, um zu hören, wie die Wohnungstür hinter Nomi zuschlug. Oft ging sie ins oberste Stockwerk des Wohnhauses und setzte sich dort auf den Boden, neben die Tür zum Dach. Das war ihre Zuflucht. Sie lehnte sich gegen die Wand und zog die Knie an die Brust.

Sie fühlte sich stark, wenn sie weglief, denn dann nahm sie ihr Schicksal selbst in die Hand. Was sie forttrieb, waren nicht die Prügel oder andere Strafen, und auch nicht, dass ihr kleiner Bruder ihr stets vorgezogen wurde. Es waren die Einsamkeit, die Gleichgültigkeit ihr gegenüber. Zuhause war sie unsichtbar. Das Einzige, was in der Wohnung genügend Platz hatte, war die Leere, die niemand füllen konnte. Ihre Mutter sandte ihr widersprüchliche Botschaften, untergrub ihr Selbstbewusstsein, suchte ständig nach ihren Unzulänglichkeiten und verlangte absoluten Gehorsam. Sie war eine Mutter, die ihre Tochter nicht sah.

Jahre später machte Nomi eine Therapie. Durch Hypnose schaffte es ihre Therapeutin, das kleine Mädchen zurückzuholen, das sich die Haare ausriss, das kämpfen musste, um gesehen zu werden, das riesige Mengen aß, um seinen emotionalen Hunger zu stillen, das fürchtete, vergessen und verletzt zu werden – und das Angst vor seiner Mutter und ihrem tyrannischen Verhalten hatte.

In ihrem Versteck konnte Nomi die Geräusche des Hauses hören. Wasser, das durch die Leitungen strömte, eine Tür, die sich öffnete und wieder schloss, das Klimpern eines Schlüsselbundes, Schritte. Niemand wusste, dass sich ganz oben ein kleines Mädchen versteckte. Nomi hatte keine Uhr und kein Zeitgefühl. Sie konnte sich nur am wechselnden Licht im Treppenhaus und an ihrem Hunger orientieren. Ganz klar, sie würde so lange durchhalten, bis sie nach ihr suchten, bis sie sich Sorgen machten und halb verrückt wurden vor Angst. Sie wollte, dass sie im Treppenhaus auf und ab liefen und ihren

Namen riefen. Doch die Gerüche, die aus der Wohnung drangen, deuteten auf ein anderes Szenario hin: Die Eltern hatten ihren Streit unterbrochen, um dem kleinen Bruder ein Omelett zu machen.

Nomi hörte die Busse, die von der Hauptstraße abbogen und ins Busdepot fuhren. Langsam schwanden ihre Kräfte, und die ersten Tränen stiegen in ihr auf: Tränen des Hungers und Tränen der Müdigkeit. Sie fühlte sich vergessen und verlassen – sie suchten ja nicht einmal nach ihr. Jalousien ratterten, Tauben flogen auf. Sie biss sich so fest in den Arm, dass ihre Zahnabdrücke zurückblieben. Als wäre das Leben selbst noch nicht schmerzhaft genug.

Jetzt war in der Wohnung alles in Ordnung, es gab keine größeren Sorgen und keine schreienden Eltern. Hätte jemand an der Tür geklingelt und eine Umfrage zum Thema Familie durchgeführt hätte, wäre er sicher beeindruckt gewesen von der Sauberkeit, der Ordnung, der Ruhe, von den feinen Abendessensdüften und davon, wie jeder Bewohner des Haushalts seinen Interessen nachging. Das Telefon klingelte, aber auch das brachte niemanden auf die Idee, sich Gedanken über Nomi zu machen. Sie stellte sich vor, wie ihre Mutter an der Strickmaschine saß und sich ein Kleid nach dem anderen strickte. Die Sachen der Mutter füllten den elterlichen Schrank fast ganz, während der Vater gerade noch Platz fand für ein Paar Jeans, ein khakifarbenes Hemd, zwei Schlafanzüge, einen Pullover und die alte grüne Militäruniform aus seiner Zeit bei der britischen Armee. Die Seite der Mutter dagegen quoll über vor Anzügen, Mänteln, Röcken, Kleidern,

Gürteln, Handschuhen, Schals, Schuhen und Taschen. Die elegantesten Sachen sparte sie für ihre Ausflüge in die große weite Welt auf, wo man sie für eine modebewusste, schicke Dame hielt.

Und was tat wohl Nomis Vater, während sie sich im Treppenhaus versteckte? Vermutlich duschte er nach einem langen Arbeitstag, schmierte sich Creme gegen seinen Ausschlag auf die Zehen und packte seine Tasche für den nächsten Tag.

Nomi war furchtbar traurig. Sie ging hinaus zu den großen Wassertanks auf dem Dach, kletterte auf die Leitungen, die sie miteinander verbanden, und ließ die Asphaltblasen auf dem Boden platzen. Ständig suchte sie nach Gelegenheiten, sich selbst in Gefahr zu bringen und zu verletzen. Sie lehnte sich über die Dachbrüstung und betrachtete die Stadt. Am Bauch spürte sie die kühle, weiß getünchte Mauer. Weißes Neonlicht aus den Küchen lag über dem Wohnviertel. Unten auf der Straße testeten einige Leute die Lautsprecher für eine Kundgebung, die bald beginnen sollte.

Niemand wusste, dass sie dort oben war. Wenn sie hinunterfiel oder ohnmächtig wurde, würde eine ganze Nacht vergehen, bis man sie fand. Sollte sie nachgeben? Seit Stunden schon war sie verschwunden, und jetzt wollte sie wieder nach Hause. Sie würde klein beigeben müssen, würde die Beleidigung, die sie in die Verzweiflung gerissen hatte, einfach schlucken müssen. Man spürte weder ihre Anwesenheit noch ihre Abwesenheit. Sogar in der Schule, wenn die Anwesenheitsliste durchgegangen wurde, antwortete sie nicht sofort, damit die

Lehrerin ihre Augen vom Blatt lösen und sie anschauen musste.

Geräuschlos stieg sie die Treppe wieder hinunter. Sie hatte keinen Schlüssel und war darum gezwungen, an der Tür zu klingeln. Sie hörte die Schritte ihres kleinen Bruders, der eilig zur Tür lief. Satt, frisch gebadet und im Schlafanzug öffnete er ihr. Als Nomi die Wohnung betrat, fühlte sie sich fremd, nicht zugehörig. Keiner kam auf sie zu, um sie zu begrüßen oder wegen ihres Verschwindens auszuschimpfen. Obwohl die Wohnung so klein war, hatte niemand sie vermisst. Sie wusch sich die Hände, und das Wasser im Waschbecken färbte sich grau. Danach nahm sie sich vier Scheiben Brot, bestrich sie mit Frischkäse und schlang sie hinunter.

In der Dusche beschloss sie, das ganze heiße Wasser zu verbrauchen, als Strafe für die anderen, aber es reichte gerade noch, dass sie sich selbst waschen konnte. Sie ging ins Bett und zog sich die Decke bis unters Kinn. Ihr Vater kämpfte derweil mit der Fernsehantenne und suchte nach dem Testbild des libanesischen Fernsehsenders. Nomi war hellwach und wütend, aber ihr Körper war müde und wollte schlafen. Bevor sie wegdämmerte, hörte sie weitere Mikrofonproben von der Straße und kurz darauf die dünne Stimme von Menachem Begin. Es waren nur wenige Menschen gekommen, um ihn sprechen zu hören, aber er sah über diese Demütigung hinweg und hielt eine feurige Rede. Nomi kniete sich auf ihr Bett, um einen Blick durch die Jalousie zu erhaschen, und tatsächlich sah sie ihn, wie er winkte und mit seiner leidenschaftlichen Art die Zuhörer mitriss. Sein blanker Schädel leuchtete im Scheinwerferlicht, und seine kleine Gestalt schien immer größer zu werden. Es war Nacht geworden, aber Nomis Kummer war geblieben. Als sie am nächsten Morgen die Augen öffnete, war ihre Enttäuschung schon vor ihr wach geworden.

Auch später in der Highschool stahl Nomi sich manchmal aus ihrem Freundeskreis fort. Sie suchten zwar nach ihr, waren aber überrascht von ihrem Verhalten und verstanden nicht, was Nomi damit bezweckte. Manchmal allerdings wollte sie überhaupt nicht gefunden werden; immer dann nämlich, wenn sie die scharfe Klinge der Einsamkeit spüren wollte.

Nomi verschwand immer, sobald sie Wut oder Unsicherheit fühlte, sobald sie ahnte, dass jemand sie im Stich lassen wollte. Auch die Männer in ihrem Leben hatte sie immer wieder verlassen. Den hochrangigen Offizier, den Kerl mit dem Motorrad, den Mann, den sie schließlich heiratete. Eine Woge des Kummers überschwemmte sie, dann fühlte sie sich einsam und wollte sich ganz allein ihrem Schmerz hingeben. Und da war noch der Mann, den sie wegschickte und erst wiedersehen wollte, wenn er allen anderen Frauen in seinem Leben den Laufpass gegeben hatte. Dabei war sie sich bewusst, dass sie ein Risiko einging, denn er liebte sie vielleicht nicht stark genug, um tatsächlich zu ihr zurückzukommen.

Bei der Arbeit wählte sie sich immer die Kinder aus, die ihr ähnlich waren: die Ausreißer, diejenigen, die sich allein über Wasser halten konnten.

Die Ausreißer taten es immer wieder. Irgendetwas am Weglaufen war so schmerzhaft, dass es Klarheit brachte, und so klärend, dass es Schmerzen hervorrief. Es verstärkte die Einsamkeit und hatte etwas Strafendes an sich. Die einzigen Freunde, die man dann noch hatte, waren Hunger, Kälte und wechselnde Stimmungen.

Nomi neigte zum Weglaufen. Sie wäre sicher auch Elias weggelaufen, wäre sie ihm nicht hörig gewesen. Er brachte sie dazu, die vielen Schutzschichten abzulegen, mit denen sie sich umgeben hatte. Das gelang ihm ohne jede Absicht, einfach, indem er ihre Aufmerksamkeit und ihr Vertrauen gewann. Er war immer für sie da, verschwand niemals. Er brauchte sie und lieferte sich ihr komplett aus, zeigte sich ihr mit all seinen Schwächen, mit seinem Begehren und seiner Liebe. Aus mitfühlenden Augen blickte er sie voller Zärtlichkeit an, und in seiner Gegenwart fühlte sie sich so geborgen wie ein Embryo im Mutterleib. Bei ihm konnte sie zu sich selbst finden, und mit der Zeit verlor sie ihre Angst vor diesem Ort. Ihre eigene Freundlichkeit, ihre Zärtlichkeit und ihre Sehnsucht waren lange verborgen gewesen und fanden jetzt wieder einen Weg an die Oberfläche.

»Sie können den Scheibenwischer jetzt abstellen«, sagte Munir. Nomi drehte an einem Hebel, und die beruhigende Eintönigkeit der Wischbewegungen endete abrupt.

Sie wollte, dass er sie durch die Autowerkstätten von Wadi Joz führte – das war das Tal der ölverschmierten Männer, von denen ihr Vater einer gewesen war. Dort hatte er sich respektiert gefühlt.

»Das hier ist wie mein zweites Zuhause«, sagte Munir, der jetzt zum ersten Mal von seiner bedächtigen Sprechweise abwich. »Ich bringe Elias' Mercedes immer noch hierher, obwohl er ihn nicht mehr fährt.« Munir wurde traurig. »Wenn ein Mann nicht mehr Auto fährt, ist das der Anfang vom Ende.«

Nomi hätte gern eingeworfen, dass Elias sicherlich wieder fahren werde, aber sie schwieg lieber. In der Kurve, in der sich das braune Regenwasser in zahlreichen Pfützen sammelte, erkannte Nomi die Werkstatt, zu der Menasch sie früher immer mitgenommen hatte. Das Auto hielt beinahe von selbst an. Hier hatte sie gelangweilt zwischen den Zigarettenrauchern und Kaffeetrinkern gesessen, zwischen den Männern, die Vergaser auseinandernahmen und Auspuffrohre abmontierten.

»Wissen Sie, ich fühle mich meinem Vater am nächsten, wenn ich in einer Autowerkstatt bin«, erzählte Nomi mit leuchtenden Augen.

»Schauen Sie mal, da rechts«, erwiderte Munir. »Ein seltsamer Ort. Ein Autofriedhof.«

Auf einem riesigen, etwas abschüssigen Stück Land türmten sich unzählige Autos aller Art. Sie waren platt gedrückt, zusammengepresst, zerstört, ausgebrannt, zerknautscht, verrostet, ausgeschlachtet, bunt und tot. Es war eine Geisterstadt aus großen, metallischen Kreaturen. Peugeots, Citroëns, Renaults, Subarus, Mazdas, Dodges, Chevrolets – alles nur noch leere, seelenlose Hüllen, deren früherer Glanz verschwunden war.

»Ich komme gern hierher«, sagte Munir. »Dann denke ich an die neuen und glänzenden Dinge, die irgendwann hässlich und alt werden. An all die Sachen, ohne die man scheinbar nicht mehr auskommt – und am nächsten Tag sind sie nutzlos geworden. Diese Schrottkisten waren einmal der ganze Stolz ihrer Besitzer, aber jetzt haben sie Platz gemacht für andere, und niemand denkt mehr an sie zurück.«

Die Sultan Suleiman Street hatte nichts mehr von dem Glanz, an den Nomi sich noch von früher erinnerte. Die Läden mit den wunderbaren Sachen waren verschwunden, und mit ihnen die souveräne Eleganz der Menschen, die hier lebten und arbeiteten: die Geldwechsler, die Kaffeehändler, die Schokoladenimporteure, die Verkäufer der italienischen Schuhe. Jetzt sah Nomi eine schmuddelige Straße vor sich, auf der kaum noch Handel getrieben wurde. Dafür gab es jede Menge zweifelhafter Fast-Food-Stände, vor denen verschleierte Frauen warteten.

»Hier sind unsere Büros«, erklärte Munir und deutete auf ein wunderschönes Gebäude. Nomi bremste scharf. Jede Zelle ihres Körpers erinnerte sich an das stolze, uralte Haus – und auch an ihre Aufregung, wenn sie daran vorbeiging, mit einem Wissen, das andere nicht hatten: dass dies nämlich das Haus von Lilas Geliebtem war, dem Mann, der ihr Briefe an seine Liebste in die Hand drückte, dem Mann, auf den Lila gewartet hatte, so lange Nomi denken konnte. Aus diesem Haus war seine Liebe buchstäblich herausgequollen, und noch heute war die Liebe das einzig Lebendige, das noch durch Elias' Körper strömte.

»Danke fürs Nachhausebringen.« Munir lächelte. »Finden Sie den Weg aus der Stadt hinaus?«

»Es ist ganz egal, wo ich bin«, sagte sie. »Den Weg aus Jerusalem hinaus finde ich immer.«

»Besuchen Sie Elias nächste Woche wieder?«

»Ich fände es gut, wenn wir ihn da rausholen könnten«, sagte Nomi.

»Das hängt davon ab, was die Ärzte sagen«, erwiderte Munir, sichtlich erschüttert von Nomis Bemerkung.

»Es hängt von uns ab«, sagte Nomi selbstbewusst. »Von Ihnen und mir. Ein Mann in seinem Alter, der Woche um Woche im Krankenhaus verbringt, wird immer schwächer, und seine Chancen, wieder herauszukommen, werden immer kleiner.«

»Aber was können wir denn tun?«, fragte Munir und legte die Stirn in Falten.

»Wir holen ihn raus.«

Wie es seine Art war, wartete Munir am Straßenrand, bis Nomi weggefahren war, damit ihr im arabischen Teil der Stadt nichts passierte. Sie war aufgewühlt, und in diesem Zustand fuhr sie in den Westteil der Stadt, in die jüdischen Viertel. Es wurde schon dunkel, und die Menschen auf der Straße waren dick eingepackt, trugen Schal und Mantel. Sie fand, die Männer sahen älter aus, als sie waren, verbraucht und verbittert. Sie gingen langsam. In ihren Augen strahlte nichts, ihre Körper waren ohne jegliche Vitalität. Irgendetwas war mit den Männern dieser Stadt passiert.

Sie dachte an ihren morgendlichen Besuch bei Elias. Sein Gesicht war aschfahl gewesen, und unter seinen Augen hatten sich dunkle Ringe abgezeichnet. Seine Fingernägel waren lang und ungepflegt, ganz anders als sonst. Ob das seine Krankheit war, also irgendein namenloses Gebrechen, oder bloß ein Symptom seiner Depression? Bevor die Ärzte zur Visite kamen, hatte sie das Krankenblatt an seinem Bett studiert. Elias hielt das für Zeitverschwendung, aber sie las es ganz genau: ein Mischmasch aus Fachausdrücken, Bewertungen, Hypothesen, Ausschlüssen und Laborergebnissen. Aber keine einzige Diagnose. Ans Ende des Blattes hatten die verschiedenen Ärzte, die gerade im Dienst gewesen waren, ihre Kürzel gekritzelt.

Während der Visite fragte ein Facharzt: »Herr Riani, auf einer Skala von eins bis zehn, wie heftig sind Ihre Schmerzen?«

»Das weiß ich nicht mehr«, antwortete Elias. »Ich weiß es nicht mehr.«

Nomi fand, dass jemand eine Entscheidung treffen musste, und damit meinte sie nicht die, von der Elias gesprochen hatte. Sie musste ihn dort herausholen, ihn aufrütteln, ihm seine Lebensfreude zurückgeben, ihn wieder auf die Beine bekommen. Sie wollte sein Herz wieder zum Schlagen bringen, so heftig wie das eines Mannes, der wiederbelebt wurde, während er um sein Leben kämpfte.

1967

Der Erste, der das Haus verließ, bereits eine Stunde, bevor die Ausgangssperre aufgehoben wurde, war Munir. Er rannte zu Elias' Haus, um sich um die Rianis zu kümmern. Wie sollten sie es auch ohne ihn schaffen? Er war sicher, dass sie ihn in ihrer Hilflosigkeit brauchten: bei einem Kurzschluss, einem Wasserrohrbruch, einem Reifenwechsel. Als er vor der Tür stand, stellte er fest, dass sie abgeschlossen war, zum ersten Mal seit Jahren. Elias öffnete, betrachtete ihn erstaunt und umarmte ihn.

»Ist es nicht zu gefährlich, draußen herumzulaufen?«, fragte er.

»Ich halte dieses Eingesperrtsein nicht mehr aus«, erwiderte Munir.

»Es ist so still. Aus den Häusern kommen keine Geräusche. Als wäre das Leben völlig verstummt.«

»Ich bin gekommen, um nach dem Rechten zu sehen«, sagte Munir, der wie immer praktisch dachte. »Sind noch genügend Lebensmittel da? Wie steht es mit Wasser und Strom? Muss irgendetwas repariert werden?«

»Es geht uns prima, wir brauchen nichts. Trinken wir doch eine Tasse Tee zusammen.«

»Wenn ich ehrlich bin, sehne ich mich jetzt nach einem Kaffee. Und ich würde gern in den Westen fahren, um dort nach unseren Häusern zu sehen«, sagte Munir.

»Gebäude laufen nicht weg«, entgegnete Elias. »Aber ich mache mir trotzdem Sorgen. Sie sind sicher beschädigt.«

»Warten wir noch ein bisschen. Ich gehe zuerst allein und mache mir ein Bild von der Lage.«

Zwischen neun Uhr morgens und drei Uhr nachmittags durften die Menschen ihre Wohnungen verlassen, um sich mit Vorräten zu versorgen. Aber die Läden waren geschlossen, obwohl die Ausgangssperre nicht mehr galt. Nichts half, nicht die Lautsprecherwagen und nicht die persönlichen Besuche der Behördenvertreter – die Rollläden der Geschäfte blieben unten, und auf den Straßen war es still. Die Angst war größer als das Bedürfnis nach Nahrungsmitteln und anderen lebensnotwendigen Gütern. Der arabische Bürgermeister der Stadt machte zusammen mit einem israelischen Offizier seine Runden und versuchte, die Ladenbesitzer zum Öffnen ihrer Geschäfte zu bewegen, aber die meisten äugten nur ängstlich durch die Lamellen der Jalousien.

Schließlich, nach langem Zögern, schlossen die Ladenbesitzer dann doch auf – bis auf die, die geflohen waren und nie wieder in der Stadt gesehen wurden.

Aus dem Westteil der Stadt rollten Lastwagen mit Brot heran. Zum ersten Mal seit Tagen bekamen die Leute frisches Brot. Während des Krieges hatte Elias' Mutter versucht, Brot zu backen, aber der Teig wollte einfach nicht aufgehen. Sie hatte wie immer ein Handtuch über die Schüssel gelegt, aber nichts passierte. Elias fühlte sich an den Pessach-Matzen der Juden erinnert, und Nadira entgegnete, sie habe noch nie davon gehört, dass ein Teig vor lauter Angst nicht aufging. Elias sah sie erst zweifelnd an, dann begriff er. »Ist dir aufgefallen, dass man nirgendwo in der Umgebung Brotdüfte riechen kann?« Ost-Jerusalem schien seit Tagen den Atem anzuhalten.

Elias sagte zu Munir: »Heute Abend gehen wir los.« Tatsächlich begaben sie sich dann auf ihren ersten Abendspaziergang nach dem Krieg. Das Wetter war zauberhaft. Der Sommer war ganz sanft gekommen, nicht plötzlich und mit einem Schlag wie früher oft. Zu seiner Überraschung genoss es Elias, als freier und gesunder Mann durch die Straßen zu schlendern und die frische Luft zu atmen. Die neue Realität und die damit verbundenen Ängste waren ganz weit weg. Elias war dankbar für das, was er in diesem Moment hatte.

Elias und Munir stiegen auf den Skopusberg. Von dort aus konnten sie sehen, dass die Lichter im Osten der Stadt viel düsterer wirkten als im Westteil. Als die Läden und Büros schlossen, senkte sich die Dunkelheit auf Jerusalem, aber Elias gefiel die Stadt, so wie sie war, mit der scharfen Trennung zwischen Tag und Nacht.

Einige uniformierte Israelis stiegen aus einem Kleinbus. Einer hielt eine Landkarte in der Hand und fragte sie nach dem Namen der Straße.

»Haben Sie sich verfahren?«, fragte Munir.

»Diese arabische Karte ist das Papier nicht wert, auf dem sie gedruckt ist«, gab der Israeli zurück. Er zeigte sie

Munir. Es war eine Karte, die noch aus jordanischer Zeit stammte, mit arabischen Straßenbezeichnungen. Munir nannte ihnen den Straßennamen.

Elias sagte kein Wort. Körperlich war er anwesend, aber er blieb ein unbeteiligter Beobachter, stand einfach nur da, die Hände in den Taschen vergraben.

»Wir werden die Straßennamen ändern«, rief der Israeli und schaute an Munir vorbei auf den schweigenden Elias.

»Wirklich?«, fragte Munir überrascht.

»Ja, wirklich.«

»Alle?«

»Fast alle.«

»Und wie soll diese hier heißen, also unsere?«, wollte Munir wissen.

»Wir haben ein Komitee, das darüber entscheiden wird«, sagte der andere Israeli und setzte ein X auf die Karte. »Warum, gehört euch vielleicht die Straße?«

»Einen guten Abend«, sagte Munir auf eine Art, die nur für Elias als brüsk zu erkennen war.

Sie gingen weiter, aber es hatte sich etwas Schweres über sie gelegt. Als sie bei Elias' Zuhause angekommen waren, sagte er: »Da wechseln sie einfach den Bürgermeister aus, die Währung, deinen Pass und sogar die Sprache, die du sprechen musst. Und jetzt auch noch den Namen deiner Straße. Gehen wir etwas trinken, ich muss meine Kehle befeuchten.«

Munir hatte vorgehabt, allein zu Hause zu essen, aber irgendetwas an der Atmosphäre im Hause Riani bewog ihn, zu bleiben, eine gewisse Anspannung und Vorsicht.

Vielleicht war es auch Elias' Einsamkeit. Ein Mann mit Frau und Kindern kann nämlich noch einsamer sein als jemand wie Munir, der keine Familie hatte.

Beim Essen bemerkte Munir: »Nasrin hat schon lange nicht mehr gesungen.«

»So ist es eben zurzeit«, sagte Elias und rührte Petersiliensalat in seinen Reis, bis er sich grün färbte.

»Vielleicht singt sie ja bald wieder«, sagte Munir hoffnungsvoll.

»Vielleicht.«

Nasrin hatte sich verändert, seit sie als junge Ehefrau bei den Rianis eingezogen war. Früher hatte sie laut gesungen und gelacht und den traurigen Elias mit ihrer Lebensfreude angesteckt. Jetzt war sie siebenunddreißig, wirkte aber viel älter. Das Haar trug sie hinten zusammengebunden, und ihren kräftigen Leib bedeckten oft dunkle Kleider. Um den Hals trug sie eine Kette mit goldenem Kreuz und am Ringfinger einen Ehering, den der Juwelier aufschneiden wollte, weil der Finger angeschwollen war. Am besten stand ihr die Farbe Grün. Sie passte zu ihren Augen, aber die waren ohnehin meist bescheiden zu Boden gerichtet.

Der Krieg hat sie zum Schweigen gebracht, dachte Munir. *Das Leben ist so unberechenbar und unruhig geworden.* Ob Elias wohl mitbekam, was sich gerade abspielte? Vermutlich schon. Der Arrak ließ die beiden Männer weicher und versöhnlicher werden.

Nasrin sagte zu Munir und Elias: »Die Mädchen haben eine Postkarte geschickt. Sie haben mit ihrer Internatsklasse einen Ausflug in eine Stadt namens Chester gemacht.« Elias lächelte erleichtert. Solange seine Töchter im friedlichen England weilten, durch dichte Wälder spazierten und an einer angesehenen Schule ihr Wissen vergrößerten, konnte er beruhigt sein. Nasrin räumte den Tisch ab und setzte sich ins Wohnzimmer, um den Mädchen einen Antwortbrief zu schreiben.

»Ich möchte gern im Teegeschäft bleiben«, erklärte Elias, der befürchtete, sich anderweitig nach einer Arbeit umsehen zu müssen. »Tee verbindet die Menschen. Er verringert die Distanz zwischen ihnen, tröstet und beruhigt sie. Tee ist ein Getränk für Menschen, die sich seiner würdig erweisen.«

»In ein paar Wochen wissen wir, wo wir stehen«, sagte Munir.

Elias machte den Küchenschrank auf, in dem sich achtzehn dunkle Dosen mit verschiedenen Teemischungen befanden. Das war sein tägliches Ritual: Er öffnete jede einzelne Dose und ließ sich von ihren Aromen überraschen und verführen. Jeden Abend wiederholte er das Ritual, und die Düfte waren jedes Mal anders. Jetzt wählte er einen Hay Forest aus Ceylon und nahm zwei Teegläser aus dem Schrank. Er goss ein wenig heißen Tee in sein eigenes Glas, dann in Munirs, dann wieder in sein eigenes, in Munirs und so weiter, bis er davon überzeugt war, dass sich in beiden Gläsern gleich viel befand, von gleicher Farbe und gleichem Geschmack. Wenn ihm das nicht gelang, schlich er immer wieder um die Gläser herum, betrachtete sie aus verschiedenen Blickwinkeln, goss nach und verglich. Wenn er es geschafft hatte, lächelte er zufrieden.

Elias wachte vor allen anderen auf. Er machte sich eine Tasse Kaffee und nahm sie mit hinaus in den Garten, wo er sie unter dem Zitronenbaum, seiner Zufluchtsstätte, in aller Ruhe trank. Wenn er sich beobachtet fühlte, konnte er sich nicht so tief in seine Gedanken versenken, aber an diesem versteckten Plätzchen konnten ihn weder Passanten noch die Hausbewohner sehen. Jeden Morgen stellte er sich einen Stuhl so zurecht, dass er die Strahlen der aufgehenden Sonne genießen konnte. Er liebte die Morgensonne.

Elias war erstaunt darüber, dass er so gut geschlafen hatte. Wenig, aber gut: vier Stunden ungestörten Schlafs – mehr, als er in den Jahren zuvor bekommen hatte. Beim Aufwachen war er in einem seltsam benebelten Zustand gewesen und hatte sich gefragt, ob es tatsächlich passiert war oder ob er nur geträumt hatte. Einen Wimpernschlag später wusste er genau, dass es Wirklichkeit war, und der Gedanke daran überwältigte ihn. Lila war in seinem Kopf, in seinen Knochen, in seinem Herzen und unter seiner Haut. Sie verjüngte sein Knochenmark, seine Blutgefäße, seine Muskeln, seine Knorpel, sie erfüllte ihn mit dem, woran er während der vergangenen Jahre Mangel gelitten hatte: mit Leben.

Er hatte sie in sein Leben zurückgeholt, obwohl er wusste, dass sich mächtige Kräfte verbünden würden, um sie beide wieder zu trennen. Aber seit er endlich begriffen hatte, dass er sie suchen und finden musste, waren die Moleküle, die ihnen beiden gemeinsam waren, allmählich erwacht und hatten sich zu rühren begonnen: Spurenelemente, Proteine, Muskeln und alles andere, was Körper und Geist antrieb. Lilas Lied tönte tief in ihm, als hätte es nie eine andere gegeben. Erst am Abend zuvor hatten sie sich im Büro des Hoteldirektors gegenübergestanden, und sofort hatte seine gelähmte Seele angefangen, sich zu regen. Das, was so lange geschlummert hatte, war erwacht. Das, was verloschen schien, flammte wieder auf. Das, was verblasst war, leuchtete.

In seinen Augen war sie schöner denn je. Das hatte er ihr auch gesagt, wenn auch nicht mit diesen Worten. Ihre Schönheit versetzte ihn immer wieder in Erstaunen, vielleicht deshalb, weil alles an ihrem Gesicht genau so war, wie er es mochte. Kinn und Lippen – diese weichen, prallen Lippen – wiesen genau die richtigen Proportionen auf. Nichts in ihrem Gesicht deutete auf Sorgen, Ärger, Enttäuschung oder Schwierigkeiten hin. Da war nur ein großes Begehren – und Traurigkeit. *Hüzün*, hatte sie dieses Gefühl genannt, das türkische Wort für jene bittersüße Melancholie, die sich in gebürtige Istanbuler einnistet, wenn sie die Stadt verlassen müssen. Ihr Duft bestätigte Elias, dass dies die Frau war, die er liebte. In seinen Armen spürte er ihren Körper, der erst angespannt war und sich dann ganz der Wärme des Verlangens hingab.

Er hatte befürchtet, sie würde nicht kommen. Aber die Erkenntnis, dass sie sich jetzt nicht mehr absonderte, wenn es ihr nicht gut ging, machte ihn froh. Er dachte an seine temperamentvolle Lila. Wenn sie sich gestritten hatten, war sie lichterloh entflammt – bis er sie in die Arme nahm und das Feuer bald nur noch angenehme Wärme war. Er würde ihr ewig dankbar sein, wenn sie ihn nur nahe genug an sich heranließ, um feststellen zu können, ob sie noch die war, an die er sich erinnerte.

Er war so zerfressen von seiner Neugier, dass er hinausging und stundenlang umherwanderte. Nur mit körperlicher Anstrengung konnte er seine Ängste im Zaum halten.

Was für ein Haus hatte sie verlassen, als sie die Fahrt zum Hotel Intercontinental antrat? Wahrscheinlich die Wohnung unter dem Dach, an die er sich noch gut erinnerte, denn sein Brief – auf den er nur CASSUTO, ihren Nachnamen, geschrieben hatte – hatte ja seinen Weg zu ihr gefunden. Für ihn war das schon ein Hinweis. Dieselbe Wohnung, derselbe Briefkasten, derselbe Name – das deutete darauf hin, dass sie noch dasselbe Leben lebte. Ein Leben ohne Ehemann und Kinder. Aber vielleicht gab es ja doch eine Familie. Vielleicht hatte sie das getan, was andere Frauen auch taten: geheiratet, Kinder bekommen, sich leer gefühlt, nach Selbstverwirklichung gestrebt, sich schwach gefühlt, aufgegeben. Doch Lila sah nicht danach aus. In ihren Augen entdeckte er Vitalität und Kraft; ihr Körper und ihre Seele waren intakt.

Über die Jahre hatte er sich oft mit schlimmen Gedanken gequält. Der allerschlimmste war nicht, dass sie verheiratet sein könnte, sondern dass sie verliebt sein könnte – in einen anderen, mit ihrer ganzen Leidenschaft und Zärtlichkeit. Er litt, wenn er sich vorstellte, wie sie beim Anblick eines anderen Mannes vor Aufregung zitterte, wie sie einem anderen Mann ihr Füllhorn an Emotionen schenkte. Wenn er daran dachte, stiegen ihm manchmal Tränen in die Augen.

Dieser Krieg war überraschend gekommen und hatte das Wunder vollbracht, Lila zu ihm zurückzubringen. Solange die Stadt geteilt gewesen war, hatte er sie für tot erklärt; jetzt war sie wieder zum Leben erweckt worden. Die ganze Zeit über hatte er in dem Glauben gelebt, er würde in seinem Elternhaus alt werden, Frau und Kinder an seiner Seite, und so würde das Leben irgendwann enden. Er hatte sich damit abgefunden, dass das Größte, das er je erlebt hatte, immer weiter zurücklag in der Vergangenheit.

Nun, unter seinem Baum im Garten, fragte er sich, wie er all die Jahre hatte überstehen können in dem Bewusstsein, dass sie nicht länger ein Teil seines Leben war. Manchmal hatte er eine Art Dankbarkeit empfunden, weil er diese wunderbare Liebe hatte erleben dürfen, aber er wusste auch, dass er nie wieder eine solche Chance bekam. Und dies – auch das war ihm klar – würde er ihr erklären müssen. An diese Wahrheit hatte er geglaubt, nach ihr hatte er gelebt. Darum war er nie von Schuldgefühlen geplagt worden, sie verlassen, einen Schwur gebrochen zu haben. Schuldbewusstsein war nicht das vorherrschende Gefühl. Jetzt, da er das Gesicht in die Morgensonne hielt, stieg eine Frage in ihm auf: Wenn man ihm versprochen hätte, dass er sie nach neunzehn langen Jahren wieder in die Arme schließen dürfe, hätte er dann geheiratet?

Seine Antwort war nein. Hätte er die Lage damals nicht für aussichtslos gehalten, dann hätte er Nasrin nicht geheiratet. Aber das musste er Lila erst einmal erklären. Er musste sie davon überzeugen, dass dies seine

Realität gewesen war, und danach hatte er gehandelt. Gab es in dieser persönlichen Tragödie überhaupt jemanden, der sich falsch oder richtig verhalten hatte? Stark oder schwach? Weitsichtig oder treulos? Realistisch oder unrealistisch? Sie hatten beide einen Preis bezahlt, den niemand sonst auch nur annähernd ermessen konnte. Während sie ihr Leben auf die eine Hoffnung ausgerichtet hatte, hatte er seine Sehnsucht unterdrückt und für andere gelebt.

In diesem Moment begriff er eins: dass die Opfer, die man brachte, ihren Preis erst ganz allmählich, über die Jahre hinweg forderten, und dass sie – wie die Mafia – niemals vergaßen. Solche Opfer führten zu Verbitterung, und die Verbitterung wiederum führte zu seelischen und körperlichen Schmerzen, zu chronischer Müdigkeit, zum Nachlassen der geistigen Frische, zu einem zunehmenden Mangel an Lebenskraft. In seinen dunkleren Momenten – die mit den Jahren immer häufiger wurden – kam ein Zorn über ihn. Warum hatte das Leben ihm ein solches Los zugeteilt?

Oft hämmerte es hinter seinen Schläfen, als wollte ihm der Kopf zerspringen. Er konnte sich nicht mehr daran erinnern, wann er zuletzt gelacht oder geweint hatte. Und er wusste nicht mehr, ob er schon immer so reizbar gewesen oder erst so geworden war. Das war vermutlich ein Wesenszug, der mit dem Alter kam, dachte er, wenn das Leben einen einschnürte und der alte Charme einen verließ.

Die Sonne zog weiter nach Süden und fiel jetzt auf den Rollladen, dessen uralte Farbschicht langsam abblätterte. Das Haus hätte einen Handwerker gebraucht, der das

Laub aus der Regenrinne entfernte, das verzogene Gartentor richtete und die Sprünge in den Mauern ausbesserte. Aber Elias war für solche Aufgaben nicht zu gebrauchen. Ihm fehlte sogar die Kraft, jemand anderen darum zu bitten, und er vermied es, den Blicken der Frauen im Haushalt zu begegnen. Er war einfach zu erschöpft.

Nasrin hatte sich damals gewünscht, dass die Hochzeit abends stattfand. Das Sonnenlicht war ihr zu hell. Das hätte ihm auffallen müssen, dachte er: eine Frau, die sich vor der Sonne versteckte, eine Frau, die Schatten und Kühle bevorzugte. Aber Elias nahm keinen Anteil an den Hochzeitsvorbereitungen und traf keine Entscheidungen. Sie wollte von ihm wissen, ob er gerne bunte Lichter als Dekoration hätte, und seine Antwort traf sie wie ein Geschoss: Es ist deine Hochzeit, hatte er erwidert und mit den Schultern gezuckt.

Sie war blass geworden, und er hatte versucht, seine Aussage ein wenig abzumildern: Es ist deine Hochzeit, darum sollst du aussuchen, was dir gefällt. Aber der Schaden war schon angerichtet. Was die Hochzeit selbst anging, hatte er nur undeutliche Erinnerungen daran, abgesehen von ein paar Fotos, die ein armenischer Hochzeitsgast geknipst hatte. Darauf sah man einen ernst dreinblickenden Bräutigam, der älter aussah, als er war. Als die Kinder später einmal durch das Hochzeitsalbum blätterten, fragten sie ihn, warum er so unglücklich wirke. »Ich hatte Fieber«, antwortete er. »Ich konnte kaum stehen.« – »Stimmt das?«, fragten sie die Mutter. »So in etwa«, erwiderte sie, als hätte auch sie nur noch schwache Erinnerungen an jenen Tag.

Die Braut hatte einen Lilienstrauß im Arm und lächelte schüchtern in ihrem weißen Kleid. Ihr Haar war im Nacken zu einem Knoten gebunden, und in ihren Augen las man ein großes Staunen. Man hatte ihr gesagt, ihr Bräutigam sei ein kluger junger Mann aus einer wohlhabenden, erstklassigen Familie. Er rede wenig und grüble viel, schlafe nicht tief und sei daher oft müde. Seine Träume seien lebhaft und seine wachen Stunden bleiern. Ihr neuer Ehemann sei stolz, rätselhaft und sehr verheißungsvoll.

Das mag ja alles gestimmt haben, dachte Elias, während er sich die Morgensonne ins Gesicht scheinen ließ. Aber gegen seine Gleichgültigkeit konnte seine Frau rein gar nichts tun, denn alles war vorherbestimmt. Die Natur ihres Ehelebens war von Anfang an festgelegt gewesen.

Und dann, auf einem weiteren Schwarz-Weiß-Foto: ihre Eltern zur Rechten, Braut und Bräutigam in der Mitte, seine Eltern zur Linken. Da standen sie beide, Elias und Nasrin, und verbanden ihre Familien miteinander wie die Glieder einer Kette. Jedes Mal, wenn er dieses Foto betrachtete, spürte er die Traurigkeit, die seine Familie wie ein Virus überfallen und alle auf dem Bild angesteckt hatte. Die Freude seiner Eltern hielt nur ein paar Wochen lang, denn das Glück nistete sich nicht bei dem jungen Paar ein. Der Bräutigam hielt einen solchen Abstand zu seiner Braut, dass sie nie die Chance bekam, sich in ihn zu verlieben. Damals dachte sie, so seien die Männer eben, und als sie älter wurde, war es zu spät, um sich darüber noch ausführlichere Gedanken zu machen.

An Ostern hatte man ihm Nasrin vorgestellt, eine entfernte Verwandte. Sie war zweiundzwanzig Jahre alt. Bei ihr zu Hause hatte man oft über ihn gesprochen, man sah ihn als charmanten Mann von Welt, der noch immer nicht verheiratet war. Es waren kleine Andeutungen, die ihr Interesse geweckt hatten.

Sie trug ein pflaumenfarbenes Kleid, saß mit den anderen Frauen über den Tisch gebeugt und färbte Ostereier. Elias bekam das Gefühl, man führe ihn mit sanfter Gewalt zu ihr hin, denn seine Tanten gaben sich alle Mühe, die beiden zusammenzubringen. Die Tatsache, dass ihn nichts an ihr störte, verriet schon einiges. Ihm war klar, dass ihr der große Altersunterschied von zehn Jahren, seine bewegte Vergangenheit und ihre eigene Unerfahrenheit bewusst waren. Ihre Unschuld und sein Geheimnis. Er war ein Mann, der seine große Liebe bereits erlebt hatte.

Auch beim Familienpicknick war sie dabei gewesen, hübsch, aber unauffällig. Sie trug einen Strohhut, der ihrem Gesicht Schatten spendete. Ihre Wangen waren voll und rosig, der Körper leicht rundlich. Insgesamt wirkte sie zurückhaltend und bescheiden, ohne bei anderen großen Eindruck zu hinterlassen. Der Clan versuchte fieberhaft, Elias mit ihr zusammenzubringen, und so überkam ihn eines Tages, als er beim Schuhputzer auf der Straße saß, der Wunsch nach einem normalen Familienleben. Ganz allmählich nahm die Idee einer Heirat in ihm Gestalt an: Er würde die junge Nasrin heiraten und damit den Sturm, der um ihn tobte, zum Erliegen bringen. Er würde eine Familie gründen und die kommenden Jahre irgendwie überstehen – und mit himmlischem Beistand vielleicht sogar so etwas wie zärtliche Gefühle für

Nasrin entwickeln. Die lange Zeit der Trauer musste ein Ende haben. Er wollte ins Leben zurückfinden, auch wenn er dabei seine wahren Gefühle, wenn er Lila verdrängen musste. Er musste das Schwert niederlegen und seine geballte Faust öffnen. Sicher trauerte auch Lila, dachte er bei sich, aber auch sie würde es machen wie er und sich jemanden suchen, der mit ihr zusammen die weitere Lebensreise antrat, jemanden, der nicht in der Vergangenheit herumwühlte, sondern nur in die Zukunft schaute. Und diese Zukunft war wellenlos und windstill, so flach und ruhig wie das Tote Meer.

In dem Garten, in dem er jetzt saß und einen Zweig Rosmarin zwischen den Fingern zwirbelte, hatte die Hochzeitsfeier stattgefunden. Wie ein Fremder war Elias zwischen seinen Gästen umhergegangen und hatte es trotzdem geschafft, jedem das Gefühl zu geben, wichtig zu sein. Teehändler aus Indien, Großbritannien, Ceylon und Kenia übermittelten telegrafische Glückwünsche. Eine Kiste voll köstlicher, nach Rosen duftender Süßigkeiten war aus der Türkei gekommen, von demselben Regierungsbeamten, der Elias im Jahr 1947 eingeladen hatte, auf eine Reise, die sein Leben in ein Vorher und ein Nachher teilte.

Irgendjemand – Elias wusste nicht mehr, wer – hatte ihm das Glas immer wieder aufgefüllt. Sein Körper verlangte nach immer mehr Whiskey, um einen Abstand zwischen sich und der Wirklichkeit zu schaffen. Wenn er nur genug trank, würde er die Hochzeit wie ein Beobachter von außen betrachten können.

Es waren zwar fast zwei Jahre vergangen, seit er von den Jordaniern gefoltert worden war, und die Wunden waren inzwischen verheilt, aber er spürte einen scharfen Schmerz zwischen den Rippen, wie eine Erinnerung an jene Nacht mit Lila auf dem Weihnachtsball. Das war das letzte Mal, dass er sie gesehen hatte – und auch das letzte Mal, dass er sich gestattet hatte zu träumen.

Im Verlauf der Hochzeitsfeier verlor er die Braut aus den Augen, und die Gäste wirkten auf ihn, als schwebten sie durch die Luft und lösten sich auf. Er hörte keine Geräusche mehr, roch das Essen nicht mehr und sah alles wie durch eine Milchglasscheibe. Beinahe kam er sich vor wie ein uneingeladener Gast auf einer fremden Feier, wie ein Hochstapler von der Straße. Aber er hielt sich aufrecht und trank noch ein weiteres Glas.

Nichts deutete daraufhin, was später beim Tanzen passieren sollte. Ihm war weder schlecht noch schwindlig gewesen. Er erinnerte sich später sogar daran, dass Munir ihn von der Tanzfläche getragen hatte. Wie ein Sack Kartoffeln hing er über Munirs Schulter und streifte mit dem Kopf die bunten Lichterketten. Munir schaffte ihn nach oben und legte ihn angezogen aufs Bett, wo er ihn seinem Rausch überließ. Neunzehn volle Stunden schlief er durch. Wo hatte es das schon einmal gegeben, dass jemand neunzehn Stunden schlief? Von Zeit zu Zeit versuchte er, die Augen zu öffnen, und hörte seine Mutter zu jemandem sagen, dass er jetzt Ruhe brauche. Sie hielt seinen Kopf und gab ihm Wasser zu trinken.

Erst am Nachmittag kroch er aus dem Bett, und als er

versuchte, sich hinzustellen, fiel er sofort wieder um. Das also waren seine ersten Stunden als verheirateter Mann. Er zog sich aus und wusch sich. Während das heiße Wasser den letzten Rest der Feier wegspülte, dachte er darüber nach, dass er keine klare Erinnerung an seine vermutlich einzige Hochzeit im Leben hatte. Nur Bruchstücke fielen ihm ein: Sein besorgter Schwiegervater übergab ihm seine Tochter und drückte seine Zuversicht darüber aus, dass Elias ihr Glück und Sicherheit schenken würde. Alles in ihm krampfte sich zusammen bei dem Gedanken, dass er diesen freundlichen, liebenswürdigen Mann so enttäuschen würde, dass er sein Versprechen nicht würde halten können. Er trocknete sich ab und betrachtete sich im Spiegel. Da beschloss er, alle Kraft darauf zu verwenden, seiner Frau keinen Kummer zu bereiten. Sie war eine wunderbare junge Braut, die ganz unschuldig daran glaubte, dass ihr nur Gutes widerfahren würde.

Erschöpft und fiebrig setzte er sich seiner Mutter gegenüber an den Küchentisch. Sie las gerade ein Buch eines britischen Botanikers über die Pflanzen des Landes Israel und tat freundlicherweise, als wäre nichts Besonderes geschehen.

»Was hast du mir vor ein paar Stunden gegeben?«, fragte er so leise, dass die anderen Familienmitglieder nichts mitbekamen.

»Ein paar Tropfen Moschusöl in Wasser gelöst«, sagte sie.

»Wofür ist das gut?«

»Es beruhigt. Und es lindert Schmerzen«, erklärte die Mutter.

»Was für Schmerzen?«

»Schmerzen eben«, sagte sie nur.

Elias wollte sie umarmen, hielt sich aber zurück. *Ein paar Hektoliter Moschusöl könnten mir vielleicht die nächsten Jahre erleichtern,* dachte er.

»Ihr zwei werdet gut miteinander auskommen«, sagte sie und legte dem jungen Ehemann eine Hand auf die Schulter. »Ich habe da volles Vertrauen in dich.«

Seine Mutter kochte ihm Kartoffeln mit Olivenöl und Zitrone und sah ihm beim Essen zu in der Hoffnung, er werde seinen Teller so gierig leer essen wie als Kind. Ihr Blick verriet, dass sie sich fragte, was am Abend zuvor in ihm vorgegangen war. Elias wünschte sich, seine Mutter wäre wenigstens in dieser Angelegenheit etwas weniger hellsichtig als sonst. Da betrat Nasrin das Zimmer, in der Hand ein Teetablett, das im Wohnzimmer gestanden hatte. Elias bemerkte, dass ihre Hände flink und kräftig waren, und irgendetwas an der Art, wie sie das Tablett hielt und auf den Tisch stellte, zeigte Selbstbewusstsein. Wenn sie ihre Ehe in derselben Weise anging, dachte er, dann konnte er sich von Zeit zu Zeit eine solche Flucht aus der Realität erlauben wie am Abend zuvor.

Elias hatte keinen Appetit. Seine Mutter drängte ihm Tee aus Fenchelsamen und Pfefferkraut auf, weil der die Zeugungskraft erhöhe, wie sie ihm einmal erklärt hatte. In seinem augenblicklichen Zustand hätte er allerdings einen Schlaftrunk oder eine Droge des Vergessens bevorzugt. Nasrin saß mit übereinandergeschlagenen Beinen auf dem Sofa und summte wie ein Kind, das sich die Zeit vertrieb, während die Erwachsenen im Nebenzimmer waren. Elias bemerkte, dass sie sich freute, wie seine Mutter versuchte, ihn wieder auf die Beine zu bringen. Sicher hoffte sie, von ihrer Schwiegermutter das Rezept zu bekommen.

Elias' Schmerzen waren auch einige Tage nach der Hochzeit noch nicht verschwunden, und auch der Alkoholnebel lichtete sich nicht. Es fiel ihm schwer, seiner Braut in die Augen zu sehen oder sie gar anzulächeln. Daher kam es ihm gelegen, dass das junge Paar noch eine Weile bei Elias' Eltern wohnen musste, bevor sie in ihre eigene Wohnung in der Nähe seines Elternhauses einziehen konnten.

Seine Mutter begriff bald, dass er nicht wusste, wo er stand, und dass ihn nicht die Feier, sondern die Ehe selbst dermaßen verstört hatte.

»Versuch einfach zu vergessen, was du über die Liebe weißt«, riet ihm Nadira ohne Umschweife. »Vergiss alles, was du gelesen oder gehört oder vielleicht selbst erlebt hast. Das hier ist etwas anderes, etwas Ungekünsteltes und Ehrliches. Denk an einen Tänzer, der seinen Körper jeden Tag trainiert. Wenn er nur ein oder zwei Tage lang damit aufhört, wird sein Körper es spüren und das Erlernte wieder vergessen. So ist es mit der Ehe auch«, sagte sie. »An jedem einzelnen Tag gestaltet man etwas, aus dem irgendwann ein starkes Fundament wird. Und dann kann abseits der Routine etwas darauf wachsen, ein besonderes Gefühl. Wenn du es zulässt, wird es wie eine Pflanze immer größer werden und sich in Liebe verwandeln, in jene Art, die sich über viele Jahre entwickelt. Danach musst du streben: nach einem Ort, an dem die Liebe blühen und gedeihen kann. Hörst du mir zu, Elias? Ich merke doch, dass du nicht bei der Sache bist.«

»Doch, ich höre dir zu, ich höre dir zu«, entgegnete er und bemühte sich, gehorsam zu klingen. Immer, wenn er etwas wiederholte, dachte er an Lila. Sie war die Erste, der diese Angewohnheit an ihm aufgefallen war. »Iss, iss«, hatte er zu ihr gesagt. Oder: »Sieh nur, sieh nur!« Damit verlieh er seinen Worten Gewicht. Außerdem war das eine weitverbreitete Marotte sowohl der Juden als auch der Araber im Nahen Osten.

Seine Mutter fragte: »Und wann ist eine Ehe gut?« Er ahnte, dass sie die Antwort gleich selbst geben würde. Die Antwort, nach der die Menschen auf der ganzen Welt suchten. Und er hatte recht. »Wenn die Frau den Mann liebt«, betonte Nadira. »Nicht bloß liebt, sondern verrückt nach ihm ist. Nur dann.«

»Warum?«, fragte Elias skeptisch.

»Die Ehefrau trägt die Hauptlast in der Ehe«, erklärte seine Mutter. »Sie hat die Verantwortung für ihren Mann, für sich selbst, für den gemeinsamen Bund und für alles andere, was im Laufe der Jahre noch dazukommt. Und das ist schwer, sehr schwer. Sie hat die Macht, die Ehe am Leben zu erhalten oder in den Abgrund zu führen. Aus irgendeinem Grund schaffen die Männer es nicht, diese Rolle einzunehmen. Vielleicht, weil sie dazu nicht in der Lage sind. Wie du weißt, füllt sich jeder leere Platz in der Natur mit der Zeit von selbst, und dieser wird eben von den Frauen ausgefüllt. Vielleicht aus Verantwortungsgefühl oder einer Art

Kontrollbedürfnis heraus. Es ist eigentlich ganz einfach, aber wenn du es immer noch nicht verstanden hast, erkläre ich es dir noch mal: Deine Frau muss glücklich sein. Zufrieden, erfüllt, voller Leidenschaft. Dann wird ihr die Last der Ehe nicht zu schwer, und sie wird sie gerne schultern, in guten wie in schlechten Tagen, bis einer von euch die Augen für immer schließt.«

Das sagte Elias' Mutter ihrem Sohn einige Wochen nach der Hochzeit.

Aber der Gedanke, an Nasrins Seite alt zu werden, machte ihm Angst. Plötzlich erschien ihm das Leben viel zu lang. Mit einem Schlag tauchten hohe Berge auf, die es zu erklimmen galt, einen nach dem anderen, die meisten so versteckt, dass man sie erst sah, wenn man davorstand. Und jeden einzelnen Abend würde er sich neben Nasrin ins Bett legen müssen. Sie mochte ihn erwählt haben oder für ihn erwählt worden sein, aber er machte sich niemals vor, dass sein Herz sie erwählt hatte.

Inzwischen, nach vielen Jahren als Familienvater und nach mehreren Kriegen, konnte er den Worten seiner Mutter keinen Glauben mehr schenken. Es ist tatsächlich möglich, dachte er, meine Mutter kann sich irren. Sie war Expertin für Pflanzen und Ranken, für Erde und Dünger, vielleicht auch für Menschen, aber nicht für seine Ehe. Um die stand es nämlich so schlecht wie um verdorrte Blumen. Die Liebe zwischen Elias und Nasrin hatte sich nie zur vollen Blüte entfaltet. Aber vielleicht galt die Theorie seiner Mutter einfach nicht in Fällen, in denen der Mann einer anderen Frau hörig ist.

Auf dem Weg ins Büro betrachtete er den Rücken seines Vaters, der vor ihm ging. Während des Krieges, als sie alle im Keller gesessen hatten, hatte George erzählt wie noch nie zuvor in seinem Leben. Ganze Sturzbäche von Worten ergossen sich aus ihm, als müsste er seinem Enkel alles beibringen, was er wusste. Er erzählte von einem Ereignis, das im Jahre 1901 stattgefunden hatte. Damals waren Dutzende Franziskanermönche schwer verletzt worden, im Zuge eines erbitterten Kampfes im Hof der Grabeskirche zu Jerusalem.

»Und gegen wen haben sie gekämpft?«, fragte George seinen Enkel. »Nicht gegen die Feinde der Christen, der Juden oder der Muslime. Gegen wen also? Darauf kommst du nie: gegen die Priester der griechisch-orthodoxen Kirche, Menschen, die an denselben Gott glaubten und dieselben Gebete sprachen. Und weswegen haben sie sich bekriegt?« Elias' Sohn lauschte ihm fasziniert. »Diese Franziskaner und Griechen haben sich beinahe gegenseitig abgestochen, weil sie sich nicht einigen konnten, wer die letzte Treppenstufe zur Grabeskirche fegen durfte. Verstehst du? Sie haben sich um eine einzige Steinstufe gestritten und darum, wer das Recht hatte, sie zu fegen.«

George wollte dem Jungen den Wahnsinn und die Dummheit, die sie umgab, vor Augen führen. Ein Jude hatte die Atombombe erfunden, die Amerikaner hatten sie benutzt, die Japaner wurden ihre Opfer, weil sie sich nicht ergaben, und die Deutschen zerstörten und wurden selbst zerstört. Und jetzt war da noch Gamal Abdel Nasser, der ägyptische Führer, den Tausende verehrten. Er hatte einen glorreichen Siegeszug versprochen, aber seine

Soldaten waren besiegt worden, und alle hatten ihre Niederlage miterlebt. »Man muss immer skeptisch bleiben«, sagte George. »Skeptisch gegenüber Armeen und Größenwahn. Nichts ist sicher. Nichts bis auf das Sonnensystem und die Sterne und die Tatsache, dass die Nacht auf den Tag und der Tag auf die Nacht folgen.«

Elias sah zu, wie George langsam aus seinem Blickfeld entschwand. Was wusste er tatsächlich über seinen Vater? Führte er ein glückliches Leben? Hatte er je etwas, das er liebte, zugunsten eines anderen Menschen aufgegeben? Hatten sich seine Träume erfüllt? Und worin bestanden seine Träume eigentlich? Liebte George seine Frau und nur seine Frau?

Nachdem ein angesehener Bankier mit dem Geld seiner Kunden durchgebrannt war, hatte George sich in sein Büro eingeschlossen und war mit einem Plan wieder herausgekommen: Er würde sein Geld in Gebäude und Grundstücke investieren. Das waren Vermögenswerte, die er sehen konnte; sie konnten nicht pleitegehen oder nach Jordanien fliehen. Zum Verdruss seiner Bank leerte er also seine Konten und kaufte Land im Westteil von Jerusalem und an der Küste und dazu noch einige Obstplantagen bei Jaffa. Manche Grundstücke warfen Pacht ab, während andere bloß den Familienbesitz ergänzten. Außerdem renovierte George das Sommerhaus der Familie bei Jericho und erhöhte auf diese Art seinen Wert.

Das war 1946 gewesen.

Zwei Jahre später hatte die Familie keinen Zugriff mehr auf viele der Grundstücke. Die Stadt wurde geteilt, und die Rianis lebten fortan unter der Kontrolle der Jordanier, während ihre Grundstücke und Häuser in Israel lagen. George glaubte fest daran, dass man ihm sein Land eines Tages zurückgeben würde. Anders konnte es gar nicht sein. Es war ja unmöglich, dass man auf so viele seiner eigenen Vermögenswerte nicht zugreifen konnte. Elias sah ihn nicht ein einziges Mal die Kaufverträge durchgehen, die auf Arabisch, Hebräisch und Englisch abgefasst waren.

Für Nadira war es eine Katastrophe, aber trotz allem schaffte sie es, das Gute daran zu sehen. So viele andere Familien waren nämlich auseinandergerissen worden, aber ihr Verlust war nur finanziell.

»Wir haben bloß Geld verloren«, sagte sie zu ihrem Mann. »Niemand ist umgekommen.«

»Wenn ich doch nur Land in Ost-Jerusalem gekauft hätte!«, klagte George, der sich selbst große Vorwürfe machte.

Am Ende des kürzesten Krieges, der je in der Region ausgefochten wurde, wurde offenbar, dass sie fast ihr ganzes Vermögen verloren hatten. Die Gebäude wurden von Juden direkt übernommen oder vom jungen Staat Israel an sie vergeben. Kaufverträge waren nichts mehr wert, und so ging hektarweise Land in israelischen Staatsbesitz über.

Munir, der nach einem Haus der Rianis in der deutschen Kolonie in West-Jerusalem sehen sollte, fand es äußerlich unverändert vor. Innen dagegen hatte sich einiges getan: Von der Wäscheleine hingen Kleidungsstücke, im Briefkasten war Post, vor der Tür lag eine Fußmatte, und aus den Fenstern hingen die Sommerdecken zum Auslüften. In ein anderes Haus der Rianis im Katamon-Viertel waren gleich mehrere Familien eingezogen. Dieses Haus hatte den Besitzerwechsel weniger gut überstanden. »Sie haben die Schönheit des Gebäudes zerstört«, klagte Munir, als er wieder zu Hause war.

Der arabische Anwalt, den George konsultierte, betonte, er könne nichts für ihn tun. Er empfahl ihm, sich einen jüdischen Anwalt zu nehmen. Der jüdische Anwalt jedoch lehnte die Übernahme des Falles ab und erklärte, die Lage sei aussichtslos. »Sie sind nicht die Einzigen«, sagte er. »Es gibt etwa zwanzigtausend Araber, die wie Sie ihren Besitz in West-Jerusalem verloren haben.« Der junge Staat Israel erließ sofort neue Gesetze, sodass jene Araber, die berechtigte Anliegen hatten, mit einem Schlag völlig rechtlos wurden.

Sehr wohlhabende Leute werden selten arm, auch wenn sie ihr Vermögen verlieren oder Bankrott machen, weil sie meistens noch gut versteckte Reserven und nützliche Kontakte haben, oder einfach, weil ein Wunder geschieht. Die Rianis jedoch verloren über Nacht alles. Für Elias war das schlimmer als ein Erdbeben, denn Naturkatastrophen zerstörten bekanntlich alles, während in diesem Fall die Gebäude der Familie einfach an andere Besitzer übergingen.

Von jenem Tag im Frühling 1948 an hatten ihre Schlüsselbunde nur noch symbolischen Wert. Das wenige Geld, das George Riani noch auf der Bank hatte, war schnell aufgebraucht.

Die Jahre vergingen, und der soziale Status der Familie

nahm stetig ab. Niemand mehr beneidete die Rianis. Die alljährlichen Urlaube im schneereichen Libanon und am Strand von Aqaba waren bald nur noch Erinnerungen. Nasrin, die in eine wohlhabende Familie hineingeheiratet hatte, merkte bald, dass sie ihre Verwandten in England nicht mehr besuchen konnte. Die Villa in Jericho verfiel zusehends, und die Orangenbäume im Garten trugen keine Früchte mehr.

Das Teegeschäft, das Elias so sehr am Herzen lag, kam fast zum Erliegen. Die Stammkunden – Cafés und Hotels in Tel Aviv – befanden sich nämlich auf der israelischen Seite. Am Anfang importierte Elias weiter seinen Tee, wenn auch nur, um mit den Lieferanten auf der ganzen Welt in Verbindung zu bleiben. Er hatte allerdings auch ein paar Kunden in Ost-Jerusalem, hauptsächlich ausländische Konsulate, die seinen Oolong, Assam und Darjeeling kauften, und so gelang es ihm gerade noch, das Geschäft vor dem Absturz zu bewahren. Meistens holte er höchstens seine Verluste wieder herein, und oft stapelte sich Ware, die er nicht los wurde, im Lagerhaus. Da er darauf bestand, nur frische Teeblätter zu verkaufen, schickte er Munir los, um die alte Ware an das Waisenhaus, den Kinderchor, das Österreichische Hospiz und das Augusta-Victoria-Krankenhaus zu verteilen. Dann konnten sich die Empfänger einige Wochen lang an frisch aufgebrühtem, köstlichem Tee erfreuen, der zwar ohne aufwendige Zeremonie serviert wurde, aber trotzdem gut schmeckte.

In den neunzehn Jahren, die darauf folgten, verschwand der Reichtum der Rianis völlig. Die Anzüge der Männer wurden immer abgetragener, und der Mercedes brauchte unzählige Ersatzteile. Es ging das Gerücht, die Israelis würden den enteigneten Landbesitzern eine symbolische Entschädigung bezahlen, aber George und Elias lehnten ab. Sie weigerten sich, eine Geldsumme anzunehmen, die nur dazu diente, die Ausgeplünderten zum Schweigen zu bringen. Elias wusste jedoch, dass die Mittel der Familie noch weiter abnehmen würden, und flüchtete sich oft in die Erinnerung an bessere Tage, als seine Vorfahren das Familienvermögen aufgebaut hatten und die Familie abgesichert schien. Zur Zeit des Osmanischen Reiches war sein Großvater sehr wohlhabend gewesen. Unter den Briten hatte sein Vater etwas weniger Erfolg gehabt, und Elias selbst stand nach dem Krieg von 1948 mit fast nichts da, was er seinem Sohn vererben konnte. So war es eben bei den Rianis: Jede Generation verlor einen weiteren Anteil des Familienvermögens.

Derweil entstand eine neue Schicht vermögender Menschen: Sie handelten mit Elektroartikeln oder Antiquitäten, besaßen Autowerkstätten oder Restaurants. Diese Leute profitierten von der Besatzung und den gierigen Israelis. An den Wochenenden wurden ihre Geschäfte von Kunden nur so überrannt, es bildeten sich lange Warteschlangen bis hinaus auf die Straße. Die Restaurants konnten den Bedarf an stark gewürzten levantinischen Gerichten wie Hammelfleisch mit Zwiebeln und Tomaten kaum befriedigen.

Elias akzeptierte das alles. Ihm war klar, dass jemand, der früher alles gehabt hatte, sich langsam an weniger gewöhnen musste, während jene, die von ganz unten nach oben kamen, keinerlei Anpassungsprobleme hatten.

Er versuchte, seine Umgebung zu betrachten wie nach einer verheerenden Flut, die alles mit sich fortgerissen hatte. Das Glück der Rianis hatte dieses Mal nicht ausgereicht, während andere gestärkt aus dieser Naturkatastrophe hervorgegangen waren.

Mit der Zeit ließ Elias' Kummer nach und wich der Erkenntnis, dass dies nun sein neues Leben war. Er versank nicht in Melancholie und wünschte sich nicht mehr die Tage des Reichtums zurück, sondern gab sich mit dem zufrieden, was er sich leisten konnte. Sein Leben wurde bescheidener, er machte sich weniger Sorgen, wurde aufmerksamer und bemerkte Dinge, die ihm normalerweise verborgen geblieben wären. Er hörte Geräusche, die seine Ohren zuvor nicht wahrgenommen hatten. Das Vermögen, dachte er, ist etwas, was man zu besitzen glaubte, etwas, was vermeintlich Sicherheit garantierte. Sein Verlust war in erster Linie ein Problem der Logik: Was einmal gewesen war, gab es nicht mehr. Aber er hatte ja auch zuvor nie alle seine Besitztümer anfassen können. Sollte er den Rest seiner Tage jetzt damit verbringen, als verbitterter Mann den Verlust seiner Ländereien zu beweinen? Oder würde es ihm gelingen, die Sache für eine Weile zu vergessen, weil ja ohnehin niemand wusste, was die Zukunft brachte und welche Überraschungen noch auf einen warteten?

Am selben Abend beschloss er, Lila zu sagen, was er ihr all die Jahre lang nicht mitgeteilt hatte. Der leichte Teil würde sein, ihr von seinem finanziellen Ruin zu berichten: dass er von Krediten lebte, hier und da ein bisschen Geld verdiente und im Grunde nur noch das Büro an der Hauptstraße, das Haus, in dem die Familie lebte, und das verfallene Sommerhäuschen in Jericho besaß.

Er ging ins Haus, um Jackett und Brieftasche zu holen, und machte sich zu Fuß auf den Weg ins Büro.

Das Telefon klingelte gerade, als Nomi sich Nougatcreme auf einen Keks strich. Sie legte das Messer weg und nahm den Hörer auf. Es war ihre Mutter.

»Was machst du?«

»Hausaufgaben.«

»Hast du schon gegessen?«

»Ja, Bohnensuppe.«

»Geh zu Lilas Salon«, bat Margo.

»Warum?«

»Schau mal nach ihr. Seit der Hochzeit haben wir nichts mehr von ihr gehört, und im Salon ist das Telefon immer besetzt.«

»Und wer holt den Kleinen ab?«

»Dein Vater. Bleib aber nicht zu lange bei Lila, hörst du?«

Der Weg zum Salon dauerte etwa sechs Minuten und war mit Versuchungen gespickt, aber Nomi widerstand ihnen tapfer und war schnell beim Salon angekommen. Das »Offen«-Schild stieß gegen die Glastür, als Nomi sie mit Schwung öffnete. Zwei Friseurinnen färbten Kundinnen gerade die Haare, und daneben saß eine Frau mit einem Schnurrbart aus blauer Creme. Monsieur Hubert sprach ärgerlich ins Telefon. »Mein Salon ist *le plus professionnel* in Jerusalem!«, rief er und knallte den Hörer hin.

»Wo ist Lila?«, fragte Nomi.

Monsieur Hubert fuhr ein Lehrmädchen an, das die Handtücher nicht ordentlich genug zusammenlegte.

»Wo ist Lila?«, fragte Nomi noch einmal.

»Weiß ich nicht«, gab er kurz angebunden zurück. »Sie ist nicht zur Arbeit erschienen und hat auch nicht angerufen.«

Die Wanduhr zeigte drei Uhr am Nachmittag. Nomi ging hinaus auf die Straße und betrachtete das Schaufenster der Bäckerei, in dem frische Hefekuchen lagen. Sie dufteten so köstlich, dass Nomi am liebsten in die Backform gekrochen wäre. Gerade, als sie zurück nach Hause gehen wollte, bemerkte sie einen Mann in einem Mercedes an der Ecke. War das nicht der Mann, mit dem Lila während der Hochzeitsfeier weggefahren war, der Mann, der ihr später Lilas Schal überreicht hatte? Er streckte den Arm aus dem Autofenster und winkte sie zu sich heran. Nomi machte einige Schritte auf das Auto zu. Bei Tageslicht sah der Mann ganz anders aus. Sein Haar war stärker ergraut, seine Haut hatte Falten, und sein Anzug war hell.

»Kennst du mich noch?«, fragte er. Er hatte eine angenehme Stimme, und er sprach ein bisschen wie Onkel Mano.

Nomi nickte. Sie war überrascht, dass er sie wiedererkannt hatte, nachdem sie sich nur einmal ganz kurz im Dunkeln gesehen hatten. Sie war nicht der Typ Mädchen, an den man sich erinnerte.

»Wärst du so nett, ihr einen Brief von mir zu geben?«, fragte er und hielt ihr einen weißen Umschlag hin.

»Lila ist nicht da«, sagte Nomi. »Sie ist nicht zur Arbeit gekommen.«

Ein Schatten huschte über sein Gesicht. Kurz zögerte er, dann bat er sie, Lila den Brief nach Hause zu bringen.

»Jetzt gleich?«

»Ja.«

Nomi erinnerte sich noch genau daran, in was für einem schlimmen Zustand Lila gewesen war, als sie sie nach der Hochzeit nach Hause begleitet hatte. Vielleicht war das der Grund, warum sie nicht zur Arbeit erschienen war? Aber das wollte sie ihm nicht verraten.

Irgendetwas an dem Mann im Auto berührte sie und brachte sie dazu, seinen Auftrag auszuführen. Sie spürte, dass er ihre Hilfe brauchte, obwohl er so selbstsicher wirkte. Noch nie hatte jemand so mit ihr gesprochen. Er hatte wohl gemerkt, dass sie sehr scharfsinnig war und auch zwischen den Zeilen lesen konnte. Er hatte sie erwählt, er übertrug ihr Verantwortung und er vertraute ihr. Nicht ihren Eltern, nicht ihren Onkeln, nicht einmal den Damen aus dem Salon, sondern nur ihr. Dieser Fremde verließ sich auf sie, und weil er etwas Gütiges ausstrahlte, wollte sie ihm den Gefallen tun. Als sie den Brief annahm, bemerkte sie seine gebräunten, wohlgeformten Hände.

»Danke«, sagte er mit einem Lächeln, von dem sie spürte, dass es ihm nicht leichtfiel. Sogar die Fältchen um seine Augen herum lächelten.

Sie wandte sich um und ging los, aber er rief sie noch einmal zurück. »Ich weiß gar nicht, wie du heißt«, sagte er.

»Nomi«, entgegnete sie.

Immer zwei Stufen auf einmal nehmend rannte sie die Treppe hinauf.

»Wer ist da?«, fragte Lila.

Die Tür öffnete sich nicht, auch dann nicht, als Nomi sich zu erkennen gegeben hatte.

»Jetzt nicht«, rief Lila.

»Ich habe einen Brief für dich.«

»Schieb ihn unter der Tür durch«, bat Lila.

»Er ist von ihm«, sagte Nomi.

Stille. Dann fragte Lila: »Von wem?«

»Von dem Mann im Anzug.«

Lila öffnete die Tür. »Hier drin ist es schrecklich unordentlich.«

Nomi ging hinein.

In der Wohnung roch es anders als sonst, irgendwie muffig. Nicht so frisch wie gewöhnlich. »Es ist so dunkel hier drin«, bemerkte Nomi.

Lila öffnete die Jalousien, und das Licht strömte ins Zimmer. So hatte Nomi Lila noch nie gesehen: im Pyjama, die Haare wirr, das Gesicht und die Lippen bleich.

»Bist du krank?«, fragte Nomi. Sie suchte nach einem Platz zum Hinsetzen.

»Mir geht es gerade nicht so besonders«, erwiderte Lila.

Jetzt sah Nomi, dass Lilas Augen rot und geschwollen waren.

Lila blickte Nomi an. »Wo hast du den her?«, wollte sie wissen.

»Er hat ihn mir gegeben. Vor dem Salon.«

Nomi ging hinaus aufs Dach und schaute auf die Straße

hinunter. Die Menschen und die Autos waren so klein wie Ameisen. Ausnahmsweise sagte Lila heute nicht: »Pass auf. Da geht es ganz schön tief runter.«

Lila lehnte sich gegen die Küchenwand und rutschte daran herab, bis sie auf dem Boden saß. Dann zog sie die Knie zu sich heran. Sie war sich nicht sicher, ob sie bereit war, sich mit dem Inhalt des Briefes zu befassen. Ihr Kopf fühlte sich so leer an wie ein wasserloser Brunnen.

Ich habe nicht vor, dich ein zweites Mal aufzugeben, las sie.

Nach einer Stunde fiel ihr das Blatt aus der Hand, und erst dann bemerkte sie Nomi, die ihr gegenübersaß, in spiegelbildlicher Haltung, so als hätte sie den Brief gemeinsam mit ihr gelesen, als wäre sie gemeinsam mit ihr in sich zusammengesunken. Nomi betrachtete sie wie eine Ärztin eine sterbende Patientin. Würde der Brief sie stärken oder ihr den Rest geben? Sie rückte zu Lila hin und legte ihr den Kopf auf die Knie.

2006

Die Krankenschwester sagte, sie rufe im Namen von Herrn Riani an. »Er ist jetzt auf unserer Station.«

»Und welche Station ist das?«, fragte Nomi.

»Die Intensivstation.«

»Wieso denn das?«

»Es ging ihm nicht besonders, da haben sie beschlossen, ihn hier zu beobachten. Nicht dauerhaft, hoffentlich.«

»Soll ich kommen?«, fragte Nomi.

»Im Moment schläft er. Kommen Sie morgen früh.«

»Bitte richten Sie ihm aus, dass ich morgen da sein werde. Und danke für den Anruf.«

»Auf Wiederhören«, sagte die Schwester. »Und Schabbat Schalom.«

Nomi legte auf. Sollte sie nicht doch gleich ins Auto springen und zu ihm fahren? Ihr wurde das Herz schwer. Elias war in ihr Leben getreten und hatte einen neuen Menschen aus ihr gemacht. Er hatte ihr das Recht gegeben, sich Sorgen über ihn zu machen, er hatte die ganze Bandbreite ihrer Gefühle wieder zum Leben erweckt. Jetzt war sie dafür verantwortlich, dass es ihm gut ging und dass er am Leben blieb. Als sie klein war und zu Hause um alles kämpfen musste, hatte er ihr etwas geschenkt, das nur ihr gehörte, ein Geheimnis, das sie vor allen anderen bewahrte. Als Erwachsene hatte Elias sie in den innersten Tiefen ihrer Seele berührt. Wenn nur ihr Vater länger gelebt hätte, wenn sie doch nur die Chance bekommen hätte, sich von seinen Worten und seinem Schweigen inspirieren zu lassen, so wie bei Elias.

Langsam wurde es dunkel. Nomi steckte zwei Sabbatkerzen in einen quadratischen Glashalter und sank auf ihr weißes Sofa. Sie witzelte immer, nur Unverheiratete und Kinderlose dürften sich weiße Sofas kaufen, weil sie niemanden hatten, der Flecken darauf machte. Neben dem Sofa befand sich ein Tisch mit grünem Tee und Ingwerkeksen und einem Stapel Akten, auf denen »VERTRAULICH« stand. Jede Akte gehörte zu einem Kind, das ein Zuhause suchte. Da war der Junge, dessen Mutter nichts mehr von ihm wissen wollte. Derjenige, der gleich nach der Geburt wegen einer angeborenen Missbildung ausgesetzt worden war. Das Mädchen, das man in einer Mülltonne gefunden hatte, und der Junge, dessen Mutter noch während der Schwangerschaft ermordet worden war. Und das Mädchen, das man aus den Händen seiner gewalttätigen Eltern gerettet hatte.

Die süßen kleinen Babys, die jetzt zur Adoption freigegeben waren, würden sie in achtzehn Jahren in ihrem Büro aufsuchen, um Einblick in ihre Akte zu bekommen. Dann bekämen sie mit einem Schlag alle Informationen, die man ihnen bis dahin vorenthielt: Name und Adresse der leiblichen Eltern, Herkunftsland, Fotos und manchmal sogar einen Brief der leiblichen Eltern an das weggegebene Kind. Wenn der junge Mensch auf diese Weise zum ersten Mal mit seiner Geschichte konfrontiert wurde, verließ Nomi taktvoll das Zimmer. Nur wenn hin und wieder eine junge Frau darum bat, in diesem Moment nicht allein sein zu müssen, blieb sie im Raum.

Nomi fiel auf, dass in ihrem eigenen Fall alles genau umgekehrt war: Sie hatte die Akte über ihre leiblichen Eltern schon lange geschlossen. Ihr Vater mit seinem schwachen Herz hatte sie im Stich gelassen, und ihre Mutter reiste auf dem ganzen Erdball herum, immer auf der Suche nach einem guten Geschäft, wie eine Archäologin auf der Spur einer verschollenen Schriftrolle.

Am nächsten Tag, einem Samstag, fuhr sie nach Jerusalem. Als sie die Intensivstation betrat, nahm sie als Erstes den Geruch von Endgültigkeit, von Fäulnis wahr. Den Geruch von Blut und Medizin und Ausscheidungen und Desinfektionsmittel. Gerüche, die an einem Ort gefangen waren, an dem es keine Fenster gab.

Elias lag in einem Einzelzimmer mit verglasten Wänden. Das weiße Licht war unangenehm, die Apparate piepten, die Digitalanzeigen offenbarten jeden Wert, sogar seine Körpertemperatur und seinen Blutdruck. Eine Infusion führte seinem Körper wichtige Stoffe zu.

Sie betrachtete ihn. Würde er ihren Duft bemerken und die Augen öffnen, oder bevorzugte er die Zuflucht des künstlichen Schlafs? In seinem augenblicklichen Zustand der Hilflosigkeit und des Verfalls fühlte sie sich ihm nah. Sie wünschte sich, ihm Heilung und neue Lebensfreude schenken zu können. Wie viele Gelegenheiten bekam Elias wohl noch, sich dem Tod zu nähern und doch wieder zurückzukehren? Nomi war sich sicher, dass er sein Kontingent bald aufgebraucht hatte.

Die Besuche bei Elias taten ihr gut, und die Geschichte seiner Liebe zu Lila löste den Knoten in ihrem Inneren. Langsam wich auch ihr vor langer Zeit aufgebauter Schutzpanzer aus Zurückhaltung und Distanz. Das Leid anderer Menschen berührte sie jetzt tief in ihrer Seele – nicht aus Neugier, sondern weil ihr Herz sich öffnete.

Hatte Elias sich gerade bewegt? Ja, er zwinkerte ihr zu, als wüsste er schon die ganze Zeit, dass sie bei ihm war.

»Wir müssen aufhören, uns in dieser Umgebung zu treffen«, sagte sie, aber Elias lachte nicht. Sie kam näher. Seine kalte Hand streckte sich ihr entgegen, und sie drückte sie. »Ich habe Tee mitgebracht«, verkündete sie. »Munir kommt heute nicht, weil keine Busse fahren, und außerdem braucht er ja nicht auch noch die ganzen Keime abzubekommen.«

»Weißt du, was das Problem ist?«, fragte Elias. »Durch deine Arbeit bist du darauf trainiert, jede Einzelheit mitzukriegen.«

»Das stimmt«, bekräftigte Nomi. »Wenn ich adoptionswillige Familien besuche, versuche ich wie eine Detektivin, alles über ihr Leben herauszubekommen. Ich achte auf verstohlene Blicke und darauf, was sie vor mir verbergen wollen.«

»Genau«, sagte Elias. »Du müsstest alle deine Sinne verschließen.«

»Versprich mir, dass du schnell wieder hier rauskommst«, bat Nomi.

»Versprochen. Wieso?«

»Hier fliegen Viren herum«, flüsterte sie. »Es fühlt sich an wie die letzte Station in einem Leben.«

»Ich wollte dir etwas erzählen. Über die Hölle.«

»Wann hast du denn dort vorbeigeschaut?«

»Zusammen mit Lila. Gestern habe ich daran gedacht, bevor sie mich auf die Intensivstation verlegt haben.«

Sie hielt noch immer seine Hand. »Erzähl mir davon«, sagte sie.

1967

Seit jenem Abend am Jason-Grab, als er ihr von seiner Frau und den Kindern erzählt hatte, wollte sie ihn nicht mehr sehen – und das meinte sie ernst. Die Sehnsucht nach ihm, die sich über die Jahre aufgebaut hatte, war einem verbitterten Zorn gewichen. Zwar hatte sein Gesicht – das Gesicht des Mannes, der ihr gerade den schlimmsten Schlag ihres Lebens versetzte – große Qual verraten, doch Verletztheit und Stolz befeuerten ihre Streitlust. Der Graben, der sich zwischen ihnen auftat, war breiter denn je und größer als in den neunzehn Jahren der erzwungenen Trennung.

Ausgerechnet Elias hatte ihr diese schwere Enttäuschung zugefügt, aber er versuchte trotz allem, einen Weg zu ihr zu finden. Dabei wusste er nicht, ob er sie in Ruhe lassen oder an ihrer Seite bleiben sollte. War es richtig, wenn er zu ihr fuhr und an ihre Tür klopfte? Vor der Tür ihres Wohnhauses saß er im Auto und wartete, aber die Frau aus der Dachwohnung kam nicht herunter. Fast jeden Tag drückte er Nomi einen Umschlag in die Hand und nahm ihr das Versprechen ab, ihn in Lilas Briefkasten zu werfen. Als er im Salon nach ihr fragte, sagte man ihm, sie erhole sich gerade von einer Operation. »Wer will das wissen?«, fragte Monsieur Hubert, der offensichtlich neugierig war. »Ein Verwandter«, log Elias.

Nachts, wenn der dringend benötigte Schlaf einfach nicht kommen wollte, malte er sich aus, wie er vor ihrer verschlossenen Tür stand und um Einlass bat. Er stellte sich vor, wie er zu ihr sprach, aber auf der anderen Seite der Tür hörte niemand seine Stimme, denn da war kein Leben, kein Geräusch. In solchen Momenten fürchtete er, sie für immer verloren zu haben. Vielleicht war ihr ja etwas Schreckliches zugestoßen, und das ausgerechnet jetzt, wo er sie wiedergefunden hatte. Er schaute zu den unmöglichsten Uhrzeiten bei ihrer Wohnung vorbei – um sechs Uhr morgens, um elf Uhr nachts –, konnte aber nie ein Lebenszeichen von ihr entdecken. Langsam begann er zu glauben, sie sei gar nicht da. Sie hatte sich unsichtbar gemacht, so als hätte sie all die Jahre nur darauf gewartet, verschwinden zu können.

Elias wusste genau, was der Krieg mit sich gebracht hatte: Er und seine Familie, ihre Nachbarn und Freunde waren jetzt besiegte Untertanen. Lila gehörte zu den Siegern, zu jenen, die alles auf ihrer Seite hatten: Gott, das Gesetz, die Macht, den Nationalstolz. Und trotzdem, so ahnte er, fühlte sie sich schwach und unterlegen, so, als wäre sie von der Armee der Eroberer überrollt worden. Er dagegen war stark und hellwach, bereit, sich gegen die Verhältnisse zu stemmen.

In seinen dunkelsten Momenten war ihm, als hätte sie durch ihr Verschwinden eine furchtbare Strafe über ihn verhängt: Tod durch sorgenvolles Gegrübel. Nach einer Woche, in der er sich in seinen Gedanken zunehmend gefangen fühlte, beschloss er, einfach stehen zu bleiben und das Sorgenkarussell anzuhalten. Er würde ihr Zeit geben. Ein Übermaß an Zeit, das war alles, was sie in den langen Jahren des Wartens gehabt hatte, und doch brauchte sie wohl noch mehr davon. Nomi hatte ihm berichtet, dass die Briefe, die sie in Lilas Briefkasten gesteckt hatte, verschwunden waren, und dass ihre Mutter glaubte, Lila habe sich in ein Sanatorium zurückgezogen. Margo hatte Nomi erklärt, Lila könne sich durchaus um sich selbst kümmern, und das richtete Nomi auch Elias aus. Doch die ganze Zeit über wusste er genau, dass er dieses Unheil selbst angerichtet hatte und dass nur er es wiedergutmachen konnte.

Zu Hause gab er sich unwirsch und wortkarg. Keiner ging auf ihn zu, weder seine Frau noch sein Sohn. Munir glaubte, Elias mache einfach eine launische Phase durch, und seine Mutter nahm an, dass seine Stimmung mit der Beschneidung seiner Freiheit unter den Besatzern zusammenhing. Immerhin war er jetzt nicht mehr jordanischer Staatsbürger, sondern ein rechtloser Mann unter einer Militärregierung. Sein Vater vermutete, es gehe seinem Sohn um das Ansehen, denn die Leute redeten über sie, über die Familie, die einmal wohlhabend gewesen und jetzt ruiniert war. Elias merkte sehr wohl, welche Überlegungen seine Familie anstellte, und dachte: Sie haben ja recht. Ich bin tatsächlich ruiniert – ohne sie.

Im Dunkeln lag er im Bett und sprach mit ihr. Er wollte, dass sie zornig auf ihn war, dass sie ihm ihre Wut und Enttäuschung entgegenschleuderte. Aber sie fraß alles in sich hinein und ließ nichts davon heraus. Die Demütigung sammelte sich in ihrem Körper an und wurde hart. Er spürte, dass sie unerträgliche Schmerzen litt und dass sich diese Schmerzen irgendwann bis hin zu ihm ausbreiten würden. Wenn er sie ihr doch nur abnehmen, sie an ihrer Stelle erdulden könnte, damit sie genesen konnte. Bei Gott, er hatte seine Strafe bekommen, und er würde Abbitte leisten müssen. Alles, was er jetzt noch verlangte, war die Chance, dies tatsächlich tun zu dürfen.

Aber er wusste nicht, an wen er sich wenden sollte, wer ihm einen Rat geben könnte. Wie ein liebeskranker Teenager besuchte er alle Orte, wo sie vor vielen Jahren zusammen gewesen waren – Kinos, Cafés –, aber er musste zur Kenntnis nehmen, dass nichts mehr so aussah wie früher. Elias war innerlich zerrissen. Einerseits war er davon überzeugt, dass er sie wieder für sich gewinnen konnte, andererseits verlor er allmählich die Hoffnung und fiel langsam in sich zusammen.

Nach einundzwanzig Tagen in der Hölle ging Elias endlich zum Arzt, der ihm Schlaftabletten verschrieb. »Viele Leute nehmen die im Moment, wegen des Krieges«, sagte der Arzt.

Doch als er eine Tablette auf der Zunge liegen hatte und ihre Bitterkeit schmeckte, spuckte er sie in die Toilette. Dort trieb sie wie eine rosa Schwimmweste auf der Wasseroberfläche. Und in diesem Moment, als er vor der Toilette stand und auf die Tablette starrte, fand er die Antwort, nach der er gesucht hatte.

Er wartete, bis es Tag wurde, und verließ dann das Haus. Der Tank des Autos war fast leer, aber er fuhr aus Jerusalem hinaus in dem festen Glauben, dass die letzten

Tropfen Benzin ihn an sein Ziel bringen würden. In den Vororten nahm er aus dem Augenwinkel die neuen Wohngegenden wahr, hatte jedoch keine Zeit, deren Hässlichkeit ausgiebig zu bestaunen. Auch angenehme Ausblicke boten sich ihm, aber Elias war blind für die Schönheit des herrlichen Morgens, er zuckelte unbeirrt hinter den Lastwagen her.

Kannte man sich nicht aus, war es gut möglich, dass man die Abfahrt zum Garten Eden verpasste. So ging es auch Elias, denn er war zum letzten Mal vor vielen Jahren in der Gegend gewesen. Er wendete und fand schließlich die Abzweigung. Einen schöneren Weg gab es auf Erden kaum, und das Herz ging ihm auf. Das ist heiliges Land, dachte er, dieses kleine Stück Natur, ein Geschenk des Schöpfers. Die Christen glaubten, hier habe Rabban Gamaliel gelebt, der Enkel Hillels und Lehrer des Apostels Paulus.

Jetzt hatte Elias es nicht mehr eilig. Er parkte das Auto in einiger Entfernung vom Kloster und ging zu Fuß weiter. Er bestaunte die atemberaubende Landschaft, die in seiner Abwesenheit noch schöner geworden war: die mit Olivenbäumen bestandenen Hügel, das in sanftem Licht liegende Tal, das prächtige alte Steingebäude. Er setzte sich unter denselben Baum, unter dem sie beide damals Schutz vor der Sonne gesucht hatten, auf ein Bett aus heruntergefallenen Johannisbrotschoten und zerrieb sie zwischen den Fingern. Vor nicht allzu langer Zeit sind sie vor lauter Süße fast geplatzt, dachte er, und jetzt liegen sie auf dem Boden und verfaulen.

Elias wollte nichts überstürzen. Er spürte ihre Gegenwart ganz in der Nähe und zögerte. Was sollte er zu ihr sagen? Wie konnte er dem Augenblick den nötigen Ernst verleihen? Satt gefressene Schafe mühten sich den Berg hinauf, und einige Mönche kamen von den Feldern zurück. Sie grüßten, als sie an Elias vorbeigingen. Er war dankbar dafür, dass keiner sprach, dass die Stille der Natur nicht zerstört wurde.

Es kostete ihn Mut, sich dem Kloster zu nähern. Seine Knie waren bleischwer. Es ging um alles oder nichts. Aber was hatte er schon zu verlieren? Er hörte das Geräusch seines Atems, das Knacken der trockenen Zweige unter seinen Füßen. Aus dem Inneren der steinernen Mauern drang der Gesang von kleinen Kindern. Das überraschte ihn. Sie sangen wohl auf Italienisch, und das Lied rührte ihn an, nicht nur, weil es so unschuldig klang, sondern auch, weil die Kinder wild durcheinander sangen. Die Töne wurden lauter, und er kam immer näher. Als er das Tor erreicht hatte, konnte er die Kinder sehen, aber er hatte keine Augen für sie.

Er sah nur Lila.

Da stand sie, mit dem Rücken zum Tor. Ihren Nacken hätte er aus jeder Entfernung und jedem Blickwinkel erkannt, an jedem Ort der Welt. Jener Nacken, den er schon so lange nicht mehr hatte sehen dürfen, jener Nacken, an den er sich früher geschmiegt hatte. Er blieb stehen, vielleicht, um ihr noch einen Augenblick der Ruhe zu gewähren, und da drehte sie sich plötzlich um, scheinbar ohne jeden Grund. Jetzt stand sie ihm gegenüber, wenn auch in einiger Entfernung, und sie blickten einander regungslos an. Den Kinderchor hörte er nicht mehr, auch nicht das Geräusch seiner eigenen Schuhe auf dem Schotterweg, als er auf sie zu ging. Ihr Blick löste sich keine Sekunde von ihm. Als sie schließlich voreinander standen, sprach Verwunderung aus ihrer Miene.

Lila war die Erste, die das Schweigen brach. »Ich habe keiner Menschenseele verraten, wo ich hingegangen bin.«

»Ich habe dich gefunden«, sagte er wie zur Entschuldigung, dass er ihr Versteck aufgespürt hatte.

»Wie das?«

»Ich habe nach dir gesucht.«

»Aber ich wollte nicht gefunden werden.«

»Nicht einmal von mir?«

»Am allerwenigsten von dir.«

»Ich glaube, wir sollten uns unterhalten«, sagte er.

»Was gibt es denn noch zu bereden?«

»Es wäre nett, wenn du mit mir kämst, wenigstens ein paar Minuten.«

»Ich kann die Kinder nicht allein lassen.«

Erst jetzt bemerkte er die Kinder, obwohl sie die ganze Zeit über da gewesen waren. Die herumschwirrenden Punkte im Augenwinkel verwandelten sich in eine Gruppe kurz geschorener Jungen in graublauen Uniformen, die den hinzugekommenen Mann neugierig anstarrten. Die Kinder, die er nie zuvor gesehen hatte, standen jetzt zwischen ihm und der wichtigsten, schwierigsten Unterhaltung seines Lebens. Auf einmal war ein Mönch in Kutte im Garten, wie vom Himmel geschickt. Vielleicht hatten Elias' Gebete ja doch etwas genützt. Er erklärte dem Mönch, dass er von weither gekommen sei, um diese Frau zu sehen, und dass er sofort mit ihr sprechen müsse. »Es ist eine Sache von Leben und Tod«, sagte er, um zu verhindern, dass sich die Szenerie vor seinen Augen in Luft auflöste.

Der Mönch betrachtete ihn von der Seite, dann sammelte er die Jungen um sich wie Küken und führte sie weg. Mit einem Kopfnicken dankte Lila dem Mönch und folgte Elias aus dem Kloster hinaus. Er spürte ihren Widerstand hinter sich wie einen Schatten.

Vorsichtig bahnte sie sich einen Weg zwischen den Steinen und Felsen hindurch, als wäre Elias gar nicht da, als hätte sie Angst zu stürzen, so ganz ohne einen Beschützer, der sie auffangen konnte. Ihre Einsamkeit schmerzte ihn. Auf dem Weg nach Nirgendwo sprachen sie kein Wort, die Stille des Hügels schien auf sie abzufärben.

Als er den richtigen Platz gefunden hatte, bat er sie, sich hinzusetzen, und er ließ sich – nicht zu nah bei ihr – ebenfalls nieder. Sie wich seinem Blick aus. Diese Halsstarrigkeit von ihr kannte er gut, und er beobachtete, wie sie immer stärker wurde, ein Schutzwall gegenüber dem, was ihr solche Qualen bereitete. Aber er musste sich ins Gedächtnis rufen, dass der Mensch, den sie liebte, gleichzeitig jener war, der ihr den größten Schmerz überhaupt erst zugefügt hatte. Und dieser Mensch war kein anderer als er selbst.

Ganz allein saßen sie da, oben auf dem Hügel. Nichts Modernes war zu sehen; fast hätte man glauben können, das Land liege noch so da wie zu den Zeiten der Kreuzfahrer. Weder Straßen noch Strommasten oder Wassertanks störten die Aussicht. Die Stille wirkte erdrückend, aber Elias wollte sie nicht auflösen, solange er nicht genau wusste, was er sagen sollte und wie. Seine Worte sollten schließlich von Herzen kommen, klar und eindeutig, angenehm wie sanfte Regentropfen, nicht wie spitze Glassplitter. Worte konnten zerstören. Man musste sie maßvoll einsetzen und nur das ausdrücken, was man wirklich meinte.

Er sagte ihr nicht, dass er einundzwanzig Tage lang nach ihr gesucht hatte, so manisch wie ein Schlafwandler, und sogar auf Dächer geklettert war, um vielleicht einen Blick auf sie zu erhaschen. Und er fragte nicht, wie es ihr ging, weil er es ihr vom Gesicht ablesen konnte. Ihr Gesicht war leer, sie wirkte gebrochen, ohne einen Schimmer von Licht. Ohne Zorn, ohne Erstaunen, ohne Freude. Er bat sie, ihm für einen Moment in die Augen zu sehen, und sie tat ihm den Gefallen, aber nur, um ihn nicht in Verlegenheit zu bringen. Sie löste sich aus ihrer Gedankenverlorenheit und hörte auf, vertrocknete Zweiglein vom Boden aufzusammeln.

»Ich habe einen Fehler gemacht«, begann er. »Und ich würde ihn so gerne ungeschehen machen.«

Ihr Blick folgte einem roten Käfer. Elias merkte, wie schwer es ihr fiel, ihm zuzuhören.

»Ich habe nicht auf dich gewartet«, sagte er. »Ich habe nicht daran geglaubt, dass sich jemals etwas ändern könnte. Alles schien so … endgültig. Besiegelt auf immer. Wer hätte denn ahnen können, dass der Tag kommt, an dem all das hinweggefegt wird? Diese plötzliche Welle hat mich einfach umgerissen. Nie hätte ich es für möglich gehalten, dass es noch in diesem Jahrhundert, noch zu unseren Lebzeiten, einen derartigen Umsturz geben könnte. Ich habe nicht gewartet, und nichts im Leben bereue ich mehr. Es gibt nichts, was ich lieber ungeschehen machen würde.«

»Zu spät«, entgegnete sie trocken.

»Ich werde ein ganzes Leben brauchen, um alles zu begreifen und wieder in Ordnung zu bringen. Ich bitte dich doch nur darum, uns etwas Zeit zu geben.«

»Zeit wofür?« Ihre Stimme klang müde. Der verletzte Ton ihrer Frage versetzte ihm einen Schlag in die Magengrube.

»Zeit, um dein Vertrauen zurückzugewinnen«, sagte er.

»Du bist den ganzen Weg hierher gekommen, um mir Zeit anzubieten? Dann lass mich dir sagen, dass ich sehr viel Zeit hatte, aber die ist jetzt verschwendet. Ich will überhaupt nichts mehr von dir.«

»Aber ich weiß keinen anderen Weg. Wir beide brauchen Zeit, um wieder zu uns zu kommen. Das, was wir haben, ist zu kostbar, um es einfach aufzugeben.«

»Du meinst das, was wir hatten«, verbesserte sie.

»Lila, gib uns doch eine Chance. Vielleicht hast du nur deswegen so lange gewartet, weil du noch nie eine solche Liebe erlebt hast. Auch ich habe so etwas noch nie erlebt, und ich bin sicher, dass es mir zu meinen Lebzeiten nicht mehr widerfahren wird.«

Sie stand auf. Er blieb sitzen.

»Ich muss zurück zu den Kindern«, sagte sie und zeigte auf das Kloster.

Das Zeitfenster, das sich für Elias geöffnet hatte, schloss sich wieder. Er hatte keine unrealistischen Annahmen gehegt; es war ihm ganz klar gewesen, dass sie ihm nicht weinend in die Arme sinken würde. Aber er hatte einfach nicht sein Bestes gegeben, das spürte er. Zugegeben, er hatte offen mit ihr geredet und ihr keine Versprechungen gemacht, die er nicht halten konnte. Und vielleicht war es ihm gelungen, ihr zu vermitteln, wie groß sein Kummer um die verlorenen Jahre, sein Schmerz und seine Enttäuschung waren. Vielleicht aber auch nicht.

»Ich liebe dich, Lila«, sagte er, ehe sie auf den Weg einbogen. Es war ihm unwillkürlich herausgerutscht, wie eine Woge, die in ihm aufstieg und sich einen Weg nach draußen suchte.

Sie antwortete nicht, drehte nur den Kopf ein wenig, um ihn einen Moment lang anzuschauen.

»Wirst du hier noch länger bleiben?«, wollte er wissen.

»Ich weiß nicht.«

»Wessen Kinder sind das?«

»Sie gehören zu niemandem. Es sind Waisen.«

»Sie können froh sein, dass sie dich haben. Meinst du, du kannst mir mal schreiben?«

»Kann ich nicht sagen.«

»Ich habe dir geschrieben«, sagte er. »Ich habe Nomi die Briefe übergeben. Du wirst sie vorfinden, wenn du wieder nach Hause kommst.«

»Nomi«, wiederholte sie. Er hörte eine Art Sehnsucht in ihrer Stimme.

»Sie ist sehr zuverlässig«, versicherte er, als er ihren zweifelnden Blick bemerkte. »Sie wirft die Briefe in deinen Briefkasten. Dieses Mädchen ist meine einzige Verbindung zu dir.«

»Wo triffst du sie denn?«

»Vor dem Salon oder bei ihrer Schule.«

Nomi war ein dankbares Thema. Über sie konnten sie reden, ohne auf schwieriges Terrain zu geraten. Aber Lila verfiel schon wieder in ihr gepeinigtes Schweigen.

»Ich habe dich schon einmal verloren. Ein zweites Mal wird mir das nicht passieren«, sagte er, als es Zeit zum Abschied war.

Sie durchschritt das Klostertor – das war ihr Zeichen, dass sie jetzt allein sein wollte. Er hoffte, sie würde sich noch einmal umdrehen und ihn ansehen, aber er war auch nicht überrascht, als sie einfach davonging.

Im Auto, auf dem Weg zurück nach Jerusalem, dachte er über die Frau nach, die immer ein Teil seines Lebens gewesen war. Er wusste, dass ihre Entscheidung endgültig war, eine Todesstrafe ohne Begnadigung. Trotzdem gab es immer wieder Augenblicke, in denen er zu hoffen wagte, dass sie doch noch etwas für ihn empfand.

Wie sanft sie doch mit den Kindern umgegangen war! Er hatte das Wort »Waise« noch nie aus ihrem Mund gehört, vielleicht, weil sie selbst eine war. Auch er, der eine Art Familienersatz für sie gewesen war, hatte sie im Stich gelassen und eine Familie ohne sie gegründet.

Er dachte an seine Gefühle, als sie ihm gesagt hatte, sie müsse zurück zu den Kindern, denn sie hatte damit Worte ausgesprochen, die er nie von ihr gehört hatte. Nie würde sie das über eigene Kinder sagen können. Er hatte ihr Kinder vorenthalten, weil sie sich ihm ganz verschrieben hatte. Er jedoch würde diese Worte ihr gegenüber häufiger äußern müssen: *Ich muss zurück zu den Kindern. Zu meinen Kindern. Kinder, die ich mit einer anderen Frau gezeugt habe. Mit einer Frau, die ich keinen einzigen Tag geliebt habe.* Aber er war ihr Vater, und er musste zu ihnen zurück.

Er hatte sie gefunden. Und jetzt würde er zu sich selbst finden müssen.

Das Auto fuhr so gut wie ohne Benzin, glitt im Leerlauf dahin, angetrieben nur von der Kraft der Gefühle, die er von dem Treffen auf den Feldern von Beit Gemal mitgebracht hatte. Mit dem letzten Tropfen erreichte er eine Tankstelle. Dort gab es allerdings kein Benzin zu kaufen, denn der Tanklastwagen war überfallen worden. Elias schob das Auto in den Schatten, öffnete alle Fenster, stellte seine Sitzlehne nach hinten und schlief ein. Er schlummerte so fest wie seit Wochen nicht mehr.

Lila blieb noch einen weiteren Monat bei den Kindern. Sie schrieb nicht aus dem Kloster, und sie rief auch nicht an. Jedes Mal, wenn sie an ihn dachte, fuhr ein scharfer Schmerz durch ihren Körper. Ihre Gedanken wanderten zu dem Haus, in dem er mit seinen drei Kindern lebte – und mit einer Frau, über die sie nichts wusste und auch nichts wissen wollte. Nein, sie war überhaupt nicht bereit, ihm zu verzeihen, wenn sie abends, nachdem die Kinder ins Bett gebracht waren, draußen vor dem Kloster saß. Im Dunkeln veränderten die Hügel ihre Form, und die Stimmen aus dem Wald wurden ihr immer vertrauter, obwohl sie noch manchmal zusammenzuckte, wenn in der Ferne ein Schakal heulte, das Gras wisperte oder eine Schleiereule mit den Flügeln schlug. Die Strahlen des

Mondes taten ihr weh, denn es war sein besonderes Licht, das früher die magischen Momente mit ihm ausgeleuchtet hatte.

Sie hatte sich so gründlich von ihrem bisherigen Leben entfernt, dass sie keine Nachrichten hörte, ja, nicht einmal das aktuelle Datum wusste. Nachdem die Tage kürzer und die Abende kühler wurden, musste es wohl Elul sein, der Monat, in dem man um Vergebung bat, bevor das jüdische Neujahr vor der Tür stand. Es war nicht leicht für sie, an einem Ort zu wohnen, wo sie überall auf Marienstatuen stieß, es war ihr sogar ausgesprochen unangenehm, aber sie wusste, dass ihr vergeben würde. Von ganzem Herzen fühlte sie sich dem Gott der Juden nahe; es war nur ein Zufall, dass sie in einem christlichen Kloster Unterschlupf gefunden hatte.

2006

Nomis Hand ruhte noch immer in der von Elias, im verglasten Zimmer der Intensivstation. Seine Augen waren feucht, genau wie die ihren.

»Elias?«, rief sie, obwohl sie ganz nahe saß.

»Ja, meine Liebe?«

»Wir wollen dich jetzt hier herausholen. Das ist kein Ort für dich. Du hast dich zu sehr aufgeregt und zu intensiv an die Tage eurer Trennung gedacht. Aber jetzt geht es dir wieder gut. Komm, mach dieses Bett für einen Kranken frei, der es wirklich braucht. Siehst du den Mann da drüben? Er wollte eine Glühbirne auswechseln, ist von der Leiter gefallen und hat sich einen Halswirbel gebrochen. Und der Mann neben ihm ist Gefängniswärter und ist von einigen Häftlingen mit Messern angegriffen worden. Seine Chancen sind gleich null. Und der da hinten, der uns so freundlich anlächelt, hat gerade eine Lebertransplantation überstanden und ist glücklich, dass er noch am Leben ist. Hier sind die Todkranken, Elias. Du gehörst nicht zu ihnen. Ich rufe jetzt die Schwester, damit sie dich auf eine normale Station verlegen.«

Als Nomi das Krankenhaus verließ, fühlte sie sich so leicht wie eine Feder. Sie hatte Elias aus dem gläsernen

Kühlschrank gerettet. Er war auf die Innere verlegt worden, in ein schönes Zimmer mit Balkon. Die Farbe war in sein Gesicht zurückgekehrt, und er hatte um Karottensaft gebeten. Nomi hatte den Verdacht, dass sein Leben nur deshalb in Gefahr gewesen war, weil er mit den ganzen todkranken Patienten auf der Intensivstation lag. *Als Schwerkranker wird man aufgenommen, als Toter wird man hinausgetragen, und nur wenige haben das Glück, auf eine andere Station verlegt zu werden,* dachte sie. Auf der Suche nach Karottensaft verließ sie das Krankenhaus, obwohl sie viel lieber bereits nach Tel Aviv unterwegs gewesen wäre. In Jerusalem fühlte sie sich nach wie vor eingeengt.

Sie fuhr durch die Straßen von West-Jerusalem. Heute am Sabbat lagen sie still und leer vor ihr. Als sie in den Osten kam – wo Elias früher gewohnt hatte –, spürte sie eine große Nähe zu ihm. Durch diese Straßen war er gestreift, als er Lila liebte, als er sich nach ihr gesehnt hatte. Diese Straßen hatten sie voneinander getrennt. Und jetzt bewegte sie, Nomi, sich hier, auf denselben Straßen und trug das Geheimnis weiter in sich. Elias hatte ihr immer mehr Teile der Geschichte enthüllt, und allmählich setzten sich die Puzzlestücke in ihrem Kopf zusammen. Diese Straßen – Elias' Straßen –, diese Eindrücke, Geräusche und Gerüche ergänzten, was ihr noch fehlte.

Auf einmal musste sie daran denken, wie Elias eines Tages vor der Schule auf sie gewartet hatte. Er wirkte zerstreut und bemerkte sie erst, als sie direkt neben seinem Auto stand. Er bot ihr an, sie nach Hause zu fahren, und sie öffnete ohne zu zögern die Tür und setzte sich auf den von der Sonne aufgeheizten Ledersitz. Aus dem Radio kam ein arabisches Lied. Elias stellte es leiser. Er versuchte, mit ihr zu plaudern, aber sie redete nicht gern über sich selbst und lenkte ihn ab, indem sie ihn fragte, ob er auch sein Auto von einem Araber gekauft habe.

Er lächelte. »Du meinst, du weißt, dass ich selbst ein …« Elias beendete den Satz nicht.

Ein Prickeln durchfuhr ihren Körper. Plötzlich verstand sie, warum seine Existenz geheim gehalten werden musste. Er war einer von Zehntausenden Arabern, die über Nacht zu einem Teil der Stadt geworden waren, und der erste, mit dem sie persönlichen Kontakt hatte. Er war der Mann, dem Lila ihr Herz geschenkt hatte, der Mann, dessen höfliches Auftreten Nomis positives Bild aller Araber prägen sollte.

Der Mercedes hielt neben dem Kloster Ratisbonne. »Ist es dir hier recht?«, fragte er und übergab ihr einen Umschlag für Lila.

»Klar«, erwiderte Nomi und steckte den Umschlag in ihre Schultasche.

Sie stellte den Becher mit dem Karottensaft in den Becherhalter neben dem Schalthebel. Auf dem Weg zum Krankenhaus schwappte nicht ein einziger Tropfen heraus. Außerdem hatte sie ein warmes Pitabrot mit Olivenöl und Ysop gekauft, das sie mit ihm teilen würde, und sie würde ihm erzählen, dass sie in den Straßen von Ost-Jerusalem etwas entdeckt hatte, das seine Geschichte bewahrte: das Rascheln des Windes, eine Wolke wie Zuckerwatte, ein bestimmter Geruch. Das freut ihn bestimmt, dachte sie. Nicht alles war verschwunden; nein, etwas von ihm und seiner Geschichte war immer noch da.

1967

Am ersten Arbeitstag nach ihrer Heimkehr aus dem Kloster empfand sie kein freudiges Wiedersehen mit dem Vertrauten. Früher hatte sich dieses Gefühl immer bei ihr eingestellt, auch wenn sie bloß einen Tag weg gewesen war. Der Salon hatte ihr die Stammkunden warmgehalten und keinen Ersatz für sie eingestellt, aber sie saß in ihrem gebügelten Kittel auf dem Stuhl und wünschte sich, der Tag ginge so schnell wie möglich vorbei. »Wir haben dich so vermisst«, sagte Rita und legte Lila eine Hand auf die Schulter. Sie sprach mit mehr Ernsthaftigkeit als sonst, ganz so, als hätte sie in der Zwischenzeit die Rolle der Anführerin übernommen – einst Lilas Rolle.

Der Buchbinder, der seine Werkstatt im Erdgeschoss von Lilas Wohnhaus hatte, übergab ihr die Post, die er während ihrer Abwesenheit gesammelt hatte. Elias' Briefe rochen nach Buchbinderleim. Sie legte den Stapel Briefe auf den Esstisch. Dann öffnete und las sie einen nach dem anderen und gestattete den Emotionen, die daraus sprachen, in ihr Bewusstsein einzudringen.

Das, was sie las, gefiel ihr: Elias' Zurückhaltung, seine Knappheit, seinen Respekt. Er konnte ihr Bedürfnis nach Abstand nachvollziehen, das merkte sie. Sie mochte sogar seine Handschrift und die Tatsache, dass es keine Hinweise darauf gab, an welchem Ort er ihr diese Zeilen geschrieben hatte.

Eine Kundin im Salon hatte von ihr wissen wollen, wo sie gewesen war, und plötzlich fragte Lila sich das auch. Und ihr wurde klar, dass sie sich in die Höhle ihrer Trauer zurückgezogen hatte. Dort war sie gewesen. Sie trauerte um Elias und um sich selbst, um sie beide, um das, was sie miteinander geteilt hatten. Sie hatte die Hoffnung vieler Jahre endlich losgelassen, hatte die Vorfreude und die Erwartungen zu Grabe getragen. Lila hatte keinen Vater und keine Mutter, keine Brüder und Schwestern, keine Tanten und Onkel; stattdessen hatte sie das Geheimnis gehabt, mit dem sie lebte, und jetzt war es fort, einfach von ihr gegangen, und hatte sie allein zurückgelassen. Sie war nun eine Frau ohne Sehnsucht, ohne Verlangen, und das war in ihren Augen schlimmer, als eine Frau zu sein, die sich nicht fortgepflanzt hatte. Sie kam sich schrecklich leer vor, wie eine Frau, in der nichts wachsen und gedeihen konnte. Die Hoffnung schien auch ihren Körper verlassen zu haben.

Sie betrachtete sich im Spiegel und sah einen blassen, kraftlosen Menschen. Einen Menschen, in dessen Augen kein Funke sprühte. Sie fuhr sich durchs Haar und bemerkte die ersten grauen Strähnen. Als sie sich in die Wange kniff, fühlte sie schlaffe Haut zwischen den Fingern. Aus ihren Lippen war das natürliche Rot verschwunden. Das alles waren zeitweilige Erscheinungen, gegen die sie etwas tun konnte. Sie wusste schließlich, dass es Geheimtipps gab, die ihre frühere Schönheit zurückbringen würden. Sie duschte heiß und packte sich fest in ihren Bademantel ein. *Eine heiße Schokolade,* dachte sie, *genau das brauche ich jetzt.* Sie hatte großes Verlangen nach etwas Süßem, das bedeutete, dass der Heilungsprozess schon eingesetzt hatte. In ihrer Kindheit war heiße Schokolade das Zeichen dafür gewesen, dass es allmählich bergauf ging.

Lila nahm Elias' Briefe und stieg in das ordentlich gemachte Bett. Auf dem Nachttisch stand – genau wie im Kloster – eine Kerze, die Lila mit ihrem schwachen, schützenden Schein umgab. Sie dachte an die langen Nächte dort, an den ständigen Kampf zwischen Schlaf und Wachliegen. Jeder Morgen brachte noch größere Schmerzen mit sich, wenn nämlich unmittelbar nach dem Aufwachen die Klarheit in die schlaftrunkene Wolke des Vergessens einbrach. Es war wie damals, als ihre Eltern gestorben waren: wirre Nächte mit unruhigem Schlaf und morgens das schmerzvolle Erwachen in der schrecklichen Gewissheit, dass sie keine Mutter und keinen Vater mehr hatte. Dass sie ganz allein war.

Das gleiche Gefühl hatte sie jeden Morgen im Kloster überfallen. Er hatte eine andere zur Frau genommen. Nachts schlief er neben ihr, vielleicht eng an sie geschmiegt. Eine andere Frau durfte ihn »meinen Mann« nennen, eine Frau, die die Leute als Frau Riani kannten. Seine Kinder waren in ihrem Leib herangewachsen – kleine Rianis mit den Erbanlagen beider Eltern. Sie waren der ewige Beweis dafür, dass er diese Frau geheiratet und mit ihr geschlafen hatte, dass sie sich fortgepflanzt und gemeinsam Tränen der Freude geweint hatten.

Er war ihr ganzes Leben, er war alles, was sie sich wünschte, ihr Lebenszweck, ihr Hoffnungsstrahl. Dadurch, dass sie auf ihn gewartet hatte, war das kleine Feuer, das sie beide wärmte, nie ausgegangen. Sie hatte geglaubt, dass auch er auf sie wartete, dass er keine Kompromisse eingehen würde. Jetzt war ihr klar, dass sie sich all die Jahre über an eine Illusion geklammert hatte, dass sie einer Täuschung erlegen war, und als die letzte Hoffnung schwand, fand sie sich ganz allein wieder, beschämt über die eigene Dummheit. Die Traurigkeit lastete schwer auf ihrer Brust.

Die Kerze brannte herunter, ihr Wachs tropfte auf den Tisch. Sie blies sie aus und dachte an den nächsten Arbeitstag. Ohne Freude würde sie in den Salon gehen und keine Befriedigung aus ihrer Tätigkeit ziehen, ganz anders als früher. Aber sie trug doch etwas in sich, mit dem sie andere Menschen glücklich machen konnte. Sollte sie es vielleicht verschwenden? Nein, in Zukunft würde sie die Jungen im Waisenhaus besuchen, und zwar so oft sie konnte. Mit der Zeit hatte sie Antennen für die Nöte der Menschen in ihrer Umgebung entwickelt, so wie damals, als sie ein kleines Mädchen gewesen war und die Tränen eines anderen Kindes ihr Pein bereiteten.

Sie wollte den Schmerz, den Elias ihr angetan hatte, unbedingt vergessen, aber jedes Mal, wenn sie es versuchte, hinderten sie Stolz und Sturheit daran. Sie streckte die Beine aus, zog sie zur Brust und rollte sich auf die Seite. Auf einmal war sie in der Lage, auch seine Not zu erkennen.

Ihr wurde klar, dass er ihr nicht hatte wehtun können, ohne sich selbst dabei auch wehzutun.

Ein schmerzhafter Stich durchfuhr sie, als sie an sein Leid dachte und daran, wie sehr ihre Reaktion ihn gequält haben musste. Sie dankte Gott dafür, ihr diese Erkenntnis geschickt zu haben. *Wenn ich ihm vergebe,* dachte sie, *gestehe ich ihm zu, fehlbar zu sein, genau wie ich selbst fehlbar bin.*

Der Schlaf, der endlich zu ihr kam, war kein Freund, sondern ein Quälgeist. Am Morgen erwachte sie zornig und erschöpft. Zum ersten Mal in diesem Herbst war es kalt genug, dass sie sich einen Pullover anzog, ein cremefarbenes Strickoberteil, das gut zu ihrem kamelfarbenen Rock passte. Dann machte sie sich auf den Weg in den Salon. Auf der King George Street herrschte Stau, und die Autofahrer hupten wütend, weil es nicht weiterging. Als sie um die Ecke bog, sah sie den Grund: Ein mit Zementplatten beladener Lastwagen war umgekippt, wobei sich die obersten Platten in den Straßenbelag gebohrt hatten. Der Unfall hatte sich erst vor wenigen Sekunden zugetragen. Ein Wunder, dass niemand von dieser Zementplatte erschlagen worden ist, dachte sie. Sie hatte auch noch einen anderen Gedanken: Wenn die oberen Lagen zu Boden fallen, besteht durchaus die Chance, dass die unteren Lagen fest am Platz bleiben. Warum sollte sie nicht auch ihren Kummer auf diese Weise abschälen können, Lage für Lage?

Eins hatte sie sich selbst geschworen: Wenn sie Elias je zurückbekam, würde sie aus Dankbarkeit ihr Leben ändern und künftig in erster Linie anderen helfen. Und jetzt hatte sie Elias tatsächlich zurückbekommen, wenn auch anders, als sie es sich vorgestellt hatte. Aber er war wieder da, gesund und bei vollem Verstand, vom Kummer gezeichnet und doch warm und voller Liebe. Er war zurück, nicht nur rein physisch, sondern auch mit dem Herzen. Wäre es besser gewesen, sie hätte ihn nie mehr gesehen? Wenn die Mauer, die die Stadt teilte, einfach stehen geblieben wäre? Wenn er für immer verschwunden oder bei einer Explosion in Scheich Dscharrah umgekommen wäre? Die Gedanken wirbelten wild durch ihren Kopf.

Jeden Tag fuhr er an ihrem Wohnhaus vorbei, wie ein Busfahrer auf seiner festen Strecke. Eines Tages entdeckte er eine Wäscheleine mit weißen Kleidungsstücken auf dem Dach – da wusste er, dass sie aus dem Kloster zurückgekehrt war. Er nahm einen Fetzen Papier und kritzelte atemlos darauf: ICH BRAUCHE DICH DOCH AUCH. Er steckte das Blatt in einen Umschlag und übergab ihn Nomi.

In den nächsten Tagen kam er stets pünktlich zu Schulschluss um halb eins zu Nomis Schule. »Hast du etwas für mich?«, fragte er dann hoffnungsfroh. Aber Nomi schüttelte nur den Kopf und blinzelte in die Mittagssonne. Erst sechs Tage nach Lilas Rückkehr, als die Sonne sich hinter einer Wolke versteckte, kramte Nomi bei ihrem Treffen wortlos in ihrer Schultasche und zog schließlich einen gefütterten Umschlag heraus. Durch das Autofenster reichte sie ihn Elias.

»Du bist ein braves Mädchen«, sagte er.

Nomi machte sich auf den Heimweg, und er blieb im Auto sitzen, ängstlich das Kuvert umklammernd, als enthielte es die Ergebnisse einer medizinischen Untersuchung.

Würde seine Krankheit ihn töten, oder hatte er noch länger zu leben? Er parkte neben einem aufgegebenen Kiosk. Die ganze Welt schien plötzlich leer und verlassen zu sein. Er öffnete den Umschlag.

Ich bin zwar in die Stadt zurückgekehrt, aber noch nicht wieder zu mir selbst. Die Antwort habe ich nicht gefunden. Ob mir das jemals gelingt? Vielleicht fällt sie mir ja ein, wenn wir uns treffen. Samstagmorgen gegenüber dem King-David-Hotel.

Er hob den Blick vom Blatt und sah Nomi auf dem Bürgersteig in die Ferne verschwinden, klein und mager, den Schulranzen auf dem Rücken. Ihre blauen Gymnastikhosen betonten ihren schmalen Körper. Sollte er ihr hinterherlaufen, sie umarmen und ihr versichern, dass sie ein ganz besonderes Mädchen war?

Lila hatte ihm den Zugang zu ihrem Leben einen Spaltbreit geöffnet, gerade weit genug, dass ein paar Ameisen hindurchkriechen konnten. Aber zum ersten Mal seit langer Zeit glaubte er wieder daran, dass sie eine Chance hatten. Er würde sie nicht bedrängen, sondern ganz behutsam vorgehen, fast so, als würden sie noch einmal ganz von vorne anfangen. Er musste ihr Vertrauen von Neuem gewinnen. Er kannte sie gut genug, um zu wissen, dass sie ihn nicht bestrafte; nein, sie stand vielmehr noch immer unter Schock.

Eine gewisse Fremdheit hatte sich in ihre Beziehung geschlichen, was bedeutete, dass sie heikle Themen vermeiden mussten: sein Zuhause, seine Kinder, alles, was er sich in den Jahren der Trennung aufgebaut hatte. Es würde sicherlich einige Monate dauern, bis die größten Gräben zugeschüttet waren, dachte er, und weitere Monate, bis sie wieder eins werden konnten. Die Narbe allerdings würde immer bleiben. Lila war wie ein Matrose, der von seinen Kameraden erst auf dem offenen Meer ausgesetzt und dann wieder aufgefischt worden war, den anderen auf Gedeih und Verderb ausgeliefert.

Am Samstagmorgen um zehn stand er am Straßenrand gegenüber dem King-David-Hotel und wartete. Als sie plötzlich um die Ecke kam, war er davon überzeugt, dass sie versuchen wollte, alle Schwierigkeiten zu überwinden. Sie wirkte mutig und entschlossen und hatte die Kraft, sie beide zu heilen. *Gott, wie ich diese Frau liebe,* dachte er unwillkürlich.

Lila setzte sich zu ihm ins Auto, und er fuhr einfach los. Der Heilungsprozess hatte schon begonnen: Sie waren zusammen, saßen nebeneinander. Es war lange her, dass sie sich räumlich so nahe gewesen waren. Er hörte es in ihrem Korb rascheln und entdeckte Tüten mit Gummibärchen und Schokoladentafeln. *Ich bin so froh, sie zu sehen, so froh, dass sie jetzt bei mir ist und ich sie ansehen kann.*

Leise sagte er: »Der Tank ist voll. Du brauchst mir nur noch zu sagen, wo ich hinfahren soll.«

Sie lächelte. »Zu meinen Kindern.«

»Erzähl mir von ihnen.«

Der Filou, dachte sie. *Er weiß genau, wie er das Eis brechen kann.*

Lila erzählte ihm von den Jungen im Kloster. »Sie stammen aus arabischen Familien in Ramla und Ludd. Es sind Waisen, Kinder, die niemand will. Der Priester hat sich bereiterklärt, sie aufzunehmen, solange er sie erziehen kann, wie er es für richtig hält. Sie bekommen also nicht nur Mathematik- und Religionsunterricht, sondern haben ein volles Programm: Konversationsstunden, Wanderungen, Feldarbeit, Musikunterricht und Küchendienst. Es geht aber nicht furchtbar streng zu, denn das Leben der Kinder ist schon hart genug. Ganz einsam und verloren sind sie zu ihm gekommen, und er hat es geschafft, in nur einem Jahr eine Familie aus ihnen zu formen, mit ihm selbst als Oberhaupt. Am Anfang waren es dreizehn Jungen, jetzt sind es dreiunddreißig. Als ich ankam, wusste ich nichts über sie. Aber wie das so ist mit Wundern: Sie geschehen ganz überraschend. Die Kinder brauchten eine Betreuerin, eine Art Mutterersatz. Zuerst konnte ich den Lärm, den sie machten, nicht ertragen. Ich saß im Hof und sah ihnen zu, wie sie umherrannten und hinfielen und sich die Knie aufschlugen. Sie rauften und weinten viel. Ich habe ihnen Essen gekocht und die Kleider gewaschen, und dadurch bin ich ihnen nähergekommen. Zusammen haben wir sogar ein Monopolyspiel aus Pappe gebastelt, und Domino haben wir auch gespielt. Bald hat es mich gestört, dass sie ständig dreckige Knie hatten. Ich habe sie ihnen immer wieder sauber geschrubbt, aber Kinder sind eben Kinder. Irgendwann habe ich aufgegeben. Sie werden mit schmutzigen Knien aufwachsen müssen.«

Lila erzählte, und Elias hörte ihr zu. Er hatte die Hände auf dem Lenkrad liegen und blickte auf die Straße.

Diesen Kindern war ein Wunder widerfahren, und auch ihm widerfuhr gerade ein Wunder: Lila war bei ihm. Ihre Sehnsucht nach den Kindern zog sie zurück ins Kloster, und ihre Sehnsucht nach Elias brachte sie ihm wieder näher. Sie bemühten sich, schwierige Themen zu vermeiden, aber Elias war sich sicher, dass sie auch in dieser Hinsicht bald Fortschritte machen würden. Es war wie nach einem Erdrutsch: Man konnte den Weg nicht mehr erkennen und hatte keine andere Wahl, als Stein um Stein beiseitezuräumen.

Die Kinder sprangen um Lila herum und hielten sie am Kleid fest. Das mochte Elias an Kindern: Sie taten immer genau das, wonach ihnen gerade war. Auch er hätte sich jetzt gerne an Lila geklammert, sie umarmt, seinen Kopf an ihre Brust gelegt.

Sie blieben anderthalb Stunden, dann bat sie ihn, sie nach Jerusalem zurückzufahren. Im Auto herrschte angenehmes Schweigen. Elias fand, das deutete auf einen Heilungsprozess hin. Er fragte sie nicht, ob sie gerne mit ihm essen wolle. Das gefiel ihr, denn für ein gemeinsames Essen war sie noch nicht bereit.

»Ich habe beobachtet, wie du mit den Kindern umgegangen bist. Du hast innerlich gestrahlt«, sagte Elias.

»Ich wusste gar nicht, dass man das sehen konnte.«

»Du hast so viel zu geben.«

»In letzter Zeit habe ich das Gefühl, ich passe nicht mehr in den Salon«, sagte sie. »Dort vergeht die Zeit so langsam. Es macht mir einfach keinen Spaß mehr.«

»Vielleicht solltest du ja etwas ändern«, erwiderte Elias nachdenklich und schloss das Autofenster.

»Was denn?«

»Du solltest es schrittweise tun, es langsam angehen lassen, obwohl das deinem Temperament widerspricht.«

Er hielt vor ihrem Haus an und stellte den Motor ab. Ihre Augen sandten ihm eine Botschaft.

»Denk nicht darüber nach«, sagte er.

»Worüber?«

»Darüber, wo ich jetzt hinfahre. Denk einfach daran, dass ich bei dir bin, auch wenn ich dort bin.«

»Ich werde es versuchen«, erwiderte sie. »Auch, wenn es sehr schwierig ist.«

»Je t'embrasse«, sagte er, ohne einen Muskel zu regen.

Sie sah ihn an und lächelte. Kurz bevor sie ausstieg, spürte sie, dass die wochenlange Traurigkeit langsam von ihr abfiel. Sie dachte über das Wort »Veränderung« nach. Aus seinem Mund hatte es vielversprechend geklungen. Wie konnte man die enorme Veränderung, die gerade stattfand, bloß übersehen? Die Welt veränderte sich: der Nahe Osten, ihr Land und seine Grenzen, die Landkarte, die Menschen, die Sprache der Straße, die Nationalhymne, die Paraden, die Lieder, die Essgewohnheiten der Leute. Einfach alles. Auch sie und Elias hatten sich verändert. Sie war nicht mehr die Frau, der er vor neunzehn Jahren die ewige Liebe versprochen hatte, und er war nicht mehr der Mann, auf den sie all die Jahre gewartet hatte. Und doch passten sie noch immer perfekt zueinander, waren aufeinander abgestimmt bis in die kleinsten Moleküle ihrer Körper.

Elias sah sie überrascht an. Sie war davon überzeugt, dass er ihre Gedanken gelesen hatte, denn jetzt sagte er:

»Denk doch bloß: All diese unglaublichen Veränderungen haben nur stattgefunden, damit du und ich wieder zusammen sein können.«

Der Regen drang durch die Ritzen von Lilas Wohnung und bildete Pfützen auf dem Boden. Die Eimer und Schüsseln, die sie jeden Morgen unter den Löchern im Dach platzierte, waren am Abend schon voll und liefen manchmal sogar über. Es regnete so heftig und so oft, dass die Felder und Obstplantagen überflutet waren und die Stadt Jerusalem Wasserreserven für trockenere Zeiten anlegen konnte. Die Kinder des Waisenhauses schickten Lila einen Brief mit Geschichten über die große Flut. Seit Wochen hatten die Kinder das Gebäude nicht mehr verlassen dürfen; sie waren Gefangene des Flusses. So war das eben in Jerusalem und Umgebung, dachte Lila: Es gab von allem entweder zu viel oder zu wenig. Dürre oder Überflutung, Höllenhitze oder Eiseskälte, nichts war jemals genau richtig.

»Bitte erlaube mir wenigstens, mich um dein Dach zu kümmern«, sagte Elias.

»Es geht vorbei«, erwiderte Lila. »Der Regen wird aufhören. Wie lange kann es denn noch so weitergehen?«

Erst nach einigen Wochen, als alle Wände durchweicht waren und sie sich eine schwere Erkältung zugezogen hatte, gab sie nach.

»Ich weiß, warum du nicht wolltest, dass ich komme und dein Dach in Ordnung bringe«, sagte er, als er oben auf der Leiter stand und den Schaden in Augenschein nahm.

»Ach ja? Und wieso?«

»Weil du nicht von mir abhängig sein willst. Du willst

mir kein klares Zeichen geben, dass wir wieder zusammen sind. Du glaubst, du schaffst es allein. Und da hast du wahrscheinlich recht. Du kannst dich durchschlagen.«

»Das stimmt nicht«, entgegnete sie, als hätte sie nichts verstanden. Einen Moment später sagte sie: »Na ja, vielleicht doch.«

»Jetzt, nachdem das geklärt ist – darf ich tun, was ich gut kann?«, fragte er.

Sie sah ihn perplex an.

Er kletterte die Leiter wieder hinab und strich sich unsichtbaren Staub von seinem eleganten Anzug. »Ich habe noch nie in meinem Leben ein Dach oder ein Auto oder auch nur einen tropfenden Wasserhahn repariert«, sagte er zögerlich.

»Ich dachte, du könntest alles. Ich dachte, du könntest Sachen auseinandernehmen und wieder zusammensetzen.«

»Da hast du falsch gedacht«, gab er zurück. »Männer tun so manche Dinge, von denen ich absolut keine Ahnung habe.«

»Es ist dir eben nie beigebracht worden«, sagte sie wie zur Erklärung. »Du hattest immer jemanden, der solche Sachen für dich erledigt hat.«

Er hätte ihr gern einen Finger auf die drei Sommersprossen gelegt, die neben ihrer Nase einen Pfeil bildeten, hielt sich aber gerade noch zurück.

»Was jetzt?«, fragte sie.

»Wir holen meinen Dachdecker. Ich habe ihn gebeten, unten im Auto zu warten, bis ich dich überredet habe.«

Schon war Elias zur Tür hinaus, und als er wieder

zurückkam, hatte er Khaled dabei, einen älteren Mann, der drahtig und sportlich wirkte. »Khaled weiß genau, was man machen muss«, sagte Elias. »Komm, nimm dir deinen Mantel, wir gehen.«

»Wohin?«, wollte sie wissen, als sie im Auto saßen.

»In ein anderes Land. Dahin, wo es warm und trocken ist.«

Ohne nachzudenken, legte sie ihm eine Hand an den Nacken. Es war nur eine leichte Berührung, aber auf Elias wirkte sie wie eine Wunderkur. Die Energie fuhr durch seinen ganzen Körper und belebte ihn. *Wir sind dabei, unsere geheime Sprache wiederzuentdecken,* dachte er. Seit sie erfahren hatte, dass er verheiratet war, hatte sie Abstand zu ihm gehalten. Aber in jenem Moment im Auto, als sie nach der kurzen Berührung ihre Hand wegzog, als hätte sie in glühende Kohlen gefasst, fand er zurück zu Ruhe und Klarheit. Er fuhr weiter, als wäre nichts geschehen. Er warf ihr nicht einmal einen Blick zu.

In Jaffa war es tatsächlich wärmer, und die Straßen waren trocken. »Ich habe diese Stadt vermisst«, sagte Elias. Im Café bestellte er Tee und dazu Kekse mit Pistazien und Honiggebäck.

»Lila.« Er sprach ihren Namen so eindringlich aus, als wäre er der einzige Mensch auf der Welt, der ihn in den Mund nehmen durfte. Sie hob die Augen und sah ihn an. Er kannte diese Augen gut. Jeden Moment konnten Tränen aus ihnen fließen. »Ich muss dir das erklären, was du vielleicht nicht akzeptieren kannst.«

Sie biss sich auf die Unterlippe und nickte.

Er stellte die Ellenbogen auf die Tischplatte, beugte sich zu ihr vor und sagte: »Vielleicht sollten wir versuchen zu verstehen, was mit uns geschehen ist.« Er machte eine kurze Pause. »Ich dachte, es wäre aus mit uns beiden. Schluss, aus, vorbei. Dass wir keine Chance mehr hätten, nicht damals und nicht später. Ich war schwach und habe nicht an eine gemeinsame Zukunft geglaubt. Daher habe ich aufgegeben. Erst, wenn man etwas aufgibt, kann man darum trauern. Und wenn man trauert, kann man mit dem Nichts leben.«

Lila lehnte sich in ihrem Stuhl zurück und vergrößerte den Abstand zwischen ihnen.

»Ich habe uns Auf Wiedersehen gesagt und bin gegangen. Unsere Liebe habe ich in die Vergangenheit verbannt, und irgendwann war sie nur noch eine Episode in meinem Gedächtnis, schmerzvoll, aber leblos. Du dagegen …« Seine Stimmbänder schienen ihm den Dienst zu verweigern. »Du hast weiter daran geglaubt. Für dich war alles lebendig. Du hast die Flamme immer am Brennen gehalten.«

Ihre Augen füllten sich mit Tränen, aber er redete weiter.

»Von einem bestimmten Punkt an haben wir uns selbst jeweils unterschiedliche Geschichten erzählt. Eine gute, eine schlechte, eine enttäuschende, eine wahre Geschichte – wer kann das schon beurteilen? Deine Geschichte, meine Geschichte. Die Tragödie dabei ist, dass es zwei völlig verschiedene Geschichten waren. Ich habe mein ganzes Leben, meine innere Verteidigungsstrategie auf meiner Geschichte aufgebaut. Du hingegen hast deine ganze Hoffnung auf deine Geschichte gesetzt. Wenn ein paar Wissenschaftler ein Experiment mit uns machen würden, ein Experiment mit zwei Liebenden, die gegen ihren Willen getrennt waren, was meinst du, was sie da herausfinden würden?«

Sie konnte die Tränen jetzt nur noch mit äußerster Willenskraft zurückhalten.

»Sie würden herausfinden, dass die Hoffnung einen Menschen am Leben erhält, während der Verlust ihn innerlich aushöhlt«, sagte er. Er nahm einen Schluck von dem süßen Tee, weil der arabische Kellner an ihrem Tisch stand und darauf wartete, Elias aus einer goldenen Teekanne nachzuschenken. »Lila, du Liebe meines Lebens.« Jetzt klang er wie jemand, der wusste, wie man aus einem Labyrinth herausfand. »Bitte streck die Waffen. Bestrafe uns nicht dafür, dass ich mir eine andere Geschichte erzählt habe als du dir.«

Die hölzerne Lehne ihres Stuhls schnitt in ihren Rücken ein, aber sie rührte sich nicht, kam ihm keinen Zentimeter entgegen. In ihrem grauen Flanellrock sah sie zauberhaft aus, wirkte aber auch kühl. Die roten und weißen Einsprengsel auf ihrem Schal verliehen ihr etwas Festliches, doch sie selbst fühlte sich ganz und gar nicht so.

»Du darfst mich jeden Tag schlagen«, sagte er. »Mich ärgern, es mir heimzahlen. Solange du nur mit mir zusammen bist.«

Ihr Schweigen war explosiv. Die Welt kam ihr vor wie ein bedrohlicher, erdrückender Ort: der Regen, die feuchten Wände, die wiederkehrenden Erkältungen, die Niedergeschlagenheit. Das Gedankenkarussell und die

Dämonen, die sie plagten. Seine Worte waren aufrichtig und mutig, das spürte sie. Nur er wäre in der Lage, sie beide vor dem Untergang zu retten. Und dennoch protestierte etwas in ihrem Inneren.

»Du weißt es so gut wie ich«, sagte er, »wir sind füreinander bestimmt. Wir werden immer zusammen sein, und das, was wir haben, hat niemand sonst auf der ganzen Welt. Es ist mir ganz egal, wie lange ich auf dich warten muss, meinetwegen können es noch einmal zwanzig Jahre sein.«

»Es ist alles so schwierig«, erwiderte sie schließlich. Sie hatte einen Kloß im Hals.

»Wehr dich nicht länger«, bat er sie. »Lass deine Wut los. Wenn du aufhörst, dich dagegen aufzulehnen, verschwinden Kränkung und Zorn, weil das Feuer nicht mehr angefacht wird.«

Lila atmete so schwer, als müsste sie einen Berg besteigen, aber sie blieb regungslos sitzen und schloss die Augen. Keiner sagte ein Wort. Der Rauch der Wasserpfeifen kringelte sich über ihren Köpfen. Elias stellte sich vor, dass sie ihre Wut innerlich verbrannte, bevor die Wut sie verbrannte. Unterdessen klang das Geplauder der anderen Gäste wie die Antwort auf ein ungesprochenes Gebet. Draußen begann es zu regnen. Lila öffnete die Augen und sah ihn an. Er war bezaubert von ihrer Schönheit, ihrem Liebreiz, ihrer Existenz überhaupt.

»Der Regen ist uns hierher nach Jaffa gefolgt«, sagte Elias. »In Jerusalem ist es jetzt bestimmt schon wieder trocken.«

Auf dem Rückweg berührte sie seine Hand, die auf dem Schaltknüppel lag. Zuerst ganz zart, dann entschlossener, und bald verschränkte sie ihre Finger so fest mit seinen, dass sie ganz weiß wurden. *Ich habe ihm wehgetan,* dachte sie. *Und mir selbst auch. Wenn ich ihm vergeben kann, kann ich mir auch selbst vergeben.*

Zum ersten Mal seit Wochen und Monaten spürte sie, dass sie zu ihm zurückfand, und er fand zurück zu ihr. Sie waren wie zwei Menschen, die von den beiden Enden einer langen Hängebrücke aufeinander zugingen. Zwischen dem tosenden Wasser und dem schwarzen Himmel treffen sich die beiden Menschen schließlich. Auch er konnte spüren, dass die verhärteten Fronten bröckelten, dass sie langsam wieder zusammenkamen, sich wiedervereinigten und als Paar auf sicheren Grund zurückfanden.

Das löcherige Dach, das ihr die eigene Verletzlichkeit so deutlich gezeigt hatte, war repariert. »Jetzt bist du wieder sicher und geschützt«, sagte Elias und blickte zur Decke. »Diese neuen Ziegel halten garantiert die nächsten hundert Jahre.«

Ihr Kopf ruhte auf seiner Schulter, wie zum Zeichen, dass sie den Kampf aufgegeben hatte. Er nahm ihren Kopf in die Hände und betrachtete sie. Dann stellte er den Plattenspieler an. Die gemütliche kleine Wohnung wurde von der Stimme Nina Simones erfüllt, und Elias legte die Arme um Lila und begann vorsichtig, mit ihr zu tanzen. Schenkel berührte Schenkel, und die Hitze stieg aus verborgenen Tiefen in ihren Körpern auf. Der echte Tanz spielte sich ab in dem winzigen Raum zwischen ihnen, kam mit seinem Rhythmus wie eine große Welle über sie; sie berührten sich und entfernten sich wieder voneinander.

Sie tanzten zu den Klängen der rauchigen Stimme Nina Simones, bis Lila im selben Rhythmus atmete wie Elias. Diese Gleichzeitigkeit erschien ihnen plötzlich wie die natürlichste Sache der Welt, bestimmt hatte der Schöpfer der Welt es sich ganz genau so gedacht, als er Mann und Frau erschuf. Ihre Wangen berührten einander. Sein Geruch war noch derselbe, der tief in ihr Gedächtnis eingebrannt war, aber jetzt nahm sie ihn aus solcher Nähe wahr, dass es beinahe schmerzte.

Ihre Haut fühlte sich an wie Samt. Von Leidenschaft getrieben suchte er sich einen Weg hinein in ihre geheimsten Orte, wo ihre vertraute Wärme ihn empfing. Sie bewegte sich mit ihm, wurde in seinem Tempo schneller und langsamer, spürte wie er die enorme, alles erschütternde Kraft ihrer Verschmelzung. Der Ort, an dem ihre Leidenschaft zusammentraf, war auch der Ort ihres gemeinsamen Begehrens, und sie stiegen empor, immer höher, und versuchten, so lange wie möglich auf dem Plateau zu verweilen. Die Finger in ihr Fleisch eingegraben, löste er seine Körperspannung und atmete aus, zuerst gepresst, dann kräftig und druckvoll, und das Echo seines Atems löste sich an ihrem Hals auf.

Sogar ihre Herzen schlugen jetzt synchron. Ihr gemeinsamer Duft, der Duft der körperlichen Liebe, war berauschend. Seine Hände glitten weiter über ihren Rücken, als wären sie noch immer mitten im Liebesspiel. Jede Faser ihres Körpers pulsierte.

Er flüsterte in ihr Haar hinein: »Man sollte sich jeden Tag fragen: Lebe ich? Liebe ich? Die meisten Menschen, die am Ende ihres Lebens stehen, können wohl von sich behaupten, gelebt zu haben. Aber haben sie auch geliebt? Wahrhaftig und aufrichtig geliebt? Das können nur sehr wenige von sich sagen. Und ich selbst? Ich habe gelebt und geliebt. Und wenn das mein letzter Tag auf Erden wäre, wüsste ich, dass ich gelebt und geliebt habe.«

Er wollte ihren Duft, ihren gemeinsamen Duft, mitnehmen, und schlug ihr Angebot, bei ihr zu duschen, freundlich aus.

Vor dem Aufbruch sagte er ihr, dass er sich fühle, als schwebte er, und ihre Augen begannen zu leuchten. Sie wandte den Blick ab, als die Freude der Trauer zu weichen drohte, und hoffte, der Abschied würde ihr nicht zu schwerfallen. Jetzt, wo sie wieder vereint waren, kam sie sich plötzlich verlassen vor. Er würde zur Tür hinausgehen, ihr den Rücken zudrehen und verschwinden, anderswohin fahren, während sie allein zurückbleiben musste. Einige Stunden zuvor hatte sie sich an seine Anwesenheit gewöhnen müssen; jetzt musste sie sich wieder an seine Abwesenheit gewöhnen.

Als er die wunderschön daliegende Agron Street hinunterfuhr, war er gleichzeitig ruhig und voll neu entflammter Leidenschaft. Wäre es möglich gewesen, dann wäre er nicht gefahren, sondern befriedigt liegen geblieben, bis ihre seidige Berührung ihn wieder aufgeweckt und von Neuem in ihren Bann geschlagen hätte. Derweil lag sie allein im Bett und dachte darüber nach, dass ihr

Alleinsein zu Einsamkeit geworden war, seit Elias wieder in ihr Leben getreten war, und dass diese Einsamkeit sie belastete. Im Kerzenschein versuchte sie, die neue Situation zu analysieren. War sie besser oder schlechter geworden? Früher, als Jerusalem eine multikulturelle Stadt unter britischer Mandatsherrschaft gewesen war – oder wenigstens so wirkte –, war ihre Liebe unmöglich gewesen, aber zumindest hatten sie beide den gleichen Status innegehabt: unverheiratet, ungebunden, Mitte zwanzig. Jetzt war er das Oberhaupt einer Familie, gekettet an eine Frau und drei Kinder, verantwortlich für deren Wohlergehen. Sie dagegen war frei und niemandem verpflichtet, andererseits aber auch auf dem besten Weg, »die andere Frau« zu werden. Und was war das schon für eine Freiheit? Sie wollte nicht »die Andere« sein, nicht jene, die wartete, die sich in der Heimlichkeit versteckte. Worin lag der Unterschied zwischen einem solchen Leben und dem einer Aguna, einer »angeketteten Frau«, die von ihrem Ehemann ohne Scheidung verlassen worden war, sodass sie nie mehr eine neue Liebe finden konnte? Sie begriff, dass sich tatsächlich etwas verändert hatte: Während die Situation im Jahr 1948 hoffnungslos gewesen war, gab es jetzt mit Elias' Rückkehr durchaus einen Anlass zum Optimismus. Vielleicht würde ja irgendein Wunder geschehen, vielleicht würden seine Lebensumstände sich ändern, damit ihre Liebe endlich blühen und gedeihen konnte.

Sie schloss die Augen und versuchte, sich ein zukünftiges Leben ohne ihn vorzustellen. Was würde passieren, wenn sie in jene Zeit der schwindenden Erinnerungen, der schwindenden Hoffnung zurückversetzt würde? Sie spürte einen prickelnden Schmerz im ganzen Körper, besonders aber an der Stelle, von der sich Elias gerade erst gelöst hatte. Überrascht bemerkte sie, dass die Schmerzen verschwunden waren, seit er wieder bei ihr war – jene Schmerzen, die sie seit der Trennung jahrelang geplagt hatten. Bis zu diesem Augenblick war ihr der Zusammenhang nicht klar gewesen.

Als sie sich bequem zurechtlegte, spürte sie auch, dass ihr Ärger abgeklungen war. Sie wusste, dass ihre Gefühle dadurch aus der Balance geraten konnten, empfand aber zugleich eine geradezu unerschütterliche Stabilität. Sie fühlte sich leichter ohne das zusätzliche Gewicht der Feindseligkeit; sie musste nicht länger einen Groll hegen gegen den Mann, der sie aufgegeben hatte, oder gegen die Frau, die ihn für sich gewonnen hatte, oder gegen ihre eigene Naivität, gegen die verlorenen Jahre, die verpassten Gelegenheiten.

Einmal im Monat bekam Lila eine Schüssel mit köstlichen gefüllten Weinblättern von Rosa, der Frau von Ezra, weil sie ihr geholfen hatte, eine Anstellung als Näherin bei Helga Westfried zu bekommen. An diesem Tag war nicht viel los im Salon. Das einzige Geräusch war das Grummeln von Monsieur Hubert, der sich darüber beschwerte, dass der neu eröffnete Salon in der Gegend angeblich immer voll sei. Da Lila wusste, dass Frau Westfried an diesem Tag mit ihrem treuen Fahrer Mano außerhalb der Stadt zu tun hatte, nutzte sie die Gelegenheit, Rosa die leere Schüssel zurückzubringen. Sie zog ihren Arbeitskittel aus, trug Lippenstift auf, schnappte sich ihre Handtasche und verkündete, sie werde später am Nachmittag wieder zurück sein.

Der Spaziergang durch das ruhige Talbieh-Viertel war angenehm. Sie dachte darüber nach, was eine Kundin ihr ein paar Tage zuvor erzählt hatte: dass nämlich ein schwangeres Mädchen bei ihr wohne, das den Zorn seiner Eltern fürchtete. Sie werde so lange bleiben, bis sie das Kind auf die Welt gebracht hatte und es zur Adoption freigeben konnte.

Lila traf Rosa bei der Arbeit an der neuen Brother-Nähmaschine an, wo sie gerade ein paar Stücke Stoff in Ärmel verwandelte. Lila dachte an Frau Westfried, die ein so umtriebiges Leben führte. Im Moment traf sie sich mit dem Premierminister, um ihn dabei zu beraten, wie er die Wüste zum Blühen bringen konnte. Natürlich, sie hatte einen Fahrer, ein Dienstmädchen, einen Gärtner und eine Näherin, aber letztlich war sie doch allein. Achtundsechzig Jahre alt, sehr wohlhabend – und allein. *Wir leben beide allein, die eine erzwungen, die andere freiwillig,* dachte Lila. *Die eine muss jeden Tag für wenig Geld arbeiten, die andere ist reich. Aber die eine kümmert sich um ihre Mitmenschen, die andere nur um sich selbst.* Bei diesem Vergleich schnitt Lila nicht gut ab. Vielleicht war für sie die Zeit einfach noch nicht reif, ihr Schneckenhaus zu verlassen und etwas an ihrem Leben zu ändern, so wie Elias es ihr auf der Rückfahrt vom Kloster vorgeschlagen hatte. Vielleicht aber war es möglich, nach Veränderung zu streben, auch wenn man nicht wusste, was eine solche Veränderung mit sich brachte. Sie hatte ihm zugehört, ohne zu wissen, ob er nur eine vage Vorhersage über ihre Zukunft traf, oder ob er selbst sie zu jenem Wendepunkt in ihrem Leben führen wollte.

Die Brother-Maschine verstummte. Mit Schneiderkreide brachte Rosa jetzt Markierungen auf einem Stück blauem Kaschmir an. »Rosa, glauben Sie, dass Frau Westfried sich für unverheiratete schwangere Mädchen interessieren könnte?«, fragte Lila.

Rosa legte sich das Zentimetermaß um die Schultern und erwiderte: »Bei Frau Westfried weiß man nie. Aber ihre Schwester ist bei einer Abtreibung gestorben. Im Wohnzimmer hängt ein Bild von ihr.«

»Ich möchte mit ihr über eine besondere Idee sprechen«, sagte Lila.

»Unverheiratete Schwangere sind eine Schande für ihre Familien«, erklärte Rosa, ganz in Übereinstimmung mit der vorherrschenden Meinung. »Sie sollten schnellstens heiraten.«

Als Lila die Villa von Frau Westfried verließ, glaubte sie, dass ihr Plan auf großen Widerstand stoßen würde. Die meisten Menschen hatten nichts übrig für unverheiratete Mädchen, die schwanger geworden waren, und sahen keinen Grund, etwas für sie zu tun. Auf dem Weg zurück in den Salon beschloss Lila, sich mit allen Aspekten des Problems zu befassen und es dann Frau Westfried vorzutragen. Auch in Zukunft würde es ungewollte Kinder geben, also war es sicher am besten, direkt an die Wurzel des Problems vorzudringen. Man musste sich um die Mädchen bereits während der Schwangerschaft kümmern und ihnen Unterstützung vermitteln. Vielleicht hatte Frau Westfried ja ein Herz für diese Mädchen. Sie hatten einen Fehler begangen, aber sie würden Hilfe bekommen, und zwar von Frauen mit Verständnis, Erfahrung und Herz.

Nach der Arbeit suchte Lila die Kundin auf, die das sechzehnjährige schwangere Mädchen beherbergte. Die Wohnung lag in einem Viertel außerhalb, und das Zimmer des Mädchens war im Grunde bloß ein überdachter Balkon. Sie hatte dunkle Haare und schielte ein bisschen; den riesigen Bauch allerdings bemerkte man zuerst. Sie lag auf einem Feldbett, und als Lila eintrat, fuhr sie sofort hoch, weil sie wahrscheinlich dachte, sie bekäme Besuch von der Sozialbehörde.

Lila war bestürzt: Das Mädchen lebte wie eine kalbende Kuh in Quarantäne, und nach der Geburt würde man sie wieder zu ihrer Herde zurückbringen. Dort allerdings musste sie ständig in der Angst leben, die anderen könnten ihr Geheimnis entdecken. Lilas Kundin erklärte, die Babys unverheirateter Mütter würden manchmal auf dem Schwarzmarkt auftauchen. Nachdem sie verkauft waren, verschwänden sie in der Regel auf Nimmerwiedersehen. Angeblich war der Vater des Kindes – ohne Wissen der Behörden – bereits von Interessenten angesprochen worden. Das Ganze sah vielleicht wie eine einfache Lösung aus, sowohl für die Familie der Schwangeren als auch für die Empfänger des Kindes. Das Geheimnis wäre für immer begraben, die Scham aus der Welt. Aber niemand dachte dabei an das geächtete Mädchen und die Leere in ihrem Inneren.

Einige Monate später stattete Frau Westfried Lila einen Besuch ab. Die ältere Dame trug einen cremefarbenen, weit fallenden Angoramantel und passende Handschuhe, während Lila sich die groben Hosen in die Stiefel gesteckt und ein Paar Arbeitshandschuhe übergestreift hatte. Zu Ehren des hohen Besuchs stieg sie von der Leiter und wischte sich mit dem Unterarm den Schweiß von der Stirn. Im ganzen Haus hörte man Schleifen und Schrubben – das Geräusch von Freude und Erneuerung. Die Frauen aus dem Salon sangen ein Lied von Salvatore Adamo und reichten dazu einen roten Schlauch herum, der als Mikrofonersatz diente. Sie alle waren zum Helfen gekommen: Eine strich die Wände, eine scheuerte, eine klopfte die Matratzen aus, eine entfernte die Spinnweben aus den Türrahmen. Als Frau Westfried erschien, ließen alle die Arbeit ruhen. Sie sagte: »Bitte machen Sie doch weiter, als wäre ich gar nicht da.« Leider tauchte im selben Moment Monsieur Hubert auf, eine Pappschachtel in den Händen. Die Frauen richteten sich auf eine Standpauke ein, denn sie waren unerlaubt dem Salon ferngeblieben. »Noch mehr hoher Besuch!«, rief Rita, die als Erste die Sprache wiederfand. »Kommen Sie herein.« Ungeschickt nahm sie ihm die Schachtel ab. »Oh! Ein Samowar!«, sagte sie.

Aber Monsieur Hubert war schon bei Frau Westfried und küsste ihr mit theatralischer Geste die Hand. »Frau Westfried, hätte ich gewusst, dass Sie hier sind, hätte ich Ihnen eine weiße Orchidee verehrt.«

Frau Westfried lächelte spitz.

»Nun denn«, sagte Monsieur Hubert, der seinen Ärger

nur schlecht verbarg. »Ich gehe wieder in den Salon. Irgendjemand muss den Laden schließlich am Laufen halten.«

»Monsieur Hubert«, rief Rita ihm nach. Er blieb stehen. »Sie sind ein Engel«, sagte sie und umarmte ihn. »Sie wissen es bloß noch nicht.«

»Was wollt ihr denn?«, fragte sie in die erstaunte Runde, als er gegangen war. »Er ist auf sich gestellt, seit er fünfzehn war. Irgendjemand muss ihn doch mal umarmen, oder etwa nicht?«

Noch in derselben Woche war die Renovierung beendet. Frau Westfried, die stets Wert darauf legte, dass alles seine Ordnung hatte, bestand auf der Unterzeichnung eines richtigen Vertrags. Darin wurde geregelt, dass sie die Miete für das Haus im Baka-Viertel bezahlte und außerdem die Unkosten für das erste Jahr. Im Gegenzug würde Lila die Leitung des Hauses übernehmen und sich um die Mädchen, das Personal und die freiwilligen Helferinnen kümmern. Maximal zwanzig Mädchen konnten gleichzeitig aufgenommen werden.

Fünf Schlafräume und ein Aufenthaltsraum waren frisch hergerichtet und möbliert. Betrachtete man den wunderschönen Mosaikboden, die riesigen Fenster und die gewölbeartigen Decken, wusste man sofort, dass dieses Haus von Arabern erbaut und bewohnt worden war. Der Koch teilte Lila mit, dass alles bestens sei – bis auf eins: Im Garten wollte einfach keine Pfefferminze wachsen. Frau Westfried war überzeugt, dass dies am harten Winter in Jerusalem lag, doch wie sich bald herausstellte, waren rote Geranien die einzige Pflanze, die wirklich gedieh.

Frau Westfried wollte auf gar keinen Fall, dass das Haus nach ihr benannt wurde, denn sie fand, gute Taten sollten in aller Stille getan werden. Aber wie so oft verselbstständigte sich die Sache, und bald war das Haus bei allen Leuten nur als das Westfried-Haus bekannt.

Für Lila ging der Wechsel vom Salon ins Westfried-Haus reibungslos vonstatten. Ganz entgegen ihrer Erwartung stürzte der Himmel nicht über ihr ein. Frau Westfried bezahlte ihr ein bescheidenes Gehalt, und Elias, der sie zu dem Schritt ermutigt hatte, übernahm in Personalunion die Funktionen als Buchhalter, Anwalt, Berater und Fahrer. Nach einigen Monaten war Lila davon überzeugt, ihre Berufung gefunden zu haben. Sie fühlte sich wie ein in die Irre geflogener Vogel, der schließlich doch noch den idealen Landeplatz ausgemacht hatte – das Westfried-Haus.

In den ersten zwei Wochen hatten sie nur zwei Bewohnerinnen, aber in Nullkommanichts verbreitete sich die Neuigkeit durch Lilas Kundinnen, die sie den Frauenärztinnen und Psychologinnen der Stadt zutrugen, und bald kamen Mädchen von überall her und baten um Aufnahme.

Das Westfried-Haus war eine einzigartige Einrichtung in Jerusalem. Nicht nur Lila engagierte sich dort, sondern auch viele Menschen, die sie kannte. Rosa kam regelmäßig, um bei den Mädchen Maß zu nehmen und ihnen elastische Bänder in den Hosenbund zu nähen. Ezra dichtete die zugigen Fenster ab und säuberte verstopfte Rohre. Elias versorgte das Haus mit Tee, Zucker, Reis, Öl und anderen Grundnahrungsmitteln. Rita backte immer freitags einen herzförmigen Kuchen und stellte ihn auf den Küchentisch. Hava aus dem Salon kam, um den Mädchen die Beine zu enthaaren und ihnen die Augenbrauen zu zupfen. Vor allem Nomi verbrachte jede freie Minute im Westfried-Haus. Sie malte, las, hörte Musik und saß auf dem Teppich zu Füßen der Mädchen, wo sie ihnen half, ihre Strickwolle aufzuwickeln. Sie lief zum Gemüsehändler und kaufte ein, setzte Blumenzwiebeln und erstellte einen Putzplan für die Bewohnerinnen des Hauses. Nomi genoss die Wärme dort, die Atmosphäre von Solidarität und Optimismus, die sie zu Hause nicht finden konnte. Wie von einer unsichtbaren Kraft gezogen, führte sie ihr Weg immer wieder ins Westfried-Haus.

Nur Margo tat so, als wäre das Haus vollkommen uninteressant, und schimpfte immer, wenn Nomi sich dorthin aufmachte. »Das ist kein geeigneter Ort für ein kleines Mädchen«, sagte sie zu Lila, als ginge es um eine Station für ansteckende Krankheiten. Jedes Mal, wenn Lila vom Westfried-Haus anfing, wurde Margo ärgerlich und verbarg ihre Missbilligung nur mühsam. Elias fiel auf, dass Margo den Salon Hubert sehr schätzte, das Heim für unverheiratete Mütter aber ablehnte. Lila hingegen dachte, dass Margo als junge Mutter sehr froh gewesen wäre, hätte es eine solche Einrichtung damals schon gegeben. Vielleicht war sie ja neidisch auf die Mädchen, die ihr Kind dort zur Welt bringen, es zur Adoption freigeben und dann ihr normales Leben wieder aufnehmen konnten.

Für sie war ihr Baby der Beginn ihrer unglücklichen Ehe mit Menasch gewesen. Margos Leben hätte ganz anders verlaufen können, hätte es das Westfried-Haus schon damals gegeben. Dann hätte eine Unterschrift genügt, und ein Adoptionsverfahren wäre in Gang gekommen.

Jeden Morgen kamen Lehrerinnen ins Westfried-Haus, die die Mädchen in den Fächern Englisch, Literatur, Mathematik, Geschichte und Religion unterrichteten. Frau Westfried stellte die Schulbücher, einen Plattenspieler mit Schallplatten, Heizöfen und eine Waschmaschine. Außerdem gab sie den Mädchen persönlich Kurse in Kunst, Töpfern und Kochen. Einmal in der Woche kam eine Psychologin, um die Mädchen darauf vorzubereiten, ihre Kinder wegzugeben – oder sie vielleicht auch zu behalten, aber keins der Mädchen entschied sich am Ende für diese Lösung.

Lila war von morgens bis abends im Heim und wurde von allen als Hausmutter betrachtet. Die Mutter des Hauses: Wenn sie schon nicht die Mutter eines Kindes war, dann war sie doch zumindest die Mutter einer Idee, eines Projekts. Und sie war wenigstens zeitweilig die Mutter jener Mädchen, die im Westfried-Haus lebten. Sie fühlte sich ihnen sehr nah, teilte ihren Schmerz und ihre Freude.

Abends wurde die Tür abgeschlossen. Die eiserne Regel des Hauses hieß: kein Besuch. Das Haus war ja kein Vergnügungsklub, sondern ein Zufluchtsort, an dem die Mädchen in Ruhe den Schritt ins Erwachsenenleben vollziehen sollten. Abends tranken sie zusammen Earl-Grey-

Tee, backten Kekse und tanzten zu den Platten der Beatles, zu Elton John und Creedence Clearwater.

Enttäuschenderweise verweigerte die Stadt dem Westfried-Haus die rechtliche Anerkennung, was auch bedeutete, dass es keine finanzielle Unterstützung gab. Die religiösen Parteien und andere Gruppierungen übten großen Druck auf den Stadtrat aus und forderten die Schließung der Einrichtung, während gleichzeitig immer mehr Mädchen Hilfe suchend an die Tür klopften. Frau Westfried bemerkte, dass sich wohl niemand gekümmert hätte, wäre das Haus gescheitert. Jetzt aber, nachdem es eine Art mittlerer Revolution losgetreten hatte, war es zur Zielscheibe der religiösen Eiferer geworden. Frau Westfried schimpfte auch auf die Bürokraten, die sich für mächtig hielten und doch vor den Religiösen einknickten. Aber die Schwierigkeiten brachten ihre Kämpfernatur zum Vorschein. Dem verehrten Bürgermeister erklärte sie, dass »das Haus allen Fanatikern zum Trotz ein Tabu gebrochen hat«.

Eines Abends, das Haus lag still da, die Lichter waren gelöscht, zersplitterten die Fensterscheiben mit einem lauten Knall. Die Mädchen rannten in ihren Schlafanzügen aus den Zimmern, während Brandsätze durch die Fenster flogen und die Gardinen in Flammen aufgingen. Draußen auf den Wänden prangten die Worte »Haus der Schande« in Sprühfarbe.

Das Personal sammelte die Mädchen ein und fuhr sie zur Villa von Frau Westfried. Bald füllten sich das Wohnzimmer und die anderen Räume, und es schien, als habe das stille Haus auf so viel Leben geradezu gewartet.

Der Schaden am Westfried-Haus war enorm. Es dauerte Wochen, bis die Stromleitungen repariert waren und das Haus frisch gestrichen werden konnte. Noch länger dauerte es, den scheußlichen Brandgeruch zu vertreiben. Aus den USA kamen Spenden für eine neue Einrichtung. Mano erklärte sich dazu bereit, nachts vor dem Haus zu wachen. »Die jüdische Religion ruft nicht zu Gewalt und Fanatismus auf«, sagte er zu Lila. »Im Gegenteil, sie fordert Mäßigung und Toleranz. Aber manche Leute legen die Religion leider ganz falsch aus.«

Jeden Abend umrundete er das Gebäude und hielt Ausschau nach verdächtigen Objekten und Personen. Außerdem kontrollierte er die Schlösser. »Ich hätte nicht gedacht, dass du den Salon eines Tages verlassen würdest«, sagte er zu Lila – es war als Kompliment gemeint.

Um das Westfried-Haus wurde es wieder ruhiger, und Lila widmete sich ganz dem Ort, an dem sich so viel neues Leben entwickelte. Es war ein Haus der Tränen und der Freude.

Jeden Abend hielt ein zwanzig Jahre alter Mercedes vor dem Westfried-Haus. Wenn Lila zu Elias ins Auto stieg, küsste er sie nicht. Trotzdem konnten beide die Wärme spüren, die zwischen ihnen herrschte, und wenn sie sich ansahen, mussten sie sich mühsam zurückhalten. Elias brachte Lila nach Hause.

Er hatte Fleisch und frisches Gemüse dabei, Halwa und Kaffee und Tee. Zusammen kochten sie dann – meistens einen gut gewürzten Eintopf, den sie mit Wein hinunterspülten – und tanzten zu Lilas Schallplatten. Er vergrub die Nase an ihrem Nacken, und sie drehte sich zu ihm um. Ihre Körper verschmolzen, als wären sie niemals getrennt gewesen. Diese Stunden genoss er, denn es waren Stunden ohne Kompromisse und ohne Verrenkungen. Er war zusammen mit der Frau seines Lebens, die jetzt achtundvierzig Jahre alt war, gereift und wunderschön.

Wenn er nicht bei ihr sein konnte, betrachtete er die Leute auf der Straße und bemerkte ihre Traurigkeit und die Langeweile, die Müdigkeit in ihren Gesichtern. Sie wirkten leer. Wie viele durften wohl jeden Abend vom reinen Glück kosten? Wie viele wurden wirklich geliebt? Wie viele würden mit Lila und ihm tauschen wollen, würden ein Leben in Nacktheit führen wollen? Nein, nicht ihre Kleider hatten Lila und Elias abgestreift, sondern die Verbitterung, das Versteckspiel und die Urteile ihrer Mitmenschen. Elias beantwortete sich seine Fragen selbst: Es waren nur sehr wenige. Und alle anderen waren lebendige Tote.

Später am Abend verließ er sie meist und ging zum Schlafen nach Hause.

»Das ist nicht leicht zu verstehen«, sagte er zu Lila, wenn sie das Thema ansprach. »Bei uns Arabern kann ein Mann kommen und gehen, wie er will, und seine Frau wird kein Wort dazu sagen. Sie bekommt natürlich mit, wie oft und lange er fort ist, aber sie wird ihn nicht unter Druck setzen oder eine Erklärung von ihm verlangen. Und was ihn betrifft: Solange er sich still und leise verhält und sich nicht mit seiner Geliebten in der Öffentlichkeit sehen lässt, bringt er keine Schande über seine Familie.« Elias'

Vater sagte nie ein Wort über das Verhalten seines Sohnes und tat, als wisse er von nichts. Seine Mutter, die über wache Augen und einen klaren Verstand verfügte, kämpfte mit sich, schwieg aber ebenfalls. Nur wenn sie ihren Sohn ansah, offenbarte ihr Gesichtsausdruck, dass sie wusste, dass er mit dem Herzen nicht bei seiner Familie, in seinem Heim war. Mehr wollte sie überhaupt nicht erfahren. Elias sagte zu Lila, sie solle doch bedenken, dass seine Familie anstatt eines verbitterten, ständig unzufriedenen Mannes ein Oberhaupt habe, das Liebe und Wärme und Freundlichkeit verbreitete.

2006

»Lass uns doch rausgehen«, bat Elias wie ein kleiner Junge. Nomi spürte eine Woge der Zuneigung für ihn und musste an eines der Kinder von der Adoptionsbehörde denken, einen kleinen Jungen, der immer hin- und hergeschoben worden war. Jeden Abend stand er vor der Tür und wollte hinaus, egal, wie das Wetter war. In geschlossenen Räumen hielt er es einfach nicht aus. Schließlich fand man eine wunderbare Mutter für ihn, eine vierzigjährige Imkerin, alleinstehend und ohne eigene Kinder. Als der Junge auch die Geduld der Imkerin auf die Probe stellte, erklärte sie ihm auf Nomis Rat hin, dies sei die Endstation, es gebe kein Zurück mehr.

Arm in Arm spazierten Nomi und Elias durch den Krankenhauspark. Die ersten paar Minuten versuchten sie schweigend, ihre Schritte einander anzupassen, wobei Elias einen Gehstock zu Hilfe nehmen musste. Die anderen Patienten, die ihnen begegneten, sahen wegen ihrer identischen Krankenhausnachthemden alle gleich aus. Ein Mann im Rollstuhl, der schwere Verletzungen an den Beinen hatte, wirkte, als wartete er auf etwas – auf einen Bescheid vielleicht? Auf Besuch? Sein Blick ruhte starr auf dem Tor, das zwischen ihm und der Welt der Gesunden stand. »Lass dich nicht vom Äußeren täuschen«, bemerkte Elias. »Der Mann ist Landesmeister im Marathon. Oder war es zumindest.«

Plötzlich kam ein kleiner weißer Pudel durch das Tor geflitzt. Er rannte auf den Mann im Rollstuhl zu, so schnell, als würde er gleich vom Boden abheben. »Komm, meine Kleine, komm, meine Süße«, rief der Mann. Der Hund sprang dem Mann auf den Schoß und hüpfte wie ein Gummiball auf seinen verletzten Beinen auf und ab. »Ich sehe sie zum ersten Mal seit Monaten«, sagte der Mann zu den Umstehenden, als schuldete er ihnen eine Erklärung.

Am Winterhimmel zogen Wolken auf. Neben einer Gedenktafel für die im Krieg umgekommenen Krankenhausmitarbeiter seufzte Elias und ließ sich auf einer Holzbank nieder. »Mein früherer Zimmergenosse Herschlag hat mich gefragt, wie ich begraben werden möchte.«

»Und was hast du geantwortet?«, fragte Nomi, die ihre Überraschung verbergen musste.

Elias schwieg einen Augenblick. Dann antwortete er: »Ich hätte gern ein Grab so flach wie die Erde, ohne religiöse Zeichen oder Symbole. Kein Kreuz. Nur einen schlichten Grabstein mit meinem Namen, meinem Geburts- und Sterbedatum.«

»Das ist alles?«

»Das reicht doch, findest du nicht?«

Keiner sagte etwas. Dann zog Elias eine Packung Lakritze aus der Tasche und hielt sie Nomi hin.

»Wann hast du es gewusst?«, fragte sie. »Wann hast du gewusst, dass Lila die Richtige ist?«

»Diese Frage stellen sich viele Leute«, erwiderte er, während er ein kleines Kind beobachtete, das offensichtlich von dem Pudel begeistert war.

»Und?«, beharrte Nomi, als gelte es, Elias eine geheime Formel zu entlocken.

»Ich habe es beim Atmen gemerkt«, sagte er.

»Was soll das heißen?«

»Als ich gemerkt habe, dass sie in jedem meiner Atemzüge war.«

Nomi bemühte sich, seine Worte zu verstehen. Wie viele Atemzüge machte ein Mensch an einem Tag? Hunderttausend? Und sie sollte in jedem Einzelnen davon gewesen sein?

»So etwas weiß man eben. Es ist ganz einfach, du musst nicht großartig nachdenken. Du machst es so wie das Kind, das da hinter dem Hund herläuft.«

Nomi starrte ihn verständnislos an.

»Wenn du dich selbst nicht mehr so wichtig nimmst. Wenn deine Wünsche kleiner werden. Das ist ein wunderbares Gefühl, und mit Lila hatte ich es die ganze Zeit über«, sagte er. »Einmal haben wir uns in En Kerem getroffen. Da waren wir schon über fünfzig. Lila kam mit dem Taxi, und an einer Ampel standen wir plötzlich nebeneinander. Als ich sie gesehen habe, ist es plötzlich über mich gekommen. Es drängte aus meiner Brust heraus, ich musste es ihr einfach sagen. Ich habe mich aus dem Fenster gelehnt und ihrem Taxifahrer gesagt: ›Richten Sie ihr aus, dass ich sie liebe.‹ Das hat er dann gemacht, und sie ist rot angelaufen wie ein Schulmädchen. ›Sie liebt Sie auch‹, rief der Fahrer zurück«, erzählte Elias.

»Mit ihr war mein ganzer Alltag in ein wunderbares Licht getaucht, was auch immer ich gemacht habe: wenn ich auf dem Markt war, wenn ich das Auto aufgetankt habe, wenn ich im Kino saß. Du kennst doch diese langen, dunklen Gänge, die im Kino zum Ausgang führen? Dort habe ich mir immer gewünscht, dass die Liebesgeschichte der Filmfiguren unendlich lange weitergeht. Mit ihr wäre ich überall hingegangen, ganz egal, wohin.«

Nomi bebte. »Das heißt also, wenn ich eine solche Liebe schon erfahren hätte, wäre es mir gleich aufgefallen. Anders ausgedrückt: So etwas hat es in meinem Leben nicht gegeben.«

»Noch nicht«, verbesserte Elias sie.

»Und wusste Lila das genauso sicher wie du?«

»Wir wussten es beide. Nur wenn zwei Menschen eine solche Erkenntnis zur selben Zeit haben, funktioniert es. Und dieser Moment bleibt dir für immer. Niemand kann ihn dir jemals wieder entreißen.«

»Hattet ihr denn niemals auch schlechte Phasen?«, wollte Nomi wissen.

»O doch. Und was für welche! Enttäuschungen und Zerwürfnisse. Im Gegensatz zu mir hat Lila niemals vergessen. Und sie war launisch und hatte einen Sinn für dramatische Auftritte. Alle paar Wochen überfielen sie angstvolle Gedanken, und dann hatten diese schlimmen Ideen eine Art Macht über sie. Sie fragte mich zum Beispiel: ›Was, wenn deine Frau dringend ins Krankenhaus müsste und ich dich zur selben Zeit bräuchte. Was würdest du tun? Wem würdest du zur Seite stehen?‹«

»Und was hast du geantwortet?«

»Was sollte ich darauf schon antworten? Dass ich hoffte, das Schicksal würde mir keine solche Situation auftischen. Wir brauchten Jahre, bis wir lernten, mit ihren depressiven Phasen umzugehen. Obwohl wir eine große Liebe teilten, stellte sie sie manchmal auf die Probe, nur um zu sehen, ob unsere Liebe auch in der Krise stark genug wäre. Sie hat sie an die Wand geworfen, um auszuprobieren, ob die Liebe Sprünge bekommen würde.«

Er blies sich in die Hände und rieb sie aneinander. »Zuerst haben wir uns verliebt, und das war so wie bei vielen anderen Paaren, glaube ich. Man fühlt sich ganz berauscht und wird blind für vieles andere. Man schwebt förmlich in den Wolken. Für uns ging diese Phase so lange, bis die Mauer gebaut wurde und wir getrennt wurden.«

»Und dann?«

»Ich habe nie aufgehört, sie zu lieben, aber ich dachte, die Sache wäre aussichtslos. Ich habe nicht mehr daran geglaubt. Das führte dazu, dass ich mich innerlich von ihr gelöst habe, während sie unsere Liebe weiterhin am Leben hielt. Diesen Graben zwischen uns konnten wir erst viele Jahre später zuschütten, als wir uns wiedertrafen und erkannten, dass wir keine andere Wahl gehabt hatten. Und als wir das geschafft hatten, wurde unsere Liebe immer größer, und ich ließ sie auch in mir anwachsen, ohne Angst zu empfinden. Ich glaube, zu diesem Zeitpunkt wurde mir klar, dass wir etwas sehr Seltenes besaßen, etwas, was für die Ewigkeit bestimmt war. Solange die Ewigkeit eben währt.«

»Und doch hat es lange gedauert, bis ihr zusammengezogen seid und wie ein echtes Paar gelebt habt«, bemerkte Nomi.

»Wir waren aber schon zusammen, als ich noch in meinem Haus gewohnt habe, ich habe Lila immer als meine eigentliche Frau empfunden. Lila war mein Zuhause, und das Haus in Scheich Dscharrah war nur ein zeitweiliger Unterschlupf.«

»Dann habt ihr also in Heimlichkeit gelebt?«

»Aus irgendeinem Grund fühlte es sich aber nicht so an. Sicher, wir mussten es geheim halten, aber es war nicht so, dass ich sie vor meiner Umgebung verborgen hätte. Sie war meine ganze Welt. Sie war meine Realität. Das Leben überhaupt. Und alles andere war überflüssig. Zum Beispiel die Dinge, die ich tun musste, obwohl ich keine Lust darauf hatte: Mich um Essen und Wärme für die Familie kümmern, unseren Besitz zusammenhalten, andere versorgen, damit ich weiter in Ruhe mit Lila leben konnte. Mit den Jahren benötigten wir beide immer weniger: weniger Dinge, weniger Kleider, weniger Essen und Zerstreuung. Wir brauchten keine irdischen Güter, hatten dafür aber unseren Frieden.«

»Aber wie hat Lila es ausgehalten, dass sie immer im Verborgenen bleiben musste?«

»Lila wollte ein offenes Leben führen und nichts verstecken müssen. Sie hat es so ausgedrückt: ›Auf ein falsches Fundament kann keine echte Liebe aufgebaut werden.‹ Sie fürchtete, ein Leben im Geheimen könnte uns innerlich zerstören. Aber ich wusste genau, wo mein Herz war und wo sich die Wahrheit befand, und weil da absolut nichts dazwischen lag, war ich mir sicher, dass wir nichts zu befürchten hatten.«

»Und was war mit deinen Kindern?«, fragte Nomi.

Elias atmete tief durch. »Von dem Zeitpunkt an, als Lila wieder in mein Leben trat, hat sich mein Verhältnis zu meinen Kindern verbessert. Ich hatte plötzlich die Fähigkeit, sie noch tiefer zu lieben, fast so, als gäbe es einen Muskel dafür, den ich trainiert hatte. Ich stand ihnen näher, hatte immer ein offenes Ohr für sie. Wenn sie sich einsam fühlten oder Liebeskummer hatten, kamen sie zu mir, nicht zu ihrer Mutter. Mein Verhältnis zu Lila hat nicht nur mein eigenes Leben bereichert. Und das kann ich mit absoluter Sicherheit sagen.«

»Haben deine Kinder davon gewusst?«, fragte Nomi.

»Du willst wissen, ob ich den Mut hatte, meinen Kindern zu sagen, dass ich eine andere Frau hatte, die nicht ihre Mutter war? Eine Frau, zu der ich jeden Tag gefahren bin, und das jahrelang? Ich glaube, du kannst die Antwort auf diese Frage erraten. Als im Jahr 1973 der Jom-Kippur-Krieg ausbrach, warst du schon ein junges Mädchen. Du erinnerst dich an die ständige Gefahr, an die Angst der Menschen. Sie hatten Angst um ihr Leben, davor, dass ihnen etwas passierte. Für Lila und mich war das bereits der dritte Krieg. Was würde passieren, wenn sie die Stadt noch einmal teilten? Meine Kinder waren damals schon im Internat in England. Ich habe sie angerufen, um ihnen zu sagen, dass ich von zu Hause ausziehen und mit einer Frau namens Lila zusammenleben werde. Ich habe ihnen auch angeboten, dass sie Lila kennenlernen könnten, wann immer sie wollten. Aber sie haben nie darauf reagiert.«

Die Tür ging auf, und ein Mann kam in den Garten. »Das ist Dr. Engelmeyer«, sagte Elias. »Einmal die Stunde geht er hinaus, um eine Zigarette zu rauchen. Ich will ihn nicht sehen.«

»Ist er einer deiner Ärzte?«, fragte Nomi.

»Nein. Er ist der Arzt, der Lila für tot erklärt hat. Er hat ihren Todeszeitpunkt bestimmt und auf irgend so ein Formular gekritzelt. Ich weiß, er hat nur seine Pflicht getan, aber trotzdem …«

»Woran ist sie gestorben?«

»Das weißt du nicht?«

»Nicht genau«, gestand Nomi.

»Sie war hier, in dem Gebäude gegenüber«, sagte Elias mit einem plötzlichen Zittern in der Stimme. »Wegen einer Lungenentzündung musste sie ins Krankenhaus. Aber wie sie gestorben ist, das weiß niemand so genau.«

»War es ein plötzlicher Tod?«

»Sie ist allein aus dem Bett aufgestanden«, erzählte Elias. »Normalerweise war sie auf die Hilfe der Schwester angewiesen. Die Balkontür war geöffnet, da ist sie hinausgegangen, um einen Blick in den Garten zu werfen. Eine ihrer Zimmergenossinnen saß schon draußen. Sie war wohl der letzte Mensch, der sie lebend gesehen hat.«

Elias sah zu dem Balkon auf. »In Krankenhäusern passieren schlimme Sachen.«

Nomi und Elias saßen eine Weile schweigend da. Dann schlug Elias mit der Selbstverständlichkeit eines Schlossherrn vor, oben noch eine Tasse Tee zu trinken.

»Du willst dich umbringen«, sagte Nomi, die ganz allmählich ein klareres Bild der Situation bekam. »Du willst dich bestrafen, weil du in ihrem letzten Augenblick nicht bei ihr warst.«

»Ich bringe mich nicht um«, widersprach er. »Ich sterbe langsam. Siehst du denn nicht, wie lange das dauert?«

Mehrere Ambulanzwagen fuhren mit heulenden Sirenen auf die Notaufnahme zu. Wie immer begannen die Menschen zu tuscheln. Hatte sich ein terroristischer Angriff oder ein Unfall ereignet? Das Kind, das den Hund jetzt nicht mehr interessant fand, stand vor Elias und bat darum, seinen Stock halten zu dürfen. Elias gab ihn dem Jungen, und der Kleine zog den Stock hinter sich her wie eine Lok die Eisenbahnwagen.

Nomi war in Gedanken versunken. *Elias ist kein besonders komplizierter Mensch. Man kann ihn leicht glücklich machen und ihm seine Wünsche erfüllen. Aber tief im Inneren ist er zornig. Er fühlt sich hintergangen. In seinen Augen war Lilas Perfektion eine Art Immunität gegen den Tod. Er hat geglaubt, nichts könne ihr etwas anhaben. Und wenn man schon sterben musste, dann wollten sie zusammen sterben, egal wie – durch eine verirrte Kugel, einen Wirbelsturm, ein schlingerndes Auto. Er hatte keine Angst, solange sie zusammen waren. Er glaubte, sie wären sicher, weil sie einander hatten. Und dann fand er heraus, dass es gar nicht stimmte.*

»Sie haben sie auf dem Balkonboden gefunden«, sagte Elias. »Da war eine erhöhte Schwelle. Vielleicht ist sie darüber gestolpert und hingefallen. Oder ihr ist schwindlig geworden, oder sie hatte einen Schlaganfall oder einen Herzinfarkt. Einen einzigen Moment, in dem alles aufhörte zu funktionieren.«

»Wo warst du an diesem Tag?«

»Es war der Tag vor Jom Kippur. Am Nachmittag bin ich ins Krankenhaus gefahren. Ihre Sachen waren alle noch da, aber ich wusste es sofort. Ich konnte spüren, dass sie … dass sie nicht mehr da war. Genau so, wie ich ihre Anwesenheit spürte, spürte ich auch ihre Abwesenheit. Es war ein schreckliches Gefühl der Leere, das Nichts. Wie ein Schrei, der nicht entweichen kann. Dann kam der Arzt herein und berichtete mir alles«, erzählte Elias. »Ich setzte mich ins Auto und hielt mir die Ohren zu, damit ich mich selbst nicht hören musste, aber kein Ton kam aus mir heraus. Dann hielt ein Bus neben mir an. Der Fahrer öffnete die Tür und sah mich an. ›He, Sie da‹, rief er. ›Alles in Ordnung? Schauen Sie lieber, dass Sie wegkommen, es ist fast Jom Kippur.‹ Da fuhr ich eben los und folgte dem letzten Bus vor dem Feiertag.«

Nomi umarmte ihn und wickelte ihn fest in seinen Wollschal ein. »Stell dir vor, Elias«, sagte sie und betrachtete den Himmel. »Stell dir vor, du wärst vor ihr gestorben, und sie wäre allein zurückgeblieben. Kannst du dir ausmalen, wie sehr sie gelitten hätte? Es wäre so ähnlich gewesen wie damals, als sie dich in den Wirren des Krieges verlor, nur wäre es dieses Mal endgültig gewesen. Niemand hätte die Macht gehabt, dich zu ihr zurückzubringen. Denk darüber nach. Sie ist vor dir gestorben und hat euer gemeinsames Glück mit sich ins Grab genommen, und du bist derjenige, der zurückbleiben und das unendliche Leid ertragen muss. Nicht sie. Das ist eine wertvolle Erkenntnis. Indem du sie zuerst hast gehen lassen, hast du ihr den furchtbaren Schmerz erspart, den sie empfunden hätte, wäre es andersherum gewesen. Jetzt bist du allein, du bist traurig und vermisst sie. Ein Teil von dir muss für immer leiden. Weißt du, wieso? Wegen der Jahre, in denen du nicht auf sie gewartet hast. Du brauchst dieses Leid gewissermaßen.«

»Es ist kalt geworden«, sagte er und verschränkte die Arme vor der Brust, als wollte er eine Mauer zwischen sich und Nomi bauen.

»Lass sie gehen«, hörte Nomi sich selbst sagen. »Du weißt, dass du sie vor endlosem Leid bewahrt hast. Du hast sie davor gerettet, Witwe zu sein. Vor der Einsamkeit, vor der Sehnsucht, vor jahrelanger Trauer. So etwas kann nur jemand tun, der einen anderen Menschen so liebt wie du Lila liebst. Und weißt du was? Sie ist glücklich gestorben, nämlich in dem Bewusstsein, dass du nachkommst.«

1973

Fünf Monate waren vergangen, seit die ersten blauen Flecken auf George Rianis Arm aufgetaucht waren. Erst dann hatte er seinen Widerstand aufgegeben und war zum Arzt gegangen. Es vergingen noch einige Tage, bis das Ergebnis feststand: Leukämie. Im besten Fall hatte er noch ein halbes Jahr zu leben. Doch ein Virus, das im Krankenhaus herumging, schwächte George und wurde ihm schließlich zum Verhängnis. »Der Tod wollte ihn gleich holen, nicht erst in einem halben Jahr«, bemerkte Nadira.

Und so schrumpften die sechs Monate auf wenige Wochen zusammen. Elias' Vater starb, während er darauf wartete, im Saint Joseph's Hospital, nicht weit von seinem Zuhause entfernt, gegen den Krebs behandelt zu werden. Man hatte ihm gesagt, es sei unmöglich, im Hadassah-Krankenhaus aufgenommen zu werden, da dort noch viele Verwundete aus dem gerade erst zu Ende gegangenen Jom-Kippur-Krieg versorgt wurden.

Der Begräbniszug begann in Scheich Dscharrah und bewegte sich langsam zum Friedhof auf dem Berg Zion, der seit Jahrtausenden besiedelt war. Dort wurden die Toten von drei großen Religionen beerdigt. Von hier oben war es so gut wie unmöglich, die christlichen, jüdischen und muslimischen Gräber zu unterscheiden, deren Grabmale wie Dominosteine im ganzen Tal verteilt waren. Elias tröstete sich mit dem Wissen, dass alle Toten unter derselben Sonne lagen und alle gleichermaßen dem Regen, dem Wind und dem Gesang der Vögel ausgesetzt waren.

Der zurückhaltende, reservierte Elias verlor die Kontrolle über sich. Sein ganzer Körper bestand nur noch aus Schmerz, und in seinen Augen brannten bittere Tränen. Nein, auf den plötzlichen Tod seines Vaters war er nicht vorbereitet gewesen. Er hatte sich nicht einmal mehr richtig von ihm verabschieden können.

Während der Trauerzeit kehrte Elias in sein Elternhaus zurück, wo er sich allein seinem Schmerz hingeben, seiner Mutter zur Hand gehen und sich gleichzeitig seinem Vater näher fühlen konnte. Er betrachtete Georges Ohrensessel, seine Leselampe, seine Bücherregale, sein Radio. Man wusste sofort, dass George nicht mehr da war, wenn man sein winziges verlassenes Königreich sah.

Am vierzigsten Tag nach Georges Tod begab sich die Familie an sein Grab. In der Zwischenzeit war ein Grabstein aus gelblich-braunem Marmor aufgestellt worden, auf dem – Georges Wunsch entsprechend – sein Name, sein Geburts- und Todesdatum und die Worte »Ruhe in Frieden« standen. Elias' Schwestern, die mit ihren Familien in Saudi-Arabien lebten, waren nicht gekommen. Sie hatten wegen des Krieges – und weil sie saudische Staatsbürgerinnen waren – keine Visa erhalten. Auch Elias' Kinder waren nicht aus dem Ausland angereist; es war ihm lieber, sie weit weg in Sicherheit zu wissen.

Die Ärzte hatten George noch ein halbes Jahr gegeben. Das war zwar nur ein schwacher Trost gewesen, aber immerhin etwas, woran man sich festhalten konnte. Es hätte ihnen Zeit gegeben, sich auf seinen Tod vorzubereiten, Zeit, sich in Ruhe voneinander zu verabschieden und ihn mit einem Gefühl von Vollendung gehen zu lassen. Elias hatte sich vorgenommen, jeden Tag dieser sechs Monate einige Stunden mit seinem Vater zu verbringen, ihm aus Büchern vorzulesen und zu erzählen, welche Fortschritte seine Enkel in der Schule machten – oder einfach nur seine Hand zu halten, ihm einen Tee zu kochen und ihn ein wenig abzulenken. An schönen Tagen hätten sie vielleicht gemeinsam im Garten sitzen können, und Elias hätte George ein wenig von der Zuversicht zurückgegeben, die sein Vater ihm als Kind immer vermittelt hatte; jenes Gefühl, dass es immer jemanden gab, der auf ihn aufpasste.

Und vielleicht ergäbe sich ja ein Augenblick größter Nähe, in dem Elias die Ehrfurcht vor seinem Vater und die Angst vor dem Tod überwinden und mit ihm über seine geheime Liebe sprechen konnte. Über jene geheime Liebe, die auf wundersame Weise wieder zum Leben erweckt worden war. *Weißt du, Vater,* würde er sagen, *an diesem Krieg im Jahr 1967 haben vier Länder teilgenommen, mit Panzern und Kriegsflugzeugen. Die Grenzen auf der Landkarte haben sich verschoben, es gab Waffenstillstandsabkommen und Supermachtgipfel – und das alles nur, damit sie mir zurückgebracht werden konnte. Du hast mir beigebracht, dass es Fehler nur deshalb gibt, damit wir sie wieder in Ordnung bringen können.*

Was hatte Elias sich eigentlich gewünscht? Dass er seinem Vater die Angst nehmen, ihm Trost spenden und im Gegenzug vielleicht ein wenig von seiner Weisheit empfangen könnte. Und wäre George noch ein wenig mehr Zeit geschenkt, so hätte er seinem Sohn vielleicht wertvolle Lektionen zum Thema Fehler und Enttäuschungen erteilt, ihm seine Lebensphilosophie erklärt und den Weg gewiesen. Ein Mensch auf dem Totenbett kennt das Leben schließlich ganz genau. Elias hatte sich nicht den Segen seines Vaters, bloß sein Verständnis gewünscht. So lagen die Dinge nun einmal, und es hatte keinen Sinn, dagegen anzukämpfen; nur das hätte sein Vater anerkennen sollen.

Andererseits wusste Elias genau, dass er mit George über solche Dinge nicht reden konnte. Er hätte ihn auf dem Totenbett nicht auch noch mit seinen eigenen Sorgen belasten wollen, ihm nicht gesagt, dass die Frau, mit der er den Bund der Ehe eingegangen war, nicht die Liebe seines Lebens war, dass jeder Tag des Ehelebens ihm mehr von seiner Lebensfreude und Energie nahm, dass sogar sein geschäftlicher Erfolg darunter litt. Elias wollte nicht an der Seite dieser Frau leben und nicht an der Seite dieser Frau sterben.

Gleichzeitig war ihm vollkommen klar, dass er Nasrins Träume zerstört und sie bitter enttäuscht hatte. Ihr Ehemann hatte versprochen, sie zu lieben und zu ehren, aber in Wirklichkeit nahm er kaum Notiz von ihr. Die Verheißung von Reichtum, die sie in die Ehe gelockt hatte, war schon lange in sich zusammengesunken. Inzwischen sprach man nur noch über den Besitz, den die Juden ihnen weggenommen hatten und eines Tages vielleicht zurückgeben würden. Das sagenhafte Vermögen der Familie Riani existierte nur noch auf dem Papier und in Form einiger schwerer Eisenschlüssel – Schlüssel zu Häusern in West-Jerusalem. Der berühmte Teehändler, der einst bis nach Indien und Ceylon, in die Türkei und nach China gereist war, um seine Ware mit eigenen Augen zu begutachten, konnte sich kaum noch über Wasser halten, weil die Leute jetzt lieber Eiskaffee und Milchshakes und Cola tranken. Der Glanz war nicht nur aus der Teebranche, sondern auch aus Elias' Leben verschwunden. Und anstatt hinauszugehen und sich nach neuen Einkommensquellen umzusehen, vergrub er sich zu Hause in seinen Büchern, ging stundenlang spazieren oder saß unter seinem Lieblingsbaum.

Von Elias' wunderschönem Haus hatte man einen Ausblick auf den Turm des Pilgerzentrums von Notre Dame, um das sich früher Gärtner und Dachdecker und Maler und Zimmerleute gekümmert hatten. Jetzt wurde es nur noch notdürftig instand gehalten. Auch der Reichtum, den Elias und Nasrin zu Beginn ihrer Ehe genossen hatten, war aufgebraucht, und jetzt mussten sie sich bescheiden. Wenigstens brachte das Bürogebäude etwas Miete ein. Unterdessen versuchte Elias sein Glück als Rohstoffhändler für Kakao und Zucker, musste aber einsehen, dass die alteingesessenen Händler ihre Marktanteile mit Zähnen und Klauen verteidigten. Elias' Töchter lebten bei Verwandten ihrer Mutter in England und schlugen sich mit Stipendien gerade so durch. Nasrin wünschte sich, in ihrer Nähe sein. An ihrem Gesichtsausdruck und der

Tatsache, dass sie nicht mehr sang, konnte man ablesen, wie belastend die Ehe mit Elias für sie war.

Bestimmt ahnte sie, dass der tägliche Kampf um die Existenz nicht Elias' vordringlichstes Interesse war. Jeden Tag fuhr er in den jüdischen Teil der Stadt, kam erst spät wieder nach Hause und bat sie nicht um ein Abendessen. Alles, was er wollte, war, von ihr in Ruhe gelassen zu werden.

Er wusste, was sie dachte: Wenn er jeden Tag zu den Juden ging, warum gaben sie ihm dann nicht den Besitz zurück, den sie ihm genommen hatten? Was gab es in West-Jerusalem, was der Osten nicht hatte? Und warum nahm er das Fleisch, das sie beim Metzger besorgt hatte, mit auf seine Fahrten? Er verließ sie in Anzug und Manschettenknöpfen, kehrte glücklich und zufrieden zurück und benahm sich in seinem eigenen Haus wie ein Gast, der dringend Ruhe und Frieden brauchte. Was ging in ihm vor? Für wen hatte er sein breites Lächeln reserviert?

Mit dreiundfünfzig war es zu spät für Elias, um noch einmal den Beruf zu wechseln. Er würde das Bürogebäude nicht verkaufen – es war das letzte Haus, das ihm noch gehörte – und Munir nicht auf die Straße setzen. Dreiundfünfzig war kein Alter mehr für Umstürze, jedenfalls nicht für einen Araber. In dieser Lebensphase trat man beruflich kürzer und zügelte seinen Ehrgeiz ein wenig. Dennoch hoffte Elias auf Veränderung. Sein größter Wunsch war nach wie vor, mit Lila zusammenleben zu können, denn ein gemeinsames Leben würde ihm endlich seinen Seelenfrieden schenken. Jeden Tag stand er kurz davor, seine Familie aufzugeben und bei Lila einzuziehen.

Jeden Tag fand er neue Gründe dafür, diesen Schritt zu vollziehen, und jeder Tag brachte ihn diesem Moment ein wenig näher. Er wartete nur noch auf ein himmlisches Zeichen.

Elias kam es so vor, als hätte er die Augen nur kurz geschlossen, aber als er aufwachte, war es Winter. Die Israelis waren noch gelähmt vom Krieg und mussten verkraften, dass viele junge Männer nicht mehr nach Hause zurückkehrten. Und gerade, als Elias aus seiner Trauer um den Vater herausfand, stürzte die Welt in eine Energiekrise, die durch den Krieg mit Syrien und Ägypten ausgelöst worden war. Ein Krieg, der aus einer Laune heraus begonnen hatte, um die Ehre der Ägypter wiederherzustellen, hatte auf die ganze Region übergegriffen und betraf schließlich die ganze Welt.

Ende Oktober war die Krise überstanden, aber da begriff noch niemand, dass Israel gerade den schlimmsten Krieg in seiner Geschichte hinter sich gebracht hatte. Jerusalem hatte kurz davor gestanden, wieder geteilt zu werden – und Elias wäre wieder von Lila abgeschnitten gewesen. *Ich kann nicht sterben, ohne an ihrer Seite zu sein,* dachte er.

Eines Morgens – es war ein ganz normaler Morgen, und Elias hatte kein Zeichen von irgendwoher erhalten – setzte er sich ins Auto und fuhr nach West-Jerusalem. Er wusste, dass er das Richtige tat, auch wenn ihm nicht klar war, warum gerade jetzt. Auf dem Sitz neben ihm stand eine Reisetasche mit einigen Kleidungsstücken und persönlichen Dingen. Er würde nichts anderes mehr brauchen, und wenn doch, dann war es nicht schlimm.

Er nahm nicht wahr, was im Radio gespielt wurde, er dachte an nichts Besonderes, fühlte keine spezielle Magie, als er von einer Seite der Stadt auf die andere fuhr, denn es war ein ganz normaler Tag. Seine Entscheidung war nicht außergewöhnlich, und die Art, wie er sie ausführte, hatte auch nichts Außergewöhnliches an sich. Er stieg die Treppe zu Lilas Wohnung hinauf. Als sie öffnete, sah er sie an. Obwohl seine Miene völlig unbewegt blieb, konnte sie an seinem Blick erkennen, dass er getan hatte, was er schon vor vielen Jahren hatte tun wollen. Schweigend stellte er die Reisetasche vor sich auf den Boden.

Sie sahen sich lange an. Dann umarmte er sie und drückte sie an sich. Keiner sagte kein Wort.

Bald kam das Glück angeflogen und nistete sich bei ihnen ein. Elias übertrug Munir die Geschäfte und kam nur einmal in der Woche im Büro vorbei, um nach dem Rechten zu sehen. Der Teehandel lief noch immer schleppend, obwohl gerade erst ein großes Teehaus in Jerusalem eröffnet hatte. Dort saßen die Gäste auf großen Kissen und bestellten Kaffee mit Milchschaum und Beuteltee – was für ein Gegensatz zu den erlesenen Mischungen aus dem Hause Riani. Nur die Araber tranken weiterhin starken, süßen Tee, waren aber zu Elias' Verdruss ebenfalls dazu übergegangen, Tee aus Beuteln zu kaufen.

Elias' Einkommen bestand im Wesentlichen aus den Mieteinnahmen im Ostteil der Stadt und aus dem Verkauf des Sommerhauses der Familie und der Obstgärten in Jericho. Er war der Überzeugung, dass seine Besitztümer ohnehin nur eine Leihgabe Gottes darstellten; sie hatten ihm gehört, als er sie hatte, und nicht mehr, als sie ihm genommen worden waren – das bewies doch nur, dass sie ihm von vornherein niemals gehört hatten. Er dankte Gott für das, was er hatte, und auch für das, was ihm genommen worden war.

Nasrin wohnte weiterhin in dem Haus in Scheich Dscharrah, das er verlassen hatte. Als er zu ihr kam, um mit ihr zu sprechen, saß sie gerade in der Küche und höhlte Zucchini aus, die sie während der Unterhaltung mit Reis füllte. Elias sagte ihr nur das, was notwendig war, weil er sie nicht verletzen wollte. Er erklärte, er wolle jetzt im Westen wohnen, und das sei gut für sie beide. Es würde ihnen die Schwierigkeiten des Zusammenlebens ersparen. Er bat sie um Vergebung und hoffte, sie würde weder Zorn noch Verbitterung entwickeln. Schließlich versprach er noch, weder sie noch die Kinder jemals der Not zu überlassen. Nasrin hatte derweil eine scharfe Soße für die Zucchini angerührt und alles auf den Herd gestellt. Sie sagte nur eins: Sie habe gewusst, dass es passieren würde, bloß nicht, wann.

Zu seiner Freude trat sie einem Chor bei und widmete sich künftig ganz der Musik. Die Ereignisse hinterließen weder seelische noch körperliche Spuren bei ihr, und sie kümmerte sich weiterhin um das Haus, sodass die Kinder in den Ferien nach Hause kommen konnten.

Elias' Mutter starb ein Jahr nach George. Am Tag ihres Todes bereitete sie noch ein üppiges Mahl zum ersten Todestag ihres Mannes zu. Die Gäste kamen und gingen, und am Ende des Abends saßen nur noch Elias, Nasrin,

Elias' Schwestern und deren Familien aus Saudi-Arabien am Tisch. Nadira in ihrem lorbeerfarbenen Kleid war ganz eindeutig das Oberhaupt der Familie, diejenige, die alle zusammengebracht hatte und uneingeschränkten Respekt verdiente. Georges Tod hatte sie nicht gebrochen. Natürlich wusste Elias, dass sie nicht mehr gut schlief, aber drei Stunden Schlaf reichten ihr vollkommen aus.

An jenem Abend saß die Familie noch lange im Wohnzimmer zusammen und trank Yunan-Imperial-Tee. Niemand ahnte, dass es das letzte Mal war, dass sie Nadiras Gesellschaft genossen, ihre Worte hörten, ihre Speisen aßen. Nichts deutete darauf hin, was passieren sollte. Nadira ging zu Bett, nachdem sie geduscht und sich die Haare gekämmt hatte. Sie schüttelte ihr Kopfkissen auf und legte sich zufrieden nieder. Vor ihrem inneren Auge zogen die Gesichter ihrer Kinder und Kindeskinder vorbei, und dann dämmerte sie sanft in einen Schlaf hinüber, aus dem sie nicht mehr erwachte. Schlummernd verließ sie die Welt, ohne Schmerzen oder Krankheit, nachdem sie alle ihre Lieben noch einmal um sich geschart hatte. Es war ein Lebensende, wie Nadira es sich gewünscht hätte.

Nach ihrem Tod wollte Nasrin nicht länger im Haus wohnen bleiben und sich um den Garten kümmern. Oft reiste sie zu ihren Kindern und entschied sich schließlich dafür, ganz nach England umzuziehen, um ihnen nahe zu sein.

Munir sah in dem leeren Haus nach dem Rechten. Nur die Obstbäume überlebten Nadiras Tod. Ihre Kräuter und Heilpflanzen dagegen welkten langsam dahin und vertrockneten schließlich.

Innerhalb eines Jahres hatte Elias beide Eltern verloren. »Jetzt sind wir beide Waisen«, sagte er zu Lila.

Sie umarmte ihn, als wollte sie ihn vor der bösen Welt beschützen, dann setzte sie sich neben ihn.

»Ich habe meinen Ruhepol gefunden«, verkündete er. »Du bist mein Ruhepol und wirst es immer sein.«

Er merkte, dass seine Worte sie an etwas erinnerten. Sie erklärte: »Nicht lange nach unserem allerersten Treffen, als alles so schwierig war und ich solche Angst hatte, hast du mir versichert: ›Ich werde mich um dich kümmern.‹ Aber ich konnte dir nicht richtig vertrauen, weil ich bis dahin immer auf mich allein gestellt gewesen war. Dann hast du gesagt: ›Sprich mir nach: Ich bin deine Frau, und du liebst mich.‹ Du hast mich dazu gebracht, das ständig zu wiederholen, wie ein Mantra. Und jedes Mal, wenn ich mich verloren fühlte, sollte ich es mir erneut vorsagen.«

»Es hat funktioniert, oder etwa nicht?«, lächelte Elias.

»O ja«, erwiderte Lila. »Sogar während der langen Jahre, die ich auf dich gewartet habe. Es gab Tage, an denen ich glaubte, sterben zu müssen. Ich konnte nicht mehr das kleinste bisschen Freude am Leben empfinden. Die Ereignisse der Außenwelt rauschten an mir vorbei. Ich lebte nicht, ich existierte bloß noch. Und in meinen schlimmsten Momenten sagte ich mir das Mantra auf. ›Ich bin deine Frau, und du liebst mich. Ich bin deine Frau, und du liebst mich.‹«

Lila stellte eine kleine Schüssel mit warmem Seifenwasser vor Elias auf den Tisch und bat ihn, eine Hand hineinzutauchen. Er kam ihrer Bitte ohne Widerrede nach.

Zum ersten Mal, seit sie sich kannten, pflegte sie seine Nägel und massierte ihm die Handflächen. Er beobachtete ihre geschickten Finger beim Arbeiten. Sie achtete besonders auf den Ring- und den kleinen Finger seiner linken Hand, denn die hatten ihm die Jordanier beim Verhör nach dem Weihnachtsball im Government House gebrochen. Sie massierte sie ganz behutsam und empfand keinen Groll mehr gegenüber den brutalen Offizieren, die Elias nicht nur die Finger, sondern auch den Mut gebrochen hatten. Dabei sprachen sie nicht. Lilas Tage waren immer wieder durchsetzt mit Inseln des Schweigens. Genau, wie es Phasen des Redens gab, gab es auch Phasen der Stille, in denen sie ihr Glück mit Elias einfach genoss. Er hingegen wollte den herrlichen Moment nicht mit Worten zerstören.

»Ich kann mir jetzt gut vorstellen, was du im Salon Hubert gemacht hast«, sagte er schließlich nachdenklich. »Vierundzwanzig Jahre lang. Wie viele Hände hast du gepflegt? Wie viele Unterhaltungen hast du mit deinen Kundinnen geführt, wie oft hast du ihre Tränen gesehen?«

Lila konzentrierte sich auf ihre Aufgabe. Stumm bedeutete sie ihm, die andere Hand einzuweichen.

»Erinnerst du dich noch an alles, was deine Kundinnen dir während der Maniküre anvertraut haben?«, wollte er wissen.

»Ich habe viel Klatsch und viele dumme Geschichten gehört«, sagte sie. »Ich habe von Enttäuschungen und zerstörten Plänen und Intrigen erfahren, aber auch von den Träumen und Zielen der Frauen. Ich habe alles in mich aufgenommen und es weggeschlossen wie in einen

Tresor. Nie habe ich irgendetwas weitererzählt. Erstaunlich, das alles, wenn man bedenkt, dass ich bloß einen Stuhl ohne Lehne, einen Tisch auf Rädern, einen kleinen Korb, ein Handtuch und ein Etui für meine Werkzeuge hatte.«

»Ein kleiner Fleck in Jerusalem, an dem sich die Frauenschicksale der Stadt gekreuzt haben«, sinnierte Elias.

»Wenn ich heute am Salon vorbeigehe, spüre ich keine nostalgischen Gefühle mehr«, sagte sie. »Ich habe viel Zeit dort verbracht, aber die ist vorbei. Für mich wird der Salon immer der Ort bleiben, an dem ich sehnsüchtig auf dich gewartet habe.«

»Glaubst du, du kannst das Leid aus den vielen Jahren unserer Trennung irgendwann überwinden?« Elias Stimme war so warm wie eine Umarmung. »Meinst du, du kannst deinen Ärger irgendwann hinunterschlucken?«

»Das weiß ich wirklich nicht«, entgegnete Lila.

»Versuch doch, dich zu wehren, wenn diese Gefühle dich überkommen«, riet Elias. »Wenn du dich bemühst, sie wegzuschieben, hast du mehr Raum für andere Empfindungen.«

»Hast du Lust, mich auf den Markt zu begleiten?«, fragte Lila.

»Ich trage dir gern den Einkaufskorb. Aber das beste Gemüse gibt es im arabischen Teil der Stadt.«

Auf dem Heimweg, am frühen Abend, gingen sie noch beim Westfried-Haus vorbei, um nach dem Rechten zu sehen. Mano hatte eine Hollywoodschaukel installiert, die er einem Araber in Schu'fat abgekauft hatte, und Ezra reparierte gerade die kaputte Sprinkleranlage. Helga

Westfried hatten sie knapp verpasst; sie war gegangen, nachdem sie eine Frauenärztin für die Routineuntersuchungen vorbeigebracht hatte. Rita aus dem Salon hatte einen selbst gebackenen Mohnkuchen vorbeigebracht. Elias wartete vor dem Haus, während Lila von Zimmer zu Zimmer ging und »ihre« Mädchen mit einem Kuss begrüßte. Nomi kam aus der Küche gelaufen. Sie war inzwischen im vorletzten Schuljahr, vergötterte Lila aber noch immer. Der Junge aus der Pizzeria neben Nomis Wohnung hatte ihr gezeigt, wie man Pizza mit ganz dünnem Boden backte, und jetzt brachte sie es den Mädchen bei. Sie half ihnen mit den Hausaufgaben, die sie erledigen mussten, während die Kinder in ihren Bäuchen strampelten.

»Elias wartet draußen«, sagte Lila und deutete auf die Straße. »Geh und begrüß ihn.«

2006

Die Frauen aus dem Salon kamen gemeinsam zu Lilas Beerdigung, als wären sie noch immer eine feste Gruppe. Viele »ihrer« Mädchen aus dem Westfried-Haus erschienen ebenfalls – sie waren jetzt zu erwachsenen Frauen herangereift.

Die Zeremonie war still und bescheiden. Niemand weinte laut, niemand schrie vor Kummer. Elias, in einen schwarzen Anzug gekleidet, marschierte an der Spitze des Begräbniszugs, um der Frau seines Lebens so nah wie möglich zu sein. Der Rabbi trat auf ihn zu, um ihm gemäß der jüdischen Trauersitten das Hemd zu zerreißen, aber jemand flüsterte ihm etwas ins Ohr, und er ließ es bleiben und ging weiter, ohne dass Elias ein sichtbares Zeichen der Trauer trug. »Wer trägt das Kaddisch vor?«, fragte der Rabbi. Es entstand ein peinlicher Augenblick, als sich alle nach möglichen Verwandten der Verstorbenen umblickten. Schließlich fuhr Ezra in seinem Rollstuhl nach vorne, und die anderen Gäste bildeten eine Gasse, um ihn durchzulassen. Er trug das Gebet mit zittriger Stimme vor, ließ aber keine einzige Silbe aus. Ezra, das Faktotum des Salons, war jetzt zweiundneunzig Jahre alt. Sein Sohn schob ihm den Rollstuhl.

Der Rabbi sprach über Lila, eine Frau, die so gottesfürchtig gewesen war, dass sie am heiligsten Tag des Jahres, an Jom Kippur, in den Himmel abberufen wurde. Er verlor jedoch kein Wort über ihre Arbeit mit den schwangeren Mädchen, denen sie in Zeiten größter Not ein Obdach geschenkt hatte.

Als Nomi durch Elias von Lilas Beerdigung erfuhr, war sie traurig, nicht nur, weil Lila tot war, sondern auch, weil keiner aus ihrer Familie, auch sie selbst nicht, zu der Zeremonie erschienen war. Ihr Vater Menasch war schon seit Jahren tot. Er war in seinem Wohnwagen in der Arava-Wüste an einem Herzinfarkt gestorben. Margo, Nomis Mutter, hatte schon seit Monaten nichts mehr von sich hören lassen; sie reiste durch Amerika, von Stadt zu Stadt. Das letzte Lebenszeichen war ein Foto aus Miami gewesen, auf dem sie über und über mit Diamanten behängt war. Nomis jüngerer Bruder lebte inzwischen in London, wo er Araber und Juden beriet, die Israel verlassen wollten. Onkel Mano, der nie geheiratet hatte, hatte seinen Lebensmut verloren, lief nur noch im Schlafanzug herum und verließ die Wohnung nicht mehr. Onkel Hezi, der es zum erfolgreichen Bauunternehmer gebracht hatte und Wohnungen in den besetzten Gebieten hochzog, musste am Tag der Beerdigung einem Richtfest in Samaria beiwohnen. Und Nomi selbst – warum war sie eigentlich nicht gekommen? Jetzt erinnerte sie sich: Irgendetwas in der Arbeit hatte sie davon abgehalten, eine wichtige Konferenz, auf der sie einen Vortrag halten musste.

Jetzt wusste sie, dass sie ihre Teilnahme an der Konferenz hätte absagen müssen, um bei der Beerdigung dabei zu sein. Das hätte jeder verstanden, Beerdigungen waren ein legitimer Entschuldigungsgrund. Aber sie hatte Lilas Beerdigung zugunsten ihrer aufstrebenden Karriere zurückgestellt. Ihr beruflicher Erfolg war für sie das Mittel, um den Schmerz der Vergangenheit und alle Menschen, die sie ihn dieser Zeit begleitet hatten, vergessen zu können. Dabei wussten alle – bis auf sie selbst –, dass sie sich der Vergangenheit stellen wollte. Sie gab sich jedoch solche Mühe, ihrer Biografie zu entrinnen, dass sie nur in eine Richtung schauen konnte: nach vorne.

So kam es, dass niemand aus Lilas »Adoptivfamilie« auf ihrer Beerdigung war. Adoptivfamilie deshalb, weil sie Lila so gut wie aufgenommen hatte, genau wie Lila die Familie. Es war bei Weitem keine makellose Familie, aber Lila hatte alle Feiertage und auch viele gewöhnliche Tage dort verbracht. Bei dieser Familie, in der sich alle ein wenig fehl am Platze fühlten, in der jeder auf seine Art einsam war, in der Nomi sich nie behütet gefühlt hatte. Diese Familie verfügte nicht über ein festes Beziehungsfundament, sondern konnte vom geringsten Windstoß durcheinandergerüttelt werden. Und trotzdem war sie die Wahlfamilie von Lila, dem Waisenkind.

Diese Erkenntnis überfiel Nomi ganz plötzlich: Lila, das Waisenkind, hatte sich ihre, Nomis, Familie ausgesucht. Lila, die so viele Jahre allein gelebt und ihre letzten Jahre gemeinsam mit Elias in der Abgeschiedenheit verbracht hatte. Sie und Elias hatten sich zusammen eine Festung der Liebe erbaut, in der sie nichts und niemanden brauchten außer sich selbst: keine weltlichen Güter und keine anderen Menschen.

Die Harmonie zwischen Lila und Elias hatte Nomi schon faszinierend gefunden, als sie noch ihre heimliche Briefträgerin und damit auch die Einzige gewesen war, die von ihrer Liebe wusste. Es war die einzige Liebe, die Nomi kannte und miterleben durfte. Sie wünschte sich sehnlichst, von ihnen adoptiert zu werden – ja, warum eigentlich nicht? Viele schlaflose Nächte lang träumte sie davon, dass Elias und Lila zu ihren Eltern gehen und sie darum bitten würden, ihre Tochter freizugeben – und dass Menasch und Margo dieser Bitte mit Freuden entsprechen würden. Sie stellte sich vor, wie ihre Mutter zu ihrem Vater sagte: »Gib sie ihnen doch, wenn sie so wild darauf sind. Sie macht uns sowieso nur Ärger. Sie ist so frech wie ein Junge, kann nichts richtig gut, ist eine Rebellin und Einzelgängerin. Lass sie doch zu den beiden.«

Sie wusste, dass sich diese Hoffnung niemals erfüllen würde – Margo wusste ja gar nichts von der Liebe zwischen Elias und Lila. Aber Nomi träumte trotzdem weiter davon, ein Teil der idealen Welt der beiden zu werden und die Dunkelheit gegen das helle, weiche Licht einzutauschen. Sie war zwar kein kleines Kind mehr, wärmte sich aber trotzdem an jener Liebe und ließ sich von ihr nähren. Für Nomi hatte Elias viele verschiedene Seiten: Er war ruhig und selbstbewusst, zärtlich und freundlich, und wenn er ihr einen Brief für Lila gab, sprach auch Begehren aus seinem Blick. Er war ein Mann, dessen größter Wunsch im Leben in Erfüllung gegangen war – und damit der einzige Mann in Nomis Umgebung, dem dieses Glück vergönnt war. Er war weder unterdrückt und überlastet wie ihr Vater mit seinem traurigen Herzen noch ernüchtert und verbittert wie ihr alternder Onkel Mano.

Erst nach Lilas Tod erkannte Nomi, dass auch sie sich Lila und Elias ausgesucht hatte, nicht nur als Adoptiveltern, sondern auch als Vorbilder. Er war freundlich und offen und voller Weisheit, und sie war entschlossen und feinfühlig und liebte, als gäbe es kein Morgen. In Nomis Augen waren sie das perfekte Paar, obwohl sie endlos leiden mussten, bis sie zusammen sein durften. Später, als Erwachsene, hatte Nomi eine klare Vorstellung davon, wie eine Beziehung sein sollte: so wie die zwischen Lila und Elias. Und wenn ihr eine solch wunderbare, die Ewigkeit berührende Liebe nicht vergönnt sein sollte, dann wollte sie lieber gar keine Beziehung. Sie ahnte nämlich tief in ihrem Inneren, dass sie nicht dafür gemacht war, einem derartigen Sturm der Gefühle standzuhalten. Selbst wenn ihr eine ideale Beziehung auf dem Silbertablett gereicht worden wäre, hätte sie nicht gewusst, was sie damit anfangen sollte. Sie wusste nicht, wie man ohne Hemmungen liebte, die Augen weit offen und gleichzeitig fest geschlossen, wie man freiwillig seine Sicherheit aufgab, wie man seine Ängste besiegte, wie man sich seinen Gefühlen auslieferte, ohne in ihnen zu ertrinken. Eine Beziehung, in der es keinen Raum für solche Erfahrungen gab, führte zu Distanz, Ablösung und schließlich zur Trennung. Als junge Frau hatte Nomi sich immer bereits vergebene Männer mit grauem Haar und viel Erfahrung ausgesucht. Dann hatte sie einige Jahre in einer ungesunden Ehe verbracht, und nach dem Scheitern dieser Ehe war sie allein geblieben.

Nach so vielen Jahren ohne jeden Kontakt hatte Elias sie jetzt wieder in sein Leben geholt. Hier auf dem Besucherstuhl in seinem Krankenzimmer durchlebte sie die Geschichte seiner Liebe, einer Liebe, wie sie selbst sie nie erlebt hatte. Während der vergangenen Wochen, ausgefüllt mit Krankenbesuchen, hatte sie mehr Liebe empfangen als in ihrem ganzen bisherigen Leben. Elias erzählte Nomi, wie ihm die Trauergäste nach Lilas Beerdigung kondolierten, als wäre er derjenige, der Lilas Vermächtnis in die Zukunft tragen würde. Als alle gegangen waren und er allein dastand und sich fühlte wie ein Baum im Wind, kam noch eine rothaarige Frau in Umstandskleidung auf ihn zu und erzählte ihm, Lila habe ihr beigebracht, stolz auf ihre Schwangerschaft zu sein und ihr Kind bereits zu lieben, wenn es noch so klein war wie eine Erbse. Jetzt war sie schwanger mit ihrem vierten Kind. Das erste hatte sie im Westfried-Haus zur Welt gebracht. »Dieses hier wird ein Mädchen«, sagte sie zu Elias und fuhr sich mit der Hand über den Bauch. »Ich werde es Lila nennen.«

»Kannst du dir das vorstellen?«, fragte Elias Nomi ganz aufgeregt. »Da gibt es ein kleines Baby auf der Welt, das nach ihr benannt ist. Ein Teil von ihr wird immer bleiben. Lila hat der jungen Frau etwas hinterlassen, und die hat es ihrem Baby weitergegeben. Wer weiß? Vielleicht hat das Kind ja etwas von Lila geerbt, zum Beispiel ihre Sommersprossen.« Er lächelte.

Nomi bat ihn um Erlaubnis, nach dem Kind suchen zu dürfen. »Na schön«, erwiderte er, »wenn du meinst.«

Mithilfe ihrer beruflichen Verbindungen spürte Nomi die einzige Lila auf, die im vergangenen Jahr im Hadassah-

Krankenhaus zur Welt gekommen war. Elias drängte sie, die Kleine zu besuchen. »Kauf ihr ein schönes Geschenk von mir«, bat er. Aber Nomi wollte den Besuch gemeinsam mit Elias machen. Sie hoffte nämlich, die Gegenwart der kleinen Lila würde ihm neues Leben einhauchen und ihn wenigstens für eine Weile seinen Wunsch vergessen lassen.

Nomi kaufte eine weiche graue Decke und ein blauweißes Wolkenmobile, bevor sie sich auf den Weg machte, um ein kleines Mädchen zu treffen, das nicht die leiseste Ahnung hatte, was es für zwei vollkommen Fremde bedeutete. Unterwegs hielt Nomi noch beim Westfried-Haus an, dem Ort, an dem sie als Kind so viel Zeit verbracht hatte. Oft hatte sie beobachtet, wie Lila die jungen Mädchen auf ihre ganz besondere Art begleitete, vom Einzug bis zu dem Zeitpunkt, an dem die Geburt bevorstand. Die Mädchen kamen aus ganz unterschiedlichen Verhältnissen, aber eins hatten sie alle gemeinsam: Eine Schwangerschaft war unerwartet in ihr Leben geplatzt und hatte sie aus ihrer normalen Umgebung gerissen – wobei in den meisten Fällen Letzteres ein Glück für die Mädchen war. Im Westfried-Haus ging es ihnen oft besser als zu Hause.

Nomi hatte den Verlauf der Schwangerschaften beobachtet und viel Gejammer über den unseligen Moment der Zeugung mit angehört. Sie erlebte, wie die Körper der Mädchen anschwollen, wie sehr sie sich vor dem Unbekannten fürchteten, aber auch, wie die Mädchen die Tage bis zur Geburt zählten, die Tage, bis sie wieder in die Schule oder in den Kibbuz oder in ihr normales Leben zurückkehren konnten. Dann würden sie wieder normale Kleidung tragen, Schuldgefühle empfinden, die Adoptionspapiere ausfüllen und Erleichterung spüren.

Diejenigen, die unterschrieben, fühlten sich sofort befreit, fügten sich mit dieser Handlung aber eine lebenslange Wunde zu. Diejenigen, die nicht unterschrieben – Nomi hörte nur von einer, die sich so entschied –, ersparten sich den Trennungsschmerz, luden sich im Gegenzug aber die Verantwortung der Mutterschaft auf.

Dort im Westfried-Haus beschloss Nomi, selbst keine Kinder in die Welt zu setzen, und diese Entscheidung festigte sich im Laufe der Jahre. Lila versicherte ihr zwar immer, sie sei noch jung und werde ihre Meinung sicher ändern, aber so kam es nicht.

Nomi parkte vor dem Westfried-Haus, an dessen Tür inzwischen das Schild einer Versicherungsagentur prangte. Die bogenförmigen Fenster waren vergittert, und den Garten hatte man asphaltiert. Als sie die Tür öffnete, schmerzte das grelle Neonlicht in ihren Augen. Eine Sekretärin, die ihres Kopftuchs wegen als gläubig zu erkennen war, unterbrach ihr Telefongespräch und fragte Nomi mit hochgezogenen Brauen, ob sie ihr helfen könne. Nomi war einen Moment lang sprachlos, fand dann aber die Worte wieder. »Als junges Mädchen habe ich hier viel Zeit verbracht, darum würde ich mich gern ein bisschen umsehen«, sagte sie.

Die Sekretärin beendete ihr Gespräch und bot Nomi an, sie herumzuführen. »Heute ist das Haus leer, alle sind auf einem Lehrgang«, erklärte sie.

»Das hier war früher ein Mädchenheim«, sagte Nomi.

»Für welche Art Mädchen?«

»Für unverheiratete Schwangere.«

»Um Himmels willen!«, rief die Frau. Nomi las an ihrem Gesichtsausdruck ab, dass sie sie für eine ehemalige Bewohnerin hielt.

In der Küche überkam Nomi ein Gefühl der Wehmut. Hier war früher das Zentrum von Wärme und Freigiebigkeit gewesen. Jetzt war der Raum vollgestopft mit einem Kopierer, einem Schredder und vielen Regalen, die unter ihrer Aktenlast fast zusammenbrachen. Nichts mehr war zu sehen von den Teppichen, den Vorhängen, dem Sofa, dem Plattenspieler und den anderen Dingen, die Lila zusammengetragen hatte.

»Dürfte ich vielleicht die Toilette benutzen?«, fragte Nomi im Versuch, noch etwas mehr Zeit herauszuholen. Genau so machte sie es, wenn sie ledige Mütter oder adoptionswillige Paare besuchte. Aber auch das Badezimmer brachte ihr nicht das zurück, wonach sie suchte. Enttäuscht von der Leere und Hässlichkeit des einst so wunderbaren Ortes ging Nomi zurück zum Auto und setzte die Fahrt zur kleinen Lila fort. Bald steckte sie in einem Stau, der ihre Aufregung noch verstärkte und ihre Wut auf Jerusalem anschwellen ließ: diese engen Straßen, diese unhöflichen Fahrer! Überhaupt wirkte hier alles festgefahren. Sie dachte zurück an jenen Abend im Westfried-Haus, als eins der Mädchen – von allen nur Kleine Rosine genannt, weil sie so schmächtig war – in den Wehen lag und der Krankenwagen wegen einer Demonstration im Stau stecken blieb. Man schickte nach Lila, und bis sie eintraf, legte Nomi dem Mädchen einen kalten Umschlag auf die

Stirn. Schließlich brachte die Kleine Rosine ihr Kind im Westfried-Haus zur Welt. Nomi hörte Schreie und abgehackte Atemzüge, und dann das Brüllen eines Neugeborenen. Als der Krankenwagen endlich da war, brachte er die Kleine Rosine und ihr Kind ins Krankenhaus. Lila trug das in eine Decke eingewickelte Baby.

Oft versuchte Nomi, die Mädchen mit einem Spiel von ihren Sorgen abzulenken. Alle setzten sich in einen Kreis und reichten einen Schreibblock von einer zu nächsten. Jede sollte ein paar Sätze auf den Block kritzeln, ohne zu wissen, was die Vorderfrau geschrieben hatte. So konnten sie ausdrücken, was ihnen auf dem Herzen brannte. Zum Schluss las Nomi dann die entstandene »Geschichte« vor, und alle waren ergriffen. Stundenlang konnten sie sich mit diesem Spiel beschäftigen, und meistens wurde es so spät, dass Nomi im Westfried-Haus übernachtete. An jenem Abend, als die Kleine Rosine ihr Kind bekam, schlief Nomi in deren Bett.

In dem warmen, gemütlichen Zimmer lag Nomi wach und lauschte den Atemzügen der schwangeren Mädchen. Sie warfen sich in den Betten herum, auf der Suche nach einer einigermaßen bequemen Liegeposition. Nomi stellte sich das Gesicht des gerade erst geborenen Kindes vor und dachte an die Kleine Rosine, die jetzt neben Lila schlummerte. In nur wenigen Stunden würde das Kind zu seiner neuen Familie kommen.

Nomi dachte darüber nach, wie die neuen Eltern des Kindes wohl waren. Sicher waren sie auf die Universität gegangen und lebten jetzt in einem Haus voller Bücher und schöner Teppiche. Sie hatten ein Klavier und viele Topfpflanzen. Der Mann rauchte Pfeife, und seine Frau trug karierte Blusen, hatte glatte Haare und einen zufriedenen Gesichtsausdruck. Das Zimmer des Babys hatte einen neuen Anstrich bekommen, außerdem ein hübsches Bettchen, eine Wickelkommode, einen Schaukelstuhl und ein Windspiel mit Glöckchen. Die neuen Eltern würden dem Kind klassische Musik vorspielen und ihm gemeinsam das Fläschchen geben. Sie würden ihm eine wunderbare Kindheit und dazu ihre Weisheit, Ruhe und Anmut schenken.

Und jetzt war Nomi auf dem Weg zu der kleinen Lila. Flott nahm das Auto die Steigung, die zu den neuen, schicken Häusern führte. Auf den Hügeln, die Nomi noch als Waldgebiet gekannt hatte, war außerdem ein neues Einkaufszentrum für diese wohlhabende Gegend entstanden. Nachdem der Aufzug sie ins zehnte Stockwerk gebracht hatte, wurde sie von einer rothaarigen Frau begrüßt, die sich als Effie vorstellte. »Die kleine Dame schläft jetzt fest, nachdem sie mich die ganze Nacht über wach gehalten hat«, sagte Effie lächelnd, und in dem Moment, als die beiden Grübchen in ihrem Gesicht erschienen, begriff Nomi, dass Efrat vor ihr stand, das verträumte Mädchen aus dem Süden, dessen damaliger Freund das Weite suchte, nachdem er von der Schwangerschaft erfahren hatte. Efrat, deren Vater eine Kiste Orangen ins Westfried-Haus gebracht hatte, ohne dass seine Frau davon wusste. Efrat, deren Mutter Hebräischlehrerin war, über deren dauernde Verbesserungen man sich aufregen konnte, und die gesagt hatte: »Entweder sie oder ich – eine wird das Haus verlassen!« Nomi war klar, dass Efrat sie nicht erkannte.

Efrat hatte sich die Haare geglättet, und ihre Zähne

waren reguliert worden. Sie steckte in einem Trainingsanzug einer teuren Marke und trug eine Rolex am Handgelenk. Ihren Namen hatte sie zu »Effie« abgekürzt, und im Wohnzimmer standen viele Fotos ihres Mannes, den sie ihren »Schutzengel« nannte. Nomi wusste, dass auch sie selbst sich äußerlich stark verändert hatte. Sie war nicht mehr das magere Mädchen mit dem hüpfenden Pferdeschwanz und den roten Turnschuhen. Am Telefon hatte sie nur gesagt, sie rufe an im Namen von Elias, Lilas früherem Lebengefährten. Er habe den Wunsch, dem Baby ein Geschenk zu machen.

Während die kleine Lila schlief, brachte Effie viele Fotoalben herbei. Darin steckten auch Bilder der glücklicheren Momente im Westfried-Haus: ein Ausflug in die Negev-Wüste. Lila in ihren hübschen Kleidern. Rita und Ezra und Onkel Mano, die sich ganz dem Haus verschrieben hatten. Zwischen den Fotos entdeckte Nomi die Todesanzeige von Helga Westfried, die im November 1988 verstorben war und ihren Körper der Wissenschaft gespendet hatte.

Nomi betrachtete die Todesanzeige, in der nichts von alldem stand, was diese bemerkenswerte Frau in ihrem Leben geleistet hatte. Effie sagte: »Das Haus war nach Frau Westfried benannt. Sie war fast neunzig, als sie gestorben ist.«

»Ich kannte sie«, erwiderte Nomi. »Eine erstaunliche Frau, und großzügig dazu. Mein Onkel Mano war fast dreißig Jahre lang ihr Fahrer.«

»Moment mal, wollen Sie damit sagen, dass Sie Lilas Nomi sind?«

»Die bin ich«, sagte Nomi aufgeregt.

»Wir wollten alle sein wie Sie. Gertenschlank, frei wie ein Vogel, noch Jungfrau, ein ganz normales Schulmädchen. Und natürlich Lilas Adoptivkind.«

Nomi war sprachlos. Sie konnte sich nicht vorstellen, dass irgendjemand sich gewünscht hatte, so wie sie zu sein, vor allem nicht in dieser schrecklichen Zeit.

Effie stellte eine blaue Dose mit dänischen Butterkeksen auf den Tisch. »Genau die gleichen wie im Westfried-Haus«, riefen beide im Chor.

Da wachte die kleine Lila auf und meldete lautstark ihren Hunger an. Geborgen in den Armen ihrer Mutter trank sie so gierig, als hinge das Schicksal der Menschheit von ihr ab. Sie hatte goldenes Haar, ein perfektes kleines Gesicht und dichte Wimpern.

»Möchten Sie sie mal halten?«, fragte Effie, als Lila fertig war.

»Später«, sagte Nomi ausweichend.

»Jetzt setzen wir dich in deinen Kinderwagen und gehen ein bisschen spazieren«, zwitscherte Effie in Richtung des Babys. »Hier ist deine Jacke und hier deine Mütze. Und deine neue Decke nehmen wir auch mit.«

Unten auf der Straße (die aussah wie aus einer Architekturzeitschrift ausgerissen) lag Lila zufrieden in ihrem Kinderwagen. Mit den Augen folgte sie einem vorbeifliegenden Vogel, einer Wattewolke, dem Blitz einer Kamera – Nomis Kamera. Für Elias knipste sie zwei Bilder der Kleinen.

Am selben Nachmittag gab es in Nomis Wohnviertel – vielleicht auch in ganz Tel Aviv – einen Stromausfall. Sie konnte ihr Handy nicht aufladen, und auch der Toaster, der Fernseher und die Fußbodenheizung funktionierten nicht. Nomi beschloss, etwas Wasser in einem Kochtopf zu erhitzen und damit ihre Wärmflasche zu füllen. Im Schlafanzug und mit Socken an den Füßen kroch sie ins Bett und zündete eine Lavendelkerze auf dem Nachttisch an. Draußen heulte der Wind und nahm keine Rücksicht auf Menschen, die niemanden zum Kuscheln hatten.

Die Akte von Ilan, dem Ausreißer, fiel ihr in die Hände, als wollte eine höhere Macht, dass sie noch einmal hineinschaute. Vielleicht würde ihr ja eine Lösung einfallen, auf die sie bis jetzt nicht gekommen war. In letzter Zeit hatte sie häufig an den Jungen gedacht und auch so etwas wie Gefühle für ihn entwickelt.

Er war jetzt sieben Jahre alt, ein helles Köpfchen und schon schwer geschädigt. Er und der kleine Hund, den sie ihm gebracht hatte, verhielten sich aggressiv den Lehrern und den anderen Kindern gegenüber. Der Junge war so schwierig, dass ihn die meisten Angestellten der Adoptionsbehörde aufgegeben hatten – es gab schließlich genügend pflegeleichtere Kinder, die ebenfalls ein Zuhause suchten. Ilan hatte dunkle Haut, eine große Nase und große Ohren, einen dünnen, geschmeidigen Körper, der immer in kurzen Hosen und Turnschuhen steckte. Und er lispelte, auch wenn er seinen Lieblingsspruch anbrachte: »Is doch nich' mein Problem!«

Nomi überlegte, was er eigentlich brauchte. Bedingungslose, unbegrenzte Liebe. Ein Zuhause ohne Geschwister, sodass er ganz im Mittelpunkt stehen konnte. Eine starke, lebenskluge Mutter. Der Psychologe, der ihn begutachtet hatte, war der Meinung, jeder weitere Tag ohne eine erfolgreiche Vermittlung verringere seine Chancen auf ein normales Leben. Er schrieb: *Dieses Kind hat noch nie ein Erfolgserlebnis gehabt.* Nomi versuchte zu ergründen, ob es vielleicht Sehnsucht war, die sie dem Jungen gegenüber spürte. Vermisste sie ihn?

Waren Muttergefühle etwas, was eine Frau gleichzeitig mit ihrem ersten Kind bekam, oder waren sie angeboren? Konnte man sie entwickeln? Wo kamen sie her, wie konnte man sie beschreiben? Vermutlich wurde nicht jede Frau mit mütterlichen Instinkten geboren. Manche entdeckten sie erst im fortgeschrittenen Alter und entwickelten dann Herzlichkeit, Verantwortungsbewusstsein, Sorge, Opferbereitschaft und Liebe. Aber nichts davon war endlich.

Nomis Augenlider wurden schwer, und die Akte flatterte zu Boden. Morgen ist doch auch noch ein Tag, dachte sie beim Wegdämmern. Aber am nächsten Morgen gab es noch immer keinen Strom, und der Sturm heulte vor ihrem Fenster.

Am Nachmittag fuhr sie nach Jerusalem, um Elias zu besuchen. Sie hatte blanchierte Artischocken, Karotten und Gurken in einem Plastikbehälter dabei, denn Elias brauchte nach so vielen Wochen der Krankenhauskost ganz bestimmt einmal eine gesunde Mahlzeit. Auf dem Stationsflur lächelte sie die Leute an, die sie vom Sehen kannte, und dann stand sie auch schon vor dem schönen Zimmer mit eigenem Bad am Ende des Korridors.

Elias' Bett war leer. Nichts deutete darauf hin, dass er hier schon so viel Zeit verbracht hatte.

Nomi sah sich im Zimmer um. Elias' Krankenblatt und der Infusionsständer waren verschwunden. Den Nachttisch hatte man ausgeräumt, das Bett abgezogen. Seine Bücher, seine persönlichen Gegenstände, seine Schuhe, sein Morgenmantel – alles weg. Nomi begann, heftig zu atmen. Hilfe suchend sah sie zu den Patienten in den anderen Betten, aber sie schliefen. Jetzt zitterte sie, und eine Schweißperle rann ihr den Rücken hinab. Als sie den Flur entlangrannte, schien es, als wollte ihr niemand in die Augen sehen. Alle Angestellten, die sie kannten, wichen ihrem Blick aus, sogar die ausländischen Pflegerinnen.

Im Stationszimmer befand sich nur Dassy, die gerade telefonierte. »Es ist unglücklich gelaufen«, sagte sie in den Hörer und sah auf ein Blatt Papier. »Aber ich kann nichts daran ändern. Ich bin auch nur ein Mensch und mache Fehler.« Nomi versuchte, sich zu beruhigen. »Na schön«, fuhr Dassy fort, »Sie dürfen sich gerne bei der Pflegedienstleitung beschweren.« Nomi glaubte, zerspringen zu müssen. Ihre Beine trugen sie kaum noch, und mit den Nerven war sie am Ende. Sie machte Dassy ein Zeichen, aber die bemerkte es nicht. Schwester Dassy würde wohl noch einige Zeit am Telefon hängen.

Er ist tot, dachte Nomi. *Er ist ganz allein gestorben, und ich war nicht da. Sein Bett ist schon abgezogen und desinfiziert und wartet auf den nächsten Patienten. Elias liegt vielleicht schon im Kühlraum.* Telefone klingelten und wurden nicht beantwortet. Die Station schien stillzustehen. Dassy war beschäftigt, und außer ihr war niemand da, an den Nomi sich hätte wenden können. Was war geschehen? Wie hatte es passieren können? Eine Ewigkeit verging, bis Dassy endlich auflegte. Nomi, die keine Sekunde länger warten konnte, stürmte auf sie zu.

»Elias Riani?«, keuchte sie.

»Ja, was ist mit ihm?«, fragte Dassy, die den Ernst der Lage anscheinend nicht begriffen hatte.

»Sein Bett ist leer«, rief Nomi völlig aufgelöst.

Das Telefon klingelte immer weiter. »Wir haben heute eine Notfallübung«, erklärte Dassy. »Wir simulieren den Kriegsfall. Diese Übungen kommen immer dann, wenn man sie nicht gebrauchen kann.«

Wenn Dassy den Hörer jetzt abnahm, würde Nomi ihn ihr aus den Händen reißen. Nach gefühlten tausend Jahren hob die Schwester den Blick von ihrem Zettel und sagte: »Herr Riani ... wurde heute Morgen entlassen.«

Ganz plötzlich schienen Nomis innere Organe zu schmelzen. Sie löste sich von innen her auf. Sie rannte zur Toilette, übergab sich und spritzte sich kaltes Wasser ins Gesicht. Ihr Spiegelbild war leichenblass.

»Ich sehe hier, dass wir Sie nicht erreichen konnten«, sagte Dassy freundlich, wie um alles wiedergutzumachen.

»Warum ist er so plötzlich entlassen worden?«, fragte Nomi.

»Gestern und heute Morgen ging es ihm sehr gut. Er war frisch und munter. Der Arzt hat ihm gesagt, wenn er einen Rückfall hat, soll er wiederkommen.«

Nomi wollte gehen, hatte dann aber das Bedürfnis, sich richtig von Dassy zu verabschieden, in der Hoffnung, dass sie einander nicht wiedersehen würden. »Danke für alles, was Sie für ihn getan haben«, sagte sie. »Das werde ich Ihnen nie vergessen.«

»Gern geschehen«, erwiderte Dassy. »Herr Riani ist ein ganz besonderer Mensch. Wir mochten ihn alle gern.«

Im Auto drehte Nomi die Heizung ab und stellte die Eric-Clapton-CD leiser. Sie dachte über ihre Panik nach, über den Schock, den sie beim Anblick des leeren Bettes erlitten hatte. Sie war fest davon ausgegangen, dass Elias tot war. Eine andere Möglichkeit hatte sie gar nicht in Erwägung gezogen. In Zukunft wollte sie sich bemühen, sich zuerst alle Alternativen vor Augen zu führen und nicht gleich vom Schlimmsten auszugehen. Innerhalb einer einzigen Minute war ihr Elias für immer genommen und wieder zurückgegeben worden. Er war von den Toten auferstanden und hatte auch in ihrem Inneren etwas wieder zum Leben erweckt. Sie wusste jetzt, dass sie ihre Angst überwinden konnte – die Angst davor, jemandem nahe zu sein, jemanden zu lieben, von jemandem verletzt zu werden.

Die Autofahrer in Jerusalem, die normalerweise langsam vor ihr dahinkrochen, machten ihr heute Platz, als wollten sie ihre Solidarität ausdrücken, als zollten sie dem Wunder, das sich ereignet hatte, ihren Respekt. Wie gut, dass sie Munir so oft nach Hause gefahren hatte, sie kannte den Weg. Sie rauschte die Sultan Suleiman Street entlang, vorbei am American-Colony-Hotel, und bog nach Scheich Dscharrah ein. Den Hügel hinauf, beim Gemüsehändler vorbei und direkt auf Elias' Haus zu. Dort war er nach Lilas Tod wieder eingezogen, und von dort hatte man ihn immer wieder ins Krankenhaus gebracht.

Sie stellte den Motor ab und blieb noch einen Moment sitzen. In der Straße war es still, und sie lauschte in sich hinein, spürte die Freude darüber, dass er am Leben war. Auf dem Weg zur Haustür schien die Sonne angenehm auf sie herab. Sie öffnete das Gartentor und ging über den Steinweg auf das Haus zu. Dort traf sie niemanden an, hörte aber Stimmen aus dem Garten.

Elias und Munir hatten es sich unter einem Zitronenbaum bequem gemacht. Einer saß in der Sonne, der andere im Schatten, aber beide erfreuten sich gleichermaßen an einer Tasse Tee. Nomi sah das Tablett mit der Teekanne und den beiden Tassen darauf. Sie blieb am Rand des Gartens stehen und beobachtete die Männer einen Augenblick lang, ergriffen und glücklich.

Da bemerkte Elias sie. Seine Augen leuchteten. Nomi trat näher, und er erhob sich, noch immer etwas wacklig auf den Beinen. Sie umarmten sich voller Erleichterung, und der Duft der regennassen Bäume beruhigte Nomi.

Munir eilte in die Küche, um frischen Tee aufzubrühen.

Elias nutzte den Moment seiner Abwesenheit, um Nomi einen Umschlag zu geben. Darin befand sich ein Schwarz-Weiß-Foto eines jungen Mannes und einer jungen Frau. Ihre Kleider waren hell, die Haare zerzaust, und hinter ihnen stand ein Motorrad.

»Das sind wir«, sagte Elias. In den Kaçkar-Bergen in der Türkei. Ich möchte dir dieses Foto schenken.«

Nomi begriff sofort, dass sie das einzige Dokument ihrer frühen Liebe in der Hand hielt.

»Das ist Top-Leaf-Tee«, erklärte Munir, als er aus der Küche zurückgekommen war und Nomi eine Tasse einschenkte. »Sehr kostbar. Man nimmt dafür nur die obersten Blätter der Teepflanze.«

Nomi war, als säße sie schon ihr ganzes Leben lang bei einer Tasse Tee in diesem Garten. Jetzt konnte sie sich entspannen. Elias schien ruhig und zufrieden. Auf dem kleinen Mosaiktisch lagen die Fotos der kleinen Lila, die Nomi ihm mitgebracht hatte.

»Was für ein hübsches Baby!«, sagte Elias.

»Süß, findest du nicht?«, fragte Nomi, als wäre das Kind das neueste Mitglied ihrer Familie.

»Sie ist so schön wie Lila«, bemerkte Elias.

»Wenn sie ein bisschen Sonne abbekommt, kriegt sie sicher Sommersprossen«, erwiderte Nomi lächelnd.

»Sie werden uns doch besuchen kommen, oder nicht?«, fragte Munir.

»Natürlich«, erwiderte Nomi und trank noch einen Schluck von dem köstlichen Tee.

Es war herrlich im Garten. Sie konnten einfach nur dasitzen, ohne dass sich einer von ihnen an den Pausen in der Unterhaltung störte. Gedankenverloren fragte Munir: »Wie geht es dem Jungen? Ich meine den, der immer wieder ausreißt? Haben Sie schon ein Zuhause für ihn gefunden?«

»Ja, ich glaube schon«, lächelte Nomi.

Beide Männer sahen sie neugierig an.

»Ich bin der einzige Mensch, den er nicht wegschiebt,

den er ein Stück weit an sich heranlässt. Alle anderen haben ihre Schwierigkeiten mit ihm.«

Elias sagte: »Schwierigkeiten kann man nur mit Güte überwinden.«

Zum historischen Hintergrund des Romans

Die Vorgeschichte

1897 Gründung der zionistischen Bewegung. In den folgenden Jahrzehnten vermehrte Einwanderung von Juden nach Palästina, erste landwirtschaftliche Siedlungen werden gegründet. Die Briten erobern Palästina und erklären 1917 in der Balfour-Deklaration ihre Unterstützung für die Schaffung einer jüdischen Heimstätte in diesem Gebiet. 1922 überträgt der Völkerbund dem Vereinigten Königreich das Mandat über Palästina. Bis 1939 kommt es zu zahlreichen gewaltsamen Auseinandersetzungen zwischen jüdischen und arabischen Nationalisten in Palästina. Durch die Machtergreifung der Nationalsozialisten 1933 wächst die jüdische Einwanderung stark an.

Palästina, Israel und Jerusalem zwischen 1939 und 2006

1939 Beginn des Zweiten Weltkriegs, Begrenzung der jüdischen Einwanderung durch die Mandatsverwaltung auf 35 000 pro Jahr.

1945 Ende des Zweiten Weltkriegs, nach Bekanntwerden des Völkermords an 6 Millionen Juden starke internationale Unterstützung für die zionistische Bewegung.

1946 Zerstörung des King-David-Hotels durch die radikal-zionistische Untergrundorganisation Irgun, Wiedereröffnung erst 1967 nach dem Sechstagekrieg.

1947 Am 29. November beschließt die UN-Generalversammlung die Teilung Palästinas in einen arabischen und einen jüdischen Staat, Jerusalem soll unter UN-Verwaltung bleiben.

1948 Mit der Verlesung der Unabhängigkeitserklärung durch David Ben Gurion erfolgt am 14. Mai die israelische Staatsgründung, noch in der Nacht darauf marschieren die arabischen Armeen ein, und es beginnt der Unabhängigkeitskrieg. Die Jordanier kontrollieren die Straße nach Tel Aviv, West-Jerusalem ist von der Versorgung weitgehend abgeschnitten. Flucht und Vertreibung der palästinensisch-arabischen Bevölkerung hat Flüchtlingslager zur Folge, die zum Teil bis heute bestehen.

1949 Unterzeichnung des Waffenstillstands. Die »Grüne Linie« als Grenze vergrößert das israelische Staatsgebiet um etwa fünfzig Prozent und schließt West-Jerusalem mit ein, Ost-Jerusalem mit der Altstadt wird von Jordanien besetzt. Das Viertel Scheich Dscharrah liegt an (ab 1952 in) der demilitarisierten Pufferzone und ist von israelischer Seite nur durch das Mandelbaumtor zu betreten.

Der Durchgang ist lediglich diplomatischem Personal und Touristen erlaubt.

1950 Israel erklärt Jerusalem zu seiner Hauptstadt. Als Schutz von Zivilisten gegen jordanische Scharfschützen wird im Mamila-Viertel (heute Davidsviertel) zwischen dem jüdischen West-Jerusalem und dem jordanisch-arabischen Ost-Jerusalem eine hohe Betonmauer errichtet.

1956 Suezkrise. Die Verstaatlichung des Suezkanals durch Ägypten schnitt Israel weitgehend von internationalen Schifffahrtszielen ab, Israel reagierte mit der Besetzung des Gazastreifens und des Sinai, musste sich allerdings 1957 wieder zurückziehen.

1967 5. Juni: Beginn des Sechstagekriegs. Auf den Aufmarsch ägyptischer Truppen an der israelischen Grenze reagiert Israel mit einer präventiven Zerstörung der ägyptischen Luftwaffe. Der Krieg endet siegreich für Israel mit der Eroberung des Gazastreifen, der Sinai-Halbinsel, der Golanhöhen, des Westjordanlands und von Ost-Jerusalem mit der Altstadt. Der Tempelberg wird muslimischer Verwaltung unterstellt.

1973 6. Oktober: Beginn des Jom-Kippur-Kriegs nach Überraschungsangriff von Ägypten und Syrien auf Israel. Waffenstillstand auf Druck der UN am 24. Oktober.

1979 Friedensabkommen von Camp David, die Jerusalemfrage wird explizit ausgeklammert.

1980 Mit dem Jerusalemgesetz annektiert Israel faktisch den Ostteil der Stadt. Die UN erklärt das Gesetz für nichtig und lässt sämtliche Botschaften nach Tel Aviv verlegen.

1982 6. Juni: Invasion israelischer Truppen im Libanon, Beginn des Libanonkrieges. Waffenstillstand am 11. Juni, im August Abzug der PLO aus Beirut, 16. bis 18. September Massaker in den Flüchtlingslagern Sabra und Schatila.

1987 Ausbruch der 1. Intifada durch »Krieg der Steine«, der in Terror umschlägt.

1993 13. September: Vertrag von Oslo, Ende der Intifada, Gründung der Palästinensischen Autonomiebehörde.

2000 Scheitern von Camp David II, Beginn der 2. Intifada.

2003 Baubeginn der israelischen Sperranlage zum Westjordanland.

2005 Waffenstillstand zwischen Palästinensischer Autonomiebehörde und Israel, Ende der 2. Intifada.

2006 Libanonkrieg gegen die Hisbollah vom 12. Juli bis 17. August.

Diana Verlag

SUSAN ABULHAWA

Während die Welt schlief

»Nie zuvor habe ich einen so fesselnden Roman über Palästina und Israel gelesen.« *Henning Mankell*

Jenin im Blumenmonat April: Frühmorgens, bevor die Welt um sie herum erwacht, liest Amals Vater ihr aus den Werken großer Dichter vor. Es sind Momente des Friedens und des Glücks, die Amal ihr Leben lang im Herzen trägt. Über vier Generationen erzählt Susan Abulhawa eine tief berührende Geschichte über den Verlust der Heimat, eine zerrissene Familie und die immerwährende Hoffnung auf Versöhnung.

978-3-453-35662-7

»Ein großartiges Buch über Frieden, Krieg und Hoffnung.« *Für Sie*

»Abulhawa erzählt mit bemerkenswerter Neutralität (...), bestimmte Bilder verharren noch lange im Gedächtnis.« *Jüdische Zeitung*

www.diana-verlag.de